WILLIAM DIETRICH

William Dietrich, lauréat du prix Pulitzer, est journaliste, historien, professeur et écrivain.

Les Éditions du cherche midi ont publié *Les Pyramides de Napoléon*, en 2009, suivi de *Hiéroglyphes* (2010), de *La Piste des Templiers* (2012), de *L'Ombre des Templiers* (2013) et de *La Légion secrète de Napoléon* (2014).

Retrouvez toute l'actualité de l'auteur sur :
www.williamdietrich.com

LES PYRAMIDES
DE NAPOLÉON

WILLIAM DIETRICH

LES PYRAMIDES DE NAPOLÉON

Traduit de l'anglais (États-Unis)
par Danièle Mazingarbe

Le
cherche
midi

Titre original :
NAPOLEON'S PYRAMIDS

Éditeur original : Harper Collins.
© 2007, William Dietrich.
© 2009, le cherche midi, pour la traduction française.
ISBN : 978-2-266-19429-7

À ma fille, Lisa

Qu'est-ce que Dieu ?
Il est longueur, largeur et profondeur.

SAINT BERNARD DE CLAIRVAUX

Mer Noire

Istanbul

CRÈTE

Trajet de la flotte de Napoléon

Mer Méditerranée

Jérusalem

Alexandrie

Le Caire

GRANDE PYRAMIDE

ÉGYPTE

Le Nil

DENDARA

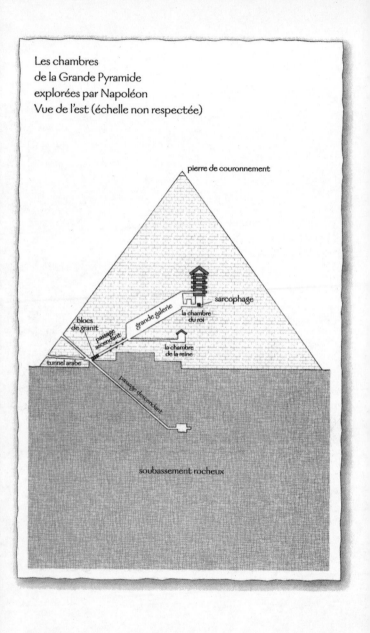

Les chambres
de la Grande Pyramide
explorées par Napoléon
Vue de l'est (échelle non respectée)

pierre de couronnement

sarcophage

la chambre
du roi

grande galerie

blocs
de granit

passage
ascendant

la chambre
de la reine

tunnel arabe

passage descendant

soubassement rocheux

1

C'est ma chance aux cartes qui est à l'origine de toute l'histoire et de mon engagement dans cette invasion insensée qui me parut le seul moyen de m'en sortir. Je gagnai une babiole et faillis y laisser la vie. Aussi retenez bien la leçon : le jeu est un vice.

C'est aussi un passe-temps éminemment séduisant qui vous met en contact avec les autres, et aussi naturel, selon moi, que de respirer. Notre naissance elle-même n'équivaut-elle pas à un lancer de dés, quand le hasard fait de l'un un paysan et de l'autre un roi ? Après la Révolution française, les enjeux sont simplement devenus plus importants, avec des avocats dévorés d'ambition se comportant en dictateurs provisoires et un pauvre roi Louis décapité. Sous le règne de la Terreur, avec le spectre de la guillotine, la survie elle-même était une question de chance. Après la mort de Robespierre, s'ensuivit une période intense de soulagement, où l'on vit des couples enivrés danser sur les tombes du cimetière Saint-Sulpice, au rythme d'un nouveau pas venu d'Allemagne, la valse. Aujourd'hui, quatre ans plus tard, la nation s'est installée dans la guerre, la corruption et la recherche effrénée du plaisir. Les uniformes chamarrés ont remplacé les tenues fanées, les décolletés les mises modestes et, dans les hôtels particuliers mis à sac, fleurissent les salons littéraires et les lieux de rencontre. La noblesse est toujours mal vue, mais les fortunes nées de la Révolution créent une nouvelle aristocratie. Une coterie qui s'autoproclame « femmes exceptionnelles » parade dans Paris et se vante de son « luxe insolent au milieu de la misère générale ». Dans certains bals, on se moque de la guillotine et les femmes portent des rubans rouges au cou. La ville compte quatre mille maisons de jeu, certaines si rudimentaires que les clients doivent apporter leur tabouret pliant, et d'autres si somptueuses que les hors-d'œuvre y sont servis dans de la vaisselle d'église. On trouve même des cabinets d'aisances à l'intérieur. Mes correspondants américains jugent les deux pratiques aussi scandaleuses l'une que l'autre. Les jeux de dés et les cartes font florès : craps, trente et un, pharaon, biribi. Pendant ce temps, des armées piétinent les frontières de la France, l'inflation mène les gens à la ruine, et les mauvaises herbes envahissent les cours désertées de Versailles. Risquer sa bourse à la poursuite d'un neuf au chemin de fer semblait donc aussi naturel et stupide que la vie elle-même. Comment pouvais-je deviner que le jeu me conduirait à Bonaparte ?

Si j'avais été enclin à la superstition, j'aurais pu remarquer que cette date, le 13 avril 1798, tombait un vendredi. Mais nous étions au printemps dans un Paris révolutionnaire et, suivant le nouveau calendrier du Directoire, c'était le vingt-quatrième jour du mois de germinal de l'an VI. Le prochain jour de repos tombait dans six jours et non deux.

Y eut-il jamais réforme plus futile ? Le rejet arrogant de la religion par le gouvernement impliquait une semaine de dix jours au lieu de sept. Ce changement avait pour but de supplanter le calendrier papal par un découpage uniforme de douze mois de trente jours, sur la base du système en vigueur dans l'Égypte ancienne. Dans les sombres journées de 1793, on alla même jusqu'à déchirer des bibles pour fabriquer des cartouches de fusil en papier, et la semaine biblique avait été décapitée au profit d'un mois divisé en trois décades de dix jours, avec une année commençant à l'équinoxe d'automne, et cinq à six jours de fête en plus pour faire correspondre les décisions prises par idéalisme avec notre système solaire. Non content d'annexer le calendrier, le gouvernement instaura un nouveau système métrique pour les poids et mesures. Des propositions furent même formulées visant à créer une nouvelle horloge avec cent mille secondes par jour exactement. Raison, raison, quelles folies peut-on commettre en ton nom ! En fin de compte, nous tous, y compris moi – qui suis un scientifique amateur, chercheur en électricité, entrepreneur, tireur d'élite et démocrate idéaliste –, nous regrettons les dimanches. Le nouveau calendrier est le genre d'idée logique imposée par des gens intelligents qui se moquent complètement des habitudes, des émotions et de la nature humaine. Ils entraînent par la même occasion la mort de la Révolution. Vous me trouvez prophète ? Pour être tout à fait honnête, je n'avais pas l'habitude d'attacher autant d'importance à l'opinion populaire. C'est Napoléon qui allait m'enseigner à le faire.

À vrai dire, je pensais davantage à compter les cartes que l'on retournait. Si j'avais été un homme de la nature, j'aurais délaissé les salons pour profiter des premières manifestations des bourgeons rubiconds et des feuilles vertes, tout en contemplant peut-être les demoiselles du jardin des Tuileries, ou au moins les prostituées du bois de Boulogne. Mais je préférais les lieux feutrés où l'on joue aux cartes à Paris, cette ville à la fois somptueuse et crasseuse, pleine de parfums et d'odeurs d'immondices, de monuments et de boue. Mon printemps à moi était illuminé par les chandelles. Mes fleurs étaient des courtisanes aux décolletés si vertigineux que leurs avantages jumeaux risquaient de s'échapper à tout instant. Quant à mes compagnons, ils formaient une nouvelle race de politiques, de soldats, de nobles en rupture de ban et de commerçants parvenus : tous citoyens. Moi, Ethan Gage, j'étais le représentant américain d'une démocratie pionnière. Grâce à mes premières armes auprès de feu le grand Benjamin Franklin, j'avais acquis une petite réputation. Il m'en avait appris suffisamment en matière d'électricité pour que je puisse amuser la galerie en tournant un cylindre pour produire une décharge entre les mains des plus jolies femmes, et inciter ensuite les hommes à tenter un baiser littéralement électrifiant. Je m'étais aussi fait un nom dans les concours de tir en prouvant la précision du long rifle américain : à deux cents pas, j'avais mis six balles dans une assiette en étain. Et à cinquante pas, avec de la chance cette fois, j'étais parvenu à couper la plume du chapeau d'un général sceptique. Je tirais un petit revenu de mes activités consistant à établir des liens commerciaux entre une France étranglée par la guerre et ma toute jeune nation restée en dehors des conflits, tâche rendue particulièrement difficile par la coutume révolutionnaire qui était de saisir des navires américains. Mais il me manquait un but au-delà de mes distractions quotidiennes : je faisais partie de ces aimables célibataires qui se laissaient vivre, pensant avoir leur avenir devant eux. Je ne disposais pas non plus de revenus suffisants pour vivre de manière confortable dans un Paris en proie à l'inflation. Seule la chance pourrait me permettre de combler ce manque.

Notre hôtesse était la mystérieuse Mme de Liberté, une de ces créatures pleines d'initiative, belles et ambitieuses, surgies de l'anarchie révolutionnaire, qui éblouissaient par leur esprit et leur détermination. Qui aurait cru que des femmes puissent faire preuve d'autant d'ambition, se révéler si intelligentes, si attirantes ? Elle donnait des ordres sur le ton d'un sergent-major, ce qui ne l'avait pas empêchée d'adopter les nouvelles robes classiques à la mode. Les étoffes diaphanes mettaient d'ailleurs si bien en valeur ses charmes que les observateurs avertis devinaient sans mal le triangle noir qui pointait vers son temple de Vénus. Ses tétons regardaient au-dessus de sa robe comme des soldats depuis une tranchée, tous les deux maquillés de rouge pour souligner leur effronterie. Une autre demoiselle exposait entièrement sa poitrine, comme des fruits sur un arbre. Rien d'étonnant à ce que j'aie pris le risque de revenir à Paris. Comment ne pas aimer une capitale qui compte trois fois plus de marchands de vin que de boulangers ? Pour ne pas être en reste vis-à-vis des femmes, certains paons mâles arboraient des foulards qui montaient jusqu'à leur lèvre inférieure, des manteaux queue-de-pie qui leur descendaient jusqu'au creux poplité, des chaussons délicats comme des pattes de chatons, et des anneaux en or aux oreilles.

« Votre beauté n'a d'égale que votre intelligence », déclara un client éméché à notre hôtesse, un marchand d'art du nom de Pierre Cannard, après qu'elle eut interdit qu'on lui reserve du cognac.

C'était sa punition pour avoir renversé son verre sur le tapis d'Orient qu'elle venait d'acheter une fortune à un royaliste ruiné, parce qu'il avait cet aspect élimé, impossible à imiter, caractéristique des vieilles familles économes.

« Vos compliments ne nettoieront pas mon tapis, monsieur. »

Cannard posa la main sur son cœur.

« Et votre intelligence n'a d'égale que votre entêtement, et votre entêtement, votre cruauté. Plus de cognac ? Face à une telle dureté de la part d'une femme, je ferais mieux d'acheter mon alcool à un homme ! »

Elle grommela quelque chose.

« Vous parlez comme notre dernier héros guerrier.

— Vous voulez dire le jeune général Bonaparte ?

— Un cochon corse. Quand la brillante Germaine de Staël a demandé à ce parvenu quelle femme il admirait le plus, Bonaparte a répondu : "Celle qui est la meilleure maîtresse de maison." »

L'assistance éclata de rire.

« Évidemment ! cria Cannard. En bon Corse, il connaît la place de la femme !

— Elle fit alors une nouvelle tentative, en lui demandant quelle était la plus remarquable. Ce salopard répondit : "Celle qui a le plus d'enfants." »

Nous nous déchaînâmes alors, ce qui était révélateur de notre gêne. En effet, quelle place occupait la femme dans une société révolutionnaire ? On lui avait accordé des droits, et même celui du divorce, mais le célèbre Napoléon faisait sans aucun doute partie du million de réactionnaires qui auraient préféré l'annulation de mariage. D'ailleurs, quelle était la place de l'homme ? En quoi la rationalité pouvait-elle influer sur le sexe et l'amour, ces grandes passions françaises ? Comme la science sur l'amour, l'égalité sur l'ambition, ou la liberté sur la conquête ? Nous cherchions tous notre voie en l'an VI.

Mme de Liberté s'était installée au premier étage au-dessus d'une échoppe de modiste, avait meublé l'appartement à crédit et ouvert si vite que l'odeur de la colle du papier peint se mêlait encore à celle de l'eau de Cologne et du tabac. Des canapés permettaient aux couples de s'enlacer. Des rideaux en velours invitaient au toucher. Un piano neuf, bien plus à la mode que le clavecin des aristocrates, jouait un mélange d'airs symphoniques et de refrains patriotiques. Voyous, femmes légères, officiers en permission, commerçants hâbleurs essayant d'impressionner les commères, écrivains, bureaucrates de fraîche date pénétrés de leur propre importance, informateurs, femmes en quête de mari, héritiers ruinés : personne ne manquait au tableau. Autour de la table de jeu, on trouvait notamment un homme politique sorti de prison huit mois auparavant, un colonel qui avait perdu un bras dans la conquête révolutionnaire de la Belgique, un marchand de vins qui s'enrichissait en fournissant des restaurants ouverts par des chefs qui avaient perdu leurs employeurs aristocrates, et un capitaine de l'armée d'Italie de Bonaparte qui dépensait son butin aussi vite qu'il s'en était emparé.

Et moi. J'avais servi de secrétaire à Franklin pendant ses trois dernières années à Paris, juste avant la Révolution française, puis j'étais rentré en Amérique le temps de quelques aventures dans le commerce des fourrures. J'avais ensuite gagné ma vie comme agent maritime à Londres et à New York au plus fort de la Terreur, et j'étais maintenant revenu à Paris, dans l'espoir que ma maîtrise du français me permettrait de passer des contrats avec le Directoire dans le domaine du bois, du chanvre et du tabac. En temps de guerre, les occasions de s'enrichir ne manquent pas. J'espérais aussi gagner une certaine respectabilité en tant qu'« électricien » – un mot nouveau et exotique –, et continuer à exercer la curiosité héritée de Franklin envers les mystères maçonniques. À l'en croire, ils auraient pu avoir une utilisation pratique. Certains prétendaient en effet que l'Amérique avait été fondée par des maçons, dans un but demeuré secret, et que notre nation était investie d'une mission. Hélas ! les us et coutumes maçonniques comportaient différentes étapes pénibles pour progresser dans la hiérarchie. Le blocus britannique mit fin à mes projets commerciaux. La Révolution n'avait pas modifié la taille et la vitesse d'action de l'implacable bureaucratie française : obtenir un rendez-vous était facile, mais une réponse, impossible. Entre deux entretiens, il me restait donc beaucoup de temps pour mes autres occupations, notamment le jeu.

C'était une façon plaisante de passer ses soirées. Le vin était agréable, les fromages délicieux, et la lumière tamisée des chandelles sculptait le visage des hommes et embellissait les femmes.

Mon problème, ce vendredi 13, n'était pas que j'étais en train de perdre, mais plutôt que j'étais en train de gagner. À ce moment-là, les assignats et les mandats révolutionnaires ne valaient plus rien, et les espèces étaient rares. Dans ma pile, je n'avais pas seulement de l'or et des francs en argent, mais aussi un rubis, un titre de propriété pour un domaine abandonné à Bordeaux où je n'avais nulle intention de me rendre avant de l'avoir refilé à quelqu'un d'autre, et des jetons en bois représentant un repas, une bouteille ou une femme. Un ou deux louis d'or illicites s'étaient même égarés de mon côté du feutre vert. Ma chance était tellement insolente que le colonel m'accusa de vouloir lui prendre son deuxième bras, le marchand de

vins se lamenta de ne pas pouvoir m'enivrer complètement, et le politique voulut savoir qui j'avais soudoyé.

« Je compte simplement les cartes en anglais », dis-
je en plaisantant.

Mais la plaisanterie était de mauvais goût car,
d'après les rumeurs, Bonaparte avait l'intention d'envahir
l'Angleterre au retour de ses campagnes triomphales
en Italie du Nord. Il avait établi son campement
quelque part en Bretagne et contemplait la pluie en
espérant que la flotte anglaise s'éloignerait.

Le capitaine tira une carte, l'examina et rougit, son
teint trahissant sa pensée. Cela me rappela l'histoire de
la tête de Charlotte Corday, devenue rouge d'indigna-
tion, selon les dires, quand le bourreau l'avait giflée
devant la foule. Depuis, un débat agitait la commu-
nauté scientifique quant au moment précis de la mort.
Le docteur Xavier Bichat avait souvent récupéré des
corps venant d'être guillotinés et tenté d'en faire bouger
les muscles avec de l'électricité, comme l'Italien Gal-
vani l'avait fait sur des grenouilles.

Le capitaine voulut doubler sa mise, mais ne put
cacher sa frustration devant sa bourse vide.

« L'Américain a pris tout mon argent ! »

J'étais le donneur de cartes à ce moment-là.

« Crédit, monsieur, pour un galant soldat », dit-il en
me regardant.

Je n'étais pas d'humeur à financer une guerre
d'enjeux avec un joueur excité par ses cartes.

« Un banquier prudent demande des garanties.

— Mon cheval ?

— Je n'en ai nul besoin à Paris.

— Mes pistolets, mon épée ?

— Je vous en prie, je ne voudrais pas être complice
de votre déshonneur. »

Il se renfrogna, tout en jetant un nouveau coup d'œil sur sa main. Puis il fut frappé par une inspiration qui ne pouvait que s'avérer dangereuse pour l'assemblée. « Mon médaillon !

— Votre quoi ? »

Il sortit de sa chemise un colifichet imposant. C'était un disque en or, orné d'un étrange réseau de lignes gravées et de trous, avec deux longs bras qui pendaient en dessous, comme de petites branches. Il paraissait grossièrement martelé, comme s'il avait été forgé sur l'enclume de Thor.

« Je l'ai trouvé en Italie. Soupesez-le, voyez comme il est ancien ! Le geôlier à qui je l'ai pris prétendait qu'il venait de Cléopâtre en personne !

— Il la connaissait ? demandai-je sèchement.

— C'est le comte Cagliostro qui le lui a dit ! »

Ce nom suffit à exciter ma curiosité.

« Cagliostro ? »

Le guérisseur bien connu, alchimiste et blasphémateur, jadis adulé par toutes les cours d'Europe, avait été emprisonné dans la forteresse papale de San Leo, et était mort de folie en 1795. Des troupes révolutionnaires avaient envahi la forteresse l'année passée. L'implication de l'alchimiste dans l'affaire du collier plus de dix ans auparavant avait contribué à précipiter la Révolution, en révélant une monarchie cupide et particulièrement stupide. Marie-Antoinette détestait l'homme en question, le traitant de sorcier et d'escroc.

« Le comte a essayé de s'en servir comme monnaie d'échange pour s'échapper, continua le capitaine. Le geôlier le lui a confisqué, et quand nous avons envahi la forteresse, je le lui ai pris. Il détient peut-être des pouvoirs. En tout cas, il est très ancien et il est passé de main en main depuis des siècles. Je vous le vendrai

22

pour… – il jeta un coup d'œil sur ma pile – mille francs argent.

— Capitaine, vous plaisantez. C'est un colifichet intéressant, mais…

— Il vient d'Égypte, le geôlier me l'a assuré. Il a une valeur sacrée !

— Égyptien, dites-vous ? » susurra quelqu'un en roulant les *r*, d'un ton mondain et vaguement ironique.

En levant les yeux, je vis le comte Alessandro Silano, un aristocrate d'origine franco-italienne. Ayant perdu une fortune sous la Révolution, il tentait de la reconstituer en devenant démocrate et en agissant en sous-main dans des complots diplomatiques. Selon les rumeurs, Silano était au service de Talleyrand, ministre des Affaires étrangères, récemment rétabli dans ses fonctions. Il se prétendait également chercheur en matière de secrets de l'Antiquité, à l'instar de Cagliostro, Kolmer ou Saint-Germain. Certains chuchotaient même que son retour en grâce dans les milieux gouvernementaux avait un rapport avec la magie noire. Il se complaisait dans ce genre de mystères et bluffait aux cartes en prétendant que sa chance était décuplée par la sorcellerie. Il perdait pourtant autant qu'il gagnait et, de ce fait, personne ne savait s'il fallait ou non le prendre au sérieux.

« Oui, comte, dit le capitaine. Vous, surtout, devriez en reconnaître la valeur.

— Vraiment ? »

Il prit place à notre table et je remarquai une nouvelle fois ses manières langoureuses, ses traits bien dessinés, ses lèvres sensuelles, ses yeux noirs, ses sourcils fournis, et sa façon de parader comme un paon. Tout comme le célèbre hypnotiseur Mesmer, il envoûtait les femmes.

« Je veux dire, compte tenu de votre engagement dans le rite égyptien. »

Silano acquiesça.

« Et le temps que j'ai passé à étudier en Égypte. N'est-ce pas, capitaine Bellaird ?

— Vous me connaissez, monsieur ?

— De réputation comme galant soldat. J'ai suivi les nouvelles venant d'Italie. Si vous me faites l'honneur de m'admettre parmi vos relations, je me joindrai volontiers à votre partie. »

Le capitaine parut flatté.

« Mais bien entendu. »

À peine Silano assis, des femmes se rassemblèrent autour de lui, attirées par sa réputation d'amant, de duelliste, de joueur et d'espion. Il était également connu pour son appartenance au rite égyptien franc-maçon de Cagliostro tombé en discrédit, ainsi qu'à des loges fraternelles où l'on initiait aussi bien des femmes que des hommes. Ces loges hérétiques s'adonnaient à des pratiques occultes et des histoires croustillantes circulaient à leur propos. Il y était question de cérémonies noires, d'orgies impliquant la nudité complète des participants, et de sacrifices macabres. Malgré cela, l'Égypte était réputée être la source de la sagesse ancienne, et plus d'un mystique avait affirmé avoir découvert d'importants secrets au cours de pèlerinages dans ce pays. Il en résultait une vogue accrue des antiquités provenant d'une nation fermée à la plupart des Européens depuis la conquête arabe, onze siècles auparavant. Silano avait la réputation d'avoir étudié au Caire avant que les mamelouks au pouvoir aient commencé à harceler les commerçants et les gens instruits.

Le capitaine acquiesçait avec empressement pour que l'intérêt de Silano ne se démente pas. « Le geôlier m'a affirmé que les bras au bout pouvaient montrer la voie permettant d'acquérir de grands pouvoirs ! Un homme érudit comme vous, comte, devrait pouvoir l'interpréter.

— Ou payer pour une bêtise. Montrez-le-moi. »

Le capitaine ôta le médaillon de son cou.

« Regardez comme il est curieux. »

Silano prit le médaillon de ses longs doigts puissants d'escrimeur et le retourna pour en examiner les deux faces. Le disque était légèrement plus grand qu'une hostie.

« Pas assez beau pour Cléopâtre. »

Il le leva devant une bougie, et la lumière passa à travers les trous. Une rainure incisée traversait le cercle.

« Comment savez-vous qu'il vient d'Égypte ? Il pourrait être de n'importe quelle provenance : assyrienne, aztèque, chinoise, même italienne.

— Non, non. Il date de plusieurs milliers d'années ! Un roi gitan m'a dit de chercher sa trace à San Leo, là où Cagliostro est mort. Bien que certains prétendent qu'il est toujours vivant et qu'il est devenu gourou en Inde.

— Un roi gitan. Cléopâtre. »

Silano le lui rendit d'un geste lent.

« Monsieur, vous devriez écrire des pièces de théâtre. Je vous en donne deux cents francs d'argent.

— Deux cents ! »

Le noble haussa les épaules, sans quitter l'objet des yeux.

L'intérêt que manifestait Silano m'intriguait.

« Vous aviez dit que vous me le vendriez. »

Le capitaine acquiesça, satisfait de voir qu'il avait appâté deux personnes.

« En effet ! Il provient peut-être du pharaon qui a torturé Moïse !

— Alors je vous en donne trois cents.

— Et moi, cinq cents », dit Silano.

Nous désirons toujours ce que veut l'autre.

« Je vous en donne sept cent cinquante », répliquai-je.

Le capitaine nous regardait tour à tour.

« Sept cent cinquante, et cet assignat pour mille livres, ajoutai-je.

— Ce qui veut dire sept cent cinquante, et un papier tellement rongé par l'inflation qu'on pourrait aussi bien s'en servir pour se torcher, rétorqua Silano. Je vous donne la totalité des mille, capitaine. »

Son prix avait été si vite atteint que le soldat parut dubitatif. Comme moi, il s'interrogeait sur l'intérêt qu'avait le comte dans cette affaire. La somme était bien plus importante que la valeur de l'or brut. Il parut tenté de remettre le médaillon dans sa chemise.

« Vous me l'aviez offert pour mille, dis-je. En tant qu'homme d'honneur, vous devez finaliser la transaction ou bien quitter la table. Je vous paierai la somme totale et vous la reprendrai dans moins d'une heure. »

Maintenant, je l'avais mis au défi.

« D'accord, dit-il, en bon soldat soucieux de son honneur.

— Pariez sur cette main et les prochaines, et je regagnerai votre médaillon. »

Silano poussa un soupir de désespoir devant cette affaire d'honneur.

« Donnez-moi au moins quelques cartes. »

J'étais étonné qu'il ait renoncé avec tant de facilité. Peut-être avait-il seulement voulu aider le capitaine à faire monter le prix à mes dépens. Ou bien pensait-il le gagner à la table.

Si c'était le cas, il fut déçu. Je ne pouvais pas perdre. Le soldat tira un onze, puis perdit trois autres donnes, pariant contre la cote, trop paresseux pour tenir compte du nombre de figures servies.

« Enfer et damnation, murmura-t-il finalement. Vous avez la chance du diable. Je suis tellement fauché que je vais être obligé de me réengager.

— Cela vous évitera de penser. »

Je glissai le médaillon autour de mon cou, pendant que le soldat prenait une mine renfrognée, et me levai pour boire un verre et faire admirer ma médaille aux dames, comme dans une foire villageoise. Quand j'en eus embrassé quelques-unes, le médaillon devint gênant, et je le cachai dans ma chemise.

Silano s'approcha.

« Vous êtes l'homme de Franklin, n'est-ce pas ?

— J'ai eu l'honneur de servir cet homme d'État.

— Dans ce cas, peut-être comprendrez-vous mon intérêt intellectuel. Étant collectionneur d'antiquités, je suis prêt à vous racheter cet objet que vous portez au cou. »

Hélas, une courtisane au nom charmant de Minette m'avait déjà susurré quelque chose à propos de la beauté de mon colifichet.

« Je respecte votre offre, monsieur, mais j'ai l'intention d'avoir une discussion sur l'histoire ancienne dans les appartements d'une dame. »

Minette était déjà partie pour réchauffer les lieux.

« Une recherche tout à fait compréhensible. Toutefois, puis-je suggérer que vous avez besoin d'un véritable expert ? Cette curiosité a une forme intéressante, avec des marques singulières. Ceux qui ont étudié les arts anciens…

— Peuvent comprendre à quel point je tiens à ma nouvelle acquisition. »

Il se pencha de plus près.

« Monsieur, je dois insister. Je vous paierai le double. »

Je n'aimais pas son insistance. Son air de supériorité offensait ma sensibilité américaine. D'ailleurs, si Silano le désirait tant, c'est que, peut-être, il valait davantage.

« Et moi, puis-je insister pour que vous me reconnaissiez comme étant le juste vainqueur ? Mon assistante, qui elle aussi a une forme intéressante, est parfaitement capable de me dispenser l'expertise dont j'ai besoin. »

Sans attendre sa réponse, je m'inclinai et m'en allai.

Le capitaine, complètement ivre maintenant, m'accosta.

« Vous avez tort d'avoir refusé l'offre de Silano.

— À en croire votre roi gitan et le geôlier du pape, je croyais que le médaillon avait une grande valeur ? »

L'officier me jeta un regard méchant et sourit.

« Ils m'ont également dit que le médaillon était maudit. »

2

C'était une piètre tentative de vengeance. Je m'inclinai devant Madame avant de partir, et sortis. La nuit était rendue opaque par les brouillards générés par la nouvelle ère industrielle. Une lueur rouge montait à l'ouest, provenant des usines qui envahissaient les faubourgs de Paris, signe avant-coureur d'une époque où tout serait mécanique. Un porteur de lanterne se tenait près de la porte en attendant le client : décidément, la chance ne me quittait pas. Son visage à demi caché sous le capuchon de sa cape paraissait plus sombre que celui d'un Européen : un Marocain, probablement, à la recherche de tout emploi susceptible d'être occupé par un immigrant. Il s'inclina légèrement.

« Vous avez l'air d'un homme chanceux, monsieur, dit-il avec un accent arabe.

— Je suis en passe de devenir plus chanceux encore. Je voudrais que vous me conduisiez à mon appartement, puis à l'adresse d'une dame.

— Deux francs ?

— Trois, si vous me faites éviter les flaques. »

Quel plaisir d'avoir gagné.

La lumière était indispensable, car la Révolution avait suscité de la ferveur pour à peu près tout, sauf pour le nettoyage des rues et la réparation des pavés. Les égouts étaient bouchés, les réverbères à moitié allumés, et les nids-de-poule en constant développement. Le fait que le gouvernement ait renommé des milliers de rues d'après des héros de la Révolution n'aidait en rien, et les gens se perdaient constamment. Mon guide m'ouvrait donc la voie, sa lampe pendue à un bâton qu'il tenait à deux mains. Le manche en était finement sculpté, avec les côtés écaillés pour permettre une meilleure prise, et la lanterne suspendue à un embout sculpté en forme de tête de serpent. La bouche du reptile tenait l'anse de la lanterne. Une véritable œuvre d'art, certainement en provenance du pays natal du porteur.

Je me rendis d'abord à mon propre appartement pour y cacher la majeure partie de ce que j'avais gagné. Je n'allais pas me risquer à emporter mes gains dans la chambre d'une catin, et, compte tenu de l'intérêt porté à mon médaillon, je décidai de le cacher également. Je pris quelques minutes pour décider où le cacher, pendant que le porteur de lanterne m'attendait dehors. Puis nous nous rendîmes chez Minette, à travers les rues sombres de Paris.

La ville, toujours glorieuse en raison de sa taille et de sa splendeur, ressemblait à ces femmes d'un certain âge qu'il valait mieux ne pas examiner de trop près. De magnifiques demeures anciennes étaient condamnées par des planches. Le palais des Tuileries fermé était vide, avec des fenêtres sombres comme des orbites aveugles. Des monastères étaient en ruine, des églises closes, et personne ne semblait avoir passé la moindre couche de peinture depuis la prise de la Bastille. En dehors d'avoir rempli les poches de généraux et d'hommes politiques, la Révolution s'avérait, pour autant que je puisse en juger, un désastre économique.

La plupart des Français n'osaient pas se plaindre ouvertement parce que les gouvernements s'emploient toujours à défendre leurs erreurs. Bonaparte lui-même, qui était encore un obscur officier d'artillerie à l'époque, avait beaucoup mitraillé au cours du dernier soulèvement réactionnaire, et gagné par là une promotion.

Nous passâmes devant la Bastille, démantelée à présent. Depuis la libération de la prison, vingt-cinq mille personnes avaient été exécutées sous la Terreur, dix fois plus avaient fui, et cinquante-sept nouvelles prisons avaient été construites pour la remplacer. Sans qu'on y voie la moindre ironie, le site avait été doté d'une « fontaine de jouvence », sur laquelle trônait Isis, laquelle, quand cela fonctionnait, envoyait des jets d'eau par ses seins. Au loin, on apercevait les flèches de Notre-Dame, rebaptisée Temple de la Raison. On le prétendait construit sur le site d'un temple romain dédié à la même déesse égyptienne. Aurais-je dû avoir une prémonition à cet instant ? Hélas, nous voyons rarement ce que nous devrions voir. Après avoir payé le porteur de lanterne, je remarquai vaguement qu'il s'était attardé un instant de trop après que je fus rentré.

L'escalier en bois menant à la demeure de Minette craquait et sentait l'urine. L'appartement était situé au troisième étage, un étage peu convoité, juste en dessous des combles où résidaient les servantes et les artistes. Cette situation était révélatrice de l'état de son commerce, sans doute mis à mal par l'économie révolutionnaire, tout comme celui des perruquiers et des doreurs. Minette avait allumé une seule bougie dont la lumière se reflétait dans la cuvette en cuivre où elle s'était lavé les cuisses. Elle était vêtue d'une simple chemise blanche, dont les lacets défaits en haut invitaient à l'exploration. Elle vint vers moi et m'embrassa. Son haleine sentait le vin et la réglisse.

« Tu m'as apporté mon petit cadeau ? »

Je la serrai contre mon pantalon.

« Tu devrais le sentir.

— Non. »

Elle fit la moue et posa la main contre ma poitrine.

« Là, près de ton cœur. »

Elle tâta à l'endroit où aurait dû pendre le médaillon contre ma peau, avec son disque, ses bras ballants, au bout d'une chaîne en or.

« Je voulais le porter pour toi.

— Au risque que nous soyons poignardés ? »

Je l'embrassai à nouveau.

« Il n'est pas prudent de se promener la nuit avec de tels trésors. »

Ses mains exploraient mon torse pour s'en assurer.

« J'avais espéré davantage de courage.

— Nous allons le jouer. Si tu gagnes, je te le rapporterai la prochaine fois.

— Jouer comment ? »

Elle roucoula de manière très professionnelle.

« Le perdant sera celui qui atteint le sommet le premier. »

Elle me caressa le cou avec sa chevelure.

« Et les armes ?

— Toutes celles que tu peux imaginer. »

Je la fis se pencher légèrement en arrière, puis lui fis un croche-pied pour la faire trébucher, et la couchai sur le lit.

« En garde ! »

Je gagnai notre petit concours et, comme elle insistait pour prendre sa revanche, j'en gagnai un deuxième, puis un troisième, lui arrachant des cris de joie. Du moins, je pensais avoir gagné, on ne sait jamais avec les femmes. Cela fut suffisant pour la faire dormir presque jusqu'à l'aube, quand je me levai et déposai une pièce en argent sur mon oreiller. Je remis une bûche dans la cheminée pour que la pièce soit chaude à son réveil.

Le ciel était gris, les porteurs de lanternes avaient disparu, Paris s'éveillait. Des charrettes à ordures avançaient lentement le long des rues. Des poseurs de planches demandaient leur dîme pour la construction d'un pont temporaire au-dessus des flaques d'eau stagnante. Des porteurs d'eau livraient des seaux aux demeures cossues. Mon propre quartier, Saint-Antoine, n'était ni cossu ni mal famé, mais plutôt un fief de la classe laborieuse, avec des artisans, des ébénistes, des chapeliers et des serruriers. Les loyers restaient modestes en raison d'effluves provenant de brasseries et de teintureries, sans oublier l'odeur persistante qui régnait à Paris, de fumée, de pain et de fumier.

Satisfait de ma soirée, je montai l'escalier obscur avec l'intention de dormir jusqu'à midi. Une fois la porte ouverte, je pénétrai dans mes quartiers faiblement éclairés, et décidai de gagner mon matelas à tâtons plutôt que d'ouvrir les volets ou d'allumer une bougie. Peut-être aurais-je mieux fait, vu l'intérêt de Silano, de mettre mon médaillon au mont-de-piété pour pouvoir être mieux logé.

Je sentis alors une présence et me retournai pour affronter une ombre parmi les ombres.

« Qui est là ? »

Je sentis un courant d'air, et, instinctivement, me jetai de côté ; quelque chose siffla à mon oreille et heurta mon épaule. C'était quelque chose d'émoussé, mais pour autant capable de me faire souffrir. Mes jambes se dérobèrent sous moi.

« Que diable ? »

Le coup de massue m'avait insensibilisé le bras.

Puis quelqu'un me donna un coup de tête et je tombai de côté, assommé par la douleur. Je ne m'attendais pas à cela ! En désespoir de cause, je donnai des coups de pied et atteignis une cheville : un cri retentit qui me donna quelque satisfaction. Puis je glissai sur le côté, en tentant de saisir mon adversaire à l'aveuglette. Ma main empoigna un mollet, et je tirai. L'intrus tomba sur le sol à côté de moi.

« Merde », grogna-t-il.

Pendant que je me débattais et essayais de libérer mon fourreau de mes jambes pour pouvoir tirer mon épée, je reçus un coup de poing en plein visage. Je m'attendais à subir un nouvel assaut de mon adversaire, mais rien ne se produisit. En revanche, une main me saisit à la gorge.

« Il l'a ? » demanda une autre voix.

Combien étaient-ils ?

Ayant attrapé un bras et un col, je réussis à atteindre une oreille. Mon adversaire poussa un nouveau juron. Je tirai un coup sec et sa tête rebondit sur le sol. Continuant à agiter les jambes dans toutes les directions, je fis tomber une chaise bruyamment.

« Monsieur Gage ! cria quelqu'un en dessous. Que faites-vous dans ma maison ? »

C'était ma propriétaire, Mme Durrell.

« À l'aide ! » criai-je, le souffle court en raison de la douleur.

Je me roulai de côté, dégageai mon fourreau et commençai à tirer ma rapière.

« Voleurs !

— Nom de Dieu, aide-moi ! dit mon assaillant à son compagnon.

— J'essaye de trouver sa tête. On ne peut pas le tuer avant de l'avoir. »

Puis quelque chose me frappa et tout devint noir.

Je revins à moi, l'esprit embrumé, le nez contre le sol. Mme Durrell était accroupie au-dessus de moi comme si elle inspectait un cadavre. Quand elle me tourna sur le dos et que je clignai des yeux, elle sursauta.

« Vous !

— Oui, c'est bien moi, grognai-je, incapable de me souvenir de quoi que ce soit pendant quelques instants.

— Voyez dans quel état vous êtes ! Par quel miracle êtes-vous encore vivant ? »

Et elle, que faisait-elle penchée au-dessus de moi ? Sa chevelure rousse flamboyante m'avait toujours effrayé, dont les boucles jaillissaient en une masse rêche comme les ressorts d'une montre. Était-ce déjà le moment de payer mon loyer ? Les nouveaux calendriers me maintenaient dans une confusion permanente.

Puis je me souvins de l'agression.

« Ils ont dit qu'ils hésitaient à me tuer.

— Comment osez-vous accueillir de tels malfrats ! Vous pensez pouvoir introduire la sauvagerie à Paris comme en Amérique ? Vous paierez pour chaque sou de réparation ! »

Je m'assis, sonné.

« Il y a des dégâts ?

— Un appartement sens dessus dessous, un bon lit saccagé ! Savez-vous ce que coûte aujourd'hui la qualité qu'on trouve chez moi ? »

Je commençais à comprendre le désordre, et de vagues souvenirs me revenaient à l'esprit.

« Madame, je suis davantage victime que vous. »

Mon épée avait disparu avec mes assaillants. Ce qui valait mieux, compte tenu de sa véritable utilité. Je n'avais jamais suivi d'entraînement, et elle me gênait quand elle cognait contre ma cuisse. À choisir, je me serais plutôt fié à mon long rifle ou à mon tomahawk algonquin. J'avais adopté cette hache pendant que je faisais le commerce de la fourrure et j'avais appris auprès des Indiens et des éclaireurs à m'en servir comme arme, aussi bien que pour scalper, marteler, tailler, raser, trancher et couper des cordes. Je ne comprenais pas comment les Européens pouvaient s'en passer.

« Quand j'ai frappé à la porte, vos compagnons ont dit que vous étiez rentré ivre après une nuit passée avec une prostituée ! Que vous ne vous contrôliez plus !

— Madame Durrell, ces hommes étaient des voleurs et non mes compagnons. »

Je regardai autour de moi. Les volets étaient maintenant ouverts, laissant entrer la lumière du matin, et mon appartement paraissait avoir reçu un boulet de canon. Les armoires étaient béantes, et leur contenu déversé sur le sol. Un meuble de rangement était renversé, mon précieux matelas de plumes retourné et éventré. Du duvet volait dans l'air. Une étagère s'était effondrée, et ma petite bibliothèque dispersée. Mes gains au jeu avaient disparu de ma copie évidée du traité de Newton sur l'optique, dont Franklin m'avait fait don – il ne s'imaginait pas que je le lirais –, et ma chemise était déchirée jusqu'au nombril. Ce n'était certainement pas pour admirer ma poitrine.

« On s'est introduit chez moi frauduleusement.

— Frauduleusement ? Ils ont dit que vous les aviez invités !

— Qui a dit cela ?

« — Des soldats, des voyous, des vagabonds... ils portaient des chapeaux, des capes et de lourdes bottes. Ils m'ont dit qu'il y avait eu un différend à propos de cartes et que vous rembourseriez les dommages.

— Madame, j'ai failli être assassiné. J'ai passé la nuit dehors ; en rentrant, j'ai surpris des voleurs et ai reçu un coup qui m'a fait perdre conscience. Bien que je ne sache pas ce qu'il y avait à voler. »

Je jetai un coup d'œil vers les lambris et m'aperçus qu'ils avaient été écartés du mur. Le fusil que j'y avais caché y était-il encore ? Puis je regardai mon pot de chambre, toujours aussi fétide. Bien.

« En effet, pourquoi des voleurs s'en prendraient-ils à un homme aussi minable que vous ? »

Elle me regarda d'un air sceptique.

« Un Américain ! Tout le monde sait que les gens de votre espèce n'ont pas le sou. »

Je redressai un tabouret et m'y assis lourdement. Elle avait raison. N'importe quel marchand dans le quartier aurait pu informer les voleurs que j'avais du retard dans le paiement de mes dettes. Ils devaient convoiter mes gains au jeu, ainsi que le médaillon. J'avais été riche un moment, du moins jusqu'à la prochaine partie. Quelqu'un présent au tripot avait dû me suivre ici, sachant que j'allais me rendre aussitôt chez Minette. Le capitaine ? Silano ? Et je les avais surpris à mon retour. À moins qu'ils ne m'aient attendu, n'ayant pas trouvé ce qu'ils cherchaient ? Mais qui était au courant de mes plans amoureux ? Minette pour commencer. Elle s'était pressée contre moi sans perdre de temps. Était-elle de mèche avec un scélérat ? C'était assez fréquent chez les prostituées.

« Madame, j'assume la responsabilité de tous les dégâts.

— J'aimerais voir l'argent correspondant, monsieur.

— Moi aussi. »

Je me levai en chancelant.

« Vous devez vous expliquer à la police !

— Je pourrai mieux m'expliquer après avoir interrogé quelqu'un.

— Qui ?

— La jeune femme qui s'est moquée de moi. »

Mme Durrell grommela quelque chose, une vague lueur de sympathie dans les yeux. Un homme qui se fait avoir par une femme ? C'est très français.

« M'accorderez-vous le temps de remettre en place mes meubles, réparer mes vêtements et panser mes blessures, madame ? Je suis pudique malgré les apparences.

— Vous avez surtout besoin d'un cataplasme. Et de fermer votre pantalon.

— Bien sûr. Mais je suis aussi un homme.

— Très bien. »

Elle se leva.

« Chaque franc dépensé ici sera ajouté à votre loyer, aussi vous feriez bien de récupérer ce que vous avez perdu.

— Vous pouvez être tranquille. »

Je la poussai dehors et fermai la porte. Puis je redressai les meubles. Pourquoi ne m'avaient-ils pas tué ? Parce qu'ils n'avaient pas trouvé ce qu'ils étaient venus chercher. Et s'ils revenaient, ou que cette fouineuse de Mme Durrell décide de faire son propre ménage ? J'enfilai une chemise propre et dégageai entièrement le lambris à côté de mon lavabo. Oui, mon fusil de Pennsylvanie était sauf : il était trop volumineux pour qu'on le porte dans Paris, et trop voyant pour être mis au mont-de-piété, puisqu'on pouvait l'identifier comme m'appartenant. Mon tomahawk était également là, et je le glissai dans mon endroit préféré, le creux de mes reins, sous ma veste. Et le médaillon ? Je me dirigeai vers le pot de chambre.

Il était là, caché sous mes propres déjections. Je le sortis de sa cachette, le lavai dans la bassine, et profitai de la nuit pour jeter déjections et eaux usées par la fenêtre dans le jardin. Comme je l'avais prévu, c'était le seul endroit où un voleur ne chercherait pas. Je glissai le médaillon propre autour de mon cou et partis afin d'interroger Minette.

Pas étonnant qu'elle m'ait laissé gagner notre concours sexuel ! Elle comptait récupérer le médaillon autrement, en détournant mon attention !

Je refis le chemin dans le sens inverse, et achetai du pain avec les quelques pièces qui me restaient en poche. En pleine matinée, Paris était envahi. Des marchands proposaient des balais, du bois de chauffage, du café moulu, des moulins à vent en jouets et des souricières. Des bandes de jeunes voyous se prélassaient à côté de fontaines, essayant d'extorquer de l'argent en échange d'eau. Des enfants en uniforme marchaient vers leurs écoles. Des conducteurs de chariots déchargeaient des barils dans des boutiques. Un lieutenant aux joues rubicondes sortait de chez un tailleur, resplendissant dans son uniforme de grenadier.

Oui, c'était bien là sa maison ! Je montai les marches quatre à quatre, déterminé à l'interroger avant qu'elle se réveille et puisse s'enfuir. Mais en arrivant à son palier, je sentis quelque chose d'anormal. L'immeuble semblait étrangement vide. Sa porte était entrouverte. Je frappai, mais personne ne répondit. Je regardai par terre. La poignée de porte était tordue, le verrou arraché. Quand j'ouvris en grand, un chat s'enfuit, les moustaches toutes roses.

L'unique fenêtre et les braises dans la cheminée donnaient suffisamment de lumière. Minette était sur le lit, comme je l'avais laissée, mais le corps nu entre les draps rejetés, et le ventre ouvert, découpé au couteau. C'était le genre de blessure qui tuait lentement, laissant à sa victime le temps de supplier ou d'avouer. Une mare de sang s'était formée sur le plancher sous le lit, que le chat avait lapée.

Ce meurtre était absurde.

La pièce ne présentait aucune trace de vol. Le loquet de la fenêtre était enlevé. Je l'ouvris pour regarder dans la cour boueuse à l'arrière de l'immeuble. Rien.

Que faire ? Des gens nous avaient vus chuchoter ensemble dans la maison de jeu, et il était évident que j'avais l'intention de passer la nuit avec elle. Maintenant elle était morte, mais pourquoi ? Sa bouche était grande ouverte, ses yeux révulsés.

Je m'en aperçus, au moment même où j'entendais un bruit de bottes dans l'escalier. Le bout de son doigt était couvert de son propre sang, et elle s'en était servie pour écrire quelque chose sur le plancher. Je penchai la tête.

C'était la première lettre de mon nom, la lettre *G*.

« Monsieur, dit une voix sur le palier, vous êtes en état d'arrestation. »

Je me retournai pour voir deux gendarmes, un corps de police formé par les comités révolutionnaires en 1791. Derrière eux, un homme paraissait satisfait de voir ses soupçons confirmés.

« C'est lui », dit l'homme basané, avec un accent arabe.

C'était l'homme que j'avais engagé comme porteur de lanterne.

La Terreur s'était calmée, mais la justice révolutionnaire française avait encore tendance à guillotiner d'abord, pour enquêter après. Mieux valait ne pas être arrêté. Je quittai la pauvre Minette en sautant par sa fenêtre, à travers le cadre, et retombai avec légèreté sur le carré de boue en dessous. Malgré ma nuit agitée, je n'avais rien perdu de mon agilité.

« Arrêtez, assassin ! »

Une détonation retentit, et une balle me frôla l'oreille.

Je sautai par-dessus une palissade, accompagné par le chant d'un coq, continuai mon chemin en donnant des coups de pied à un chien de garde, trouvai un passage vers une rue adjacente et pris mes jambes à mon cou. J'entendis des cris, sans pouvoir discerner si c'était un appel au secours, un moment de confusion, ou bien l'appel des commerçants. Heureusement, Paris est un dédale de rues où vivent six cent mille personnes, et je me perdis bientôt sous les auvents du marché des Halles, tandis que l'odeur humide et terrienne des pommes d'hiver, l'éclat des carottes et la vue des anguilles luisantes contribuaient à me calmer, après le choc provoqué par le corps charcuté. J'aperçus deux gendarmes qui passaient rapidement dans l'allée des fromages. Je pris la direction inverse.

J'étais dans la pire des situations, ne sachant pas exactement de quelle situation il s'agissait. Que mon appartement ait été saccagé, je pouvais l'accepter, mais qui avait assassiné ma courtisane – les voleurs avec qui elle pouvait être de mèche ? Et pour quelle raison ? Elle n'avait ni mon argent ni mon médaillon. Et pourquoi Minette m'aurait-elle impliqué en écrivant avec son doigt ensanglanté ? J'étais aussi perplexe qu'inquiet.

En tant qu'Américain à Paris, je me sentais particulièrement vulnérable. Il est vrai que nous avions dépendu des Français pour acquérir notre indépendance. Il est vrai que Franklin avait été, des années durant, une célébrité pleine d'esprit en tant que représentant de notre nation. Son portrait avait été reproduit sur tellement de cartes, de miniatures et de tasses que le roi, dans une rare manifestation d'humour royal, l'avait fait peindre au fond d'un pot de chambre d'une de ses ferventes admiratrices. Il est vrai également que mon association avec le scientifique et diplomate m'avait valu l'amitié de quelques Français haut placés. Mais les relations s'étaient gâtées à mesure que la France intervenait dans notre commerce qui se voulait neutre. Des hommes politiques américains qui avaient pris fait et cause pour l'idéalisme de la Révolution française avaient vite été dégoûtés par la Terreur. Si je pouvais avoir une quelconque utilité à Paris, c'était de tenter d'expliquer une nation à l'autre.

J'étais arrivé dans cette ville quatorze ans auparavant, à dix-neuf ans, expédié par mon négociant maritime de père pour me permettre de clarifier mes émotions (et sa fortune) envers Annabelle Gaswick, et ses ambitieux parents. Je ne savais pas avec certitude si Annabelle était enceinte, mais je reconnaissais que c'était en théorie possible. Aux yeux de mes parents, ce n'était pas une alliance souhaitable. Un dilemme similaire avait, dit-on, éloigné le jeune Ben Franklin de Boston à Philadelphie, et mon père avait parié que le vieil homme d'État serait sensible à ma situation. Heureusement, Josiah Gage avait servi dans l'armée continentale en tant que major, et il était de surcroît maçon du troisième degré. Franklin, franc-maçon de longue date à Philadelphie, avait été élu, en 1777, à la Loge des Neuf Muses de Paris, et avait pu, l'année suivante, faire initier Voltaire dans cette auguste assemblée. J'avais fait très tôt des missions commerciales à Québec, je parlais un français convenable, et j'étais doué pour la littérature (en deuxième année à

Harvard, j'étais déjà las des classiques poussiéreux, des étudiants égocentriques et des débats sur des questions oiseuses). Aussi, en 1784, mon père suggéra-t-il que je devinsse l'adjoint de l'ambassadeur américain. Franklin, à soixante-dix-huit ans, était d'une santé fragile et n'avait nul besoin de mes conseils naïfs, mais il était prêt à aider un autre maçon. Quand je fus à Paris, le vieil homme d'État s'attacha à moi, malgré mon manque d'ambition. Il m'initia en même temps à la franc-maçonnerie et à l'électricité.

« Dans l'électricité, réside la force secrète qui anime l'univers, m'avait dit Franklin. Dans la franc-maçonnerie, il existe un code de comportement et de pensée qui, s'il était suivi par tous, pourrait guérir le monde de ses maux.

« La franc-maçonnerie, expliquait-il, est apparue en Angleterre à l'aube du XVIIIe siècle, mais ses origines remontent à la corporation de maçons qui parcouraient l'Europe pour bâtir de grandes cathédrales. Ils étaient francs parce que leurs talents leur permettaient de trouver un emploi partout, et de demander une juste rémunération pour leurs services – ce qui n'était pas la moindre des choses dans un monde de serfs. Pourtant, la franc-maçonnerie se prétend plus ancienne encore, trouvant ses racines dans les chevaliers templiers des croisades, qui avaient leur quartier général dans le mont du Temple à Jérusalem, et devinrent par la suite les banquiers et les seigneurs de la guerre de l'Europe. Les templiers médiévaux acquirent tant de puissance que leur fraternité fut écrasée par le roi de France, et leurs dirigeants brûlés sur le bûcher. Ce sont les survivants qui seraient les fondateurs de notre propre ordre. Comme beaucoup de groupes, les maçons s'enorgueillissent d'avoir été persécutés dans le passé.

« Les templiers martyrs eux-mêmes sont des descendants de groupes plus anciens, disait Franklin. La maçonnerie fait remonter son ascendance aux sages du monde ancien, et aux maçons et aux charpentiers qui bâtirent le temple de Salomon.

« Les symboles maçonniques sont le tablier et les outils de nivellement du tailleur de pierre, parce que la fraternité admire la logique et la précision de la technique et de l'architecture. Pour devenir membre, la croyance en un être suprême est exigée, mais aucune religion n'est spécifiée, et les maçons ont l'interdiction de discuter religion ou politique dans les loges. C'est une organisation philosophique basée sur la rationalité et la recherche scientifique. Son fondement est la réaction de la libre-pensée contre les guerres de Religion entre catholiques et protestants au cours des siècles passés. Pourtant, elle se pique aussi de mysticisme ancien et de préceptes mathématiques. L'accent qu'elle met sur la probité morale et la charité, au lieu de dogme et de superstition, rend ses enseignements de bon sens suspects aux yeux des conservateurs religieux. Son côté exclusif en fait la cible de la jalousie et des rumeurs.

— Pourquoi tous les hommes ne la suivent-ils pas ? demandai-je à Franklin.

— Trop d'êtres humains préféreraient changer un monde rationnel pour un autre fait de superstition, qui apaise leurs peurs, leur donne un rang dans la société et un avantage sur leurs semblables, me répondit le philosophe américain. Les gens ont toujours peur de penser. Et malheureusement, mon cher Ethan, l'intégrité est toujours prisonnière de la vanité, et le bon sens commun est facilement éclipsé par la cupidité. »

Tout en appréciant l'enthousiasme de mon mentor, je n'étais pas, en tant que maçon, une grande réussite.

Le rituel me fatigue et la cérémonie maçonnique me paraissait obscure et interminable. Il y avait trop de discours bavards, de cérémonies ennuyeuses à mémoriser, et de vagues promesses d'éclaircissement qui ne viendraient qu'avec l'avancement dans la hiérarchie. Bref, la franc-maçonnerie était pour moi une corvée et demandait trop d'efforts à mon goût. C'est avec soulagement que je repartis pour les États-Unis avec Franklin l'année suivante, et sa lettre de recommandation ainsi que ma maîtrise du français attirèrent l'attention d'une étoile montante du négoce de fourrures de New York nommé John Jacob Astor. Comme on m'avait recommandé de rester à distance de la famille Gaswick – Annabelle avait épousé un orfèvre dans des circonstances précipitées –, je sautai sur l'occasion de m'initier aux affaires de fourrure au Canada. Je voyageai avec des Français jusqu'aux Grands Lacs, appris à tirer et à chasser et, pendant les premiers temps, je crus pouvoir trouver mon avenir dans le Grand Ouest. Pourtant, plus on s'éloignait de la civilisation, plus elle me manquait, et pas seulement celle de l'Amérique, mais celle de l'Europe. Un salon constituait un refuge face à l'immensité qui vous engloutissait. Pour Ben, le Nouveau Monde incitait à une vérité simple, et l'Ancien, à une sagesse à moitié oubliée qui attendait d'être redécouverte. Toute sa vie, il avait été déchiré entre les deux, et j'étais dans le même cas.

Je descendis donc le Mississippi jusqu'à La Nouvelle-Orléans. C'était un Paris en miniature, avec la chaleur en plus, l'exotisme, et une décadence récente, un mélange de marchés aux prostituées et aux esclaves africains, créoles, mexicains et cherokees, avec des spéculateurs fonciers yankees et des missionnaires. L'énergie qui s'en dégageait aiguisa mon appétit pour le confort urbain. Je pris un bateau à destination des îles françaises à sucre, navire construit aux dépens d'une main-d'œuvre d'esclaves rétifs, et mesurai pour la première fois la terrible injustice de la vie et l'aveuglement des sociétés édifiées sur cette base. Ce qui différencie notre espèce des autres n'est pas seulement ce que les hommes font subir aux autres hommes, mais la façon dont ils s'en justifient inlassablement.

Puis je pris un bateau sucrier jusqu'au Havre. J'arrivai juste à temps pour entendre les échos de la prise de la Bastille. Quel contraste entre les idéaux de la Révolution et les horreurs que je venais de voir ! Le chaos grandissant me contraignit à quitter la France pendant des années, au cours desquelles je gagnai ma vie comme représentant entre Londres, l'Amérique et l'Espagne. Mes buts étaient incertains, mes projets en suspens. Je n'avais plus de racines.

Je revins finalement à Paris une fois la Terreur calmée, espérant tenter ma chance dans cette société chaotique et fiévreuse. La France bouillonnait d'une sophistication intellectuelle inconnue chez moi. Paris était une bouteille de Leyde, une batterie d'étincelles emmagasinées. Peut-être la sagesse perdue que Franklin désirait tant allait-elle être retrouvée ! Paris comptait aussi des femmes infiniment plus charmantes qu'Annabelle Gaswick. Si je m'y attardais quelque temps, la chance me sourirait peut-être.

Mais pour l'instant, c'était la police qui risquait de me trouver.

Que faire ? Je me souvenais de quelque chose que Franklin avait écrit : la franc-maçonnerie « faisait que des hommes animés des sentiments les plus opposés, de régions très éloignées et de conditions les plus diverses, se précipitaient pour aider leur prochain ». Je participais toujours occasionnellement à des réunions à cause des relations sociales que cela pouvait m'apporter. La France dénombrait trente-cinq mille membres répartis dans six cents loges ; c'était un groupe si puissant qu'on l'avait accusé à la fois d'avoir fomenté la Révolution et d'avoir conspiré pour lui faire faire marche arrière. Washington, Lafayette, Bacon et Casanova avaient tous été francs-maçons. Joseph Guillotin également, qui inventa la guillotine pour abolir la souffrance de la pendaison. Dans mon pays, l'ordre constituait un véritable panthéon de patriotes : Hancock, Madison, Monroe, et même John Paul Jones et Paul Revere, ce qui conduisit certains à penser que ma nation n'était rien d'autre qu'une invention maçonnique. Ayant besoin de conseils, j'irais donc les chercher auprès de mes camarades maçons, ou plutôt un en particulier : le journaliste Antoine Talma, qui s'était pris d'amitié pour moi à l'occasion de mes visites sporadiques à la loge, en raison de la curiosité singulière qu'il portait à l'Amérique.

« Vos Indiens peaux-rouges sont les descendants de civilisations anciennes perdues, qui avaient trouvé la sérénité qui nous fait défaut aujourd'hui, prétendait Talma. Si nous pouvions prouver qu'ils sont une tribu d'Israël, ou des réfugiés de Troie, cela nous tracerait la voie vers l'harmonie. »

De toute évidence, il n'avait pas vu les mêmes Indiens que moi, eux qui m'avaient paru souffrir du froid et de la faim, et souvent aussi cruels qu'ils pouvaient être paisibles. Mais je ne parvins jamais à infléchir ses spéculations.

Écrivain et pamphlétaire, logeant près de la Sorbonne, Antoine était célibataire, mais ne partageait pas mon intérêt pour les femmes. Je le trouvai non pas à son bureau, mais dans un de ces nouveaux cafés-glaciers, près du pont Saint-Michel, sirotant une limonade dont il vantait les pouvoirs curatifs. Talma était toujours vaguement malade, et testait continuellement des purgatifs et des régimes pour parvenir à un état de santé parfait. C'était l'un des rares Français de ma connaissance qui consommait la pomme de terre américaine alors que, pour la plupart des Parisiens, elles étaient juste bonnes à donner aux cochons. En même temps, il se lamentait de n'avoir pas vécu pleinement sa vie, et aurait voulu être l'aventurier qu'il voyait en moi, à condition de pouvoir le faire sans risquer de s'enrhumer.

(Il faut dire que j'avais quelque peu exagéré mes propres exploits et appréciais secrètement ses flatteries.) Il m'accueillit avec autant de chaleur que d'habitude, avec son visage jeune aux traits innocents, ses cheveux indisciplinés malgré leur coupe courte à la nouvelle mode républicaine, sa veste de jour couleur rose aux boutons d'argent. Il avait le front large, de grands yeux enthousiastes et un teint d'une pâleur extrême.

J'acquiesçai poliment à son nouveau remède et préférai du café, boisson nettement plus excitante, et une pâtisserie. Les risques de dépendance au breuvage noir étaient régulièrement dénoncés par le gouvernement pour dissimuler la rareté des grains due à la guerre.

« Peux-tu payer ? demandai-je à Talma. J'ai eu quelques déboires. »

Il m'observa de plus près.

« Mon Dieu, tu es tombé dans un puits ? »

Pas rasé, les yeux rouges, j'étais contusionné et sale.

« J'ai gagné aux cartes. »

La table de Talma était jonchée d'une demi-douzaine de billets perdants de la loterie. Sa chance aux jeux n'égalait pas la mienne, mais les finances du

Directoire dépendaient en grande partie de l'optimisme sans faille de personnes comme lui. Toutefois, les miroirs aux cadres dorés du café qui se reflétaient à l'infini me donnaient l'impression d'être beaucoup trop visible.

« J'ai besoin d'un avocat honnête.

— Aussi facile à trouver qu'un député avec des scrupules, un boucher végétarien ou une prostituée vierge, répondit Talma. Si tu essayais la limonade, cela pourrait t'aider à rectifier un mode de pensée aussi flou.

— Je suis sérieux. Une femme avec qui j'étais a été assassinée. Deux gendarmes ont tenté de m'arrêter pour ce crime. »

Interloqué, il leva les sourcils.

Une fois de plus, je l'avais confirmé dans son rôle de voyeur. Il se demandait aussi, je le savais, si l'histoire pourrait être vendue aux journaux.

« Mais pourquoi ?

— Ils avaient comme témoin un porteur de lanterne que j'avais engagé. Le fait que j'allais la rejoindre dans sa chambre n'était un secret pour personne : même le comte Silano le savait.

— Silano ! Qui peut se fier à ce forban ?

— Peut-être le gendarme dont la balle de pistolet m'a frôlé l'oreille. Je suis innocent, Antoine. Je croyais qu'elle était de mèche avec les voleurs, mais quand je suis retourné pour lui demander des explications, elle était morte.

— Attends. Des voleurs ?

— Je les ai surpris alors qu'ils mettaient mon appartement à sac, et ils m'ont assommé. J'avais gagné de l'argent aux tables hier soir, ainsi qu'un curieux médaillon, mais…

— Plus doucement, s'il te plaît. »

Il fouillait dans ses poches pour trouver un morceau de papier.

« Un médaillon ? »

Je le sortis.

« Tu ne peux pas écrire là-dessus, mon ami.

— Ne pas écrire ! Autant dire ne pas respirer !

— Cela ne ferait qu'empirer ma situation. Tu dois garder le secret. Il en va de mon salut. »

Il soupira.

« Je pourrais démasquer une injustice. »

Je posai le médaillon sur la table en marbre, en le dissimulant aux autres clients du haut de mon corps, et le glissai vers mon compagnon.

« Regarde : le soldat à qui je l'ai gagné assurait qu'il provenait de l'Égypte ancienne. Silano était intrigué. Il a fait une enchère et voulait même l'acheter, mais je n'étais pas vendeur. Je ne comprends pas que cela ait pu susciter un meurtre. »

Talma plissa les yeux, le retourna et joua avec les bras.

« Que représentent tous ces marquages ? »

Je l'examinai de près pour la première fois. J'ai déjà décrit le sillon qui traversait le disque, comme pour matérialiser son diamètre. Au-dessus, le disque était perforé d'une façon qui semblait aléatoire. En dessous il y avait trois séries de marques en zigzag, ressemblant à des montagnes dessinées par un enfant. Et en dessous, des griffures en forme de dièse qui formaient un triangle.

« Je n'en ai pas la moindre idée. C'est très grossier. »

Talma étendit les deux bras qui pendaient pour former un *V* à l'envers.

« Et que dis-tu de cela ? »

Il n'y avait pas besoin d'explication. Cela ressemblait au symbole maçonnique du compas, l'instrument utilisé pour tracer un cercle. Le symbolisme secret de l'ordre accompagnait souvent le compas avec l'équerre du charpentier, l'un au-dessus de l'autre. En écartant les bras du médaillon au maximum, ils dessineraient un cercle d'environ trois fois la taille du disque. Était-ce une sorte d'outil mathématique ?

« Je n'y comprends rien, dis-je.

— Silano, qui appartient au rite égyptien hérétique de la franc-maçonnerie, s'y intéressait. Autrement dit, ceci a peut-être un rapport avec les mystères de notre ordre. »

L'imagerie maçonnique était réputée s'inspirer de celle des Anciens. Certaines images étaient des outils ordinaires, comme le maillet, la truelle et le tréteau, mais d'autres étaient plus exotiques, comme le crâne humain, les piliers, les pyramides, les épées et les étoiles. Toutes étaient symboliques, susceptibles de suggérer un ordre de l'existence que j'ai toujours eu du mal à trouver dans la vie de tous les jours. À chaque niveau d'avancement dans la hiérarchie maçonnique, la signification d'autres symboles était dévoilée. Ce médaillon était-il un quelconque ancêtre de notre fraternité ? Nous hésitions à en parler dans ce café, car les membres de la loge sont soumis au secret, ce qui rend évidemment ce symbolisme encore plus intrigant pour les non-initiés. Nous avons été accusés de toutes sortes de sorcelleries et de complots, alors que le plus clair de notre temps se passe à parader dans des tabliers blancs. Comme avait déclaré un homme d'esprit : « Même si c'est cela leur secret – qu'ils n'ont aucun secret –, c'est déjà un exploit de garder cela secret. »

« Cela évoque un passé lointain, dis-je en le remettant autour de mon cou. Le capitaine qui me l'a cédé affirmait qu'il était arrivé en Italie avec Cléopâtre et César, et avait appartenu à Cagliostro, mais le soldat en faisait si peu de cas qu'il l'a perdu dans une partie de chemin de fer.

— Cagliostro ? Et d'après lui, c'était égyptien ? Et Silano s'y intéressait ?

— Tout cela paraissait assez anodin sur le moment. Je croyais qu'il essayait simplement de faire monter mon enchère. Mais maintenant... »

Talma réfléchit.

« Peut-être s'agit-il seulement d'une coïncidence. Une partie de cartes, deux crimes.

— Peut-être. »

Il pianota sur la table.

« Tout peut aussi avoir un rapport. Le porteur de lanterne a conduit la police vers toi, en pensant que la mise à sac de ton appartement permettrait de te mettre en cause dans un horrible meurtre et de pouvoir te soumettre à un interrogatoire. Ils espèrent tout simplement voler le médaillon. Mais il n'est pas dans ton appartement ni chez Minette. Tu es un étranger d'un certain niveau, pas facile à agresser. Par contre, si tu étais inculpé de meurtre et fouillé... »

Minette aurait-elle été tuée simplement pour m'impliquer dans cette affaire ? La tête me tournait.

« Pourquoi vouloir cet objet à ce point ? »

Il était tout excité.

« Parce que de grands événements sont en préparation. Parce que les mystères maçonniques dont tu te moques irrévérencieusement vont peut-être affecter le monde.

— Quels événements ?

— J'ai des renseignements, mon ami. »

Il adorait être évasif, prétendant connaître de grands secrets, qui finalement n'étaient jamais publiés.

« Alors tu es d'accord ? Je suis victime d'un coup monté ?

— Naturellement. »

Talma me regardait sérieusement.

« Tu as devant toi la personne qu'il te faut. En tant que journaliste, je poursuis la vérité et la justice. En tant qu'ami, je présume de ton innocence. Comme scribe qui écrit sur les grands de ce monde, j'ai des contacts.

— Comment le prouver ?

— Tu as besoin de témoins. Est-ce que ta propriétaire se porterait garante de ton honorabilité ?

— Je ne crois pas. Je lui dois mon loyer.

— Et ce porteur de lanterne, comment le retrouver ?

— Le retrouver ? Je ne veux surtout pas avoir affaire à lui !

— En effet. »

Il réfléchit, tout en sirotant sa limonade.

« Il te faut un abri, et du temps pour réfléchir. Nos maîtres de loge pourraient t'aider.

— Tu veux que je me cache dans une loge ?

— Je veux te savoir en sécurité le temps de déterminer si ce médaillon peut nous fournir à tous les deux une occasion exceptionnelle.

— Pour quoi ? »

Il sourit.

« J'ai entendu des rumeurs, et des rumeurs de rumeurs. Ton médaillon tombe peut-être à point nommé. Beaucoup plus que tu ne le penses. Je dois parler aux gens adéquats, à des hommes de science.

— Des hommes de science ?

— Des hommes proches du jeune général qui monte, Napoléon Bonaparte. »

3

À quarante-neuf ans, le chimiste Claude Louis Berthollet était l'étudiant le plus célèbre de Lavoisier,
lequel avait été guillotiné. Contrairement à son maître,
il s'était attiré les bonnes grâces de la Révolution en
trouvant un nitrate pour le sol, en remplacement du
salpêtre, indispensable dans la poudre à canon. À la
tête du nouvel Institut national, qui avait remplacé
l'Académie royale, il avait œuvré, avec son ami
mathématicien Gaspard Monge, au pillage de l'Italie.
Napoléon avait choisi des érudits pour le conseiller
dans le choix des chefs-d'œuvre les plus dignes d'être
rapportés en France. Les deux scientifiques étaient
ainsi devenus les confidents du général et avaient
accès aux secrets stratégiques. Leur opportunisme
politique me rappelait un astronome qui, travaillant à
l'élaboration du nouveau système métrique, avait été
obligé de remplacer ses fanions de repère blancs,
considérés comme symbole du roi Louis, par des drapeaux tricolores. Aucune profession n'échappe à la
Révolution.

« Vous n'êtes donc pas un assassin, monsieur
Gage ? » me demanda le chimiste, en esquissant un
sourire.

Avec son large front, son nez proéminent, sa bouche et son menton sévères, et des yeux tristes aux paupières lourdes, il ressemblait à un lord fatigué, réfugié dans un manoir de campagne, en train de considérer l'alliance grandissante de la science et de la politique avec autant de réserve qu'un père examine le prétendant de sa fille.

« Je le jure devant Dieu, devant le Grand Architecte des Maçons, ou sur les lois de la chimie. »

Ses sourcils se soulevèrent à peine.

« Vous jurez selon tout ce que je vénère, je suppose ?

— J'essaie seulement de vous prouver ma sincérité, docteur Berthollet. Je soupçonne que le meurtrier est un capitaine de l'armée, ou le comte Silano, qui avait manifesté son intérêt pour le médaillon que je venais de gagner.

— Un intérêt fatal.

— Je reconnais que cela peut sembler étrange.

— Et la fille a inscrit l'initiale de votre nom à vous, et pas leur initiale.

— Pour autant que ce soit bien elle qui l'ait écrit.

— D'après la police, la largeur de sa dernière calligraphie correspond à son doigt.

— Je venais de coucher avec elle, et je l'avais payée. Je n'avais aucune raison de la tuer, ni elle de m'accuser. Je savais où était le médaillon.

— Hum. Oui. »

Il sortit ses lunettes.

« Montrez-le-moi. »

Nous l'examinâmes pendant que Talma nous observait, un mouchoir à la main, au cas où il serait pris d'éternuements. Berthollet le retourna comme l'avaient fait Silano et Talma, avant de me le rendre.

« Sinon pour une quantité minime d'or, je ne vois pas pourquoi on fait tant d'histoires.

— Moi non plus.

— Pas la moindre clé, ni carte ni symbole d'un dieu, et pas particulièrement beau non plus. J'ai du mal à croire que Cléopâtre portait cette babiole.

— Le capitaine a seulement dit qu'il lui appartenait. En tant que reine…

— On doit lui attribuer autant d'objets que l'on attribue d'éclats de bois et de fioles de sang à Jésus. »

L'homme de science hocha la tête.

« Quoi de plus simple pour faire monter le prix d'un bijou grossier ? »

Nous étions assis dans le sous-sol de l'hôtel Le Cocq, utilisé par une branche de la Loge orientale de la franc-maçonnerie, en raison de son orientation est-ouest. Une table avec une nappe et un livre fermé était placée entre deux piliers. Dans l'obscurité qui régnait sous les arches de la voûte, on distinguait à peine des bancs. La lumière d'une bougie vacillait sur des hiéroglyphes égyptiens que personne ne savait lire, et des scènes bibliques représentant la construction du temple de Salomon. Sur une étagère, reposait un crâne, destiné à nous rappeler notre condition de mortels, ce qui ne contribuait en rien à notre discussion.

« Vous vous portez garant de lui ? demanda le chimiste à mon ami maçon.

— L'Américain est un homme de science, tout comme vous, docteur, dit Talma. Il a fait son apprentissage avec le grand Franklin et il est lui-même électricien.

— Ah, oui, l'électricité ! Des éclairs, des cerfs-volants et des étincelles au milieu d'un salon. Dites-moi, Gage, qu'est-ce que l'électricité ?

— Voyons. »

Je ne voulais pas exagérer mes connaissances devant un scientifique renommé.

« Le docteur Franklin pensait que c'était une manifestation du pouvoir élémentaire qui anime l'Univers. Mais, en vérité, personne ne sait. Nous pouvons la générer en tournant une manivelle et la conserver dans un bocal, donc nous savons qu'elle existe. Mais qui sait pourquoi ?

— Exactement. »

Le chimiste réfléchit, tout en retournant mon médaillon dans sa main.

« Peut-être des gens dans un passé lointain le savaient-ils ? Peut-être disposaient-ils de pouvoirs inconcevables de nos jours ?

— Ils connaissaient l'électricité ?

— Ils savaient ériger des monuments extraordinaires, non ?

— Il est intéressant qu'Ethan trouve ce médaillon et nous l'apporte à ce moment précis, ajouta Talma.

— Et pourtant la science ne croit pas aux coïncidences, répondit Berthollet.

— À ce moment précis ? demandai-je.

— Il convient pourtant de reconnaître l'opportunité, admit le chimiste.

— De quelle opportunité s'agit-il ? »

Je commençais à espérer.

« La possibilité d'échapper à la guillotine en vous engageant dans l'armée, répondit Berthollet.

— Quoi !

— En même temps, vous pouvez devenir un allié de la science.

— Et de la franc-maçonnerie, ajouta Talma.

— Vous êtes fou ? Quelle armée ?

— L'armée française, dit le chimiste. Écoutez, Gage, en tant que maçon et homme de science, pouvez-vous jurer de garder un secret ?

— Je ne veux pas devenir soldat !

— Personne ne vous le demande. Pouvez-vous jurer ? »

Talma me regardait plein d'espoir, son mouchoir sur les lèvres. Je déglutis et acquiesçai.

« Bien entendu.

— Bonaparte a quitté la Manche et prépare une nouvelle expédition. Ses officiers n'en connaissent pas la destination, mais certains scientifiques sont au courant. Pour la première fois depuis Alexandre le Grand, un conquérant invite des savants à l'accompagner pour étudier et consigner ce que nous voyons. Cette aventure promet d'égaler celles de Cook et de Bougainville. Talma a proposé que vous vous joigniez tous les deux à l'expédition, lui en tant que journaliste, et vous comme expert en électricité, mystères anciens, et avec ce médaillon. Imaginez qu'il soit un indice précieux ? Vous partez, contribuez à nos spéculations, et quand vous reviendrez, tout le monde aura oublié la mort de cette malheureuse prostituée.

— Une expédition où ? »

J'ai toujours eu des doutes en ce qui concerne Alexandre, qui avait peut-être fait de grandes choses en peu de temps, mais était mort un an plus jeune que moi, ce qui m'aurait plutôt dissuadé d'embrasser sa carrière.

« Où croyez-vous ? s'impatienta Berthollet. En Égypte ! Nous n'y allons pas simplement pour nous emparer d'une route commerciale importante ni pour ouvrir la porte à nos alliés qui se battent contre les Anglais en Inde. Nous y allons pour explorer l'aube de l'histoire. Il y a peut-être là-bas des secrets utiles.

Mieux vaut que ce soit nous, hommes de science, qui en possédions les clés, que le rite égyptien hérétique, pas vrai ?

— L'Égypte ? »

Par le fantôme de Franklin, quel intérêt cet endroit pouvait-il représenter pour moi ? Peu d'Européens connaissaient l'endroit, qui restait enveloppé de tout le mystère arabe. J'avais une vague image de sable, de pyramides et de fanatisme barbare.

« Non que vous soyez un très bon scientifique ni un très bon maçon, rectifia Berthollet. Mais en tant qu'Américain et pionnier, vous pouvez avoir un point de vue intéressant. Votre médaillon est peut-être aussi une chance. Si Silano le convoite, c'est qu'il risque d'avoir de l'importance. »

Je n'avais retenu que sa première phrase.

« Pourquoi ne suis-je ni un très bon scientifique ni un très bon maçon ? protestai-je, d'autant plus vigoureusement que, dans mon for intérieur, j'étais parfaitement d'accord.

— Allons, Ethan, dit Talma. Berthollet estime que tu dois encore faire tes preuves.

— Ce que je dis, monsieur Gage, c'est qu'à trente-trois ans, votre réussite n'est pas à la hauteur de vos possibilités, et que vous manquez d'ambition. Vous n'avez pas apporté la moindre contribution aux académies, ni progressé dans la hiérarchie maçonnique, ni accumulé une fortune, ni créé une famille, ni acquis une maison, ni écrit quoi que ce soit de notoire. À vrai dire, j'étais sceptique quand Antoine a proposé votre candidature. Mais il pense que vous avez un potentiel et, nous autres rationalistes, nous sommes les ennemis des adeptes mystiques de Cagliostro. Je ne veux pas que le médaillon glisse de votre cou quand vous serez guillotiné. J'ai un grand respect pour Franklin et espère qu'un jour vous suivrez ses traces. Vous pouvez donc essayer de prouver votre innocence devant les tribunaux révolutionnaires. Ou vous joindre à nous. »

Talma me saisit par le bras.

« L'Égypte, Ethan ! Penses-y ! »

Cela bousculerait complètement ma vie, mais pour combien de temps ? Berthollet avait fait une description de ma personnalité particulièrement agaçante compte tenu de son exactitude, bien que je fusse pourtant assez fier de mes voyages. Peu d'hommes connaissaient aussi bien l'Amérique du Nord que moi – et, je dois l'admettre, en avaient aussi peu tiré profit.

« L'Égypte appartient-elle à quelqu'un ? »

Berthollet agita la main. « Officiellement, elle fait partie de l'Empire ottoman mais, en réalité, elle est contrôlée par une caste renégate de guerriers esclavagistes appelés les mamelouks. Ils ignorent Constantinople et ne lui versent pas le moindre tribut. En outre, ils oppriment les Égyptiens ordinaires. Ils sont même d'une race différente ! Notre mission est une mission de libération, et non de conquête, monsieur Gage. »

Voilà qui me semblait optimiste. Napoléon paraissait être un général particulièrement opportuniste, à moins qu'il fût totalement aveugle.

« Ce Bonaparte, qu'en pensez-vous ? »

Nous avions tous entendu les éloges qui avaient suivi ses premières victoires, mais il avait passé peu de temps à Paris et était passablement inconnu. Certains le traitaient même de parvenu.

« C'est l'homme le plus énergique que j'aie jamais connu, et soit il réussira, soit il échouera de façon spectaculaire, dit Talma.

— Ou bien, comme c'est le cas de beaucoup d'ambitieux, il fera les deux, ajouta Berthollet. On ne peut pas nier qu'il soit brillant, mais c'est le jugement qui fait la grandeur.

— Je devrai abandonner tous mes contacts commerciaux et diplomatiques, dis-je. Et m'enfuir comme si j'étais coupable. La police ne pourrait-elle pas retrouver le comte Silano et le capitaine qui a perdu aux cartes ? Nous mettre tous dans la même pièce, et laisser surgir la vérité ? »

Berthollet détourna les yeux. Talma poussa un soupir.

« Silano a disparu. On dit que le ministère des Affaires étrangères a demandé qu'il soit protégé, dit mon ami. En ce qui concerne ton capitaine, il a été repêché dans la Seine la nuit dernière, après avoir été torturé et étranglé. Naturellement, étant donné que vous vous connaissiez et que tu as disparu toi aussi, tu es le principal suspect. »

Je déglutis.

« L'endroit le plus sûr pour vous maintenant, monsieur Gage, est au sein d'une armée. »

Il me sembla prudent, étant donné que j'allais participer à une invasion, de me munir d'une arme. Mon précieux long rifle, qui datait de mon passage dans le commerce de fourrures, était resté caché dans le mur de mon appartement. Fabriquée à Lancaster, Pennsylvanie, avec sa crosse en érable entaillée et tachée à force d'avoir été utilisée, l'arme restait remarquablement précise, comme j'en faisais de temps en temps la démonstration au Champ-de-Mars. Comptaient également la forme de cette crosse, presque féminine, et le filigrane sur le métal, aussi rassurant qu'une bourse pleine. Ce fidèle compagnon ne se plaignait jamais, toujours lisse, avec son acier virant au bleu, son parfum de grains de poudre, de lin et d'huile à fusil. Sa vitesse exceptionnelle conférait à son petit calibre un pouvoir meurtrier supérieur à une plus grande distance à celui d'un mousquet à gros calibre. On lui reprochait généralement de m'arriver au menton, ce qui le rendait difficile à manier. Le recharger prenait trop de temps pour les salves compactes et répétées des batailles à l'européenne, et on ne pouvait pas lui fixer de baïonnette. Mais l'idée de se tenir debout, en attendant que l'on vous tire dessus, nous était parfaitement étrangère, à nous autres Américains. Le principal inconvénient de n'importe quelle arme à feu était la nécessité de recharger après avoir tiré une fois, tandis qu'un fusil précis permettait d'atteindre sa cible dès le premier coup. L'urgence était de récupérer mon arme à feu.

« Ton appartement est justement l'endroit où la police va te chercher ! objecta Talma.

— Cela fait plus de deux jours. Ces hommes sont très mal payés et aussi corrompus qu'un juge. Il est peu probable qu'ils attendent encore. Nous irons cette nuit, nous soudoierons un voisin et nous creuserons le mur à partir de chez lui.

— Mais j'ai des billets pour la diligence de minuit à destination de Toulon !

— Il reste bien assez de temps, si tu m'aides. »

Par précaution, je décidai de pénétrer dans l'immeuble comme j'avais quitté celui de Minette, par une fenêtre donnant sur la cour de derrière. Même si les policiers étaient partis, Mme Durrell serait là à guetter, et je n'avais toujours pas de quoi régler les dommages et le loyer. La nuit venue, Talma m'aida, à contrecœur, à me hisser le long d'une descente d'eaux pluviales, afin que je jette un coup d'œil dans mon appartement. Tout était resté tel quel, avec le matelas éventré, et des plumes répandues partout comme des flocons de neige. Le loquet, en revanche, était brillant, signe que la serrure avait été changée. Ma propriétaire voulait s'assurer que je paierais mes dettes avant de récupérer mes affaires. Étant donné que mon plancher était aussi son plafond, j'avais décidé qu'une attaque oblique serait préférable.

« Reste aux aguets, chuchotai-je à mon compagnon.

— Dépêche-toi ! J'ai vu un gendarme dans la ruelle !

— Je vais entrer et sortir sans faire le moindre bruit. »

Je me glissai sur le rebord jusque chez mon voisin Chabon, un libraire qui, chaque soir, donnait des leçons aux enfants des nouveaux pauvres. Comme je l'avais espéré, il n'était pas là. Ayant estimé qu'un homme aussi rigide et d'une droiture si austère ne se laisserait jamais soudoyer, je comptais plutôt sur son absence. Je cassai un carreau et ouvris sa fenêtre. Il allait être furieux de trouver un trou dans son mur, mais j'étais, après tout, en mission pour la France.

Sa chambre sentait les livres et la pipe. J'écartai une lourde commode du mur mitoyen avec mon appartement et utilisai mon tomahawk pour creuser le lambris. Ai-je mentionné que la hache pouvait servir également comme cale et comme levier ? Je fendis malencontreusement quelques planches, mais je n'étais pas non plus menuisier, et je faisais davantage de bruit que prévu. Si je me dépêchais, cela n'aurait pas d'importance. J'aperçus ma corne à poudre et la crosse de mon fusil.

J'entendis alors le cliquetis de la serrure sur ma propre porte, suivi d'un bruit de pas dans mon appartement. Quelqu'un m'avait entendu ! Je me hâtai de passer la corne à mon épaule, saisis le rifle et entrepris de le sortir du mur, ce qui s'avérait difficile compte tenu de l'angle dans lequel il se trouvait.

J'étais sur le point d'y parvenir, lorsque quelqu'un saisit le canon de l'autre côté.

Je regardai par le trou. Mme Durrell me faisait face, avec ses cheveux roux comme électrisés, ses lèvres affreusement rougies formant une moue triomphante.

« Vous croyez que je ne connais pas vos ruses ? Vous me devez deux cents francs !

— Que je vais gagner en voyage, chuchotai-je d'une voix rauque. Je vous prie de lâcher mon fusil, madame, afin que je puisse honorer mes dettes.

— Comment ? En assassinant quelqu'un d'autre ? Payez ou je crie pour appeler la police !

— Je n'ai assassiné personne, mais il me faut du temps pour mettre les choses en ordre.

— En commençant par votre loyer !

— Faites attention, je ne veux pas vous blesser. Le fusil est chargé. »

C'était une habitude de pionnier que j'avais acquise auprès des voyageurs.

« Croyez-vous que j'aie peur des gens de votre espèce ? Ce fusil est ma garantie ! »

Je tirai vers moi, mais elle en fit autant de son côté, de toutes ses forces.

« Il est là, venu pour voler ses affaires ! » cria-t-elle.

On aurait dit les mâchoires d'un terrier sur le fusil.

En désespoir de cause, j'inversai brusquement le mouvement, et m'élançai à travers le trou que j'avais fait dans le mur, faisant éclater d'autres planches, et plongeai dans mon appartement. J'atterris sur ma propriétaire avec mon fusil, pas mal d'éclats de bois et de poussière du mur.

« Désolé, je voulais agir en silence.

— Au secours ! Au viol ! »

Je titubai en direction de la fenêtre, tandis qu'elle s'accrochait à ma jambe.

« Vous serez guillotiné ! »

Je regardai dehors. Talma avait disparu de la cour boueuse, remplacé par un gendarme qui me regardait avec surprise. Damnation ! La police n'avait pas été aussi efficace quand j'avais déposé plainte contre un pickpocket.

Je bondis alors dans l'autre direction, tandis que Mme Durrell échouait à mordre ma cheville, faute de suffisamment de dents. La porte était fermée, la clé sans doute dans la poche de ma propriétaire, mais je n'avais pas le temps de faire des mondanités. J'ouvris ma corne, amorçai mon fusil, pointai et tirai.

L'explosion résonna dans la pièce, et ma propriétaire me lâcha la jambe quand la serrure éclata. J'ouvris la porte d'un coup de pied et me précipitai dans le couloir. Dans l'escalier, une silhouette encapuchonnée me barrait la route, armée d'un bâton à tête de serpent. Elle semblait avoir été surprise par l'explosion. Le porteur de lanterne ! Le palier était rempli de fumée.

J'entendis un clic, et une lame fine jaillit de la tête de serpent.

« Donnez-le-moi et je vous laisse partir », chuchota-t-il.

J'hésitai. Mon fusil n'était plus armé, et mon adversaire avait l'air rompu au maniement de ce genre de pique.

Quelque chose vola alors dans le noir, depuis l'étage inférieur, et atteignit le porteur de lanterne à la tête, le faisant tituber. Je chargeai, utilisant le canon de mon fusil comme une baïonnette pour le frapper dans la poitrine. Le souffle coupé, il chancela et dévala l'escalier. Je le suivis, sautai par-dessus son corps et trébuchai en sortant contre Talma.

« Tu es devenu fou ? demanda mon ami. La police arrive de tous les côtés !

— Mais j'ai récupéré mon fusil, dis-je tout sourires. Avec quoi diable l'as-tu frappé ?

— Une pomme de terre.

— Elles sont quand même bonnes à quelque chose.

— Arrêtez-les ! cria Mme Durrell d'une fenêtre sur la rue. Il a voulu abuser de moi. »

Talma leva les yeux.

« J'espère que ton fusil en valait la peine. »

L'instant d'après, nous nous élancions dans la rue. Un autre gendarme apparut alors à l'extrémité, et Talma me tira vers la porte d'une auberge.

« Une autre loge, chuchota-t-il. J'avais le sentiment que nous en aurions besoin. »

Nous nous précipitâmes à l'intérieur et attirâmes le propriétaire dans l'ombre. Une rapide poignée de main maçonnique, et Talma montra une porte menant à la cave.

« Une affaire urgente pour l'ordre, l'ami.

— Est-il également franc-maçon ? demanda l'aubergiste en me montrant du doigt.

— Il essaie. »

L'aubergiste nous suivit en bas, fermant la porte à clé derrière nous. Nous nous arrêtâmes sous des voûtes en pierre pour reprendre notre souffle.

« Y a-t-il une sortie ? demanda Talma.

— Derrière les tonneaux de vin se trouve une grille. La canalisation est assez grande pour qu'on y passe, et elle mène aux égouts. Des maçons se sont échappés par là pendant la Terreur. »

Mon ami fit la grimace, mais ne broncha pas.

« De quel côté est le marché aux cuirs ?

— À droite, je crois. »

Il leva la main pour nous arrêter.

« Attendez, vous en aurez besoin. »

Il alluma une lanterne.

« Merci, l'ami. »

Nous passâmes en hâte devant les tonneaux, ouvrîmes la grille et glissâmes sur une dizaine de mètres dans un tunnel vaseux jusqu'à l'égout principal. Sa large voûte en pierre se fondait des deux côtés dans le noir, notre lanterne se contentant d'éclairer les rats qui fuyaient. L'eau était froide et nauséabonde. La grille revint en place dans un bruit métallique quand notre sauveur la referma.

Mon manteau vert était taché, le seul vêtement élégant que j'avais.

« Je t'admire d'être descendu ici, Talma.

— Mieux vaut cela et l'Égypte qu'une prison parisienne. Tu sais, Ethan, chaque fois que je suis en ta compagnie, il arrive quelque chose.

— Intéressant, non ?

— Si je meurs de phtisie, j'emporterai le souvenir de ta propriétaire en train de crier.

— Alors ne mourons pas. »

Je regardai vers la droite.

« Pourquoi avoir demandé la direction du marché aux cuirs ? Je croyais que la diligence partait près du palais du Luxembourg ?

— Exactement. Si la police trouve notre bienfaiteur, il leur indiquera une mauvaise direction. Nous, nous prenons à gauche », dit-il en montrant la voie.

Nous arrivâmes trempés, dégageant une odeur infecte. Pour seuls bagages, j'avais un fusil et un tomahawk. Nous nous lavâmes de notre mieux dans une fontaine, mais mon manteau de voyage vert était irrémédiablement taché.

« Les nids-de-poule sont de pire en pire », expliqua Talma au cocher de façon peu convaincante.

Le fait que Talma ait acheté les billets les moins chers, correspondant à des places perchées sur le banc arrière, derrière la cabine intérieure, un endroit exposé aux intempéries et à la poussière, ne militait pas non plus en notre faveur.

« Cela nous évitera de devoir répondre à des questions embarrassantes », estima Talma.

Presque tout l'argent dont je disposais ayant été volé, je pouvais difficilement me plaindre. Restait à espérer que la diligence nous mène assez loin sur la route de Toulon avant que la police se mette à questionner les relais, notre départ ne risquant pas de passer inaperçu. Une fois arrivés à la flotte de Bonaparte, nous serions sauvés : j'avais sur moi une lettre d'introduction de Berthollet. Je dissimulai mon identité sous le nom de Grégoire, me prétendant natif du Canada français pour justifier mon accent.

Talma avait fait livrer sa valise à l'avance ; j'en profitai pour lui emprunter une chemise avant que le bagage soit hissé sur le toit de la diligence. Mon fusil prit le même chemin, et je n'avais plus que mon tomahawk pour assurer éventuellement ma défense.

« Merci pour les vêtements, dis-je.

— Et ce n'est pas tout, se vanta mon compagnon. J'ai pris du coton spécial pour affronter la chaleur du désert, des traités portant sur notre destination, plusieurs carnets reliés en cuir, ainsi qu'un cylindre de plumes neuves. Mes médicaments seront complétés par les momies égyptiennes.

— J'espère que tu ne crois pas à ces pratiques de charlatan. »

La poussière des morts était devenue un remède populaire en Europe, et la vente de ce qui ressemblait à une fiole de terre donnait lieu aux pires escroqueries.

« La médecine en France est très peu fiable, et c'est pourquoi je veux ma propre momie. Quand nous aurons recouvré la santé, nous pourrons vendre ce qui reste.

— Un verre de vin fait plus de bien et donne moins de peine.

— Au contraire, l'alcool peut mener à la ruine, mon ami. »

Son aversion pour le vin était aussi étrange pour un Français que son goût pour les pommes de terre.

« Tu préférerais manger les morts ?

— Des morts qui étaient préparés pour vivre éternellement. Les élixirs des Anciens subsistent dans leurs restes !

— Alors pourquoi sont-ils morts ?

— Le sont-ils vraiment ? Ou ont-ils atteint une espèce d'immortalité ? »

Sur cette conversation dépourvue de logique, nous partîmes. Dans la cabine proprement dite, nous avions comme compagnons de voyage un chapelier, un vigneron, un fabricant de cordages de Toulon, et un officier des douanes qui semblait vouloir dormir pendant toute la traversée de la France. J'avais espéré la compagnie d'une femme ou deux, mais aucune n'était montée à bord de la voiture. Notre voyage s'effectuait à vive allure sur les grandes routes pavées de France, fastidieux, comme tout voyage. Nous dormîmes une bonne partie de la nuit, et la journée consista en une succession abrutissante d'arrêts pour changer de chevaux, se fournir en ravitaillement médiocre et utiliser les latrines campagnardes. Je regardais sans arrêt en arrière pour voir si quelqu'un nous poursuivait. Quand je somnolais, je rêvais de Mme Durrell exigeant son loyer.

Bientôt, l'ennui nous prit, et Talma se mit à ressasser ses interminables théories de conspirations et de mysticisme.

« Ethan, me dit-il tandis que notre voiture descendait la vallée du Rhône, il est probable que nous participions, toi et moi, à une mission d'importance historique.

— Je croyais que nous étions seulement en train de fuir mes ennuis.

— Au contraire, nous avons une contribution vitale à apporter à cette expédition. Nous comprenons les limites de la science. Berthollet est un homme de raisonnement à froid, habitué des données chimiques. Nous autres, francs-maçons, nous respectons la science, mais nous savons aussi que les réponses aux plus grands mystères se trouvent dans les temples de l'Orient. En tant qu'artiste, mon destin est de trouver ce que la science ne peut voir. »

Je le regardai avec scepticisme, étant donné qu'il avait déjà ingurgité trois remèdes contre la saleté des égouts, se plaignait de crampes d'estomac et pensait que sa jambe engourdie augurait d'une paralysie fatale. Son manteau de voyage était pourpre, d'allure aussi peu militaire qu'une pantoufle. Cet homme se dirigeait-il vraiment vers une forteresse musulmane ?

« Antoine, il y a des maladies en Orient dont nous ne connaissons même pas le nom. Je m'étonne que tu oses t'y aventurer.

— L'endroit où nous allons est plein de jardins, de palais, de minarets et de harems. C'est le paradis sur terre, mon ami, un conservatoire de la sagesse des pharaons.

— De poudre de momie.

— Ne te moque pas. J'ai entendu parler de guérisons miraculeuses.

— Franchement, tout ce discours maçonnique sur les mystères orientaux ne signifie pas grand-chose pour moi, dis-je, en me tortillant pour allonger mes jambes. Quel enseignement tirer d'un tas de ruines ?

— C'est parce que tu n'écoutes jamais à nos réunions, protesta Talma. Les francs-maçons furent les premiers érudits, les maîtres bâtisseurs qui construisirent les pyramides et les grandes cathédrales. Ce qui nous unit est notre respect pour le savoir, et ce qui nous distingue, notre volonté de redécouvrir les vérités du passé lointain. Des magiciens anciens détenaient des pouvoirs dont nous n'avons pas idée. Hiram Abiff, le grand artisan qui bâtit le temple de Salomon, fut assassiné par ses rivaux jaloux, puis ressuscité des morts par le Maître maçon lui-même. »

Les maçons, lors de leur initiation, devaient interpréter cette histoire fantastique, un rituel qui avait suscité chez moi un sentiment de ridicule. Une des versions de cette histoire suggérait une résurrection, alors que, dans une autre version, il s'agissait seulement de la récupération d'un corps après un meurtre abject, mais, quelle que soit l'histoire, je ne voyais pas où on voulait en venir.

« Talma, tu ne peux quand même pas croire cela.

— Tu es seulement un initié. En montant dans la hiérarchie, on apprend des choses extraordinaires. Les monuments anciens recèlent mille secrets, et ceux qui ont eu le courage de les découvrir sont devenus les plus grands penseurs de l'humanité. Jésus, Mahomet, Bouddha, Platon, Pythagore. Tous ont appris le savoir secret de l'Égypte ancienne, depuis longtemps perdu, celui de civilisations qui ont bâti des monuments que nous serions incapables de construire aujourd'hui. Certains groupes d'élite – nous autres francs-maçons, les chevaliers templiers, les illuminati, les adeptes des rosicruciens, des lucifériens –, tous ont cherché à redécouvrir ces connaissances.

— C'est vrai, mais ces sociétés secrètes sont souvent en opposition les unes avec les autres, comme le principal courant de la franc-maçonnerie avec le rite égyptien. Les lucifériens, si je comprends bien, donnent à Satan un statut égal à celui de Dieu.

— Pas Satan, Lucifer. Ils croient tous en la dualité du bon et du mauvais, et que les dieux ont une double nature. En tout cas, je ne mets pas tous ces groupes sur le même pied. Ils admettent seulement que les connaissances perdues du passé sont aussi importantes que les découvertes scientifiques à venir. Pythagore lui-même a passé dix-huit ans à étudier avec les prêtres de Memphis. Et où était Jésus pendant une période équivalente, période sur laquelle les Évangiles restent muets ? D'aucuns soutiennent qu'il a également étudié en Égypte. Quelque part, subsiste le pouvoir de refaire le monde, de rétablir l'harmonie et de retrouver l'âge d'or, ce qui justifie notre devise : "L'Ordre sorti du Chaos." Des hommes comme Berthollet étudient les roches et les rivières. Ils sont fascinés par le monde naturel. Mais toi et moi, Gage, nous avons l'intuition qu'il en existe un surnaturel en dessous. L'électricité par exemple ! Nous ne la voyons pas, et pourtant elle est là ! Nous savons que le monde de nos sens n'est rien d'autre qu'un voile. Les Égyptiens en étaient persuadés aussi. Si nous pouvions lire leurs hiéroglyphes, nous deviendrions des maîtres ! »

Comme tout écrivain qui se respecte, mon ami avait une imagination débordante et pas une once de bon sens.

« L'électricité est un phénomène naturel, Antoine. C'est l'éclair dans le ciel et un choc au cours d'une soirée. À t'écouter, on croirait entendre ce charlatan de Cagliostro.

— C'était un homme dangereux qui voulait utiliser des rites égyptiens à des fins condamnables, mais pas un charlatan.

— Lorsqu'il pratiquait l'alchimie en Pologne, il s'est fait prendre à tricher.

— Il a été victime d'un mauvais coup monté par des jaloux ! Des témoins ont dit qu'il avait guéri des malades dont les médecins jugeaient l'état désespéré. Il fréquentait la royauté. Il était peut-être vieux de plusieurs siècles, comme Saint-Germain, qui, en réalité, était le prince Ragoczy de Transylvanie, et qui connut personnellement Cléopâtre et Jésus. Cagliostro était élève de ce prince. Il…

— Il était l'objet de moqueries, de harcèlement, et mourut en prison, trahi par sa propre femme, qu'on disait être la plus célèbre prostituée d'Europe. Toi-même, tu as reconnu que son rite égyptien n'était rien d'autre que des sottises sous prétexte d'occultisme. Comment prouver que n'importe lequel de ces sorciers autoproclamés soit âgé de plusieurs siècles ? Je ne doute pas qu'il y ait des choses intéressantes à apprendre dans des pays musulmans, mais j'ai été recruté en tant que scientifique, et non en tant que prêtre. Ta propre Révolution professait un complet dédain pour la religion et le mysticisme.

— C'est justement pourquoi aujourd'hui on s'intéresse tellement au mysticisme ! La raison crée un vide et suscite le besoin de s'émerveiller. La persécution religieuse a généré une soif de spiritualité.

— Tu ne crois quand même pas que la motivation de Bonaparte puisse être…

— Chut ! »

Talma hocha la tête en direction de la paroi de la diligence.

« N'oublie pas ton serment. »

Ah, oui ! L'identité du chef de notre expédition et notre destination finale devaient être tenues secrètes. J'acquiesçai comme il se doit. De toute façon, le bruit des roues et notre situation à l'arrière du véhicule rendaient l'écoute de notre conversation quasiment impossible.

« Veux-tu dire que ces mystères sont notre véritable but ? dis-je en baissant la voix.

— Je dis que notre expédition a de multiples raisons. »

Je m'enfonçai sur mon siège et me plongeai avec dépit dans la contemplation des montagnes parsemées de souches d'arbres, signe de l'appétit insatiable des nouvelles usines pour le bois. Les forêts elles-mêmes paraissaient avoir été recrutées pour les guerres et le commerce généré par la Révolution. Pendant que les industriels s'enrichissaient, la campagne se désertifiait, et les villes se couvraient d'un brouillard nauséabond. Si les Anciens étaient capables d'agir avec une magie propre, que les pouvoirs soient avec eux.

« Quoi qu'il en soit, le savoir que nous recherchons, c'est la science elle-même, continua Talma. Platon l'a apporté à la philosophie, Pythagore à la géométrie, Moïse et Solon à la loi. Ce sont là différents aspects de la Vérité. Certains prétendent que c'est le dernier pharaon indigène, le magicien Nectanébo, qui coucha avec Olympe et engendra Alexandre le Grand.

— Je te l'ai déjà dit, je ne veux pas imiter un homme mort à trente-deux ans.

— À Toulon, tu rencontreras peut-être le nouvel Alexandre. »

À moins que Bonaparte ne fût simplement le dernier héros du moment, et que la prochaine défaite ne le fasse retomber dans l'obscurité. En attendant, j'obtiendrais de lui un pardon pour un crime que je n'avais pas commis, en réussissant, dans la mesure de mes possibilités, à m'attirer ses bonnes grâces.

Nous quittâmes les scènes de dévastation et entrâmes dans ce qui était jadis une contrée aristocratique. Elle avait été confisquée par le Directoire à tout noble ou officier de l'Église qui en avait été propriétaire. Le pays était maintenant livré aux paysans, aux braconniers et aux vagabonds. On apercevait, parmi les arbres, des camps de fortune, d'où montaient des volutes de fumée. Le soir approchant, j'espérais que nous atteindrions bientôt une auberge. Mon postérieur était endolori à force de secousses.

Soudain, le cocher poussa un cri, et quelque chose s'écroula devant nous. Nous nous arrêtâmes. Un arbre était tombé, et les chevaux, surpris, s'étaient cabrés en hennissant. La base de l'arbre semblait avoir été coupée. Des silhouettes sombres surgirent du bois, leurs armes pointées sur le cocher et le valet de pied.

« Des voleurs ! » criai-je, en cherchant mon tomahawk sous mon manteau.

Bien que manquant un peu d'entraînement, je pensais pouvoir encore atteindre une cible à dix mètres.

« Vite, aux armes ! Peut-être parviendrons-nous à les mettre en fuite. »

En sautant de la diligence, je me retrouvai nez à nez avec l'officier des douanes, qui, réveillé en sursaut, avait prestement sauté de la voiture et braquait sur moi un énorme pistolet. La bouche du canon me donnait l'impression de crier.

« Bonjour, monsieur Gage, me dit-il. Jetez, voulez-vous, votre petite hache de sauvage par terre. Je dois vous ramener, vous ou votre babiole, à Paris. »

4

Voleurs ou agents, il était difficile de le savoir car les rôles étaient trop souvent interchangeables dans une France révolutionnaire. Ils nous alignèrent comme des élèves dans une cour d'école et entreprirent de nous dépouiller de nos objets de valeur. En comptant le soi-disant agent des douanes, ils étaient six. En les observant dans la pénombre, je sursautai. Deux d'entre eux ressemblaient aux gendarmes qui avaient voulu m'arrêter à Paris. Le porteur de lanterne était-il là également ? Je ne le vis pas. Certains tenaient les cochers en joue, tandis que les autres s'occupaient des passagers, et faisaient main basse sur les bourses et les montres de gousset.

« La police a trouvé un nouveau moyen pour prélever des impôts ? demandai-je d'un ton caustique.

— Je doute que ce soit vraiment un agent des douanes, dit le chapelier.

— Silence ! »

Leur chef pointa son arme sous mon nez comme pour me rappeler qu'il était armé.

« Croyez bien que j'agis pour le compte de personnes détentrices de l'autorité, monsieur Gage. Si vous ne me remettez pas ce que je veux, vous aurez affaire à beaucoup trop de policiers pour votre goût dans les bas-fonds d'une prison d'État.

— Vous remettre quoi ?

— D'après moi, il s'appelle en réalité Grégoire », ajouta le chapelier pour se rendre utile.

Mon interrogateur arma son pistolet.

« Vous savez très bien quoi ! Il doit être remis à des spécialistes qui en feront bon usage ! Ouvrez votre chemise ! »

L'air me glaça la poitrine.

« Voyez ! Je n'ai rien.

— Où est-il alors ? grommela-t-il.

— À Paris. »

Le canon se dirigea vers la tempe de Talma.

« Trouvez-le ou je fais sauter la cervelle de votre ami. »

Antoine pâlit. Il n'avait probablement jamais eu un pistolet braqué sur lui. Je commençais à m'énerver.

« Attention avec cet engin.

— Je compte jusqu'à trois.

— Antoine a la tête dure comme une pierre. La balle va ricocher.

— Ethan, supplia mon ami.

— Un !

— J'ai vendu le médaillon pour financer mon voyage, dis-je pour faire diversion.

— Deux !

— Je l'ai utilisé pour payer le loyer. »

Talma titubait.

« Tr…

— Attendez ! Puisque vous y tenez, il est dans mon sac sur le toit de la diligence. »

Notre tortionnaire pointa de nouveau le canon sur moi.

« À dire vrai, je serai heureux de me débarrasser de ce colifichet. Il ne m'a causé que des ennuis.

— Jetez son sac ! cria le scélérat au cocher.

— Lequel est-ce ?

— Le marron, dis-je, tandis que Talma me dévisageait avec étonnement.

— Ils sont tous marron dans le noir !

— Par tous les saints et pécheurs…

— Je vais le chercher. »

J'avais maintenant le canon appuyé dans le dos.

« Vite ! »

Mon adversaire jeta un regard vers la route. D'autres véhicules ne tarderaient pas à venir, et je l'imaginai disparaissant lentement sous les roues d'un chariot à foin.

« Pourriez-vous abaisser un peu le chien ? Vous êtes six contre moi.

— Fermez-la ou je vous abats tout de suite, après quoi j'éventrerai moi-même chaque sac pour le trouver ! »

Je montai sur le porte-bagages de la diligence. Le voleur resta juste en dessous de moi.

« Ah ! Le voilà.

— Passez-le-moi, chien de Yankee ! »

Je fouillai dans le sac et saisis mon rifle, que j'avais enfoui au milieu de mes effets les plus moelleux. Je sentis le petit couvercle en laiton de la boîte où j'avais mis une cartouche et une balle, ainsi que la courbe de la corne à poudre. Dommage que je n'aie pas rechargé après avoir tiré dans la porte de mon appartement : aucun voyageur ne commettrait cette erreur. De l'autre main, je saisis le bagage de mon ami.

« Attrapez ! »

Je le lançai et atteignis mon but en plein. Le sac frappa le pistolet, et le chien retomba, déclenchant une détonation qui déchira le linge de Talma. Pauvre chéri. Les chevaux se cabrèrent, et tout le monde se mit à crier, tandis que je sautais de l'autre côté et sortais le rifle en retombant sur le bord de la route. Un autre coup de fusil retentit et le bois éclata au-dessus de ma tête.

Au lieu de me précipiter dans la forêt obscure, je roulai sous la voiture, en prenant soin d'esquiver les roues grinçantes de l'habitacle qui se balançait d'avant en arrière. Couché dans l'ombre, le visage contre terre, je me mis à recharger fiévreusement mon rifle, comme me l'avaient appris les Canadiens. Je mordis, versai et bourrai.

« Il s'échappe ! »

Trois bandits firent le tour de la diligence par l'arrière, et plongèrent dans les arbres du côté où j'avais sauté, pensant sans doute que je m'enfuyais par là. Les passagers s'apprêtaient à prendre également la fuite, mais deux des voleurs leur ordonnèrent de ne pas bouger. Le faux inspecteur des douanes jurait tout en s'efforçant d'armer à nouveau son pistolet. Je finis de bourrer mon fusil, pointai le canon à l'extérieur et lui tirai dessus.

Un éclair aveuglant perça l'obscurité. En regardant tomber le salopard, j'aperçus quelque chose d'étonnant qu'il devait porter sous sa chemise, et qui maintenant pendait dehors. C'était un emblème maçonnique avec un compas et une équerre croisés, que s'était sans doute approprié le rite égyptien de Silano. Au milieu, je reconnus une lettre familière. Voilà qui expliquait tout !

Je roulai sur le côté, me relevai, pris le fusil par le canon et frappai un des voleurs avec la crosse. Les cinq kilos d'érable et d'acier projetés contre les os produisirent un craquement assez satisfaisant. Je saisis mon tomahawk. Où était le troisième gredin ? Un autre coup de fusil retentit, suivi d'un hurlement. Je me mis à courir vers les arbres, dans la direction opposée à celle d'où étaient partis les trois premiers. Les autres passagers, ainsi que Talma, se dispersèrent.

« Son sac ! Prenez son sac ! » criait, malgré sa douleur, celui sur lequel j'avais tiré.

Je souris. Le médaillon était en sécurité dans le talon de ma botte.

La forêt déjà sombre s'assombrissait encore avec la tombée de la nuit. Je m'éloignai en courant tant bien que mal, en me servant de mon fusil comme bâton pour m'éviter de heurter un tronc. Et maintenant ? Les voleurs étaient-ils de mèche avec un service du gouvernement, ou s'agissait-il d'imposteurs ? Leur chef portait un uniforme réglementaire et connaissait aussi bien la nature de mon trésor que ma situation. Cela laissait supposer que celui qui me traquait – sans doute un allié de Silano et un membre du rite égyptien – jouissait de contacts officiels.

Ce n'était pas tant la promptitude du voleur à me mettre en joue avec son pistolet qui me dérangeait. Au centre de son symbole maçonnique, j'avais reconnu la lettre classique supposée représenter Dieu, ou la gnose, la connaissance, ou peut-être même la géométrie.

La lettre *G*.

Mon initiale, et la lettre que la pauvre Minette avait tracée avec son propre sang.

Cet emblème était-il la dernière chose qu'elle ait vue avant de mourir ?

Plus les autres semblaient vouloir s'approprier mon trésor, plus j'étais déterminé à le garder. Il devait y avoir une raison pour qu'il soit l'objet de tant de convoitises.

Je m'arrêtai dans les bois pour recharger, bourrer la balle et en profiter pour tendre l'oreille une fois ma tâche accomplie. Une branche craqua. Quelqu'un me suivait ? Je les tuerais s'ils s'approchaient. Et si c'était le pauvre Talma, me cherchant dans l'obscurité ? J'espérai qu'il était resté avec les passagers de la diligence, mais comme je n'osais ni tirer, ni crier, ni m'arrêter non plus, je m'enfonçai plus profondément dans la forêt.

L'air printanier était frais, et l'influx nerveux engendré par mon évasion s'étant dissipé, je commençais à avoir froid et faim. J'hésitais à revenir sur mes pas pour regagner la route dans l'espoir de trouver une ferme, lorsque j'aperçus entre les arbres la lueur d'une lanterne, puis une autre et encore une autre. Je m'accroupis : des voix me parvenaient, parlant une langue distincte du Français. C'était l'occasion pour me cacher ! J'étais tombé sur un campement de Roms. Des gitans – ou, comme on disait souvent, des gypsies – connus pour être des nomades en provenance d'Égypte. Les gitans ne faisaient rien pour combattre cette croyance, prétendant descendre des prêtres des pharaons, même si d'autres les considéraient comme une véritable racaille ambulante. Leur légitimité et leur savoir remontant prétendument à la nuit des temps incitaient amants et intrigants de tout poil à les payer grassement pour leurs prédictions.

De nouveau, un bruit dans mon dos. C'était le moment de mettre en pratique l'expérience que j'avais acquise dans les forêts d'Amérique. Je me fondis dans la feuillée, profitant de l'ombre projetée par la lumière de la lanterne pour me cacher. Mon poursuivant, si c'en était un, progressait, ignorant de ma présence. Il s'arrêta après avoir aperçu la lueur des chariots, les observa comme je l'avais fait, puis s'avança, se doutant probablement que je m'y étais réfugié. Quand la lumière tomba sur son visage, je ne reconnus en lui ni un assaillant ni un passager, ce qui ajouta encore à ma confusion.

En tout cas, ses intentions étaient claires. Lui aussi avait un pistolet.

Pendant que l'étranger se glissait vers le chariot le plus proche, je me faufilai en silence derrière lui. Il était plongé dans la contemplation du *vardo* gitan le plus proche, une merveille de couleurs, lorsque je passai doucement le canon de mon fusil par-dessus son épaule et le posai contre sa tête.

« Je ne crois pas que nous ayons été présentés », dis-je tout bas.

Il y eut un long silence.

« Je suis l'homme qui vient de vous sauver la vie », dit-il enfin en anglais.

J'étais stupéfait, ne sachant pas si je devais répondre dans ma langue maternelle.

« Qui êtes-vous ? demandai-je.

— Sir Sidney Smith, un agent britannique parlant le français assez couramment pour reconnaître que votre accent est pire que le mien, répondit-il à nouveau en anglais. Ôtez le canon de votre fusil de mon oreille, et je vous expliquerai tout, l'ami. »

J'étais sidéré. Sidney Smith ? Était-ce le fugitif le plus célèbre de France – ou bien un vulgaire imposteur ?

« Laissez d'abord tomber votre pistolet », dis-je en anglais.

Je sentis alors quelque chose s'enfoncer dans mon propre dos, quelque chose de pointu et d'acéré.

« Comme vous en ferez autant avec votre fusil, monsieur, puisque vous êtes chez moi. »

À nouveau en français mais, cette fois, avec un fort accent de l'Est. Un gitan. Une demi-douzaine d'entre eux émergea des arbres alentour. Coiffés de foulards ou de chapeaux à larges rebords, portant des écharpes autour de la taille et des bottes jusqu'aux genoux, ils avaient l'air de redoutables forbans. Tous étaient armés de couteaux, d'épées ou de massues. Les chasseurs que nous étions étaient devenus les proies.

« Méfiez-vous, dis-je. Il peut y avoir d'autres hommes à ma poursuite. »

Je posai mon rifle sur le sol tandis que Smith remettait son pistolet.

Un bel homme au teint basané surgit devant moi, sabre au clair, et me gratifia d'un sourire mauvais.

« Plus maintenant. »

Il passa un doigt en travers de son cou, tout en ramassant le fusil et le pistolet.

« Bienvenue chez les Roms. »

À la lumière des feux de camp gitans, je découvris un autre monde. Leurs chariots aux toits arrondis, peints de couleurs vives, formaient un village féerique au milieu des arbres. L'air sentait la fumée, l'encens, avec des odeurs de cuisine épicée, pleine d'ail et d'herbes aromatiques. Des femmes aux cheveux noirs et luisants, portant des vêtements colorés avec des anneaux dorés aux oreilles, levèrent les yeux de leurs marmites fumantes pour nous observer. Elles avaient des regards profonds et insondables comme des mares antiques. Des enfants étaient accroupis près des roues peintes, semblables à des lutins faisant le guet. Des poneys hirsutes piétinaient et s'ébrouaient dans les ombres. La scène baignait dans une lumière ambrée dispensée par leurs lampes. À Paris, tout était raison et révolution. Ici, on était en présence de quelque chose de plus ancien, de plus primitif et de plus libre.

« Je m'appelle Stefan », dit l'homme qui nous avait désarmés.

Il avait des yeux noirs méfiants, une moustache imposante et un nez tellement cassé dans quelque bagarre ancienne qu'il en était resté froissé comme une chaîne de montagnes.

« Nous n'aimons pas les armes à feu : elles sont chères à l'achat, coûteuses à entretenir, bruyantes lorsqu'on s'en sert, ennuyeuses à réarmer et faciles à voler. Alors expliquez-nous pourquoi vous les apportez chez nous.

— J'étais en route vers Toulon lorsque notre diligence a été attaquée, dis-je. J'ai fui les bandits. Quand j'ai vu vos chariots, je me suis arrêté. C'est à ce moment-là qu'il est arrivé derrière moi. »

Je désignai Smith.

« Quant à moi, dit Smith, j'essayais de parler à ce gentleman, après l'avoir aidé à rester en vie. J'ai tué un bandit qui était sur le point de tirer sur lui. Puis notre ami s'est enfui comme un lapin. »

C'était donc l'autre coup de feu que j'avais entendu.

« Au nom de quoi ? ripostai-je. Je ne sais même pas d'où vous venez. Je ne vous connais pas. Comment pouvez-vous être Smith ? Tout le monde vous croit en Angleterre. »

En février, l'extravagant capitaine de marine britannique, fléau de la côte française, avait, avec l'aide d'une femme, réussi à s'échapper de la prison du Temple à Paris, laquelle avait été construite sur le site d'un château des chevaliers du Temple. Depuis, il avait disparu. Smith avait été capturé pendant qu'il tentait de voler une frégate française dans l'embouchure de la Seine. Il était tellement audacieux et avait

85

une telle notoriété que les autorités françaises avaient refusé de demander pour lui une rançon ou de l'échanger. Des gravures représentant son beau visage n'étaient pas seulement vendues à Londres, mais à Paris aussi. Et voilà qu'il prétendait être ici.

« Je vous suivais dans l'espoir de vous avertir. Ce n'est pas par hasard que je suis arrivé à votre diligence si peu de temps après l'embuscade : je vous avais suivi toute la journée à un kilomètre, prévoyant de vous contacter ce soir à votre auberge. En voyant les brigands, j'ai aussitôt redouté le pire, et je me suis approché discrètement du groupe. Votre stratagème pour vous échapper était brillant, mais ils étaient trop nombreux. Quand un des bandits a visé, j'ai tiré sur lui. »

Je restais sur mes gardes.

« M'avertir de quoi ? »

Il jeta un regard à Stefan.

« Peuple d'Égypte, peut-on vous faire confiance ? »

Le gitan se redressa, les pieds plantés dans le sol comme prêt à boxer.

« Tant que vous êtes l'hôte des Roms, vos secrets ne sortent pas d'ici. Vous avez protégé ce fugitif, l'Anglais, nous, nous vous avons protégé. Nous avons, nous aussi, observé la manœuvre, et nous faisons une distinction entre les criminels et leurs victimes. Le voleur qui a essayé de vous suivre tous les deux ne retrouvera pas ses comparses. »

Smith eut un grand sourire.

« Dans ce cas, nous sommes tous des compagnons d'armes ! Oui, je me suis bien évadé de la prison du Temple avec une complicité royaliste et, oui, j'ai tout à fait l'intention de regagner bientôt l'Angleterre. J'attends que les documents nécessaires soient contrefaits afin de pouvoir m'éclipser par un port de

Normandie. De nouvelles batailles m'attendent. Mais pendant mon incarcération dans cet édifice hideux, j'ai pu m'entretenir avec le gouverneur de la prison, qui avait étudié les templiers ; il m'a raconté quantité d'histoires sur Salomon et ses maçons, sur l'Égypte et ses prêtres, sur les envoûtements et les pouvoirs perdus dans la nuit des temps. Balivernes païennes, tout de même sacrément intéressantes. Et si effectivement les Anciens connaissaient des pouvoirs aujourd'hui perdus ? Pendant que je me cachais après mon évasion, des royalistes rapportèrent des rumeurs selon lesquelles les forces françaises se rassemblaient pour partir en expédition vers l'Orient, et qu'un Américain avait été invité à se joindre à eux. J'avais entendu parler de vous, monsieur Gage, et de vos compétences en électricité. Qui aurait pu ignorer un complice du grand Franklin ? D'après certains agents, non seulement vous étiez parti vers le sud, mais des factions rivales au sein du gouvernement français s'intéressaient tout particulièrement à vous et à un objet en votre possession : quelque chose qui aurait un lien avec les légendes de mon directeur de prison. Ces factions du gouvernement espéraient mettre la main sur vous. Il me sembla alors que nous avions des ennemis communs, et l'idée me vint de solliciter votre aide, avant que nous quittions tous deux la France. Je décidai de vous suivre discrètement. Pourquoi un Américain serait-il invité à participer à une expédition militaire française ? Pourquoi accepterait-il ? Il y a eu des racontars du comte Alessandro Silano, un pari dans une maison de jeu…

— Vous en savez beaucoup trop sur mon compte, monsieur, et vous en parlez trop facilement à qui veut l'entendre. Dans quel but ?

— Connaître le vôtre, et engager vos services pour le compte de l'Angleterre.

— Vous êtes fou.

— Écoutez-moi jusqu'au bout. Stefan, mon nouvel ami, pourrions-nous partager un peu de vin avec vous ? »

Le gitan acquiesça et jeta un ordre à une avenante créature du nom de Sarylla, dotée d'une chevelure noire ondulante, d'un regard humide, d'un corps digne d'une statuaire de musée, et de manières charmeuses. Je n'en étais pas entièrement étonné : je peux me targuer d'être moi-même un assez bel homme. Elle alla chercher une outre à vin. Dieu que j'avais soif ! Pendant que nous buvions, des enfants et des chiens s'accroupirent dans l'ombre près des roues des chariots, nous regardant intensément comme s'il allait nous pousser des cornes ou des plumes. Tout en étanchant sa soif, Smith se pencha en avant.

« Dites-moi à présent, vous détenez bien un joyau ou un instrument, non ? »

Grands dieux, Smith s'intéressait-il également à mon médaillon ? Qu'est-ce que le pauvre capitaine français avait donc trouvé en Italie avant de périr étranglé ? Finirais-je, moi aussi, étranglé et jeté dans une rivière parce que j'avais gagné ce colifichet ? Était-il véritablement maudit ?

« Vous êtes mal informé.

— Et d'autres aussi le veulent, n'est-ce pas ? »

Je soupirai. « Vous également, je suppose.

— Au contraire, je veux m'assurer que vous vous en débarrassiez. Enterrez-le. Enfermez-le. Jetez-le, faites-le fondre, cachez-le ou mangez-le, mais gardez ce maudit objet hors de vue jusqu'à la fin de cette guerre. J'ignore si mon geôlier du Temple racontait autre chose que des contes de fées, mais tout ce qui peut faire pencher la balance contre l'Angleterre menace l'ordre civilisé. Si vous pensez que l'objet a une quelconque valeur monétaire, j'obtiendrai de l'Amirauté qu'elle vous dédommage.

— Monsieur Smith…

— Sir Sidney. »

Il devait son titre de noblesse à des services rendus comme mercenaire au roi de Suède, et non à l'Angleterre, mais il avait la réputation d'être vaniteux et d'aimer se donner de l'importance.

« Sir Sidney, la seule chose que nous avons en commun est notre langue. Je suis américain et non britannique, et la France a fait alliance avec ma propre nation au cours de notre récente révolution contre la vôtre. Dans le présent conflit, mon pays est neutre, et, de plus, je n'ai pas la moindre idée de ce dont vous parlez.

— Gage, écoutez-moi. »

Il se pencha en avant comme un faucon, nerveux, intense. Il était bâti comme un guerrier, droit et large d'épaule, avec un buste puissant bien dessiné, et, d'ailleurs, c'était peut-être à lui que Sarylla s'intéressait.

« Votre révolution coloniale visait à obtenir l'indépendance politique. Celle-ci, en France, concerne l'organisation même de la vie. Mon Dieu, un roi guillotiné ! Des milliers de gens envoyés à l'échafaud ! Des guerres déclenchées à chaque frontière ! L'athéisme porté aux nues ! Des biens de l'Église saisis, des dettes effacées, des propriétés confisquées, des canailles armées, des émeutes, l'anarchie et la tyrannie ! Vous avez autant en commun avec la France que Washington avec Robespierre. Vous et moi partageons non seulement la même langue, mais également une culture et un système politique basé sur la légalité et la justice. La folie qui s'est emparée de la France va déséquilibrer l'Europe. Tous les hommes de bonne volonté sont alliés, sauf s'ils croient en l'anarchie et la dictature.

— J'ai beaucoup d'amis français.

— Moi aussi ! Ce sont leurs tyrans que je ne supporte pas. Je ne vous demande pas de trahir qui que ce soit. J'espère que vous suivrez toujours le jeune Napoléon. Tout ce que je vous demande, c'est de garder secret ce talisman. Gardez-le pour vous, pas pour Boney [1], ni pour ce Silano, ni pour quiconque vous le demande. L'avenir commercial de votre nation est inévitablement lié à celui de l'Empire britannique, et non pas à une révolution vouée à la ruine. Gardez vos amis français ! Considérez-moi aussi comme un ami. Peut-être qu'un jour nous nous rendrons mutuellement service.

— Vous me demandez d'espionner pour l'Angleterre ?

— Absolument pas ! »

Il semblait vexé et jetait des regards à Stefan, comme si le gitan devait approuver ses protestations d'innocence. « Je vous offre tout simplement mon appui. Allez où vous devez aller, et faites attention à ce que vous voyez. Mais si jamais vous vous lassez de Napoléon et cherchez de l'aide, prenez contact avec la marine britannique, et faites-leur part de ce que tout un chacun aurait pu observer. Je vous donne cette chevalière gravée à l'effigie de la licorne, ce sont mes armoiries. J'informerai l'Amirauté de son authenticité. Elle vous servira de passeport pour voyager en toute sécurité. »

Smith et Stefan me regardaient avec intérêt. Me prenaient-ils pour un imbécile ? Je sentais la forme de

---

1. Diminutif donné par les Anglais à Bonaparte. *(N.d.T.)*

l'objet dans le talon creux de ma botte. « Premièrement, je n'ai pas la moindre idée de ce dont vous parlez, dis-je en mentant une nouvelle fois. Deuxièmement, je ne suis l'allié de personne, ni de la France ni de l'Angleterre. Je suis seulement un homme de science, engagé pour observer des phénomènes naturels en attendant que les quelques ennuis d'ordre légal que j'ai à Paris soient résolus. Troisièmement, si j'avais vraiment ce dont vous parlez, je ne l'admettrais pas, étant donné l'intérêt fatal que tout le monde semble y porter. Et quatrièmement, toute cette conversation est parfaitement inutile : ce que j'ai pu avoir, si tant est que je l'aie jamais eu, je ne l'ai plus, car les voleurs ont pillé mes bagages après que je me suis enfui. »

Voilà qui devrait les faire taire, pensai-je.

Smith eut un grand sourire. « Bravo ! cria-t-il, en me tapant sur le bras. Je savais que vous aviez de l'intuition ! Bien joué !

— Et maintenant nous faisons la fête, dit Stefan, qui paraissait également approuver ma performance. Parlez-moi encore de vos leçons à la prison du Temple, sir Sidney. Nous autres Roms faisons remonter nos origines jusqu'aux pharaons, et jusqu'à Abraham et Noé. Nous avons beaucoup oublié, mais nous nous rappelons aussi beaucoup, et parfois nous pouvons prédire l'avenir et faire plier les caprices de la fatalité. Sarylla, là-bas, est une *drabardi*, une diseuse de bonne aventure, et peut-être pourra-t-elle vous prédire votre avenir. Venez, venez vous asseoir, et parlons de Babylone et de Tyr, de Memphis et de Jérusalem. »

Tout le monde était-il obnubilé par le monde ancien, excepté moi ? J'enfilai la bague de Smith, me disant qu'un ami de plus ne pouvait pas me faire de mal.

« Hélas ! je fais peser une menace sur vous en restant ici, dit Smith. En vérité, une troupe de dragons français est sur mes traces. Je voulais avoir ce bref entretien, mais je dois partir avant qu'ils découvrent la voiture attaquée, entendent parler de mon coup de feu opportun et se mettent à fouiller ces bois. »

Il secoua la tête.

« Franchement, je ne comprends pas cette fascination pour l'occulte. Mon geôlier, Boniface, était un tyran jacobin de la pire espèce, ce qui ne l'empêchait pas de faire constamment allusion à des secrets mystiques. Nous aimerions tous croire en la magie, même si on nous a répété, à nous autres adultes, qu'il ne fallait pas. Un homme érudit n'en tiendrait pas compte, mais trop d'érudition nous aveugle parfois. »

Cela ressemblait aux propos de Talma.

« Les Roms ont conservé pendant des siècles les secrets de nos ancêtres égyptiens, dit Stefan. Pourtant, nous sommes des enfants en matière de savoirs anciens. »

Franchement, leur rapport avec l'Égypte me paraissait douteux – leur nom évoquait plutôt la Roumanie comme patrie probable. Et pourtant, c'était un groupe à la fois sombre de peau et haut en couleur, avec des vestes, des châles, des écharpes et de la bijouterie, y compris un ankh par-ci, et une figurine du dieu Anubis à la tête de chien par-là. Les femmes n'étaient certes pas Cléopâtre, mais elles avaient de toute évidence une certaine beauté. Quels secrets d'amour pouvaient-elles détenir ? Je réfléchis à cette question pendant quelques instants. Ne suis-je pas, après tout, un homme de science ?

« Adieu, mes nouveaux amis », dit Smith.

Il donna une bourse à Stefan.

« Voici de quoi conduire M. Gage et le talisman qu'il n'a pas à Toulon, en sécurité. Il passera inaperçu dans vos chariots. D'accord ? »

Le gitan regarda l'argent, le jeta en l'air et le rattrapa, puis éclata de rire.

« Pour cette somme, je l'emmènerais bien jusqu'à Constantinople ! Mais pour quelqu'un qu'on pourchasse, je le ferais pour rien. »

L'Anglais s'inclina.

« Je le crois volontiers, mais acceptez tout de même la générosité de la Couronne. »

Partir avec les gitans me tiendrait éloigné de Talma jusqu'à ce que nous arrivions à Toulon, ce qui serait plus sûr, autant pour mon ami que pour moi. Il s'inquiéterait mais, de toute façon, il s'inquiétait toujours.

« Gage, nous nous reverrons, dit Smith. Ne quittez pas ma bague ; les Français mangeurs de grenouilles ne risquent pas de la reconnaître – je l'ai cachée pendant que j'étais en prison. Entre-temps, gardez l'esprit clair et rappelez-vous combien l'idéalisme a vite fait de se transformer en tyrannie, et les libérateurs en dictateurs. Un jour, vous pourriez vous retrouver du côté de votre mère patrie. »

Puis il se fondit entre les arbres, aussi silencieusement qu'il était arrivé, comme une apparition à laquelle personne ne pourrait croire.

Nous revoir ? Pas si j'avais mon mot à dire. Il m'était impossible d'imaginer comment Smith reviendrait dans ma vie, à mille lieues d'où nous étions. En tout cas, j'étais soulagé que le fugitif soit parti.

« Et maintenant, nous faisons la fête », dit Stefan.

Le terme « fête » était quelque peu exagéré, mais le camp nous servit tout de même un bon ragoût, avec du pain compact pour essuyer la sauce. Je me sentais en sécurité parmi ces étranges nomades, même si leur hospitalité m'étonnait quelque peu. Ma compagnie semblait leur suffire. J'étais curieux de savoir s'ils avaient la moindre notion de ce qu'il y avait dans le talon de ma botte.

« Stefan, je ne dis pas que Smith avait raison en ce qui concerne cet objet. Mais si un tel colifichet existait, pourquoi susciterait-il une telle convoitise ? »

Il sourit.

« Ce ne serait pas le collier lui-même, mais l'indice qu'il pourrait renfermer.

— Un indice pour quoi ? »

Le gitan haussa les épaules.

« Je ne connais que des légendes d'autrefois. La plus connue raconte que les anciens Égyptiens, à l'aube de la civilisation, détenaient un pouvoir qu'ils estimaient dangereux tant que les hommes ne posséderaient pas les qualités intellectuelles et morales pour s'en servir à bon escient. Ils ont cependant laissé une clé, sous la forme d'un collier. On dit qu'Alexandre le Grand l'a reçu lors de son pèlerinage à l'oasis de Siwah, où il a été désigné comme fils d'Amon et de Zeus, avant de marcher sur la Perse. Il a ensuite conquis le monde connu à l'époque. Comment a-t-il tant accompli en si peu de temps ? Ensuite il est mort très jeune à Babylone. De maladie ? Ou bien assassiné ? La rumeur veut que Ptolémée, le général d'Alexandre, ait rapporté la clé en Égypte, espérant découvrir de grands pouvoirs, mais il n'a pas réussi à comprendre ce que l'objet signifiait. Cléopâtre, la descendante de Ptolémée, l'emporta lorsqu'elle accompagna César à Rome. Puis César fut assassiné lui aussi ! Et ainsi de suite au cours de l'histoire : de grands hommes s'en emparent et vont à leur ruine. Des rois, des papes et des sultans commencèrent à penser que le talisman était maudit, malgré les magiciens et les sorciers qui prétendaient qu'il pouvait révéler de grands secrets. Mais plus personne ne se rappelait comment l'utiliser. Était-ce la clé du bien ou du mal ? L'Église catholique la transfère à Jérusalem pendant les croisades, et c'est à nouveau une quête vaine. Les templiers en deviennent les gardiens et le cachent d'abord à Rhodes, puis à Malte. Des recherches confuses sont entreprises à la recherche du Saint-Graal, qui contribuent à obscurcir la vérité originelle. Pendant des siècles, le médaillon fut oublié jusqu'à ce que quelqu'un en reconnaisse la signification. Maintenant, il est peut-être arrivé à Paris… et entré dans notre campement. Évidemment, cela vous l'avez nié. »

Ce médaillon qui semait la mort ne me plaisait décidément pas.

« Vous croyez vraiment qu'un homme ordinaire comme moi pourrait tomber sur cette même clé ?

— J'ai vendu des centaines de morceaux de la Vraie Croix et des douzaines de doigts et de dents des grands saints. Qui peut démêler le vrai du faux ? Soyez simplement conscient que certains hommes prennent très au sérieux ce colifichet que vous dites ne pas avoir.

— Peut-être Smith a-t-il raison. En supposant que je le possède, je devrais le jeter. Ou bien vous le donner.

— Pas à moi ! »

Il semblait inquiet.

« Je ne suis pas en situation de l'utiliser ou le comprendre. Si ce que l'on dit est vrai, le médaillon n'aura de sens qu'en Égypte où il a été fabriqué. D'ailleurs, il porte malheur à celui qui ne devrait pas l'avoir.

— De cela, je peux témoigner, confessai-je tristement. Une raclée, un meurtre, des évasions, un vol…

Pourtant, un savant comme Franklin dirait qu'il s'agit seulement de superstitions sans fondement.

— Ou peut-être utiliserait-il votre nouvelle science pour l'étudier. »

J'étais impressionné par le peu de cupidité manifesté par Stefan, surtout depuis que ses histoires avaient réveillé ma propre cupidité. Trop de gens voulaient ce médaillon ou désiraient qu'il soit enterré : Silano, les bandits, l'expédition française, l'Anglais et ce mystérieux rite égyptien. Apparemment, il avait tellement de valeur que je devrais le garder jusqu'à ce que je puisse m'en débarrasser en faisant un bénéfice, ou que je comprenne enfin à quoi diable il pouvait bien servir. Cela impliquait d'aller en Égypte. Et, entre-temps, de faire attention à moi.

Je jetai un coup d'œil vers Sarylla.

« Est-ce que votre jeune femme, là-bas, pourrait me dire mon avenir ?

— C'est une experte en tarots. »

Il claqua des doigts et elle alla chercher son paquet de cartes mystiques.

J'en connaissais déjà les symboles, et les illustrations de la mort et du diable me paraissaient toujours inquiétantes. Sans rien dire, elle distribua quelques cartes devant le feu, les étudia et en retourna d'autres : épées, amants, tasses, le magicien. Elle semblait perplexe, ne faisant aucune prédiction. Finalement, elle leva une carte.

C'était le fou, ou bouffon.

« C'est lui. »

J'avais ce que je méritais, non ?

« C'est moi ? »

Elle acquiesça.

« Et celui que tu cherches.

— Que veux-tu dire ?

96

— Les cartes disent que tu comprendras ce que je veux dire quand tu arriveras où tu dois aller. Tu es le fou qui doit retrouver le fou et devenir sage pour trouver la sagesse. Tu es un chercheur qui doit trouver la première chose à chercher. Au-delà de cela, il vaut mieux que tu ne saches rien. »

Elle n'en dit rien de plus. N'est-ce pas ce qui caractérise toute prophétie : rester aussi vague qu'un contrat en lettres minuscules ? Je bus encore un peu de vin.

Il était minuit largement passé quand nous parvint un bruit de chevaux.

« La cavalerie française ! » souffla une sentinelle.

J'entendis le cliquetis de leur harnachement, ainsi que le craquement des branches sous leurs sabots. Toutes les lampes s'éteignirent, sauf une, et chacun, excepté Stefan, s'éclipsa vers son chariot. Sarylla me prit la main.

« Nous devons te débarrasser de ces vêtements pour que tu puisses passer pour un Rom, chuchota-t-elle.

— Tu as un costume pour moi ?

— Ta peau fera l'affaire. »

Évidemment, c'était une idée. Et Sarylla était préférable à la prison du Temple. Elle me prit par la main et nous nous glissâmes sans bruit dans un *vardo* ; ses doigts agiles eurent tôt fait de me dépouiller de mes vêtements tachés. Les siens glissèrent à leur tour, révélant son corps dans la pénombre. Quelle journée ! J'étais étendu dans un chariot au contact de sa peau chaude et soyeuse, et j'écoutais Stefan parler à voix basse avec un lieutenant de cavalerie. J'entendis le nom « Sidney Smith », puis un chapelet de menaces, des pas lourds un peu partout, et des portes de chariots qu'on ouvrait violemment. Quand vint le tour de la nôtre, nous levâmes les yeux en feignant le sommeil, tandis que Sarylla laissa notre couverture glisser sur sa poitrine. Vous pouvez me croire, ils prirent tout leur temps pour la regarder, mais ne firent pas du tout attention à moi.

Tandis que les cavaliers s'éloignaient, j'écoutai ses propositions pour la suite. Malédiction ou pas, mon voyage à Toulon avait décidément pris une bonne tournure.

« Montre-moi ce qu'on fait en Égypte », lui chuchotai-je.

5

Un mois plus tard, le 19 mai 1798, je me trouvais sur la plage arrière du vaisseau amiral français *L'Orient*, cent vingt canons, non loin de l'homme le plus ambitieux d'Europe. Avec un groupe d'officiers et de savants, nous regardions la parade majestueuse formée par cent quatre-vingts vaisseaux mettant le cap vers la haute mer. L'expédition égyptienne était lancée.

La Méditerranée bleu azur était couverte de voiles blanches, tandis que les bateaux donnaient de la bande face à une brise fraîche. Les ponts portaient encore les traces de la tempête dont nous espérions qu'elle allait tenir à l'écart un escadron britannique supposé se trouver dans les parages. Lorsque les navires affrontèrent les vagues à la sortie du port de Toulon, l'écume dessina des dents sur chaque proue. Des fanfares militaires s'étaient rassemblées sur le pont avant des plus grands bateaux, avec leurs cuivres étincelants, et c'était à celle qui jouerait le plus fort des airs patriotiques français tandis qu'elles passaient devant nous. Des coups de canons retentirent des remparts de la ville pour nous saluer, et, à mesure que leurs vaisseaux filaient devant le navire amiral, un tonnerre d'acclamations monta des trente-quatre mille soldats et marins embarqués. Il avait fait diffuser un bulletin leur promettant à chacun une part de butin suffisante pour acheter trois hectares de terrain.

Ce n'était qu'un début. Des convois plus restreints en provenance de Gênes, d'Ajaccio et de Civitavecchia en Italie, viendraient ajouter d'autres divisions françaises à la force d'invasion de l'Égypte. À Malte, où était prévu le rassemblement, il y aurait quatre cents bateaux et cinquante-cinq mille hommes, plus un millier de chevaux, des centaines de chariots et une artillerie de campagne ; plus de trois cents blanchisseuses professionnelles pour fournir tout genre de service visant à remonter le moral des hommes, ainsi que des centaines d'autres épouses et concubines venues clandestinement. À bord, on comptait également quatre mille bouteilles de vin pour les officiers, et huit cents bouteilles de choix venant des caves de Joseph Bonaparte pour permettre à son frère de recevoir dignement. Notre commandant avait aussi embarqué un superbe carrosse de ville avec double harnais pour pouvoir parader au Caire.

« Nous sommes une armée française, pas une armée anglaise, avait-il dit à son état-major. En campagne, nous vivons mieux qu'eux dans un château. »

On se remémorerait cette remarque avec amertume dans les prochains mois.

J'étais arrivé à Toulon au terme d'un voyage plein d'imprévus dans un chariot gitan. Cela s'était révélé un interlude plaisant. Les « prêtres d'Égypte » m'avaient appris quelques tours de cartes élémentaires, expliqué le tarot, et raconté d'autres histoires de grottes aux trésors et de temples dotés de pouvoirs. Aucun ne s'était jamais rendu en Égypte, bien entendu, et ne savait si ces légendes avaient la moindre once de vérité, mais raconter des histoires était un de leurs principaux talents et une source de revenus majeure. Je les vis prédire un avenir prometteur à des filles de ferme, des jardiniers et des agents de police. Ce qu'ils ne pouvaient pas gagner avec de l'imagination, ils le volaient, et ce qu'ils ne pouvaient pas voler, ils s'en passaient. Mon voyage avec toute la troupe jusqu'à Toulon fut beaucoup plus agréable qu'un trajet en diligence, même si je savais que notre séparation et mon retard ne manqueraient pas d'inquiéter Antoine Talma. J'étais soulagé de ne pas devoir subir les théories maçonniques du journaliste, mais je quittai la chaleur des bras de Sarylla avec regret.

Sur le port, on se serait cru dans un asile de fous en raison des préparatifs de l'expédition et de l'enthousiasme général ; les quais étaient bondés de soldats, de marins, de fournisseurs de l'armée, de taverniers et de mères maquerelles. Les célèbres savants, reconnaissables à leurs hauts-de-forme, manifestaient à la fois leur impatience et leur appréhension, et piétinaient dans leurs bottes neuves encore raides. Les officiers brillaient comme des paons dans leurs uniformes resplendissants, et les simples soldats, surexcités, se montraient joyeusement fatalistes au moment de s'embarquer pour une expédition à la destination inconnue. J'avais toutes les chances de passer inaperçu dans une telle foule, avec mes vêtements et mon manteau vert plus tachés et élimés que jamais. Par précaution, je me hâtai pourtant d'embarquer sur *L'Orient* pour échapper aux bandits, antiquaires, gendarmes, ou porteurs de lanternes de tout poil qui voudraient me chercher noise. Je retrouvai enfin Talma à bord.

« Je craignais de devoir affronter dangers et aventures en Orient sans amis ! s'exclama-t-il. Berthollet aussi s'est inquiété ! Mon Dieu, qu'est-il arrivé ?

— Désolé, mais je n'avais aucun moyen de te prévenir. Il m'a semblé préférable de voyager discrètement. Je savais que tu te ferais du souci. »

Il m'embrassa.

« Où est le médaillon ? » me souffla-t-il à l'oreille.

J'étais désormais sur mes gardes.

« En sécurité, mon ami. En sécurité.

— Qu'as-tu au doigt ? Une nouvelle bague ? »

Il regardait le gage de Sidney Smith.

« Un cadeau des gitans. »

Nous entreprîmes alors, Talma et moi, d'échanger le récit de nos aventures depuis notre séparation. Les derniers brigands s'étaient éparpillés dans la confusion après mon évasion de la diligence. Puis la cavalerie était arrivée, à la poursuite d'un autre fugitif – « tout était si déroutant dans le noir » –, et les cavaliers s'enfoncèrent dans les bois. Entre-temps, les cochers dégagèrent le tronc d'arbre en travers de la route à l'aide de leurs chevaux, et les voyageurs purent repartir jusqu'à une auberge. Talma décida d'attendre la diligence du lendemain au cas où je surgirais de la forêt. Comme ce ne fut pas le cas, il continua jusqu'à Toulon, craignant que je ne sois mort.

« Des gitans ! cria-t-il, en me regardant avec étonnement. Tu as vraiment le don de t'attirer des ennuis, Ethan Gage. Et la façon dont tu as tiré sur cet homme ! J'étais stupéfait, ravi et terrifié à la fois !

— Il a failli tirer sur toi.

— C'est vrai que tu as vécu chez les Peaux-Rouges.

— J'ai rencontré beaucoup de gens au cours de mes voyages, Antoine, j'ai appris à garder une main

102

ouverte pour accueillir quelqu'un, tout en tenant une arme de l'autre. »

J'hésitai un instant.

« Il est mort ?

— Il saignait quand on l'a emporté. »

Encore une chose à laquelle penser au plus profond de la nuit.

« Les gitans sont-ils vraiment des forbans, comme ils en ont la réputation ? demanda Talma.

— Pas le moins du monde, à condition de bien prendre garde à tes poches. Ils m'ont sauvé la vie. Leurs épices éveillent les sens que leurs femmes savent satisfaire. Pas de maison, pas de travail, pas d'attaches…

— Tu as trouvé tes semblables ! Je m'étonne que tu sois revenu !

— D'après eux, ils descendent des prêtres égyptiens. Ils connaissent des légendes à propos d'un médaillon perdu, et ce serait une clé menant à des secrets anciens restés là-bas.

— Bien sûr, cela expliquerait l'intérêt que lui porte le rite égyptien ! Cagliostro s'estimait en rivalité avec la franc-maçonnerie ordinaire. Peut-être Silano croit-il que cela donnerait un avantage à sa branche. Mais en arriver à nous voler ouvertement ? Le secret doit être d'importance en effet.

— Et quelle nouvelle de Silano ? Ne connaît-il pas Bonaparte ?

— On dit qu'il est parti pour l'Italie – peut-être pour chercher des indices sur ce que tu as gagné. Berthollet a parlé du médaillon à notre général qui a paru très intéressé, mais Bonaparte accuse les maçons d'être des imbéciles et d'avoir l'esprit faussé par des contes de fées. Ses frères, Joseph, Lucien, Jérôme et Louis, qui appartiennent tous à notre confrérie, ne sont pas d'accord. Napoléon prétend que tes opinions sur la Louisiane l'intéressent, autant que ton goût pour les bijoux, mais je crois surtout qu'il est flatté qu'un Américain participe au voyage. Il apprécie tes liens avec Franklin. Il espère qu'un jour tu pourras expliquer sa vision du monde aux États-Unis. »

Talma me présenta aux savants montés à bord du vaisseau amiral comme étant un fugitif célèbre. Nous faisions partie d'un groupe de cent soixante-sept civils de différentes professions invités par Bonaparte à l'accompagner dans son expédition. Parmi lesquels dix-neuf ingénieurs civils, seize cartographes, deux artistes, un poète, un orientaliste, et un ensemble varié de mathématiciens, chimistes, spécialistes d'antiquités, astronomes, minéralogistes et zoologistes. Je revis Berthollet, qui avait recruté la majorité de ce groupe, et finis par être présenté à notre général. Ma nationalité, ma relation avec le fameux Franklin, et la façon dont j'avais échappé à une embuscade, avaient impressionné le jeune conquérant.

« L'électricité ! s'exclama Bonaparte. Imaginez que nous puissions maîtriser les éclairs de votre mentor ! »

J'étais impressionné par le fait que Napoléon ait obtenu le commandement d'une expédition aussi ambitieuse. Le général le plus célèbre d'Europe était maigre, petit et d'une jeunesse confondante. À vingt-neuf ans, il était le cadet de tous ses trente et un généraux, à l'exception de quatre. La différence entre les mesures anglaises et françaises avait incité les propagandistes britanniques à exagérer sa petite taille – en réalité, il mesurait un respectable mètre soixante-huit –, mais il était si peu épais qu'il paraissait toujours sur le point d'être entraîné par le poids de son épée et avalé par ses bottes. Les Parisiennes moqueuses l'avaient surnommé « Chat botté », une taquinerie qu'il ne devait jamais oublier. L'Égypte allait faire de ce jeune homme le Napoléon qui prendrait le monde d'assaut, mais sur les ponts de *L'Orient* il n'était pas encore Napoléon. Il semblait bien plus humain, avec davantage de défauts et plus acharné que le colosse de marbre qu'il deviendrait. Les historiens érigent une icône, mais les contemporains vivent avec un homme. En réalité, l'ascension fulgurante de Napoléon pendant la Révolution était aussi agaçante qu'impressionnante et, parmi ses aînés, plus d'un espérait le voir échouer. Mais Bonaparte lui-même débordait de confiance en lui, au point d'en être vaniteux.

Et pourquoi pas ? Ici, à Toulon, il était passé du grade de capitaine d'artillerie à celui de général de brigade en quelques jours, après avoir positionné le canon qui devait chasser les Britanniques et les royalistes de la ville. Non seulement il avait survécu à la Terreur et à un bref séjour en prison, épousé une femme ambitieuse nommée Joséphine dont le premier mari avait été guillotiné, mais il avait aussi contribué à massacrer une foule contre-révolutionnaire à Paris, et mené une armée française disparate dans une série de victoires étonnantes contre les Autrichiens en Italie. Ses troupes avaient fini par l'aimer comme s'il était César, et le Directoire se montrait ravi du tribut qu'il avait envoyé pour renflouer sa trésorerie en faillite. Napoléon entendait imiter Alexandre, et ses supérieurs de la société civile préféraient qu'il assouvisse son ambition débordante hors de France. L'Égypte servirait parfaitement aux deux.

Quel héros il était à cette époque, bien avant sa période de palais et de fastes ! Une grande mèche noire lui barrait le front, il avait un nez romain, des lèvres avec une moue comparable à celle d'une statue classique, un menton fendu et des yeux sombres constamment en alerte. Quand il s'adressait aux troupes, il avait le don de savoir prendre en compte l'appétit de l'homme pour la gloire et l'aventure, et une prestance digne des héros de légende : le torse droit, la tête haute et le regard fixé sur un horizon mystique. Tout en lui, autant son comportement que son discours, montrait un homme maître de son action.

J'étais également impressionné par le fait qu'il se soit élevé dans la société par le mérite, et non par la naissance, ce qui correspondait à l'idéal américain. C'était un immigrant comme nous, pas vraiment français, passé de l'île de Corse aux baraquements d'une école militaire française. Durant ses jeunes années, l'indépendance de sa patrie avait constitué sa seule ambition. D'après tous les rapports, il avait été un étudiant moyen dans l'ensemble, sauf en mathématiques, mal à l'aise en société, solitaire, dépourvu de mentor ou de protecteur puissant, et confronté, après son diplôme, aux soubresauts de la Révolution. Mais tandis que beaucoup se trouvèrent désemparés devant la tourmente, Bonaparte s'y épanouit. Son intelligence qui avait été brimée par les rigidités de l'école militaire prit sa pleine mesure quand le besoin d'improvisation et d'imagination se fit sentir, lorsque la France fut assiégée. Les difficultés qu'il avait rencontrées en tant qu'îlien mal dégrossi issu d'une noblesse de troisième ordre se dissipèrent quand son aptitude à affronter les crises devint évidente. Disparus le manque de confiance et le désespoir de l'adolescence. Il ne lui restait plus qu'à transformer sa maladresse en charme. Napoléon avait même fini par incarner la Révolution, où le grade était obtenu par la capacité, et où l'ambition ne connaissait aucune limite. Des conservateurs comme Sidney Smith avaient du mal à le comprendre, mais c'était sur ce point que les deux révolutions, française et américaine, se rejoignaient. Bonaparte avait réussi par ses propres moyens.

Pourtant, les relations entre Napoléon et les individus étaient des plus étranges. Il avait acquis un charisme indéniable, mais on avait toujours l'impression qu'il jouait un rôle : il paraissait timide, lointain, méfiant, tendu. Quand il vous regardait, on se serait cru face à un lustre allumé ; il émettait de l'énergie, comme un cheval dégage de la chaleur. Son pouvoir de concentration était intense, à la fois flatteur et redoutable – il me le prouva une bonne dizaine de fois. L'instant d'après, son attention était focalisée sur la personne suivante, vous laissant avec le sentiment qu'un nuage avait obscurci le soleil. Quelques secondes plus tard, il pouvait s'abstraire en lui-même, fût-ce au milieu d'une foule, fixant le sol avec la même intensité, les yeux baissés, perdu dans ses pensées, dans son propre monde. Une Parisienne avait décrit son attitude maussade comme typique de l'individu que l'on redoutait de croiser dans une ruelle sombre. Dans sa poche, il gardait un exemplaire écorné des *Souffrances du jeune Werther* de Goethe, un roman traitant de suicide et d'amour désespéré, qu'il avait lu six fois. J'aurais l'occasion de le voir mettre en œuvre ses passions austères à la bataille des Pyramides, au comble du triomphe et de l'horreur.

Il fallut attendre huit heures pour voir le dernier navire défiler devant nous, le drapeau tricolore flottant à chaque mât. Nous avions passé en revue une douzaine de bateaux de ligne, quarante-deux frégates et une centaine d'embarcations destinées au transport. Le soleil était déjà bas quand notre navire amiral prit enfin le large comme une mère cane suivant ses petits. La flotte couvrait cinq kilomètres carrés de mer, et les plus grands bateaux de guerre réduisirent leur voilure pour laisser les plus petits navires marchands rester à hauteur. Quand les autres convois nous rejoignirent, nous occupâmes dix kilomètres carrés, avec une progression limitée à quelque trois nœuds.

Tous, hormis les marins vétérans, étaient dans un état pitoyable. Bonaparte, se sachant enclin au mal de mer, passait une grande partie de son temps sur un lit en bois suspendu par des cordes qui restait droit quand le bateau tanguait. Les autres avaient mal au cœur, qu'ils restent debout ou qu'ils s'efforcent de dormir. Talma n'avait plus besoin de s'imaginer malade, il l'était réellement, et il me confia à plusieurs reprises que sa mort était proche. Les soldats n'avaient pas le temps d'arriver jusqu'au pont supérieur et au bastingage sous le vent pour vider leurs entrailles : les seaux étaient remplis à ras bord et les bateaux puaient le vomi. Sur les cinq ponts de *L'Orient*, s'entassaient deux mille soldats, mille marins, du bétail, des moutons, et tellement de réserves que nous devions nous glisser entre les obstacles pour aller de la proue à la poupe. Les savants les plus distingués, comme Berthollet, disposaient de cabines en damas rouge minuscules qui donnaient l'impression d'être dans un cercueil. Nous autres intellectuels de moindre rang devions nous contenter d'un placard humide en chêne, et nos vêtements ne séchaient jamais. Pour les repas, nous avions à peine assez de place sur les bancs pour porter la main à la bouche. Et dans l'écurie aménagée dans la soute, une douzaine de chevaux ruaient, hennissaient et pissaient sans discontinuer. Les bouches à canon durent être fermées contre la houle, si bien qu'en bas il faisait sombre, et il était impossible de lire. De toute façon, nous préférions rester sur le pont supérieur, au grand dam des marins à la manœuvre qui s'énervaient régulièrement de notre présence et nous intimaient de redescendre. Au soir du premier jour, tout le monde s'ennuyait déjà ; au bout d'une semaine, nous formions des prières pour voir apparaître le désert.

Au manque de confort, s'ajoutait l'inquiétude de voir surgir des navires britanniques. Un trublion du nom d'Horatio Nelson, dont l'enthousiasme n'avait pas été entamé par la perte d'un bras et d'un œil, était supposé nous chercher avec son escadre. Comme la Révolution avait privé la marine française de nombre de ses officiers royalistes, que nos bateaux de transport étaient lents et nos ponts à canons encombrés de fournitures militaires, nous redoutions un duel naval.

Notre principale distraction était le temps qu'il faisait. Après quelques jours en mer, nous subîmes une bourrasque, accompagnée par des éclairs. Le roulis qui affecta *L'Orient* fut si important que le bétail meuglait de terreur, et que tout ce qui n'était pas arrimé fut réduit en débris. En quelques heures, le calme revint, et, le lendemain, il faisait tellement chaud et étouffant que la poix des ponts se mit à cloquer. Le vent était inconstant, la mer étale. De ce voyage, je ne garde aucun autre souvenir que l'ennui, la nausée et l'inquiétude.

Pendant que nous naviguions vers le sud, Bonaparte avait pris l'habitude d'inviter les érudits à bord à participer à des débats dans sa superbe cabine. Les scientifiques trouvaient dans ces discussions décousues une diversion bien venue, alors que ses officiers en profitaient pour faire un petit somme. Napoléon se piquait d'être lui-même un savant, ayant mis à profit ses relations politiques pour se faire élire à l'Institut national. Il aimait proclamer que s'il n'avait pas été soldat, il aurait été érudit. Contribuer à la connaissance humaine, se plaisait-il à répéter, vous assurait une immortalité beaucoup plus glorieuse que de remporter des victoires à la guerre. Personne ne croyait en sa sincérité, mais c'était l'expression d'un noble sentiment.

Nous nous retrouvions donc dans une chambre aux poutres basses, avec des canons d'allure austère en saillie, attendant sur leur fût comme des chiens fidèles. Le sol, recouvert d'une toile, présentait un damier noir et blanc comme celui d'une loge maçonnique, basé sur l'ancienne planche à dessin des architectes dionysiens. L'architecte naval français était-il membre de notre corporation ? Ou les maçons s'étaient-ils simplement approprié tous les dessins et symboles courants qu'ils avaient pu trouver ? Je savais que nous avions pris des étoiles, la lune, le soleil, la balance et les formes géométriques, y compris la pyramide des temps anciens. Mais l'emprunt pouvait s'effectuer dans les deux sens : l'adoption, plus tard, par Napoléon, de l'abeille industrieuse comme son symbole fut probablement inspirée par le symbole maçonnique de la ruche dont ses frères lui auraient parlé.

C'est là que je pus observer mes confrères les scientifiques, avec lesquels j'avais été enrôlé. Brillante assemblée à laquelle je ne pouvais pas reprocher sa méfiance à mon égard. Des secrets mystiques ? Berthollet leur annonça que j'avais trouvé un objet que j'espérais pouvoir comparer à d'autres en Égypte. Bonaparte déclara que j'avais des théories sur la maîtrise de l'électricité dans l'Égypte ancienne. J'ajoutai seulement, en restant vague, que j'espérais pouvoir considérer les pyramides d'un œil neuf.

Mes collègues étaient infiniment plus accomplis. De Berthollet, j'ai déjà parlé. En termes de prestige, il n'avait d'égal que Gaspard Monge, le célèbre mathématicien qui, à cinquante-deux ans, était le plus âgé de notre groupe. Avec ses imposants sourcils hirsutes au-dessus de grands yeux avec des poches, Monge ressemblait à un vieux chien malin. Fondateur de la géométrie descriptive, sa carrière scientifique avait été éclipsée par une carrière ministérielle, lorsqu'il avait été sollicité par la Révolution pour venir au secours de l'industrie canonnière française. Très vite, il fit fondre des cloches d'église au profit de l'artillerie et écrivit *Description de l'art de fabriquer les canons*. Son esprit d'analyse marqua tout ce qu'il toucha, depuis la création du système métrique jusqu'aux conseils donnés à Bonaparte quant aux œuvres d'art qu'il fallait voler en Italie. Sentant peut-être que mon cerveau n'était pas aussi discipliné que le sien, il me prit sous sa protection comme un neveu rebelle.

« Silano ! s'exclama Monge quand je lui expliquai comment j'étais arrivé dans l'expédition. J'ai croisé son chemin à Florence. Il se dirigeait vers les bibliothèques du Vatican, et marmonna quelque chose à propos de Constantinople et de Jérusalem, si les Turcs voulaient bien le laisser entrer. Exactement pourquoi, il ne l'a pas dit. »

Notre géologue était tout aussi célèbre, avec un nom interminable, Déodat Guy Sylvain Tancrède de Gratet de Dolomieu. Réputé dans les milieux académiques d'ordinaire calmes pour avoir tué un rival à l'âge de dix-huit ans, étant élève des chevaliers de Malte, Dolomieu était devenu, à quarante-sept ans, suffisamment riche pour être indépendant, professeur à l'École des mines, et découvreur du minerai de dolomite. Voyageur passionné nanti d'une moustache imposante, il ne se sentait plus d'impatience à l'idée de découvrir les roches d'Égypte.

Étienne Louis Malus, un mathématicien expert dans les propriétés optiques de la lumière, était un bel homme de vingt-deux ans, ingénieur de l'armée. Jean Baptiste Joseph Fourier, trente ans, célèbre pour son regard endormi et sa voix tonitruante, était un autre mathématicien connu. Notre orientaliste et interprète était Jean-Michel de Venture, notre économiste Jean-Baptiste Say, et notre zoologiste Étienne Geoffroy Saint-Hilaire, qui nourrissait l'étrange idée que les caractéristiques des plantes et des animaux pouvaient se modifier avec le temps.

Le plus iconoclaste de notre groupe et le plus astucieux en mécanique était un aéronaute borgne, Nicolas Jacques Conté, quarante-trois ans. L'œil sur lequel il portait un bandeau avait fait les frais de l'explosion d'un ballon. Il était le premier homme dans l'histoire à avoir utilisé ce moyen, à la bataille de Fleurus, pour se livrer à la reconnaissance militaire. On lui devait également l'invention d'un nouvel instrument pour écrire, appelé crayon, qui ne nécessitait pas d'encrier, et qu'il portait en permanence dans son gilet pour dessiner des machines que son cerveau imaginatif n'arrêtait pas de concevoir. Il s'était déjà attribué le rôle de bricoleur et d'inventeur de l'expédition, et avait apporté avec lui une réserve d'acide sulfurique qui, mis en contact avec le fer, fabriquerait de l'hydrogène dont il se servirait pour gonfler ses sacs en soie. Cet élément, plus léger que l'air, s'avérait bien plus pratique pour faire monter les ballons que la chaleur utilisée jusque-là.

« Si votre projet pour envahir l'Angleterre par voie aérienne avait eu un sens, Nicky, dit Monge en blaguant, je ne serais pas aujourd'hui en train de vomir mes entrailles sur ce seau roulant.

— Il m'aurait fallu seulement une quantité suffisante de ballons, répondit Conté. Si vous n'aviez pas accaparé le moindre sou pour vos fonderies de canons, nous serions tous les deux en train de prendre le thé à Londres. »

L'époque était avide de nouvelles idées pour faire la guerre. Mon propre concitoyen, Robert Fulton, venait d'ailleurs d'essuyer un refus en décembre de la part des autorités françaises, après avoir soumis un projet de navire de guerre allant sous l'eau. Des propositions avaient même été faites pour construire un tunnel sous la Manche.

Ces messieurs érudits et les officiers de l'état-major se réunissaient pour ce que Napoléon appelait ses « instituts » : il choisissait un sujet, désignait les débatteurs, et nous entraînait dans des discussions décousues sur la politique, la société, la tactique militaire et la science. Nous discutâmes, trois jours durant, des mérites et des inconvénients de la propriété privée, dont notamment la jalousie qu'elle suscite. Nous eûmes une soirée de discussion sur l'âge de la Terre, une autre sur l'interprétation des rêves, et plusieurs sur l'authenticité ou l'utilité de la religion. Ce dernier thème mit en évidence les contradictions intimes de Napoléon : un instant, il se moquait de l'existence de Dieu et, l'instant d'après, il faisait le signe de la croix avec toute sa ferveur corse. Personne ne savait en quoi il croyait, et encore moins lui-même, mais Bonaparte était persuadé de l'utilité de la religion pour contrôler les masses.

« Si je pouvais créer ma propre religion, je régnerais sur toute l'Asie, nous dit-il.

— Jésus, Moïse et Mahomet y sont passés avant vous, riposta vertement Berthollet.

— Exactement ce que je dis, continua Bonaparte. Juifs, chrétiens et musulmans font tous remonter leurs origines aux mêmes histoires saintes. Ils vénèrent tous le même dieu monothéiste, à quelques détails près.

Quant à savoir quel prophète a eu le dernier mot, ils ont davantage de ressemblances que de différences. Si nous expliquons clairement aux Égyptiens que la Révolution reconnaît l'unité de foi, nous ne devrions avoir aucun problème avec la religion. Aussi bien Alexandre que les Romains avaient une politique de tolérance envers les croyances des peuples conquis.

— Ce sont les croyants qui se ressemblent le plus qui se battent avec le plus de ferveur à propos des différences, prévint Conté. N'oubliez pas les guerres entre catholiques et protestants.

— Et pourtant, ne sommes-nous pas à l'aube de la raison, du nouvel âge scientifique ? intervint Fourier. Peut-être l'humanité est-elle sur le point de devenir rationnelle.

— Aucun peuple conquis n'est rationnel en face d'un fusil, répliqua l'aéronaute.

— Alexandre a soumis l'Égypte en se déclarant aussi bien fils de Zeus le Grec que d'Amon l'Égyptien, dit Napoléon. J'ai l'intention d'être aussi tolérant que Mahomet et que Jésus.

— Tout en faisant le signe de la croix comme le pape, plaisanta Monge. Et que faites-vous de l'athéisme de la Révolution ?

— Une doctrine vouée à l'échec. Sa plus grosse erreur. Que Dieu existe ou non n'a pas la moindre importance. Chaque fois que la religion ou même la superstition sont en conflit avec la liberté, la première aura toujours le dessus sur la seconde dans l'esprit du peuple. »

C'était le genre de jugement politique à l'emporte-pièce que Bonaparte aimait opposer à l'érudition des scientifiques. Il adorait nous provoquer.

« D'ailleurs, c'est la religion qui empêche les pauvres d'assassiner les riches. »

Napoléon était également fasciné par les vérités qui se cachaient derrière les mythes.

« Prenez la Résurrection et l'Immaculée Conception, par exemple, nous dit-il un soir, tandis que Berthollet, le rationaliste, levait les yeux au ciel. On en retrouve des versions semblables dans d'innombrables fois anciennes. Comme votre Hiram Abiff maçonnique, n'est-ce pas, Talma ? »

Il se focalisait souvent sur mon ami dans l'espoir que l'écrivain le flatterait dans les articles qu'il envoyait aux journaux en France.

« C'est une légende tellement répandue que l'on peut se demander si elle ne s'est pas souvent avérée, reconnut Talma. La mort est-elle une fin absolue ? Ou bien peut-elle être inversée, ou retardée indéfiniment ? Pourquoi les pharaons y ont-ils prêté tant d'attention ?

— Les histoires de résurrection remontent à la légende du dieu égyptien Osiris, et à sa sœur et femme Isis, dit Venture, notre spécialiste de l'Orient. Osiris fut assassiné par son méchant frère Seth, mais Isis réunit les parties démembrées de son corps pour le ramener à la vie. Puis il coucha avec sa sœur, et engendra un fils, Horus. La mort n'était qu'un prélude à la naissance.

— Et voilà que maintenant nous nous rendons dans le pays où cela s'est peut-être passé, dit Bonaparte. D'où viennent toutes ces histoires, sinon d'une parcelle de vérité ? Et si par hasard elles sont vraies, quels pouvoirs détenaient les Égyptiens pour accomplir de tels exploits ? Imaginez les avantages de l'immortalité, du temps inépuisable ! Que ne pourrait-on pas accomplir !

— Ou tout au moins bénéficier d'un intérêt renouvelé », plaisanta Monge.

Je m'agitai. Allions-nous vraiment envahir l'Égypte à cette fin – non seulement pour y établir une colonie, mais parce que là se trouvait la source de la vie éternelle ? Était-ce pour cela que tant de personnes s'intéressaient à mon médaillon ?

« Tout n'est que mythe et allégorie, se moqua Berthollet. Quel peuple ne craint pas la mort et ne rêve pas de la vaincre ? Et pourtant, ils sont tous morts, y compris les Égyptiens. »

Le général Desaix ouvrit un œil.

« Les chrétiens croient en une autre forme de vie éternelle, fit-il remarquer avec douceur.

— Tandis que les chrétiens prient pour l'obtenir, les Égyptiens faisaient leurs bagages dans ce but, riposta Venture. Comme dans d'autres cultures anciennes, ils mettaient dans leurs tombes ce dont ils auraient besoin pour le voyage. Et ils ne voyageaient pas nécessairement légèrement. C'est d'ailleurs là que se trouve notre chance. Les tombeaux sont probablement remplis de trésors. "S'il vous plaît, envoyez-nous de l'or, écrivaient des rois rivaux aux pharaons, parce que vous avez davantage d'or que de terre."

— Voilà une foi à laquelle je peux souscrire, grogna le général Dumas. Une foi que l'on peut embrasser.

— Peut-être ont-ils survécu autrement, en tant que gitans, dis-je.

— Quoi ?

— Gitans. Gypsies. Ils se prétendent les descendants des prêtres d'Égypte.

— Ou bien ils sont Saint-Germain ou Cagliostro, ajouta Talma. Ces hommes prétendent vivre depuis des millénaires, et avoir marché aux côtés de Jésus et de Cléopâtre. Peut-être est-ce vrai.

— Ce qui est vrai, se moqua Berthollet, c'est que Cagliostro est si bien mort que des soldats l'ont déterré dans une prison papale et ont porté un toast à sa santé en buvant du vin dans son crâne.

— S'il s'agissait vraiment de son crâne, s'entêta Talma.

— Le rite égyptien se targue de redécouvrir bientôt ces pouvoirs et ces miracles, n'est-ce pas vrai ? demanda Napoléon.

— Le rite égyptien cherche à pervertir les principes de la franc-maçonnerie, répondit Talma. Au lieu de se consacrer à la moralité et au Grand Architecte, ils recherchent des pouvoirs occultes. Cagliostro a conçu une forme perverse de la franc-maçonnerie où des femmes sont admises à participer à des rites sexuels. Ils auraient utilisé des pouvoirs anciens pour eux-mêmes plutôt que pour le bien de l'humanité. Quelle honte qu'ils soient désormais à la mode à Paris, et qu'ils aient séduit des hommes comme le comte Silano. Tous les vrais francs-maçons les répudient. »

Napoléon sourit.

« Il faut donc que vous et votre ami américain soyez les premiers à trouver ces secrets ! »

Talma acquiesça.

« Et les mettre au service de nos propres fins, pas des leurs. »

Je me rappelai un récit de Stefan le gitan, d'après lequel les Égyptiens attendraient un progrès moral et scientifique avant de livrer leurs secrets. Et voilà que nous arrivions, avec mille canons sortant des coques de nos navires.

La conquête de l'île méditerranéenne de Malte prit une journée, trois vies françaises, et – avant notre arrivée – quatre mois d'espionnage, de négociations et de pots-de-vin. Les quelque trois cents chevaliers de Malte constituaient un anachronisme médiéval, la moitié d'entre eux étant des Français, davantage intéressés par des pensions que de mourir pour la gloire. Après une brève résistance de pure forme, ils baisèrent les mains de leur conquérant. Notre géologue, Dolomieu, qui avait été exclu de l'ordre après son duel de jeunesse, fut accueilli en son sein comme un fils prodigue susceptible de contribuer aux négociations de capitulation. Malte fut cédée à la France, le grand maître expédié avec une pension vers une principauté en Allemagne, et Bonaparte se mit à piller les trésors de l'île avec la même minutie qu'en Italie.

Aux chevaliers, il laissa une écharde de la Vraie Croix et une main flétrie de Jean le Baptiste. Pour la France, il garda cinq millions de francs-or, un million en argenterie et un million en trésors de saint Jean incrustés de pierres précieuses. La plus grande part de ce butin fut transférée dans la cale de *L'Orient*. Napoléon abolit également l'esclavage et ordonna aux hommes de porter la cocarde tricolore. L'hôpital et les postes furent réorganisés, soixante garçons de familles riches se virent envoyés à Paris pour y être éduqués, un nouveau système scolaire fut instauré, et cinq mille hommes laissés en garnison sur l'île. Cela augurait bien du mélange de pillage et de réforme qu'il comptait mettre en œuvre en Égypte.

Ce fut à Malte que Talma vint me trouver, tout excité par sa dernière découverte.

« Cagliostro est venu ici ! s'exclama-t-il.

— Où ?

— Sur l'île ! Les chevaliers m'ont dit qu'il y était venu en visite il y a un quart de siècle, en compagnie de son mentor grec, Alhotas. C'est ici qu'il rencontra Kolmer ! Ces sages ont conféré avec le grand maître et examiné ce que les chevaliers du Temple avaient rapporté de Jérusalem.

— Et alors ?

— Ce pourrait être ici qu'il découvrit le médaillon, enfoui dans les profondeurs des trésors des chevaliers de Malte ! Ne vois-tu pas, Ethan ? C'est comme si nous le suivions à la trace. Le destin est à l'œuvre. »

Cela me remettait en mémoire les récits de Stefan à propos de César et Cléopâtre, des croisés et des rois, et d'une quête qui avait dévoré les hommes à travers les temps.

« Est-ce que l'un de ces chevaliers se souvient de l'objet ou en connaît la signification ?

— Non. Mais nous sommes sur la bonne piste. Puis-je le voir à nouveau ?

— Je l'ai caché pour plus de sécurité parce qu'il suscite des ennuis chaque fois qu'il est exposé. »

Malgré ma confiance en Talma, j'étais devenu réticent à le montrer après les récits sinistres de Stefan évoquant les mésaventures survenues, tout au long de l'histoire, aux hommes qui l'avaient eu en main. Les savants en connaissaient l'existence, mais j'avais éludé les demandes de ceux qui voulaient se concerter pour l'examiner.

« Comment allons-nous percer le secret si tu le caches ?

— Faisons d'abord en sorte qu'il arrive en Égypte. »

Il parut déçu.

Après un peu plus d'une semaine, notre armada reprit le large, et nous fîmes lentement route en direction de l'est vers Alexandrie. Des rumeurs couraient selon lesquelles les Britanniques nous cherchaient toujours, mais nous n'en vîmes pas trace. Nous apprendrions plus tard que l'escadre de Nelson avait croisé notre armada pendant la nuit, et qu'aucun n'avait remarqué la présence de l'autre.

Ce fut au cours d'une de ces soirées, alors que les soldats jouaient leurs chaussures pour se distraire de l'ennui du voyage, que Berthollet m'invita à le suivre jusque dans les profondeurs de *L'Orient*.

« Il est temps, monsieur Gage, que nous autres scientifiques commencions à gagner notre vie. »

Nous descendîmes dans les ténèbres avec le peu de lumière de nos lanternes : les hommes se balançaient dans des hamacs, hanche contre hanche, comme des papillons dans leur chrysalide, toussant, ronflant ou, dans le cas du plus jeune qui souffrait du mal du pays, pleurant pour faire passer la nuit. La charpente du bateau grinçait. La mer sifflait au passage, l'eau gouttait à travers les coutures calfatées de la coque, aussi lentement que du sirop. Des marins montaient la garde devant la chambre forte avec des baïonnettes qui luisaient comme des éclats de glace. Nous nous baissâmes et entrâmes dans la caverne d'Aladin, la soute au trésor. Le mathématicien Monge nous attendait, assis sur un coffre avec des ferrures en laiton. Un bel officier qui avait assisté sans rien dire à la plupart des discussions philosophiques était là également. Ce jeune géographe et cartographe du nom d'Edme François Jomard me guiderait plus tard à travers les mystères des pyramides. Ses yeux noirs brillaient d'intelligence, et il avait apporté à bord une malle remplie de livres d'auteurs anciens.

Mon étonnement devant sa présence ne dura pas longtemps à la vue de tout ce que contenait la cabine. Se trouvaient là le trésor de Malte et la majeure partie de la paie de l'armée française. Des caisses débordant de pièces comme des rayons de miel. Des sacs contenant les plus précieuses reliques religieuses amassées durant des siècles entiers. Des lingots d'or entassés comme du bois de campêche. Une seule poignée de ce trésor aurait permis à un homme de refaire sa vie.

« N'y pensez même pas, dit le chimiste.

— Mon dieu ! À la place de Bonaparte, je prendrais ma retraite tout de suite.

— L'argent ne l'intéresse pas, il veut le pouvoir, dit Monge.

— Oui, mais il veut aussi de l'argent, corrigea Berthollet. C'est maintenant un des officiers les plus riches de l'armée. Sa femme et sa famille le dépensent plus vite qu'il ne le vole. Ses frères et lui forment un sacré clan corse.

— Et qu'attend-il de nous ? demandai-je.

— Le savoir. La compréhension. Le déchiffrement. Exact, Jomard ?

— Le général s'intéresse particulièrement aux mathématiques, dit le jeune officier.

— Les mathématiques ?

— Les mathématiques sont le nerf de la guerre, dit Jomard. Avec un bon entraînement, le courage est sensiblement le même d'une nation à l'autre. Ce qui permet de gagner, c'est la supériorité en nombre et la puissance de feu au point d'attaque. Cela requiert non seulement des hommes, mais de l'approvisionnement, des routes, des bêtes de somme, du fourrage et de la poudre à canon. Il en faut des quantités précises, se déplaçant sur des distances précises, à des endroits précis. Napoléon a dit qu'il voulait surtout des officiers sachant compter.

— Et de plus d'une façon, ajouta Monge. Jomard, ici, a étudié les classiques, et Napoléon veut qu'il compte de façon nouvelle. Selon des auteurs anciens, comme Diodore de Sicile, la Grande Pyramide pourrait représenter une énigme mathématique, n'est-ce pas, Edme ?

« — D'après Diodore, la Grande Pyramide, par ses dimensions mêmes, est, en quelque sorte, une carte de la Terre, expliqua Jomard. Après avoir libéré le pays, nous mesurerons le monument pour tenter de vérifier cette affirmation. Les Grecs et les Romains étaient tout aussi perplexes devant les pyramides que nous autres modernes, ce qui a conduit Diodore à avancer cette thèse. Des hommes s'acharneraient-ils autant sur une simple tombe, alors qu'aucun corps ni aucun trésor n'y a jamais été trouvé ? Hérodote prétend qu'en réalité le pharaon a été enterré sur une île dans une rivière souterraine, bien en dessous du monument lui-même.

— La pyramide ne serait alors qu'une pierre tombale, une balise ?

— Ou bien une mise en garde. Ou bien, en raison de ses dimensions et de ses tunnels, une sorte de machine, dit Jomard en haussant les épaules. Qui sait, puisque ceux qui l'ont construite n'ont laissé aucune trace écrite ?

— Pourtant, les Égyptiens ont quand même répandu dans leur monde des indices qu'aucun d'entre nous ne peut encore lire, dit Monge. Et c'est là que nous intervenons. Regardez cela. Nos troupes s'en sont emparées en Italie, et Bonaparte l'a apportée avec lui. »

Le chimiste enleva d'un coup un tissu brodé, révélant une tablette de bronze de la taille d'une grande assiette recouverte d'un émail noir gravé d'argent. De superbes représentations de figures égyptiennes dans le style ancien y étaient incisées, placées chacune dans une série de chambres superposées. Les dieux, les déesses et les hiéroglyphes étaient entourés par une bordure d'animaux fantastiques, de fleurs et d'arbres.

« C'est la tablette d'Isis, qui a appartenu au cardinal Bembo.

— Que signifie-t-elle ? demandai-je.

— Le général compte sur nous pour répondre à cette question. Pendant des siècles, des érudits ont pensé que cette tablette recélait un message. Selon la légende, Platon avait été initié aux mystères supérieurs dans une sorte de chambre sous la plus grande des pyramides d'Égypte. Peut-être que ceci est un plan, ou une carte, de ces chambres. Pourtant, aucun document ne confirme l'existence de telles chambres. Votre médaillon pourrait-il être une clé permettant de comprendre ? »

J'en doutais. Les marques sur mon collier semblaient grossières en comparaison de cette œuvre d'art. Les silhouettes se tenaient droit, mais étaient gracieuses comme des anges. On remarquait des coiffures très hautes, des babouins assis et du bétail en marche. Des femmes avaient des ailes sur leurs bras, comme des faucons. Des hommes portaient des têtes de chiens et d'oiseaux. Les trônes étaient soutenus par des lions et des crocodiles.

« Le mien est plus grossier.

— Vous devez étudier ceci pour tenter d'y déceler des indices avant que nous atteignions les ruines en dehors du Caire. Par exemple, beaucoup de personnages tiennent des bâtons. Est-ce que ce sont les cannes du pouvoir ? Y a-t-il un rapport avec l'électricité ? Cela pourrait-il faire progresser la Révolution ? »

Les hommes qui posaient ces questions étaient des personnalités scientifiques éminentes. Moi, j'avais gagné mon colifichet dans une partie de cartes. Néanmoins, résoudre un tel casse-tête pourrait me rapporter de nombreux bénéfices commerciaux, sans parler d'un pardon. En comptant les figures, je fus frappé par le fait que certains personnages avaient des coiffes plus élaborées que d'autres.

« Voici une première remarque, avançai-je. Il y a vingt et un personnages principaux, ce qui coïncide avec ceux des tarots que les gitans m'ont montrés.

— Intéressant, dit Monge. Une tablette pour prédire l'avenir, peut-être ? »

Je haussai les épaules.

« Ou simplement un joli plat.

— Nous en avons tiré une gravure que vous pouvez emporter dans votre cabine. »

Il chercha dans un autre coffre.

« Autre curiosité, ceci, que nos troupes ont trouvé dans la forteresse où Cagliostro fut emprisonné. Je l'ai fait venir lorsque Berthollet m'a parlé de vous. »

Il s'agissait d'un disque rond de la taille d'une assiette, avec le centre évidé et le bord formé de trois anneaux, chacun ajusté à l'intérieur de l'autre. Sur les anneaux, on voyait des symboles de soleils, de lunes, d'étoiles et des signes du zodiaque. Ils tournaient, de manière à pouvoir s'aligner les uns avec les autres. Dans quel but, je n'en avais pas la moindre idée.

« Nous pensons qu'il s'agit d'un calendrier, dit Monge. Le fait que l'on puisse aligner les symboles évoque la possibilité de montrer l'avenir ou bien d'indiquer une certaine date. Mais quelle date, et pourquoi ? Certains d'entre nous pensent qu'il peut faire référence à la précession des équinoxes.

— La procession de quoi ?

— Précession. La religion ancienne était basée sur l'étude du ciel, dit Jomard. Les étoiles formaient des dessins, se déplaçaient dans le ciel de façon prévisible et étaient considérées comme vivantes, susceptibles de déterminer le destin des hommes. Les Égyptiens divisèrent la voûte céleste en douze signes du zodiaque, en prolongeant chacun vers le bas pour définir douze zones sur l'horizon. Au même moment, chaque année

– disons le 21 mars, l'équinoxe du printemps, quand la durée de la nuit égale celle du jour –, le soleil se lève sous le même signe zodiacal. »

Je m'abstins de faire remarquer que l'officier avait mentionné la date grégorienne traditionnelle, et non le nouveau calendrier révolutionnaire.

« Et pourtant, pas exactement là où il avait commencé. Chaque année, il manque au zodiaque un tout petit peu pour compléter la boucle entière, parce que la Terre oscille sur son axe comme une toupie, l'axe effectuant un cercle dans le ciel en vingt-six mille années. Sur une longue période de temps, la position des constellations semble se modifier. Le 21 mars de cette année, le soleil s'est levé dans la constellation des Poissons, comme c'est le cas depuis la naissance de Jésus. Cela explique peut-être pourquoi les premiers chrétiens ont choisi le poisson comme symbole. Mais avant Jésus, le 21 mars, le soleil se levait dans la constellation du Bélier, une ère qui a duré deux mille cent soixante ans. Avant le Bélier, il y eut le Taureau, époque à laquelle les pyramides auraient pu être construites. La prochaine, après les deux mille cent soixante ans du Poisson, c'est l'ère du Verseau.

— Le Verseau a une signification particulière pour les Égyptiens, ajouta Monge. Beaucoup de gens pensent que ces signes sont grecs, mais, en réalité, ils sont bien plus anciens, certains datant de Babylone, d'autres d'Égypte. Les pichets qui versent de l'eau du Verseau représentaient la montée annuelle du Nil, indispensable pour la fertilisation et l'arrosage des cultures de l'Égypte. La première civilisation de l'homme est née dans l'environnement le plus singulier qui soit sur terre : un jardin d'éden, une bande de verdure au milieu d'un désert inhospitalier, un endroit où le soleil brille constamment, où la pluie est rare, arrosé par un fleuve dont la source est encore inconnue à ce jour. Protégé de ses ennemis par le Sahara et les déserts arabes, alimenté par un cycle annuel mystérieux, surplombé par une voûte étoilée sans le moindre nuage, c'était un pays stable sujet à des contrastes extrêmes, un endroit idéal pour permettre à la religion de se développer.

— Cet objet serait alors un outil pour calculer le cycle du Nil ?

— Peut-être. Ou peut-être indique-t-il les moments propices pour certaines actions. Nous espérons bien que vous allez nous aider à le déchiffrer.

— Qui l'a fait ?

— Nous ne savons pas, dit Monge. Ses symboles sont différents de tout ce que nous avons vu précédemment, et les chevaliers de Malte n'ont aucun document indiquant sa provenance. Est-il hébreu ? Égyptien ? Grec ? Babylonien ? Ou quelque chose de complètement différent ?

— Cette énigme est certainement digne d'un cerveau comme le vôtre, et non le mien, docteur Monge. Vous êtes un mathématicien. Je me bats pour changer les choses.

— Tout le monde se bat pour changer les choses. Écoutez, Gage, nous ignorons ce que tout cela signifie. L'intérêt porté à votre médaillon me fait croire qu'il s'agit d'un élément d'une vaste énigme. En tant qu'Américain, vous avez le privilège de faire partie d'une expédition française. Grâce à Berthollet, vous jouissez d'une protection légale. Mais ce n'est pas une bonne action – plutôt un moyen de profiter de vos connaissances. Il y a une bonne douzaine de raisons pour lesquelles Bonaparte veut se rendre en Égypte, dont les secrets anciens susceptibles d'y être découverts : des secrets mystiques, des secrets technologiques, des secrets électriques. Et voilà que vous, l'homme de Franklin, sur-gissez avec ce mystérieux médaillon. Est-ce un indice ? Gardez ces objets à l'esprit pendant que nous avançons dans l'inconnu. Bonaparte cherche à conquérir un pays. Vous, vous n'avez qu'une énigme à déchiffrer.

— Une énigme menant à quoi ?

— Au mystère de nos origines, peut-être. Ou comment nous sommes tombés en disgrâce. »

Je regagnai la cabine que je partageais avec Talma et un lieutenant du nom de Malraux, ébloui par tous ces trésors, et sidéré en même temps par les mystères auxquels je devais m'attaquer. Je ne voyais aucun lien entre le médaillon et ces nouveaux objets, et personne ne semblait avoir la moindre idée du casse-tête que j'étais supposé résoudre. Pendant des décades, des magiciens et des charlatans comme Cagliostro s'étaient rendus dans toutes les cours de l'Europe, en prétendant détenir de grands secrets égyptiens, sans jamais expli-quer précisément en quoi consistaient ces secrets. Ils avaient suscité un engouement pour l'occulte. Les sceptiques avaient eu beau se railler, l'idée qu'il devait y avoir « quelque chose » au pays des pharaons s'était enracinée. Je me retrouvais maintenant pris dans cette manie. Plus la science progressait, plus le peuple avait soif de magie.

En mer, j'avais pris l'habitude de me promener pieds nus, comme les marins, en raison de la chaleur. Au moment de m'allonger sur ma couchette, en proie à mille pensées contradictoires, je m'aperçus que mes bottes avaient disparu. C'était d'autant plus troublant que je m'en étais servi comme cachette.

Je fouillais partout avec anxiété. Malraux, déjà couché, murmura quelque chose dans son sommeil et jura. Je secouai Talma.

« Antoine, je ne trouve plus mes chaussures ! »

Il se réveilla, les yeux embués.

« Pourquoi en as-tu besoin ?

— Je veux juste savoir où elles sont. »

Il se retourna.

« Peut-être qu'un maître d'équipage les a prises pour les jouer. »

Un examen rapide des endroits où on s'adonnait aux cartes et aux dés tard le soir ne me permit pas de repérer mes bottes. Quelqu'un aurait-il découvert le compartiment dans mon talon ? Qui aurait eu l'audace de s'en prendre aux effets des savants ? Qui aurait pu deviner ma cachette ? Talma ? Il avait dû être étonné par mon calme lorsqu'il m'avait interrogé sur le médaillon et s'était peut-être posé des questions sur une éventuelle cachette.

Je revins à la cabine et regardai mon compagnon. Il dormait à nouveau comme un innocent, ce qui me rendit encore plus soupçonneux. Plus le médaillon prenait de l'importance, moins je me fiais aux autres et cela entamait la confiance que j'avais en mon ami.

Je m'allongeai sur mon hamac, déprimé et inquiet. Le prix que j'avais remporté dans la salle de jeu était devenu un fardeau. Heureusement que je n'avais pas gardé le médaillon dans ma chaussure ! Je mis la main sur la culasse de ma pièce de douze, à côté de mon hamac. Comme Bonaparte avait défendu de s'entraîner au tir pour économiser la poudre et maintenir le silence pendant notre voyage, j'avais enveloppé mon médaillon dans un sac à poudre vide et l'avais collé avec du goudron à l'intérieur du bouchon du canon. Le bouchon devant être enlevé avant le combat, j'avais prévu de récupérer le médaillon avant toute bataille en mer, certain qu'entre-temps je ne risquais pas qu'on me le prenne autour de mon cou ou dans ma botte.

Maintenant que mes chaussures avaient disparu, je me sentais de plus en plus nerveux lorsque j'en étais éloigné. Au matin, lorsque les autres seraient sur le pont, je le sortirais de sa cachette et le mettrais sur moi. Qu'il porte bonheur ou qu'il soit maudit, je préférais l'avoir autour du cou.

Le lendemain matin, mes bottes étaient revenues à leur place. Quand je les examinai, je vis que la semelle et le talon avaient été soulevés.

6

Je faillis me noyer à Alexandrie en raison de la peur qu'avait Bonaparte de l'amiral Nelson. La flotte anglaise rôdait comme un loup quelque part au-delà de l'horizon, et, dans sa hâte de rejoindre la terre, Napoléon ordonna un débarquement amphibie. Ce n'était pas la dernière fois que je serais trempé dans le pays le plus sec qu'on puisse imaginer.

Nous arrivâmes au large de la ville égyptienne le 1er juillet 1798, émerveillés de découvrir des minarets pareils à des roseaux, et les dômes des mosquées comparables à des monticules enneigés, le tout scintillant sous un soleil d'été accablant. Nous étions cinq cents à nous entasser sur le pont principal du vaisseau amiral, soldats, marins et scientifiques. Pendant de longues minutes, le silence régna à tel point qu'on entendait les grincements du gréement et le sifflement de chaque vague. L'Égypte ! Le paysage vacillait et se déformait comme un reflet dans un miroir incurvé. La ville était toute marron de poussière et blanc sale, sans le moindre signe d'opulence. C'était comme si nous nous étions trompés d'adresse. Les navires français tanguaient doucement sous un vent montant du nord, et chaque vague de la Méditerranée s'enflait comme une topaze. Du rivage, nous parvenaient le son des trompettes, le grondement des canons et des gémissements de panique. J'imaginais le spectacle que pouvait produire notre armada, avec ses quatre cents navires européens qui paraissaient couvrir toute la surface de la mer. Des familles s'entassaient sur des chariots tirés par des ânes. Des stores de magasins étaient abaissés pendant que les objets de valeur qu'ils abritaient étaient cachés dans des puits. Des soldats arabes revêtaient des armures médiévales et montaient sur des parapets fissurés avec des piques et des mousquetons d'un autre âge. L'artiste de notre expédition, le baron Dominique Vivant Denon, se mit à dessiner furieusement : les murs, les bateaux, le vide épique du nord de l'Afrique.

« J'essaie de saisir la forme des bâtiments, avec, en arrière-plan, l'étrange masse de lumière constituée par le désert », me dit-il.

La frégate *Junon* vint à côté de nous au rapport. Elle était arrivée à la ville le jour précédent, et son commandant avait conféré avec le consul français. Les nouvelles qu'elle apportait plongèrent l'état-major de Napoléon dans une activité frénétique. La flotte de Nelson, toujours à notre poursuite, avait déjà accosté à Alexandrie et était repartie deux jours auparavant seulement ! Nous avions de la chance qu'ils ne nous aient pas trouvés en train de décharger. Dans combien de temps les Anglais reviendraient-ils ? Plutôt que de risquer un affrontement sur les fortins à l'entrée du port de la ville, Bonaparte ordonna un débarquement immédiat dans des chaloupes sur la plage de Marabout, dix kilomètres à l'ouest. De là, les troupes françaises pourraient marcher le long de la plage et prendre le port.

L'amiral Brueys protesta avec véhémence, se plaignant qu'aucune carte de la côte n'ait été établie et que le vent soit en train de tourner à la tempête. Napoléon ne voulut rien entendre.

« Amiral, nous n'avons pas de temps à perdre. La chance nous accorde trois jours, pas plus. Si je ne profite pas de cet avantage, nous sommes perdus. »

Une fois à terre, son armée serait à l'abri des vaisseaux de guerre anglais. En mer, elle risquait d'être coulée.

Néanmoins, ordonner un débarquement est toujours plus facile que de le mettre en pratique. Le temps que nos bateaux aient commencé à jeter l'ancre dans les grosses vagues au large de la plage, c'était déjà la fin de l'après-midi, et le débarquement continuerait pendant la nuit. Nous autres savants avions le choix de rester à bord ou bien d'accompagner Napoléon pour assister à l'assaut de la ville. Quant à moi, plus aventureux que raisonnable, je décidai de débarquer de *L'Orient*. Le roulis prononcé commençait à me rendre de nouveau malade.

Talma, malgré un état nauséeux avancé, me regarda comme si j'étais fou.

« Je croyais que tu refusais de jouer les soldats !

— Je suis simplement curieux. Tu ne veux pas voir le combat ?

— Le combat, je peux très bien le voir depuis ce pont. C'est pour les détails sanglants qu'il faut être sur la plage. Je te retrouverai en ville, Ethan.

— D'ici là, je nous aurai choisi un palais ! »

Il sourit faiblement, sans quitter les vagues des yeux.

« Peut-être devrais-je garder le médaillon en sécurité ?

— Non. »

Je lui serrai la main.

« Si je me noie, je n'en aurai plus besoin », ajoutai-je pour lui rappeler qui en était propriétaire.

Il faisait déjà noir quand je fus appelé pour prendre place dans un bateau. Des fanfares s'étaient assemblées sur les plus grands bateaux pour jouer *La Marseillaise*, mais les sons se perdaient dans le vent qui se levait. En direction de la terre, l'horizon était devenu marron en raison du sable qui soufflait depuis le désert. Quelques cavaliers arabes galopaient de-ci de-là sur la plage. Agrippé à une corde, je descendis l'échelle sur le flanc du navire gonflé comme un biceps, et dont les canons hérissés faisaient penser à du chaume noir. Je portais mon long rifle dans le dos, son chien enveloppé dans une peau huilée. Ma corne à poudre et la pochette à balles se balançaient à ma taille.

Le bateau se soulevait comme un cheval donnant des ruades.

« Sautez ! » ordonna un maître d'équipage.

Je m'exécutai le plus gracieusement possible, ce qui ne m'empêcha pas de m'étaler. Je me hâtai de m'accrocher des deux mains à un côté comme on m'avait dit de le faire. D'autres hommes continuèrent à descendre au point que je crus que notre embarcation allait couler, mais d'autres arrivèrent encore. Quand nous partîmes, l'eau passait au-dessus du plat-bord.

« Écopez, nom de Dieu ! »

Nos chaloupes ressemblaient à un essaim de gyrins, rampant lentement vers la côte. Bientôt, on n'entendit plus que le tonnerre du ressac. Au creux des vagues, on apercevait tout juste le sommet des mâts de la flotte.

Notre timonier, qui était dans le civil un pêcheur d'une ville côtière française, nous guida avec expertise dans les vagues qui se gonflaient en allant vers la plage. Mais la barque surchargée était aussi difficile à diriger qu'un chariot de vin et manquait de franc-bord. Nous commençâmes à dériver dans les vagues déferlantes, et la poupe se mit à pivoter pendant que le timonier criait des ordres aux rameurs. Puis une énorme vague nous frappa de côté. Le bateau se mit en travers et se renversa.

Je n'eus pas le temps de remplir mes poumons. L'eau s'abattit comme un mur et m'engloutit. Le grondement de la tempête se trouva réduit à un faible bourdonnement pendant que je descendais vers le fond et rebondissais sur le sable. Mon fusil faisait office d'ancre, mais je refusai de le lâcher. Mon séjour sous l'eau me parut durer une éternité, et mes poumons étaient sur le point d'éclater. Puis, profitant d'une accalmie des vagues, je donnai un grand coup de pied au fond pour remonter. Je surgis à la surface hors d'haleine, et essayai désespérément de respirer avant qu'une nouvelle vague ne me submerge. Des corps se heurtaient dans le noir. En agitant les bras, je réussis à m'accrocher à une rame qui s'était détachée. L'eau était maintenant peu profonde, et la vague suivante me porta jusqu'à la plage sur le ventre. Quand je débarquai en Égypte, je titubais, l'eau de mer me faisait tousser, j'avais le nez dégoulinant, et les yeux qui me piquaient.

Le paysage était plat, sans rien de remarquable, sans le moindre arbre en vue. Le sable avait pénétré dans les moindres plis de mon corps et de mes vêtements, et le vent violent me fit chanceler.

D'autres hommes, rescapés de la noyade, s'arrachaient tant bien que mal aux vagues. Notre chaloupe retournée arriva à terre, et les soldats nous demandèrent de les aider à la remettre à l'endroit et de la vider de son eau. Quand ils eurent trouvé suffisamment de rames, les marins reprirent la mer pour aller chercher d'autres troupes. La lune était levée ; des centaines de scènes identiques se déroulaient le long de la plage. Certains bateaux réussissaient à accoster comme prévu, touchant terre sans encombre, alors que d'autres sombraient et se disloquaient. Devant ce chaos, des hommes s'encordaient les uns aux autres pour retourner dans l'eau et repêcher leurs camarades. Plusieurs noyés avaient été rejetés sur la plage et gisaient à moitié enfouis dans le sable. De petites pièces d'artillerie avaient coulé sur leur support. Des équipements flottaient comme des morceaux d'épave. Un drapeau tricolore, planté comme point de ralliement, claquait dans le vent.

« Henri, tu te souviens des terres que le général nous a promises ? dit un soldat trempé à un autre, avec un geste en direction des dunes désolées. Les voilà, tes six hectares. »

Comme je n'étais rattaché à aucune unité militaire, je commençai à demander où se trouvait le général Bonaparte. Des officiers haussèrent les épaules et poussèrent un juron.

« Probablement dans sa belle cabine, en train de nous regarder nous noyer », grommela l'un d'eux.

Tout le monde n'avait pas apprécié l'espace confortable qu'il s'était octroyé.

Pourtant, plus loin sur la plage, un semblant d'ordre commençait à se mettre en place. Des hommes se regroupaient autour d'une petite silhouette familière, qui gesticulait furieusement, et, comme sous l'effet de la gravité, d'autres troupes venaient les rejoindre. J'entendis Bonaparte donner des ordres d'un ton sans réplique. Des rangs se formèrent. En m'approchant, je vis qu'il était trempé jusqu'à la taille et tête nue, son chapeau s'étant envolé dans le vent. Son fourreau gisait sur la plage et dessinait un trait sur le sable derrière lui. Il se comportait comme si tout s'était déroulé comme prévu. Sa confiance semblait contagieuse.

« Je veux une ligne d'attaque dans les dunes ! Kléber, rassemblez des hommes et montez là-haut, si vous ne voulez pas être tué par un Bédouin ! Capitaine ? Libérez-moi ce canon avec votre compagnie. Nous en aurons besoin à l'aube. Général Menou, où êtes-vous ? Là ! Plantez votre étendard pour rallier vos hommes. Vous, l'infanterie là-bas, arrêtez de vous comporter comme des rats noyés, et allez aider les autres à retourner ce bateau ! Un peu d'eau et vous perdez vos possibilités ? Vous êtes des soldats de la France ! »

La certitude d'être obéi opéra, et je pus constater le don qu'avait Bonaparte pour le commandement. La foule désordonnée se transforma peu à peu en armée. Des soldats formèrent des colonnes, l'équipement fut organisé, les noyés emportés et enterrés sans cérémonie. De temps en temps retentissaient des coups de fusil destinés à maintenir à distance les membres des tribus. Cargaison après cargaison, le chargement parvint à terre, et des milliers d'hommes se rassemblèrent sous la lune et les étoiles, tandis que nos bottes dessinaient sur le sable des reflets d'argent, à mesure que l'eau comblait nos empreintes. Une partie des équipements perdus dans les vagues fut récupérée et redistribuée. Certains hommes se retrouvèrent avec des chapeaux trop petits, perchés sur leurs têtes comme des cheminées, et d'autres avec des couvre-chefs qui leur descendaient sur les oreilles. Ils riaient en se les échangeant. Le vent de la nuit était chaud et il ne tarda pas à nous sécher.

Le général Jean-Baptiste Kléber, dont on m'avait dit qu'il était également franc-maçon, s'approcha.

« Le puits de Marabout a été empoisonné, et les hommes commencent à avoir soif. C'était une folie de partir de Toulon sans gourdes. »

Napoléon haussa les épaules.

« Un manquement de la part de l'intendance que nous ne pouvons plus rectifier. Nous trouverons de l'eau quand nous aurons franchi les murs d'Alexandrie. »

Kléber prit un air renfrogné. Il ressemblait davantage à un général que Bonaparte. Un mètre quatre-vingt-cinq, large, musclé, il arborait une crinière épaisse et bouclée qui lui donnait l'air majestueux d'un lion.

« Il n'y pas de nourriture non plus.

— Attendons Alexandrie. Si vous vous donnez la peine de regarder vers la mer, Kléber, vous constaterez aussi qu'il n'y a pas de marine britannique en vue, ce qui justifie notre volonté de frapper rapidement.

— Si rapidement que nous ayons dû débarquer dans la tempête et causer la noyade de douzaines d'hommes ?

— En guerre, la rapidité prime. Je sacrifierai toujours quelques vies pour sauver la majorité. »

Bonaparte avait l'air de vouloir ajouter quelque chose ; il n'aimait pas que l'on remette ses ordres en question.

« Avez-vous trouvé l'homme dont je vous ai parlé ? préféra-t-il demander à son général.

— L'Arabe ? Il se peut qu'il parle français, mais c'est une vipère.

— Il est l'instrument de Talleyrand, et reçoit une livre par oreille et par main. Il empêchera l'autre Bédouin d'attaquer votre flanc. »

Nous nous mîmes en route le long de la plage dans le fracas des vagues, en compagnie de milliers d'hommes. L'écume des vagues paraissait lumineuse dans l'obscurité. De temps à autre, on entendait un coup de pistolet, ou un mousqueton se décharger dans le désert sur notre droite. Quelques lampes brillaient devant nous, qui signalaient Alexandrie. Aucun des généraux ne s'était remis en selle, et ils marchaient comme de simples soldats. Le général Louis Caffarelli, chef des ingénieurs, avançait clopin-clopant avec sa jambe de bois. Notre géant mulâtre aux jambes arquées, le commandant de cavalerie Alexandre Dumas, dépassait ses troupes d'une tête. Doté d'une force de géant, pour s'amuser en mer, il s'accrochait à une poutre dans les écuries, attrapait un cheval avec ses jambes et soulevait dans les airs l'animal terrifié avec la seule force de ses cuisses. Ses détracteurs disaient qu'il avait même des muscles entre les oreilles.

N'étant rattaché à aucune unité, je marchais aux côtés de Napoléon.

« Vous appréciez ma compagnie, l'Américain ?

— Je me dis simplement que le général en chef est certainement plus en sécurité que les autres. Pourquoi ne pas rester à côté de lui ? »

Il éclata de rire.

« J'ai perdu sept généraux au cours d'une seule bataille en Italie et mené des charges moi-même. Seul le destin sait pourquoi j'ai été épargné. La vie est une question de chance, non ? La fatalité a renvoyé la flotte britannique et l'a remplacée par une tempête. Des hommes ont péri noyés. Avez-vous de la peine pour eux ?

— Bien sûr.

— Inutile. La mort nous rattrape tous, à moins que les Égyptiens n'aient réellement trouvé l'immortalité. Et qui peut prétendre qu'une mort soit meilleure qu'une autre ? La mienne pourrait venir à l'aube. Ce serait une bonne mort. Savez-vous pourquoi ? Parce que la gloire est fugace, l'obscurité éternelle. Ces noyés resteront dans la mémoire de leurs familles pendant des générations. "Il est mort en suivant Bonaparte en Égypte !" La société le sait, inconsciemment, et en accepte le sacrifice.

— C'est une façon de penser européenne, pas américaine.

— Non ? Nous verrons lorsque votre nation aura vieilli. Nous accomplissons une grande mission, Ethan Gage, visant à unifier l'Est et l'Ouest. Comparées à cela, les âmes des individus comptent peu.

— Unifier par la conquête ?

— Par l'éducation et l'exemple. Nous vaincrons les tyrans mamelouks qui dirigent ce peuple, oui, et, ce faisant, nous libérerons les Égyptiens de la tyrannie ottomane. Ensuite nous les réformerons, et le temps viendra où ils béniront ce jour où la France a posé le pied sur leur sol. Nous, en échange, nous tirerons enseignement de leur culture ancienne.

— Vous êtes très confiant.

— Je suis un visionnaire. Un rêveur, ce dont m'accusent mes généraux. Pourtant, je mesure mes rêves avec les compas de la raison. J'ai calculé le nombre de dromadaires qu'il faudrait pour traverser le désert jusqu'en Inde. J'ai des presses d'imprimerie équipées de caractères arabes pour expliquer que je suis venu avec l'intention de réformer. Savez-vous que l'Égypte ne connaît pas l'imprimerie ? J'ai ordonné à mes officiers d'étudier le Coran, et à mes troupes de ne rien piller, et de ne pas brutaliser les femmes arabes. Quand les Égyptiens comprendront que nous sommes là pour les libérer et non pour les opprimer, ils se joindront à nous dans la lutte contre les mamelouks.

— Et pourtant vous conduisez une armée sans avoir d'eau.

— Il me manque des centaines de choses, mais je compte sur l'Égypte pour me les fournir. C'est ce que nous avons fait lors de notre invasion de l'Italie. C'est ce que fit Cortés quand il brûla ses bateaux après être arrivé au Mexique. Notre manque de gourdes fait bien comprendre aux hommes que notre offensive doit réussir. »

On aurait dit qu'il s'adressait à Kléber plutôt qu'à moi.

« Comment pouvez-vous en être aussi sûr, général ? Personnellement, je trouve difficile d'être certain de quoi que ce soit.

— J'ai appris en Italie que l'histoire est avec moi. »

Il marqua une pause, hésitant à se confier davantage, se demandant visiblement s'il pouvait me compter au nombre de ses conquêtes politiques.

« Des années durant, je me sentais condamné à une vie ordinaire, Gage. Moi aussi, j'étais incertain. J'étais un Corse sans le sou issu d'une royauté désertique de la pire espèce, un habitant d'une île coloniale avec un accent prononcé, qui avait passé son enfance à supporter les railleries des snobs dans une école militaire française. Je n'avais pas d'autre ami que les mathématiques. Puis vint la Révolution, des occasions se présentèrent, et j'en tirai le meilleur parti. Je l'emportai au siège de Toulon. J'attirai l'attention sur moi à Paris. On me donna le commandement d'une armée en déroute dans le nord de l'Italie. Un avenir semblait au moins se dessiner, même si je pouvais à nouveau tout perdre en une seule défaite. Ce fut à la bataille d'Arcole, alors que je combattais les Autrichiens pour libérer l'Italie, que le monde s'est vraiment ouvert à moi. Nous devions prendre un pont en bas d'une chaussée meurtrière, et les charges successives avaient échoué, couvrant de morts les voies d'approche. Finalement, je compris que le seul moyen de l'emporter était de mener moi-même une dernière charge. On m'a dit que vous étiez joueur, mais aucun jeu ne ressemble à celui-là, avec des balles arrivant comme des guêpes, tous les dés jetés dans une course pour la gloire, les hommes poussant des acclamations, les bannières claquant dans le vent, des soldats tombant. Nous prîmes le pont et remportâmes la bataille, sans une égratignure pour moi. Il n'y a pas de jouissance comparable au spectacle d'une armée ennemie qui s'enfuit. Des régiments français entiers m'entourèrent ensuite, acclamant celui qui avait été jadis un péquenaud corse. À ce moment-là, je compris que tout était possible – tout ! –, à condition d'oser. Ne me demandez pas pourquoi je crois que le destin est mon ange gardien. Je le sais, c'est tout. Maintenant il m'a conduit en Égypte et, ici peut-être, je pourrai imiter Alexandre, comme vous autres érudits imitez Aristote. »

Il me serra l'épaule, et ses yeux gris me transpercèrent dans la lumière pâle de l'aube.

« Faites-moi confiance, l'Américain. »

D'abord, il devait combattre pour entrer dans la ville.

Napoléon avait espéré que la seule présence de ses colonnes en marche sur la plage persuaderait les habitants d'Alexandrie de se rendre, mais ils n'avaient encore jamais fait les frais de la puissance de feu européenne. La cavalerie mamelouke était pleine de suffisance et particulièrement audacieuse. La caste des guerriers esclaves, dont le nom signifiait « hommes achetés », avait servi de garde personnelle au célèbre Saladin à l'époque des croisades. Ces guerriers du Caucase étaient si puissants qu'ils conquirent l'Égypte pour le compte des Turcs ottomans. Ce furent encore les mamelouks égyptiens qui, les premiers, triomphèrent des hordes mongoles de Gengis Khan, entrant ainsi dans la légende. Ils occupaient l'Égypte depuis, sans avoir jamais noué d'alliances avec sa population ni même daigné apprendre la langue égyptienne. Ils formaient une élite guerrière et traitaient leurs propres citoyens comme des vassaux, d'une manière impitoyable, comme seuls d'anciens esclaves, eux-mêmes victimes de cruauté, en sont capables. Ils se jetaient dans la bataille au galop sur leurs coursiers arabes, lesquels étaient de loin supérieurs à tous les chevaux que possédait l'armée française. Ils fondaient sur leurs ennemis en hurlant, armés d'un mousqueton, d'une lance, d'un cimeterre et d'une ceinture bourrée de pistolets. De réputation, leur courage n'avait d'égal que leur arrogance.

L'esclavage en Orient différait totalement du régime de tyrannie dépourvue du moindre espoir dont j'avais été témoin à La Nouvelle-Orléans, ou dans les Caraïbes. Pour les Ottomans, les esclaves étaient les alliés les plus fiables, étant donné qu'ils avaient été arrachés à leur passé, et ne faisaient plus partie des familles turques qui ne cessaient de se quereller. Certains devinrent des princes, ce qui signifiait que même les plus opprimés pouvaient s'élever jusqu'aux plus hauts rangs de la société. Et, en effet, les esclaves mamelouks étaient devenus les maîtres de l'Égypte. Malheureusement, leur pire ennemi était leur propre traîtrise – aucun sultan mamelouk n'est mort dans son lit, en raison de leurs conspirations sans fin pour le pouvoir –, et leurs armes aussi primitives que leurs coursiers étaient magnifiques. De véritables antiquités. Qui plus est, alors que des esclaves pouvaient devenir des maîtres, les hommes libres étaient traités comme des serfs. La population égyptienne n'aimait pas beaucoup ses dirigeants. Les Français pouvaient donc légitimement se considérer comme des libérateurs, et non des conquérants.

Surpris par l'invasion, au matin, les quelques centaines de mamelouks d'Alexandrie avaient rassemblé des éléments disparates de leur propre cavalerie, ainsi qu'un groupe de pillards bédouins et des paysans égyptiens contraints de former un bouclier humain. Derrière, sur les remparts du vieux quartier arabe, des mousquetaires de garnison et des artilleurs s'étaient réunis, inquiets. Lorsque le premier rang de soldats français s'approcha, les tirs des canons ennemis furent si maladroits qu'ils s'écrasèrent dans le sable, bien loin des colonnes européennes. Les Français s'arrêtèrent pendant que Napoléon s'apprêtait à offrir les termes de la reddition.

Mais les mamelouks durent interpréter cette pause comme une hésitation et se mirent à pousser vers nous une masse de paysans aux armes rudimentaires. Bonaparte, se rendant compte que les Arabes avaient l'intention de se battre, demanda un soutien naval à l'aide de drapeaux. Des corvettes à faible tirant d'eau et des lougres s'approchèrent de la côte pour mettre leurs canons en position. Les quelques armes légères transportées dans les chaloupes furent également avancées sur le sable.

J'avais soif, j'étais fatigué et horriblement poisseux en raison du sel et du sable, et voilà que je me retrouvais en pleine guerre à cause d'un vulgaire collier. Ma survie dépendait maintenant de cette armée française. Pourtant, je me sentais curieusement en sécurité à côté de Bonaparte. Il me l'avait dit, il avait toujours eu de la chance ; restait à savoir si elle le rendrait aussi invincible. Heureusement, notre cortège avait attiré autour de nous une foule d'opportunistes curieux et de mendiants égyptiens. Les batailles attirent les spectateurs, comme une bagarre dans une cour d'école attire les garçons. Peu avant l'aube, j'avais repéré un jeune garçon qui vendait des oranges et lui en avais acheté tout un sac pour un franc argent. Je le partageai avec le général qui s'en montra reconnaissant. Debout sur la plage, en train de sucer la pulpe sucrée, nous regardions s'approcher une armée égyptienne qui ressemblait à une foule hétéroclite. Derrière les paysans, les cavaliers mamelouks galopaient dans tous les sens, vêtus de leurs robes de soie multicolores. Ils brandissaient des épées reluisantes en poussant des cris de défi.

« Il paraît que, vous autres Américains, vous vous vantez de la précision de votre tir au fusil de chasse, dit soudain Napoléon, comme s'il lui était venu une idée distrayante. Nous feriez-vous une démonstration ? »

Surpris par cette proposition, je vis des officiers se retourner pour regarder. Mon fusil faisait ma fierté, avec sa crosse en érable huilé, ma corne à poudre amincie au point d'être translucide afin de pouvoir surveiller le niveau des petits grains de poudre noire française à l'intérieur, et mon cuivre poli, ce qui aurait été impensable dans les forêts d'Amérique du Nord, où le moindre reflet risquait de vous trahir face à un animal ou à un ennemi. Les voyageurs maquillaient le leur avec de la noisette verte pour prévenir tout reflet. Malgré la beauté de mon fusil, certains de ces soldats considéraient la longueur du canon comme un signe d'affectation.

« Je n'ai pas l'impression que ces hommes soient mes ennemis, dis-je.

— Ils le sont devenus dès l'instant où vous avez foulé cette plage, monsieur. »

C'était vrai. Je me mis à charger mon fusil. J'aurais dû le faire depuis un certain temps déjà, en prévision de la bataille imminente, mais, sur la plage, j'avais eu l'impression d'être en vacances, avec toutes ces fanfares militaires, cette camaraderie martiale et ces tirs lointains. Le moment était venu de justifier ma présence ici en apportant ma contribution au combat. Ainsi sommes-nous d'abord séduits, et ensuite enrôlés. Je mis une dose supplémentaire de poudre et me servis du refouloir pour enfoncer la balle enveloppée de lin.

J'armai mon fusil pendant que les soldats d'Alexandrie continuaient à avancer ; l'attention qui s'était focalisée sur moi se déplaça soudain vers un Bédouin qui venait des rangs derrière nous, son cheval noir faisant jaillir le sable, et ses robes noires ondulant dans le vent. Un lieutenant français sans arme et l'air malade se cramponnait derrière lui. Tirant sur les rênes, il s'arrêta près du groupe d'officiers à côté de Bonaparte. L'Arabe salua d'un geste de la main et jeta un paquet en tissu à nos pieds. Il s'ouvrit en tombant, libérant une collection de mains et d'oreilles ensanglantées.

« Voilà des hommes qui ne vous harcèleront plus, *effendi* », dit le Bédouin en français.

Son visage était masqué par son turban. Mais on devinait son regard qui guettait une approbation.

Bonaparte se livra à un rapide calcul mental des appendices massacrés.

« Tu as bien travaillé, mon ami. Ton maître a eu raison de te recommander.

— Je suis un serviteur de la France, *effendi*. »

Puis son regard se tourna vers moi, et ses yeux s'agrandirent, comme s'il me reconnaissait. J'étais troublé. Je ne connaissais aucun nomade. Et pourquoi celui-là parlait-il notre langue ?

Entre-temps, le lieutenant était descendu du cheval de l'Arabe et se tenait à l'écart, abattu et mal à l'aise, comme s'il ne savait pas quoi faire.

« Celui-là, je l'ai arraché à quelques bandits qu'il avait poursuivis trop loin dans l'obscurité », dit l'Arabe.

Il était clair qu'il considérait ce soldat également comme un trophée et en profitait pour nous donner une leçon.

« Je te félicite pour ton aide. »

Bonaparte se tourna vers le rescapé.

« Trouvez-vous une arme et rejoignez votre unité, soldat. Vous ne méritez pas votre chance. »

L'homme était hagard.

« Je vous en supplie, sire, j'ai besoin de repos. Je saigne…

— Il n'a pas autant de chance que vous le croyez, dit l'Arabe.

— Ah, non ? Il me paraît bien vivant.

— Les Bédouins ont l'habitude de battre les femmes capturées… et de violer les hommes. À plusieurs reprises. »

Un ricanement salace se fit entendre du côté des officiers, et l'un d'eux tapa dans le dos du malheureux soldat qui chancela. Cette manifestation était à la fois un signe de sympathie envers le malheureux et une moquerie cruelle.

Le général fit la moue.

« Dois-je m'apitoyer sur votre sort ? »

Le jeune homme se mit à sangloter.

« Je vous en prie, j'ai tellement honte…

— Vous devez avoir honte de vous être rendu, pas de vous être fait torturer. Reprenez votre place dans les rangs pour écraser l'ennemi qui vous a humilié. C'est ainsi que vous effacerez votre embarras. Quant à vous, les autres, racontez cette histoire au reste de l'armée. Il n'y a aucune sympathie à témoigner à cet homme ! La leçon qu'il vous donne est simple : ne vous laissez pas capturer. »

Il se retourna vers la bataille.

« Ma récompense, *effendi* ? »

L'Arabe attendait.

« Quand j'aurai pris la ville. »

L'Arabe ne bougeait toujours pas.

« Ne te fais pas de souci. Ta bourse s'alourdit, Prince Noir. Quand nous atteindrons Le Caire, les récompenses seront encore plus importantes.

— Si nous y arrivons, *effendi*. Mes hommes et moi avons été les seuls à combattre jusqu'à maintenant. »

Cette remarque ne perturba nullement notre général, qui semblait tolérer de ce bandit du désert une insolence qu'il n'aurait jamais acceptée de la part de ses officiers.

« Mon allié américain était sur le point de corriger cela en démontrant la précision du long rifle de Pennsylvanie. N'est-ce pas, monsieur Gage ? Dites-nous quels sont ses avantages. »

Tous les regards étaient à nouveau tournés vers moi. On entendait l'armée égyptienne approcher. Sentant que la réputation de mon pays était en jeu, je levai mon fusil.

« Le problème de n'importe quelle arme à feu est qu'il n'y a qu'un coup, et qu'il faut ensuite entre vingt secondes et une minute pour recharger, dis-je en préambule. Dans les forêts d'Amérique, si vous manquez votre cible, votre proie sera loin, ou un Indien vous tombera dessus avec son tomahawk. Pour nous, le temps de recharger un long rifle est donc largement compensé par sa précision, contrairement à un mousqueton dont la trajectoire est imprévisible. »

J'appuyai l'arme contre mon épaule.

« Le canon est long et fabriqué avec un fer doux. Cette caractéristique ainsi que le poids du fusil contribuent à amortir le recul quand la balle quitte le canon. Aussi, contrairement au mousqueton, l'intérieur du canon est rainuré pour donner un mouvement de rotation à la balle et améliorer sa précision. La longueur du canon assure une vélocité accrue et permet de placer le viseur arrière plus en avant de manière à le voir en même temps que la cible. »

Je fermai un œil. Un mamelouk chevauchait en avant de ses compagnons, juste derrière la foule de paysans qui avançait en traînant les pieds. En prenant une marge pour le vent venant de l'océan et la tombée de la balle, je visai son épaule droite. Aucune arme à feu n'est parfaite – même un fusil serré dans un étau ne mettra pas toutes les balles les unes sur les autres – mais mon « triangle d'erreur » n'était que de cinq centimètres à cent pas. J'appuyai sur la gâchette de préparation, de façon à ce que la détente sensible n'ait plus qu'à être effleurée, minimisant ainsi toute secousse. J'accentuai la pression et tirai, estimant que la balle toucherait l'homme en pleine poitrine. Le fusil recula, il y eut un nuage de fumée, et je regardai le malheureux diable basculer en arrière de son étalon. Un murmure d'approbation s'éleva. Si vous pensez qu'un tel tir ne procure aucune satisfaction, vous ne comprendrez jamais ce qui pousse les hommes à faire la guerre. J'y étais maintenant, en plein dedans. Je posai le fusil dans le sable, sur la crosse, ouvris une cartouche en papier et commençai à recharger.

« Bien tiré », me complimenta Napoléon.

Le tir d'un mousqueton était si peu précis que les soldats devaient viser les pieds de leur ennemi. Sinon, avec le recul, l'arme risquait d'envoyer la décharge au-dessus de la tête. La seule façon pour que les armées fassent mouche était de s'aligner en rangs serrés et de tirer quasiment à bout portant.

« Un Américain ? s'étonna l'Arabe. Si loin de chez lui ? »

Le Bédouin fit tourner son cheval, s'apprêtant à partir.

« Pour étudier nos mystères, peut-être ? »

Maintenant je me souvenais où j'avais entendu sa voix ! C'était celle du porteur de lanterne à Paris, l'homme qui avait mené les gendarmes jusqu'à moi quand j'avais découvert le corps de Minette.

« Attendez ! Je vous connais !

— Je suis Ahmed Ben Sadr, l'Américain, et vous ne connaissez rien du tout. »

Et avant que je puisse ajouter quoi que ce soit, il s'éloigna au galop.

Obéissant aux ordres, les troupes françaises s'assemblèrent rapidement en une formation qui allait devenir leur préférée contre la cavalerie mamelouke, un carré d'hommes, vide au milieu. Chaque côté était constitué de plusieurs rangs, tous face à l'extérieur pour ne prêter aucun flanc, leurs baïonnettes formant une barrière d'acier sur quatre côtés. Pour aider à positionner les rangs, certains officiers dessinaient des traits dans le sable avec leurs sabres. Entre-temps, l'armée égyptienne, ou plutôt la foule qui la composait, se déversait comme une marée humaine dans notre direction, en poussant des hululements soutenus par des martèlements de tambours et des sonneries de cornes.

« Menou, formez un autre carré près des dunes, ordonna Napoléon. Kléber, dites aux autres de se dépêcher. »

Une grande partie des troupes françaises montaient encore de la plage.

Les Égyptiens accouraient maintenant droit vers nous, des hordes de paysans armés de bâtons et de faucilles, poussés par une ligne de cavaliers aux vêtements multicolores. Les gens du peuple avaient l'air terrifiés. Quand ils furent à cinquante mètres, le premier rang français tira une salve. Le bruit me fit sursauter. L'instant d'après, on aurait dit qu'une faux géante avait balayé une rangée de blé. La première ligne de paysans avait été mise en pièces. Il y avait des morts et des blessés, les autres étant pris de panique devant une salve d'une telle puissance. Un énorme drap de fumée blanche s'abattit sur le carré français, le mettant hors de vue. La cavalerie mamelouke s'arrêta alors dans la plus grande confusion ; les chevaux hésitaient à marcher sur le tapis de corps devant eux, et leurs maîtres maudissaient les sous-fifres qu'ils avaient envoyés à l'abattoir. Tandis que les seigneurs forçaient peu à peu leurs montures à passer au-dessus de leurs sujets prostrés, le deuxième rang français tira, et quelques guerriers mamelouks tombèrent de cheval. Puis un troisième rang déchargea, alors même que le premier rechargeait, et des chevaux hennirent, plongèrent en avant et se débattirent de tous leurs membres. Après ce déluge de balles, les paysans survivants se relevèrent comme si on leur en avait donné l'ordre et s'enfuirent en repoussant les cavaliers dans leur course. La première attaque égyptienne avait tourné au fiasco. Les guerriers eurent beau frapper leurs sujets du plat de leurs sabres, cela n'arrêta pas leur retraite. Quelques paysans cognèrent aux portes de la ville pour y chercher refuge, tandis que d'autres couraient à l'intérieur des terres et disparaissaient dans les dunes. Pendant ce temps, les navires français avaient commencé à tirer sur Alexandrie et les projectiles martelaient les murs de la ville. Les antiques remparts commençaient à s'écrouler comme du sable.

« La guerre est essentiellement une question de technique, remarqua Napoléon. C'est l'ordre imposé au désordre. »

Il se tenait les mains derrière le dos et tournait sans arrêt la tête, son regard d'aigle enregistrant le moindre détail. Il était capable de mémoriser l'ensemble du champ de bataille. Il savait ainsi où concentrer des troupes pour l'emporter, ce qui lui donnait un avantage décisif sur ses adversaires.

« C'est la discipline qui triomphe de l'indécision. L'organisation contre le chaos. Savez-vous, Gage, que si seulement un pour cent des balles atteignait leur cible, ce serait remarquable ? C'est pour cela que la ligne, la colonne et le carré sont tellement importants. »

Autant la brutalité de son action militaire me laissait sans voix, autant son sang-froid m'impressionnait. C'était un homme moderne qui calculait de manière scientifique, tenait une comptabilité impitoyable des pertes et raisonnait sans émotion. Devant une telle démonstration de violence, j'imaginai les ingénieurs austères qui allaient devenir les maîtres de l'avenir. La morale obéirait à l'arithmétique. La passion à l'idéologie.

« Feu ! »

Les troupes françaises arrivaient en masse sous les murs de la ville, et un troisième carré se forma au bord de la mer, à côté du premier, si bien que les hommes rangés du côté gauche se retrouvaient avec de l'eau jusqu'aux chevilles lorsque les vagues s'écrasaient sur le rivage. Disposées entre les carrés, quelques pièces d'artillerie légère mitrailleraient la cavalerie ennemie.

Les mamelouks, débarrassés à présent de leurs paysans, attaquèrent à nouveau. Leur cavalerie chargea le long de la plage, dans un grondement de tonnerre et des éclaboussures de sable et d'eau ; ils poussaient des cris de guerre, et leurs robes de soie se gonflaient au vent comme des voiles, tandis que les plumes s'agitaient sur leurs magnifiques turbans. Leur vitesse ne servit à rien. Les Français tirèrent à nouveau, et le premier rang mamelouk tomba, dans le hennissement des chevaux tombés les quatre fers en l'air. Les quelques cavaliers suivants culbutèrent par-dessus leurs camarades blessés ; d'autres réussirent à les éviter ou à les enjamber. Mais à peine leur cavalerie s'était-elle regroupée que les Français tirèrent à nouveau dans un tonnerre de feu, leurs armes crachant des bourres comme des confettis. Cette tentative se révéla aussi vaine que les précédentes. Les plus courageux des survivants continuèrent malgré tout à attaquer, leurs montures sautant par-dessus les corps de leurs camarades, pour se heurter une nouvelle fois à une rafale de mitraille ou de projectiles venant du canon. C'était un véritable massacre, aussi systématique que l'avait prévu Bonaparte, et, bien que j'aie connu nombre d'affrontements à l'époque où j'étais trappeur, cette boucherie me choqua. La cacophonie était générale, avec le sifflement des balles dans l'air. Et jamais je n'aurais cru que les corps humains contenaient autant de sang : quand une balle ronde atteignait un malheureux, il en sortait parfois des jets qui giclaient comme un geyser. Quelques cavaliers arrivèrent tant bien que mal jusqu'aux lignes françaises, poussant des lances devant eux ou brandissant leurs sabres, mais leurs montures se dérobèrent devant le mur de baïonnettes. Puis un commandement retentit en français, une autre salve fut tirée et ils tombèrent à leur tour, criblés de balles.

Ce qui restait de la classe dominante finit par céder et s'enfuit au galop vers le désert.

« Maintenant ! hurla Napoléon. Au mur, avant que leurs chefs ne se regroupent ! »

Des clairons sonnèrent, mille soldats poussèrent une acclamation et s'élancèrent en colonnes au petit trot, sans échelles ni artillerie de siège, dont ils n'avaient pas vraiment besoin. Sous le bombardement naval, les murs de la vieille ville s'écroulaient comme un château de cartes. Derrière, quelques maisons étaient déjà en flammes. Les Français s'approchèrent à distance de tir de mousqueton, et un feu nourri éclata des deux côtés, les défenseurs se montrant plus résolus face à cet assaut furieux que je ne l'aurais cru. Les balles vrombissaient. Quelques Européens tombèrent, juste retour des choses après le carnage auquel ils s'étaient livrés.

Napoléon suivait ses troupes, et je ne le quittais pas. Des corps immobiles ou des blessés qui gémissaient dessinaient de grandes taches noires sur le sable. Je fus surpris de constater que de nombreux mamelouks étaient beaucoup plus clairs de peau que leurs sujets, avec des cheveux roux ou même blonds.

« Des esclaves blancs du Caucase, grommela le gigantesque Dumas. On dit qu'ils s'accouplent volontiers avec les Égyptiennes, mais ne veulent pas procréer. Ils couchent aussi les uns avec les autres, et préfèrent leur propre sexe et leur race à toute forme de contamination. Des jeunes garçons de huit ans, tout frais, tout roses, sont achetés chaque année et ramenés de leurs montagnes natales pour préserver la caste. Le viol leur sert d'initiation, la cruauté d'école. Le temps de grandir, ils deviennent aussi cruels que des loups et méprisent tout ce qui n'est pas mamelouk. Ils se montrent loyaux envers leur bey seulement, autrement dit leur chef. Il peut leur arriver de recruter parfois un Noir ou un Arabe exceptionnel, mais la plupart méprisent ceux qui ont la peau noire. »

J'observai le général dont la peau témoignait de l'origine raciale mélangée.

« Je suppose que vous ne permettrez pas à l'Égypte de perpétrer cette discrimination, général. »

Il donna un coup de pied dans un cadavre.

« Certainement. C'est la couleur du cœur qui importe. »

Nous nous étions arrêtés hors de la portée des tirs, au pied d'un colossal pilier solitaire, qui se dressait à l'extérieur des murs de la ville. Aussi large qu'un homme est grand, il mesurait vingt-cinq mètres de haut et portait le nom de Pompée, l'ancien général romain. Nous nous trouvions sur les décombres de plusieurs civilisations, et un ancien obélisque égyptien avait été renversé pour former la base du pilier. La colonne en granit rose était piquée et chaude au toucher. Bonaparte, la voix enrouée d'avoir crié des ordres, se tenait sur les ruines, dans le peu d'ombre qu'offrait le pilier.

« Ce travail donne chaud. »

En effet, le soleil était étonnamment haut. Combien de temps s'était-il écoulé ?

« Tenez, prenez un fruit. »

Il me jeta un regard reconnaissant, et je pensai que, peut-être, ce petit geste avait contribué à faire éclore une amitié. Mais plus tard, j'appris que Napoléon estimait toute personne qui lui rendait service, se montrait indifférent envers tous ceux qui lui étaient inutiles, et implacable vis-à-vis de ses ennemis. Pour l'instant, il suçait avidement son fruit, comme un enfant, semblant apprécier ma compagnie, et montrant sa maîtrise du spectacle qui se déroulait sous nos yeux.

« Non, non, pas par là, criait-il parfois. Oui, la porte là-bas, c'est celle-là qu'il faut forcer ! »

C'étaient les généraux Kléber et Jacques François Menou qui menaient l'attaque. Les officiers se battaient comme des enragés, comme s'ils se croyaient invulnérables aux balles. J'étais également impressionné par le courage suicidaire des défenseurs, qui savaient pourtant qu'ils n'avaient aucune chance. Bonaparte était le grand chorégraphe, il dirigeait son ballet comme si les soldats étaient des jouets, l'esprit déjà occupé par ce qui se passerait après la bataille. Il considéra le haut du pilier, couronné par un chapiteau corinthien sans rien au-dessus.

« Les grandes gloires ont toujours été acquises en Orient », murmura-t-il.

Les tirs arabes diminuaient. Les Français étaient arrivés au pied des murs disloqués et s'aidaient les uns les autres à monter. Une porte fut ouverte de l'intérieur ; une autre s'effondra sous les coups de hache et de crosse de mousqueton. Un drapeau tricolore apparut en haut d'une tour, d'autres furent emportés à l'intérieur des murs de la ville. La bataille touchait à sa fin. Bientôt se produisit le curieux incident qui changea ma vie.

L'échauffourée avait été sauvage. Poussés au désespoir après avoir épuisé leur poudre, les Arabes se mirent à lancer des pierres. Le général Menou, frappé à sept reprises par des projectiles, en sortit à ce point étourdi et meurtri qu'il lui fallut plusieurs jours pour se remettre. Kléber, éraflé par une balle au-dessus d'un œil, courait partout en tempêtant, le front entouré d'un bandage sanguinolent. Et soudain, comme submergés par le désespoir, les Égyptiens s'enfuirent à la manière d'un barrage qui cède. Les Européens s'engouffrèrent dans la brèche.

Quelques autochtones s'assirent aussitôt sur leurs talons, victimes d'une peur abjecte, se demandant visiblement quels traitements barbares cette marée de chrétiens allait leur infliger. D'autres se regroupèrent dans des mosquées. Nombreux furent ceux qui s'enfuirent en courant de la ville, vers l'est et le sud, pour revenir en majorité deux jours plus tard, s'étant aperçus qu'ils n'avaient ni eau, ni nourriture, ni nulle part où aller. Une poignée d'irréductibles se barricada dans la tour de la citadelle, mais leurs tirs cessèrent bientôt, faute de poudre. Les représailles françaises furent immédiates et brutales, donnant lieu à plusieurs massacres.

Napoléon entra dans la ville en début d'après-midi, aussi indifférent aux gémissements des blessés qu'il l'avait été au tonnerre des armes.

« Une petite bataille, méritant à peine un bulletin, remarqua-t-il à l'adresse de Menou, en se penchant sur la litière où était étendu le général. Je le grossirai quand même pour ceux qui nous liront à Paris. Dites à votre ami Talma de tailler sa plume, Gage. »

Il ponctua sa remarque d'un clin d'œil. Bonaparte avait adopté ce cynisme désabusé affiché par tous les officiers français depuis la Terreur. La dureté constituait pour eux un élément de fierté.

Alexandrie s'avérait une ville décevante. Les somptuosités de l'Orient étaient démenties par les artères non pavées, avec des moutons et des poules courant partout, des enfants nus, des marchés envahis de mouches et un soleil meurtrier. Une grande partie de la cité était en ruine, et, même si la bataille n'avait pas eu lieu, elle nous aurait paru presque déserte, coquille vide autour d'une gloire d'antan. Aux confins du port, on voyait même des bâtiments à moitié ensevelis, comme si la mer engloutissait peu à peu la ville. C'est en regardant par les portes et les fenêtres fracassées, à l'intérieur des belles maisons, que nous eûmes la vision d'un autre monde, plus frais, plus opulent et plus secret. Nous y découvrîmes des fontaines aux eaux jaillissantes, des portiques ombragés, des sculptures mauresques, ainsi que des soieries et du linge flottant doucement dans l'air sec du désert.

Des tirs sporadiques résonnaient encore dans la ville pendant que Napoléon et une poignée d'hommes s'avançaient prudemment sur l'avenue principale en direction du port, où les premiers mâts français commençaient à apparaître. Nous traversions un quartier élégant composé de maisons de marchands en pierre de taille, avec des fenêtres protégées par des jalousies en bois, quand nous entendîmes un vrombissement pareil à celui d'un insecte : un morceau de plâtre explosa en projetant de la poussière, juste derrière l'épaule de Bonaparte. Je sursautai, ayant échappé de justesse au tir. L'éraflure sur l'uniforme du général avait fait se redresser une fibre du tissu. En levant les yeux, nous aperçûmes dans le vent chaud un nuage blanc de fumée de fusil provenant d'une fenêtre grillagée. Un tireur d'élite, caché dans l'ombre d'une chambre à coucher, avait failli atteindre le commandant de l'expédition.

« Général ! Vous n'avez rien ? » cria un colonel.

En guise de réponse, un deuxième coup de feu retentit, puis un troisième, si proches les uns des autres qu'il devait y avoir au moins deux tireurs, à moins que le premier n'ait eu quelqu'un pour lui passer un autre mousqueton chargé. À quelques pas devant Napoléon, un sergent poussa un grognement et s'assit, atteint par une balle à la cuisse, tandis qu'un autre morceau de plâtre explosait derrière la botte du général.

« Je serais mieux derrière un pilier, murmura Bonaparte, qui nous attira aussitôt sous un portique en faisant le signe de la croix. Ripostez, pour l'amour de Dieu. »

Deux soldats s'exécutèrent enfin.

« Et faites venir une pièce d'artillerie. Ne leur laissons pas le loisir de m'atteindre. »

Une rude bataille s'engagea alors. Plusieurs grenadiers se mirent à tirer sur la maison devenue une véritable petite forteresse, tandis que d'autres partaient au pas de course pour ramener un canon. J'essayai d'atteindre le tireur embusqué, mais il était trop bien dissimulé, et je le ratai comme tous les autres. Il fallut attendre dix longues minutes pour voir arriver un canon, pendant lesquelles plusieurs dizaines de coups de feu furent échangés, dont l'un blessa un jeune capitaine au bras. Napoléon lui-même avait emprunté un mousqueton et tiré, sans plus de résultat.

Ce fut la pièce d'artillerie qui excita notre commandant, lui rappelant la branche dans laquelle il avait été formé. À Valence, son régiment avait reçu la meilleure formation de l'armée pour le maniement du canon, et, à Auxonne, il avait travaillé avec le légendaire professeur Jean-Louis Lombard, qui avait traduit en français les *Nouveaux Principes d'artillerie*. Sur *L'Orient*, les compagnons officiers de Napoléon m'avaient raconté que, durant ses premières affectations en tant que second lieutenant, il n'avait aucune vie sociale et travaillait de quatre heures du matin jusqu'à dix heures du soir. À présent, il pointait le canon, indifférent aux balles qui continuaient à pleuvoir autour de lui.

« C'est exactement ce qu'il a fait à la bataille de Lodi, murmura le capitaine blessé, plein d'admiration. Il positionnait des armes lui-même, et les hommes se sont mis à l'appeler le petit caporal. »

Napoléon approcha l'allumette. Le canon aboya, ruant contre son chariot, et la décharge frappa juste en dessous de la fenêtre incriminée, faisant tomber la pierre et sauter le grillage en bois.

« Encore. »

Le canon fut rapidement rechargé, et le général le pointa vers la porte de la maison. Une autre détonation, et l'entrée fut soufflée vers l'intérieur dans une pluie d'échardes. La fumée envahit la rue.

« En avant ! »

C'était le même Napoléon qui avait chargé au pont d'Arcole. Les Français avancèrent, et moi avec eux, emmenés par leur général sabre au clair. Nous nous précipitâmes par la porte, tout en continuant à tirer sur l'escalier. Un tout jeune serviteur noir dégringola les marches. L'équipe d'assaut sauta par-dessus son corps et monta quatre à quatre. Au deuxième étage, nous arrivâmes à l'endroit où le boulet de canon avait frappé. Le trou déchiqueté ouvrait sur les toits d'Alexandrie, et la pièce était jonchée de débris. Un vieil homme avec un mousqueton était à moitié enseveli sous les décombres, mort de toute évidence. Un autre mousqueton avait été jeté contre un mur et s'était cassé en deux. Plusieurs autres étaient éparpillés sur le sol comme des allumettes. Une deuxième personne, peut-être son chargeur, avait été projetée dans un coin par le souffle du canon et bougeait encore faiblement sous un linceul de gravats.

Il n'y avait personne d'autre dans la maison.

« Fusillade impressionnante pour une armée de deux personnes, commenta Napoléon. Si tous les habitants d'Alexandrie se battaient ainsi, je serais toujours devant les murs. »

Je m'approchai du combattant blessé qui gisait dans le coin, me demandant qui étaient ces deux personnes. Le vieil homme que nous avions tué ne paraissait pas complètement arabe et quelque chose m'intriguait chez son acolyte. Je soulevai un coin de son écharpe en lambeaux.

« Attention, monsieur Gage, il peut être armé, me prévint Bonaparte. Laissez Georges l'achever à la baïonnette. »

J'avais vu suffisamment d'hommes tués à la baïonnette pour une journée et je les ignorai. Je m'agenouillai, soulevai la tête du tireur et la posai sur mes genoux. L'individu gémit et cligna des yeux, le regard dans le vague. Une supplique émana de sa bouche comme un croassement.

« De l'eau. »

Je sursautai au son de sa voix et en découvrant ses traits fins. Le combattant blessé était en réalité une femme, dont on voyait, malgré les résidus de poudre dont elle était maculée, qu'elle était jeune, saine et sauve, et tout à fait agréable à regarder.

Et la demande avait été formulée en anglais.

Une fouille de la maison permit de découvrir des jarres contenant de l'eau au rez-de-chaussée. J'en donnai une tasse à la femme, curieux, comme les Français présents, de connaître son histoire. Mon geste ainsi que ma propre voix en anglais semblèrent lui inspirer une certaine confiance.

« Comment t'appelles-tu ? »

Elle déglutit et cligna des yeux, le regard rivé au plafond.

« Astiza.

— Pourquoi te bats-tu contre nous ? »

Son regard se focalisa alors sur moi, et elle écarquilla les yeux de surprise, comme devant un fantôme.

« Je chargeais les fusils.

— Pour ton père ?

— Mon maître. »

Elle se leva péniblement. « Il est mort ?

— Oui. »

Son visage restait impénétrable. C'était, sans aucun doute, une esclave ou une servante ; était-elle triste que son propriétaire ait été tué, ou était-elle soulagée par sa libération ? Elle semblait perplexe devant son nouvel état. Une étrange amulette pendait à son cou. Elle était en or, ce qui était incongru pour une esclave, représentant un œil en amande, avec la pupille en onyx noir. Un sourcil dessinait une courbe au-dessus, qui était prolongée en dessous par une autre courbe gracieuse. Le tout était d'un effet saisissant. Pendant un bon moment, son regard ne cessa d'aller de son maître vers moi.

« Que dit-elle ? demanda Bonaparte en français.

— Je crois que c'est une esclave. Elle chargeait des mousquetons pour son maître, l'homme là-bas.

— Comment une esclave égyptienne peut-elle parler anglais ? Ce sont des espions britanniques ? »

Je traduisis la première question à la jeune femme.

« Maître Omar avait une mère égyptienne et un père anglais, répondit-elle. Il entretenait des relations commerciales avec l'Angleterre. Pour qu'il ne perde pas sa maîtrise de l'anglais, nous parlions cette langue à la maison. Je parle aussi arabe et grec.

— Grec ?

— Ma mère, originaire de Macédoine, a été vendue au Caire. J'ai été élevée ici. Je suis une Grecque égyptienne et je n'ai peur de rien », ajouta-t-elle avec fierté.

Je me tournai vers le général.

« Elle pourrait servir d'interprète, dis-je en français. Elle parle arabe, grec et anglais.

— Un interprète pour vous, pas pour moi. Je devrais la traiter comme un partisan. »

Il était de mauvaise humeur qu'on ait tiré sur lui.

« Elle suivait les instructions de son maître. Elle a du sang macédonien. »

Subitement, il manifesta de l'intérêt.

« Macédoine ? Alexandre le Grand était macédonien ; il a fondé cette ville et conquis l'Orient avant nous. »

J'ai un faible pour les femmes et la fascination de Napoléon pour l'ancien bâtisseur d'empire grec me donna une idée.

« Ne pensez-vous pas que la survie d'Astiza après votre tir de canon est un signe du destin ? Combien de Macédoniens peut-il y avoir dans cette ville ? En voici une qui parle ma langue maternelle. Elle nous sera plus utile vivante que morte. Elle peut nous aider à comprendre l'Égypte.

— Qu'est-ce qu'une esclave peut connaître ? »

Je la regardai. Elle suivait notre conversation sans comprendre, mais ses yeux étaient grands ouverts, brillants, et son regard intelligent.

« Nul doute qu'elle a reçu une certaine éducation. »

La question du destin l'avait toujours intrigué.

« C'est sa chance alors. Ma chance à moi est que ce soit vous qui l'ayez trouvée. Dites-lui que j'ai tué son maître au combat et que je deviens donc son nouveau maître. Et que moi, Napoléon, je la confie à mon allié américain – vous. »

7

La victoire est parfois plus désordonnée que la bataille. Donner l'assaut peut s'avérer extrêmement simple ; l'administration, un cauchemar inextricable. C'est ce qui arriva à Alexandrie. Après avoir reçu la reddition du sultan régnant, Mohammed el-Koraim, Bonaparte débarqua promptement le reste de ses troupes, avec l'artillerie et les chevaux. Les soldats et les scientifiques se réjouirent pendant cinq minutes en arrivant sur la terre ferme, avant de commencer aussitôt à se plaindre du manque d'abris et d'eau potable, ainsi que d'un approvisionnement désordonné. La chaleur était palpable, c'était un poids qui s'abattait sur vous, et la poussière recouvrait tout d'une poudre fine. On dénombra quelque trois cents victimes du côté français, et plus de mille morts et blessés chez les habitants d'Alexandrie, sans qu'il y ait d'hôpitaux adéquats ni pour les uns ni pour les autres. Les blessés européens furent installés dans des mosquées ou des palais confisqués, mais le confort de leur environnement princier était gâché par la douleur, la chaleur et les mouches. Les blessés égyptiens furent laissés à l'abandon. De nombreux moururent.

Entre-temps, les navires de transport furent renvoyés en France, tandis que les bateaux de guerre étaient ancrés en position défensive dans la baie d'Aboukir toute proche. Les envahisseurs craignaient toujours le retour de la flotte de Nelson.

La plupart des soldats qui débarquèrent furent contraints de camper sur les places de la ville ou à l'extérieur, dans les dunes. Les officiers eurent plus de chance et purent s'approprier les belles maisons. Talma et moi partagions, avec quelques-uns, la maison que j'avais contribué à prendre au maître d'Astiza. Une fois l'esclave revenue à elle, elle sembla accepter sa nouvelle condition avec une étrange sérénité, et ne cessait de m'observer du coin de l'œil comme pour déterminer si ma présence était une catastrophe ou bien une chance à saisir. Ce fut elle qui, nantie d'un peu d'argent, marchanda avec les voisins pour nous trouver à manger, tout en maudissant notre ignorance des mœurs égyptiennes et nos habitudes barbares. Semblant accepter son sort, elle nous adopta comme nous l'avions adoptée. Elle se montrait soumise mais méfiante, obéissante mais résignée, vigilante mais espiègle. J'étais intrigué par elle, comme je le suis d'ailleurs par la plupart des femmes. Franklin avait la même faiblesse, et c'était, à vrai dire, le cas de toute l'armée : il y avait des centaines d'épouses, de maîtresses et de prostituées entreprenantes. Une fois à terre, les femmes françaises se dépouillaient de leurs déguisements masculins et, au grand dam des Égyptiens, revêtaient des robes qui mettaient leurs charmes en valeur. Elles se montraient au moins aussi résistantes que leurs hommes, supportant même les conditions primitives avec plus d'endurance que les soldats. Les Arabes les considéraient avec crainte et fascination.

Pour occuper ses troupes, Napoléon en envoya quelques-uns marcher vers le sud-est en direction du Nil, un périple de cent kilomètres, *a priori* sans grandes complications. Cette première étape vers la capitale du Caire s'avéra pourtant cruelle : les terres agricoles fertiles du delta étaient devenues arides en cette fin de saison sèche, juste avant la crue du Nil. Certains puits étaient à sec. D'autres avaient été empoisonnés ou remplis de pierres. Dans les villages aux maisons de briques de boue et de chaume, les fermiers s'efforçaient de dissimuler leurs quelques chèvres efflanquées ou leurs poules. Les troupes prirent d'abord les paysans pour des ignorants parce qu'ils refusaient l'argent français, mais acceptaient avec réticence d'échanger de la nourriture et de l'eau contre des boutons de veste. Nous comprîmes plus tard que les paysans s'attendaient à une victoire de leurs seigneurs mamelouks, et qu'une pièce française aurait signifié qu'ils avaient collaboré avec les chrétiens, tandis qu'un bouton aurait pu être arraché à l'uniforme d'un cadavre européen.

Le nuage de poussière soulevé par leur marche épuisante permettait de les suivre à la trace. La température dépassait les quarante degrés, et certains soldats, déprimés ou rendus fous par la soif, se suicidèrent.

La situation n'était pas aussi terrible pour ceux d'entre nous restés à Alexandrie. Des milliers de bouteilles de vin furent débarquées en même temps que les rations de l'infanterie, et les rues se remplirent d'uniformes de teintes vives, comme dans une volière d'oiseaux tropicaux, avec des plumes couleur arc-en-ciel, soulignées par des épaulettes, des ganses, des soutaches et des galons. Les dragons et les fusiliers portaient des manteaux verts, les officiers des écharpes rouge vif à la taille, les chasseurs des cocardes tricolores fixées droit, et les carabiniers des toupets de plumes écarlates. Je commençais à m'instruire en la matière. Certains régiments tiraient leur nom de leurs armes, comme le mousqueton léger appelé fusil, qui, à l'origine, avait équipé les fusiliers, les grenades étant réservées à l'infanterie lourde – les grenadiers – et les carabines courtes distribuées aux carabiniers en bleu. Les chasseurs étaient équipés légèrement pour mener des actions rapides. Les hussards, en veste rouge, formaient la cavalerie légère ou fournissaient les éclaireurs, et ils empruntaient leur nom à des unités cousines d'Europe centrale. Les dragons constituaient la cavalerie lourde et portaient des casques destinés à les protéger contre les coups de sabre.

Le plan de bataille général consistait à envoyer la cavalerie légère perturber et confondre l'ennemi, pendant que l'artillerie pilonnait, en attendant qu'une ligne ou une colonne d'infanterie lourde, avec une puissance de feu massive, porte le coup décisif à la formation ennemie. La cavalerie fondrait alors sur elle pour achever de la décimer. En pratique, les tâches de ces unités se confondaient parfois, et, en Égypte, elles furent facilitées par le rôle primordial de la cavalerie dans la défense mamelouke, laquelle faisait plutôt défaut aux Français.

Aux forces françaises étaient venus s'ajouter la légion de Malte, recrutée lors de la prise de l'île, ainsi que des mercenaires arabes comme Ahmed Ben Sadr. Napoléon prévoyait déjà de recruter une compagnie de mamelouks, après les avoir vaincus, et d'organiser un corps chamelier composé de chrétiens égyptiens.

L'armée de terre était forte de trente-quatre mille soldats, dont vingt-huit mille appartenaient à l'infanterie, et trois mille à la cavalerie ainsi qu'à l'artillerie. Le manque critique de chevaux serait corrigé en

Égypte mais, lentement, et au prix de mille difficultés. Bonaparte parvint à faire débarquer cent soixante et onze canons, depuis des canons de vingt-quatre pour tenir un siège, jusqu'à des pièces légères de terrain, capables d'expédier trois tirs par minute. Mais là encore, le manque de chevaux ne lui permit pas de les transporter aussitôt. Les simples soldats d'infanterie étaient encore plus mal équipés et souffraient de la chaleur sous le poids de leurs mousquetons datant de 1777, de leurs sacs à dos en cuir, de leurs uniformes alpins en laine bleue et de leurs bicornes. Les dragons bouillaient sous leurs casques en cuivre et les cols militaires raidissaient sous l'action du sel. Nous autres savants n'étions pas habillés de façon aussi stricte – nous pouvions retirer nos vestes –, mais nous étions tout aussi abrutis par la chaleur, avec le souffle court comme des poissons hors de l'eau. Je ne portais plus jamais, sauf pour voyager, le vêtement qui m'avait valu de la part des soldats le surnom de « manteau vert », en même temps que « l'homme de Franklin ». Un des tout premiers ordres de Bonaparte fut de trouver suffisamment de coton pour fabriquer de nou-veaux uniformes, mais cela prendrait des mois, et, une fois prêts, ils seraient trop légers pour l'hiver.

Comme je l'ai déjà dit, la ville elle-même était déce-vante. Elle semblait à moitié vide, à moitié en ruine. Elle ne recélait aucun trésor, peu d'ombre, et pas la moindre tentatrice ottomane. Les plus riches et les plus belles femmes arabes restaient cloîtrées ou bien avaient fui au Caire. Celles qu'on apercevait parfois étaient couvertes de la tête aux pieds comme des prêtres de l'Inquisition, et regardaient le monde au-dessus de leur voile ou à travers de petites fentes dans leur capuche. Les paysannes, au contraire, étaient vêtues de façon impudique. Les plus pauvres montraient parfois leurs seins avec autant de désinvolture que leurs pieds, mais elles paraissaient maigrichonnes, poussiéreuses et maladives. Les promesses de Talma concernant de somptueux harems et des danseuses nubiles ressemblaient à une cruelle plaisanterie.

Mon compagnon n'avait pas non plus trouvé de remède miracle. Peu après son débarquement, il annonça qu'il était en proie à de nouvelles fièvres et disparut dans les souks pour chercher des médicaments. Ceux qu'il rapporta ressemblaient plutôt à des remèdes de charlatan. Cet homme, qui se disait écœuré par la viande rouge, n'hésitait pas à ingurgiter des médicaments égyptiens traditionnels tels que le sang de vers de terre, le crottin d'âne, l'ail pilé, le lait de femme, la dent de cochon, le cerveau de tortue et le venin de serpent.

« Talma, tout ce que tu vas récolter, c'est une bonne diarrhée, lui dis-je.

— Cela purge mon organisme. Mon apothicaire m'a parlé de prêtres égyptiens âgés de mille ans. Lui-même a l'air d'avoir un âge vénérable.

— Je lui ai demandé, il en a quarante seulement. La chaleur associée à ses poisons l'a flétri comme un raisin.

— Je suis sûr qu'il blaguait. Il m'a assuré que, lorsque les crampes auraient disparu, je retrouverais la vigueur d'un jeune de seize ans.

— Et aussi l'intelligence, apparemment. »

Talma avait à nouveau de l'argent. Bien que civil, son métier de journaliste en faisait un élément précieux pour l'armée, et il avait rédigé un compte rendu si flatteur de notre assaut que j'avais à peine reconnu les faits. Berthier, le chef d'état-major de Bonaparte, lui avait discrètement glissé une somme supplémentaire pour le récompenser. Personnellement, je ne voyais pas grand-chose à acheter sur les marchés d'Alexandrie. Le souk était étouffant, sombre, envahi de mouches, et plutôt dégarni après notre prise de la ville. Malgré cela, les commerçants rompus au marchandage ne se privaient pas d'escroquer nos soldats, lesquels s'ennuyaient plus fermement que si leur propre ville avait été pillée. Ils avaient appris des bribes de français avec une rapidité étonnante.

« Viens, regarde mon étal, monsieur ! Ici, ce que tu vouloir ! Pas vouloir ? Moi savoir ce que toi besoin ! »

Astiza était une heureuse exception dans notre désenchantement. À peine sortie des décombres, après avoir pu se laver, elle avait opéré une transformation étonnante. Ni aussi claire de peau que les farouches mamelouks, ni aussi noire que le commun des Égyptiens, elle avait des traits, un port et un teint purement méditerranéens : une peau d'olive, dorée par le soleil, une débauche de cheveux de jais avec des mèches cuivrées, des yeux limpides en forme d'amande, le regard pudique, les attaches fines, la poitrine haute, la taille mince et les hanches fascinantes. Une enchanteresse. En d'autres mots, une Cléopâtre. Je savourai ma chance jusqu'à ce qu'elle me fasse comprendre qu'elle considérait son sauvetage avec circonspection et se méfiait de moi.

« Vous n'êtes qu'une bande de barbares, déclara-t-elle. Vous êtes le genre d'hommes qui n'ont aucune attache et vont partout perturber la vie de gens raisonnables.

— Nous sommes là pour vous aider.

— Vous ai-je demandé votre aide au bout d'un fusil ? Est-ce que l'Égypte a demandé à être envahie, à être étudiée, à être sauvée ?

— Le pays est opprimé, ripostai-je. Il a souhaité être secouru parce qu'il était arriéré.

— Arriéré par rapport à qui ? Mon peuple habitait dans des palais quand le vôtre vivait encore dans des cabanes. Et qu'en est-il de ta maison à toi ?

— Je n'en ai pas en réalité.

— Pas de parents ?

— Ils sont morts.

— Pas de femme ?

— Sans attaches, lui dis-je avec un sourire engageant.

— Je ne suis pas étonnée. Et ton pays ?

— J'ai toujours aimé voyager, et j'ai eu la chance de me rendre en France quand j'étais jeune. J'y ai terminé ma formation auprès d'un homme célèbre appelé Benjamin Franklin. J'aime l'Amérique, mon pays d'origine, mais j'ai envie de voyager. De toute façon, une épouse veut toujours construire un nid. »

Elle me regarda avec commisération.

« Ce n'est pas naturel de vivre ainsi.

— Ça l'est si on aime l'aventure. »

Je décidai de changer de sujet. « Quel est ce collier intéressant que tu portes ?

— L'œil de Horus, homme sans foyer.

— L'œil de qui ?

— Horus est le dieu faucon qui perdit son œil en se battant contre Seth, le malfaisant. »

Cela me revenait maintenant ! Quelque chose en rapport avec la résurrection, les relations sexuelles entre frère et sœur, et ce Horus comme produit de l'inceste. Plutôt scandaleux.

« Comme l'Égypte se bat contre votre Napoléon, ainsi Horus s'est battu contre l'obscurité. Cette amulette est un porte-bonheur. »

Je souris. « Cela veut dire que tu as de la chance de m'appartenir ?

172

— Ou la chance de vivre assez longtemps pour vous voir tous déguerpir. »

Elle nous préparait des plats inconnus – de l'agneau avec des pois chiches et des lentilles, à en juger par le goût – et les servait avec une telle mauvaise volonté que j'aurais été tenté d'adopter un chien errant pour goûter nos repas et voir s'ils n'étaient pas empoisonnés. Pourtant la nourriture était étonnamment bonne et elle refusait tout paiement.

« Si on me prend avec votre monnaie, je serai décapitée, une fois que les mamelouks vous auront tous tués. »

Son service ne se prolongeait pas dans la soirée, bien que, sur la côte égyptienne, les nuits puissent être aussi fraîches que les jours sont chauds.

« En Nouvelle-Angleterre, nous nous serrons les uns contre les autres pour combattre la fraîcheur, lui dis-je le premier soir. Tu peux te rapprocher si tu veux.

— Si tous vos officiers n'avaient pas envahi la maison, nous ne serions même pas dans la même chambre.

— À cause des enseignements du Prophète ?

— Mes enseignements me viennent d'une déesse égyptienne, pas des ennemis des femmes que sont les mamelouks qui dirigent mon pays. Et tu n'es pas mon mari, tu es mon ravisseur. D'ailleurs, vous sentez tous le cochon. »

Je reniflai, quelque peu découragé. « Tu n'es donc pas musulmane ?

— Non.

— Ni juive, ni copte, ni chrétienne ou grecque catholique ?

— Non.

— Et quelle est cette déesse ?

— Tu n'en as jamais entendu parler.

— Raconte-moi. Je suis là pour apprendre.

— Alors arrange-toi pour comprendre ce que même un aveugle pourrait voir. Les Égyptiens ont occupé cette terre pendant dix mille ans, sans éprouver le moindre désir ni le besoin de nouveauté. Nous avons connu une douzaine de conquérants et aucun ne nous a jamais apporté autant de bonheur que nous en avions jadis connu. Des centaines de générations d'hommes impatients comme vous n'ont fait qu'empirer les choses, sans jamais les améliorer. »

Elle n'en dit pas plus, me jugeant sans doute trop ignorant pour comprendre sa foi, et trop gentil pour la lui faire expliquer en la battant. Elle se contentait d'exécuter mes ordres, se comportant comme une duchesse.

« L'Égypte est le seul pays antique dans lequel les femmes avaient les mêmes droits que les hommes », déclara-t-elle, tout en restant parfaitement imperméable à l'humour et au charme.

J'étais complètement déconcerté par son attitude.

Bonaparte avait tout autant de mal à rallier la population. Il publia une proclamation assez longue, dont le début donne un bon aperçu de son ton général et de son sens politique :

« Au nom de Dieu, le clément et miséricordieux. Il n'y a pas de divinité autre qu'Allah. Il n'a pas de fils et ne partage son pouvoir avec personne.

« Au nom de la République française, fondée sur la liberté et l'égalité, le commandant en chef Bonaparte fait savoir que les beys qui gouvernent l'Égypte ont insulté la nation française et opprimé suffisamment longtemps les marchands français : l'heure de leur châtiment a sonné.

« Pendant trop d'années, la bande d'esclaves mamelouks, achetés en Géorgie et dans le Caucase, a tyrannisé la plus belle région du monde. Dieu Tout-Puissant, qui est le maître de l'Univers, a décrété que leur règne devait prendre fin.

« Peuple d'Égypte, on vous dit que je suis venu pour détruire votre religion. Ne le croyez pas ! Répondez à ces imposteurs que je suis venu pour vous restituer vos droits, et punir les usurpateurs ; que je vénère Dieu plus que les mamelouks, et que je respecte son prophète Mahomet et l'admirable Coran… »

« Belle entrée en matière, remarquai-je, pendant que Dolomieu lisait d'un ton théâtral.

— Surtout pour un homme qui croit fermement en l'utilité de la religion, et pas du tout à la réalité de Dieu, répondit le géologue. Si les Égyptiens avalent cette cargaison de fumier, c'est qu'ils méritent d'être conquis. »

Une clause ultérieure contenue dans la proclamation en arrivait davantage au fait :

« Tous les villages qui prendront les armes contre l'armée seront intégralement brûlés. »

Les stances religieuses de Napoléon ne produisirent finalement aucun effet. La nouvelle parvint à Alexandrie que les mollahs du Caire avaient décrété que nous étions tous des infidèles. Tant pis pour le libéralisme révolutionnaire et la religion unique ! Un contrat pour l'achat de trois cents chevaux et cinq cents chameaux qui avait été négocié avec les cheikhs locaux ne prit jamais effet, et le harcèlement et les tirs d'embuscade reprirent de plus belle. Conquérir l'Égypte devait se révéler plus difficile que Bonaparte ne l'avait imaginé. La majeure partie de sa cavalerie allait, dans un premier temps, marcher sur Le Caire avec leurs selles sur la tête, et il en apprendrait beaucoup, dans cette campagne, sur l'importance de la logistique et des approvisionnements.

Pendant ce temps, le peuple d'Alexandrie fut désarmé, et on lui donna l'ordre de porter la cocarde tricolore. Les rares qui obéirent avaient l'air ridicule. Talma, cependant, écrivait que la population se réjouissait d'être délivrée du joug mamelouk.

« Comment peux-tu envoyer un tel torchon en France ? dis-je. La moitié de la population s'est enfuie, la ville est gangrenée par des tirs de canons, et l'économie s'est effondrée.

— Je parle de l'esprit, et non du corps. Leurs cœurs et leurs âmes ont été élevés.

— Qui dit cela ?

— Bonaparte. Notre bienfaiteur et le seul à pouvoir nous permettre de rentrer chez nous. »

C'est au cours de ma troisième nuit à Alexandrie que je m'aperçus que je n'avais pas laissé mes poursuivants à la diligence de Toulon.

J'avais eu du mal à m'endormir. Des nouvelles commençaient à nous parvenir concernant les atrocités commises par les Bédouins sur tout soldat surpris seul en dehors de son unité. Ces nomades du désert parcouraient les régions désertiques arabes et libyennes comme des pirates parcourent les mers, s'en prenant sans distinction aux marchands, aux pèlerins ou aux traînards de l'armée. Montés sur des chameaux et prompts à se retirer dans le désert, ils restaient hors d'atteinte de notre armée, et tuaient ou capturaient celui qui n'était pas sur ses gardes. Les hommes étaient violés, brûlés, châtrés, ou ligotés et abandonnés à leur propre sort en plein désert. À mon corps défendant, j'ai toujours eu beaucoup d'imagination pour ce genre de péripéties, et je voyais parfaitement comment des soldats pouvaient se faire trancher la gorge pendant leur sommeil. Des scorpions se glissaient dans des bottes ou des havresacs. Des serpents, cachés entre les bocaux de nourriture. Des carcasses d'animaux, jetées dans des puits tentants. L'approvisionnement était compliqué, les scientifiques étaient énervés et de mauvaise humeur, et Astiza, telle une nonne au milieu d'une caserne, ne se départait pas de son air réservé. Se déplacer dans la chaleur donnait l'impression de tirer un traîneau pesant. Dans quelle aventure folle m'étais-je engagé ? Je n'avais fait aucun progrès dans le déchiffrage de mon médaillon, n'ayant rien vu de similaire à Alexandrie. Alors je broyais du noir, inquiet et frustré, jusqu'à ce que je sois suffisamment épuisé pour m'endormir.

Je me réveillai en sursaut. Quelqu'un ou quelque chose avait atterri sur moi ! Je cherchais à tâtons une arme lorsque je reconnus le parfum de girofle et de jasmin. Astiza ? Avait-elle changé d'avis ? Elle me chevauchait, une cuisse satinée de part et d'autre de ma poitrine. Dans mon demi-sommeil, je pensai d'abord : voilà qui est mieux. La pression chaude de ses jambes commençait à me réveiller de partout, ses cheveux en cascade et son buste enchanteur se dessinaient délicieusement dans l'obscurité. La lune sortit alors de derrière un nuage, et dispensa suffisamment de lumière à travers le grillage de la fenêtre pour que j'aperçoive dans ses mains au-dessus de sa tête quelque chose de brillant et d'acéré.

C'était mon tomahawk.

Elle frappa.

Je me tordis, terrorisé, mais elle m'immobilisa. La lame émit un chuintement en passant près de mon oreille et produisit un bruit sourd quand elle s'enfonça dans le plancher, suivi par un sifflement. Quelque chose de vivant et de chaud gifla le dessus de ma tête. Elle libéra le tomahawk et frappa à plusieurs reprises, la lame frôlant à chaque fois mon oreille. Je restai paralysé pendant que quelque chose continuait à se tortiller sur le sommet de ma tête. Finalement, cela s'arrêta.

« Serpent », chuchota-t-elle.

Elle jeta un coup d'œil vers la fenêtre. « Bédouin. »

Elle se dégagea et je me levai en tremblant. Une sorte de vipère avait été coupée en morceaux, et son sang maculait mon oreiller. Elle était grosse comme le bras d'un enfant, avec des crochets qui lui sortaient de la bouche.

« Quelqu'un l'a mise ici ?

— On l'a jetée par la fenêtre. J'ai entendu le scélérat détaler comme un cafard, trop lâche pour nous affronter. Tu devrais me donner un pistolet pour que je puisse te protéger comme il faut.

— Me protéger de quoi ?

— Tu ne sais rien, l'Américain. Pourquoi Ahmed Ben Sadr demande-t-il des renseignements sur toi ?

— Ben Sadr ! »

Lui qui avait livré des mains et des oreilles coupées, lui dont la voix ressemblait à celle du porteur de lanterne à Paris, aussi incroyable que cela puisse paraître !

« Je ne savais pas que c'était lui.

— Tout le monde à Alexandrie sait que tu t'en es fait un ennemi. Ce n'est pas le genre d'ennemi à avoir. Il parcourt le monde, entretient une bande d'assassins et est un adepte d'Apophis.

— Qui diable est Apophis ?

— Le dieu serpent des Enfers qui, chaque nuit, doit être vaincu par Rê, le dieu soleil, avant le retour de l'aube. Il a d'innombrables sous-fifres, comme le dieu démon Ra's al-Ghul. »

Par les râteliers de Washington, de quelles sornettes païennes s'agissait-il encore ? Étais-je tombé sur une folle ?

« Cela me paraît une rude tâche pour votre dieu soleil, plaisantai-je, encore quelque peu tremblant. Pourquoi n'en finit-il pas en le mettant en pièces comme tu viens de le faire ?

— Apophis peut être vaincu, mais jamais détruit. C'est ainsi que fonctionne le monde. Toute chose est éternellement double, l'eau et la terre, la terre et le ciel, le bon et le mauvais, la vie et la mort. »

J'écartai le serpent du pied.

« Alors ceci est l'œuvre d'une sorte de culte du serpent ? »

Elle secoua la tête.

« Comment as-tu fait pour t'attirer autant d'ennuis en si peu de temps ?

— Je n'ai rien fait à Ben Sadr. Il est notre allié !

— Il n'est l'allié de personne, seulement le sien. Tu détiens quelque chose qu'il veut. »

Je regardais les morceaux du reptile.

« Quoi ? »

Je savais, bien sûr, de quoi il s'agissait, sentant le poids du médaillon au bout de sa chaîne. Ben Sadr était le porteur de lanterne avec sa canne à tête de serpent, et il devait également jouer les pirates du désert. Il travaillait certainement pour le comte Silano le soir où j'avais gagné le médaillon. Comment était-il venu de Paris à Alexandrie ? Pourquoi servait-il d'homme de main à Napoléon ? Pourquoi s'intéressait-il au médaillon ? N'était-il pas de notre côté ? J'étais presque tenté, pour en finir, de remettre la chose à mon prochain agresseur. Ce qui m'agaçait, c'était que personne ne me le demandait poliment. On me brandissait un pistolet sous le nez, on me volait mes bottes et on lançait un serpent dans mon lit.

« Laisse-moi dormir de ton côté, loin de la fenêtre, demandai-je à ma protectrice. Je vais charger mon fusil. »

À ma grande surprise, elle consentit. Mais plutôt que de s'étendre auprès de moi, elle alla s'accroupir près du brasero, attisa les braises et jeta des feuilles sur le feu. Une fumée âcre s'éleva. Je vis qu'elle fabriquait une figurine humaine en cire, puis qu'elle lui enfonçait un éclat de bois dans la joue. J'avais vu pareille chose dans les îles à sucre. Ces pratiques magiques provenaient-elles d'Égypte ? Elle se mit à dessiner des marques étranges sur une feuille de papyrus.

« Que fais-tu ?

— Dors. Je jette un sort. »

J'avais hâte de quitter Alexandrie avant qu'un autre serpent atterrisse sur ma tête. Aussi, je me réjouis que les scientifiques me donnent l'occasion de continuer vers Le Caire sans avoir à traverser le delta par la terre sous cette canicule. Monge et Berthollet allaient faire le voyage par bateau. Les savants navigueraient vers l'est jusqu'à l'embouchure du Nil, puis remonteraient le fleuve en direction de la capitale.

« Venez avec nous, Gage, me proposa Monge. Mieux vaut se laisser transporter que de marcher. Emmenez aussi le scribe Talma. Votre fille pourra nous faire la cuisine. »

Nous voyagerions à bord d'un chebek, baptisé *Le Cerf*, un voilier à faible tirant d'eau armé de quatre canons de huit, et commandé par le capitaine Jean-Baptiste Perrée de la marine française. Il servirait de navire amiral à la petite flottille de canonnières et de bateaux de ravitaillement qui suivrait l'armée en remontant le fleuve.

Aux premières lueurs de l'aube, nous avions largué les amarres et, à la mi-journée, nous abordions la baie d'Aboukir, à une journée de marche à l'est d'Alexandrie. La flotte française était à l'ancre, en ordre de bataille, prête à contrer une attaque éventuelle de la flotte de Nelson. Le spectacle était impressionnant : une douzaine de bateaux en ligne et quatre frégates au mouillage formant un mur continu, avec cinq cents canons pointés vers la mer. En passant, nous entendions les coups de sifflet du maître d'équipage et les cris des marins résonner sur l'eau. Puis nous continuâmes vers le fleuve en empruntant la grande boucle brune qui se déversait dans la Méditerranée par-dessus les vagues stagnantes à l'endroit de la barre du fleuve.

À mesure que la chaleur devenait plus intense, j'en appris davantage sur la genèse de l'expédition.

« L'Égypte, me dit Berthollet, constitue, depuis des décades, un objet de fascination pour les Français. Fermés au monde extérieur depuis la conquête arabe de 640 avant Jésus-Christ, les monuments qui font sa gloire étaient méconnus des Européens. En particulier, les pyramides légendaires, maintes fois célébrées par des récits fantastiques. Une nation de la taille de la France demeurait en grande partie inconnue.

« Aucun pays au monde n'a une histoire aussi ancienne que l'Égypte, me dit le chimiste. Quand l'historien grec Hérodote vint pour consigner ses hauts faits, les pyramides étaient déjà plus anciennes pour lui que Jésus ne l'est pour nous. Les Égyptiens eux-mêmes ont bâti un grand empire avant qu'une douzaine d'envahisseurs n'y laissent leur empreinte : Grecs, Romains, Assyriens, Libyens, Nubiens, Perses. Personne ne se souvient à quand remonte ce pays, tant ses origines se perdent dans la nuit des temps. Plus personne ne sait encore lire les hiéroglyphes, si bien que nous ignorons ce que signifient les inscriptions. Les Égyptiens d'aujourd'hui disent que les ruines ont été construites par des géants ou des magiciens. »

L'Égypte demeura ainsi assoupie jusqu'à ce que, quelques années auparavant, un groupe de marchands français d'Alexandrie et du Caire soient harcelés par des mamelouks arrogants. Les autorités ottomanes de Constantinople, qui gouvernaient l'Égypte depuis 1517, montrèrent peu d'empressement à intervenir. La France non plus ne voulait pas offenser les Ottomans, qui étaient ses alliés contre la Russie. La situation couva ainsi jusqu'à ce que Bonaparte, qui rêvait de trouver la gloire en Orient, rencontre Talleyrand, lequel lui communiqua sa passion de la géopolitique. À eux deux, ils conçurent le projet de « libérer » l'Égypte de la caste des mamelouks pour rendre « service » au sultan de Constantinople. Ils réformeraient une région arriérée du monde arabe et créeraient un tremplin qui leur permettrait de s'opposer aux ambitions britanniques en Inde. « Le pouvoir européen qui contrôlera l'Égypte, avait écrit Napoléon au Directoire, pourra, à terme, contrôler l'Inde. » L'espoir demeurait de pouvoir rétablir l'ancien canal qui avait jadis relié la Méditerranée à la mer Rouge. L'objectif final était de s'allier à un pacha indien du nom de Tippoo Sahib, un francophile venu à Paris à qui on avait donné le titre de « citoyen Tippoo », et dont le palais abritait, entre autres distractions, un tigre mécanique qui dévorait des marionnettes représentant des Anglais. Dans le sud de l'Inde, Tippoo combattait un général britannique nommé Wellesley, et la France l'avait déjà approvisionné en armes et en conseillers.

« La guerre en Italie s'est révélée très rentable, dit Berthollet, et, grâce à Malte, celle que nous menons aujourd'hui le sera tout autant. Le Corse s'est rendu populaire auprès du Directoire parce que ses batailles sont source de richesses.

— Vous considérez toujours Bonaparte comme italien ?

— C'est l'enfant de sa mère. Il nous a raconté un jour une histoire illustrant la façon dont elle désapprouvait son impolitesse vis-à-vis d'invités. Il était trop grand pour recevoir une fessée, et elle attendit donc le moment où il se déshabillait pour lui sauter dessus et lui tordre l'oreille. Patience et vengeance sont les mots d'ordre d'un Corse. Un Français profite de la vie, mais un Italien comme Bonaparte la trame. Comme les anciens Romains ou les bandits de Sicile, sa race croit au clan, à la cupidité et à la vengeance. C'est un soldat brillant, mais il garde en mémoire tellement d'affronts et d'humiliations qu'il ne saurait mettre un terme à son désir de faire la guerre. D'après moi, c'est là son point faible.

— Alors que faites-vous ici, docteur Berthollet ? Vous et les autres savants ? Vous n'êtes certainement pas là pour acquérir une gloire d'ordre militaire. Ni un trésor.

— Connaissez-vous quoi que ce soit à l'Égypte, monsieur Gage ?

— Il y a du sable, des chameaux et du soleil. C'est à peu près tout.

— Au moins, vous êtes honnête. Aucun d'entre nous ne connaît grand-chose sur ce berceau de la civilisation. Des histoires nous reviennent de ruines imposantes, d'étranges idoles et d'une écriture indéchiffrable, mais qui en Europe a vu ces choses ? Les hommes veulent apprendre. Que vaut l'or maltais en comparaison du privilège d'être le premier à contempler les gloires de l'Égypte ancienne ? Je suis venu ici car c'est ce genre de découverte qui rend les hommes immortels.

— Par la renommée ?

— Par la connaissance qui vivra à jamais.

— Ou par la connaissance d'une magie ancienne, corrigea Talma. C'est pour cela qu'Ethan et moi avons été invités, n'est-ce pas ?

— Si le médaillon de votre ami est vraiment magique, répondit le chimiste. Il y a, bien sûr, une différence entre l'histoire et la légende.

— Et une différence entre le simple désir de posséder un bijou et être prêt à tuer pour l'obtenir, riposta le scribe. Notre Américain que voilà n'a pas cessé d'être menacé depuis qu'il l'a gagné à Paris. Pourquoi ? Certainement pas parce que c'est une clé permettant d'obtenir une quelconque gloire académique. C'est une clé menant à autre chose. Si ce n'est pas au secret de la véritable immortalité, alors peut-être à un trésor perdu.

— Ce qui prouve bien qu'un trésor peut causer plus d'ennuis qu'il n'en vaut.

— Une découverte est préférable à de l'or, Berthollet ? demandai-je, en m'efforçant de traiter cette discussion stérile avec indifférence.

— Qu'est-ce que l'or, sinon un moyen pour une fin ? Ici, nous avons cette fin. Les meilleures choses de la vie ne coûtent rien : la connaissance, l'intégrité, l'amour, la beauté de la nature. Regardez-vous, vous qui entrez ici dans l'embouchure du Nil avec une femme exquise. Vous êtes un autre Antoine avec une autre Cléopâtre ! Que peut-il y avoir de plus plaisant ? »

Il s'étendit pour faire un somme.

Astiza commençait à comprendre un peu le français, mais elle semblait satisfaite d'ignorer notre bavardage, et préférait contempler les maisons basses et brunes de Rosette devant lesquelles nous passions. Une belle femme, certes, mais aussi renfermée et distante que les secrets de l'Égypte.

« Parle-moi de ton ancêtre, lui demandai-je soudain en anglais.

— Quoi ? »

Généralement peu encline au bavardage, elle me regarda avec inquiétude.

« Alexandre. Il était macédonien comme toi, non ? »

Elle semblait gênée qu'un homme lui adresse la parole en public, mais finit par acquiescer, comme pour montrer qu'elle était en compagnie de rustres et devait tolérer nos façons cavalières.

« Et égyptien par choix, quand il a vu ce grand pays. Aucun homme ne l'a jamais égalé.

— Et il a conquis la Perse ?

— Il est allé de Macédoine jusqu'en Inde, et, avant son arrivée, les peuples pensaient que c'était un dieu. Il a conquis l'Égypte bien avant votre parvenu de Français, et a traversé les sables impitoyables de notre désert pour assister au Printemps du Soleil à l'oasis de Siwah. Là, on lui a remis des outils aux pouvoirs magiques. L'oracle le proclama dieu, fils de Zeus et d'Amon, et prédit qu'il régnerait sur le monde entier.

— Cette reconnaissance a dû lui servir.

— Cette prophétie qui le remplit de joie le persuada de fonder la grande ville d'Alexandrie. Il en dessina les contours avec des grains d'orge, selon la coutume grecque. Quand des oiseaux arrivèrent en masse pour manger ces graines, au grand dam de ceux qui suivaient Alexandre, ses prophètes lui dirent que de nouveaux venus migreraient vers la ville nouvelle, et que celle-ci nourrirait de nombreux pays. Ils avaient raison. Mais le général macédonien n'avait guère besoin de prophètes.

— Non ?

— Il était maître de son destin. Pourtant il mourut, ou fut assassiné avant de pouvoir terminer sa tâche, et ses symboles secrets de Siwah disparurent. Comme ce fut le cas pour Alexandre. Certains disent que son corps a été ramené en Macédoine, d'autres disent Alexandrie. D'autres encore affirment que Ptolémée l'emporta vers une dernière demeure cachée dans les sables du désert. Comme votre Jésus qui est monté au ciel, il semble avoir disparu de la face du monde. Peut-être était-il donc un dieu, comme l'avait dit l'oracle. Comme Osiris, prenant place au firmament. »

Ce n'était pas les propos d'une simple esclave ni d'une servante. Comment diable Astiza connaissait-elle tout cela ?

« J'ai entendu parler d'Osiris, dis-je. Reconstitué par sa sœur Isis. »

Pour la première fois, elle me regarda avec un semblant d'enthousiasme.

« Tu connais Isis ?

— Une mère déesse, non ?

— Isis et la Vierge Marie sont le reflet l'une de l'autre.

— Les chrétiens n'apprécieraient pas ce genre d'interprétation.

— Non ? Toutes sortes de croyances et de symboles chrétiens viennent des dieux égyptiens. La résurrection, la vie après la mort, la fécondation par un dieu, les triades et la trinité, l'idée qu'un homme peut être en même temps humain et divin, le sacrifice. Même les ailes des anges, et les sabots et les queues fourchues des diables : tout cela remonte à des milliers d'années avant votre Jésus. Vos dix commandements sont une version simplifiée de la confession négative que les Égyptiens faisaient pour proclamer leur innocence quand ils mouraient : "Je n'ai pas tué." La religion est comme un arbre. L'Égypte en est le tronc, et toutes les autres des branches.

— Ce n'est pas ce que dit la Bible. Il y avait de fausses idoles, et le vrai Dieu des Hébreux.

— Tu ne connais même pas vos propres croyances ! Il paraît que, pour vous autres Français, votre croix est un symbole romain d'exécution, mais comment une religion d'espérance peut-elle avoir un tel symbole ? En vérité, votre croix est un mélange de l'instrument de mort de votre sauveur avec l'instrument de vie qui est le nôtre, l'ankh, notre ancienne clé de vie éternelle. Et pourquoi pas ? L'Égypte était le plus chrétien de tous les pays avant l'arrivée des Arabes. »

Par le fantôme de Cotton Mather, j'aurais pu lui donner une fessée pour avoir proféré tant de blasphèmes, mais j'étais trop abasourdi par ses théories, proférées avec une confiance tranquille.

« Aucune idée biblique n'a pu venir d'Égypte, bafouillai-je.

— Je croyais que les Hébreux avaient fui l'Égypte ? Et que l'Enfant Jésus avait vécu ici ? D'ailleurs, quelle importance – votre général ne nous a-t-il pas assurés que, de toute façon, votre armée n'était pas composée de chrétiens ? N'êtes-vous pas des hommes de science dépourvus de dieu ?

— En vérité, Bonaparte s'approprie la foi ou la rejette, comme font les hommes avec un manteau.

— À moins que la foi et la science ne fassent davantage partie d'un même ensemble que les Francs ne veulent l'admettre. Isis est la déesse de la connaissance, de l'amour et de la tolérance.

— Et Isis est ta déesse.

— Isis n'appartient à personne. Je suis sa servante.

— Tu vénères vraiment une ancienne idole ? »

À ce stade, mon pasteur de Philadelphie aurait déjà fait une attaque.

« Elle est plus récente que ta dernière respiration, l'Américain, aussi éternelle que le cycle de la naissance. Mais je ne m'attends pas à ce que tu comprennes. J'ai dû fuir mon maître du Caire parce que lui non plus ne comprenait pas et osait enfreindre les anciens mystères.

— Quels mystères ?

— Ceux du monde qui nous entoure. Du triangle sacré, du carré aux quatre directions, du pentagramme de la libre volonté et de l'hexagramme de l'harmonie. Ne connais-tu pas Pythagore ?

— Il a étudié en Égypte ?

— Pendant vingt-deux ans, avant d'avoir été emmené à Babylone par le conquérant perse Cambyse, puis il a fondé son école en Italie. Il enseignait l'unité de toutes les religions et des peuples, il disait qu'on devait endurer la souffrance avec courage, et qu'une épouse était l'égale de son mari.

— Apparemment, il avait les mêmes points de vue que toi.

— Ses points de vue étaient ceux des dieux ! Dans la géométrie et dans l'espace réside le message des dieux. Le point géométrique représente Dieu, la ligne représente l'homme et la femme, et le triangle, le nombre parfait qui symbolise l'esprit, l'âme et le corps.

— Et le carré ?

— Les quatre directions, comme je l'ai dit. Le pentagone était la guerre, l'hexagramme, les six directions de l'espace, et le double carré, l'harmonie universelle.

— Crois-le ou non, j'ai déjà entendu mentionner certaines de ces données par un groupe appelé les francs-maçons. Il prétend enseigner comme le faisait Pythagore, et professe que la règle représente la précision, le carré la droiture morale et le maillet la volonté. »

Elle acquiesça. « Précisément. Les dieux rendent tout très clair, et pourtant les hommes restent aveugles ! Cherchez la vérité, et le monde vous appartient. »

En tout cas, cette partie du monde. Nous naviguions depuis un certain temps sur le Nil, cette voie d'eau merveilleuse où le vent souffle souvent vers le sud, et le courant coule vers le nord, permettant un trafic fluvial dans les deux sens.

« Tu dis t'être échappée du Caire. Tu es une esclave en fuite ?

— C'est plus compliqué que cela. C'est la terre égyptienne. »

Elle montra du doigt la rive.

« Essaie de comprendre notre terre avant de vouloir comprendre nos pensées. »

Le paysage banal et sans relief entourant Alexandrie s'était transformé en une contrée luxuriante et plus biblique, comme celle qu'évoquaient les histoires de Moïse au milieu des roseaux. Des champs vert vif de riz, de blé, de maïs, de sucre et de coton, formaient des rectangles délimités par des palmiers dattiers majestueux, droits comme des piliers, chargés de fruits orange et écarlates. Des bosquets de bananiers et de sycomores bruissaient dans le vent. Des buffles d'eau tiraient des charrues, ou se baignaient dans la rivière en laissant seulement apparaître leurs cornes, soufflant à la lisière des papyrus. Les villages composés de maisons en briques de boue couleur chocolat se multipliaient, souvent dominés par la flèche d'un minaret. Des felouques gréées avec une voile latine étaient amarrées dans l'eau boueuse. Longs de six à neuf mètres et gouvernés par une longue rame, ces bateaux à voile étaient très fréquents sur le fleuve. Nous apercevions également des yoles à rame, juste assez grandes pour une personne, depuis lesquelles les pêcheurs lançaient leurs filets. Des ânes harnachés et les yeux bandés tournaient lentement en rond pour faire monter de l'eau et la déverser dans des canaux, perpétuant une scène qui se reproduisait depuis cinq mille ans. La brise nous apportait l'odeur du fleuve. Notre flottille de canonnières et de bateaux de ravitaillement passa comme à la parade, les drapeaux tricolores claquant dans le vent, sans faire grande impression. Beaucoup de paysans ne prirent même pas la peine de lever les yeux.

Dans quel monde étrange étais-je arrivé ? Alexandre, Cléopâtre, Arabes, mamelouks, pharaons, Moïse, et maintenant Bonaparte. Le pays tout entier était un creuset de l'histoire, dont faisait partie le curieux médaillon que je portais au cou. À présent, je me posais des questions sur Astiza, qui semblait avoir eu un passé plus compliqué que je ne l'avais tout d'abord imaginé. Pourrait-elle reconnaître quelque chose dans le médaillon ?

« Quel genre de sort as-tu jeté quand nous étions à Alexandrie ? »

Elle hésita avant de me répondre, visiblement à contrecœur.

« Un sort pour que tu restes sain et sauf, et qui serve d'avertissement à quelqu'un. Et un deuxième pour qu'un début de sagesse germe dans ton esprit.

— Tu peux me rendre intelligent ?

— Cela peut se révéler impossible. Mais je peux sans doute t'ouvrir les yeux. »

Je me mis à rire, ce qui finit par la dérider. J'aurais bien voulu qu'elle s'ouvre un peu plus à moi. J'avais en tout cas compris qu'elle voulait qu'on la respecte, elle, mais aussi son pays.

La nuit était voluptueuse. Quand nous eûmes jeté l'ancre, tout le monde s'endormit sur le pont du chebek sous une brume d'étoiles du désert. Je m'approchai d'elle. L'eau tapait à petits coups contre le bateau, la coque craquait, et les marins de quart chuchotaient entre eux.

« Ne t'approche pas, murmura-t-elle quand elle se réveilla, et elle recula contre le bois.

— Je veux te montrer quelque chose.

— Ici ? Tout de suite ? »

Elle avait le même ton méfiant que Mme Durrell, lorsque nous discutions du paiement de mon loyer.

« Tu es dépositaire de beaucoup de vérités simples. Regarde cet objet. »

Je lui remis le médaillon. On le distinguait à peine sous la lanterne de pont.

Elle le parcourut du bout des doigts et retint son souffle. « D'où tiens-tu cela ? »

Elle avait les yeux écarquillés, la bouche entrouverte.

« Je l'ai gagné aux cartes à Paris.

— Gagné à qui ?

— Un soldat français. D'après lui, il est supposé venir d'Égypte. Il aurait appartenu à Cléopâtre.

— Peut-être l'as-tu volé à ce soldat. »

Pourquoi dire cela ? « Non, je me suis contenté de mieux jouer que lui. C'est toi l'experte en religions. Dis-moi si tu sais ce que c'est. »

Elle le retourna dans sa main, forma un *V* avec les bras et frotta le disque entre le pouce et l'index pour sentir les inscriptions. « Je n'en suis pas certaine. »

Sa réaction était décevante.

« Est-ce égyptien ? »

Elle le souleva pour mieux le voir dans la faible lumière.

« Très ancien, si c'est bien le cas. Il paraît primitif, fondamental... c'est donc cela que l'Arabe convoite.

— Et tous ces trous ? Que représentent-ils à ton avis ? »

Astiza les regarda un moment, puis se coucha sur le dos, et leva le médaillon vers le ciel. « Regarde la lumière au travers. Ce sont certainement des étoiles.

— Des étoiles ?

— Le but de la vie est écrit dans le ciel, l'Américain. Regarde ! »

Elle désigna le sud, en direction de l'étoile la plus brillante, juste au-dessus de l'horizon.

« C'est Sirius. Et alors ?

— C'est l'étoile d'Isis, l'étoile du nouvel an. Elle nous attend. »

8

« Quand le puits est à sec, c'est à ce moment-là qu'on mesure la valeur de l'eau », avait écrit le vieux Ben Franklin. La marche de l'armée française en direction du Nil se révélait être un fiasco, faute de préparation. Des compagnies se bousculaient à chaque bon puits, les premiers arrivés buvant toute l'eau sans en laisser pour les autres. Les hommes se querellaient, s'évanouissaient, étaient pris de délire et finissaient par se tuer eux-mêmes. Les scientifiques désignaient sous le nom de « mirage » ce nouveau phénomène troublant où des portions de désert au loin ressemblaient à des lacs miroitants. La cavalerie s'y dirigeait au grand galop, pour ne trouver finalement que du sable sec, et apercevoir de nouveau à l'horizon le « lac », aussi inatteignable qu'un arc-en-ciel. On aurait juré que le désert se moquait des Européens. Quand des troupes atteignirent le Nil, les hommes se ruèrent comme du bétail, certains plongeant dans le fleuve et buvant jusqu'à en vomir, tandis que les autres autour d'eux continuaient à boire. Leur destination mystérieuse, l'Égypte légendaire, se montrait aussi cruelle que le mirage. Le manque de gourdes et le fait de ne pas s'être assuré de l'existence de puits en bon état constituaient une faute scandaleuse que les autres généraux ne se privèrent pas d'imputer à Napoléon. Mais celui-ci n'était pas homme à assumer volontiers ses erreurs.

« Les Français se plaignent constamment de tout », maugréait-il.

Pourtant, la critique le piqua au vif parce qu'il savait qu'elle était fondée. Pendant la campagne qu'il avait menée dans une Italie fertile, l'armée avait toujours disposé de nourriture et d'eau en abondance, et les uniformes étaient adaptés au climat. Ici, il découvrait qu'il fallait tout apporter, mais la leçon était rude. La chaleur mettait les nerfs à vif.

L'armée française commença à remonter la rive du Nil en direction du Caire. Les paysans égyptiens s'enfuyaient et se regroupaient plus loin, comme une nappe de brouillard qui se serait déplacée. Lorsqu'une colonne s'approchait d'un village, les femmes et les enfants conduisaient le bétail dans le désert et se cachaient dans les dunes, pointant le nez au-dessus comme des animaux dans un terrier. Les hommes s'attardaient un peu plus, s'efforçant de dissimuler la nourriture et leurs pauvres outils afin de les soustraire aux envahisseurs qui s'abattaient sur eux comme des sauterelles. Quand le drapeau tricolore pénétrait dans le périmètre du village, ils couraient vers la rivière, s'asseyaient à califourchon sur des bottes de roseaux de papyrus et pagayaient vers le large : à les voir ainsi danser sur l'eau, on aurait dit une troupe de canards apeurés. Les divisions se succédaient devant leurs maisons, formant une longue chenille d'uniformes poussiéreux, bleus, rouges, blancs et verts. Des portes étaient défoncées, des écuries fouillées, et tout ce qui pouvait servir, emporté. Puis l'armée continua sa marche, et les paysans revinrent pour reprendre le cours de leurs vies, se précipitant pour ratisser nos traces à la recherche du moindre élément d'équipement militaire utile.

Notre petite flotte avançait de concert avec la force terrestre ; c'est nous qui étions chargés des provisions et de l'exploration de la rive opposée. Chaque soir, nous accostions près du quartier général de Napoléon, pour que Monge, Berthollet et Talma puissent prendre des notes sur le pays que nous traversions. Comme il était dangereux de s'éloigner, ils interrogeaient des officiers sur ce qu'ils avaient vu afin de compléter leurs listes d'animaux, d'oiseaux et de villages. L'accueil qui leur était réservé était parfois rebutant parce qu'on nous enviait de voyager sur les bateaux. La chaleur était énervante et les mouches un supplice. Chaque fois que nous accostions, la tension entre les officiers semblait pire, car beaucoup de provisions étaient restées sur les bateaux, ou à quai à Alexandrie. Aucune division ne disposait de tout ce dont elle avait besoin. Les tirs incessants provenant de maraudeurs bédouins, et les histoires macabres d'enlèvement et de torture maintenaient les troupes dans un état d'inquiétude permanent.

La tension fut à son comble quand un groupe de guerriers ennemis particulièrement audacieux réussit à s'infiltrer un soir à proximité de la tente de Napoléon, triomphants dans leurs robes multicolores sur leurs magnifiques pur-sang, en poussant des cris de victoire. Le général furieux dépêcha alors quelques dragons et un jeune aide du nom de Corsier pour les massacrer, mais les cavaliers égyptiens se jouèrent un moment de la troupe, puis s'enfuirent sans perdre un seul homme. Les petits chevaux du désert galopaient deux fois plus vite, avec moitié moins d'eau, que les lourdes montures européennes, encore fatiguées par la longue traversée. Notre commandant entra dans une colère noire, et humilia à tel point le pauvre Corsier que le malheureux aide jura de mourir courageusement à la bataille pour se racheter de sa honte, une promesse qu'il devait tenir dans l'année. Mais Bonaparte n'était pas homme à se laisser attendrir.

« Trouvez-moi un vrai guerrier ! cria-t-il. Je veux Ben Sadr ! »

Cela mit Dumas en rage. Il voyait mettre en cause l'honneur de sa cavalerie. Mais le manque de chevaux n'arrangeait rien, qui privait beaucoup de ses troupes de montures.

« Vous honorez ce coupeur de gorge et insultez mes hommes ?

— Je veux des soldats capables de tenir les Bédouins à distance de mon quartier général, pas des dandys aristocratiques incapables d'attraper un bandit ! »

Cette marche éprouvante et la jalousie des aînés commençaient à l'énerver.

Dumas ne se laissa pas démonter. « Attendez plutôt d'avoir de bons chevaux au lieu de vous précipiter dans le désert sans eau ! C'est votre incompétence qui est en cause et non celle de Corsier !

— Vous osez me défier ? Je vous ferai fusiller !

— Avant que vous le fassiez, je vous briserai en deux, petit homme… »

La discussion fut interrompue par l'arrivée au grand galop de Ben Sadr et d'une demi-douzaine de ses comparses enturbannés qui s'arrêtèrent net au milieu des généraux en pleine dispute. Kléber en profita pour tirer en arrière l'impétueux Dumas, tandis que Napoléon s'efforçait de reprendre son sang-froid. Les mamelouks se moquaient ouvertement de nous.

« Que se passe-t-il, *effendi* ? »

Une fois encore, la partie inférieure du visage de l'Arabe était dissimulée.

« Je te paie pour tenir éloignés les Bédouins et les mamelouks de mes flancs, dit Bonaparte sèchement. Pourquoi ne le fais-tu pas ?

— Peut-être ne tiens-tu pas tes promesses. J'ai un bocal plein d'oreilles fraîches, mais pas d'or frais en contrepartie. Mes hommes sont des mercenaires, *effendi*, et ils iront chez les mamelouks si l'ennemi promet une rémunération plus rapide.

— Allons. Tu as peur de l'ennemi.

— Je les envie ! Ils ont des généraux qui paient comme promis ! »

Bonaparte prit un air renfrogné et se tourna vers Berthier, son chef d'état-major.

« Pourquoi n'est-il pas payé ?

— Un homme a deux oreilles et deux mains, dit Berthier tranquillement. Il y a eu un désaccord sur le nombre réellement tué.

— Vous mettez mon honnêteté en doute ? cria l'Arabe. Je vous apporterai des langues et des pénis !

— Pour l'amour de Dieu, grogna Dumas, pourquoi traitons-nous avec ces barbares ? »

Napoléon et Berthier se mirent à discuter argent à voix basse.

Ben Sadr nous scruta d'un œil impatient jusqu'à ce que son regard tombe sur moi. J'aurais juré que ce diable cherchait la chaîne autour de mon cou. Je le foudroyai du regard, me doutant que c'était lui qui avait jeté le serpent dans mon lit. Ses yeux se tournèrent ensuite vers Astiza et son regard devint haineux. Elle resta impassible. Cet homme pouvait-il être le porteur de lanterne qui m'avait dénoncé à Paris ? Ou bien étais-je victime de la peur et d'une imagination débordante comme le commun des fantassins ? En

France, je n'avais pas vraiment prêté attention à l'homme en question.

« Très bien, dit enfin notre commandant. Nous te payons pour les mains livrées à ce jour. Il y en aura le double pour tous tes hommes quand nous aurons pris Le Caire. Arrange-toi seulement pour maintenir les Bédouins à distance. »

L'Arabe s'inclina. « Tu ne seras plus importuné par ces chacals, *effendi*. Je leur arrache les yeux et je les leur fais manger. Je les châtre comme du bétail. J'attache leurs intestins aux queues de leurs chevaux et je les expédie à coups de cravache dans le désert.

— Bien, bien. Fais passer le mot. »

Il se détourna, visiblement calmé après en avoir terminé avec l'Arabe. Il semblait gêné d'avoir perdu son sang-froid. Bonaparte commettait beaucoup d'erreurs, mais rarement plus d'une fois.

Ben Sadr n'en avait pas fini.

« Nos chevaux sont rapides mais nos fusils sont vieux, *effendi*. Pourrions-nous également en avoir des neufs ? »

Il fit un geste en direction des carabines à canon court qui équipaient la cavalerie de Dumas.

« Tu peux compter dessus, grommela le cavalier.

— Des neufs ? répéta Bonaparte. Non, nous n'en avons pas en trop.

— Et cet homme avec son long rifle ? »

Il me montrait du doigt. « Je me souviens de lui, et de son tir devant les murs d'Alexandrie. Donne-le-moi, et, tous les deux, nous enverrons en enfer les diables qui te harcèlent.

— L'Américain ?

— Cet homme pourrait tuer ceux qui s'enfuient. »

L'idée amusa Napoléon, qui cherchait une diversion. « Qu'en dites-vous, Gage ? Aimeriez-vous chevaucher avec un cheikh du désert ? »

Celui qui avait essayé de m'assassiner. Je n'étais pas disposé à m'approcher de Ben Sadr, sinon pour l'étrangler, après l'avoir d'abord questionné. « J'ai été convié en tant qu'érudit, pas comme tireur d'élite, général. Ma place est dans le bateau.

— Hors de danger ? dit Ben Sadr d'un ton moqueur.

— Mais pas hors d'atteinte. Approche-toi de la rive un jour et voyons si je peux t'atteindre, porteur de lanterne.

— Porteur de lanterne ? demanda Bonaparte.

— L'Américain a pris trop de soleil, dit l'Arabe. Va, reste sur ton bateau, persuadé que tu es hors de danger. Peut-être une nouvelle occasion se présentera bientôt pour que tu te serves de ton fusil. Tu pourrais bien regretter de ne pas avoir accompagné Ahmed Ben Sadr. »

Sur ces paroles, il prit un sac de pièces des mains de Berthier et s'éloigna au galop.

Ce faisant, le tissu recouvrant le bas de son visage glissa un instant : il avait un vilain furoncle sur la joue, recouvert d'un cataplasme, exactement à l'endroit où Astiza avait enfoncé son aiguille dans sa figurine de cire.

À mi-chemin du Caire, nous apprîmes qu'un chef mamelouk, Mourad Bey, avait rassemblé une armée pour nous barrer la route. Bonaparte décida de prendre l'initiative. Des troupes partirent le 12 juillet au soir pour avancer pendant la nuit jusqu'à Shubra Khit, la prochaine ville importante sur le Nil. À l'aube, les Français surprirent une armée égyptienne de quelque dix mille hommes qui étaient en train de s'organiser, dont un millier constitué par la magnifique cavalerie mamelouke. Quant au reste, ce n'était qu'une masse de fellahs, des paysans armés pour la plupart de gourdins. Tandis que les Français formaient leurs bataillons, ils s'agitèrent dans tous les sens, sans bien savoir ce qu'ils devaient faire, et, pendant un court instant, je crus que toute cette horde se retirerait sans se battre. Puis ils semblèrent galvanisés par une exhortation quelconque – nous vîmes leurs chefs désigner quelque chose en amont du Nil – et ils se préparèrent à leur tour pour la bataille.

J'avais une place de choix à bord du *Cerf*, qui était à l'ancre. Pendant qu'un soleil d'or se levait à l'est, nous entendîmes la fanfare attaquer *La Marseillaise*, dont les notes résonnèrent au-dessus du Nil. Cette musique faisait frissonner les troupes et les inspirait tellement qu'avec elle les Français finiraient presque par conquérir le monde. L'efficacité dont firent preuve les soldats pour se regrouper en carrés, avec les étendards de leurs régiments flottant dans la brise matinale, me parut sidérante. Ce n'est pas une formation facile à maîtriser, et encore plus difficile à maintenir devant une charge de l'ennemi, quand chaque homme est face à l'extérieur, et compte sur celui qui est derrière lui pour tenir bon. La tendance naturelle consistant à reculer menacerait la formation et donnerait aux tire-au-flanc l'occasion de laisser tomber leurs armes pour emporter les blessés. Les sergents et les hommes les plus aguerris constituent les rangs arrière pour empêcher ceux qui sont devant de fléchir. Un carré qui ne faiblit pas est virtuellement imprenable. La cavalerie mamelouke tourna autour pour trouver un point faible, en vain, et les formations françaises laissèrent l'ennemi déconcerté. Cette bataille allait de nouveau démontrer la supériorité de la puissance de feu européenne sur un courage arabe digne de l'époque médiévale. Nous attendîmes, tout en sirotant du thé à la menthe égyptien, pendant que le matin tournait du rose au bleu.

Tout à coup nous entendîmes des cris, et des voiles surgirent à un coude en amont du fleuve. Des hurlements de triomphe montaient des mamelouks stationnés sur la rive. Nous contemplions la scène depuis notre pont avec une inquiétude croissante. Le Nil s'était couvert d'une armada de bateaux égyptiens en provenance du Caire, dont les voiles latines en triangle couvraient le fleuve comme un champ de linge. Des bannières mameloukes et islamiques flottaient sur chaque mât, et des coques bondées de soldats et de canons montait un concert de trompettes, de tambours et de cornes. Était-ce à cela que Ben Sadr avait fait allusion en parlant de l'utilité de mon fusil ? Comment le savait-il ? La stratégie de l'ennemi était évidente. Il voulait détruire notre petite flotte et prendre l'armée de Bonaparte par le flanc depuis le fleuve.

Je vidai mon thé par-dessus bord et vérifiai la charge de mon rifle. Je me sentais pris au piège et particulièrement exposé sur l'eau. En fin de compte, je n'allais pas rester spectateur.

Le capitaine Perrée donna l'ordre de lever l'ancre, pendant que les marins se précipitaient derrière leurs canons. Le teint blême, Talma sortit son carnet de notes. Monge et Berthollet s'accrochèrent au gréement et se hissèrent sur le plat-bord pour regarder, comme s'il s'agissait d'une régate. Pendant quelques minutes, les deux flottes se rapprochèrent lentement avec une grâce majestueuse, semblables à de grands cygnes glissant sur l'eau. Puis un bruit sourd retentit, un nuage de fumée monta de la proue du vaisseau amiral mamelouk, et quelque chose siffla dans l'air devant nous, soulevant un geyser d'eau verte près de notre poupe.

« Ne devrions-nous pas parlementer d'abord ? » demandai-je avec désinvolture, malgré une voix plus fébrile que je ne l'aurais souhaitée.

En réponse, les premiers navires égyptiens lâchèrent une bordée de leurs canons de proue. Le fleuve parut se soulever et nous fûmes complètement éclaboussés par un brouillard chaud. Un boulet atteignit une canonnière sur notre droite et fit jaillir une pluie d'échardes. Des cris résonnaient sur l'eau. On entendit alors un étrange vrombissement produit par un tir de balles rondes, et des trous se formèrent dans nos voiles comme des points d'exclamation.

« Je crois que les négociations ont pris fin, dit Talma, qui était tapi près de la roue et griffonnait des notes avec un des nouveaux crayons de Conté. Cela va donner un bulletin passionnant. »

Il ne pouvait pas empêcher ses doigts de trembler.

« Ces marins semblent être beaucoup plus précis que leurs camarades d'Alexandrie », remarqua Monge avec admiration, en sautant du gréement.

Il restait aussi imperturbable que s'il assistait à une démonstration de canon dans une fonderie.

« Les marins ottomans sont des Grecs ! s'exclama Astiza, qui avait reconnu ses compatriotes à leurs vêtements. Ils sont à la solde du bey du Caire. À présent, vous allez avoir une vraie bataille ! »

Les hommes de Perrée se mirent à riposter, mais il était difficile de virer contre le courant du fleuve pour lâcher une bordée correcte, et nous avions nettement moins de canons qu'eux. Pendant qu'on lofait les voiles pour éviter de s'approcher trop vite de l'ennemi, les flottes rivales convergeaient inévitablement. Je regardai vers la rive. Le début de la canonnade avait apparemment donné un signal aux mamelouks à terre. Ils brandirent leurs lances et chargèrent vers le cordon de baïonnettes françaises, galopant tout droit au milieu des tirs. Les chevaux se heurtèrent sur les carrés comme les vagues déferlantes contre une côte rocheuse.

Soudain, se produisit une énorme détonation. Nous fûmes soulevés, Astiza et moi, et retombâmes l'un sur l'autre. En d'autres circonstances, j'aurais pu apprécier cet instant d'intimité inattendue, mais il était dû à un boulet de canon qui avait touché notre coque. Quand nous nous séparâmes, j'eus un haut-le-cœur. Le boulet avait balayé le pont principal, déchiquetant deux de nos artilleurs et éclaboussant de sang l'avant du vaisseau. Des éclats avaient également fait plusieurs blessés, dont Perrée. Pourtant, nos tirs diminuaient alors que ceux des Arabes semblaient augmenter.

« Journaliste ! cria le capitaine à Talma. Arrêtez d'écrire et venez prendre la barre. »

Talma pâlit.

« Moi ?

— Je dois panser mon bras et servir le canon ! »

Obéissant aux ordres, notre scribe se mit debout d'un bond, à la fois excité et terrifié. « De quel côté ?

— Vers l'ennemi.

— Allons-y, Claude Louis ! cria Monge à Berthollet pendant que le mathématicien grimpait vers l'avant pour reprendre un canon abandonné. Il est temps de mettre notre science en pratique ! Gage, servez-vous de votre fusil, si vous voulez survivre ! »

Seigneur, le scientifique qui avait dépassé la cinquantaine semblait bien décidé à gagner la bataille tout seul ! Avec Berthollet, ils se précipitèrent vers le canon avant. Entre-temps, je tirai, et un marin ennemi tomba de son gréement. Un brouillard de fumée de canon s'abattit sur nous. Les bateaux arabes paraissaient tout troubles dans cette brume. Combien de temps faudrait-il pour qu'ils montent à l'abordage et que nous soyons mis en pièces par des cimeterres ? Je remarquai vaguement qu'Astiza avait rampé vers l'avant pour aider les scientifiques à remonter le canon sur son appui. Son admiration pour la précision de tir grecque avait apparemment cédé la place à son instinct de conservation. Berthollet avait lui-même bourré le canon, et, à présent, Monge visait.

« Feu ! »

Le canon vomit un rideau de flammes. Monge sauta sur le beaupré et se mit sur la pointe des pieds pour juger son tir, puis redescendit, déçu. Il avait manqué sa cible.

« Nous avons besoin de connaître les positions pour calculer la distance avec précision, Claude Louis, murmura-t-il, sinon nous gâchons nos munitions. »

Il se tourna vers Astiza.

« Éponge et recharge », dit-il sèchement.

Je visai de nouveau avec mon rifle et appuyai doucement sur la gâchette. Cette fois, un capitaine mamelouk tomba et disparut de notre vue. Des balles s'abattirent autour de moi en riposte. Je rechargeai, en nage.

« Talma, maintenez le cap, nom de Dieu ! » cria Monge.

Le scribe s'accrochait à la roue avec une détermination farouche. La flotte ottomane s'approchait inexorablement et des marins ennemis se regroupaient sur la proue des navires, prêts à aborder.

Les scientifiques étaient en train de déterminer des positions à partir de points sur le rivage, et croisaient des lignes pour estimer avec précision la distance du vaisseau amiral ennemi. L'eau giclait autour de nous, comme dans des fontaines. Des débris volaient dans l'air.

J'armai le chien, visai un Grec ottoman en pleine tête et courus vers la proue. « Pourquoi ne tirez-vous pas ?

— Silence ! cria Berthollet. Laissez-nous le temps de vérifier nos calculs. »

Les deux scientifiques faisaient monter le canon, le réglant avec autant de précision qu'un instrument topographique.

« Encore un degré, murmura Monge. C'est bon, allez-y ! »

Le canon aboya à nouveau, son boulet hurla, et – miracle de miracle – il frappa le vaisseau amiral mamelouk en plein milieu, creusant un trou dans les entrailles du navire. Par Thor, les deux scientifiques avaient vraiment bien compris la manœuvre.

« Hourra pour les mathématiques ! »

Quelques instants s'écoulèrent, puis le bateau ennemi tout entier explosa.

Apparemment, les scientifiques avaient touché en plein la réserve de poudre. Un grondement assourdissant retentit, qui projeta dans le ciel un nuage d'éclats de bois, de débris de canons et de morceaux de corps humains, qui retombèrent et disparurent sous la surface opaque du Nil. Le souffle nous renversa. Une fumée épaisse monta dans l'azur égyptien, formant un énorme champignon. À la place du vaisseau amiral ennemi, on ne voyait plus qu'une eau trouble, comme s'il avait disparu par magie. Les tirs musulmans se turent immédiatement sous l'effet de la consternation, puis une plainte monta de la flottille ennemie quand ses plus petites unités tirèrent une bordée pour fuir en amont du fleuve. Au même moment, la cavalerie mamelouke, qui se préparait pour une deuxième charge après l'échec de la première, se dispersa soudain et battit en retraite vers le sud devant cette manifestation de la toute-puissance française. En quelques minutes, ce qui s'annonçait comme une bataille décisive, menée à la fois sur terre et sur l'eau, avait tourné à la déroute. Avec cet unique coup de canon bien placé, la bataille de Shubra Khit fut gagnée, et Perrée, blessé, fut promu contre-amiral.

Et moi, par la même occasion, je devins un héros.

Lorsque Perrée se rendit à terre pour recevoir les félicitations de Bonaparte, il invita les deux scientifiques, ainsi que Talma et moi, à se joindre à lui, en nous attribuant l'entier mérite de ce tir déterminant. La précision dont Monge avait fait preuve était extraordinaire. Le nouvel amiral calcula plus tard que les deux flottes avaient échangé cinq cents coups de canon en une demi-heure, et que, en dépit de la valeur des marins grecs, il ne déplorait de son côté que six morts et vingt blessés. L'état de l'artillerie égyptienne, ou de son armement en général, à la fin du XVIIIe siècle, y était évidemment pour beaucoup. Les tirs de canons et de mousquetons étaient si imprécis qu'un soldat courageux aurait pu se mettre au premier rang d'une charge sans vraiment risquer sa vie, et en tirer à coup sûr une gloire personnelle. Les hommes tiraient trop vite. Ils tiraient à l'aveuglette à travers la fumée. Ils rechargeaient dans un complet état de panique et oubliaient de décharger, bourrant une balle sur l'autre sans tirer, jusqu'à ce que leurs mousquetons éclatent. En tirant, ils arrachaient les oreilles et les mains de leurs camarades du rang précédent, perçaient des tympans, et se blessaient avec leur baïonnette en la fixant. D'après Bonaparte, au cours d'une bataille, une victime sur dix au moins était tuée par son propre camp, raison pour laquelle les uniformes étaient de couleurs si éclatantes, afin d'éviter que les amis ne s'entretuent.

Il était à prévoir que des fusils chers, comme le mien, changeraient tout cela un jour, et que la guerre se réduirait à des hommes rampant dans la boue pour chercher un abri. Quelle gloire pouvait-on retirer de la tuerie ? À quoi ressemblerait la guerre lorsque des scientifiques calculeraient la trajectoire de chaque bombe et de chaque balle ? Mais tout cela n'était que des idées farfelues qui ne se réaliseraient jamais.

Tandis qu'il revenait à Monge et à Berthollet d'avoir ajusté le canon déterminant, je fus applaudi pour m'être battu avec ferveur aux côtés des Français.

« Vous avez l'enthousiasme de Yorktown ! » s'exclama Napoléon en me tapant dans le dos.

Une fois de plus, la présence d'Astiza contribuait à asseoir ma réputation. Comme tout bon soldat français, je m'étais attaché à une jolie femme, et, qui plus est, une femme capable d'aider à remettre un canon sur son fût. J'étais devenu l'un des leurs, pendant qu'elle utilisait ses talents ou sa magie – en Égypte, les deux semblaient aller de pair – pour panser les blessés. Nous autres, les hommes, nous rejoignîmes ensuite Napoléon pour dîner dans sa tente.

Notre général était de bonne humeur : cette brève bataille l'avait réconcilié avec son armée. L'Égypte avait beau être une terre étrangère, la France pouvait devenir son maître. À présent, Bonaparte débordait de projets pour l'avenir, bien que nous fussions encore à plus de cent cinquante kilomètres du Caire par le fleuve.

« Je ne mène pas une campagne de conquête, mais plutôt de mariage, proclama-t-il pendant que nous dînions de volailles que ses aides avaient trouvées à Shubra Khit et rôties sur les écouvillons de leurs mousquetons. La France a un destin en Orient, tout comme votre jeune nation, Gage, a un destin en Occident. Pendant que vos États-Unis civilisent les Peaux-Rouges, nous allons réformer les musulmans avec des idées occidentales. À l'Égypte somnolente, nous apporterons moulins à vent, canaux, usines, barrages, routes et voitures à cheval. Vous et moi sommes des révolutionnaires mais, moi, je suis également un bâtisseur. Je veux créer et non détruire. »

Il était probablement sincère à cet instant, comme lorsqu'il émettait des avis sur lui-même, parfois radicalement contradictoires. Doté de l'intelligence et de l'ambition d'une douzaine d'hommes, c'était un caméléon qui voulait se rallier tous les avis. « Ces gens sont des musulmans, fis-je remarquer. Ils ne changeront pas. Ils se battent depuis des siècles contre les chrétiens.

— Moi aussi, je suis musulman, Gage, s'il est vrai qu'il n'existe qu'un seul Dieu, et que toute religion n'est qu'une facette de la vérité fondamentale. C'est justement cela que nous devons expliquer à ces gens, que nous sommes tous frères sous Allah, Jéhovah, Yahvé ou qui vous voulez. La France et l'Égypte s'uniront quand les mollahs s'apercevront que nous sommes leurs frères. La religion ? C'est un outil, tout comme les médailles ou les primes. Rien n'inspire autant qu'une foi non avérée. »

Monge se mit à rire. « Non avérée ? Je suis un scientifique, général, et pourtant la présence de Dieu m'a semblé bel et bien avérée quand ces boulets de canon ont commencé à siffler à nos oreilles.

— Avérée ou souhaitée, comme un enfant souhaite la présence de sa mère ? Qui sait ? La vie est courte et nos questions fondamentales restent sans réponse. Je vis donc pour la postérité : la mort n'est rien, mais vivre sans gloire, c'est mourir chaque jour. Cela me rappelle l'histoire d'un duelliste italien qui s'était battu quatorze fois pour soutenir que le poète l'Arioste était meilleur que Le Tasse. Sur son lit de mort, l'homme confessa n'avoir jamais lu aucun des deux. »

Bonaparte éclata de rire. « Voilà ce que j'appelle vivre.

— Non, général, répliqua l'aéronaute Conté, en tapotant sa timbale de vin. La voilà, la vie.

— C'est vrai, j'apprécie un bon vin, comme un bon cheval ou une jolie femme. Voyez notre ami américain ici présent, qui sauve cette jolie Macédonienne et se retrouve dans la tente du commandant, à la veille de prendre sa part des richesses du Caire. C'est un opportuniste comme moi. Ne croyez pas que ma femme ne me manque pas, cette petite sorcière cupide avec la plus jolie chatte qui soit, une femme tellement séduisante que, un jour, je lui ai fait l'amour sans même m'apercevoir que son petit chien me mordait les fesses ! »

Le souvenir déchaîna son hilarité.

« Le plaisir est une chose exquise ! Mais seule l'histoire dure. Et l'Égypte est le pays qui a le plus d'histoire. Vous la consignerez pour moi, hein, Talma ?

— Les écrivains adorent les bons sujets, général.

— Je fournirai aux auteurs un sujet digne de leur talent. »

Talma leva sa timbale. « Les héros font vendre des livres.

— Et les livres fabriquent les héros. »

Nous bûmes tous, mais à quoi, je n'en sus vraiment rien.

« Vous avez de grandes ambitions, général, remarquai-je.

« — Le succès est une question de volonté. Le premier pas vers la grandeur est de décider que l'on veut être grand. Ensuite les hommes vous suivront.

— Vous suivront où, général ? demanda Kléber d'un ton cordial.

— Jusqu'au bout. »

Il nous regarda attentivement, chacun à tour de rôle. « Jusqu'au bout. »

Après le dîner, je m'arrêtai pour saluer Monge et Berthollet. J'en avais soupé des bateaux, après en avoir vu un exploser. D'ailleurs, Talma et Astiza préféraient également rester à terre. Nous prîmes donc provisoirement congé des deux scientifiques, sous un ciel de désert illuminé d'une multitude d'étoiles.

« Bonaparte est cynique, mais quel séducteur, remarquai-je. Il est difficile de l'entendre énoncer ses rêves sans céder à la contagion. »

Monge acquiesça. « C'est une comète, celui-là. S'il n'est pas tué, il laissera son empreinte sur le monde. Et sur nous.

— Il faut toujours l'admirer, mais ne jamais lui faire confiance, avertit Berthollet. Nous sommes tous suspendus à la queue du tigre, monsieur Gage. Espérons ne pas être dévorés.

— Il ne mangerait quand même pas sa propre espèce, mon ami le chimiste.

— De quelle espèce parle-t-on ? S'il ne croit pas vraiment en Dieu, il ne croit pas non plus en nous, et surtout pas que nous sommes réels. Personne n'a de réalité pour Napoléon, sauf Napoléon.

— Cela me semble bien cynique.

— Vraiment ? En Italie, il a engagé une troupe de soldats dans un accrochage risqué avec les Autrichiens, une échauffourée qui a fait plusieurs morts.

— C'était la guerre, non ? »

Je me souvenais des commentaires de Bonaparte sur la plage.

« Cet accrochage n'avait aucune raison militaire, et ces hommes sont morts pour rien. Une jolie Mlle Thurreau était venue en visite depuis Paris, et Bonaparte voulait faire une démonstration de son pouvoir pour la mettre dans son lit. Il ordonna ce combat uniquement pour l'impressionner. »

Berthollet posa la main sur mon bras.

« Je suis ravi que vous vous soyez joint à nous, Gage, vous avez prouvé que vous étiez courageux et d'une compagnie agréable. Restez dans le sillage de notre jeune général et vous irez loin, comme il l'a promis. Mais n'oubliez jamais que les intérêts de Napoléon sont ceux de Napoléon, et non les vôtres. »

J'avais espéré que la dernière partie de notre voyage au Caire serait une promenade de santé le long d'avenues bordées de palmiers dattiers, et à travers les champs de melons verdoyants en raison de l'irrigation. Au lieu de cela, afin d'éviter les méandres de la rivière et les chemins étroits qui traversaient les nombreux villages, l'armée française laissa le Nil à quelques kilomètres à l'est, et reprit sa marche à travers le désert et les terres arides, des étendues de boue asséchées par le soleil et des canaux d'irrigation taris où se brisaient les axes des chariots. La vallée alluviale, que le Nil inondait à chaque saison humide, répandait dans l'air un nuage de poudre sèche et collante qui s'accrochait à nous, nous transformant en une horde poussiéreuse cheminant vers le sud, les pieds couverts d'ampoules. En plein mois de juillet, la chaleur dépassait fréquemment les trente-huit degrés, et, quand soufflait un vent chaud, le bel horizon azur devenait laiteux. Le sable sifflait au-dessus des dunes, sculptées en forme de drap ondulant. Les hommes commençaient à souffrir d'ophtalmie, une cécité temporaire due à un éblouissement permanent. Le soleil était si brûlant que nous devions nous protéger les mains pour ramasser une pierre ou toucher le barillet d'un canon.

Et comme si cela ne suffisait pas, Bonaparte, qui redoutait toujours une attaque britannique par l'arrière, ou une résistance plus organisée devant, réprimandait ses officiers pour le moindre arrêt ou le moindre retard. Alors que les troupes se concentraient sur la marche en cours, Bonaparte avait toujours à l'esprit la situation générale et le calendrier, se demandant où pouvait bien se trouver la flotte britannique qui allait faire alliance avec Tippoo dans l'Inde lointaine. L'Égypte l'obsédait. L'hôte affable que nous avions connu après la bataille sur le fleuve était redevenu le tyran anxieux, qui galopait d'un endroit à l'autre pour accélérer le mouvement.

« Plus vite nous avançons, moins il y aura de sang ! » professait-il.

Les généraux transpiraient à grosses gouttes dans leurs uniformes crasseux et s'injuriaient fréquemment entre eux. Les soldats étaient déprimés par ces querelles incessantes, et par l'austérité du pays qu'ils étaient venus conquérir. Beaucoup préféraient se débarrasser de leur équipement. Quelques-uns se suicidèrent. Astiza et moi passâmes devant deux corps, laissés sur place faute de temps pour les enterrer. Seule la menace des Bédouins en découragea d'autres de déserter.

Notre flot d'hommes, de chevaux, d'ânes, d'armes, de chariots, de chameaux, de compagnes de route et de mendiants s'écoulait vers Le Caire dans un sillage de poussière. Quand nous nous arrêtions pour nous reposer dans les champs, tout poisseux et couverts de boue, notre seule distraction consistait à chasser les innombrables rats à coups de pierres. En bordure du désert, les hommes tiraient sur des serpents et jouaient avec des scorpions, les poussant à se battre entre eux. Ils apprirent à cette occasion que la piqûre du scorpion n'était pas aussi mortelle qu'on l'avait d'abord craint, et que, en écrasant l'insecte contre la morsure, on faisait sortir une matière poisseuse qui contribuait à apaiser la douleur et à hâter la cicatrisation.

Il n'y eut pas la moindre goutte de pluie et rarement un nuage. La nuit, nous ne montions même pas de campement, nous nous écroulions plutôt au fur et à mesure de notre arrivée, pour être aussitôt attaqués par des puces et des moucherons. Et nous mangions plus souvent froid que chaud, en raison du manque de bois pour faire du feu. La nuit fraîchissait à l'approche de l'aube. Nous nous réveillions à peine reposés, nos vêtements humides de rosée. Le soleil se levait alors, aussi implacable qu'une horloge, et nous commencions bientôt à cuire. Je remarquai qu'Astiza se rapprochait peu à peu de moi au fil de la marche, mais nous étions tous deux si emmitouflés, si sales, et tellement reconnaissables dans cette cohorte, qu'il ne pouvait y avoir aucune intention romantique dans son geste. La nuit, nous cherchions surtout à nous communiquer notre chaleur et, à la mi-journée, nous maudissions l'un et l'autre le soleil et les mouches.

À Wardan, l'armée put enfin prendre deux jours de repos. Les hommes se lavèrent, dormirent, et cherchèrent partout de la nourriture qu'il fallut ensuite marchander. Astiza se montra une nouvelle fois précieuse pour discuter avec les villageois et nous procurer de quoi subsister. Elle se débrouilla même si bien que je pus fournir du pain et des fruits à certains officiers du quartier général de Napoléon.

« Ta façon de nourrir l'envahisseur me rappelle les Hébreux et la manne céleste, dis-je en matière de plaisanterie.

— Je ne vais pas laisser mourir des soldats de faim en raison des illusions de leur commandant, répliqua-t-elle. D'ailleurs, nourris ou pas, vous serez tous bientôt partis.

— Tu ne crois pas les Français capables de battre les mamelouks ?

— Ils ne peuvent pas vaincre le désert. Regardez-vous tous, avec vos uniformes pesants, vos bottes chaudes et votre peau rose. À part votre fou de général, qui ne regrette pas d'être venu ici ? Ces soldats partiront bientôt de leur propre gré. »

Ses prédictions commençaient à m'agacer. Cette femme était ma prisonnière et je l'avais gâtée à force de gentillesse. Il était grand temps que je la réprimande.

« Astiza, tu aurais mérité d'être tuée à Alexandrie. Au lieu de cela, je t'ai sauvée. Ne pourrions-nous pas devenir amis, au lieu de maître et servante, ou envahisseur et Égyptienne ?

— Amie de qui ? Un étranger à sa propre armée ? Lui-même allié à un chef de guerre opportuniste ? Un Américain qui semble n'être ni un vrai scientifique ni un soldat ?

— Tu as vu mon médaillon. C'est la clé de quelque chose que je dois trouver.

— Tu veux cette clé sans comprendre. Tu veux la connaissance sans l'étude. L'argent sans le travail.

— Je considère tout ceci comme un sacré labeur.

— Tu es un parasite qui se contente de piller une autre culture. Moi, je veux un ami qui croit en quelque chose. En lui-même d'abord. Et en ce qui le dépasse. »

Quelle présomption !

« En tant qu'Américain, je crois en des tas de choses ! Tu devrais lire notre déclaration d'indépendance ! Et je ne contrôle pas le monde. J'essaie juste d'y tracer mon chemin.

— Je ne suis pas d'accord. Les actions des individus influent vraiment sur le monde. La guerre nous a réunis, monsieur Ethan Gage, et tu n'es pas entièrement désagréable. Mais cela ne veut pas dire pour autant que nous soyons amis. Il faut d'abord savoir pourquoi tu es venu en Égypte, ce que tu as l'intention de faire avec ton médaillon, quelles sont tes valeurs, et alors seulement nous deviendrons amis. »

Vraiment. Quelle insolence pour une esclave ! « Moi, je te dis que nous deviendrons amis quand tu me reconnaîtras comme maître et que tu accepteras ton nouveau sort !

— Quelle tâche ai-je refusé d'accomplir pour toi ? Ne t'ai-je pas accompagné partout ? »

Les femmes ! Celle-là me laissait sans voix. Cette nuit-là, nous nous couchâmes en gardant nos distances et je ne trouvai pas le sommeil avant minuit. Ce qui était aussi bien, car je faillis me faire piétiner par un âne errant.

Le 20 juillet, le lendemain du nouvel an égyptien, au village d'Omm-Dinar, à une trentaine de kilomètres du Caire, Napoléon reçut enfin des renseignements sur la défense mamelouke de la ville. Les défenseurs avaient scindé leurs forces, ce qui était stupide. Mourad Bey conduisait le gros de l'armée mamelouke sur la rive ouest de la rivière où nous nous trouvions, mais un certain Ibrahim Bey, jaloux, en avait gardé une bonne partie à l'est. C'était l'occasion que notre général attendait. L'ordre de marche arriva deux heures après minuit, accompagné de cris et de coups de pied de la part des officiers et des sergents signifiant qu'aucun délai ne serait toléré. Comme une énorme bête se réveillant dans sa caverne, le corps expéditionnaire français s'ébroua, se leva et prit la direction du sud dans l'obscurité avec un sentiment d'excitation qui me rappela les fourmillements procurés par l'électricité de Franklin. L'heure de la grande bataille avait sonné et demain nous assisterions à l'anéantissement de la principale armée mamelouke, ou nous connaîtrions la déroute. Malgré le noble exposé d'Astiza sur le contrôle du monde, je ne me sentais pas davantage maître de mon destin qu'une feuille dans le courant de la rivière.

L'aube arriva toute rouge, avec une brume sur les roseaux du Nil. Bonaparte nous pressait : il avait hâte d'écraser les mamelouks avant qu'ils se regroupent ou, pire encore, qu'ils se dispersent dans le désert. Il affichait un air menaçant, plus intense que jamais, obnubilé par la perspective de la bataille. À un capitaine qui osait émettre une objection mineure, Napoléon répliqua d'une voix qui tonna comme un coup de canon. Son humeur faisait craindre le pire aux soldats qui manquaient de sommeil. Notre commandant était-il inquiet à la perspective de la bataille ? Si tel était le cas, nous avions tous du souci à nous faire. Un grand voile de poussière s'élevait à l'horizon, au-dessus de l'endroit où les mamelouks et leurs fantassins se rassemblaient.

Ce fut lors d'un bref arrêt devant le puits d'un village boueux que je compris la raison de l'humeur sombre du général. Un jeune aide du général, brave garçon quelque peu téméraire, Jean Andoche Junot, descendit de cheval pour boire en même temps que moi.

« Le général semble très impatient d'engager la bataille, remarquai-je. Je sais que ce combat devait arriver, et que la rapidité en temps de guerre est primordiale, mais se lever au milieu de la nuit ne me paraît pas très civilisé.

— Restez à l'écart, m'avertit le lieutenant à voix basse. Depuis hier soir, il est dangereux.

— Vous avez bu ? Joué ? Ou quoi ?

— Il y a quelques semaines, il m'avait demandé de mener une enquête discrète, à la suite de rumeurs persistantes. Quelques lettres avaient été détournées, prouvant que Joséphine avait une liaison, ce qui n'était un secret pour personne, sauf pour notre général. Hier soir, peu après que nous eûmes reçu les informations relatives à la défense mamelouke, il me demanda de but en blanc ce que je savais.

— Elle le trompe ?

— Elle est amoureuse d'un dandy nommé Hippolyte Charles, un aide du général Leclerc resté en France. Elle trompe Bonaparte depuis le début de leur mariage, mais il a préféré fermer les yeux car il est fou amoureux d'elle. Sa jalousie est incroyable, et, hier soir, il a piqué une colère terrible. J'ai même eu peur qu'il ne s'en prenne à moi. Il avait l'air d'un fou, en train de se frapper la tête à coups de poing. Avez-vous jamais été trahi par quelqu'un que vous aimez éperdument ? Il m'a juré qu'il n'éprouvait plus aucune émotion, plus aucun idéalisme, qu'il ne lui restait plus que son ambition.

— Tout ça pour une liaison ? Un Français ?

— Il l'aime à la folie et s'en veut pour cela. C'est l'homme le plus indépendant qui soit et dépourvu d'amis, mais il est à la merci de cette catin qu'il a épousée. Il a aussitôt donné l'ordre de se mettre en marche, en jurant à plusieurs reprises que son propre

217

bonheur était mort et qu'avant le coucher du soleil il aurait anéanti les armées égyptiennes jusqu'au dernier soldat. Je vous le dis, monsieur Gage, c'est un général fou de rage qui nous mène à la bataille. »

Cela n'augurait rien de bon. On attend plutôt de son commandant qu'il garde la tête froide. J'encaissai le choc. « Vous avez mal choisi votre moment, Junot. »

Le lieutenant remonta à cheval. « Je n'avais pas le choix, et mon rapport n'aurait pas dû le surprendre. Je le connais. Au moment de la bataille, il saura faire abstraction de ce problème. Vous verrez. »

Il acquiesça, comme pour se rassurer. « Je préfère ne pas me trouver de l'autre côté. »

9

Il était deux heures de l'après-midi, l'heure la plus chaude de la journée, lorsque l'armée française commença à se disposer en carrés pour la bataille des Pyramides. C'eût été plus exact de l'appeler la bataille d'Imbaba, du nom de la ville la plus proche, mais les pyramides à l'horizon lui conférèrent un nom plus romantique dans les dépêches de Talma. Les champs de melons d'Imbaba furent vite envahis par des soldats cherchant à étancher leur soif, avant la bataille imminente. Je garde en mémoire l'auréole en forme de bavoir laissée sur leurs uniformes par les taches de jus, tandis que les régiments et les brigades formaient leurs rangs.

Les pyramides se dessinaient à travers la brume, éloignées d'une vingtaine de kilomètres encore, mais déjà impressionnantes avec leur géométrie parfaite. À cette distance, elles évoquaient le sommet de prismes colossaux enfouis dans les sables. L'émotion nous gagna devant ces imposants monuments légendaires, les plus grands jamais construits. Vivant Denon se mit à les dessiner avec rage, soucieux de reproduire tout le panorama sur son bloc et de capter le chatoiement de l'air.

Imaginez la somptuosité de la scène. Sur notre flanc gauche, coulait le Nil, quelque peu rétréci dans son lit en attendant la crue prochaine, mais d'un bleu aussi majestueux que le ciel. À côté, les champs irrigués d'un vert luxuriant, bordés de palmiers dattiers, un ruban d'Éden. À notre droite, les dunes aux sommets arrondis, comparables aux vagues d'un océan gelé. Et au loin, les pyramides, ces structures mystiques, parfaites, surgies d'un autre monde, l'œuvre d'une civilisation mystérieuse. Les pyramides ! J'en avais vu des représentations maçonniques, plus anguleuses, avec une pente plus raide, surmontées par un œil brillant auquel rien n'échappait. En réalité, elles étaient plus trapues que dans mon imagination et tremblaient dans la chaleur comme un mirage.

Ajoutez à cela les dizaines de milliers d'hommes en formation disciplinée, la cavalerie mamelouke qui tournait sur place, les chameaux marchant à pas lourds, les ânes brayant et les officiers français lancés au galop, la voix déjà rauque à force de lancer des ordres. Le spectacle était si étrange que j'avais l'impression d'un rêve. Talma couvrait feuille après feuille de son écriture, soucieux de ne rien oublier. Denon marmonnait dans sa barbe que nous devions tous poser pour lui avant la bataille. « Attendez ! Attendez ! »

Face à l'armée de Bonaparte, une foule bigarrée avait surgi dans un énorme nuage de poussière, qui paraissait bien plus importante que nos vingt-cinq mille hommes. Si les mamelouks avaient été de meilleurs généraux, nous aurions certainement été anéantis. Mais l'armée arabe était divisée par le fleuve. Leur infanterie, composée cette fois de fantassins ottomans d'Albanie, était positionnée trop en arrière pour être d'une utilité immédiate. Non seulement les mamelouks ne se faisaient pas confiance entre eux, mais ils ne faisaient confiance à aucune autre unité ottomane et c'était là leur problème majeur. Leur artillerie était mal placée au bout de notre flanc gauche. Devant une telle incompétence, les soldats français étaient redevenus confiants dans l'issue du combat.

« Regardez comme ils sont bêtes, disaient les vétérans pour rassurer leurs camarades. Ils ne comprennent rien à la guerre ! »

Sur l'autre rive, Le Caire scintillait à l'horizon. Cette ville de deux cent cinquante mille habitants était hérissée de minarets d'une finesse incroyable. Trouverions-nous tous la fortune là-bas ? J'avais la bouche sèche, j'étais étourdi par tant de sensations.

Une fois de plus, le cœur de l'armée arabe était constitué par la cavalerie mamelouke, forte de dix mille hommes à présent. Les chevaux étaient des pur-sang arabes superbes, richement harnachés, les cavaliers portaient des robes et des soieries multicolores, des turbans surmontés de plumes de paon et d'aigrette et des casques dorés à l'or fin. Leurs armes désuètes, mais magnifiques, auraient rempli tout un musée : vieux mousquetons incrustés de pierres précieuses et de nacre, cimeterres, lances, haches de bataille, masses et dagues brillant au soleil. D'autres mousquetons et des pistolets pendaient à leurs selles, rangés dans des étuis, ou étaient enfoncés dans leurs ceintures. Chaque mamelouk était suivi par deux ou trois serviteurs à pied, portant des armes à feu supplémentaires et des munitions, pour leur éviter de s'arrêter pour recharger. Les montures des guerriers gambadaient et hennissaient comme des chevaux de cirque, la tête dressée, impatients de charger. Aucune armée n'avait réussi à les vaincre en cinq cents ans.

À la limite des formations égyptiennes, on apercevait les Bédouins en robe blanche sur leurs chameaux, masqués comme des bandits et rôdant comme des loups. Ils attendaient le moment propice pour fondre sur nos rangs afin de tuer et piller lorsque nous céderions sous l'ultime charge des mamelouks. Tout de noir vêtus, les coupeurs de gorge de Ben Sadr étaient tapis au sommet des dunes, espérant prendre les Bédouins en embuscade et dépouiller les cadavres mamelouks avant que les soldats français ne parviennent jusqu'à eux.

Les Égyptiens avaient fixé de petits canons sur le dos des chameaux. Les animaux blatéraient et trottaient un peu partout, aux ordres de leurs dresseurs inquiets, mais tellement agités que leurs tirs s'avéreraient parfaitement inutiles. Le fleuve était de nouveau couvert par les felouques aux voiles latines de la flotte musulmane, bondées de marins hurlant. Nous entendions monter la clameur des tambours, des cornes, des bugles et des tambourins. La forêt de drapeaux, de bannières et de fanions qui s'était levée donnait l'impression d'un vaste carnaval. Les fanfares françaises commencèrent également à jouer, pendant que l'infanterie prenait position avec une efficacité parfaite acquise au cours d'exercices maintes fois répétés ; les soldats préparaient leurs armes et fixaient leurs baïonnettes au bout des fusils. Le soleil faisait étinceler chaque pointe mortelle. Les bannières des régiments portaient des banderoles commémorant les victoires passées. Des roulements de tambours transmettaient les ordres.

L'air était une fournaise qui échauffait nos poumons. L'eau semblait s'évaporer le temps d'aller des lèvres à la gorge. Un vent chaud montait du désert par

222

l'ouest. Le ciel était d'un brun menaçant dans cette direction.

Entre-temps, la plupart des scientifiques et des ingénieurs avaient rejoint l'armée. Monge et Berthollet étaient eux aussi descendus à terre. Mais notre rôle dans la confrontation à venir n'avait toujours pas été défini. Justement, le général Dumas, paraissant encore plus gigantesque sur son imposant cheval alezan, arrivait au galop pour donner les derniers ordres.

« Les ânes, les savants et les femmes, aux carrés ! Mettez-vous à l'intérieur, bande d'inutiles ! »

Ses propos ne pouvaient pas être plus réconfortants.

Astiza, Talma et moi emboîtâmes le pas à un troupeau de scientifiques, de femmes françaises et de bétail, pour nous réfugier à l'intérieur d'un carré d'infanterie, commandé par le général Louis Antoine Desaix. À vingt-neuf ans, le même âge que Napoléon, avec trois centimètres de moins que notre petit caporal, il était probablement le soldat le plus compétent de l'armée, aussi dévoué à son commandant qu'un chien fidèle, contrairement aux autres généraux. D'un physique ordinaire, il avait été défiguré par un coup de sabre, et se montrait timide avec les femmes. C'est lorsqu'il dormait entre les roues d'une pièce d'artillerie qu'il semblait le plus heureux. À présent, il était en train de regrouper ses troupes pour former un carré solide, profond de dix soldats et orienté dans quatre directions. À l'intérieur, on avait l'impression d'un fortin entièrement construit avec des êtres humains. Je rechargeai mon fusil et essayai de voir quelque chose par-dessus cette barrière de larges épaules, avec chapeaux à cocarde et mousquetons prêts à tirer. Une foule nerveuse et accablée par la chaleur grouillait dans l'espace à l'intérieur, avec des officiers à cheval, des scientifiques à pied et des femmes bavardes, tous nerveux et transpirant. Des canons furent positionnés vers l'extérieur à chaque coin du carré, les artilleurs comptant sur l'infanterie pour les protéger des assaillants.

« Par Moïse et Jupiter, jamais je n'ai vu un tel spectacle, murmurai-je. Pas étonnant que Bonaparte aime la guerre.

— Imagine que l'Égypte soit ton pays et que tu voies toutes ces divisions françaises, répondit calmement Astiza. Imagine que tu te trouves face à l'invasion.

— Cela amènera des lendemains meilleurs, je l'espère. »

Instinctivement, je saisis sa main et la serrai. « L'Égypte est désespérément pauvre, Astiza. »

Elle ne retira pas sa main, ce qui me surprit. « C'est vrai. »

Les musiciens se remirent à jouer *La Marseillaise*, et la musique contribua à calmer les nerfs de chacun. Puis Napoléon passa devant notre carré en compagnie de son état-major sur son coursier noir, avec son chapeau surmonté d'une plume et ses yeux gris comme des éclats de glace. Pour mieux l'écouter, je me hissai sur un caisson de munitions monté sur deux roues. Il ne paraissait plus du tout affecté par l'infidélité de sa femme, et affichait une concentration intense. D'un geste théâtral, il désigna les pyramides dont les formes géométriques parfaites tremblaient dans l'air chaud.

« Soldats de France ! Du haut de ces pyramides, quarante siècles vous contemplent ! » cria-t-il.

Les acclamations fusèrent. Autant les fantassins sans grade se plaignaient de Bonaparte entre les batailles, autant ils faisaient corps avec lui au combat. Il les connaissait parfaitement, savait ce qu'ils pensaient, pourquoi ils râlaient et ce qui les faisait vibrer.

Il pouvait exiger d'eux l'impossible en échange d'un morceau de ruban, une mention dans une dépêche ou une promotion vers une unité d'élite.

Puis le général se pencha vers Desaix. « Aucune pitié », dit-il un ton plus bas, ce qui ne nous empêcha pas de l'entendre.

Je frissonnai.

Mourad Bey, qui commandait de nouveau l'armée arabe en face de nous, avait compris que Napoléon voulait faire avancer ses carrés pour passer en force au milieu des Arabes, et diviser les forces mameloukes afin de les anéantir par étape. Bien que le chef égyptien ignorât tout des tactiques européennes, il eut suffisamment de bon sens pour attaquer le premier afin de contrecarrer les projets français. Il leva sa lance et, portée par ses sinistres hululements, la cavalerie mamelouke chargea. Les guerriers esclaves étaient restés invincibles des siècles durant et la caste dirigeante ne pouvait pas imaginer que la technologie mettrait un jour fin à leur règne. Cette attaque s'avérait bien plus redoutable que toutes celles que nous avions déjà subies, et le nombre des chevaux s'élançant au grand galop dans un bruit de tonnerre était tel que je sentis le sol trembler sous mon caisson.

L'infanterie sur le qui-vive attendait confiante, sachant que les mamelouks ne disposaient ni de l'artillerie moderne ni de la discipline de tir nécessaires pour l'emporter sur les formations françaises. Pourtant, l'ennemi déferlait sur nous comme une avalanche. Nous étions tous tendus. La terre tremblait, le sable et la poussière montaient devant eux à hauteur de poitrine, les lances et les mousquetons brandis ressemblaient à un champ de blé ondoyant. Je me sentais quelque peu téméraire sur mon perchoir, vaguement étourdi par la scène que je contemplais par-dessus la tête des soldats.

Astiza et Talma me regardaient comme si j'étais devenu fou, mais aucune arme mamelouke n'était susceptible de m'atteindre à une telle distance. Je levai mon fusil et attendis, tout en regardant onduler les bannières ennemies.

Ils se rapprochaient, le grondement devenait plus fort, et les mamelouks lançaient sans arrêt leur cri aigu et modulé, tandis que les Français observaient un silence total. L'espace entre nous se rétrécissait à vue d'œil. Quand allions-nous tirer ? J'avais l'impression de distinguer déjà leurs yeux caucasiens aux couleurs remarquables, leurs dents menaçantes, les veines de leurs mains. Je m'impatientais. Presque inconsciemment, j'appuyai sur la gâchette, mon fusil recula, un guerrier ennemi tomba en arrière et disparut dans la cohue.

Mon tir semblait avoir donné le signal des hostilités. Desaix lança un ordre et les lignes françaises avant crachèrent leur rideau de flammes. Je devins sourd dans l'instant. La cavalerie adverse s'effondra dans un terrible enchevêtrement de corps déchiquetés, de chevaux hennissant et de sabots fouettant l'air. La fumée et la poussière nous envahirent. Puis le rang suivant tira une nouvelle salve, puis une autre, et encore une autre. Quelque part, les canons tonnèrent, et une volée de mitraille vint faucher l'ennemi. Une tempête de plomb et de fer s'était abattue sur eux. Les mamelouks indemnes trébuchaient sur les montures de leurs camarades avant d'être catapultés la tête la première. En un instant, la charge avait tourné au chaos, à quelques mètres seulement des baïonnettes françaises. Certains mamelouks étaient tombés si près, qu'ils furent brûlés par les bourres éjectées des mousquetons européens. De petits feux s'allumaient sur les vêtements des morts et des blessés. Je rechargeai mon fusil et tirai à nouveau malgré la fumée.

Les survivants s'éloignèrent pour se regrouper, pendant que les soldats rechargeaient rapidement avec des gestes mécaniques, répétés des centaines de fois. Quelques Français étaient tombés sous le feu mamelouk. On les tira au centre de notre carré pendant que leur rang se reformait tant bien que mal, les sergents n'hésitant pas à frapper les tire-au-flanc pour les rappeler à leur devoir. On aurait dit une créature marine, de celles à qui il pousse un nouveau membre, les rendant insensibles à toute blessure fatale.

Les mamelouks chargèrent à nouveau, en essayant cette fois d'entamer le flanc et l'arrière du carré d'infanterie. Le résultat fut identique. Les chevaux arrivèrent en biais et quelques-uns réussirent à s'approcher, mais ceux qui n'étaient pas touchés s'arrêtèrent net devant les baïonnettes ; certains cavaliers furent projetés en avant et tombèrent en poussant des hurlements. Les soies et les étoffes raffinées s'ornaient de fleurs rouges quand les Arabes étaient atteints par les grosses balles de plomb, tirées cette fois à partir de deux carrés sur les mamelouks qui passaient au galop entre eux. Une fois de plus, l'assaut tournait à la confusion. Les attaquants commençaient à désespérer. Certains s'écartèrent et se mirent à tirer sur nous avec des mousquetons et des pistolets, mais leurs tirs étaient trop sporadiques et imprécis pour inquiéter sérieusement les rangs français. Quelques soldats de notre infanterie grommelaient ou poussaient un cri avant de tomber. Une autre salve était alors tirée par les Européens et les assaillants étaient à leur tour désarçonnés. Nous fûmes bientôt entourés de morts et de mourants, soit une grande partie de l'aristocratie militaire égyptienne. Les massacres des précédentes batailles paraissaient insignifiants à côté de celui dont nous étions témoins.

Malgré les balles arabes qui sifflaient au-dessus de nos têtes, je me sentais étrangement à l'abri. Un sentiment d'irréalité se dégageait de l'ensemble : les pyramides colossales dans le lointain, l'air trouble, la chaleur oppressante, les palmiers ondulant dans le vent du désert malgré des branches coupées parfois par une balle perdue. Des lambeaux verts flottaient alors dans l'air comme des plumes. De gros nuages de poussière se découpaient sur le ciel blanc, soulevés par l'ennemi qui galopait dans tous les sens, sans but apparent, cherchant en vain un point vulnérable dans les carrés de Bonaparte. L'infanterie égyptienne semblait hésiter à l'arrière, comme si elle s'attendait à une issue fatale. Les mamelouks, craignant une révolte, avaient négligé leurs troupes de moindre importance si bien qu'elles étaient maintenant paralysées par l'incompétence.

Je regardai vers l'ouest. Le ciel s'assombrissait et le soleil tournait à l'orange. La pluie ? Probablement pas, c'était des nuages d'une autre sorte – des nuages de sable. L'horizon était obscurci par la tempête qui approchait.

Personne d'autre ne semblait s'intéresser au temps. Animés d'un courage indéniable, les mamelouks se regroupèrent, armés de nouveaux fusils et des pistolets fournis par leurs serviteurs. Ils chargèrent à nouveau. Cette fois, ils semblaient déterminés à concentrer leur fureur sur notre carré seulement. Nous tirâmes, leur premier rang tomba comme précédemment, mais leur colonne était si dense que ceux venant derrière, restés indemnes, sautèrent par-dessus leurs camarades tombés avant que nous puissions recharger. Avec toute l'énergie du désespoir, ils poussèrent alors leurs chevaux contre les baïonnettes françaises.

On aurait pu croire que nous avions été percutés par un navire. Le carré plia sous l'assaut, et des chevaux tombèrent en écrasant l'infanterie sous leur poids. Quelques hommes reculèrent, pris de panique. D'autres se précipitèrent des rangs intérieurs pour renforcer l'avant. Un combat désespéré s'engagea soudain entre des épées, des lances et des pistolets mamelouks, et les baïonnettes et les mousquetons des Français qui tiraient à bout portant. Toujours perché sur mon caisson, je tirai à l'aveuglette dans cette mer démontée.

Soudain, comme s'il surgissait d'une bouche de canon, un cheval monté par un gigantesque guerrier sauta par-dessus les combattants enchevêtrés. Sa robe était striée de sang, le mamelouk enturbanné également ensanglanté, ce qui ne l'empêchait pas de faire preuve d'une rage indomptable. Les fantassins se précipitèrent pour l'arrêter, mais son cimeterre trancha les canons de leurs mousquetons comme si c'était de la paille. L'animal affolé lançait des ruades et tournait en rond comme un derviche, son cavalier semblant imperméable aux balles. Les scientifiques se dispersèrent, des hommes tombèrent en criant. Mais le cavalier semblait garder l'œil rivé sur moi, qui me tenais en équilibre sur le chariot d'approvisionnement de l'artillerie, vêtu d'un manteau qui, de toute évidence, n'était pas militaire.

Je visai mais, avant que je puisse tirer, le coursier s'écrasa contre mon caisson et me projeta en l'air. Je retombai brutalement, le souffle coupé, tandis que l'étalon se précipitait vers moi, les yeux fous, en fouettant l'air de ses sabots. Son maître ne prêtait aucune attention aux centaines d'hommes qui se trouvaient autour de lui, comme s'il avait décidé de se choisir un ennemi personnel.

Un cri retentit alors, et le cheval se cabra avant de s'affaisser. Talma avait pris une lance et frappé l'animal à la croupe. Le cavalier glissa et tomba aussi brutalement que moi, restant quelques instants assommé. Avant qu'il ait pu se relever, Astiza poussa un cri farouche et, avec l'aide de Talma, renversa le caisson sur lui. Les roues atterrirent sur le cheval mutilé, immobilisant le fanatique entre sa selle et les pourtours en fer. Le mamelouk à la carrure imposante eut beau se débattre comme un animal, il était coincé. Je rampai vers lui et lui mis mon tomahawk contre la gorge. Astiza se jeta également dans la mêlée en vociférant. L'homme parut alors se figer. Puis l'épuisement eut raison de son excitation, et il s'effondra, complètement hébété.

« Dis-lui de se rendre ! » hurlai-je à Astiza.

Elle cria quelque chose. Le mamelouk acquiesça, vaincu, et il laissa sa tête retomber en arrière sur le sable. J'avais fait mon premier prisonnier ! C'était un sentiment grisant, quoique surprenant, encore plus satisfaisant qu'une main exceptionnelle dans une partie de whist. Par Jupiter, je commençais à comprendre l'enthousiasme des soldats. Se retrouver en vie, après avoir frôlé la mort, procure une sensation voluptueuse.

Je désarmai rapidement l'Arabe et empruntai le pistolet d'un officier pour achever le cheval blessé. D'autres cavaliers avaient également franchi les lignes, mais ils furent promptement fauchés par l'infanterie française. Un seul homme, particulièrement intrépide, tua deux hommes, avant de recevoir lui-même une balle et de faire sauter son cheval par-dessus le premier rang totalement désorganisé malgré sa blessure. Il parvint à s'enfuir au galop en poussant des cris de triomphe. Devant le courage dont faisaient preuve ces diables, Napoléon remarqua qu'avec une poignée d'entre eux il pourrait conquérir le monde. Plus tard, il recruterait des survivants mamelouks pour sa garde personnelle.

La fuite de ce guerrier fit pourtant exception, et la plupart des ennemis ne parvinrent pas à franchir la haie formée par nos hommes. Leurs chevaux furent étripés par les rangées de baïonnettes. Désespérés, les survivants finirent par décamper sous les tirs français qui leur coupèrent la retraite et en désarçonnèrent encore quelques-uns. Malgré la bravoure égyptienne, nous avions assisté à un massacre. Les Européens comptaient des dizaines de morts et de blessés, mais les mamelouks des milliers. Leurs morts jonchaient le sable.

« Fouillez ses vêtements, dit Astiza tandis que nous campions sur notre prisonnier. Ils portent leurs richesses sur eux quand ils vont à la bataille, quitte à tout perdre. »

En effet, mon prisonnier se révéla être un véritable coffre-fort. En repoussant son turban en cachemire, je découvris une calotte cousue de pièces d'or qui ressemblait à un casque jaune. Il y avait encore de l'or dans le foulard qui lui servait de ceinture, ses pistolets étaient incrustés de nacre et de pierres précieuses, et son cimeterre avait une lame noire de Damas, et un manche de corne de rhinocéros incrusté d'or. En quelques secondes j'étais devenu riche, ce qui était le cas d'une grande partie de l'armée. Les Français estimeraient plus tard que chaque mamelouk pouvait rapporter quinze mille francs en moyenne. Les hommes gambadaient de joie au-dessus des morts.

« Mon Dieu, qui cela peut-il être ? » dis-je.

Astiza lui saisit la main, la retourna pour regarder ses bagues, puis s'arrêta.

« Un fils de Horus », murmura-t-elle.

Il portait au doigt un symbole identique à celui qu'elle portait en amulette. Ce n'était pas un signe islamique.

Il retira sa main d'un coup sec.

« Cela ne te regarde pas, grommela-t-il tout à coup en anglais.

— Tu parles notre langue ? m'étonnai-je.

— J'ai eu affaire à des marchands européens. Et j'ai entendu parler de vous, le Britannique au manteau vert. Que fait un Britannique avec les Francs ?

— Je suis américain. Antoine est français, Astiza égyptienne et grecque. »

Il fit un effort manifeste pour absorber toutes ces informations. « Et moi, je suis mamelouk. »

Allongé sur le dos, il regardait le ciel. « La guerre et le destin nous réunissent.

— Qui es-tu ?

— Je m'appelle Ashraf el-Din, je suis lieutenant de Mourad Bey.

— Et qu'est-ce qu'un fils de Horus ? demandai-je à Astiza.

— Un disciple des Anciens. Cet homme n'est pas le mamelouk typique venu du Caucase. Il appartient aux vieilles familles d'ici, n'est-ce pas ?

— Le Nil coule dans mes veines. Je suis un descendant des Ptolémées. Mais j'ai été enrôlé chez les mamelouks par Mourad Bey lui-même.

— Les Ptolémées ? Tu veux dire la famille de Cléopâtre ?

— Et les généraux d'Alexandre et de César, dit-il avec fierté.

— Les mamelouks méprisent les Égyptiens qu'ils gouvernent, expliqua Astiza, mais, de temps à autre, ils en recrutent au sein des vieilles familles les plus éminentes. »

C'était vraiment une étrange coïncidence. Mon agresseur n'était-il pas l'unique mamelouk à jurer sur un dieu païen et à parler anglais ?

« Je peux te faire confiance si nous te laissons te relever ?

— Je suis votre prisonnier, capturé à la bataille, dit Ashraf. Je me soumets à votre clémence. »

Je le laissai se redresser. Il vacilla un instant.

« Ton nom est un peu compliqué pour moi, dis-je. Je t'appellerai Ash.

— Je répondrai à ce nom. »

Et dire que ma bonne fortune pourrait tourner si je n'apportais pas à mes collègues la signification de mon médaillon. Astiza, avec son pendentif de Horus, en avait déjà deviné en partie l'utilité, et peut-être ce diable pourrait-il en faire autant. Autant en profiter pendant que les soldats poussaient des acclamations et que tous les regards étaient focalisés sur la bataille. Je sortis le médaillon de ma chemise et le balançai devant lui. Ashraf écarquilla les yeux.

« Je ne suis pas un guerrier, fils de Horus, dis-je. Je suis venu en Égypte pour comprendre ceci. Le reconnais-tu ? »

Il cligna des yeux, étonné. « Non. Mais quelqu'un d'autre le pourrait peut-être.

— Qui, au Caire, pourrait savoir ce qu'il signifie ? Qui connaît les dieux égyptiens anciens et l'histoire de ta nation ? »

Il jeta un regard à Astiza. Elle lui fit un signe de tête et ils se mirent à baragouiner en arabe. À la fin, elle se tourna vers moi.

« Il y a davantage de dieux qui marchent dans ton ombre que tu ne le penses, Ethan Gage. Ce guerrier que tu as capturé prétend connaître un homme dont je n'ai entendu parler que par des on-dit et qui prend comme nom celui de quelqu'un depuis longtemps disparu.

— Qui ?

— Énoch le sage, connu aussi comme Hermès Trismégiste. Hermès le trois fois grand, scribe des dieux, maître des arts et des sciences.

— Ça alors ! »

Énoch était aussi le nom, dans l'Ancien Testament, du père de Mathusalem. Une famille d'une grande longévité. En tant que maçon, je me souvenais également d'un soi-disant Livre d'Énoch, source de sagesse ancienne, disparu il y a plusieurs siècles. Je regardai mon captif.

« Il connaît ce sage ? »

Astiza acquiesça pendant que notre prisonnier observait le médaillon en clignant des yeux.

« Énoch est son frère », dit-elle.

Tout à coup, nous avancions. Le carré se remit en colonnes, et nous nous mîmes en marche en direction des fortifications égyptiennes d'Imbaba, en escaladant littéralement les morts. Je ligotai les mains d'Ash derrière son dos avec une corde dorée que j'avais prise à sa taille. Sa tête était entièrement rasée, sauf pour la petite touffe au sommet du crâne par laquelle, disait-on, le prophète Mahomet prenait les mamelouks à leur dernier souffle pour les emmener au paradis. Sa calotte de pièces avait regagné ma propre ceinture, et Astiza portait son fabuleux cimeterre. Le sentiment de culpabilité que j'éprouvais à laisser mon prisonnier exposé à la chaleur était compensé par le fait que l'atmosphère était de plus en plus obscurcie par la poussière. À quatre heures de l'après-midi, en plein été, il faisait presque sombre.

À mesure que nous progressions à travers le champ de bataille, je compris mieux ce qui était arrivé. Pendant que notre carré et celui de Jean-Louis Reynier subissaient le plus fort des attaques mameloukes, d'autres divisions avaient avancé. L'une avait franchi les lignes ennemies près de la rive du Nil et commencé à pilonner l'arrière de l'infanterie égyptienne à coups de canons. Deux autres s'étaient lancées directement à l'assaut d'Imbaba pour anéantir les batteries égyptiennes se trouvant là-bas. Le reste de la cavalerie mamelouke s'était trouvé scindé, certains combattants trouvant refuge dans la ville fortifiée, les autres étant poussés vers l'ouest dans le désert avec Mourad Bey. Ce dernier groupe était maintenant en train de se disperser. La bataille tournait à la débâcle et la débâcle au massacre.

Les Français avaient pris d'assaut les parapets d'Imbaba au cours d'une première charge, pendant que l'infanterie albanaise se désintégrait. Alors qu'ils faisaient demi-tour pour s'enfuir, les soldats ottomans étaient abattus ou poussés dans le Nil. Chaque fois que les Français marquaient une pause, ils recevaient l'ordre de continuer à tirer de la part du commandant en chef lui-même. Napoléon assouvissait sa colère. Un millier de mamelouks au moins furent pris dans cette panique et poussés dans le fleuve avec leur infanterie, où ils coulèrent aussitôt, entraînés au fond par le poids de leur fortune. Ceux qui essayaient de résister étaient tués. C'était la guerre dans son expression la plus primitive. Certains Français émergèrent du carnage tellement couverts de sang qu'on aurait cru qu'ils s'étaient trempés dans un tonneau de vin.

Notre général galopait à proximité, le regard brillant.

« Maintenant ! Écrasez-les maintenant, sinon nous le paierons cher plus tard. »

Nous contournâmes Imbaba et parcourûmes rapidement les derniers kilomètres jusqu'à nous trouver entre les pyramides et Le Caire, dont on apercevait les minarets et les dômes de l'autre côté du Nil. La moitié de l'armée mamelouke rescapée nous suivait sur l'autre rive, en vociférant en direction de nos formations, comme si leurs cris pouvaient se révéler plus efficaces que les balles. Nous étions hors de portée de tir les uns des autres. Quand ils arrivèrent à la hauteur de la flotte de felouques amarrées aux quais du Caire, les plus braves des mamelouks s'embarquèrent pour mettre le cap de l'autre côté du fleuve et tenter de nous attaquer.

C'était trop tard. Imbaba était devenu un charnier. Mourad Bey avait pris la fuite en direction du désert. L'armada mamelouke de fortune se dirigeait vers la rive occupée par l'infanterie française, mais cette charge sur l'eau était encore plus désespérée que celle de la cavalerie musulmane. Ils reçurent un déluge de balles. Pire encore, le champ de bataille tout entier disparaissait progressivement sous une muraille de sable et de poussière, comme si Dieu, Allah ou Horus avaient décidé d'intervenir pour mettre un point final au combat. Les bateaux commençaient à ressentir les effets du vent.

La tempête obturait tout l'ouest. La lumière baissait, comme lors d'une éclipse de soleil. Le ciel était devenu noir, et les pyramides disparaissaient dans un brouillard marron. C'est vers cette tempête que se dirigeaient Ibrahim Bey et ses partisans les plus courageux, à bord de leurs bateaux surchargés qui gîtaient de plus en plus sous un vent de force croissante. Le Nil se couvrait d'écume, et des lignes d'infanterie française blanches de poussière s'étaient rassemblées sur la rive, poussées dans le dos par le sable. Les Français ouvrirent le feu à plusieurs reprises, par salves régulières et parfaitement ordonnées. Les Égyptiens poussèrent des hurlements, gémirent et tombèrent de leurs bateaux.

La tempête de sable se déchaînait, formant bientôt une immense falaise qui oblitérait le ciel. On ne voyait plus rien, ni les Arabes en fuite sur la rive ouest, ni les pyramides, ni même Napoléon et son état-major. C'était la fin du monde.

« Couchez-vous ! » cria Ashraf.

Astiza, Talma, lui et moi nous accroupîmes, en nous couvrant la bouche et le nez avec nos vêtements.

Le vent hurlait maintenant, nous frappant de toute sa force. Puis le sable arriva, piquant comme un essaim d'abeilles. La situation était déjà assez pénible pour les Français qui s'étaient accroupis, le dos à la tempête. Les mamelouks, eux, y faisaient face, piégés qu'ils étaient dans de petits bateaux instables. Tout devint noir. On n'entendait plus que le vent. La bataille s'arrêta. Tous les quatre, nous nous cramponnions les uns les autres, tremblant, et nous adressions nos prières à une variété de dieux, enfin conscients qu'il existait des pouvoirs supérieurs aux nôtres. Pendant quelques longues minutes, la tempête de sable s'acharna sur nous, nous empêchant presque de respirer. Puis, presque aussi vite qu'elle était arrivée, elle s'étouffa et le silence retomba. La poussière voletait dans l'air au-dessus de nous.

Lentement, des milliers de soldats français se relevèrent en titubant de leurs fosses de sable peu profondes, comme s'ils ressuscitaient ; ils étaient marron de la tête aux pieds, incapables de dire un mot, accablés, horrifiés. Au-dessus de nous, le ciel s'éclaircit. À l'ouest, le soleil était rouge comme un cœur meurtri.

Il ne restait plus aucun bateau sur le fleuve. Les mamelouks qui avaient tenté de nous attaquer par bateau s'étaient noyés ou échoués sur la rive orientale. Tous les bateaux avaient chaviré. On entendait les gémissements des survivants, qu'Astiza nous traduisit.

« Maintenant, nous sommes esclaves des Français ! »

Ils s'enfuirent vers la ville, en ressortirent avec femmes et objets de valeur, puis disparurent dans la nuit tombante. L'étrange tempête, surnaturelle en soi, paraissait avoir rayé de la carte un groupe de conquérants pour en mettre un autre à sa place. Le vent avait balayé le passé et jeté les bases d'un étrange avenir européen.

On apercevait des flammes tout le long des quais de la ville, provenant des quelques felouques encore amarrées qui brûlaient. Quelqu'un espérait retarder la traversée des Français en mettant le feu aux bateaux, ce qui était ridicule, compte tenu des embarcations disponibles en amont et en aval du Nil. Les felouques brûlèrent jusque tard dans la nuit, illuminant la ville que nous étions sur le point d'occuper comme avec des lampes de théâtre. La lumière faisait danser la magnifique architecture mauresque.

Les soldats français, qui avaient survécu à la fois à la bataille et à la tempête, paraissaient triomphants, quoique épuisés et d'une saleté répugnante. Ils plongèrent en masse dans le Nil pour se laver, et s'installèrent ensuite dans les champs de melons pour manger et nettoyer leurs mousquetons. On voyait partout des tas de cadavres d'Arabes, dépouillés de leurs biens. Les Français avaient dénombré quelques vingtaines de morts dans leur camp et environ deux cents blessés ; les Arabes, des milliers. Les soldats français de la troupe se retrouvaient riches pour la première fois de leur vie grâce à leur butin. La victoire de Napoléon était totale, sa maîtrise de l'armée absolue, son pari gagné.

Il chevauchait parmi ses troupes comme un lion triomphant, recevant leurs compliments et les félicitant à son tour. Le mécontentement et l'acrimonie des dernières semaines s'étaient dissipés dans l'allégresse de la victoire. La fureur de Napoléon semblait avoir été assouvie par l'intensité de la journée, et son orgueil, blessé par la trahison de sa femme, apaisé par la tuerie. Je n'aurais jamais pu imaginer un tel carnage. La bataille avait mobilisé tout mon potentiel d'émotion. Joséphine ne saurait jamais quelle folie destructrice ses petits jeux avaient déchaîné.

Le général vint me trouver ce soir-là. Je ne sais plus ni quand – après la bataille et la tempête, je n'avais plus aucune notion du temps – ni comment. Ses aides étaient venus voir si j'étais là, et, malheureusement, je devinais ce qu'il me voulait. Bonaparte n'était pas homme à ruminer, il pensait toujours à l'étape suivante.

« Alors, monsieur Gage, me dit-il dans le noir, on me dit que vous avez capturé un mamelouk. »

Comment pouvait-il déjà le savoir ? « À ce qu'il paraît, général, autant par accident que par dessein.

— Vous avez un don très particulier pour vous mêler à l'action, semble-t-il. »

Je haussai les épaules avec modestie. « Je demeure néanmoins un scientifique, et non un soldat.

— C'est précisément pourquoi je vous ai cherché. J'ai libéré l'Égypte, Gage, et, demain, j'occuperai Le Caire. La première étape de ma conquête de l'Orient est achevée. La deuxième dépend de vous.

— De moi, général ?

— Vous allez maintenant devoir démêler les indices permettant de découvrir les secrets que renferment ces pyramides et ces temples. S'ils recèlent des mystères, vous les éluciderez. S'ils recèlent des pouvoirs, vous me les transmettrez. En conséquence de quoi nos armées deviendront invincibles. Nous marcherons ensuite pour aller faire alliance avec Tippoo, chasser les Britanniques de l'Inde et sceller la destruction de l'Angleterre. Nos deux révolutions, américaine et française, vont réinventer le monde. »

Il est difficile d'exprimer l'émotion qu'une telle sollicitation peut produire sur un être humain ordinaire. Non que je me souciais le moins du monde de l'Angleterre, de la France, de l'Égypte, de l'Inde, ou bien de réinventer le monde. Mais ce petit homme charismatique, habité par une passion hors du commun et un génie visionnaire, m'avait enrôlé dans quelque chose qui me dépassait complètement. J'avais attendu que mon avenir commence : cette fois, il était là. Dans le carnage de la journée et le présage surnaturel apporté par le temps, j'avais entrevu la promesse d'une gloire future. Cet homme changeait tout autour de lui, pour le meilleur et le pire, comme si lui-même était un petit dieu. Je me sentis flatté, sans vraiment réfléchir aux conséquences. Je m'inclinai légèrement pour le saluer.

La gorge serrée, je regardai Bonaparte s'éloigner, me rappelant le triste tableau que m'avait dressé Sidney Smith de la Révolution française. Je pensai aux morts qui jonchaient le champ de bataille, aux plaintes des Égyptiens, et à la déception des soldats en proie au mal du pays, qui plaisantaient à propos de leurs six hectares de sable. Je pensai aux recherches assidues des érudits, aux plans européens de réforme, et à l'ambition de Bonaparte pour cette marche interminable jusqu'aux confins de l'Inde, comme l'avait fait Alexandre avant lui.

Je pensai aussi au médaillon autour de mon cou et à la façon dont le désir semblait toujours venir contrecarrer un bonheur tout simple.

Quand Bonaparte eut disparu, Astiza se pencha vers moi.

« Le moment est venu de décider ce à quoi tu crois vraiment », chuchota-t-elle.

10

La maison du frère d'Ashraf, le curieusement nommé, était située dans un des meilleurs quartiers du Caire, autrement dit dans un environnement un peu moins poussiéreux, moins sujet aux épidémies, moins infesté de rats, moins malodorant et moins encombré que la plus grande partie de la ville. Comme pour Alexandrie, il ne restait plus grand-chose des splendeurs orientales dans la capitale de l'Égypte, où très peu avait été fait en matière d'hygiène publique, d'enlèvement des ordures, d'éclairage des rues, de gestion de la circulation, ou du contrôle des bandes de chiens qui erraient dans ses ruelles. Il est vrai que j'en avais dit autant sur Paris. On avait le sentiment que si les Égyptiens avaient mobilisé leurs chiens plutôt que leur cavalerie, notre conquête n'aurait peut-être pas été aussi facile. Tous les jours, des dizaines de ces malheureux animaux étaient tués par balle ou passés à la baïonnette par les soldats agacés, ce qui n'avait pas plus d'effet sur la population canine que les coups de tapette sur les hordes de mouches.

Et pourtant, comme à Alexandrie ou à Paris, des signes d'opulence tranchaient parfois dans un environnement sordide. Les mamelouks étaient passés maîtres dans l'art d'extorquer des impôts aux paysans opprimés pour bâtir des monuments à leur gloire. Leurs palais avaient une grâce purement arabe inconnue dans les constructions plus massives d'Europe ou d'Amérique. Les maisons cossues, d'apparence ordinaire, offraient à l'intérieur des cours ombragées plantées d'orangers, de palmiers, de grenadiers et de figuiers, ainsi que d'élégantes arches mauresques en ogive, des fontaines carrelées, et des pièces fraîches ornées de tapis, de coussins, de bibliothèques sculptées, de plafonds en coupoles et de tables en laiton et en cuivre. Certaines avaient des balcons ouvragés et des fenêtres protégées par des moucharabiehs donnant sur la rue, aussi délicatement sculptées qu'un chalet suisse, et aussi aptes à dissimuler une femme qu'un voile. Bonaparte s'attribua la demeure récemment construite en marbre et granit de Mohammed Bey el-Elfi, avec des salles de bains à tous les étages, un hammam et des fenêtres en verre. Les académiciens de Napoléon étaient logés dans le palais d'un autre bey du nom de Quassim, qui avait fui en Haute-Égypte. Son harem devint le laboratoire de recherches de l'industrieux Conté, et ses jardins, le lieu de réunion des savants. Les mosquées étaient encore plus élégantes, avec leurs minarets mauresques et leurs dômes qui s'élançaient vers le ciel, comparables en grâce et en magnificence aux plus belles églises gothiques d'Europe. Dans les marchés, les auvents se paraient de toutes les couleurs de l'arc-en-ciel, et les tapis d'Orient, jetés sur des balustrades, ressemblaient à des jardins de fleurs. Les contrastes, en Égypte, en étaient presque bouleversants – chaleur et ombre, richesse et pauvreté, excréments et encens, argile et couleur, briques de boue et calcaire poli.

Les soldats de la troupe se retrouvèrent logés dans un cadre nettement moins luxueux que celui des officiers : des maisons sombres, médiévales, sans commodités. Nombre d'entre eux proclamèrent aussitôt que la ville était décevante, sa population affreuse, la chaleur énervante et la nourriture abominable. Ils regrettaient que la France ait conquis un pays sans vin, ni bon pain, ni femmes disponibles. Ils finiraient par changer d'opinion lorsque l'été aurait fraîchi, et que des femmes auraient noué des liaisons avec les nouveaux dirigeants. Avec le temps, les troupes en vinrent même à admettre que le *aish*, le pain plat, remplaçait tout à fait agréablement le leur. Malheureusement, les cas de dysenterie, qui s'étaient déclarés au sein de l'armée après le débarquement, se multipliaient, causant bientôt plus de victimes que les balles. L'absence d'alcool avait déjà provoqué tellement de protestations que Bonaparte commanda des alambics pour fabriquer une boisson à base de dattes, le fruit le plus commun dans le pays. Les officiers projetaient la plantation de vignobles, mais leurs troupes ne tardèrent pas à découvrir la drogue musulmane appelée hachisch, qu'on roulait parfois en boules avec du miel et qu'on relevait avec de l'opium. Il devint courant d'en boire une infusion ou de fumer ses graines et, durant tout le temps qu'elle occupa l'Égypte, l'armée ne parvint jamais à contrôler la consommation de la drogue.

Le général entra dans sa ville fétiche par une grande porte, à la tête d'un régiment, accompagné par la musique des fanfares et le claquement des drapeaux dans le vent. Guidés par Ashraf, Astiza, Talma et moi, nous empruntâmes une porte plus petite et nous nous faufilâmes à travers les ruelles tortueuses, en passant devant des bazars qui, deux jours après la grande bataille, étaient à moitié vides et d'apparence plutôt misérable dans le soleil implacable de midi. Des garçons jetaient de l'eau pour faire retomber la poussière.

Des ânes bâtés circulant dans les allées nous obligeaient à nous réfugier dans des entrées de maisons. En plein cœur du Caire, on se serait cru dans un village en entendant des chiens aboyer, des chameaux blatérer, des coqs chanter et des muezzins appeler à la prière avec leurs miaulements de chattes en chaleur. Les échoppes ressemblaient à des étables, et les maisons les plus modestes à des caves obscures, tandis que les hommes, vêtus de *galabieh* d'un bleu délavé, étaient accroupis, l'air impassible, et fumaient des pipes à eau qu'on appelle ici *chicha*. Leurs enfants, couverts de plaies et le teint jaune, nous fixaient de leurs grands yeux. Leurs femmes se cachaient. Il était évident que la majorité de la population vivait dans un état de pauvreté abjecte.

« Peut-être les beaux quartiers se trouvent-ils ailleurs, dit Talma, d'un air soucieux.

— Non, c'est tout ce que vous avez sous votre responsabilité », dit Ashraf.

La notion de responsabilité me préoccupait depuis quelque temps, et je dis à Ash que si son frère nous recevait, je lui accorderais la liberté. En dehors d'Astiza, je ne voulais personne d'autre qui dépende de moi, et, d'ailleurs, l'idée même de serviteurs et d'esclaves m'avait toujours perturbé. Franklin avait eu deux nègres à un moment, mais leur présence le mettait tellement mal à l'aise qu'il avait préféré leur accorder la liberté. Il en avait conclu que les esclaves étaient un mauvais investissement : chers à l'achat, coûteux à entretenir et nullement motivés pour travailler.

Ashraf ne parut pas du tout satisfait de ma clémence.

« Comment ferai-je pour me nourrir, si tu me rejettes comme un enfant trouvé ?

— Ash, je ne suis pas riche. Je n'ai pas les moyens de te payer.

— Mais si. Avec tout l'or que tu viens de me prendre !

— Je suis supposé te redonner ce que je viens de gagner à la bataille ?

— N'est-ce pas juste ? Voilà ce que nous allons faire. Je vais devenir ton guide, citoyen Ethan. Je connais l'Égypte par cœur. En échange, tu me paieras avec ce que tu m'as volé. À la fin, nous serons chacun revenus à notre point de départ.

— Aucun guide ni aucun serviteur ne pourrait jamais gagner une telle fortune ! »

Il réfléchit. « C'est vrai. Dans ce cas, tu peux aussi engager mon frère avec l'argent, pour enquêter sur ton mystère. Et payer pour loger chez lui, mille fois mieux que dans les porcheries devant lesquelles nous passons. Parfaitement. Ta victoire et ta générosité te vaudront de nombreux amis au Caire. Les dieux ont souri à tout le monde aujourd'hui, mon ami. »

Cela m'apprendrait à être généreux. J'essayai de me consoler avec Franklin pour qui « celui qui multiplie ses richesses multiplie ses soucis ». Cela se vérifiait en tout cas pour mes gains au jeu. Pourtant, Ben était tout aussi obsédé par les dollars que la majorité d'entre nous, et marchandait aussi pied à pied. Je n'avais jamais pu obtenir de lui une augmentation.

« Non, dis-je à Ash. Je te paierai à toi et à ton frère le minimum vital. Et quand nous aurons découvert ce que signifie le médaillon, je te rendrai le reste.

— Cela me semble juste, dit Astiza.

— Et tu te montres digne de la sagesse des Anciens ! dit Ashraf. D'accord ! Qu'Allah, Jésus et Horus soient avec toi ! »

Une telle association devait s'avérer blasphématoire aux yeux de trois religions au moins, mais tant pis : il se débrouillerait peut-être très bien comme franc-maçon.

« Parle-moi de ton frère.

— C'est un homme étrange, comme toi ; il te plaira. Énoch ne s'intéresse pas du tout à la politique, seulement à la connaissance. Lui et moi sommes très différents : moi, j'appartiens à ce monde-ci, lui, à un autre. Mais je l'aime et le respecte. Il parle huit langues, dont la tienne. Il possède plus de livres que le sultan de Constantinople n'a de femmes.

— C'est beaucoup ?

— Oh, oui ! »

Nous arrivions sur ces entrefaites à la demeure d'Énoch. Comme toutes les maisons du Caire, elle était très simple d'aspect, un édifice de trois étages percé de fenêtres étroites comme des meurtrières, et une porte en bois massive avec une petite ouverture grillagée. Les coups portés par Ashraf sur le battant ne produisirent d'abord aucun effet. Énoch s'était-il enfui avec les beys mamelouks ? Finalement, un petit trou s'ouvrit derrière le grillage. Ash lança des imprécations en arabe, et la porte s'entrebâilla. Un gigantesque majordome noir répondant au nom de Moustapha nous introduisit.

La chaleur devint aussitôt infiniment plus supportable. Nous traversâmes un petit atrium ouvert jusqu'à une cour avec une fontaine chuchotante et des orangers qui donnaient de l'ombre. L'architecture de la maison semblait particulièrement aérée. Un escalier en bois sculpté d'un côté de la cour conduisait aux chambres à l'étage, protégées par des grilles. Au-delà, ouvrait le grand salon, au sol carrelé avec des dessins mauresques compliqués, recouvert d'un côté de tapis orientaux et de coussins, où les invités pouvaient se prélasser. À l'extrémité, se trouvait un balcon grillagé d'où les femmes pouvaient écouter les conversations des hommes en dessous. Les poutres du plafond étaient très ouvragées, les voûtes en ogive particulièrement harmonieuses et les bibliothèques sculptées bourrées de livres. Des rideaux ondulaient dans l'air du désert.

Talma s'essuya le visage. « C'est comme dans mes rêves. »

Mais nous ne nous arrêtâmes pas là. Moustapha nous conduisit jusqu'à une autre cour, plus petite et vide, à l'exception d'un piédestal en albâtre gravé de signes mystérieux. Au-dessus, se découpait un carré de ciel tout bleu au sommet de murs blancs imposants. Le soleil illuminait une paroi, lui donnant l'éclat de la neige, tout en laissant l'autre dans l'ombre.

« C'est un puits de lumière, murmura Astiza.

— Un quoi ?

— Des puits identiques servaient à mesurer le temps dans les pyramides. Au moment du solstice d'été, le soleil se trouve juste à la verticale et il ne produit pas d'ombre. C'est ainsi que les prêtres pouvaient déterminer le jour le plus long de l'année.

— Oui, c'est vrai ! confirma Ashraf. Il indiquait les saisons et prédisait la montée du Nil.

— Pourquoi avaient-ils besoin de savoir cela ?

— Quand le Nil montait, les fermes étaient inondées, libérant du temps de travail pour d'autres projets, comme la construction des pyramides, dit Astiza. Le cycle du Nil induisait le cycle de l'Égypte. La mesure du temps marqua le début de la civilisation. Des personnes furent chargées de le consigner. Elles devinrent prêtres et imaginèrent de nombreuses autres occupations utiles pour la population. »

Au-delà se trouvait une grande pièce, aussi sombre que la cour était lumineuse, encombrée de statues poussiéreuses, de récipients en pierre cassés, de morceaux de mur portant des dessins égyptiens colorés. Des hommes à la peau rouge et des femmes à la peau jaune étaient représentés dans des poses raides mais gracieuses, que j'avais déjà remarquées sur la tablette dans la cale de *L'Orient*. On voyait des dieux à tête de chacal, la déesse-chat Bastet, des pharaons d'une sérénité austère, des faucons d'un noir luisant, et de grosses caisses en bois, recouvertes à l'extérieur de figures humaines grandeur nature. Talma m'avait déjà décrit ces cercueils particulièrement ouvragés. Ils contenaient des momies.

Le scribe, tout excité, s'arrêta devant.

« Ce sont des vraies ? s'exclama-t-il. Cela suffirait à guérir toutes mes maladies… »

Je le tirai vers moi.

« Viens, avant que tu meures étouffé.

— Ce sont des cercueils dont on a enlevé les momies, lui dit Ashraf. Les voleurs s'en débarrassaient, mais Énoch a fait savoir qu'il paierait pour les récupérer. Pour lui, leur décor aussi est riche d'enseignements sur le passé. »

Certains étaient recouverts à la fois de hiéroglyphes et de dessins.

« Pourquoi écrire sur quelque chose destiné à être enterré ? demandai-je.

— D'après mon frère, il est possible que ce soit destiné à aider les morts à traverser les périls de l'au-delà. Pour nous les vivants, ils sont utiles pour entreposer des choses, parce que la plupart des gens sont trop superstitieux pour regarder à l'intérieur. Ils craignent une malédiction. »

Un escalier étroit en pierre dans le fond de la pièce conduisait à une grande cave voûtée éclairée par des lampes. À l'invitation d'Ashraf, nous descendîmes dans une immense bibliothèque au plafond constitué de voûtes en berceau, avec un sol en pierre, sec et frais. Ses étagères en bois étaient surchargées, du sol au plafond, de livres, de journaux, de rouleaux et de feuilles de parchemin. Certaines reliures étaient en cuir épais, avec des lettres dorées qui reflétaient la lumière. D'autres volumes, souvent écrits dans des langues étranges, semblaient tenir entre eux par des lambeaux de vieux tissus et sentaient le moisi. Au centre de la pièce, devant une table grande comme une moitié de porte de grange, était assis un homme courbé.

« Salutations, mon frère », dit Ashraf en anglais.

Énoch leva les yeux de son travail. Il était plus âgé qu'Ashraf, chauve, avec une couronne de boucles grises et une grande barbe, comme si la loi de gravité de Newton tirait tous ses cheveux vers ses sandales. Vêtu d'une robe grise, il avait un nez busqué, des yeux brillants et une peau de la couleur du parchemin sur lequel il était penché. Son visage était empreint d'une sérénité parfaite telle qu'on en rencontre rarement. Une lueur de malice brillait dans son regard.

« Les Français sont même venus occuper ma bibliothèque ? dit-il d'un ton ironique.

— Non, ils viennent en amis, et le grand est un Américain. Son ami est un scribe français…

— … qui s'intéresse à mon compagnon déshydraté », dit Énoch, amusé.

Talma ne pouvait pas détacher les yeux d'une momie redressée dans un cercueil, dans un coin de la pièce. Ce cercueil était également recouvert d'une fine écriture indéchiffrable. On avait dégagé la momie de ses bandelettes de lin, dont quelques-unes gisaient en tas à ses pieds. Des incisions avaient été pratiquées sur sa poitrine. De couleur marron gris sombre, le corps n'avait rien de rassurant avec son apparence famélique à cause de la dessiccation, ses yeux clos, le nez retroussé et un rictus découvrant de petites dents blanches. Tout ceci était très troublant.

Talma, en revanche, semblait aussi guilleret qu'un mouton dans un pré de trèfles.

« C'est vraiment ancien ? soupira-t-il. Une étape vers la vie éternelle ?

— Antoine, je crois bien qu'ils ont échoué, observai-je sèchement.

— Pas nécessairement, dit Énoch. Pour les Égyptiens, la conservation du corps physique était une condition requise pour la vie éternelle. Selon des récits qui nous ont été transmis, les Anciens croyaient que l'individu était fait de trois parties, son être physique, son *ba* – que l'on pourrait appeler caractère –, et son *ka*, ou force de vie. Ces deux éléments réunis sont l'équivalent de ce que nous appelons aujourd'hui l'âme. *Ba* et *ka* devaient se retrouver et se réunir dans un au-delà périlleux, que traversait chaque nuit le soleil, Rê, pour créer un *akhu* immortel qui vivrait parmi les dieux. La momie restait leur demeure du jour jusqu'à ce que cette tâche soit accomplie. Au lieu de séparer le matériel du spirituel, la religion égyptienne les réunissait.

— *Ba*, *ka* et Rê ? On dirait un cabinet d'avocats. »

Le spirituel me mettait toujours mal à l'aise.

Énoch m'ignora.

« J'ai décidé que le voyage de celui-ci devait être terminé à l'heure qu'il est. Je l'ai déballé et incisé pour enquêter sur les techniques anciennes d'embaumement.

« — On dit que ces tissus pourraient avoir des propriétés médicinales, dit Talma.

— C'est une déformation de la pensée des Égyptiens, répondit Énoch. Le corps était une demeure qu'il fallait animer, pas l'essence de la vie elle-même. Tout comme toi, le scribe, tu ne te limites pas à tes affections. D'ailleurs, le sage Thot exerçait également le métier de scribe.

— En fait, je suis journaliste, venu consigner la libération de l'Égypte, dit Talma.

— Comme cela est bien tourné. »

Énoch regarda Astiza. « Nous avons également une autre invitée ?

— C'est une… commença Ashraf.

— Servante », finit Énoch.

Il la regarda avec curiosité. « Ainsi tu es revenue. »

Ça alors, ces deux-là se connaissaient aussi ?

« Les dieux semblent l'avoir voulu. »

Elle baissa les yeux. « Mon maître est mort, tué par Napoléon lui-même, et mon nouveau maître est l'Américain.

— Un curieux retournement du destin. »

Ashraf s'avança pour embrasser son frère.

« C'est aussi par la grâce de tous les dieux et la clémence de ces trois-là que j'ai pu te revoir, mon frère ! J'avais trouvé la paix, et m'étais préparé pour aller au paradis quand je fus capturé !

— Tu es maintenant leur esclave ?

— L'Américain m'a rendu ma liberté. Il m'a engagé comme garde du corps et guide avec l'argent qu'il m'a pris. Il veut t'engager également. Bientôt, j'aurai récupéré tout ce que j'ai perdu. Le destin a des voies étranges.

— M'engager pour quoi ?

— Il est venu en Égypte avec un objet ancien. Je lui ai dit que tu pourrais peut-être l'éclairer à son sujet.

— Ashraf est le guerrier le plus courageux qui soit, dis-je. Il a sauté au-dessus d'un carré d'infanterie français et il a fallu que nous nous y mettions tous pour lui faire toucher terre.

— Allons. J'ai été capturé par une femme qui poussait une roue de chariot.

— Il a toujours été courageux, dit Énoch. Même trop. Et vulnérable aux femmes, également.

— Je suis un homme de ce monde, mon frère, pas du suivant. Ces personnes ont besoin de tes connaissances. Ils détiennent un médaillon ancien et veulent en connaître la signification. Dès que je l'ai vu, j'ai su que je devais te les faire rencontrer. Qui en connaît davantage sur le passé que le sage Énoch ?

— Un médaillon ?

— L'Américain l'a eu à Paris, mais il pense qu'il est égyptien, dit Astiza. Des hommes ont tenté de le tuer pour le lui prendre. Le bandit Ben Sadr le veut. Les savants français sont intrigués. Et cet objet lui vaut les faveurs de Bonaparte.

— Ben Sadr le serpent ? Il paraît qu'il est du côté des envahisseurs.

— Il chevauche avec celui qui le paie le mieux, se moqua Ashraf.

— Qui le paie en réalité ? » demanda Énoch à Astiza.

Elle baissa de nouveau les yeux. « Un autre érudit. »

En savait-elle plus qu'elle ne prétendait ?

« C'est un espion pour ce Bonaparte, avança Ashraf et peut-être un agent à la solde de celui qui désire le plus ce médaillon.

— Dans ce cas, l'Américain doit faire extrêmement attention.

254

« — En effet.

— Et l'Américain menace la paix de toute maison dans laquelle il entre.

— Comme d'habitude, tu ne mâches pas tes mots, mon frère.

— Et pourtant, tu me l'amènes.

— Il détient peut-être ce qui n'a été pendant long-temps qu'un sujet de rumeur ! »

Je n'aimais pas du tout cette conversation. Je venais d'échapper à une terrible bataille, et j'étais encore en danger ?

« Qui est exactement ce Ben Sadr ? demandai-je.

— C'était un pilleur de tombes tellement acharné qu'il a fini par devenir un paria, dit Énoch. Il n'avait aucune notion de la propriété ou du respect. Les érudits le méprisaient et il s'est donc allié à des Euro-péens qui poursuivaient des recherches dans les sciences occultes, à en croire les rumeurs. Il est devenu un mercenaire doublé d'un assassin, et il par-court le monde en compagnie d'hommes puissants. Il a disparu pendant un temps. Maintenant il réapparaît, travaillant apparemment pour Bonaparte. »

Ou pour le comte Alessandro Silano, pensai-je.

« Voilà un sujet fascinant pour les journaux, dit Talma.

— Il te tuerait si tu l'écrivais.

— Mais un peu trop compliqué pour mes lecteurs, tout compte fait », corrigea le journaliste.

Peut-être ferais-je mieux de donner le médaillon à cet Énoch. Au fond, il ne m'avait rien coûté, tout comme le butin que j'avais pris à Ash. Qu'il se débrouille avec les serpents et les bandits de grand chemin. Mais si ce médaillon conduisait à un véritable trésor ? Berthollet avait beau penser que les meilleures choses de ce monde étaient gratuites, mon expérience m'avait montré que les gens qui professent cela ont déjà de l'argent.

« Tu cherches donc des réponses ? demanda Énoch.

— Je cherche quelqu'un en qui je puisse avoir confiance. Quelqu'un disposé à l'étudier et non le voler.

— Si ton collier est le genre d'objet compromettant auquel je pense, je n'en veux pas pour moi. C'est un fardeau, pas un cadeau. Mais peut-être pourrai-je t'aider à le comprendre. Je peux le voir ? »

Je l'enlevai et le laissai pendre par sa chaîne devant les regards curieux. Puis Énoch l'inspecta comme tout le monde l'avait fait : il le retourna, déploya les bras et le plaça devant une lampe pour observer les perforations.

« Comment te l'es-tu procuré ?

— Je l'ai gagné aux cartes à un soldat qui prétendait qu'il avait appartenu à Cléopâtre. D'après lui, il avait été rapporté par un alchimiste du nom de Cagliostro.

— Cagliostro !

— Tu en as entendu parler ?

— Il est venu en Égypte. »

Énoch secoua la tête. « Il cherchait des secrets qu'aucun homme ne devrait connaître. Il entrait dans des endroits où aucun homme ne devrait pénétrer, et prononçait des noms qu'aucun homme ne devrait prononcer.

— Pourquoi ne devrait-on pas dire un nom ?

— Connaître le vrai nom d'un dieu revient à savoir comment l'appeler pour exaucer vos volontés, dit Ashraf. Prononcer le nom des morts, c'est les appeler. Les Anciens pensaient que les mots, surtout les mots écrits, étaient magiques. »

Le vieil homme se tourna vers Astiza. « Quel est ton rôle ici, prêtresse ? »

Elle s'inclina légèrement. « Je sers la déesse. Elle m'a amenée à l'Américain, tout comme tu lui as été amené, pour ses seules volontés. »

Prêtresse ? Que diable signifiait tout cela ?

« Qui sont peut-être de jeter ce collier dans le Nil, dit Énoch.

— En effet. Et pourtant, les Anciens l'ont forgé de façon à ce qu'il puisse être retrouvé, n'est-ce pas, sage Hermès ? Et il est parvenu jusqu'à nous de cette façon incroyable. Pourquoi ? Quelle est la part de la chance ? Quelle est celle du destin ?

— Une question à laquelle je n'ai jamais pu répondre malgré une vie d'études, soupira Énoch, perplexe. Alors, voyons. »

Il étudia à nouveau le médaillon et désigna les perforations du disque. « En reconnais-tu la disposition ?

— Des étoiles, suggéra Astiza.

— Oui, mais lesquelles ? »

Nous secouâmes tous la tête.

« C'est pourtant simple ! Il s'agit de Draconis, ou Dracon. Le Dragon. »

Il traça une ligne le long des étoiles, qui ressemblait à un serpent sinueux ou à un dragon famélique. « C'est une constellation d'étoiles, qui doit, je suppose, guider le propriétaire de ce médaillon.

— Le guider comment ? demandai-je.

— Qui sait ? Les étoiles tournent dans le ciel nocturne et changent de position avec les saisons. Une constellation ne veut pas dire grand-chose si elle n'est pas corrélée avec un calendrier. Alors à quoi tout cela sert-il ? »

Nous attendîmes une réponse à ce que nous espérions être une question rhétorique.

« Je ne sais pas, admit Énoch. Pourtant, les Anciens étaient obsédés par la notion du temps. Certains temples étaient construits dans le seul but d'être illuminés au solstice d'hiver ou à l'équinoxe d'automne. Le voyage du soleil était comme celui de la vie. Ce médaillon n'est pas accompagné de quelque chose susceptible d'indiquer le temps ?

— Non », dis-je.

Mais cela me rappela le calendrier que Monge m'avait montré dans la cale de *L'Orient*, provenant de la forteresse où avait été emprisonné Cagliostro. Peut-être le vieux sorcier avait-il porté les deux ensemble. Cela pourrait-il être un indice ?

« Sans savoir à quel moment ce médaillon devrait être utilisé, il n'a peut-être aucune valeur. Cette ligne qui passe à travers le cercle, qu'est-ce que cela signifie ?

— Je ne sais pas, dis-je.

— Ces lignes en zigzag ici sont certainement le symbole ancien représentant l'eau. »

J'étais surpris. Pour moi, il aurait pu s'agir de montagnes, mais, pour Énoch, cela ne faisait aucun doute : c'était bien des vagues.

« Mais cette petite pyramide de griffures me laisse perplexe. Et ces bras… ah, mais regardez ici. »

Il montra quelque chose. Nous nous rapprochâmes de lui. Au milieu de chaque bras, figurait une encoche ou une marque que je n'avais jamais remarquée, comme si une partie du bras avait été enlevée à la lime.

« Serait-ce une règle ? avançai-je. Cette encoche pourrait indiquer une mesure.

— Possible, dit Énoch. Cela pourrait aussi être l'endroit où fixer une autre pièce sur celle-ci. Le mystère de ce médaillon vient peut-être du fait qu'il n'est pas encore complet, l'Américain. »

Ce fut Astiza qui suggéra que je laisse le médaillon au vieil homme pour qu'il l'étudie et cherche des ornements similaires dans ses livres. Je me montrai d'abord hésitant. Je m'étais habitué à son poids et j'étais rassuré de savoir où il se trouvait à tout instant. Étais-je vraiment décidé à l'abandonner à un quasi-inconnu ?

« Il ne nous sert à rien tant qu'on ne sait pas ce que c'est ni à quoi il sert, argumenta-t-elle. Si tu le portes, tu risques de te le faire dérober dans les rues du Caire. Le laisser dans l'antre d'un érudit reclus équivaut à le mettre dans un coffre-fort.

— Je peux lui faire confiance ?

— Quel autre choix as-tu ? Quelles réponses as-tu obtenues depuis des semaines que tu l'as en ta possession ? Laisse un ou deux jours à Énoch pour avancer dans ses recherches.

— Que suis-je supposé faire pendant ce temps ?

— Commence à poser des questions à tes amis savants. Pourquoi la constellation Dracon figurerait-elle sur cet objet ? La solution sera plus vite trouvée si nous travaillons tous ensemble.

— Ethan, c'est un trop grand risque », dit Talma, en regardant Astiza avec méfiance.

Effectivement, qui était cette femme qu'on avait appelée prêtresse ? Et pourtant, mon cœur me disait que les craintes de Talma étaient exagérées, que j'avais entamé seul cette quête, et que maintenant, sans avoir rien demandé à personne, je disposais de quelques alliés pour m'aider à percer le mystère. C'était évidemment la volonté de la déesse.

« Non, elle a raison, dis-je. Nous avons besoin d'aide pour progresser. Mais si Énoch disparaît avec mon médaillon, il aura toute l'armée française à ses trousses.

— Disparaître ? Il n'en est pas question. Il nous a invités à demeurer avec lui dans sa maison. »

Il y avait longtemps que je n'avais pas disposé d'une chambre à coucher aussi belle, fraîche, avec un lit surélevé entouré de rideaux de gaze. Le carrelage était recouvert de tapis, la cuvette et l'aiguière en argent et en laiton. Quel contraste avec la saleté et la chaleur de la campagne que nous venions de vivre ! J'avais pourtant l'impression d'être entraîné malgré moi dans une aventure que je ne comprenais pas, et je me surpris à passer en revue les événements. Était-ce le hasard qui m'avait fait rencontrer une Grecque égyptienne parlant anglais ? Que le frère de cet étrange Énoch ait chargé droit sur moi après avoir franchi le carré à la bataille des Pyramides ? Que Bonaparte n'ait pas seulement permis, mais approuvé, le fait qu'Astiza m'accompagne ? Le médaillon semblait attirer les gens vers moi, comme par magie.

En tout cas, il était grand temps que j'interroge plus avant ma soi-disant servante. Après nous être baignés et reposés, je retrouvai Astiza dans la cour principale, ombragée et fraîche à présent. Elle était assise près de la fontaine, prête à répondre à mes questions. Maintenant qu'elle s'était lavée, changée et coiffée, ses cheveux brillaient comme de l'obsidienne. Ses seins étaient soutenus par des couches de lin, laissant nettement apercevoir les tétons. Elle avait chaussé ses pieds délicats de sandales et croisait les chevilles avec modestie. Avec ses bracelets aux poignets et aux chevilles, et son ankh à la gorge, son allure était telle que j'en eus le souffle coupé. J'en éprouvai une certaine difficulté à réfléchir. Pourtant, il le fallait.

« Pourquoi t'a-t-il appelée prêtresse ? dis-je, sans préambule, en m'asseyant à côté d'elle.

— Tu ne pensais quand même pas que mes intérêts se limitaient à préparer tes repas et à laver ton linge, dit-elle tranquillement.

— Je savais que tu n'étais pas une simple servante. Mais prêtresse de quoi ? »

Elle ouvrit grand les yeux, le regard solennel.

« De la croyance commune à toutes les religions depuis dix mille ans : à savoir qu'il existe des mondes par-delà ceux que nous voyons, Ethan, et des mystères qui dépassent notre entendement. Isis est une porte permettant d'accéder à ces mondes.

— Tu n'es qu'une païenne.

— C'est quoi, une païenne ? Si tu cherches l'origine du mot, tu verras que cela signifie un habitant de la campagne, une personne de la nature qui vit au rythme des saisons et du soleil. Si c'est cela le paganisme, alors je suis une croyante fervente.

— Et une croyante en quoi d'autre, exactement ?

— Je crois aussi que les vies ont un but, que certains savoirs doivent rester protégés, et certains pouvoirs mis de côté sans être utilisés. Et si jamais ils sont découverts, ils doivent servir à faire le bien.

— Est-ce moi qui t'ai conduit à cette maison, ou bien toi qui m'y as amené ? »

Elle sourit avec douceur. « Crois-tu que nous nous soyons rencontrés par accident ? »

Je faillis m'étrangler. « Si je me souviens bien, c'était par le feu du canon.

— Tu as emprunté la route la plus courte jusqu'au port d'Alexandrie. On nous avait dit de guetter un civil en manteau vert venant de par là, peut-être en compagnie de Bonaparte.

— Nous ?

— Mon maître et moi. Celui que tu as tué.

— Et comme par hasard, votre maison était sur notre chemin ?

— Non, mais la maison d'un mamelouk en fuite l'était. Mon maître et moi en avons pris possession et nos acolytes nous ont apporté des armes.

— Vous avez failli tuer Napoléon !

— Pas vraiment. Le Gardien te visait toi, pas lui.

— Quoi !

— Ma hiérarchie pensait qu'il valait mieux te tuer avant que tu en saches trop. Mais les dieux en avaient décidé autrement. Le Gardien a touché presque tout le monde sauf toi. Puis la pièce a explosé, et, quand je suis revenue à moi, tu étais là. Tu avais beau être aveugle, j'ai su alors que tu avais un but.

— Quel but ?

— C'est difficile à imaginer, j'en conviens. Tu es censé aider, d'une manière ou d'une autre, à protéger ce qui doit être protégé, ou à utiliser ce qui doit être utilisé.

— Protéger quoi ? Utiliser quoi ? »

Elle secoua la tête. « Nous l'ignorons. »

Par les éclairs de Franklin, je n'avais jamais rien entendu de plus diabolique. J'étais censé croire que ma captive m'avait trouvé, au lieu du contraire ?

« Qu'entends-tu par "le Gardien" ?

— Tout simplement celui qui veille sur les anciennes coutumes qui ont fait de cette terre la plus belle et la plus riche du monde, il y a cinq mille ans. Nous aussi avions entendu parler de ce collier – Cagliostro n'avait pas pu garder le silence, tellement il était excité de l'avoir trouvé – et de personnes sans scrupule en route pour creuser et piller. Mais toi ! Si ignorant ! Pourquoi Isis l'aurait-elle mis entre tes mains ? D'abord on te conduit vers moi. Puis nous vers Ashraf, et d'Ashraf à Énoch. Des secrets endormis pendant des millénaires se réveillent à cause de la marche des Français. Les pyramides tremblent. Les dieux sont nerveux et dirigent notre main. »

Je ne savais plus quoi penser : était-elle complètement folle ou aussi perspicace qu'une voyante ?

« Vers quoi la dirigent-ils ?

— Je ne sais pas. Nous sommes tous à moitié aveugles, nous voyons certaines choses, mais en laissons d'autres nous échapper. Ces savants français que vous admirez, ce sont des hommes sages, n'est-ce pas ? Des mages ?

— Des mages ?

— Ou bien, comme nous les appelons en Égypte, des magiciens.

— À mon avis, les hommes de science feraient une distinction entre les magiciens et eux, Astiza.

— Dans l'Égypte ancienne, il n'y avait aucune distinction de la sorte. Les sages connaissaient la magie et jetaient de nombreux sorts. Maintenant, toi et moi devons servir de pont entre tes savants et des hommes comme Énoch, pour résoudre cette énigme avant que des hommes sans scrupule le fassent. Nous sommes engagés dans une course avec le culte du serpent, le dieu serpent Apophis, et son rite égyptien. Ils veulent découvrir le secret les premiers et s'en servir pour leurs sinistres desseins.

— Quels desseins ?

— Nous l'ignorons, parce que aucun de nous n'est tout à fait certain de ce que nous cherchons. »

Elle hésita. « Certains récits évoquent de grands trésors et, plus important encore, de grands pouvoirs susceptibles de faire trembler les empires. C'est trop tôt pour dire quoi exactement. Laisse Énoch étudier encore un peu. Simplement, sois bien conscient que beaucoup d'hommes connaissent ces récits grâce à l'histoire et s'interrogent sur leur véracité.

— Tu veux dire Napoléon ?

— À mon avis, il est le dernier à pouvoir y comprendre quoi que ce soit, mais espère que quelqu'un percera le mystère pour qu'il puisse se l'approprier. Pour quelle raison, il n'en est pas certain, mais il connaît les légendes à propos d'Alexandre. Nous nageons tous dans un brouillard de mythes et de légendes. Sauf peut-être Ben Sadr – et le véritable maître de Ben Sadr, quel qu'il soit. »

11

Je commençai mon enquête avec l'un des astronomes de l'expédition, Nicolas-Antoine Nouet. Alors que la plupart des Français avaient maudit le désert en raison de la chaleur torride et de la vermine omniprésente, Nouet était aux anges, disant que l'air sec facilitait le relevé de la carte du ciel.

« C'est un paradis pour astronome, Gage ! Un pays sans nuages ! »

Je le trouvai accroupi dans son nouveau laboratoire, ayant enlevé sa veste, les manches relevées, et cherchant dans un faisceau de tiges calibrées utilisées pour mesurer la position des étoiles par rapport à l'horizon.

« Nouet, lui dis-je, est-ce que le ciel est fixe ? »

Il leva les yeux, agacé, parce que j'avais interrompu le cours de ses pensées. « Fixe ?

— Je veux dire, est-ce que les étoiles se déplacent ?

— Eh bien… »

Il se redressa et regarda vers l'extérieur, en direction du jardin ombragé que les scientifiques s'étaient approprié.

« La Terre tourne, et c'est pourquoi les étoiles semblent monter et descendre comme le Soleil. Elles forment une roue autour de notre axe nord, l'étoile Polaire.

— Mais les étoiles elles-mêmes ne bougent pas ?

— Cela est encore en train d'être débattu.

— Donc, il y a des milliers d'années, insistai-je, quand les pyramides furent construites, le ciel aurait été semblable à celui d'aujourd'hui ?

— Ah, je comprends maintenant à quoi vous voulez en venir. La réponse est oui – et non. Les constellations seraient foncièrement inchangées, mais l'axe de la Terre oscille selon un cycle de vingt-six mille ans.

— Le docteur Monge m'en a parlé, sur *L'Orient*. Il m'a dit que la position du zodiaque relative au soleil levant à une certaine date change. Serait-ce vrai pour autre chose ?

— Après des millénaires, l'étoile Polaire pourrait présenter une différence. Parce qu'il oscille, l'axe de la Terre pointait vers une autre étoile du nord il y a des milliers d'années.

— Se pourrait-il que cette étoile ait été Dracon ?

— Eh bien oui, je le crois. Pourquoi me demandez-vous cela ?

— Vous savez que je possède un objet du passé. Mes premières recherches ici, au Caire, indiquent qu'il pourrait représenter la constellation de Draconis, le Dragon. Si Dracon était l'étoile Polaire…

— Cela veut peut-être dire qu'il faut pointer votre objet vers le nord.

— Précisément. Mais pourquoi ?

— Monsieur, ce fragment d'antiquité vous appartient, pas à moi.

— Monge m'a montré autre chose dans la cale de *L'Orient*. C'était un dispositif circulaire avec des signes du zodiaque. Il pensait qu'il s'agissait d'une espèce de calendrier, destiné peut-être à prédire des dates.

— Ce ne serait pas étonnant dans les cultures anciennes. Les prêtres d'alors jouissaient d'un grand pouvoir quand ils étaient capables de déterminer à l'avance à quoi ressemblerait le ciel. Ils pouvaient prédire la montée du Nil et les moments propices pour semer et pour moissonner. La puissance des nations ainsi que l'ascension et la chute des rois dépendaient de ce genre de savoir. Pour eux, religion et science ne faisaient qu'un. Avez-vous cet objet ? Peut-être pourrais-je vous aider à le déchiffrer.

— Nous l'avons laissé à bord de *L'Orient*, avec le trésor de Malte.

— Dommage ! Il risque d'être fondu et l'argent utilisé par la prochaine bande de vauriens qui souhaiteraient prendre le contrôle du Directoire ! Pourquoi de tels trésors se trouvent-ils sur un navire de guerre susceptible de combattre ? Ce sont des instruments dont nous avons besoin ici en Égypte ! Demandez à Bonaparte de vous autoriser à aller le chercher, Gage. Ces choses sont souvent très simples, une fois que vous les avez déchiffrées. »

J'avais besoin de quelque chose de plus consistant avant d'aller trouver notre général. Énoch était toujours plongé dans l'étude du médaillon, lorsque, deux jours plus tard, j'appris que le géographe Jomard, dont j'avais fait la connaissance dans la cale de *L'Orient*, allait traverser le Nil pour se rendre à Gizeh relever les premières mesures des pyramides. Je lui proposai mes services, ainsi que ceux d'Ashraf en tant que guide. Talma vint aussi, tandis qu'Astiza, désormais soumise aux coutumes du Caire, restait pour aider Énoch.

Pendant la traversée, la brise du matin nous combla d'aise. Le fleuve coulait tout près des structures monumentales, le long d'un promontoire de sable et de calcaire qui montait vers le plateau sur lequel elles étaient construites. Nous accostâmes et commençâmes notre ascension.

Aussi inoubliable qu'ait été la bataille avec ces célèbres monuments en toile de fond, ils étaient trop éloignés d'Imbaba pour que nous ayons pu apprécier pleinement leur gigantisme. C'était leur perfection géométrique se détachant sur l'arrière-plan austère du désert qui avait attiré notre regard. À présent, à mesure que nous gravissions le chemin montant du fleuve, leur immensité devenait évidente. Les pyramides apparurent d'abord au sommet de la pente en forme de delta parfait, un dessin simple autant qu'harmonieux. Leur masse nous obligeait à lever les yeux, comme si elles voulaient nous attirer vers le paradis. Quand elles furent entièrement visibles, leurs dimensions titanesques nous laissèrent pantois : c'étaient de véritables montagnes de pierre régies par les mathématiques. Comment l'Égypte primitive avait-elle pu construire quelque chose d'aussi démesuré ? Et pourquoi ? L'air autour semblait particulièrement clair et léger, et une étrange aura s'en dégageait, qui avait quelque chose d'électrique. Tout semblait très tranquille ici après les clameurs du Caire.

Ajoutant encore à l'effet intimidant des pyramides, leur célèbre gardien gardait le regard fixé vers l'est. La tête de pierre monumentale, dénommée Sphinx, était aussi impressionnante que nous l'avions imaginée d'après des écrits, et elle montait la garde à une courte distance en contrebas des pyramides. Son cou consistait en une dune de sable, et son corps léonin était enfoui sous le désert. Le nez de la statue avait été endommagé de nombreuses années auparavant par des exercices de tirs mamelouks, mais son regard serein, ses lèvres épaisses, africaines, et sa coiffe de pharaon composaient un visage éternel qui semblait défier l'usure du temps. Ses traits érodés lui donnaient un air plus ancien que les pyramides proches, et je me demandai s'il avait pu être construit avant. Ce site était-il sacré ? Qui avait bien pu construire un tel colosse, et pourquoi ? Était-ce une sentinelle ? Un gardien ? Un dieu ? Ou simplement l'expression de la vanité d'un seul homme, tyran et maître ? Je ne pouvais m'empêcher de penser à Napoléon. Notre révolutionnaire républicain, libérateur et homme du peuple, pourrait-il être un jour tenté d'ordonner que l'on construisît une tête pareille ?

Les dunes au-delà étaient jonchées de ruines, de pans de murs, et de fragments de sommets provenant de pyramides plus petites. Les trois pyramides principales qui dominaient Gizeh formaient une diagonale, allant du nord-est au sud-ouest. La Grande Pyramide de Khoufou, appelée Khéops par les Grecs, était la plus proche du Caire. Une deuxième, plus loin, légèrement plus petite, avait été attribuée par les Grecs au pharaon Khâfré ou Khéphren, et une troisième au sud-ouest, encore plus petite, était l'œuvre d'un certain Menkaouré.

« Une des choses intéressantes concernant la Grande Pyramide, est qu'elle est alignée avec les points cardinaux, et pas seulement avec le nord magnétique, nous dit Jomard pendant que nous nous reposions quelques instants. C'est tellement précis que les prêtres et les ingénieurs devaient avoir des connaissances très poussées en matière d'astronomie et d'arpentage. Admirez aussi comment on peut déterminer sa direction par la façon dont les pyramides se rattachent les unes aux autres. Le dessin formé par l'ombre peut servir de compas. La relation entre leur cime et leur ombre permettrait d'orienter un outil d'arpentage.

— Vous pensez qu'elles constituent une sorte de point de repère géodésique ? demandai-je.

— C'est une théorie. Les autres dépendent des mesures. Venez. »

Ashraf et lui s'avancèrent à grands pas, munis de dévidoirs de mètres à ruban. Talma et moi, accablés par la chaleur et essoufflés par la montée, restâmes un peu en arrière.

« Pas une once de verdure, murmura Talma. C'est bien un endroit pour les morts.

— Mais quelles tombes ! Antoine, quelles tombes ! »

Je me retournai pour regarder une nouvelle fois la tête du sphinx, avec le fleuve en contrebas et les pyramides au-dessus.

« Exactement, et toi sans ta clé magique pour y entrer.

— Je ne pense pas avoir besoin du médaillon pour cela. D'après Jomard, elles ont été ouvertes il y a des siècles par des Arabes, pilleurs de trésors. Nous finirons bien par y entrer aussi.

— Quand même, cela ne t'ennuie pas de ne pas avoir le médaillon ? »

Je haussai les épaules. « Franchement, j'ai moins chaud sans. »

Frustré, il regarda le triangle marron au-dessus de nous. « Pourquoi fais-tu plus confiance à la femme et pas à moi ? »

La peine perceptible dans sa voix me surprit.

« Ce n'est pas vrai.

— Chaque fois que je t'ai demandé où était le collier, tu es resté évasif. Elle t'a persuadé de le donner à un vieil Égyptien quasi inconnu.

— De le prêter, pour l'étudier. Ce n'est pas à elle que je l'ai donné, c'est à lui que je l'ai prêté. Je fais confiance à Énoch. C'est un savant, comme nous.

— Je me méfie d'elle.

— Antoine, tu es jaloux.

— Oui, et pourquoi ? Pas seulement parce que c'est une femme et que tu cours après les femmes comme un chien après un os. Non, parce qu'elle ne nous a pas tout dit. Elle poursuit ses propres objectifs, qui ne sont pas nécessairement les nôtres.

— Comment le sais-tu ?

— Parce que c'est une femme.

— Une prêtresse, m'a-t-elle dit, qui essaie de nous aider.

— Une sorcière.

— Faire confiance aux Égyptiens est la condition primordiale pour résoudre le mystère, Antoine.

— Pourquoi ? Eux ne l'ont pas résolu en cinq mille ans. Nous, nous arrivons avec un colifichet, et, tout à coup, nous débordons d'amis ? Pour moi, tout cela est un peu trop facile.

— Tu es trop méfiant.

— Tu es trop naïf. »

Et sur cet échange, nous continuâmes notre route, aussi peu satisfaits l'un que l'autre.

En montant péniblement sur le sable glissant vers la plus grande pyramide, je me sentais de plus en plus minuscule et transpirais de tous mes pores sous la chaleur. Même quand je me retournais, je sentais la présence du monument massif qui nous dominait. Partout, sur le sable autour de nous, gisaient les décombres du temps. Nous traversâmes des ruines qui avaient dû être jadis les murs délimitant des chemins et des cours. Le vaste désert s'étendait au-delà. Des oiseaux noirs tournoyaient dans l'air cuivré. Nous

nous arrêtâmes enfin devant la plus haute et la plus grande structure du monde, à la base de laquelle ondulaient des dunes. Les blocs avec lesquels elle était construite ressemblaient à des briques de géants, massives et denses.

« Ici, peut-être, se trouve une carte du monde », annonça Jomard.

Avec ses traits bien dessinés, le savant français me rappelait certains faucons sculptés à l'effigie de Horus que j'avais remarqués dans la maison d'Énoch. Il regardait la face triangulaire de la pyramide avec une admiration remplie de joie.

« Une carte du monde ? demanda Talma avec scepticisme.

— C'est ce que prétendaient Diodore ainsi que d'autres érudits anciens. Ou plutôt, une carte de l'hémisphère Nord. »

Le journaliste, rouge et grognon à cause de la chaleur, s'assit sur un bloc renversé. « Je croyais que le monde était rond.

— Il l'est.

— Je sais bien que vous autres savants êtes plus intelligents que moi, Jomard, mais, sauf hallucination, il m'apparaît que le monument devant nous s'achève en pointe.

— Une observation très maligne, monsieur Talma. Vous avez peut-être vous-même l'étoffe d'un savant. L'idée est que la cime représente le pôle, la base, l'équateur, et chaque côté, un quart de l'hémisphère Nord. Comme si vous aviez découpé une orange d'abord en deux, horizontalement, puis, verticalement, en quatre morceaux.

— Aucun n'étant un triangle plat, dit Talma en s'éventant. Pourquoi ne pas construire un monticule, comme une miche, si vous voulez représenter la moitié de notre planète.

— Mes cartes de l'Égypte et du monde sont plates, et pourtant elles représentent quelque chose de rond, répondit le savant. La question qui se pose est la suivante : est-ce que les Égyptiens, d'une façon abstraite, ont dessiné la pyramide avec un angle et une surface précis, pour refléter mathématiquement notre globe ? Selon les Anciens, leurs dimensions correspondent, à une fraction près, aux trois cent soixante degrés servant à diviser la Terre. C'est un nombre sacré basé sur les jours de l'année qui nous vient des Égyptiens et des Babyloniens. Ont-ils donc, en fait, déterminé des proportions pour démontrer comment on pouvait transposer un monde courbe en une surface plane, comme la face d'une pyramide ? Hérodote nous apprend que l'aire de la face de la pyramide est égale au carré de sa hauteur. Cette proportion permet justement de calculer la surface d'un cercle, comme notre planète, à partir d'un carré, et de transposer les points de l'un vers l'autre.

— Pourquoi auraient-ils fait cela ? demanda le journaliste.

— Pour se vanter, peut-être, et montrer qu'ils savaient le faire.

— Jomard, protestai-je, jusqu'à Colomb, les gens croyaient que la Terre était plate.

— Pas du tout, mon ami américain. La Lune est ronde. Le Soleil est rond. Il est venu à l'esprit des Anciens que la Terre l'était aussi, et les Grecs ont fait des mesures précises pour en calculer la circonférence. Mais d'après moi, les Égyptiens les ont précédés.

— Comment pouvaient-ils connaître la taille de notre planète ?

— C'est un jeu d'enfant quand on comprend la géométrie de base et l'astronomie, consistant à mesurer des points fixes par rapport à l'ombre du soleil ou la déclinaison des étoiles.

— Ah oui, dit Talma. Quand j'étais bébé, je le faisais avant ma sieste. »

Jomard préféra ignorer la provocation.

« Quiconque a vu l'ombre que la Terre projette sur la Lune, ou observé un bateau disparaître sous l'horizon, pourrait se douter que notre planète est une sphère. Nous savons que le Grec Ératosthène, en 250 avant Jésus-Christ, se servit de la différence de longueur entre les ombres projetées par le soleil de midi le jour du solstice d'été, à deux endroits différents en Égypte, pour obtenir la réponse à trois cent vingt kilomètres près. Cette pyramide avait déjà presque trois mille ans quand il fit cette mesure. Pourtant, qu'est-ce qui aurait pu empêcher les bâtisseurs anciens d'en faire autant, ou de mesurer la hauteur relative d'une étoile à différents endroits au nord et au sud le long du Nil, pour calculer à nouveau les angles et en déduire la taille de notre planète ? Si vous voyagez le long du fleuve, la hauteur des étoiles au-dessus de l'horizon change de plusieurs degrés, et les marins égyptiens n'auraient pas manqué de s'en apercevoir. Tycho Brahe a bien été capable de mesurer la hauteur des étoiles à l'œil nu avec une précision suffisamment grande pour calculer la taille de la Terre, alors pourquoi pas les Anciens ? Nous attribuons la naissance du savoir aux Grecs, mais eux l'avaient attribuée aux Égyptiens. »

Je savais que Jomard avait lu davantage de textes anciens que n'importe lequel d'entre nous, ce qui m'incita à considérer la grande masse devant moi avec une curiosité renouvelée. La couche de calcaire lisse servant de couverture avait été pillée des siècles auparavant pour construire des palais musulmans et des mosquées au Caire, et il ne subsistait que les pierres de la partie centrale, des morceaux colossaux, formant des rangées interminables. Je commençai à compter les étages de maçonnerie et renonçai au bout de cent.

« Les Égyptiens n'avaient pas de bateaux pour naviguer autour du globe, alors pourquoi se seraient-ils souciés de sa taille ? remarquai-je. Et pourquoi construire une montagne qui contiendrait un moyen de calcul ? Cela n'a pas de sens.

— C'est tout aussi sidérant que d'avoir construit Saint-Pierre pour un être que personne ne peut prétendre avoir vu, à part les saints et les fous, rétorqua Jomard. Ce qui n'a pas de sens pour un homme peut être la raison de toute une vie pour un autre. Pouvons-nous nous expliquer nous-mêmes ? Par exemple, Talma, à quoi sert votre franc-maçonnerie ?

— Eh bien… »

Il dut réfléchir un instant.

« Pour vivre en harmonie et avec rationalité, je crois, au lieu de nous entretuer au nom de la religion ou de la politique.

— Et nous voici, à quelques kilomètres des ruines d'un champ de bataille, œuvre d'une armée de maçons. Qui peut dire lequel est le fou ? Qui sait pourquoi les Égyptiens feraient une telle chose ?

— Je croyais que c'était la tombe d'un pharaon, dit Talma.

— Un tombeau sans aucun occupant. Quand les pilleurs de trésors arabes sont entrés par effraction et ont creusé des tunnels autour de bouchons en granit destinés à obturer l'entrée pour toujours, ils n'ont pas trouvé la moindre trace indiquant qu'un roi, une reine ou un roturier y ait jamais été enterré. Le sarcophage n'avait pas de couvercle et il était vide. Il n'y avait aucune inscription, et pas le moindre élément de trésor ou de biens de ce monde susceptible d'indiquer pour qui elle avait été construite. La plus grande structure au monde, plus haute que les plus hautes cathédrales, et vide comme le buffet d'un paysan ! C'est une chose d'être mégalomane et de faire suer sous le harnais des dizaines de milliers d'hommes pour bâtir votre dernière demeure. C'en est une tout autre d'agir ainsi et de ne pas y reposer. »

Je regardai Ashraf, qui n'avait pas compris nos échanges en français.

« À quoi sert une pyramide ? » demandai-je en anglais.

Il haussa les épaules, moins impressionné par le monument que nous. Évidemment, il avait toujours vécu au Caire.

« Pour soutenir le ciel. »

Je soupirai et me retournai vers Jomard.

« Donc vous pensez que c'est une carte ?

— C'est une hypothèse. Selon une autre, ses dimensions représentent le divin. Depuis des millénaires, architectes et ingénieurs reconnaissent que certaines proportions et certaines formes sont plus plaisantes que d'autres. Il est intéressant de noter qu'elles correspondent les unes aux autres de façon mathématique. Pour certains, de telles proportions parfaites cachent des vérités fondamentales universelles. Quand nos ancêtres ont bâti les cathédrales gothiques, ils ont voulu, par leurs dimensions et leurs proportions géométriques, exprimer des idées et des idéaux religieux, afin que le monument lui-même devienne sacré. "Qu'est-ce que Dieu ? demanda un jour saint Bernard. Il est longueur, largeur, hauteur et profondeur." »

Je me remémorai l'excitation manifestée par Astiza pour Pythagore.

« Et alors ? rétorqua Talma.

— Alors cette pyramide aurait pu être, pour les Anciens qui l'ont construite, non pas une image du monde, mais la représentation de Dieu. »

Mal à l'aise, je contemplai l'imposant monument ; le cou me démangeait. Le silence semblait total. Pourtant, venant de nulle part, s'élevait en toile de fond un bourdonnement sourd, comme le son d'un coquillage qu'on met contre son oreille. Dieu était-il un nombre, une dimension ? Il y avait quelque chose de divin dans cette construction d'une simplicité parfaite.

« Malheureusement, continua Jomard, toutes ces hypothèses sont difficiles à vérifier avant d'avoir pu mesurer si la hauteur et le périmètre correspondent, compte tenu de l'échelle, aux dimensions de notre Terre. Ce ne sera pas possible avant que nous ayons pu creuser pour trouver la véritable base et les coins de la pyramide. Il me faudra une petite armée de travailleurs arabes.

— Nous pourrons revenir à ce moment-là, dit Talma plein d'espoir.

— Non, dit Jomard. Nous pouvons au moins commencer à mesurer sa hauteur en commençant par la rangée de pierres du bas. Gage, vous tiendrez le ruban métreur. Talma, vous devrez noter avec le plus grand soin la hauteur de chaque pierre. »

Mon ami regarda vers le haut d'un air dubitatif.

« Jusqu'en haut ?

— Le soleil décline. Le temps d'arriver au sommet, il fera plus frais. »

Ashraf préféra rester en bas, jugeant de toute évidence que cette escalade était un exploit réservé à des Européens victimes d'insolation. Et, effectivement, ce n'était pas une partie de plaisir. La pyramide nous parut beaucoup plus escarpée une fois la montée entamée.

« Une illusion d'optique la fait paraître plus ramassée qu'elle n'est en réalité vue de face, expliqua Jomard.

— Vous auriez pu nous le dire avant », grommela Talma.

Cela nous prit plus d'une demi-heure pour arriver à mi-hauteur. On aurait dit que nous escaladions de gigantesques cubes d'enfants, un escalier de géant dont chaque marche faisait soixante-quinze centimètres de haut en moyenne. Nous risquions à tout moment de nous rompre le cou. Au passage, nous mesurions soigneusement chaque rangée de pierres, et Talma notait les mesures.

« Regardez ces monstres, dit le journaliste. Ils doivent peser plusieurs tonnes. Pourquoi ne pas avoir construit avec des matériaux plus petits ?

— Une raison technique, peut-être ? suggérai-je.

— Il n'y a aucune exigence technique pour des pierres aussi grosses, dit Jomard. Pourtant, les Égyptiens ont taillé ces monstres, les ont amenés par bateau sur le Nil, charriés en haut de cette colline, et réussi, on ne sait comment, à les hisser jusqu'ici. Gage, vous êtes notre expert en électricité. Auraient-ils pu utiliser ce genre de force mystérieuse pour déplacer ces rochers ?

— Si tel était le cas, ils maîtrisaient quelque chose que nous comprenons à peine. Je peux créer une machine pour vous procurer un picotement, Jomard, mais pas pour faire un réel travail. »

Une nouvelle fois, je me sentais complètement dépassé par la mission que je m'étais donnée. Je regardai autour de moi pour trouver quelque chose d'utile à faire.

« Voici quelque chose d'étrange. Certaines de ces pierres contiennent des coquillages », fis-je remarquer en les désignant du doigt.

Le savant français suivit mon geste. « En effet ! » dit-il, surpris.

Il se pencha pour examiner la roche calcaire que je lui montrais.

« Ce ne sont pas des coquillages, mais des fossiles de coquillages, comme si ces blocs provenaient du fond de la mer. C'est une curiosité qui a été observée dans des massifs montagneux en Europe, et qui a généré un nouveau débat sur l'âge de la Terre. Pour certains, ces créatures marines ont été apportées jusque-là au moment du Déluge, mais, pour d'autres, notre Terre est bien plus ancienne que ne le dit la Bible, et les montagnes d'aujourd'hui se trouvaient jadis au fond de l'océan.

« Si cela est vrai, les pyramides pourraient également être plus anciennes que la Bible, avançai-je.

— Oui. La modification de l'échelle du temps change tout. »

Il examinait les roches calcaires, tout en admirant les incrustations de coquillages.

« Regardez, là ! Nous avons même un nautile ! »

Talma et moi regardâmes par-dessus son épaule. Dans un bloc de la pyramide, on voyait le dessin en coupe de la coquille spirale d'un nautile, une des plus belles formes existant dans la nature. D'abord en tire-bouchon, ses cavités s'élargissaient harmonieusement au fur et à mesure que la créature de mer grandissait, pour finir par une élégante spirale tournée vers l'extérieur.

« À quoi cela vous fait-il penser ? demanda Jomard.

— À des fruits de mer, dit Talma. J'ai faim. »

Jomard ignora son commentaire, fasciné par la spirale dans le rocher. Plusieurs minutes s'écoulèrent, et je pris le risque de regarder dans le vide depuis notre perchoir. Un faucon passa à notre hauteur, me donnant le vertige.

« Jomard ? dit Talma d'un ton provocant. Inutile de surveiller le fossile. Il ne va pas s'en aller. »

En réponse, le savant sortit soudain un petit marteau de sa trousse et frappa sur les bords du bloc. Une fente existant déjà près du fossile lui permit de déloger le nautile sans trop de mal.

« Serait-ce possible ? » murmura-t-il, tout en retournant l'élégante créature dans sa main pour examiner son dessin à la lumière et à l'ombre.

Il semblait avoir oublié notre mission, et nous par la même occasion.

« Nous avons encore un bon bout de chemin pour arriver en haut, lui fis-je remarquer, et il se fait tard.

— Oui, oui. »

Il cligna des yeux comme s'il sortait d'un rêve.

« Il faut que j'y réfléchisse là-haut. »

Il mit le coquillage dans son sac.

« Gage, prenez le ruban. Talma, préparez votre crayon. »

Il nous fallut encore une demi-heure d'escalade pour arriver au sommet sans prendre de risques. D'après nos mesures, il était situé à plus de cent quarante mètres de haut, mais nous ne pouvions prétendre qu'à une estimation grossière. Je regardai en bas. Les quelques soldats français et les Bédouins en vue ressemblaient à des fourmis. Heureusement, la pierre de faîte avait disparu, dégageant un espace de la taille d'un lit permettant de se tenir dessus.

Je me sentais effectivement plus proche du paradis. Il n'y avait aucune montagne aux alentours, seulement le désert plat, le fil argenté du Nil et le collier de verdure sur ses berges. De l'autre côté du fleuve, Le Caire scintillait avec son millier de minarets, d'où nous parvenait l'appel des fidèles à la prière. Le champ de bataille d'Imbaba était réduit à une arène poussiéreuse, ponctuée de fosses dans lesquelles on jetait les morts. Au loin, vers le nord, la Méditerranée disparaissait derrière l'horizon.

Jomard ressortit son nautile fossile.

« La clarté est extraordinaire à cette hauteur, ne trouvez-vous pas ? Ce temple attire la lumière. »

Il s'assit lourdement et se mit à griffonner.

« Et pas grand-chose d'autre, dit Talma, en s'asseyant à son tour avec une résignation feinte. Vous ai-je dit que j'avais faim ? »

Mais Jomard s'était à nouveau abstrait dans son monde ; nous restâmes donc sans parler pendant un moment, habitués que nous étions maintenant à laisser les savants réfléchir. J'avais l'impression de distinguer la courbe de notre planète, mais il ne pouvait s'agir que d'une illusion à cette modeste hauteur. Il semblait y avoir, tout de même, un léger phénomène de focalisation au sommet de la structure, et je me réjouissais de notre isolement. Un autre Américain était-il déjà venu ici ?

Après un moment, Jomard se leva brusquement, ramassa un fragment de calcaire de la taille de son poing et le lança aussi loin qu'il put. Nous suivîmes la courbe de sa chute, curieux de voir s'il allait dépasser la base de la pyramide. Ce ne fut pas le cas, et la pierre éclata en rebondissant sur les blocs en dessous. Les fragments dévalèrent bruyamment la pente.

Il regarda en bas pendant un moment, comme s'il jugeait son tir. Puis il se tourna vers nous.

« Mais bien sûr ! C'est évident. Votre regard, Gage, a été déterminant ! »

Je me redressai. « Vraiment ?

— Quelle merveille ce monument sur lequel nous nous trouvons ! Quel point culminant de la pensée, de la philosophie, du calcul ! C'est le nautile qui m'a permis de m'en rendre compte ! »

Talma roulait des yeux. « Vous a permis de voir quoi ?

— L'un de vous a-t-il jamais entendu parler de la suite de Fibonacci ? »

Notre silence fut éloquent.

« Elle fut introduite en Europe vers 1200 par Léonard de Pise, également connu sous le nom de Fibonacci, après des études en Égypte. Sa véritable origine remonte à bien plus loin, à des temps inconnus. Regardez. »

Il nous montra son papier sur lequel était écrite une série de nombres : 1, 1, 2, 3, 5, 8, 13, 21, 34, 55.

« Vous voyez la configuration ?

— Je crois l'avoir tentée à la loterie, dit Talma. J'ai perdu.

— Non, vous voyez comment cela marche ? insista le savant. Chaque nombre est la somme des deux qui la précèdent. Le prochain, dans la séquence, serait l'addition de 34 et de 55, c'est-à-dire 89.

— Fascinant, dit Talma.

— Ce qu'il y a d'étonnant avec cette série, c'est qu'on peut la transposer au moyen de la géométrie, non plus avec des nombres, mais sous forme d'un dessin géométrique. On procède en traçant des carrés. »

Il dessina deux petits carrés, côte à côte, et dans chacun écrivit le chiffre 1.

« Vous voyez, nous avons ici les deux premiers chiffres de la séquence. Maintenant, nous dessinons un troisième carré adjacent aux deux premiers, dont le côté équivaut à la somme des côtés des deux autres carrés. Maintenant, nous dessinons un troisième carré à côté des deux premiers, aussi grand que les deux premiers combinés, et nous lui donnons le chiffre 2. Puis un carré dont les côtés sont égaux à ceux du 1 et du 2 combinés. Donnons-lui le chiffre 3. Vous voyez ? »

Il continuait rapidement son esquisse.

« Le côté du nouveau carré est égal à la somme des deux qui le précèdent, exactement comme dans la suite de Fibonacci, où chaque nombre est égal à l'addition des deux précédents. L'aire des carrés devient de plus en plus grande. »

Bientôt il en arriva à un schéma comme celui-ci :

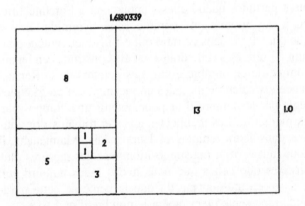

« Que représente le nombre au-dessus, le 1,6 et quelque ? demandai-je.

— C'est la proportion entre le côté de chaque carré et celui, plus petit, qui le précède, répondit Jomard. Voyez comme les côtés du carré libellé 3 ont la même proportion par rapport à ceux du carré 2, et que, disons, la proportion entre le carré 13 et le carré 8.

— Je ne comprends pas.

— Vous voyez comment le trait en haut du carré 3 est divisé en deux parties inégales à sa jonction avec les carrés 1 et 2 ? expliqua patiemment Jomard. Cette proportion, entre le trait long et le court, se retrouve continuellement, peu importe la dimension de votre diagramme. Le trait le plus long n'est pas 1,5 fois plus long que le plus court, mais 1,618 fois, autrement dit ce que les Grecs et les Italiens appelaient le nombre d'or. »

Talma et moi, nous nous redressâmes.

« Vous voulez dire qu'il y a de l'or ici ?

— Non, bande de crétins. »

Il secoua la tête d'un air faussement désespéré.

« Cela veut seulement dire que les proportions semblent parfaites quand elles s'appliquent à l'architecture, ou à des monuments comme cette pyramide. Il y a quelque chose dans ce ratio qui est instinctivement plaisant à l'œil. Des cathédrales ont été construites en tenant compte de ce nombre divin. Les peintres de la Renaissance divisaient leurs toiles en rectangles et en triangles régis par le nombre d'or pour obtenir une composition harmonieuse. Les architectes grecs et romains l'ont utilisé dans leurs temples et leurs palais. Maintenant, il nous faut vérifier ma supposition avec des mesures plus précises que celles que nous avons faites aujourd'hui, mais mon intuition me dit que la pente de cette pyramide représente précisément le nombre d'or 1,618.

— Qu'est-ce que le nautile vient faire avec tout cela ?

— J'y arrive. D'abord, imaginez une ligne qui descend sous nos pieds, depuis la pointe de ce colosse jusqu'à sa base, tout droit jusqu'au soubassement rocheux du désert.

— Après cette escalade interminable, je peux confirmer que cette ligne est longue, dit Talma.

— Plus de cent quarante mètres, concéda Jomard. Maintenant, imaginez une ligne allant du centre de la pyramide jusqu'à son bord extérieur.

— Cela devrait représenter la moitié de la largeur de sa base, avançai-je, avec l'impression d'être quelque peu dépassé comme cela m'arrivait souvent avec Benjamin Franklin.

— Précisément ! cria Jomard. Vous êtes doué pour les mathématiques, Gage ! Maintenant imaginez une ligne allant de ce bord extérieur jusqu'en haut de la pyramide là où nous sommes, formant ainsi un triangle rectangle. D'après ma théorie, si la ligne à la base de la pyramide vaut 1, la ligne jusqu'au sommet vaudra 1,618 – la même proportion harmonieuse que celle des carrés que j'ai dessinés ! »

Il avait un air triomphant.

Nous le regardâmes interloqués.

« Ne comprenez-vous pas ? Cette pyramide a été construite conformément aux nombres de Fibonacci, aux carrés de Fibonacci, le nombre d'or que les artistes ont toujours trouvé harmonieux. Et ce n'est pas seulement une impression que nous avons, c'est la vérité ! »

Talma regarda les deux grandes pyramides voisines.

« Dans ce cas, elles sont toutes pareilles ? »

Jomard secoua la tête.

« Non, j'ai dans l'idée que celle-ci est particulière. C'est un livre qui essaie de nous dire quelque chose. Elle est unique pour une raison que je ne comprends pas encore.

— Je suis désolé, Jomard, dit le journaliste. Je suis heureux de vous voir aussi excité, mais le fait que des lignes imaginaires soient égales à 1,6, ou ce que vous avez dit, semble être une raison encore plus stupide pour construire une pyramide que d'appeler hémisphère quelque chose de pointu, ou de bâtir une tombe dans laquelle on ne sera pas enterré. Si tout ce que vous dites est vrai, vos anciens Égyptiens étaient certainement aussi fous qu'intelligents.

— Ah, mais c'est là où vous vous trompez, mon ami, répondit gaiement le savant. Je ne vous en veux pas pour votre scepticisme. Moi-même, je n'ai pas vu ce qui aurait dû nous sauter aux yeux toute la journée : il a fallu que Gage ici présent, à qui rien n'échappe, m'ait aidé à trouver le fossile du nautile. Vous voyez, la suite de Fibonacci, traduite en géométrie de Fibonacci, détermine une des plus belles formes existant dans la nature. Dessinons un arc à travers ces carrés, d'un coin jusqu'à l'autre, et relions ensuite ces arcs. »

Il retourna son dessin.

« Nous obtenons alors une image identique à celle-ci :

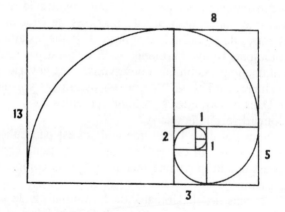

— Voilà ! À quoi cela ressemble-t-il ?

— Au nautile », avançai-je.

L'homme était sacrément intelligent, bien que je ne comprenne toujours pas où il voulait en venir.

« Précisément ! Imaginez que j'agrandisse cette image en ajoutant des carrés : 21, 34 et ainsi de suite. La spirale continuerait à grandir, toujours en rond, de plus en plus grosse, ressemblant de plus en plus à notre nautile. Et ce schéma en spirale est quelque chose que nous voyons sans arrêt. Quand vous prenez la série de Fibonacci, que vous l'appliquez à la géométrie, et que vous appliquez ensuite cette géométrie à la nature, vous voyez ce sublime ensemble de nombres, cette spirale parfaite, utilisée par Dieu lui-même. Vous verrez cette spirale dans l'étamine d'une fleur, ou les graines d'une pomme de pin. Les pétales de nombreuses fleurs sont des nombres de Fibonacci. Un lis en a trois, un bouton-d'or cinq ; un delphinium huit ; les marguerites dorées treize. Certains asters en ont vingt et un, et d'autres marguerites trente-quatre. Toutes les plantes ne suivent pas ce schéma, mais beaucoup le font parce que c'est la façon la plus efficace de faire grandir une graine ou des pétales à partir d'un centre commun. C'est aussi très beau. Nous voyons donc, maintenant, à quel point cette pyramide est merveilleuse. »

Il hocha la tête, visiblement satisfait de son explication.

« C'est une fleur ? avança Talma, m'ôtant le sentiment d'être le seul à ce point ignare.

— Non. »

Jomard prit un air solennel. « Ce que nous venons de gravir n'est pas seulement une carte du monde, monsieur le journaliste. Ce n'est même pas le portrait de Dieu. En réalité, c'est un symbole de toute la Création, la force de vie elle-même, une représentation mathématique du fonctionnement de l'Univers. Cette masse de pierre n'incarne pas seulement le divin, mais le secret même de l'existence. Dans ses dimensions, se trouvent encodées les vérités fondamentales de notre monde. Les nombres de Fibonacci représentent la nature dans sa plus grande efficacité et sa beauté, un aperçu de l'intelligence divine. Et cette pyramide les incarne, et, ce faisant, incarne le cerveau de Dieu lui-même. »

Il sourit, mélancolique.

« Tout était là, toute la vérité de la vie dans les dimensions de ce premier grand bâtiment, et tout, depuis, n'a été qu'un long oubli. »

Talma le regardait bouche bée, comme si notre compagnon avait perdu la raison. Je me rassis, ne sachant pas quoi penser. La pyramide pouvait-elle vraiment avoir été conçue pour conserver des nombres ? Cela semblait tellement étranger à notre façon de penser, mais les anciens Égyptiens regardaient peut-être le monde autrement. Mon médaillon était-il également un indice mathématique ou un symbole ? Avait-il le moindre rapport avec les curieuses théories de Jomard ? Ou le savant lisait-il quelque chose dans cet amas de pierres qui n'entrait pas dans les intentions de ses bâtisseurs ?

Quelque part dans cette direction se trouvait *L'Orient*, avec un calendrier susceptible de renfermer d'autres clés de l'énigme, qui me semblait devoir être la prochaine chose à examiner. Je voulus toucher le médaillon caché contre ma poitrine. J'éprouvai soudain de l'inquiétude en réalisant qu'il n'était pas là. Talma avait peut-être raison : j'étais trop naïf. Avais-je eu raison de faire confiance à Énoch ? Avec le triangle rectangle de Jomard en tête, j'imaginai que les bras du médaillon étaient des baguettes de sourcier indiquant quelque chose, loin sous mes pieds.

Je regardai de nouveau en bas du chemin vertigineux que nous avions gravi. Ashraf marchait en suivant la ligne de l'ombre de la pyramide, le regard fixé sur le sable.

12

Napoléon était de bonne humeur quand je lui demandai la permission de retourner au vaisseau amiral. Il affichait la mine réjouie d'un homme sûr de lui dont les projets d'étendre sa gloire en Orient commençaient à se réaliser. Simple général parmi d'autres dans les instances dirigeantes de l'Europe, luttant pour réussir, ici il était omnipotent. Tel un nouveau pharaon. Il se délectait de pouvoir amasser un butin de guerre et n'hésitait pas à prélever sur le trésor mamelouk pour sa cassette personnelle. Il alla même jusqu'à essayer les robes d'un potentat ottoman, mais ne renouvela pas l'expérience devant l'hilarité de ses généraux.

Encore sous le choc de la révélation des infidélités de Joséphine, il se consola en prenant lui-même une concubine. Conformément à la coutume locale, les Français avaient eu droit à un défilé de courtisanes égyptiennes offertes par les beys de la ville, mais les officiers renvoyèrent la plupart de ces prétendues beautés, les trouvant pour la plupart trop grosses ou défraîchies. Les Européens aimaient les femmes jeunes et minces. Bonaparte jeta son dévolu sur la fille du cheikh el-Bekri, une créature gracile de seize ans nommée Zenab. Son père proposa ses services en échange de l'appui du général dans une querelle avec un autre noble à propos d'un jeune garçon dont les deux cheikhs s'étaient épris. Le père de Zenab obtint le garçon, et Napoléon obtint Zenab.

La demoiselle, qui se soumit avec docilité à l'arrangement, fut bientôt connue comme « l'Égyptienne du général ». Bonaparte mit autant d'ardeur à tromper sa femme qu'elle en avait mis à le tromper, et Zenab semblait flattée que le « sultan Kébir » l'ait choisie, elle, plutôt qu'une femme d'expérience. Pourtant, en quelques mois, le général se lassa de la fille et noua une liaison avec une beauté française, Pauline Fourès, n'hésitant pas à expédier le malheureux mari cocu en mission en France. Les Britanniques, qui avaient eu vent de l'affaire à travers des lettres qu'ils avaient saisies, s'emparèrent du navire du lieutenant et, non dénués d'humour, le ramenèrent en Égypte afin de compliquer la vie amoureuse de Napoléon. Dans cette guerre, la rumeur était devenue une arme politique. Passion et politique ne faisaient plus qu'un, et le mélange par trop humain chez Napoléon de rêves de conquête et de concupiscence triviale nous fascinait tous. Il était à la fois Prométhée et Monsieur Tout-le-monde, tyran et républicain, idéaliste et cynique.

En même temps, Bonaparte se mit à transformer l'Égypte. Malgré les jalousies de ses généraux, il était évident pour nous autres savants qu'il était de loin le plus intelligent. En ce qui me concerne, je juge le niveau d'intelligence, non pas à ce qu'on sait, mais à ce que l'on veut savoir. Et Napoléon voulait tout savoir. Il dévorait l'information comme un glouton la nourriture, et ses intérêts étaient infiniment plus divers que ceux de tous les officiers de l'armée, y compris Jomard. Mais il pouvait aussi faire abstraction de sa curiosité, comme s'il la reléguait momentanément dans un placard, afin de se concentrer totalement sur le problème militaire qui se posait. Il est rare de rencontrer une telle combinaison. Bonaparte rêvait de transformer l'Égypte comme Alexandre l'Empire persan, et il expédiait en France mémorandum sur mémorandum, réclamant tout ce dont il avait besoin, depuis des semences jusqu'à des chirurgiens. Si le Macédonien avait pu fonder Alexandrie, Napoléon était déterminé à établir la colonie française la plus prospère de toute l'histoire. Des beys locaux furent rassemblés en conseil pour contribuer à l'administration et à la taxation, tandis que les scientifiques et les ingénieurs étaient bombardés de questions concernant le forage de puits, la construction de moulins à vent, l'amélioration des routes, la prospection de minéraux. Le Caire serait transformé. La superstition devait céder la place à la science. La Révolution était arrivée au Moyen-Orient !

Je m'approchai donc de lui pour solliciter la permission de retourner sur le navire amiral.

« Ce calendrier ancien, me demanda-t-il alors d'un ton affable, que pensez-vous qu'il vous indiquera exactement ?

— Il pourrait m'aider à comprendre mon médaillon en nous indiquant une année déterminante ou une date. Je ne sais pas encore comment, mais le calendrier ne sert à rien dans la soute d'un bateau.

— Le fait de rester dans la soute lui évite en tout cas d'être volé.

— J'ai l'intention de l'examiner, général, pas de le vendre.

— Bien entendu. Et vous ne me cacherez aucun secret, à moi, l'homme qui vous a évité une inculpation pour meurtre en France, n'est-ce pas, monsieur Gage ?

— Je travaille de concert avec vos propres savants.

— Bien. Vous recevrez peut-être bientôt davantage d'aide.

— De l'aide ?

— Vous verrez. Entre-temps, j'espère que vous n'envisagez pas de quitter notre expédition en essayant de vous embarquer pour l'Amérique. Si je vous donne la permission de regagner *L'Orient* pour aller chercher ce calendrier, votre esclave et votre prisonnier mamelouk resteront ici au Caire, sous ma protection. »

Son regard était dur.

« Bien entendu. »

Il avait donné à Astiza une importance affective que je m'étais jusque-là refusé à reconnaître. En quoi cela pouvait-il m'importer qu'il la garde en otage pour s'assurer de ma bonne conduite ? Sa présence suffirait-elle à garantir mon retour ? Je n'avais jamais pensé à elle en ces termes, et pourtant j'étais intrigué par elle. J'admirai la perspicacité de Napoléon : rien ne lui échappait.

« Je reviendrai vite. Je souhaiterais toutefois emmener mon ami, le journaliste Talma.

— Le gribouilleur ? J'ai besoin de lui ici, pour coucher sur le papier les termes de mon administration. »

Mais Talma avait la bougeotte. Il avait demandé à m'accompagner pour pouvoir visiter Alexandrie et j'aimais bien son côté désabusé.

« Il voudrait faire partir ses dépêches sur le bateau le plus rapide. Il veut aussi mieux connaître l'Égypte pour intéresser la France à l'avenir de ce pays. »

Napoléon réfléchit.

« Ramenez-le dans une semaine.

— Ce sera dix jours, tout au plus.

— Je vous donnerai des dépêches à remettre à l'amiral Brueys, et M. Talma peut en porter quelques-unes à Alexandrie. Vous me ferez part tous deux de vos impressions dès votre retour. »

Malgré les doutes de Talma, je décidai, après mûre réflexion, de laisser le médaillon à Énoch. Astiza avait raison, il était plus en sécurité dans la cave d'un vieil érudit que transporté partout en Égypte. Ce fut un soulagement de ne plus avoir le pendentif autour de mon cou, et de le savoir à l'abri pendant que je redescendais le Nil. Je prenais des risques en le laissant, surtout après l'avoir transporté avec tant de précautions depuis Paris jusqu'au Caire, mais le garder sur moi ne rimait à rien tant que nous ne savions pas à quoi il servait. Énoch me semblait être le meilleur pion à jouer pour percer le mystère – tant il est vrai que je suis un joueur. Étant donné ma faiblesse avouée pour les femmes, j'étais prêt à parier qu'Astiza éprouvait une certaine admiration pour ma démarche et qu'Énoch était davantage intéressé par la solution de l'énigme que par la vente de l'objet. Qu'il continue à chercher dans ses livres. Entre-temps, j'examinerais le calendrier dans la soute de *L'Orient*, dans l'espoir d'y trouver une indication quant à l'utilisation du médaillon, et, ensemble, nous éluciderions le mystère. J'enjoignis Astiza de rester en sécurité à l'intérieur de la maison et recommandai à Ashraf de veiller sur eux deux.

« Ne devrais-je pas te guider jusqu'à la côte ?

— Bonaparte préfère que vous restiez ici pour être certain que je revienne. Il a raison. »

Je lui donnai une tape sur l'épaule. « Nous sommes tous associés dans cette maison, citoyen Ash. Vous ne me trahirez pas, j'espère ? »

Il se redressa.

« Ashraf veillera sur cette maison au prix de sa vie. »

Je ne voulais pas me charger de mon fusil pour un si court voyage en pays conquis, mais je ne voulais pas non plus qu'on joue avec. Après réflexion, je me souvins des remarques d'Ash concernant la superstition entourant les sarcophages, et je le cachai, ainsi que mon tomahawk, dans l'un de ceux appartenant à Énoch. Il devrait y être à l'abri.

Contre toute attente, Talma ne fit aucun commentaire à propos de ma décision de confier le médaillon aux Égyptiens. Il demanda même à Astiza si elle avait un message à porter à Alexandrie. Elle répondit que non.

Nous louâmes une felouque pour descendre le Nil. Ces embarcations à voile particulièrement fiables qui montent et descendent le Nil en effleurant la surface, poussées par leurs voiles triangulaires, étaient le moyen de transport le plus usité sur le fleuve, comme les ânes dans les rues du Caire. Cela nécessita plusieurs minutes d'un marchandage épuisant, mais, en fin de compte, nous réussîmes à embarquer en direction d'Aboukir, gouvernés par un timonier qui ne parlait ni français ni anglais. La langue des signes s'avérant suffisante, nous pûmes profiter agréablement du voyage. En abordant à nouveau le delta fertile, en aval du Caire, je fus encore une fois frappé par l'aspect intemporel des villages sur la rive, comme si les Français n'étaient jamais passés par là. Des ânes cheminaient lentement, chargés d'énormes bottes de paille. De jeunes garçons jouaient dans les eaux peu profondes, indifférents aux crocodiles qui flottaient comme des bûches dans les bras tranquilles du fleuve. Des nuées d'aigrettes blanches montaient à tire-d'aile des îlots de roseaux verts. Des poissons argentés se faufilaient entre les tiges de papyrus. Des touffes de végétation charriant des arums et des fleurs de lotus dérivaient en provenance des hauts plateaux d'Afrique. Des jeunes filles, vêtues de robes aux couleurs vives, étaient assises au soleil sur les toits plats des maisons et triaient des dattes rouges.

« Je n'aurais jamais cru que conquérir un pays était si facile, remarqua Talma tandis que le courant nous emmenait vers l'aval du fleuve. Quelques centaines de morts, et nous voilà maîtres de l'endroit où est née la civilisation. Comment Bonaparte le savait-il ?

— Il est plus facile de prendre un pays que de le gouverner, dis-je.

— Exactement. »

Appuyé contre le plat-bord, il contemplait le paysage qui défilait.

« Nous voici maîtres de la chaleur, des mouches, des bouses, des chiens enragés et des paysans illettrés. Gouverneurs de la paille, du sable et de l'eau verte. Crois-moi, c'est ce qui fait les légendes.

— Ta spécialité, en tant que journaliste.

— Sous ma plume, Napoléon devient un visionnaire. Il m'a laissé t'accompagner parce que j'ai accepté d'écrire sa biographie. Je n'y ai aucune objection. Il prétend que les journaux hostiles sont plus à craindre que mille baïonnettes, mais que je peux aussi profiter de son ascension. Ce qui n'est pas vraiment nouveau pour moi. Plus je le montre héroïque, plus vite il atteint ses ambitions, et plus tôt nous pouvons tous rentrer chez nous. »

Je m'amusais d'entendre les Français évoquer l'existence de façon aussi blasée, après tant de siècles de guerres, de rois et de terreurs de toutes sortes. Nous autres Américains sommes plus innocents, plus sérieux, plus honnêtes et, donc, plus facilement déçus.

« Pourtant, c'est un beau pays, non ? demandai-je. Je suis surpris par l'abondance de la verdure. La plaine inondée par le Nil est un jardin luxuriant, et le désert arrive si subitement qu'on pourrait en tracer la limite avec une épée. Astiza dit que les Égyptiens appellent la partie fertile le pays noir, en raison de sa terre, et le désert le pays rouge, à cause de son sable.

— Et moi, j'appelle tout cela le pays marron, en raison des briques de boue, des chameaux récalcitrants et des ânes bruyants. Ashraf m'a raconté l'histoire d'un Égyptien naufragé qui revient dans son village des années après, alors qu'on le tenait pour mort. Une absence digne de l'*Odyssée*. Sa femme fidèle et ses enfants se précipitent pour l'accueillir. Que dit-il alors ? "Ah, voilà mon âne !" »

Je souris. « Que vas-tu faire à Alexandrie ?

— Tu te souviens quel paradis c'est. Je veux prendre quelques notes et poser quelques questions. Les sujets ne manquent pas ici pour des livres bien plus intéressants qu'une simple hagiographie de Bonaparte.

— Tu ne pourrais pas enquêter sur Ahmed Ben Sadr ?

— Tu es certain que c'est lui que tu as vu à Paris ?

— Pas vraiment. Il faisait noir, mais la voix est la même. Mon guide avait un bâton, ou un support de lanterne, sculpté en forme de serpent. Ensuite Astiza m'a sauvé d'un serpent à Alexandrie. Et il s'intéresse trop à moi.

— Napoléon semble compter sur lui.

— Et si ce Ben Sadr travaillait en réalité non pas pour Bonaparte, mais pour le rite égyptien ? S'il n'était qu'un instrument du comte Alessandro Silano, qui désire tellement mon médaillon ? Et s'il était impliqué dans le meurtre de Minette ? Chaque fois

296

qu'il m'a regardé, j'ai eu l'impression qu'il cherchait le médaillon. Qui est-il en réalité ?

— Tu veux que j'enquête pour toi ?

— Discrètement. Je suis fatigué des surprises.

— Je vais là où la vérité me mène. Du haut jusqu'en bas, et de la tête jusqu'aux… pieds », conclut-il en regardant mes bottes avec insistance.

Son aveu était évident.

« C'est donc toi qui m'as pris mes chaussures sur *L'Orient* !

— Je ne les ai pas prises, Ethan. Je les ai empruntées, pour les inspecter.

— Et tu as prétendu que ce n'était pas toi.

— Je te l'ai caché, tout comme tu m'as caché le médaillon. Je craignais que tu ne l'aies perdu lors de l'attaque de notre diligence, et que tu n'oses pas l'admettre. J'ai convaincu Berthollet de te faire participer à cette expédition en grande partie à cause de ce médaillon, mais, quand nous nous sommes retrouvés à Toulon, tu as refusé de me le montrer. Que croire ? Il en allait de ma responsabilité envers les savants de découvrir quel jeu tu jouais.

— Je ne jouais aucun jeu. Mais chaque fois que je montrais le médaillon ou que j'en parlais, je m'attirais des ennuis.

— Ennuis dont je t'avais sorti à Paris. Tu aurais pu me faire un peu plus confiance. »

Il avait risqué sa vie pour me faire venir ici et je ne l'avais pas traité comme un véritable associé. Pas étonnant qu'il ait été jaloux.

« Tu aurais pu t'abstenir de toucher à mes bottes, rétorquai-je.

— Le cacher ne t'a pas empêché d'avoir un serpent dans ton lit, pas vrai ? C'est quoi d'ailleurs, cette histoire de serpents ? Je déteste les serpents.

— Astiza a mentionné une espèce de dieu serpent, dis-je, ravi de changer de sujet. Ses adeptes pratiquent un culte modernisé, je crois, et nos ennemis en font peut-être partie. Tu sais, le bâton à tête de serpent de Ben Sadr me rappelle une histoire biblique. Moïse jeta son bâton devant Pharaon, et il se transforma en serpent.

— Nous voilà à présent avec Moïse ?

— Je suis aussi perturbé que toi, Antoine.

— Beaucoup plus. Au moins, Moïse eut le bon sens de faire sortir son peuple de ce pays de fous.

— C'est une curieuse histoire, non ?

— Quoi ?

— Les dix plaies que Moïse doit fournir. Chaque fois qu'un désastre se produit, Pharaon se laisse fléchir, et dit qu'il laissera partir les Hébreux. Puis il change d'avis jusqu'à ce que Moïse fasse état d'une nouvelle plaie. Il devait avoir vraiment besoin de ces esclaves.

— Jusqu'à la plaie finale, quand l'aîné des fils mourut. Alors Pharaon les a vraiment laissés partir.

— Et même alors, il a changé d'avis et lancé son armée à la poursuite de Moïse. S'il s'était abstenu, ils n'auraient pas tous péri noyés quand la mer Rouge s'est refermée. Pourquoi n'a-t-il pas renoncé ? Pourquoi ne pas laisser Moïse partir ?

— Pharaon était têtu, tout comme notre petit général. C'est peut-être la leçon que nous donne la Bible : parfois il faut laisser aller les choses. En tout cas, je m'informerai à propos de ton ami serpent, mais je suis étonné que tu ne m'aies pas demandé d'enquêter sur quelqu'un d'autre.

— Qui ?

— Astiza, bien sûr.

— Elle semble vouloir protéger ses secrets. En tant que gentlemen, nous devons respecter sa vie privée. »

Talma faillit s'étrangler.

« Et maintenant elle a le médaillon en sa possession – ce même médaillon que je n'avais pas le droit de voir et dont le redoutable Ben Sadr n'a pas réussi à s'emparer !

— Tu n'as toujours pas confiance en elle ?

— Avoir confiance dans une esclave, un franc-tireur, une beauté, une sorcière ? Pas question. Et pourtant, je l'aime bien.

— Ce n'est pas une sorcière.

— C'est une prêtresse qui jette des sorts, tu me l'as dit. Et qui, de toute évidence, t'a jeté un sort et usurpé ce avec quoi nous sommes venus ici.

— C'est une partenaire. Une alliée.

— Je préférerais que tu aies couché avec elle, comme tout maître a le droit de le faire, pour pouvoir te laver le cerveau et la considérer pour ce qu'elle est.

— Si je l'oblige à coucher avec moi, cela ne compte pas. »

Il secoua la tête avec commisération.

« Eh bien, je vais enquêter sur Astiza, même si tu ne me demandes rien, parce que j'ai déjà appris quelque chose que tu ne sais pas.

— Quoi ?

— Avant, lorsqu'elle vivait au Caire, elle avait une relation avec un érudit européen, qui prétendait étudier des secrets anciens.

— Quel érudit ?

— Un noble franco-italien du nom d'Alessandro Silano. »

Dans la baie d'Aboukir, la puissance des Français était manifeste. L'amiral François Paul Brueys d'Aigailliers avait vécu le débarquement de Napoléon et de ses troupes de ses bateaux de guerre avec le soulagement d'un proviseur débarrassé d'une classe difficile. Il avait depuis constitué un mur défensif fait de bois et de fer. Ses navires de combat étaient encore mouillés en rang, les bouches à feu ouvertes et cinq cents canons pointés vers la mer. Une brise soutenue venant du nord-ouest poussait des vagues contre les bateaux qui se balançaient comme de grands berceaux majestueux.

Mais lorsque nous arrivâmes par-derrière à l'abri du vent, je m'aperçus que les navires n'étaient pas complètement sur le pied de guerre. Les Français avaient jeté l'ancre à deux kilomètres de la plage, dans la baie peu profonde, et la partie des coques faisant face à la terre était en réparation. Des marins avaient monté des échafaudages pour peindre. Des chaloupes étaient prêtes pour transporter des provisions ou des marins. Le linge et la literie séchaient au soleil. On avait déplacé des canons pour céder la place aux charpentiers et installé des auvents au-dessus des ponts qui se trouvaient en plein soleil. Des centaines de marins étaient descendus à terre pour creuser des puits et s'occuper des caravanes de chameaux et d'ânes apportant des provisions d'Alexandrie. D'un côté, nous avions une forteresse, de l'autre un marché.

Pourtant *L'Orient* demeurait l'un des plus grands navires de guerre du monde. Il se dressait comme un château, et monter son échelle donnait l'impression d'escalader un géant. Je m'annonçai d'une voix forte et on me hissa à bord, tandis que la felouque s'éloignait pour emmener Talma à Alexandrie. Il était midi, le 14 thermidor de l'an VI, le soleil était brûlant, la rive dorée, la mer d'un bleu éclatant. En d'autres termes, nous étions le 1er août 1798.

On me conduisit à la grande cabine de l'amiral, qu'il avait récupérée après le départ de Napoléon. Brueys, vêtu d'une chemise blanche en coton ouverte au cou, était assis devant une table couverte de documents. D'une pâleur extrême, il transpirait malgré la brise. Physiquement, il était totalement différent du général : il paraissait plus âgé que ses quarante-cinq ans, avec de longs cheveux pâles, une grande bouche généreuse, un regard amical et une carrure imposante. Autant la présence de Bonaparte était stimulante, autant celle de Brueys était apaisante, révélatrice d'un homme parfaitement à l'aise avec sa fonction et avec lui-même. Il fit une petite grimace en prenant les dépêches de notre général, constata poliment que nos deux pays étaient de vieux amis et me demanda le but de ma visite.

« Les savants ont commencé leur étude des ruines anciennes. J'ai le sentiment qu'un calendrier, qui a un rapport avec Cagliostro, pourrait se révéler utile pour comprendre la façon de penser des Égyptiens. Bonaparte m'a donné la permission de l'examiner. »

Je lui tendis l'ordre.

« La façon de penser des Égyptiens ? À quoi cela peut-il servir ?

— Les pyramides sont à tel point remarquables que nous ne comprenons pas comment elles ont été construites. Ce calendrier est un indice parmi de nombreux autres. »

Il paraissait sceptique. « Un indice si nous voulions construire une pyramide.

— Ma visite sur votre navire sera brève, amiral. J'ai des papiers m'autorisant à emmener cette antiquité au Caire. »

Il acquiesça avec lassitude. « Je vous prie de m'excuser de ne pas être plus aimable, monsieur Gage.

Ce n'est pas facile de travailler avec Bonaparte, et je souffre de dysenterie depuis que nous sommes arrivés dans ce pays perdu. J'ai mal au ventre, on me demande sans arrêt des provisions, et mes équipages sont en sous-effectif et composés surtout d'hommes trop invalides pour faire partie de l'armée. »

La maladie expliquait sa pâleur.

« Dans ce cas, je ne vous importunerai pas davantage. Si vous pouviez me faire escorter jusqu'à la cale…

— Bien entendu. »

Il soupira. « Je vous aurais volontiers gardé à dîner, mais je ne peux rien manger. En quoi me dérangeriez-vous puisque nous restons ici à l'ancre, en attendant que Nelson nous trouve ? C'est de la folie de garder la flotte en Égypte, et pourtant Napoléon s'accroche à mes bateaux comme un enfant à sa couverture.

— Vos bateaux jouent un rôle déterminant dans tous ses plans.

— Je reconnais là sa façon de me flatter. À présent, laissez-moi vous mettre entre les mains du fils du capitaine, un garçon intelligent qui promet. Si vous pouvez le suivre, c'est que vous êtes plus en forme que moi. »

L'aspirant Giocante, un garçon de dix ans, était le fils du capitaine Luce Casabianca. C'était un gamin intelligent, aux cheveux noirs, qui avait exploré chaque recoin de *L'Orient*. Il me mena jusqu'à la chambre forte avec l'agilité d'un singe. Inondée par le soleil entrant par les bouches à feu, la descente était mieux éclairée que la dernière fois que j'étais venu avec Monge. Il régnait une forte odeur de térébenthine et de sciure de bois. Je vis des bidons de peinture et des planches de chêne.

Il faisait presque noir lorsque nous arrivâmes au faux-pont, sous la ligne de flottaison. À cet endroit, cela sentait l'eau croupie et les provisions en train de rancir à cause du climat. Il y faisait plus frais et l'obscurité donnait une impression de secret.

Giocante se retourna et me fit un clin d'œil.

« Vous ne vous remplirez pas les poches de pièces d'or, j'espère ? demanda le garçon pour me taquiner, avec le culot que pouvait avoir un fils de capitaine.

— Je n'irais pas bien loin sous ta surveillance, pas vrai ? »

Je baissai la voix et pris un ton de conspirateur.

« À moins que tu ne veuilles faire équipe avec moi, mon garçon, et nous pourrions gagner discrètement la terre, riches comme des princes !

— Pas besoin de cela. Mon père dit qu'un jour nous capturerons une grosse proie anglaise.

— Alors ton avenir est assuré.

— Mon avenir, c'est ce navire. Nous sommes plus gros que tout ce qu'ont les Anglais, et, le moment venu, nous leur donnerons une leçon. »

D'un ton sec, il donna l'ordre aux marins qui gardaient le magasin de nous ouvrir la chambre forte.

« Tu parais aussi confiant que Bonaparte.

— J'ai confiance en mon père.

— La vie en mer est un défi pour un garçon de ton âge, non ? demandai-je.

— C'est la meilleure des vies, parce que nous avons une mission précise. C'est ce que dit mon père. Tout devient facile quand on sait ce qu'on doit faire. »

Et avant que je ne puisse répondre, il me salua et remonta rapidement l'escalier.

Un amiral en herbe, me dis-je.

La chambre forte comportait successivement une porte en bois puis une grille en fer que l'on referma derrière moi. Il me fallut un certain laps de temps pour me repérer à la lueur de la lanterne parmi les caisses de pièces et de bijoux, et trouver l'objet que Monge et Jomard m'avaient montré. Effectivement, il gisait là, dans un coin, comme un trésor de moindre importance. Comme je l'ai déjà dit, il était de la taille d'une grande assiette, évidé au centre. Le bord était constitué de trois anneaux plats, recouverts de hiéroglyphes, de signes zodiacaux et de dessins abstraits, qui tournaient l'un dans l'autre. Un indice, peut-être, mais de quoi ? Je m'assis, profitant de la fraîcheur humide, et les tournai dans un sens, puis dans l'autre. À chaque tour, les symboles s'alignaient différemment les uns avec les autres.

J'étudiai d'abord l'anneau intérieur, qui était le plus simple, avec seulement quatre dessins. Il y avait une sphère, flottant au-dessus d'une ligne et, diamétralement opposée, une autre sphère en dessous d'une ligne. À quatre-vingt-dix degrés de chaque sphère, divisant le calendrier en quarts, on voyait des demi-sphères, comme des demi-lunes, l'une tournée vers le haut, l'autre vers le bas. Le schéma me rappelait les quatre signes cardinaux figurant sur un compas ou une horloge, mais, pour autant que je le sache, les Égyptiens ne connaissaient ni l'un ni l'autre. Je réfléchis. Celui du haut ressemblait à un soleil levant. Après un long moment, je finis par deviner que l'anneau intérieur devait constituer le cycle de l'année. Les solstices d'été et d'hiver étaient représentés par le soleil figurant au-dessus et en dessous des lignes, symbolisant l'horizon. Les demi-soleils correspondaient aux équinoxes de mars et de septembre, lorsque le jour et la nuit sont de durée à peu près égale. Assez simple en somme, si je ne me trompais pas.

Et tout cela ne me disait toujours rien.

Je remarquai qu'une roue à l'extérieur de la première portait l'ensemble des signes du zodiaque. Les douze signes n'étaient pas tellement différents lors de la création de cet objet que ceux que nous avons aujourd'hui. Un troisième anneau, celui qui se trouvait le plus à l'extérieur, comportait des symboles étranges : des animaux, des yeux, des étoiles, des rayons de soleil, une pyramide et le symbole de Horus. Et chaque anneau était divisé en sections par des lignes gravées.

Ce calendrier, si c'en était un, devait permettre de définir la position des constellations par rapport au soleil levant pendant toute l'année solaire. Mais à quoi cela pouvait-il servir pour mon médaillon ? Qu'est-ce que Cagliostro y avait trouvé, pour autant qu'il lui ait appartenu ? Je continuai à jouer avec, d'avant en arrière, en essayant toutes les combinaisons, dans l'espoir que quelque chose me saute aux yeux. Rien ne se produisit, bien sûr – j'ai toujours détesté les énigmes, même si, aux cartes, j'aimais calculer les probabilités. Peut-être Nouet, l'astronome, pourrait-il y comprendre quelque chose si je le rapportais avec moi.

Finalement, je décidai de positionner le solstice d'été, si c'était bien cela, en haut, et de placer au-dessus l'étoile à cinq branches du troisième anneau. Cette étoile ressemblait à celles figurant sur notre drapeau américain, ou au symbole maçonnique. Tout comme l'étoile Polaire ! Pourquoi ne pas jouer avec des symboles que je connaissais ? Ensuite, je tournai l'anneau du zodiaque jusqu'à ce que Taurus, le Taureau, se trouve entre les deux autres. Monge m'avait dit que c'était l'ère à laquelle on faisait remonter la construction de la pyramide. S'étaient succédé l'ère du Taureau, l'ère du Bélier, l'ère des Poissons, Pisces, dans laquelle nous étions actuellement, et viendrait ensuite l'ère du Verseau. J'examinai à présent les autres signes. Aucun schéma particulier ne semblait ressortir.

Sauf… je gardai les yeux fixés, le cœur battant. Quand je positionnais les anneaux pour que soient alignés été, Taureau et étoile, les extrémités des lignes diagonales se rejoignaient pour former deux diagonales plus longues. Elles formaient un angle à partir de l'anneau intérieur, exactement comme les jambes écartées du médaillon – ou la pente de la pyramide. La ressemblance était suffisante pour me donner l'impression d'avoir sous les yeux le pendant de ce que j'avais laissé auprès d'Astiza et d'Énoch.

Mais que signifiait tout cela ? Au début, je ne vis rien. Des crabes, des lions et des plateaux de Libra, la Balance, tout cela formait un dessin absurde. Mais attendez ! Il y avait une pyramide sur l'anneau extérieur, juste en dessous du signe marquant l'équinoxe d'automne, directement adjacent à cette ligne en pente. Et sur l'anneau du milieu, le symbole désignant Aquarius correspondait également à une heure qui, si je lisais l'objet correctement, indiquait quatre heures sur l'anneau, juste en dessous des trois heures qui représentaient l'équinoxe d'automne, le 21 septembre.

La position de quatre heures devait correspondre à un mois plus tard, c'est-à-dire le 21 octobre. Si j'avais bien deviné, le 21 octobre, Aquarius et la pyramide avaient un lien. Selon Nouet, Aquarius était le symbole créé par les Égyptiens pour célébrer la montée du Nil, qui atteindrait son plus haut à un moment quelconque en automne.

Le 21 octobre pouvait-il être un jour saint ? Le jour marquant la plus grande amplitude de la crue du Nil ? L'occasion de se rendre à la pyramide ? Le médaillon portait un symbole en forme de vagues. Y avait-il un rapport ? Indiquait-il quelque chose de particulier ce jour-là ?

Je me rejetai en arrière sur mon siège, en plein doute. Je m'accrochais à des indices minuscules… et pourtant il y avait bien quelque chose, une date sortie de nulle part. C'était une pure supposition, mais peut-être Énoch et Astiza pourraient-ils en déduire quelque chose. Fatigué par mes efforts pour percer l'énigme, je me surpris à penser à cette femme étrange qui cultivait ses mystères. Une prêtresse ? Quel rôle jouait-elle dans toute cette affaire ? Les soupçons de Talma étaient-ils justifiés ? Avait-elle vraiment connu Silano ? Cela me semblait impossible, et, pourtant, les gens que je rencontrais paraissaient étrangement reliés les uns aux autres. Mais elle ne me faisait pas peur – elle me manquait. Je me souvins d'un moment dans la cour d'Énoch, dans la fraîcheur de la soirée, avec des ombres bleues, le ciel comme un dôme, l'odeur des épices et de fumée venant de la cuisine et se mélangeant à celle de la poussière et de l'eau de fontaine. Elle était assise sur un banc et méditait en silence ; je me tenais debout près d'un pilier, sans parler non plus. Je regardais ses cheveux et ses joues, et elle me laissa le loisir de la contempler. À cet instant, nous n'étions plus ni maître ni servante, ni occidental ni égyptien, mais un homme et une femme. La toucher aurait rompu le charme.

Je me contentai de la regarder, sachant que, de ma vie, je n'oublierais plus jamais cet instant.

Le bruit sur le bateau me tira de ma rêverie. On entendait des cris, des gens courir et le roulement des tambours. Je regardai les poutres au-dessus de moi. Que se passait-il ? Un exercice pour la flotte ? J'essayai de me concentrer, mais le brouhaha paraissait s'amplifier.

Je frappai pour qu'on me laisse sortir.

« Que se passe-t-il ? demandai-je au marin qui m'ouvrit la porte. »

Il écoutait, la tête vers le haut. « Les Anglais !

— Ici ? Maintenant ? »

Il me regarda, le visage sombre dans la pâle lueur de la lanterne.

« Nelson. »

13

J'abandonnai le calendrier et me joignis au flot qui remontait vers les ponts à canons. Les marins maudissaient le manque de préparation du bateau : notre navire amiral servait en partie d'entrepôt, et on n'avait plus le temps de procéder à un arrimage méthodique. Des hommes se hâtaient de fixer des canons sur leur affût, de hisser des mâts et d'enlever des échafaudages.

Je débouchai au grand jour sur le pont principal.

« Enlevez ces auvents ! criait le capitaine Casabianca. Signalez aux hommes à terre de revenir ! »

Puis il se tourna vers son fils Giocante.

« Va t'occuper des aides-artificiers. »

Le garçon, qui manifestait plus d'impatience que de crainte, disparut en bas pour superviser le transfert de munitions aux canons affamés.

Je montai retrouver l'amiral Brueys sur le pont arrière : il étudiait la mer avec son télescope. L'horizon était blanc de voiles que le vent dirigeait droit vers nous. L'escadre de Nelson avançait toutes voiles dehors, et, en un rien de temps, je comptai quatorze navires. Les Français en avaient treize, plus quatre frégates – les chances étaient assez équilibrées

– mais nous étions à l'ancre et pas encore prêts. Six bateaux étaient en ligne devant *L'Orient* et six derrière. C'était le milieu de l'après-midi, certainement trop tard pour livrer bataille, et Brueys pourrait peut-être gagner le large pendant la nuit. Sauf que les Britanniques ne manifestaient aucune intention de vouloir se mettre en panne. Au contraire, ils se précipitaient vers nous comme une meute de chiens déchaînés, l'écume giclant devant leurs proues. Ils avaient la ferme intention de livrer bataille.

Brueys regarda en direction de la mâture.

« Amiral ? risquai-je.

— Des centaines d'hommes à terre, aucune garantie d'approvisionnement, nos mâts et nos voiles en réparation, nos équipages à moitié malades, murmura-t-il par-devers lui. J'avais prévenu que cela risquait d'arriver. Et nous voilà obligés de combattre sur place.

— Amiral ? dis-je à nouveau. Je crois que mon enquête est terminée. Voulez-vous que je regagne la terre ? »

Il me regarda d'un air absent, puis se souvint de ma mission.

« Ah, oui, Gage. C'est trop tard, l'Américain. Tous nos bateaux sont occupés à récupérer des marins. »

J'allai jusqu'au bastingage sous le vent pour regarder. Effectivement, les chaloupes de la flotte se dirigeaient vers la plage pour ramener les hommes qui y étaient immobilisés. À première vue, ils ne me semblaient pas pressés de revenir.

« À peine nos bateaux rentrés, les Anglais seront sur nous, dit Brueys. J'ai bien peur que vous ne soyez notre hôte pour la bataille. »

La gorge serrée, je scrutai à nouveau les navires anglais, ces grands châteaux mus par des toiles tendues, avec des hommes avançant sur les vergues comme des fourmis, tous les canons sortis, leurs drapeaux de bataille flottant sauvagement au vent. Ils avaient l'air impatients d'en découdre.

« Le soleil se couche, dis-je avec hésitation. Les Britanniques ne vont quand même pas attaquer dans le noir. »

L'amiral observait l'escadre qui s'approchait avec une moue de résignation. Il n'avait pas récupéré de sa dysenterie et paraissait avoir autant envie de combattre qu'un homme venant de courir trente kilomètres.

« Aucune personne raisonnable ne le ferait, répondit-il, mais nous avons affaire à Nelson. »

Il referma son télescope. « Je vous suggère de redescendre dans la chambre forte. Elle se trouve sous le niveau de l'eau, et c'est là que vous serez le plus en sécurité. »

Je ne voulais pas me battre contre les Anglais, mais ne rien faire me semblait une pure lâcheté de ma part.

« Si vous aviez un fusil…

— Non. Ne vous mêlez pas de ça. C'est une bataille navale. Vous êtes un savant, et votre mission est de retourner auprès de Bonaparte avec vos renseignements. »

Il me tapa sur l'épaule, fit demi-tour et se mit à lancer des ordres d'un ton sans réplique.

Trop curieux pour me précipiter tout de suite en bas, je m'approchai du bastingage, me sentant parfaitement inutile et maudissant en silence l'impatience de Nelson. N'importe quel amiral, voyant le ciel devenir orange, aurait réduit la voilure, positionné sa flotte en ligne pour la bataille, accordé à ses hommes un repas chaud et une bonne nuit de repos, avant de passer à l'action. Mais il s'agissait de Nelson, célèbre pour avoir abordé non pas un seul bateau français, mais également un deuxième derrière, en sautant de l'un à l'autre pour s'emparer des deux. Là encore, il ne montrait aucune intention de ralentir. À mesure qu'il s'approchait, les cris de consternation montaient parmi les marins français. C'était de la folie ! Et pourtant, il devenait évident que la bataille commencerait en fin de journée.

Les marins restés à terre étaient encore en train de monter à bord des chaloupes pour regagner leurs navires.

Quelques canons tonnèrent, mais sans effet. Les premiers vaisseaux anglais se dirigeaient vers le côté ouest de la ligne française, près de l'île d'Aboukir, là où les Français avaient installé une batterie terrestre. Cette extrémité de la baie était remplie de rochers et Brueys était persuadé que la flotte anglaise ne pourrait pas y manœuvrer. Mais personne n'en avait informé Nelson, et deux navires de guerre anglais, justement nommés *Zealous* et *Goliath*, faisaient la course entre eux pour avoir le privilège de s'échouer. Folie ! Le soleil rouge sang arrivait à l'horizon et les obusiers français tiraient, sans pouvoir atteindre les bateaux anglais dans la mesure où la trajectoire de leurs obus décrivait des arcs. Le *Goliath* prit l'avantage, se dessinant avec élégance sur l'astre déclinant et, au lieu de heurter un rocher, il se glissa résolument entre *Le Guerrier* et la côte. Puis il vira habilement et remonta le long de la ligne française à l'abri du vent, entre Brueys et la plage ! En arrivant à côté du second navire de la formation, *Le Conquérant*, il affala ses voiles, jeta l'ancre comme s'il arrivait au port, et lâcha une bordée en direction du flanc dégarni du bateau français. Un coup de tonnerre retentit et un énorme nuage de fumée enveloppa les deux vaisseaux. *Le Conquérant* s'inclina comme s'il avait reçu un coup de poing. De grandes giclées d'éclats de bois jaillirent vers le ciel pendant que le bateau français était pilonné. Puis, des cris s'élevèrent tout au long de la ligne. Ancrés comme nous l'étions, avec le vent contre nous, il n'y avait rien d'autre à faire que d'attendre notre tour.

Le *Zealous* s'ancra devant *Le Guerrier* et les navires anglais, l'*Orion,* l'*Audacious* et le *Theseus,* pénétrèrent à leur tour dans la baie d'Aboukir, prenant également les Français à revers sur leur flanc vulnérable. L'imprenable mur de Brueys semblait prêt à s'écrouler. La fumée des canons formait de véritables cumulus, et le bruit sourd des tirs au loin se rapprochait, se transformant en un véritable grondement. Le soleil s'était couché, le vent apaisé, et le ciel assombri. Le reste de la flotte anglaise dérivait lentement vers la mer, si bien que les navires français de Brueys restés ancrés à l'avant de la ligne se trouvaient pris entre deux feux, à un bateau français contre deux anglais. Pendant que les six premiers bateaux étaient pilonnés, ceux à l'arrière de la flotte n'avaient aucun moyen d'entrer dans la bataille. Ils restèrent ancrés, et leurs équipages assistèrent, impuissants, à cet horrible massacre. Dans le noir, on entendait les cris de victoire des Anglais, tandis que les Français hurlaient leur effroi et leur haine devant cette boucherie. Napoléon aurait maudit ce spectacle d'épouvante.

Une bataille en mer est un spectacle d'une grandeur impressionnante, une sorte de ballet langoureux qui accentue la tension avant chaque bordée. Des bateaux surgissent de la fumée comme des géants. Des canons grondent, puis de longues secondes s'écoulent pendant qu'on recharge les batteries, qu'on tire les blessés à l'écart et qu'on jette des seaux d'eau sur des départs d'incendie. Là, sur le Nil, les bateaux se pilonnaient depuis leur position à l'ancre. La fumée se transformait en brouillard épais, que la pleine lune montante parvenait à peine à percer. Les navires encore mobiles manœuvraient à l'aveuglette. Un bateau anglais, le *Bellerophon*, surgit à côté du nôtre, et des ordres en anglais retentirent pour ajuster le tir. Il dérivait aussi inexorablement qu'un iceberg.

« Mettez-vous à l'abri ! » me cria Brueys.

Sur le pont en dessous, j'entendais le capitaine Casabianca crier.

« Feu ! Feu ! »

Je m'aplatis sur la plage arrière, tandis que retentissait une énorme explosion. *L'Orient* s'inclina, autant sous l'effet de la décharge de ses propres canons que par la réplique du tir anglais qui l'atteignit en plein. Le navire trembla sous moi, le bois vola en éclats. Pourtant, la tactique française consistant à viser le gréement faisait également des ravages dans l'autre camp. Comme un arbre coupé, les mâts du *Bellerophon* s'abattirent dans un grand enchevêtrement, s'écrasant sur le pont principal dans un fracas terrifiant. Le navire de guerre britannique s'éloigna. C'était maintenant au tour des marins français de pousser des acclamations. Je me relevai en vacillant, gêné que personne d'autre ne se soit aplati sur le pont. Une vingtaine d'hommes au moins étaient morts ou blessés, Brueys saignait à la tête et à la main. Il refusa qu'on le panse, et des gouttes de sang rouge vif tombèrent sur le pont.

« Je voulais dire, à l'abri dans la cale, monsieur Gage, rectifia-t-il.

— Peut-être suis-je en veine », dis-je d'une voix tremblante en regardant le *Bellerophon* disparaître dans la fumée.

J'avais à peine prononcé ces mots qu'un canon britannique tira, et, déchirant l'obscurité d'un éclat orange, un boulet arriva en sifflant au-dessus du bastingage et toucha l'amiral à la cuisse. Le bas de sa jambe fut arraché, comme une dent qu'on a tirée avec une ficelle, et s'envola dans la nuit dans un nuage de sang. Brueys resta un moment sur une seule jambe, considérant, incrédule, le vide laissé par l'autre, puis il s'affaissa lentement comme un tabouret cassé et tomba sur le pont avec un bruit sourd. Ses officiers poussèrent un cri d'effroi et l'entourèrent. Son sang coulait à flots.

« Emmenez-le à l'infirmerie, rugit le capitaine Casabianca.

— Non, souffla Brueys. Je veux mourir en voyant ce qui se passe. »

Le chaos régnait partout. Un marin passa en titubant, le cuir chevelu à moitié arraché. Un aspirant gisait contre un canon, avec une écharde de trente centimètres dans la poitrine. Le pont principal était devenu un enfer en raison des éclats de bois qui volaient partout, des gréements qui tombaient, des éviscérations et du sang. Des hommes piétinaient les entrailles de leurs compagnons. Des garçons préposés à la poudre glissaient sur des nappes de sang qui se reformaient si vite qu'on ne parvenait même pas à les résorber avec du sable. Des canons aboyaient, des mousquetons claquaient, un tir passa en hurlant tout près ; les dégâts paraissaient bien pires que dans n'importe quelle bataille sur terre. Les tirs illuminaient la nuit, éclairant par instants la bataille. J'étais presque sourd, j'avais le nez et la gorge pleins de fumée. Deux autres navires britanniques avaient jeté l'ancre près de nous et commençaient à nous bombarder. *L'Orient* tremblait sous l'impact des tirs comme un chien qu'on corrige, et nos propres tirs ralentissaient à mesure que nos canons se retrouvaient hors d'usage.

« Il est mort », annonça Casabianca, en se relevant.

L'amiral était blême et paraissait vidé de tout son sang, mais à nouveau serein. Au moins, il n'aurait pas à répondre de cette catastrophe devant Napoléon.

Une nouvelle bordée britannique retentit alors, suivie d'une autre projection d'éclats de bois. Cette fois, Casabianca grommela et s'affaissa. La tête d'un autre officier avait tout simplement disparu, et une pluie rouge tombait de ses épaules ; un lieutenant reçut une balle en plein corps et fut catapulté par-dessus bord. J'étais trop terrifié pour bouger.

« Père ! »

L'aspirant qui m'avait guidé surgit soudain et se précipita vers Casabianca, les yeux terrorisés. En guise de réponse, le capitaine poussa un juron et se releva. Il était couvert d'échardes, plus furieux que sérieusement touché.

« Descends, comme je te l'ai dit, grommela-t-il.

— Je ne te laisserai pas !

— Tu n'abandonneras pas ton poste. »

Il saisit son fils par les épaules. « Nous sommes des exemples pour nos hommes et pour la France !

— Je m'en occupe », dis-je, en empoignant le jeune garçon et en le tirant.

Maintenant, j'avais hâte de quitter cette boucherie. « Allons, Giocante, tu seras plus utile en allant chercher la poudre en bas que mort ici.

— Lâchez-moi !

— Obéis aux ordres ! » hurla le père.

Le garçon était déchiré. « J'ai peur que tu ne sois tué.

— Dans ce cas, tu devras aider à regrouper les hommes. » Puis il s'adoucit. « Tout ira bien. »

Nous descendîmes, le garçon et moi, dans les ténèbres de l'enfer. Les trois ponts à canons baignaient dans une fumée suffocante. Une épouvantable cacophonie y régnait, entre les explosions de canons, le fracas des tirs ennemis et les cris des blessés. De nombreux canonniers souffraient de saignements d'oreilles dus à la secousse des tirs.

L'aspirant, ayant aperçu quelque chose à faire, s'en alla en courant, tandis que, moi, qui n'avais rien à offrir, je continuais à descendre jusqu'à me retrouver une nouvelle fois sous la ligne de flottaison. Si *L'Orient* coulait, je pourrais au moins emporter le calendrier. Là, à fond de cale, les chirurgiens sciaient des membres à la lumière des lanternes qui se balançaient à chaque grondement des canons. Ma surdité partielle me permit au moins de supporter les cris des patients. Des marins se passaient des seaux d'eau pour laver le sang.

Une chaîne de garçons, alignés comme des singes, faisaient remonter depuis le magasin des cartouches ensachées ressemblant à des saucisses. Je me frayai un chemin devant eux pour accéder à la chambre forte, où la lumière était éteinte.

« J'ai besoin d'une lanterne ! criai-je à la sentinelle.

— Pas si près de la poudrière, imbécile ! »

Jurant copieusement, je tâtonnai dans le noir pour trouver le calendrier. Voilà que j'étais en train de fouiller dans le butin d'un roi, et, pour en sortir quoi que ce soit, il me faudrait traverser un ouragan de feu. Et si nous coulions ? Des millions de francs disparaîtraient au fond de la mer. Ne pourrais-je pas en enfouir un peu dans mes bottes ? *L'Orient* roulait à chaque bordée britannique. La charpente tremblait. Je me recroquevillai comme un enfant, poussant des petits gémissements pendant que je cherchais. On avait l'impression d'un bélier cognant contre une porte qui finirait tôt ou tard par s'enfoncer.

Puis un cri retentit.

« Au feu ! Au feu ! » La hantise de tout marin.

Je regardai dehors. La porte du magasin avait été refermée et les aides-artificiers galopaient vers le haut : nos canons n'allaient pas tarder à se taire. Au-dessus, tout était orange.

« Ouvrez les vannes pour inonder le magasin ! » cria quelqu'un, et j'entendis jaillir l'eau.

Je touchai le pont supérieur au-dessus de ma tête et tressaillis. Il était déjà anormalement chaud. Les blessés hurlaient de terreur.

Une tête apparut à l'écoutille au-dessus.

« Sortez de là, cinglé d'Américain ! Vous ne savez pas que le bateau est en feu ? »

Là ! Le calendrier ! Je le sentais sous ma main. Je le saisis et remontai l'échelle, poussé par la peur, laissant derrière moi une fortune. Le feu avait déjà pris un peu partout et l'incendie se propageait à une vitesse inimaginable. Goudron, chanvre, peinture, bois sec et toile, c'était autant de petit bois qui rendait le feu difficile à combattre.

Un marin français surgit devant moi, baïonnette au canon, les yeux hagards.

« C'est quoi, ça ? »

Il regardait l'objet étrange en ma possession.

« Un calendrier pour Bonaparte.

— Vous l'avez volé dans la chambre forte !

— J'ai des ordres pour le sauver.

— Montrez-les !

— Les documents sont restés en possession de Brueys. »

À moins qu'ils soient brûlés, pensai-je.

« Voleur ! Allons trouver le brigadier ! »

Il était devenu fou. En désespoir de cause, je regardai autour de moi. Des hommes sautaient des bouches à feu comme des rats fuyant le navire.

Je n'avais qu'une seconde pour me décider. Je pouvais me battre contre ce malade pour un anneau de métal ou bien l'échanger contre ma vie.

« Tenez ! »

Je lui lançai le calendrier. Il inclina son mousqueton pour l'attraper tant bien que mal, et j'en profitai pour le pousser et me précipiter sur le pont suivant.

« Revenez ! »

La situation était encore pire à cet endroit, avec des flammes et de la fumée partout. C'était un véritable charnier au milieu duquel des corps déchiquetés commençaient à rôtir dans la chaleur. Des yeux aveugles me fixaient, des mains suppliaient. On entendait la chair grésiller.

Je continuai à monter et regagnai le pont arrière hors d'haleine, secoué par la toux. Tout le gréement était en feu, formant une grande pyramide de flammes ; la fumée obscurcissait la lune et des débris brûlants retombaient en pluie comme venus de l'enfer. La cendre crissait sous mes pieds. Des affûts de canons étaient en morceaux, des marins gisaient sur le pont, fauchés comme des quilles, des grilles étaient tordues dans tous les sens. Je m'avançai en titubant vers la poupe. De chaque côté, au bastingage, des formes sombres se précipitaient dans la mer.

Je trébuchai littéralement sur le capitaine Casabianca. Il était couché, une grande plaie béante dans la poitrine, avec son fils de nouveau à côté de lui, la jambe tordue, à l'endroit où elle avait été cassée. Le père était mourant, mais il y avait encore une chance de sauver son fils. Je m'accroupis à côté. « Il faut sortir de là, Giocante, le bateau risque d'exploser. »

Je me mis à tousser. « Je t'aiderai à nager. »

Il secoua la tête. « Je ne veux pas abandonner mon père.

— Tu ne peux plus rien pour lui.

— Je ne veux pas quitter mon bateau. »

Une bôme en flammes tomba alors et rebondit sur le pont dans un grand fracas. Les Britanniques tirèrent une nouvelle salve faisant trembler le navire amiral français. Les grincements qui s'ensuivirent ressemblaient à des gémissements.

« Tu n'as plus de bateau !

— Partez, l'Américain, souffla le capitaine.

— Mais votre fils…

— C'est fini. »

Le garçon me toucha le visage en guise d'adieu. « Le devoir, dit-il.

— Tu as fait ton devoir ! Tu as la vie devant toi !

— Ma vie est ici. »

Sa voix tremblait, mais son visage était aussi calme que celui d'un ange dans une grotte de l'enfer. Voilà ce que c'est, quand on a décidé de croire en quelque chose, pensai-je. Voilà en quoi consiste le devoir. J'éprouvais de l'horreur et de l'admiration à la fois, un sentiment d'infériorité et aussi de la rage. Une jeune vie gâchée ! Mais l'était-elle vraiment ? Une bonne moitié des malheurs de l'histoire était due au fanatisme. Et pourtant, n'était-ce pas aussi l'étoffe des saints et des héros ? Son regard était aussi sombre et dur que du schiste et si j'avais eu le temps de regarder au fond, peut-être aurais-je appris tous les secrets du monde.

« Abandonnez le navire ! Abandonnez le navire ! »

Le cri fut répété encore et encore par les quelques officiers survivants.

« Nom de Dieu, je ne vais pas te laisser te sacrifier. »

Je l'empoignai.

Le garçon me repoussa avec une telle violence que je tombai de tout mon long.

« Vous n'êtes pas la France ! Partez ! »

Puis j'entendis une autre voix. « Vous ! »

C'était le marin fou, qui avait réussi à rejoindre le pont supérieur. Il avait le visage brûlé, ses vêtements fumaient. Une moitié de sa veste était trempée de sang. Ce qui ne l'empêchait pas de me mettre en joue !

Je courus vers le bastingage de la poupe, qui était caché par la fumée, et me retournai. Le père et le fils avaient presque disparu et leurs silhouettes vacillaient dans la chaleur. Je n'en revenais pas de les voir ainsi indéfectiblement liés à leur bateau, à leur devoir, à leur sort. Une telle attitude me semblait à la fois glorieuse, monstrueuse et enviable. Y avait-il une seule chose à laquelle je tienne à moitié autant ? Avais-je de la chance d'être comme je l'étais ? Je priai pour qu'ils meurent rapidement. Le marin qui me pourchassait, aveuglé par la fumée et épuisé par le sang qu'il avait perdu, vacillait tellement qu'il ne put même pas continuer à viser. Les flammes s'approchaient, prêtes à l'engloutir.

Fidèle à moi-même, je sautai.

Ce fut un acte de foi, une plongée dans le noir le plus complet : je ne voyais rien, mais je savais que l'eau en dessous serait jonchée d'hommes en train de se débattre et de monceaux de débris. Par miracle, j'échappai à tout cela et plongeai dans la Méditerranée. L'eau salée m'envahit les narines. Sa fraîcheur me procura un soulagement intense, en même temps qu'un répit pour mes ampoules. Je m'enfonçai dans un univers noir, puis me mis à battre des pieds. Quand je fis surface, je me hâtai de m'éloigner du navire de guerre en feu, sachant qu'il risquait de se transformer en un baril de poudre mortel, si le magasin n'avait pu être inondé à temps. En nageant, je sentais sa chaleur sur mon crâne. Si seulement je pouvais trouver un morceau d'épave auquel m'accrocher pour gagner le rivage…

Et là-dessus, *L'Orient* explosa.

Personne n'avait jamais entendu un tel bruit. À Alexandrie, à quelque soixante kilomètres de là, cela fit l'effet d'un coup de tonnerre, qui éclaira la ville comme en plein jour. La déflagration atteignit les Bédouins qui observaient la bataille depuis la plage, et leurs chevaux se cabrèrent, les jetant à terre. Elle me fit l'effet d'une gifle et m'assourdit complètement. Des mâts furent projetés en l'air, des canons lancés comme des cailloux. Des éclats de bois jaillissaient de tous côtés dans la pénombre, puis il se mit à pleuvoir des débris de bateau à des centaines de mètres à la ronde, qui tuèrent encore d'autres hommes. Des fourchettes tordues tombaient du ciel et venaient se ficher dans les bastingages. Des chaussures atterrirent avec fracas, lestées de leurs pieds fumants. La mer elle-même se creusa, me poussant vers la plage, puis la coque sous la ligne de flottaison se brisa et coula, nous entraînant tous dans son tourbillon gigantesque. Je me débattis désespérément et attrapai un morceau de bois avant d'être à nouveau aspiré par l'obscurité. Je m'accrochai de toutes mes forces à ma planche de salut. Mes oreilles me faisaient de plus en plus mal à mesure que j'étais absorbé par la spirale. Seigneur, j'avais l'impression d'être tiré vers le bas par un monstre ! Le fait d'être aspiré par le tourbillon eut au moins l'avantage de me préserver de la pluie de débris qui bombarda la surface de l'eau comme une averse de clous. Vue d'en dessous, on aurait dit un vitrail en mille morceaux. Ce spectacle, probablement le dernier dont je serais témoin, était empreint d'une beauté étrange.

Je serais incapable de dire à quelle profondeur je fus entraîné. J'avais mal à la tête, mes poumons me brûlaient. Puis, au moment où je pensais ne plus pouvoir retenir ma respiration, le bateau naufragé sembla relâcher son emprise et le morceau de bois auquel je m'étais accroché me fit enfin remonter. Je jaillis à la surface à bout de souffle, hurlant de douleur et de peur, cramponné au morceau de mât qui m'avait sauvé la vie. En tout cas, j'avais mal. Autrement dit, j'avais survécu, une fois de plus, pour le meilleur ou pour le pire. Je me mis sur le dos et clignai des yeux en regardant les étoiles. La fumée se dissipait. Je commençai à prendre conscience de ce qui m'entourait. La mer était jonchée de morceaux de bois et de corps déchiquetés. Le silence était quasi total à l'exception de quelques faibles appels au secours. L'explosion de *L'Orient* avait été tellement stupéfiante que tous les tirs s'étaient arrêtés.

L'équipage d'un des navires britanniques entama un cri de victoire, mais les marins devaient avoir la gorge trop serrée pour se réjouir.

Je dérivai. Le calendrier avait disparu. Comme tous les autres trésors enfouis dans la cale de *L'Orient*. Des navires naufragés brûlaient encore au clair de lune. La plupart avaient perdu leurs mâts. Tout était certainement terminé maintenant. Mais non, les équipages sortaient peu à peu du cauchemar, et, un quart d'heure plus tard, les tirs de canons reprirent, leur bruit sourd résonnant dans l'eau.

La bataille continuait. Comment expliquer une telle folie ? Des bordées sauvages résonnèrent toute la nuit comme le martèlement dans la fonderie du diable. Pendant plusieurs heures, je flottai, étourdi, gagné par le froid, jusqu'à ce que les canons finissent par se taire, à bout de forces, et que la mer s'éclaire, une éternité plus tard. L'aube venue, les hommes dormaient, affalés à côté de leurs pièces d'artillerie brûlantes.

Le lever du soleil permit de mesurer l'étendue du désastre français. La frégate *La Sérieuse* avait été la première à couler et à disparaître dans les profondeurs. *Le Spartiate* avait cessé de tirer à vingt-trois heures. Le *Franklin*, baptisé du nom de mon mentor, se rendit aux Britanniques à onze heures trente. Le capitaine du *Tonnant*, mortellement blessé, se fit sauter la cervelle avant la reddition de son navire. *L'Heureux* et *Le Mercure* s'étaient délibérément échoués pour ne pas couler. La frégate *L'Artémise* explosa, après que son capitaine y eut mis le feu, et *Le Timoléon* s'échoua pour être brûlé par son équipage le lendemain. *L'Aquilon*, *Le Guerrier*, *Le Conquérant* et *Le Peuple souverain* préférèrent se rendre. Pour les Français, la bataille du Nil n'était pas seulement un échec, mais un véritable anéantissement. Seuls deux navires de guerre et deux frégates avaient réussi à s'échapper. La bataille avait fait trois mille morts ou blessés du côté des Français. En un seul affrontement, Nelson avait anéanti la force navale française en Méditerranée. Un mois après avoir débarqué en Égypte, Napoléon se retrouvait coupé du monde extérieur.

Des centaines de survivants, certains brûlés et en sang, furent bientôt repêchés en mer par les chaloupes britanniques. Je surveillai les opérations avec fascination, puis finis par comprendre que je pouvais, moi aussi, être secouru.

« Par ici ! » criai-je finalement en anglais, tout en agitant les bras.

Je fus hissé à bord comme un poisson à bout de forces.

« De quel bateau viens-tu, l'ami ? me demandèrent-ils. Comment as-tu fait pour te mettre à l'eau ?

— *L'Orient* », répondis-je.

Ils me regardèrent comme si j'étais un fantôme.

« T'es un mangeur de grenouilles ou un sale traître ?

— Je suis américain. »

J'essayai d'essuyer le sel de mes yeux tout en montrant l'anneau à la licorne à mon doigt. « Et un agent pour le compte de sir Sidney Smith. »

Imaginez un boxeur sorti vainqueur d'un match difficile : c'est ainsi que m'apparut Horatio Nelson. Le lion d'Angleterre avait la tête pansée et était encore tout étourdi par la mauvaise blessure reçue juste au-dessus de son œil aveugle, et qui aurait pu le tuer, à quelques millimètres près. Il parlait avec difficulté à cause d'un mal de dents. À quarante ans, il avait des cheveux blancs et un visage marqué par la tension, conséquence de la perte d'un bras et d'un œil dans des combats précédents, et de la chasse qu'il menait contre Bonaparte. Il était à peine plus grand que Napoléon et encore plus maigre, avec des joues creuses et une voix nasillarde. Malgré cela, il aimait, autant que le général français, infliger une correction à ses ennemis, et, ce jour-là, il avait remporté une victoire sans précédent. Il ne s'était pas contenté de vaincre l'ennemi, il l'avait anéanti.

Son unique œil valide brillait d'une lumière céleste. En vérité, Nelson se voyait maintenant investi d'une mission divine : une quête pour la gloire, la mort et l'immortalité. Si on avait mis son ambition et celle de Bonaparte dans une même pièce, il y aurait eu combustion spontanée. Tournez-les avec une manivelle et elles émettraient des étincelles. C'étaient des bouteilles de Leyde remplies d'une charge électrique, posées parmi nous autres, barils de poudre mortels.

Tout comme Napoléon, l'amiral britannique était capable de galvaniser par sa seule présence une pièce remplie de subordonnés. Mais Nelson commandait non seulement avec dynamisme et énergie, mais aussi avec charme, et même affection. Il avait plus de charisme qu'un courtisan, et certains de ses capitaines se transformaient en chiots satisfaits. Ils étaient maintenant rassemblés autour de lui dans sa grande cabine, et regardaient leur amiral avec une vénération sans bornes tandis que, de mon côté, je le considérais avec une profonde méfiance.

« Comment diable connaissez-vous Smith ? » me demanda Nelson tandis que je me tenais devant lui, trempé, épuisé, avec les oreilles qui me sifflaient.

Le rhum et l'eau douce avaient quelque peu lavé le sel de ma gorge. « Après s'être échappé de la prison du Temple, sir Sidney m'a suivi, ayant appris que j'accompagnerais Bonaparte en Égypte, répondis-je d'une voix rauque. Après m'avoir permis d'échapper à une échauffourée sur la route de Toulon, il m'a demandé si je pouvais garder un œil sur Napoléon. J'ai donc rejoint la flotte française, pensant que tôt ou tard vous la trouveriez. Je ne savais pas comment les choses allaient tourner, mais si vous gagniez…

— Il ment », dit l'un des capitaines.

Je crois qu'il s'appelait Hardy.

Nelson esquissa un sourire. « Nous n'avons pas grand besoin de Smith ici, vous savez. »

Je regardai l'assemblée hostile formée par les capitaines. « Je ne le savais pas.

— L'homme est aussi vaniteux que moi. »

Un silence de mort se fit. Puis l'amiral éclata soudain de rire, et les autres l'imitèrent.

« Aussi vaniteux que moi ! Nous vivons tous deux pour la gloire ! »

Ils riaient maintenant à gorge déployée. Ils étaient épuisés, mais avaient le regard satisfait qu'ont les hommes qui ont survécu à une bonne bataille. Leurs navires étaient de véritables épaves, la mer couverte des restes du carnage, et ils venaient d'endurer assez d'horreurs pour alimenter les cauchemars de toute une vie. Mais ils avaient aussi toutes les raisons du monde d'être fiers.

Je souris de mon mieux.

« Valeureux combattant malgré tout, corrigea Nelson, si on peut éviter d'être dans la même pièce que lui. Tout le monde en Angleterre a fait des gorges chaudes de son évasion.

— Alors il a réussi à rentrer.

— Oui. Et il n'a pas fait mention de vous, si je me souviens bien.

— Notre rencontre n'a pas abouti, reconnus-je. Je ne lui ai jamais promis de lui servir d'espion. Mais il avait anticipé votre scepticisme, et m'avait donné ceci. »

Je levai la main droite. « C'est une chevalière gravée à ses armes. Il m'a dit que cela prouverait mes dires. »

Je l'enlevai et la fis circuler. Les officiers grommelèrent en la reconnaissant.

Nelson l'approcha de son œil valide. « C'est bien celle de ce bâtard de Smith. Voilà sa corne, ou devrais-je dire son sexe ? »

Ils éclatèrent tous de rire une nouvelle fois.

« Vous vous êtes engagé avec ce diable de Napoléon ?

— J'appartiens à l'équipe de savants qui étudient l'Égypte. J'ai fait mon apprentissage avec Benjamin

Franklin. J'étais en train de négocier certains accords commerciaux, il y avait des problèmes juridiques à Paris, une occasion pour goûter à l'aventure...

— Oui, oui. »

Il fit un signe de la main. « Quelle est la situation de l'armée de Bonaparte ?

— Elle a vaincu les mamelouks et pris le contrôle du Caire. »

Un murmure de déception parcourut la cabine.

« Et maintenant, il n'a plus de flotte, dit Nelson à ses officiers autant qu'à moi. Si nous ne pouvons pas encore atteindre Boney, Boney ne peut pas atteindre l'Inde. La liaison avec Tippoo Sahib ne se fera pas, et notre armée là-bas ne sera pas menacée. Il est pris au piège. »

J'acquiesçai. « Cela semble bien être le cas, amiral.

— Et le moral de ses troupes ? »

Je réfléchis. « Ils grognent, comme tous les soldats. Mais ils viennent aussi de conquérir l'Égypte. Ils doivent éprouver le même sentiment que vos marins qui viennent de battre Brueys. »

Nelson acquiesça. « Tout à fait. Terre et mer. Mer et terre. Ses chiffres ? »

Je haussai les épaules. « Je ne suis pas un soldat. Je sais que ses pertes ont été faibles.

— Hum ! Et les provisions ?

— Il se réapprovisionne en Égypte. »

Il tapa un grand coup sur la table. « Enfer et damnation ! Ce sera comme si nous voulions arracher un coquillage à un rocher ! »

Il me fixa de son œil valide. « Que voulez-vous faire maintenant ? »

Que faire, en effet ? J'avais déjà une chance folle d'être encore vivant. Bonaparte attendait que je résolve un mystère resté entier pour moi à ce jour, mon ami Talma se méfiait de mon amie Astiza, un coupeur de gorge arabe attendait, sans doute, l'occasion de jeter d'autres serpents dans mon lit, et un mystérieux tas de pierres en forme de pyramide était supposé avoir été construit pour représenter le monde ou Dieu, ou je ne sais quoi d'autre. J'avais à présent la possibilité de pouvoir tout arrêter et m'enfuir.

Mais je n'avais pas encore fini de comprendre la signification du médaillon. Peut-être pourrais-je récolter quelques miettes de trésor ou une part de pouvoir mystérieux. Ou le soustraire aux hallucinés du rite égyptien et du culte du serpent Apophis. Sans compter qu'une femme m'attendait.

« Je ne suis pas un stratège, amiral, mais il se peut que cette bataille change tout, dis-je. Nous ne connaîtrons pas la réaction de Bonaparte avant que les nouvelles lui soient parvenues. Je pourrais d'ailleurs les lui porter. Les Français ignorent tout de ma relation avec Smith. »

Retourner là-bas ? La bataille et le garçon mourant m'avaient profondément ébranlé. J'avais également un devoir, c'était d'aller retrouver Astiza et le médaillon. C'était de terminer, pour une fois, une chose que j'avais commencée.

« J'expliquerai la situation à Bonaparte et, si cela n'a aucun effet sur lui, je réunirai un maximum d'informations dans les mois à venir et reviendrai vous faire un rapport. »

Un plan avait germé dans ma tête.

« Un rendez-vous au large de la côte fin octobre, peut-être. Juste après le 21.

— Smith est annoncé dans la région à ce moment-là, remarqua Nelson.

— Et quel est votre intérêt d'agir ainsi ? me demanda Hardy.

— J'ai des comptes personnels à régler au Caire. Ensuite, j'aurai besoin d'un passage vers un port neutre. Après *L'Orient*, j'en ai assez de la guerre.

— Trois mois avant de revenir avec votre rapport ? objecta Nelson.

— Bonaparte mettra peut-être autant de temps à réagir et à concevoir de nouveaux plans.

— Nom de Dieu, protesta Hardy, cet homme a servi sur le navire amiral ennemi, et maintenant il veut qu'on le ramène à terre ? Je ne le crois pas un instant, bague ou pas.

— Je ne servais pas. J'observais. Je n'ai pas tiré le moindre coup de feu. »

Nelson réfléchissait, tout en tournant ma bague entre ses doigts. Puis il me la tendit.

« D'accord. Nous avons anéanti tellement de bateaux que vous ne comptez pas pour grand-chose à côté. Rapportez à Boney ce que vous avez vu : je veux qu'il sache qu'il est fichu. Toutefois, il nous faudra des mois pour rassembler une armée si nous voulons faire sortir le Corse d'Égypte. En attendant, je veux que vous me fassiez le compte de ses forces et jaugiez leur moral. S'il y a la moindre chance de reddition, je veux le savoir immédiatement. »

Napoléon sera autant enclin à abandonner que vous, amiral, pensai-je, mais je préférai ne rien dire.

« Si vous pouvez m'amener à terre…

— Nous trouverons un Égyptien pour vous déposer sur la plage demain, afin de ne pas éveiller les soupçons et ne pas laisser supposer que vous nous avez parlé.

— Demain ? Mais si vous voulez que j'informe Bonaparte…

— Dormez et mangez d'abord. Il n'y a aucune urgence, Gage. Les premières nouvelles vous ont certainement devancé. Une chaloupe nous a échappé qui a réussi à se glisser dans le port d'Alexandrie juste avant la bataille : je suis persuadé que le diplomate qui était à bord a pu assister à notre victoire du haut des toits. C'est le genre d'homme qui doit déjà être en route pour poursuivre sa mission. Comment s'appelle-t-il, Hardy ?

— Silano, d'après les rapports.

— Oui, c'est ça, dit Nelson. Un instrument de Talleyrand nommé Alessandro Silano. »

14

Ma première tâche, compte tenu de cette nouvelle fâcheuse, était de retrouver Talma : il devait me croire mort, après que la nouvelle de l'explosion de *L'Orient* se soit répandue à Alexandrie. Silano ici ? Était-ce « l'aide » à laquelle Bonaparte avait fait allusion ?

La flotte britannique, quelque peu endommagée, n'essaya pas de forcer les fortifications du port d'Alexandrie qui avaient été réparées. Elle préférait établir un blocus en patrouillant constamment devant. Quant à moi, une embarcation arabe me déposa sur la plage de la baie d'Aboukir. Personne ne prêta particulièrement attention à mon débarquement, les petits bateaux et les felouques étant occupés à explorer la mer pour récupérer des débris et dépouiller les morts. Profitant d'une trêve improvisée, des chaloupes françaises et britanniques remontaient également des corps. Sur le rivage, des blessés gémissaient, couchés sous des abris de toile rudimentaires. Je remontai sur la plage en pataugeant, l'air aussi loqueteux que les autres. J'aidai à transporter quelques blessés à l'ombre de voiles trouées, puis rejoignis un semblant de cortège de marins français qui cheminait péniblement en direction d'Alexandrie. La défaite les avait rendus amers, et, malgré leur regard de laissés-pour-compte, ils juraient à voix basse de prendre leur revanche sur les Anglais. La marche était interminable dans la chaleur torride et la poussière ; quand je m'arrêtais et que je regardais en arrière, je voyais des colonnes de fumée monter de bateaux français échoués. En marchant, nous longeâmes les ruines de civilisations depuis longtemps disparues. Une tête sculptée était renversée sur le côté. Un pied royal, grand comme une table, avec des orteils de la taille de citrouilles, dépassait d'un monceau de débris. Nous nous sentions comme des ruines passant devant des ruines. J'atteignis la ville à minuit passé.

Alexandrie grouillait comme un nid d'abeilles que l'on aurait dérangé. J'allai de maison en maison, en m'enquérant d'un Français à lunettes s'intéressant à des cures miracles ; je découvris ainsi que Talma avait logé dans la demeure d'un mamelouk mort, reconvertie en auberge par un commerçant opportuniste.

« Le malade ? répondit le propriétaire. Il a disparu sans emporter ni son sac ni son médicament. »

Cela n'augurait rien de bon. « Il n'a pas laissé de mot pour moi, Ethan Gage ?

— Vous êtes de ses amis ?

— Oui.

— Il me doit cent francs. »

Je payai sa dette et prétendis que le bagage de Talma était le mien, espérant que le journaliste était rentré en hâte au Caire. Afin de m'assurer qu'il n'était pas reparti en bateau, je me renseignai sur les quais.

« Cela ne ressemble pas à mon ami Talma de partir tout seul, dis-je, inquiet, à un surveillant français du port. Il n'est vraiment pas très aventureux.

— Dans ce cas, que fait-il en Égypte ?

— Il cherche des remèdes pour ses maux.

— L'imbécile. Il aurait dû aller prendre les eaux en Allemagne. »

Ce surveillant me confirma que le comte Silano était arrivé en Égypte, mais pas en provenance de la France. Il était venu en bateau depuis la côte syrienne. Il aurait débarqué avec deux énormes malles, un singe tenu par une chaîne en or, une maîtresse blonde, un cobra dans un panier, un cochon en cage et un gigantesque garde du corps noir. Et comme si cela ne suffisait pas pour se faire remarquer, il avait adopté les robes larges des Arabes, qu'il portait avec une ceinture en tissu jaune, des bottes de cavalerie autrichienne et une rapière française.

« Je suis venu pour déchiffrer les mystères de l'Égypte », avait-il proclamé.

Et ce, tandis que les coups de feu retentissaient encore et que le soleil se levait sur les ruines de la flotte française. Silano s'était assuré les services d'une caravane de chameaux et avait pris la route du Caire. Talma aurait-il pu partir avec lui ? Cela me semblait peu probable. À moins qu'Antoine n'ait suivi le comte pour l'espionner ?

Je me joignis à une patrouille de cavalerie jusqu'à Rosette et pris ensuite un bateau pour Le Caire. De loin, la capitale paraissait curieusement identique à elle-même après l'apocalypse survenue à Aboukir ; pourtant, les nouvelles du désastre m'avaient effectivement précédé.

« C'est comme si nous nous accrochions à une corde, dit un sergent qui m'escorta au quartier général de Napoléon. Voilà le Nil avec cette étroite bande de vert le long de la rive, et, de chaque côté, le désert, rien d'autre. Tombez dans le sable et on vous tuera pour vous arracher vos boutons. Mettez une garnison dans un village et vous risquez de vous réveiller avec un couteau en travers de la gorge. Couchez avec une femme et vous avez des chances de vous retrouver avec votre boisson empoisonnée ou vos testicules envolés. Caressez un chien, et vous risquez d'attraper la rage. Ici, nous ne pouvons marcher que dans deux dimensions, pas trois. Je me demande si cette corde à laquelle nous sommes accrochés ne servirait pas à nous pendre !

— Les Français sont en avance sur nous avec leur guillotine, dis-je en voulant faire de l'humour.

— Nelson nous a déjà coupé la tête. Voilà le corps, qui frétille encore au Caire. »

Cette analogie ne plaisait pas à Bonaparte, qui préférait probablement penser que l'amiral britannique nous avait coupé les pieds, tandis que lui, le cerveau, demeurait prêt à relever le défi. Quand je lui fis mon rapport au quartier général, il hésita entre faire porter toute la responsabilité à Brueys – « Pourquoi n'a-t-il pas mis le cap sur Corfou ? » – et insister sur le fait que la situation stratégique demeurait inchangée au fond. La France était toujours maîtresse de l'Égypte et à portée du Levant. Si l'Inde semblait maintenant s'être éloignée, la Syrie restait une cible tentante. Bientôt les richesses et la main-d'œuvre égyptiennes seraient utilement exploitées. Les Coptes chrétiens et les renégats mamelouks étaient en train d'être recrutés et versés dans les forces françaises. Un corps de chameliers transformerait le désert en une mer navigable. La conquête continuerait, avec Napoléon comme nouvel Alexandre.

Pourtant, après s'être répété tout cela comme pour se convaincre, il ne put cacher ses pensées sombres. « Brueys s'est montré courageux ? demanda-t-il.

— Un boulet de canon lui a coupé la jambe, mais il a refusé de quitter son poste. Il est mort en héros.

— Bien. C'est au moins ça.

— Il en a été de même pour Casabianca et son jeune fils. Le pont était en flammes et ils ont refusé d'abandonner le navire. Ils sont morts pour la France et ils ont accompli leur devoir, général. La bataille aurait pu tourner autrement. Mais quand *L'Orient* a explosé…

— Le trésor maltais tout entier a été englouti. Enfer et damnation ! Et l'amiral Villeneuve a fui ?

— Ses bateaux ne pouvaient pas entrer dans la bataille. Le vent était contre eux.

— Et vous aussi avez survécu. »

Il y avait de l'amertume dans sa voix.

« Je suis bon nageur.

— À ce qu'il paraît. À ce qu'il paraît. Vous êtes un véritable survivant, n'est-ce pas, Gage ? »

Il jouait avec son compas et me regardait de côté. « J'ai un nouvel arrivant qui s'inquiète de vous. Un certain comte Silano qui dit vous avoir connu à Paris. Il partage votre intérêt pour les antiquités et mène ses propres recherches. Je lui ai dit que vous étiez parti récupérer quelque chose sur le bateau et il a manifesté le souhait de l'examiner également. »

Je n'étais pas disposé à partager mes informations avec Silano.

« Le calendrier a été perdu dans la bataille, je le crains.

— Mon Dieu. Alors rien de bien n'est sorti de tout cela ?

— J'ai également perdu la trace d'Antoine Talma qui a disparu à Alexandrie. L'auriez-vous vu, général ?

— Le journaliste ?

— Il a travaillé dur pour mettre en valeur vos victoires.

— C'est ce que j'ai fait également pour les gagner. Je compte sur lui pour écrire ma biographie qui sera distribuée en France. Le peuple a besoin de savoir ce qui se passe réellement ici. Mais, pour vous répondre, non, je ne fais pas personnellement l'appel de trente-cinq mille hommes. Votre ami réapparaîtra, s'il ne s'est pas enfui. »

L'idée que certains d'entre nous puissent abandonner l'expédition égyptienne semblait obséder Bonaparte.

« Avez-vous maintenant une meilleure compréhension des pyramides et de votre collier ?

— J'ai examiné le calendrier. Il se peut qu'il indique des dates de bon augure.

— Pour quoi ?

— Je ne sais pas. »

Il referma brusquement le compas.

« Je commence à me demander si vous m'êtes vraiment utile, l'Américain. Et pourtant Silano me dit qu'il pourrait y avoir des renseignements importants, des renseignements d'ordre militaire dans ce que vous recherchez.

— Des renseignements militaires ?

— Des pouvoirs anciens. L'Égypte resta toute-puissante pendant des milliers d'années, et construisit des chefs-d'œuvre, pendant que le reste du monde vivait dans des huttes. Comment ? Pourquoi ?

— C'est à ces questions que nous autres savants essayons de répondre, dis-je. Je suis curieux de savoir s'il y a des références anciennes aux phénomènes d'électricité. Jomard a imaginé qu'ils auraient pu s'en servir pour déplacer leurs gigantesques blocs de pierre. Mais nous ne pouvons pas lire leurs hiéroglyphes, tout est à moitié enseveli dans le sable, et nous n'avons pas encore passé assez de temps aux pyramides.

— Ce à quoi nous allons remédier. Je vais aller les examiner moi-même. Mais d'abord, je veux que vous veniez à mon banquet ce soir. Il est grand temps que vous vous entreteniez avec Silano. »

Je fus surpris de mon soulagement quand je retrouvai Astiza. Peut-être était-ce dû à l'épreuve que je venais de traverser, ou à mon inquiétude au sujet de Talma, ou encore au constat déprimant dressé par le sergent à propos de notre situation en Égypte, l'arrivée de Silano au Caire, ou l'impatience de Bonaparte concernant l'avancée de mes recherches : quoi qu'il en soit, je me sentais particulièrement seul. Je n'étais rien d'autre qu'un Américain en exil, jeté au milieu d'une armée étrangère, dans un pays plus étranger encore. Alors qu'il n'y avait pas la moindre intimité entre nous, cette femme était devenue ma compagne et je la considérais comme une amie, même si je ne voulais pas le lui avouer. Et pourtant son passé mystérieux m'obligeait à rester sur mes gardes. Quand elle me salua, je scrutai son visage dans l'espoir d'y lire le moindre sentiment, mais elle parut simplement contente de me voir revenu indemne. Énoch et elle étaient impatients d'entendre mon témoignage, Le Caire bruissant de toutes sortes de rumeurs. Si jamais j'avais eu des doutes sur son intelligence, ils furent définitivement dissipés quand j'entendis les progrès qu'elle avait faits en français.

Énoch et Ashraf n'avaient aucune nouvelle de Talma, mais ils avaient entendu beaucoup d'histoires concernant Silano. Il était arrivé au Caire avec sa suite, avait pris contact avec quelques officiers francs-maçons et conféré avec des mystiques et des magiciens égyptiens. Bonaparte lui avait assigné des quartiers élégants dans la maison d'un autre bey mamelouk, et quantité de personnages avaient été vus entrant et sortant à toute heure de la journée et de la nuit. Il aurait questionné le général Desaix sur le projet imminent d'envoyer des troupes pour remonter le Nil.

« Il s'intéresse aux hommes avides de connaître les secrets du passé, ajouta Astiza. Il s'est constitué une garde personnelle de coupeurs de gorge bédouins, Ben Sadr lui a rendu visite, et il promène sa catin aux cheveux jaunes dans une calèche luxueuse.

— Et on dit qu'il te cherche, ajouta Énoch. Tout le monde se demandait si tu n'avais pas été piégé à Aboukir. As-tu rapporté le calendrier ?

— Je l'ai perdu, mais après avoir eu l'occasion de l'examiner. Quand j'ai aligné les anneaux d'une manière qui me rappelait le médaillon et les pyramides, j'ai eu l'impression qu'il désignait une date, un mois après l'équinoxe d'automne, le 21 octobre. Ce jour-là a-t-il une signification ici, en Égypte ? »

Énoch réfléchit.

« Pas vraiment. Le solstice, l'équinoxe ou le nouvel an, lorsque le Nil se met à monter, toutes ces dates ont une signification, mais je ne vois rien qui soit en rapport avec celle-là. Peut-être était-ce autrefois un jour saint mais, si tel est le cas, on en a oublié le sens. Je vais quand même consulter mes livres et mentionner cette date aux imams les plus érudits.

— Et qu'en est-il du médaillon ? » demandai-je.

Je regrettais de m'en être séparé mais, en même temps, je me félicitais de ne pas avoir risqué de le perdre à Aboukir.

Énoch le sortit et je contemplai avec soulagement son reflet doré familier.

« Plus je l'étudie, plus je le crois ancien. Plus ancien, en tout cas, que la majorité de ce qu'on trouve en Égypte. Les symboles doivent remonter aux temps anciens, quand les pyramides furent bâties. Nous ne possédons aucun livre de cette époque, mais, lorsque tu as mentionné le nom de Cléopâtre, tu m'as intrigué. C'était une Ptolémée qui vécut trois mille ans après les pyramides et elle avait autant de sang grec qu'égyptien. Quand elle fraya avec César et Antoine, elle était le dernier lien entre le monde romain et l'ancienne Égypte. Selon la légende, il existe un temple dont le site est aujourd'hui perdu, dédié à Hathor et à Isis, les déesses de l'éducation, de l'amour et de la sagesse. C'est là que Cléopâtre faisait ses dévotions. »

Il me montra des effigies des déesses. Isis ressemblait à une femme d'une beauté conventionnelle, avec une coiffe haute, alors qu'Hathor avait un physique étrange, avec un visage allongé et des oreilles saillantes comme celles d'une vache. Pas très belle, mais agréable à regarder.

« Le temple fut probablement reconstruit à l'ère ptolémaïque, dit Énoch, mais son origine doit être bien plus ancienne, peut-être aussi ancienne que les pyramides. Selon la légende, il était orienté en direction de l'étoile Dracon quand celle-ci indiquait le nord. Si tel est le cas, des secrets auraient pu être partagés entre les deux sites. Dans la mesure où je cherche quelque chose qui puisse se référer à une énigme, un sanctuaire ou une porte – tout ce que ce médaillon pourrait désigner –, je suis amené à passer les textes ptolémaïques au peigne fin.

— Et ? »

Il était visiblement ravi de travailler sur cette énigme.

« J'ai trouvé une référence grecque à un petit temple d'Isis fréquenté par Cléopâtre qui dit : "Le bâton de Min est la clé de la vie."

— Le bâton de Min ? Ben Sadr possède un bâton, avec une tête de serpent. Qui est Min ? »

Astiza sourit.

« Min est un dieu dont le nom a donné la racine du mot "homme", tout comme la déesse Maât ou Mut a donné celle de "mère". Mais son bâton ne ressemble pas à celui de Ben Sadr.

— Voici une autre image », dit Énoch en me la tendant.

Le dessin représentait un homme chauve, qui se tenait très droit, nanti d'un attribut particulièrement remarquable : un sexe en érection d'une longueur prodigieuse.

« Par toutes les âmes de Saratoga. Ils mettaient ça dans leurs églises ?

— C'est la nature, dit Astiza.

— Une nature bien généreuse », dirais-je.

J'avais du mal à cacher ma jalousie.

Ashraf esquissa un sourire malicieux. « Typique d'un Égyptien, mon ami américain. »

Je le regardai sévèrement, et il se mit à rire.

« Vous vous moquez tous de moi, grommelai-je.

— Non, non, Min est un vrai dieu, et ce dessin en est une vraie représentation, m'assura Énoch, bien que mon frère exagère quelque peu l'anatomie de nos concitoyens. "Le bâton de Min est la clé de la vie" n'est rien d'autre qu'une référence sexuelle et mythique. Dans nos récits de la Création, notre premier dieu avale sa propre semence et crache et défèque les premiers enfants.

— Que le diable t'entende !

— Et c'est l'ankh, l'ancêtre de votre croix chrétienne, qui est généralement considérée comme la clé de la vie éternelle. Mais pourquoi Min dans un temple d'Isis fréquenté par Cléopâtre ? Pourquoi "clé" au lieu de "essence" ou un autre mot ? Et pourquoi, à la suite : "La crypte conduira au paradis" ?

— En effet, pourquoi ?

— Nous ne savons pas. Ton médaillon est peut-être une clé incomplète. Les pyramides pointent vers le ciel. Qu'y a-t-il dans la crypte ? Mais ce que nous savons, comme je te l'ai dit, c'est que Silano a demandé à aller vers le sud pour remonter le Nil avec Desaix.

— En territoire ennemi ?

— Quelque part dans le sud se trouve le temple d'Hathor et d'Isis. »

Je réfléchis. « Silano a mené sa propre enquête dans des capitales anciennes. Peut-être est-il tombé sur les mêmes indices. Mais je parie qu'il a encore besoin du médaillon. Gardez-le ici, caché. Pour ma part, je vais voir le sorcier ce soir à un banquet, et s'il en est question, je prétendrai l'avoir perdu à la baie d'Aboukir. Cela pourrait être notre seul atout si nous sommes engagés dans une course pour trouver cette clé de vie.

— Ne va pas à ce banquet, dit Astiza. La déesse me dit que nous devons éviter cet homme.

— Et mon petit dieu, Bonaparte, me dit que je dois dîner avec lui. »

Elle semblait mal à l'aise. « Dans ce cas, ne lui dis rien.

— De mes recherches ? »

Et voilà que nous en arrivions au sujet que le journaliste avait soulevé.

« Ou de toi ? »

Elle rougit. « Il ne s'intéresse pas à tes serviteurs.

— Ah non ? Talma a entendu dire que tu fréquentais Silano au Caire. Antoine est allé à Alexandrie non pas pour enquêter sur Ben Sadr, mais sur toi. Que sais-tu exactement sur Alessandro Silano ? »

Elle se tut un peu trop longtemps.

« J'avais entendu parler de lui, dit-elle enfin. Il était venu pour étudier les Anciens, tout comme moi. Mais

343

son but était d'exploiter le passé, non pas de le protéger.

— Tu avais entendu parler de lui ? »

Par Hadès, j'avais entendu parler des Chinois, mais je n'avais jamais eu affaire à eux. Ce n'est pas ce que Talma m'avait laissé entendre.

« Ou l'as-tu connu d'une façon que tu refuses d'admettre, et que tu me caches depuis le début ?

— Le problème des hommes modernes, interrompit Énoch, est qu'ils posent trop de questions. Ils ne respectent aucun mystère. Cela crée des problèmes sans fin.

— Je veux savoir si elle connaissait…

— Les Anciens avaient compris qu'il y a des secrets qu'il vaut mieux préserver et des histoires qu'il vaut mieux oublier. Ne laisse pas tes ennemis te priver de tes amis, Ethan. »

J'étais furieux. « Sa venue ici n'est sûrement pas une coïncidence, insistai-je.

— Bien sûr que non. Tu te trouves ici, Ethan Gage. Ainsi que le médaillon.

— Je veux l'oublier, ajouta Astiza. Ce dont je me souviens, c'est qu'il est beaucoup plus dangereux qu'il n'y paraît. »

J'étais abasourdi, mais il était évident qu'ils n'allaient pas me livrer des détails intimes. Et peut-être en imaginais-je plus qu'il ne s'était passé.

« En tout cas, il ne peut pas nous faire grand mal en plein milieu de l'armée française, n'est-ce pas ? remarquai-je, pour dire quelque chose.

— Nous ne sommes plus en plein milieu de l'armée, nous sommes dans une ruelle du Caire, déclara Astiza qui semblait soucieuse. J'ai eu très peur pour toi en entendant parler de la bataille. Puis j'ai appris l'arrivée du comte Silano. »

J'aurais pu profiter de l'occasion pour la remercier de sa sollicitude, mais j'étais trop troublé.

« Et me voilà de retour, avec mon rifle et mon tomahawk, dis-je. Je n'ai pas peur de Silano. »

Elle soupira, et son parfum de jasmin m'enivra. Depuis notre marche forcée, elle était devenue, grâce à Énoch, une Égyptienne de toute beauté, avec des robes de soie et de lin, des bijoux en or copiés de l'antique aux bras et au cou, ses grands yeux lumineux rehaussés par le khôl. Les yeux de Cléopâtre. Sa silhouette évoquait les courbes des jarres en albâtre destinées aux parfums et aux onguents qu'on vendait sur le marché. Depuis le temps que je n'avais pas possédé une femme, je la désirais de toutes mes forces. Étant un savant, j'aurais pensé que mon esprit se complairait à des choses plus élevées, mais cela ne semblait pas fonctionner ainsi. Et pourtant, jusqu'où lui faire confiance ?

« Les armes ne servent à rien contre la magie, dit-elle. Il vaut mieux que je partage une nouvelle fois tes appartements pour garder un œil sur toi. Énoch comprend. Il te faut la protection des déesses. »

Nous étions en plein progrès.

« Si tu insistes…

— Il m'a fait préparer un autre lit. »

Mon sourire se figea.

« Quelle attention.

— Il importe que nous nous concentrions sur le mystère. »

Elle semblait pleine de conviction. Ou bien avait-elle l'intention de me torturer ? Peut-être cela revient-il au même chez les femmes.

J'essayai de paraître indifférent. « Arrange-toi simplement pour être suffisamment près de moi pour tuer le prochain serpent. »

L'esprit totalement confus, à la fois plein d'espoir et au comble de la frustration – danger fréquent quand on s'engage affectivement avec une femme –, je me rendis au banquet de Bonaparte. Son but était de rappeler aux officiers supérieurs que leur position en Égypte était toujours assurée et qu'ils devaient communiquer cette assurance à leurs troupes. Il était également important de montrer aux Égyptiens que, malgré le récent désastre naval, les Français se comportaient avec équanimité et continuaient à donner des dîners. Pour impressionner la population, on avait prévu de célébrer le nouvel an de la Révolution à l'équinoxe d'automne, le 21 septembre, un mois avant la date que j'avais cru deviner sur le calendrier. Des fanfares joueraient de la musique, il y aurait des courses de chevaux, et l'envol d'un des ballons à gaz de Conté.

Le banquet était aussi européen que possible. Des chaises avaient été réunies afin que personne ne soit obligé de s'asseoir par terre à la musulmane. Les assiettes en porcelaine, les gobelets à vin et à eau, l'argenterie, tout avait été emballé et transporté à travers le désert avec autant de soin que les cartouches et les canons. Malgré la chaleur, le menu comprenait, comme à l'accoutumée, soupe, viande, légumes et salade.

Silano, en revanche, jouait les orientalistes de service. Il était arrivé en robe et en turban, arborant le symbole maçonnique du compas et de l'équerre, avec la lettre *G* gravée au milieu. Talma aurait fulminé en voyant comment il se l'était appropriée. Il portait des bagues sur quatre doigts, une petite boucle à une oreille et un fourreau de rapière avec de l'or en filigrane sur fond d'émail rouge. Il se leva de table quand j'entrai et s'inclina.

« Monsieur Gage, l'Américain ! On m'a dit que vous étiez en Égypte et j'en ai la confirmation ! La dernière fois que nous avons eu le plaisir de nous voir, c'était à une partie de cartes, si vous vous souvenez.

— Pour moi, en tout cas, ce fut un plaisir. Je me souviens d'avoir gagné.

— Mais bien entendu, il doit y avoir un perdant ! Le plaisir réside dans le jeu, n'est-ce pas ? C'était en tout cas une distraction à ma portée. »

Il sourit.

« Et, si je comprends bien, le médaillon que vous avez gagné vous a permis de prendre part à cette expédition.

— Effectivement, ainsi qu'à un crime malen-contreux à Paris.

— Un ami ?

— Une prostituée. »

Il restait imperturbable.

« Oh, là là ! Je n'entends rien à ces choses. Mais il est vrai que vous êtes le savant, l'expert en électricité et en pyramides, alors que, moi, je suis un simple historien. »

Je pris place à table.

« Je n'ai malheureusement que des connaissances modestes dans les deux matières. Je suis honoré d'avoir été accepté dans cette expédition. Et vous êtes également magicien, m'a-t-on dit. Maître de l'occulte et du rite égyptien de Cagliostro.

— Vous exagérez mes talents, comme j'exagère peut-être les vôtres. Je ne suis qu'un simple chercheur du passé qui espère trouver des réponses pour l'avenir. Que pouvaient connaître les prêtres égyptiens qui est demeuré enfoui jusqu'à maintenant ? Notre libération

347

ouvre la voie au mariage de la technologie de l'Occident et de la sagesse de l'Orient.

— De quelle sagesse parlez-vous, comte ? » grommela Dumas, la bouche pleine.

Il mangeait comme il montait à cheval, au grand galop. « Je ne la vois pas dans les rues du Caire. Et les érudits, qu'ils soient scientifiques ou sorciers, n'ont pas accompli grand-chose. Ils mangent, parlent et gribouillent. »

Les officiers éclatèrent de rire. Les universitaires étaient considérés avec scepticisme et, aux yeux des soldats, les savants poursuivaient des buts inutiles et bloquaient l'armée en Égypte.

« Ce n'est pas juste envers nos savants, général, corrigea Bonaparte. Monge et Berthollet ont effectué une visée de canon cruciale dans la bataille sur la rivière. Gage a prouvé son habileté au tir avec son long rifle. Les scientifiques étaient avec l'infanterie dans les carrés. Des projets sont en cours pour la construction de moulins à vent, de canaux, d'usines et de fonderies. Conté prévoit de gonfler un de ses ballons ! Nous autres soldats, nous amorçons la libération, mais ce sont les érudits qui la complètent. Nous gagnons une bataille, mais ils conquièrent les esprits.

— Alors laissons-les faire et rentrons. »

Dumas reprit une cuisse de poulet.

« Les anciens prêtres étaient tout aussi utiles, dit Silano avec douceur. C'étaient des guérisseurs et des législateurs. Les Égyptiens connaissaient des formules magiques pour guérir les malades, gagner le cœur d'un amant, éloigner le mal et acquérir la fortune. Nous autres du rite égyptien avons vu des sorts influer sur le temps, rendre invulnérable au mal et guérir les mourants. On pourra, je l'espère, en apprendre davantage, maintenant que nous contrôlons le berceau de la civilisation.

— Vous faites l'éloge de la sorcellerie, prévint Dumas. Faites attention à votre âme.

— Apprendre n'est pas de la sorcellerie. Cela donne des outils aux soldats.

— Le sabre et le pistolet ont rendu bien des services jusqu'à maintenant.

— Et d'où vient la poudre à canon, sinon d'expérimentations alchimiques ? »

Dumas laissa échapper un rot en réponse. Le général était énorme, légèrement soûl. Une vraie tête brûlée. Peut-être me débarrasserait-il de Silano.

« Je contribue à la promotion de pouvoirs invisibles, comme l'électricité, continua Silano d'une voix suave, en me faisant un signe de la tête. Quelle est cette force mystérieuse que nous pouvons observer en frottant simplement de l'ambre ? Existe-t-il des énergies qui animent le monde ? Pouvons-nous transformer des éléments ordinaires en d'autres plus précieux ? Des mentors, tels que Cagliostro, Kolmer et Saint-Germain, nous ont ouvert la voie. M. Gage peut appliquer les idées du grand Franklin…

— Ha ! interrompit Dumas. Cagliostro fut démasqué comme imposteur dans une demi-douzaine de pays. Invulnérable au mal ? »

Il posa la main sur son lourd sabre de cavalerie et commença à dégainer.

« Essayez de jeter un sort contre ceci. »

Mais avant même qu'il ait pu le sortir complètement, la pointe de la rapière de Silano se retrouva sur la main du général. C'est à peine si quelqu'un remarqua le mouvement, aussi léger que le déplacement de l'aile d'un colibri, avec un sifflement au passage de la lame.

« Je n'ai pas besoin de magie pour gagner un simple duel », dit le comte d'un ton vaguement menaçant.

La salle était devenue silencieuse, sidérée par son agilité.

« Rengainez vos épées tous les deux, ordonna enfin Napoléon.

— Bien sûr. »

Silano glissa sa fine lame dans son fourreau, presque aussi rapidement qu'il l'avait sortie.

Dumas fit une grimace, mais laissa également son sabre retomber dans son fourreau. « Donc, vous dépendez de l'acier comme nous tous, murmura-t-il.

— Vous me défiez aussi dans mes autres pouvoirs ?

— J'aimerais les voir.

— L'âme de la science est le scepticisme, concéda le chimiste Berthollet. Une chose est de revendiquer la magie, c'en est une autre de la mettre en pratique, comte Silano. J'admire votre esprit curieux, mais des affirmations extraordinaires demandent des preuves extraordinaires.

— Peut-être devrais-je faire léviter les pyramides.

— Cela nous impressionnerait tous, j'en suis certain.

— Et pourtant, la découverte scientifique est un processus graduel d'expérimentations et de preuves, continua Silano. Il en va de même avec la magie et les pouvoirs anciens. J'espère bien pouvoir un jour faire léviter les pyramides, devenir invulnérable aux balles et atteindre l'immortalité. Mais pour l'instant, je ne suis qu'un simple chercheur, tout comme vous autres savants. C'est pourquoi, après avoir enquêté à Rome, à Constantinople et à Jérusalem, j'ai fait ce long voyage jusqu'en Égypte. L'Américain possède un médaillon qui pourrait m'être utile dans mes recherches, à condition qu'il me laisse l'étudier. »

Les regards se tournèrent vers moi. Je secouai la tête. « Il s'agit d'archéologie, et non de magie, et il n'est pas destiné à une expérience alchimique.

— L'étudier, ai-je dit.

— Ce à quoi s'emploient de vrais savants. Leurs méthodes sont crédibles. Le rite égyptien ne l'est pas. »

Le comte avait l'air d'un professeur déçu par un élève.

« Me traitez-vous de menteur, monsieur ?

— Non, c'est moi, interrompit à nouveau Dumas, jetant à terre son os. Un imposteur, un hypocrite et un charlatan. Je n'ai que faire de magiciens, d'alchimistes, de savants, de gitans ou de prêtres. Vous venez ici vêtu d'une robe et d'un turban comme un clown marseillais, et parlez de magie, mais je vous ai vu couper votre viande comme nous tous. Brandissez votre petite aiguille autant que vous voulez, mais voyons ce dont elle est capable dans une véritable bataille contre de vrais sabres. Je respecte les hommes qui se battent ou qui construisent, pas ceux qui parlent et qui rêvent. »

Contrarié, Silano lui jeta un regard mauvais.

« Vous venez de porter gravement atteinte à mon honneur et à ma dignité, général. Peut-être devrais-je vous défier. »

L'assemblée frémit à cette perspective. Silano avait la réputation d'un redoutable duelliste, et d'avoir vaincu au moins deux adversaires à Paris. Dumas, de son côté, était un véritable Goliath.

« Et peut-être devrais-je accepter votre défi, grommela le général.

— Il est interdit de se battre en duel, dit Napoléon sèchement. Vous le savez. Si l'un de vous s'y risque, je vous ferai exécuter tous les deux.

— Vous voilà sauvé pour l'instant, dit Dumas au comte. Mais vous feriez bien de trouver vos formules magiques, car quand nous serons rentrés en France…

— Pourquoi attendre ? dit Silano. Puis-je suggérer un autre concours ? Notre estimé chimiste a réclamé une expérience, alors permettez-moi d'en proposer une. Demain soir, pour le dîner, je vous apporterai un cochon de lait que j'ai fait venir de France. Comme vous le savez, les musulmans ne touchent pas à cet animal. Je suis donc son seul gardien. Vous prétendez que je n'ai pas de pouvoirs. Deux heures avant le dîner, je vous remettrai le cochon, que vous préparerez comme vous le souhaitez : rôti, bouilli, cuit au four ou à la poêle. Je ne m'en approcherai pas avant qu'il soit servi. Vous le couperez en quatre morceaux égaux et m'en servirez un, à votre choix. Vous-même en mangerez une part.

— À quoi mène cette idiotie ? demanda Dumas.

— Le lendemain de ce dîner, une de ces quatre choses se produira : ou nous serons morts tous les deux, ou ni l'un ni l'autre ne sera mort ; ou bien je serai mort, et vous non ; ou vous serez mort, et moi non. De ces quatre éventualités, je vous en céderai trois, et parierai cinq mille francs que, le lendemain du repas, vous serez mort et moi vivant. »

Le silence se fit à la table. Dumas avait l'air perturbé.

« C'est un des vieux paris de Cagliostro.

— Aucun de ses ennemis n'a jamais accepté de le relever. Vous avez la chance d'être le premier, général. Doutez-vous assez de mes pouvoirs pour dîner avec moi demain soir ?

— Vous mettrez en œuvre une supercherie ou un tour de magie quelconque !

— Vous avez dit que j'en étais incapable. Prouvez-le. »

Dumas se tourna vers nous. Autant il était sûr de lui au combat, autant il était hésitant dans une telle circonstance.

« Les duels sont interdits, mais je suis curieux de voir ce que peut donner ce pari », dit Bonaparte.

Il était visiblement ravi de constater le trouble de ce général qui l'avait remis en cause pendant la marche.

« Il est bien capable de m'empoisonner par un tour de passe-passe, j'en suis certain. »

Silano étendit les bras, se sentant proche de la victoire.

« Vous pouvez me fouiller de la tête aux pieds avant que nous prenions place à table, général. »

Dumas préféra alors renoncer.

« Tant pis. Je ne dînerai pas avec vous, que vous soyez Jésus, le diable ou le dernier homme sur terre. »

Il se leva, en repoussant sa chaise en arrière. « Aidez-le dans ses recherches si vous le souhaitez, dit-il à l'assemblée, mais je vous jure qu'il n'y a que des vieilles pierres dans ce satané désert. Vous regretterez d'avoir accordé de l'attention à ces parasites, que ce soit ce charlatan ou cette sangsue d'Américain. »

Sur ces mots, il sortit de la pièce en trombe.

Silano se tourna vers nous.

« En repoussant mon défi, Dumas montre qu'il est plus sage qu'on ne le dit. Il vivra donc et aura un fils qui fera de grandes choses. Je vous le prédis. Quant à moi, je demande seulement de pouvoir continuer mes recherches. Je souhaite rechercher des temples pendant que l'armée remonte le fleuve. Je vous accorde, courageux soldats, tout mon respect et ne demande en retour qu'une petite faveur. »

Il me regarda. « J'avais espéré que nous travaillerions ensemble, mais il semble que nous soyons rivaux.

— Je n'éprouve pas le moindre besoin de partager vos objectifs, pas plus que mes biens, répondis-je.

— Dans ce cas, Gage, vendez-moi plutôt votre médaillon. Dites-moi votre prix.

— Plus vous le voulez, moins je serai enclin à vous le donner.

— Allez au diable ! Vous êtes un frein au savoir ! » cria-t-il alors en tapant sur la table.

Cette fois, il avait jeté le masque, et laissé éclater sa rage et son désespoir. Il me regardait avec une haine implacable.

« Aidez-moi, sinon préparez-vous à subir le pire ! »

Monge bondit, indigné. « Comment osez-vous, monsieur ! Votre impertinence ne vous honore pas. Je suis tenté d'accepter moi-même votre défi ! »

Napoléon s'était levé, visiblement agacé par le tour qu'avait pris la discussion.

« Personne ne va manger du porc empoisonné. Je veux que, dès cette nuit, l'animal soit passé à la baïonnette et jeté dans le Nil. Gage, vous devez à mon indulgence d'être ici plutôt que dans une prison à Paris. Je vous ordonne d'aider le comte Silano dans toute la mesure du possible. »

Je me levai également. « Dans ce cas, je dois vous faire part de ce que j'hésitais à admettre. Le médaillon a disparu quand je suis passé par-dessus bord à Aboukir. »

La tablée se mit soudain à chuchoter. Chacun devait parier si je disais la vérité ou non. J'étais enchanté de susciter autant d'attention, même si cela risquait de m'attirer encore plus d'ennuis. Bonaparte avait l'air renfrogné.

« Vous n'en avez rien dit jusqu'à maintenant, dit Silano, sceptique.

— Je ne suis pas fier de ma mésaventure, répondis-je. Et je voulais que les officiers ici présents puissent constater quel mauvais perdant vous faites. »

Je me tournai vers les autres. « Ce noble n'est pas un érudit sérieux. C'est un joueur frustré, qui veut obtenir par la menace ce qu'il a perdu aux cartes. Je suis franc-maçon également et son rite égyptien est une déviance des préceptes de notre ordre. »

Silano bouillait de rage. « Il ment. Il ne serait pas revenu au Caire si ce médaillon n'était plus en sa possession.

— Bien sûr que si. Je fais partie de cette expédition en tant que savant, exactement comme Monge ou Berthollet. La seule personne qui ne soit pas revenue est mon ami Talma, l'écrivain, qui a disparu à Alexandrie au moment de votre arrivée. »

Silano se tourna vers les autres. « Encore de la magie. »

Ils éclatèrent de rire.

« Ne vous moquez pas, monsieur, dis-je. Savez-vous où est Antoine ?

— Si vous retrouvez votre médaillon, je pourrai peut-être vous aider à retrouver Talma.

— Je vous ai déjà dit que le médaillon était perdu !

— Et moi, que je ne vous croyais pas. Mon cher général Bonaparte, comment savoir de quel côté est cet Américain, cet homme qui parle anglais ?

— C'est monstrueux ! » criai-je.

Sans savoir vraiment de quel côté je devrais être, j'étais bien déterminé à rester de mon propre côté – quel qu'il soit. Comme avait dit Astiza, en quoi croyais-je vraiment ? À un satané trésor, aux belles femmes et à George Washington.

« Battez-vous en duel contre moi, dis-je pour le défier.

— Il n'y aura pas de duel ! ordonna Napoléon une nouvelle fois. Assez ! Vous vous comportez tous comme des enfants ! Gage, vous avez l'autorisation de quitter la table. »

Je me levai et m'inclinai. « Peut-être cela vaut-il mieux. »

Je sortis à reculons.

« Vous allez voir à quel point je suis un érudit sérieux », cria Silano à mon attention.

Puis je l'entendis dire à Napoléon :

« Cet Américain, vous ne devriez pas lui faire confiance. Il pourrait anéantir tous nos plans. »

À midi passé, le lendemain, Ash, Énoch, Astiza et moi, nous nous reposions près de la fontaine d'Énoch et discutions du dîner et des objectifs de Silano. Énoch avait armé ses serviteurs de gourdins. Sans avoir de raison véritable, nous nous sentions assiégés. Pourquoi Silano avait-il fait ce long voyage ? Quel était l'intérêt de Bonaparte ? Le général désirait-il également obtenir des pouvoirs occultes ? Ou bien donnions-nous trop d'importance à ce qui n'était finalement qu'une simple curiosité ?

Nous n'allions pas tarder à avoir la réponse : un coup bref retentit sur la porte d'Énoch, et Moustapha alla répondre. Il revint avec une jarre.

« Quelqu'un a laissé ceci. »

Le récipient de couleur argile était imposant, soixante centimètres de haut, et suffisamment lourd pour faire saillir les biceps du serviteur pendant qu'il le transportait et le déposait sur une table basse.

« Il n'y avait personne, et la rue était vide.

— Qu'est-ce que c'est ? demandai-je.

— C'est une jarre destinée à l'huile, dit Énoch. Ce n'est pas la coutume de livrer un cadeau ainsi. »

L'air méfiant, il se leva pour aller l'ouvrir.

« Attendez, dis-je. Et si c'était une bombe ?

— Une bombe ?

— Ou un cheval de Troie, dit Astiza qui connaissait aussi bien les légendes grecques que les légendes égyptiennes. Un ennemi laisse cela, nous le rentrons à l'intérieur…

— Et des soldats nains en sortent ? demanda Ashraf, quelque peu amusé.

— Non. Des serpents. »

Elle n'avait pas oublié l'incident à Alexandrie.

Énoch hésitait maintenant.

Ash se leva.

« Reculez et laissez-moi l'ouvrir.

— Prends un bâton, dit son frère.

— Je vais me servir d'une épée, et j'irai vite. »

Nous nous tenions un peu en arrière. De la pointe de son cimeterre, Ashraf brisa un cachet de cire sur le bord et dégagea le couvercle. Aucun bruit ne provenait de l'intérieur. Ash souleva doucement le couvercle du bout de sa lame et le rejeta de côté. Encore rien. Il se pencha avec précaution, cherchant avec son épée, puis il recula d'un bond.

« Serpent », confirma-t-il.

Enfer et damnation. J'en avais soupé de ces bêtes.

« Mais non, ce n'est pas possible, dit le mamelouk. La jarre est pleine d'huile. Je le sens. »

Il se rapprocha de la jarre qu'il sonda à nouveau. « Non… attendez. Le serpent est mort. »

Il paraissait troublé. « Que les dieux aient pitié.

— De quoi diable s'agit-il ? »

Le mamelouk fit la grimace, plongea la main dans la jarre et souleva quelque chose. Il en sortit une poignée de cheveux huileux enchevêtrés d'écailles de reptile. Apparut ensuite un objet rond, entouré des anneaux d'un serpent mort. L'huile dégoulinait d'une tête humaine.

Je poussai un gémissement. C'était Talma, les yeux grands ouverts sur le néant.

15

« Ils l'ont tué pour m'envoyer un message, dis-je.

— Mais pourquoi tuer ton ami pour récupérer quelque chose que tu assures ne pas avoir ? Pourquoi ne pas t'avoir tué, toi ? » demanda Ashraf.

Je n'en savais rien. La tête du pauvre Talma, avec ses cheveux semblables à des algues de rivière, avait été replongée provisoirement dans la jarre. Je ne voulais même pas essayer de deviner où pouvait être son corps.

« Ils n'y croient pas, expliqua Astiza. Ethan seul sait avec certitude si le médaillon existe encore et ce qu'il pourrait signifier. Ils veulent le contraindre, pas le tuer.

— C'est une bien piètre façon de s'y prendre, dis-je d'un ton lugubre.

— Qui est derrière tout cela ? demanda Énoch.

— Le Bédouin, Ahmed Ben Sadr.

— Il en est l'instrument, pas l'initiateur.

— Alors ce doit être Silano. Il m'a mis en garde et m'a conseillé de le prendre au sérieux. Il surgit et Antoine meurt. Tout cela est de ma faute. J'avais demandé à Talma d'enquêter sur Ben Sadr à Alexandrie. Talma a été kidnappé ou a suivi Silano pour l'espionner. Il a été pris et a refusé de parler. Que savait-il d'ailleurs ? Et sa mort est supposée me faire peur. »

Ash me tapa sur l'épaule.

« Sauf qu'il ne sait pas à quel guerrier il a affaire ! »

En réalité, j'étais assez humain pour avoir des cauchemars pendant un bon mois, mais ce ne sont pas des choses que l'on avoue dans un moment pareil. Ce dont j'étais certain, c'est que Silano n'aurait jamais, au grand jamais, mon médaillon.

« C'est ma faute, dit Astiza. Tu m'avais dit qu'il était allé à Alexandrie pour se renseigner sur moi.

— C'était son idée, pas la mienne ni la tienne. Inutile de te faire des reproches.

— Pourquoi ne m'a-t-il pas posé ses questions directement ? »

Parce que tu n'y réponds jamais complètement, pensai-je. Parce que tu te plais à entretenir le mystère. Mais je préférai ne rien dire. Accablés, nous restâmes assis pendant un moment, plongés dans un silence morose. Plus nous sommes innocents parfois, plus nous nous blâmons.

« Ton ami ne sera pas le dernier à périr, si Silano arrive à ses fins », finit par dire Énoch.

Le vieil homme me donnait l'impression d'en savoir plus.

« Qu'entends-tu par là ?

— L'enjeu est plus important que tu n'en as conscience, ou que ce qu'on t'a dit. Plus j'avance dans mon étude, plus j'ai peur, et plus je suis convaincu.

— De quoi ?

— Ton médaillon peut être une sorte d'indice ou de clé pour ouvrir une porte sacrée menant à une chambre forte cachée depuis longtemps. Ce pendentif a été l'objet de maintes quêtes et on se bat pour lui depuis des millénaires. Son mystère est sans doute resté entier, tout le temps qu'il demeura enfoui, probablement quelque part à Malte. Jusqu'à ce que Cagliostro en apprenne l'existence au cours de ses recherches là-bas et parte à sa poursuite. Cet objet afflige ceux qui n'en sont pas dignes et les rend fous. C'est devenu une énigme. Une clé sans serrure, une carte sans destination. Personne ne sait plus à quoi il se rapporte. Même moi, j'en reste sans voix.

— Peut-être ne sert-il à rien, dis-je avec un mélange d'espoir et de regret.

— À moins que son heure ne soit enfin venue. Silano ne t'aurait pas suivi jusqu'ici après ses recherches, s'il n'en attendait pas vraiment quelque chose.

— Comme trouver un trésor ?

— S'il ne s'agissait que de cela ! On peut parler de trésor, mais aussi de pouvoir. Je ne sais pas ce qui motive vraiment ce mystérieux Européen et son prétendu rite égyptien, mais si jamais Silano devait trouver ce que tant d'hommes ont convoité, il n'obtiendrait pas seulement la vie éternelle et une richesse inimaginable, mais l'accès à des secrets susceptibles de changer la face du monde. Certains hommes pourraient les utiliser pour bâtir. D'autres...

— De quels secrets s'agit-il ? Que diable êtes-vous tous en train de chercher ? »

Énoch soupira, réfléchissant à ce qu'il allait dire. « Le Livre de Thot, déclara-t-il enfin.

— Le livre de quoi ?

— Thot est le dieu égyptien de la sagesse et de la connaissance, dit Astiza. Votre mot anglais *thought* [1]* vient de là. Il est le trois fois grand, celui que les Grecs appelaient Hermès. Thot était là au début de l'Égypte.

---

1. Pensée. *(N.d.T.)*

— Les origines de notre nation sont mystérieuses, dit Énoch. Nous ne disposons d'aucune histoire. Mais l'Égypte existait avant tout le reste. Alors que des récits évoquent un éveil graduel, notre civilisation semble avoir surgi du sable, déjà achevée. Il n'existe aucun précédent de royaumes qui surgissent dotés de toutes les notions essentielles. D'où vient la connaissance ? Nous attribuons cette naissance spontanée à la sagesse de Thot.

— C'est lui qui inventa l'écriture, le dessin, l'arpentage, les mathématiques, l'astronomie et la médecine, expliqua Astiza. Nous ignorons d'où il vient, mais il a initié tout ce qui a suivi depuis. Pour nous, c'est l'équivalent de Prométhée, qui apporta le feu, ou bien d'Adam et d'Ève qui goûtèrent à la pomme de la connaissance. Oui, votre histoire biblique évoque un grand réveil similaire, mais elle s'en remémore avec hantise. Nous croyons qu'en ce temps-là les hommes étaient plus sages et férus de magie. Le monde était plus propre et plus heureux. »

Elle désigna un tableau sur le mur de la bibliothèque d'Énoch. C'était le portrait d'un homme avec une tête d'oiseau.

« C'est Thot ? »

Je trouve toujours dérangeants les personnages avec des têtes d'animaux. « Pourquoi un oiseau ? Ils sont encore plus bêtes que les ânes.

— C'est un ibis et nous autres Égyptiens admirons particulièrement l'union des humains et des animaux. »

Astiza avait répondu d'un ton quelque peu glacial. « Il est également représenté comme un babouin. Les Égyptiens ne voyaient pas une grande différence entre humains et animaux, homme et dieu, vie et mort, créateur et créé. Ce sont des parties d'un tout. C'est Thot qui préside le jury de quarante-deux dieux lorsque nos cœurs sont pesés à l'aune d'une plume d'oiseau. Nous devons avouer le mal que nous n'avons pas fait, sinon notre âme est dévorée par un crocodile.

— Je vois, dis-je, sans comprendre tout à fait.

— Il lui arrivait parfois de parcourir le monde pour observer, tout en faisant abstraction de sa sagesse afin de continuer à s'instruire. Les hommes l'ont appelé "le fou".

— Le fou ?

— Le bouffon, le simple d'esprit, le diseur de vérité, dit Énoch. Il revient périodiquement. On dit que le fou cherche le fou. »

Cette fois, j'étais vraiment complètement perturbé. N'était-ce pas ce que la gitane Sarylla avait dit au fond de la forêt française en distribuant les cartes du tarot ? Ce que j'avais pris pour quelque chose d'absurde aurait été une vraie prophétie ? Moi aussi, elle m'avait appelé « le fou ».

« Mais pourquoi tout ce remue-ménage pour un livre de plus ?

— Ce n'est pas un livre de plus, mais le premier livre, dit Énoch. Je ne te surprendrai pas en disant que les livres peuvent conduire le monde, que ce soit la Bible, le Coran, les travaux d'Isaac Newton ou les chansons de l'*Iliade* qui inspirèrent Alexandre. Au mieux, ces livres sont un concentré de pensée, de sagesse, d'espoir et de désir. On dit que le Livre de Thot est composé de quarante-deux rouleaux de papyrus, un petit échantillon des trente-six mille cinq cent trente-cinq rouleaux – cent pour chaque jour de l'année solaire – sur lesquels Thot a consigné ses connaissances secrètes, et qu'il a cachés un peu partout dans le monde, afin qu'ils soient découverts au bon moment par ceux qui en sont dignes. Ces rouleaux contiennent un résumé des pouvoirs les plus secrets des maîtres qui ont construit les pyramides : Puissance, Amour, Immortalité, Joie, Vengeance, Lévitation, Invisibilité. La capacité de voir le monde tel qu'il est vraiment, et non cette illusion dans laquelle nous vivons. Il y a un schéma qui sous-tend notre monde, une structure invisible, dont la légende prétend qu'elle peut être manipulée pour obtenir des effets magiques. Les anciens Égyptiens savaient comment procéder. Nous, nous avons oublié.

— C'est pour cela que tout le monde désire tellement mettre la main sur ce médaillon ?

— Oui. Il peut constituer un indice dans une quête vieille comme l'histoire. Imagine que les gens ne meurent plus, ou puissent être ressuscités. Un individu disposant de tout ce temps pourrait acquérir des connaissances susceptibles de lui permettre de dominer tous les autres hommes. Les armées deviendraient invincibles. Imagine une armée qui ne connaîtrait pas la peur ? Un tyran qui n'aurait pas de fin ? Et si ce que nous appelons magie n'était rien d'autre qu'une science ancienne consignée dans un livre apporté par un être, ou plusieurs êtres tellement anciens et sages que nous ne savons plus qui ils étaient et pourquoi ils sont venus ?

— Tu ne crois quand même pas que Bonaparte s'attend...

— Je ne pense pas que les Français sachent exactement ce qu'ils cherchent, ou ce que cela pourrait leur apporter, sinon ils seraient déjà en train de fouiller notre pays de fond en comble. Il y a des rumeurs, et cela suffit. Qu'ont-ils à perdre ? Bonaparte est un manipulateur. Il te fait travailler sur un problème, ainsi que des savants comme Jomard. À présent, Silano. Mais Silano est différent de vous, à mon avis. Il prétend travailler pour le gouvernement français et, en réalité, il profite de l'appui dont il bénéficie pour travailler dans son propre intérêt. Il suit les traces de Cagliostro et veut s'assurer que ces légendes sont vraies.

— Mais elles ne le sont pas, objectai-je. Tout cela est vraiment de la folie. Si ce livre existe, pourquoi n'en avons-nous jamais vu le moindre signe ? Les hommes sont toujours morts, même en Égypte ancienne. Ils doivent mourir pour que la société se renouvelle, pour que les jeunes puissent succéder aux vieux. Si ce n'était pas le cas, les gens deviendraient fous d'impatience. La mort naturelle serait remplacée par le meurtre.

— Ta sagesse est digne de quelqu'un de plus âgé ! cria Énoch. Tu commences à comprendre pourquoi de tels secrets furent rarement utilisés et doivent continuer à dormir. Le livre existe, mais il reste dangereux. Aucun simple mortel ne peut exercer un tel pouvoir divin. Thot savait que ses connaissances devaient rester à l'abri jusqu'à ce que notre état d'avancement moral et émotionnel soit à la hauteur de notre intelligence et de nos ambitions. C'est pourquoi il a caché ses livres quelque part. Mais ce rêve a toujours hanté les hommes au cours de l'histoire, et il se peut que des fragments des écrits aient été enseignés. Alexandre le Grand est venu en Égypte, il a rendu visite à l'oracle et est parti conquérir le monde. César et sa famille triomphèrent après qu'il eut étudié ici avec Cléopâtre. Les Arabes sont devenus la civilisation la plus puissante du monde après avoir envahi l'Égypte. Pourquoi les chrétiens sont-ils venus en Terre sainte au Moyen Âge ? Pour les croisades uniquement, ou pour des raisons plus profondes, plus secrètes ? Plus tard, d'autres Européens ont commencé à explorer les sites anciens. Pourquoi ? Certains prétendent que c'était pour y trouver des objets chrétiens. D'autres citent le Saint-Graal. Et si le Graal n'était qu'une métaphore de ce livre, une métaphore de la sagesse ultime ? Et si cela représentait un feu prométhéen de la plus dangereuse espèce ? Quelle bataille a jamais pu te convaincre que nous sommes dignes d'un tel savoir ? Nous nous conduisons comme des animaux. Notre ordre ancien est sorti lentement de sa léthargie, craignant que des tombes longtemps fermées ne soient sur le point de se rouvrir, et un livre de secrets, perdu depuis longtemps, sur le point d'être retrouvé. Et pourtant, nous ne savons pas nous-mêmes exactement ce que nous protégeons ! À présent, les mages impies sont arrivés avec votre Bonaparte.

— Tu veux dire les savants.

— Et ce sorcier, Silano.

— Préfères-tu détruire le médaillon pour que le livre ne puisse pas être retrouvé ?

— Non, dit Ashraf. Il a été découvert pour une raison. Ta venue est un signe en soi, Ethan Gage. Mais ces secrets sont destinés à l'Égypte, pas à la France.

— Nous avons nos propres espions, continua Astiza. Nous avons appris qu'un Américain arrivait avec quelque chose qui pouvait représenter une clé vers le passé, un objet perdu depuis des siècles qui constituait un indice pour retrouver des pouvoirs perdus depuis des millénaires. On nous a prévenus qu'il valait mieux te tuer. Mais au lieu de cela, tu as tué mon maître à Alexandrie, et j'ai compris qu'Isis avait un autre projet.

— Qui vous a prévenus ? »

Elle hésita. « Des gitans.

— Des gitans !

— Un groupe nous a envoyé un avertissement depuis la France. »

Je me reculai, troublé par cette nouvelle révélation. Par Jupiter et Jéhovah, aurais-je également été trahi par les Roms ? Stefan et Sarylla auraient-ils simplement voulu me distraire pendant qu'ils prévenaient les Égyptiens de mon arrivée ? N'étais-je qu'un simple pantin ? Et ces gens autour de moi maintenant, ces gens que j'aimais et en qui j'avais confiance, étaient-ils d'authentiques sources d'information susceptibles de me mener jusqu'à un précieux livre – ou tout simplement un repaire de gens ayant perdu la raison ?

« Qui êtes-vous vraiment ?

— Les derniers prêtres des dieux anciens, qui étaient eux-mêmes des manifestations terrestres d'une époque et d'une race douée de bien plus de sagesse que nous, dit Énoch. Leurs origines et leurs raisons d'être se sont perdues dans les brumes du passé. Nous sommes, si tu veux, une maçonnerie à notre manière, les héritiers du début et les veilleurs de la fin. Nous sommes des gardiens, sans grande certitude de ce que nous gardons, mais à qui on a fait confiance pour que ce livre ne tombe pas entre de mauvaises mains. Les anciennes religions ne meurent jamais complètement, elles sont absorbées par les nouvelles. Notre mission consiste à découvrir la porte avant que des opportunistes sans scrupule le fassent – et à la refermer ensuite pour toujours.

— Quelle porte ?

— C'est ce que nous ne savons pas.

— Et vous voulez la refermer après avoir jeté un coup d'œil à l'intérieur.

— Nous ne pouvons pas décider ce qui vaut mieux pour le livre avant de l'avoir trouvé. Nous devons voir s'il offre espoir ou danger, rédemption ou damnation. Mais jusqu'à ce que nous le trouvions, nous vivrons dans la peur que d'autres, beaucoup moins scrupuleux, s'en emparent d'abord. »

Je secouai la tête. « Vous ratez mon assassinat à Alexandrie et vous ne disposez pas de plus d'indices que moi, grommelai-je. Quel drôle de clergé vous faites !

— La déesse fait les choses en son temps, dit Astiza avec sérénité.

— Comme Silano. »

Je considérai notre petit groupe avec sévérité. « Isis n'a pas aidé le pauvre Talma, et elle ne nous protégera pas non plus. Je ne crois pas que nous soyons en sécurité ici.

— Ma maison est gardée... commença Énoch.

— Et connue. Ton adresse n'est plus un secret, comme la jarre nous l'a bien fait comprendre. Vous devez déménager, maintenant. Crois-tu qu'il ne viendra pas frapper à la porte quand il en aura assez ?

— Déménager ! Je ne m'enfuirai pas devant le mal. Je n'abandonnerai pas mes livres et mes objets. J'ai passé toute une vie à les réunir. Mes serviteurs me protégeront. D'ailleurs, déménager ma bibliothèque servirait seulement à révéler ma nouvelle cachette. Mon devoir est de continuer mes recherches, et le tien de poursuivre ton travail avec les savants, jusqu'à ce que nous sachions où se trouve cette porte afin de la protéger, avant que Silano puisse entrer. Nous sommes engagés dans une course pour redécouvrir quelque chose. Ne la perdons pas en fuyant. »

Énoch avait l'air furieux. Vouloir l'envoyer se mettre à l'abri revenait à arracher un coquillage de son rocher.

« Dans ce cas, il nous faut au moins un endroit parfaitement sûr pour Astiza et le médaillon, rétorquai-je. C'est de la folie de le garder ici. Et si on devait m'agresser ou me tuer, il serait impératif qu'on ne trouve pas le médaillon sur moi. D'ailleurs, si je suis kidnappé, le fait qu'on ne le trouve pas sur moi pourrait être la seule chose susceptible de me garder en vie. Astiza pourrait servir d'otage. Napoléon lui-même s'est rendu compte que je… euh… m'intéressais à elle. »

J'évitai de la regarder en disant cela.

« En attendant, Bonaparte va emmener un groupe de savants aux pyramides. Peut-être qu'à l'occasion nous apprendrons quelque chose pour tenir Silano à l'écart.

— On ne peut pas envoyer une belle jeune femme seule quelque part, dit Énoch.

— Dans ce cas, où, en Égypte, peut-on mettre une jeune femme ?

— Dans un harem », suggéra Ashraf.

Certaines visions érotiques me traversèrent aussitôt l'esprit à l'évocation de cette institution mystérieuse. J'imaginai des bains peu profonds, des esclaves avec des éventails, et des femmes à demi dévêtues et avides de sexe. Aurais-je le droit de visite ? Et si Astiza entrait dans un harem, pourrait-elle en ressortir ?

« Je refuse d'être enfermée dans un sérail, dit Astiza. Je n'appartiens à aucun homme. »

En fait, tu m'appartiens, pensai-je, mais le moment ne me semblait pas propice pour en discuter.

« Dans un harem, aucun homme ne peut entrer en dehors du maître ni même savoir ce qui s'y passe, insista Ashraf. Je connais un noble, Yousouf al-Beni, qui n'a pas fui devant les Français et qui occupe toujours sa demeure avec les membres de sa maisonnée. Il pourrait donner refuge à une prêtresse dans son harem, sans la considérer comme une nouvelle recrue, mais comme une invitée.

— Ce Yousouf est un homme de confiance ?

— On doit pouvoir l'acheter.

— Je ne veux pas rester à l'écart des événements à faire de la couture avec des idiotes », dit Astiza.

Son indépendance manifeste était une des choses qui me plaisaient chez elle.

« Et tu ne veux pas non plus te retrouver morte ou peut-être pire, répondis-je. L'idée d'Ashraf est excellente. Reste cachée là-bas avec le médaillon, en tant qu'invitée, pendant que je vais aux pyramides avec Énoch. Ne sors pas. N'aie pas l'air d'attacher la moindre importance à ce pendentif si par hasard quelqu'un le remarque dans le harem. Espérons que les intrigues de Silano finiront par causer sa perte. Bonaparte va s'apercevoir de ses manœuvres et il comprendra que le comte veut usurper ces pouvoirs pour lui-même, au lieu d'en faire profiter la France.

— C'est tout aussi risqué de me laisser seule, dit Astiza.

— Tu ne seras pas seule, tu seras avec un groupe d'idiotes, pour reprendre ta propre expression. Reste cachée et attends. Sitôt le Livre de Thot retrouvé, je viendrai te chercher. »

16

La visite de Napoléon aux pyramides se déroula de manière plus grandiose que celle que j'avais faite précédemment avec Talma et Jomard. Plus de cent officiers, soldats d'escorte, guides, serviteurs et scientifiques traversèrent le Nil et grimpèrent jusqu'au plateau de Gizeh. Cela ressemblait à une sortie de vacances, avec une caravane d'ânes chargés des épouses françaises et des maîtresses, et d'une abondance de fruits, de sucreries, de viandes et de vin. Des parasols furent déployés contre le soleil, des tapis étendus sur le sable. Notre repas allait se dérouler près d'un site éternel.

Silano brillait par son absence. On me rapporta qu'il menait sa propre enquête au Caire. J'étais heureux d'avoir mis Astiza à l'abri.

Pendant que nous grimpions péniblement, je rapportai à Bonaparte l'affreuse mort de Talma, curieux de voir sa réaction, et soucieux de semer le doute dans son esprit à propos de mon rival. Malheureusement, ma nouvelle sembla davantage agacer notre commandeur que le choquer.

« Le journaliste avait à peine commencé ma biographie ! Il n'aurait pas dû s'éloigner avant que le pays ait été pacifié.

— Mon ami a disparu au moment de l'arrivée de Silano, général. Est-ce vraiment une coïncidence ? Je crains que le comte ne soit impliqué dans ce meurtre. Ou Ben Sadr, ce maraudeur bédouin.

— Ce maraudeur est notre allié, monsieur Gage. Comme l'est le comte, un agent de Talleyrand en personne. Il m'assure ne rien savoir de Talma et, en tout cas, n'a aucun intérêt dans sa disparition. N'est-ce pas ?

— Il veut le médaillon.

— Que vous prétendez avoir perdu. Dans une nation d'un million d'indigènes rebelles, pourquoi soupçonner seulement les gens qui sont de notre côté ?

— Le sont-ils vraiment ?

— Ils sont de mon côté ! Comme vous le serez aussi, quand vous aurez commencé à résoudre les mystères pour lesquels nous vous avons fait venir ici. Vous commencez par perdre votre médaillon et le calendrier, et maintenant vous proférez des accusations contre nos collègues ! Talma est mort ! Cela peut arriver à la guerre !

— On ne vous livre pas leur tête dans une jarre.

— J'ai vu pire. Écoutez. Vous avez été témoin de la défaite de notre flotte. Notre succès est menacé. Nous sommes coupés de la France. Des rebelles mamelouks se rassemblent dans le sud. La population ne s'est pas encore résignée à sa nouvelle situation. Des insurgés commettent des atrocités dans le seul but de semer le genre de terreur et de confusion que vous éprouvez en ce moment. Ne vous laissez pas ébranler, Gage ! Vous êtes ici pour résoudre des mystères, pas pour en créer.

— Général, je fais de mon mieux, mais la tête de Talma était de toute évidence un message…

— Un message disant que le temps presse. Je ne peux pas me permettre de manifester de la sympathie, parce que la sympathie est une forme de faiblesse, et que toute faiblesse de ma part risque de mener à notre destruction. Gage, j'ai toléré la présence d'un Américain parce qu'on m'avait dit que vous seriez un investissement utile dans l'enquête concernant les anciens Égyptiens. Comprenez-vous les pyramides, oui ou non ?

— J'essaie, général.

— Tâchez de réussir car, dès que vous ne me serez plus utile, je vous ferai mettre en prison. »

Après sa mise en garde, il regarda au loin.

« Elles sont vraiment grandes, n'est-ce pas ? »

L'admiration que j'avais ressentie lors de ma première visite fut bientôt partagée par les autres quand ils découvrirent le sphinx et, derrière, les pyramides. Le bavardage habituel cessa. Nous nous regroupâmes sur le sable comme des fourmis, conscients des millénaires écoulés. Leurs ombres sur le sable étaient aussi distinctes que les pyramides elles-mêmes. Insensible aux fantômes des ouvriers ou des pharaons disparus, c'était la sérénité des monuments eux-mêmes que je ressentais au plus profond de moi.

Napoléon, quant à lui, examinait les monuments avec l'attention d'un quartier-maître.

« Simples comme une construction d'enfant, mais elles sont vraiment grandes. Regardez ce volume de pierres, Monge ! Construire cette grande-là revient à commander une armée. Quelles en sont les dimensions, Jomard ?

— Nous creusons toujours pour trouver la base et les coins, répondit l'officier. La Grande Pyramide mesure au moins deux cent trente mètres de côté, et plus de cent quarante mètres de haut. La base couvre plus de cinq hectares, et, malgré la taille imposante des pierres, il doit y en avoir au moins deux millions et demi. Le volume est suffisant pour contenir n'importe quelle cathédrale d'Europe. C'est la plus grande structure du monde.

— Tant de pierres », murmura Napoléon.

Il demanda également les dimensions des deux autres pyramides et se mit à faire ses propres calculs à l'aide d'un crayon de Conté. Il jonglait avec les mathématiques comme d'autres griffonnent.

« D'où pensez-vous que viennent les pierres, Dolomieu ? demanda-t-il tout en calculant.

— D'un endroit proche, répondit le géologue. Ces blocs sont du calcaire, comme le soubassement du plateau. C'est pourquoi ils ont l'air érodés. Le calcaire n'est pas très dur et s'use sous l'action de l'eau. En fait, les formations de calcaire présentent souvent des grottes. Nous pourrions nous attendre à en trouver ici, même si je pense que ce plateau est plein étant donné le degré de sécheresse. Il semblerait qu'il y ait également du granit à l'intérieur de la pyramide, apporté de très loin sans doute. À mon avis, le calcaire en surface provient également d'une carrière différente, avec des pierres de meilleure qualité. »

Napoléon montra ses calculs.

« Regardez, c'est absurde. Avec la pierre contenue dans ces pyramides, on pourrait édifier un mur de deux mètres de haut et d'un mètre d'épaisseur tout autour de la France.

— J'espère que vous ne comptez pas sur nous pour le faire, général, plaisanta Monge. Cela ferait des millions de tonnes à transporter jusque chez nous.

— En effet. »

Il se mit à rire. « J'ai enfin trouvé un souverain dont les ambitions éclipsent les miennes ! Khéops, tu m'écrases ! Mais pourquoi ne pas simplement creuser un tunnel dans une montagne ? Est-il vrai que les pilleurs de tombes arabes n'ont pas trouvé de cadavre à l'intérieur ?

— Rien ne prouve que quelqu'un ait été enterré ici, dit Jomard. Le passage principal a été obturé par d'énormes blocs de granit qui semblent ne rien avoir protégé du tout.

— Nous nous trouvons donc devant un autre mystère.

— Peut-être. À moins que les pyramides n'aient servi à d'autres fins, ce que je pense personnellement. Par exemple, l'emplacement des pyramides, près du trentième parallèle, m'intrigue. Elles se situent presque exactement au tiers de la distance entre l'équateur et le pôle Nord. Comme je l'avais expliqué à Gage, ces monuments anciens permettent d'envisager que les Égyptiens auraient pu comprendre la nature et la taille de notre planète.

— Si tel est le cas, ils étaient plus intelligents que la majorité des officiers de mon armée, dit Bonaparte.

— Également frappant, le fait que la Grande Pyramide et ses compagnes soient orientées dans les directions cardinales, nord, sud, est et ouest, avec davantage de précision que ne peuvent généralement obtenir nos arpenteurs actuels. Si vous tracez une ligne depuis le centre de la pyramide jusqu'à la Méditerranée, elle coupe juste en deux le delta du Nil. Si vous tracez des diagonales d'un coin à l'autre d'une pyramide, et que vous les prolongez, une en direction du nord-est, et une vers le nord-ouest, elles forment un triangle dans lequel s'insère parfaitement le delta. Cet emplacement n'a pas été choisi par hasard, général.

— Curieux. Un emplacement symbolique pour réunir la Haute et la Basse-Égypte, peut-être. Pensez-vous que la pyramide soit la manifestation d'une volonté politique ? »

Jomard se sentit encouragé qu'on prête autant d'attention à ses théories, alors que les autres officiers s'étaient moqués de lui.

« Il est également intéressant de considérer l'apothème de la pyramide, dit-il avec enthousiasme.

— Qu'est-ce qu'un apothème ? intervins-je.

— Si vous tracez une ligne au milieu d'un côté de la pyramide, du sommet jusqu'à la base de la pyramide, expliqua le mathématicien Monge, vous créez ainsi deux triangles. C'est cette ligne que l'on appelle apothème.

— Ah !

— Il semblerait que l'apothème mesure exactement cent quatre-vingt-trois mètres, continua Jomard, autrement dit la longueur d'un stade grec. C'est une mesure qu'on retrouve fréquemment dans le monde antique. La pyramide aurait-elle institué une mesure standard, ou aurait-elle été construite selon des normes bien antérieures aux Grecs ?

— Possible, dit Bonaparte. Mais s'en servir comme instrument de mesure semble un prétexte encore plus absurde pour un tel monument que pour une tombe.

— Comme vous le savez, général, chaque degré de latitude ou de longitude est divisé en soixante minutes. Et cet apothème représente justement un dixième d'une minute d'un degré. Est-ce une simple coïncidence ? Encore plus étrange, le périmètre de la pyramide à sa base est égal à une demi-minute, et deux tours à une minute entière. Qui plus est, le périmètre de la base de la pyramide semble être égal à la circonférence d'un cercle dont le rayon est égal à la hauteur de la pyramide. On dirait que la taille de la pyramide a été déterminée de façon à encoder les dimensions de notre planète.

— Cette division de la Terre en trois cent soixante degrés est une convention moderne, non ?

— Au contraire, ce nombre remonte à Babylone et à l'Égypte. Les Anciens ont choisi trois cent soixante parce que c'est le nombre de jours dans l'année.

— Mais l'année en comporte trois cent soixante-cinq, objectai-je. Et un quart.

— Dès que cela leur apparut évident, les Égyptiens ajoutèrent cinq jours saints, dit Jomard, tout comme nous autres révolutionnaires avons ajouté des jours de fête à nos trente-six semaines de dix jours. D'après moi, les gens qui ont bâti ce monument connaissaient la taille et la forme de la Terre. Ils ont incorporé ces dimensions dans la construction afin qu'elles ne soient pas perdues, au cas où le savoir déclinerait dans l'avenir. Ils ont peut-être anticipé l'obscurantisme du Moyen Âge. »

Napoléon semblait s'impatienter.

« Et pourquoi ? »

Jomard haussa les épaules. « Peut-être pour rééduquer l'humanité. Peut-être simplement pour montrer qu'ils savaient. Nous érigeons des monuments à la gloire de Dieu et aux victoires militaires. Peut-être construisaient-ils des monuments à la gloire des mathématiques et de la science. »

Personnellement, cela me semblait improbable que des gens, il y a si longtemps, aient pu en savoir autant. Et pourtant, il y avait quelque chose de fondamentalement authentique dans la pyramide, comme si elle essayait de transmettre des vérités éternelles. Franklin avait évoqué une authenticité similaire à propos des dimensions des temples grecs, et je me souvenais que Jomard avait tout relié à cette étrange séquence de nombres de Fibonacci. Une nouvelle fois, je me demandai si ces jeux arithmétiques avaient le moindre rapport avec le mystère de mon médaillon. Les mathématiques m'embrouillaient l'esprit.

Bonaparte se tourna vers moi. « Et qu'en pense notre ami américain ? Comment voit-on les choses depuis le Nouveau Monde ?

— Les Américains croient que tout ce que nous faisons doit avoir un but, dis-je, en essayant de paraître plus sage que je ne l'étais. Nous sommes pratiques, comme vous l'avez dit. Alors quelle est l'utilisation pratique de ce monument ? Peut-être Jomard a-t-il raison quand il penche pour une autre utilisation qu'une tombe. »

Napoléon n'était pas dupe de mes divagations. « En tout cas, on peut dire que la pyramide penche aussi. »

Nous rîmes poliment.

« Venez. Je veux voir l'intérieur. »

Tandis que la majorité de notre groupe se contentait de pique-niquer, quelques-uns d'entre nous pénétrèrent par le trou noir situé dans la face nord de la pyramide. Un portail en calcaire marquait l'entrée d'origine de la pyramide construite par les anciens Égyptiens. Cette entrée, nous expliqua Jomard, apparut lorsque les musulmans enlevèrent le revêtement de la pyramide pour construire Le Caire. Dans les anciens temps, elle avait été dissimulée par une porte de pierres à charnières habilement cachée. Personne ne connaissait son emplacement exact. Avant qu'elle soit retrouvée, les Arabes du Moyen Âge s'efforcèrent de créer tout simplement une nouvelle entrée, afin de pouvoir piller la pyramide. En 820, le calife Abd Allah al-Ma'mun, sachant que les historiens avaient indiqué une entrée du côté nord, demanda à des ingénieurs et à des maçons de forer un tunnel dans la pyramide dans l'espoir de déboucher dans les couloirs et les puits du monument. Par chance, il commença juste en dessous de l'entrée d'origine. Ce fut par cette excavation que nous entrâmes.

Bien qu'ils aient mal estimé l'emplacement de l'entrée, les ouvriers arabes débouchèrent rapidement dans une galerie construite par les Égyptiens. Haute d'environ un mètre vingt, elle descendait en biais depuis l'entrée d'origine, à un angle que Jomard calcula être de vingt-trois degrés. Rampant vers le haut, les Arabes trouvèrent l'entrée d'origine ainsi qu'une autre galerie qui montait dans la pyramide. Elle formait un angle identique à celui formé par la galerie descendante. Aucune chronique ancienne n'avait jamais fait mention d'une telle galerie ascendante, et elle était bouchée par des blocs de granit, trop durs pour être percés au ciseau. Croyant avoir trouvé une voie secrète menant vers un trésor, Al-Ma'mun ordonna à ses hommes de s'attaquer au calcaire, plus tendre, autour des blocs obturant le passage. Il faisait chaud, c'était un travail sale et malsain. Après le premier bloc de granit, ils en trouvèrent un deuxième, puis un troisième. Au prix d'un effort extrême, ils rejoignirent la galerie ascendante et s'aperçurent qu'elle était maintenant bouchée par le calcaire. Pleins de détermination, ils la creusèrent également. Arrivés enfin de l'autre côté, ils trouvèrent…

« Rien, dit Jomard. Il y a pourtant quelque chose que vous allez voir aujourd'hui. »

Guidés par le géographe, nous explorâmes ce labyrinthe architectural, puis nous nous baissâmes pour aller regarder dans la galerie descendante que les Arabes avaient trouvée en premier. L'obscurité était totale à l'extrémité.

« Pourquoi une pente plutôt que des marches ? demanda Napoléon.

— Peut-être pour faire glisser des choses, dit Jomard. À moins qu'il ne s'agisse pas du tout d'une entrée, mais d'un passage destiné à une autre fonction, comme à une conduite ou bien à un télescope pointé vers une étoile particulière.

— Le plus grand monument du monde, dit Bonaparte, et il n'a aucun sens. Il y a là quelque chose qui nous échappe. »

À l'aide de torches portées par des guides locaux, nous descendîmes prudemment sur une centaine de mètres, en marchant de côté pour ne pas tomber. Une galerie aux parois lisses, creusée dans le soubassement calcaire, succéda aux blocs taillés. Elle déboucha sur une pièce au sol irrégulier, semblable à une caverne. Elle comportait une fosse et paraissait inachevée.

« Comme vous pouvez le constater, cette galerie ne semble mener nulle part, dit Jomard. Nous n'avons rien trouvé d'intéressant.

— Dans ce cas, que faisons-nous ici ? demanda Bonaparte.

— Ne trouvez-vous pas étrange cette absence de but ? Pourquoi avoir creusé jusqu'ici ? Et attendez, cela devient encore mieux. Remontons. »

Nous nous exécutâmes, suant et soufflant. La poussière et les déjections de chauves-souris maculaient nos vêtements. L'air était chaud dans la pyramide, humide, avec une odeur de moisi.

Revenus à la jonction entre le tunnel et les galeries, nous remontâmes au-dessus de notre point d'entrée initial et pénétrâmes dans la galerie ascendante creusée avec tant de difficulté par les hommes d'Al-Ma'mun. Sa pente était identique à celle que nous venions de descendre, et, là encore, le plafond était trop bas pour que l'on puisse se tenir debout. En l'absence de marches, notre montée se révéla particulièrement difficile. Après avoir parcouru une soixantaine de mètres, nous arrivâmes à une nouvelle jonction. Devant nous, à l'horizontale, un passage bas conduisait à une chambre avec un plafond à pignon sans rien de remarquable, que les Arabes avaient baptisée « la Chambre de la reine », bien que, selon nos guides, rien ne prouvait qu'une reine y ait jamais été enterrée. Nous rampâmes jusque-là et nous nous redressâmes. Une alcôve avait été creusée à une extrémité, destinée peut-être à une statue ou à un cercueil debout, mais elle était vide. La pièce frappait par sa simplicité, avec ses blocs de granit de plusieurs tonnes sans le moindre signe distinctif et si parfaitement ajustés que je ne parvins même pas à glisser un morceau de papier entre deux interstices.

« Le plafond à pignon pourrait faire dévier une partie du poids de la pyramide vers les murs de la chambre », dit Jomard.

Napoléon, fatigué de cette expédition salissante, nous ordonna sèchement de retourner vers la jonction d'où montait la galerie. Il voulait voir la Chambre du roi, qui se trouvait au-dessus.

À présent, le passage pour nains se transformait en un passage pour géants. Le passage ascendant s'élargissait pour former une galerie inclinée aboutissant à un encorbellement à une dizaine de mètres au-dessus de nos têtes. Là non plus, il n'y avait pas de marches, et on aurait dit que nous remontions un toboggan. Heureusement, les guides y avaient fixé une corde. Ici encore, la maçonnerie était aussi parfaite que simple. La grande hauteur de cette section semblait aussi inexplicable que celle, extrêmement réduite, du passage précédent.

Des humains avaient-ils vraiment construit cela ?

Un guide arabe leva sa torche et la pointa vers le plafond. Des taches noires perturbaient la géométrie parfaite des pierres, mais j'ignorais ce que c'était.

« Des chauves-souris », chuchota Jomard.

Des ailes s'agitaient et bruissaient dans l'ombre.

« Dépêchons-nous, ordonna Napoléon. J'ai chaud et j'étouffe. »

La fumée des torches piquait les yeux.

« La galerie fait quarante-sept mètres de long », annonça Jomard après avoir déroulé un mètre à ruban. Elle ne semblait pas non plus répondre à un besoin particulier. Puis la montée s'acheva et nous dûmes nous pencher à nouveau pour avancer à l'horizontale. À la fin, nous débouchâmes dans la plus grande chambre de la pyramide, construite à un tiers de la hauteur du monument.

Cette Chambre du roi était un rectangle sans signes distinctifs, fait de blocs de granit rouge colossaux, d'une simplicité intrigante. Le plafond était lisse, les murs et le sol nus. Il n'y avait ni livre sacré ni dieu à tête d'oiseau. Le seul objet visible était un sarcophage de granit noir, sans couvercle, posé à l'extrémité, aussi vide que la chambre elle-même. D'environ deux mètres de long, un mètre de large et quatre-vingt-dix centimètres de haut, il n'avait pas pu passer par l'entrée étroite que nous venions d'emprunter, et avait dû être mis en place au moment de la construction de la pyramide. Pour la première fois, Napoléon semblait intrigué, et il inspecta attentivement le cercueil de pierre.

« Comment ont-ils fait pour creuser ceci ? demanda-t-il.

— Les dimensions de cette pièce sont également intéressantes, général, dit Jomard. Soit, d'après mes mesures, dix mètres trente-six de long et cinq mètres

dix-huit de large. La surface de cette chambre représente un double carré.

— Ça alors, dis-je, d'un ton plus moqueur que je ne
l'aurais voulu.

— Il veut dire que sa longueur est deux fois sa largeur, expliqua Monge. Pythagore et les Grecs
s'intéressaient à l'harmonie de ces rectangles parfaits.

— La hauteur de la chambre est égale à la moitié de
sa diagonale, ajouta Jomard, autrement dit cinq mètres
quatre-vingt. Gage, venez m'aider, je vais vous montrer autre chose. Prenez l'extrémité de mon ruban et
tenez-la dans ce coin. »

J'obéis. Jomard étendit son ruban dans la diagonale
vers le mur opposé, s'arrêtant à mi-chemin. Puis, sans
me faire changer de position, il traversa la pièce avec
son mètre. Ce qui était précédemment une diagonale
longeait maintenant le mur où je me trouvais.

« Et voilà ! » cria-t-il d'une voix qui résonna dans la
pièce.

Une nouvelle fois, je ne manifestai pas l'enthousiasme attendu.

« Vous ne voyez pas ? C'est ce dont nous avons
parlé en haut de la pyramide ! Le nombre d'or ! »

Je comprenais enfin. Si on divisait cette chambre
rectangulaire en deux carrés, que l'on mesurait la diagonale d'un de ces carrés, et que l'on comparait avec
la longueur de la pièce, le ratio entre cette longueur et
ce qui restait était le 1,618 magique.

« Selon vous, on retrouve dans cette chambre les
nombres de Fibonacci, comme dans la pyramide elle-
même », dis-je, en essayant de paraître naturel.

Monge haussa les sourcils. « Les nombres de Fibonacci ? Gage, vous êtes davantage mathématicien que
je ne l'aurais cru.

— Oh, j'en apprends un peu par-ci par-là !

« — Quelle est donc l'utilisation pratique de ces dimensions ? demanda Napoléon.

— Elles représentent la nature, dis-je à tout hasard.

— Et elles encodent les unités de mesure de base du royaume égyptien, continua Jomard. Avec leurs longueurs et leurs proportions, elles développent un système de mesures, tout comme si nous introduisions le système métrique dans les proportions d'un musée.

— Intéressant, dit le général. Pourtant, construire autant, c'est une énigme. Ou bien une lentille, comme une lentille pour focaliser la lumière.

— C'est ce que je ressens également, dit Jomard. La moindre pensée, la moindre prière, semble amplifiée par les dimensions de cette pyramide. Écoutez. »

Il commença à chantonner, puis se mit à chanter à gorge déployée. Le bruit résonna d'une manière étrange, semblant vibrer à travers nos corps. On aurait dit une note de musique suspendue dans l'air.

Notre général secoua la tête.

« Sauf que ceci focalise – quoi ? L'électricité ? »

Il se tourna vers moi.

Si j'avais approuvé avec emphase, il m'aurait probablement donné une récompense. Au lieu de cela, je restai planté comme un idiot.

« Le coffre de granit est également intéressant, dit Jomard, pour combler le silence gênant. Son volume intérieur est exactement la moitié de son volume extérieur. Bien qu'il semble dimensionné pour un homme ou un cercueil, j'imagine que ses mesures ne tiennent pas du hasard.

— Des boîtes à l'intérieur de boîtes, dit Monge. D'abord cette chambre, puis l'extérieur d'un sarcophage, puis l'intérieur… pour quelle raison ? Nous avons différentes théories, mais aucune réponse ne semble concluante. »

Je levai les yeux. J'avais l'impression que des millions de tonnes faisaient pression sur nous, menaçant de nous supprimer à tout moment. Un bref instant, j'eus le sentiment que le plafond descendait ! Mais non. Je clignai des yeux, la chambre redevint comme avant.

« Laissez-moi, ordonna soudain Bonaparte.

— Que dites-vous ?

— Jomard a raison. Je sens un pouvoir ici. Vous ne le sentez pas ?

— C'est oppressant, et malgré tout vivant, avançai-je. Comme une tombe, et pourtant on se sent léger, irréel.

— Je veux passer un peu de temps seul ici, nous dit le général. Je veux essayer de ressentir l'esprit de ce pharaon mort. Son corps a peut-être disparu, mais son âme est restée. Peut-être la magie de Silano est-elle réelle. Peut-être pourrai-je ressentir l'électricité de Gage. Laissez-moi dans le noir avec une torche éteinte. Je descendrai quand je serai prêt. »

Monge semblait inquiet. « Peut-être l'un de nous pourrait rester comme garde…

— Non. »

Il grimpa dans le sarcophage noir et s'allongea, les yeux rivés au plafond. Il nous adressa un petit sourire. « C'est plus confortable que vous ne le supposez. La pierre n'est ni trop chaude ni trop froide. Et je ne suis pas trop grand. Vous êtes surpris ? »

Sa plaisanterie le fit sourire à nouveau. « Non que j'aie l'intention de rester ici indéfiniment. »

Monge parut troublé. « Il y a des récits de panique…

— Ne doutez jamais de mon courage. »

Monge s'inclina. « Bien au contraire, mon général, je vous salue. »

Obéissants, nous sortîmes en file, et les torches disparurent une à une par la petite entrée, jusqu'à ce que notre commandant se retrouve seul dans le noir. Nous poursuivîmes notre chemin le long de la Grande Galerie, nous aidant de la corde pour descendre. Une chauve-souris prit son envol et se dirigea vers nous en battant des ailes. Un Arabe agita sa torche et la créature, affolée par la chaleur, s'enfuit à tire-d'aile et se posa de nouveau sur le plafond. Le temps d'arriver à la galerie plus étroite qui redescendait vers l'entrée de la pyramide, j'étais en nage.

« Je l'attends ici, dit Jomard. Vous autres, sortez. »

Je ne me le fis pas dire deux fois. La journée me parut éclairée par mille soleils quand nous émergeâmes enfin de la pyramide, les vêtements pleins de poussière. J'avais la gorge sèche et mal à la tête. Nous trouvâmes de l'ombre sur le côté est du monument. Nous nous assîmes pour attendre, en buvant de l'eau à petites gorgées. Les membres du groupe restés dehors s'étaient éparpillés parmi les ruines. Quelques-uns faisaient le tour des deux autres pyramides. D'autres avaient monté des abris de toile et déjeunaient. Un petit nombre avait escaladé le monument au-dessus de nous jusqu'à mi-hauteur, et d'autres rivalisaient pour voir celui qui lancerait une pierre le plus haut sur la pente de la pyramide.

Je m'essuyai le front, douloureusement conscient de n'avoir aucunement progressé dans la résolution du mystère du médaillon.

« Tout ce grand tas pour trois petites chambres ?

— Cela n'a pas de sens, n'est-ce pas ? en convint Monge.

— J'ai l'impression qu'il y a quelque chose d'évident que nous n'arrivons pas à voir.

— Nous, nous sommes là pour voir des nombres, comme dit Jomard. Cette énigme a peut-être été conçue pour occuper l'humanité pendant des siècles. »

Le mathématicien sortit du papier et se mit à effectuer ses propres calculs.

Bonaparte resta absent une heure entière. À la fin, nous entendîmes un cri et nous retournâmes sur nos pas pour aller à sa rencontre. Comme nous, il surgit dans un état de saleté extrême et, clignant des yeux, il glissa sur la pente jusqu'au sable en dessous. Quand nous arrivâmes près de lui, il était anormalement pâle, avec le regard vague et hanté d'un homme émergeant d'un rêve intense.

« Qu'est-ce qui vous a pris si longtemps ? demanda Monge.

— Ce fut long ?

— Une heure, au moins.

— Vraiment ? Je n'ai pas vu passer le temps.

— Et ?

— J'ai croisé les bras dans le sarcophage, tout comme ces momies que nous avons vues.

— Mon Dieu, général.

— J'ai vu et entendu… »

Il secoua la tête comme pour s'éclaircir les idées. « Ou était-ce une illusion ? »

Il titubait.

Le mathématicien le prit par le bras pour le soutenir. « Entendu et vu quoi ? »

Il cligna des yeux. « J'ai vu le tableau de ma vie, ou du moins c'est ce qu'il me semble. Je ne suis même pas certain si c'était l'avenir ou le passé. »

Il regarda autour de lui, préférant peut-être rester évasif, ou pour nous taquiner. Comment savoir ?

« Quel genre de tableau ?

— Je… c'était très étrange. Je préfère ne pas en parler, je crois… »

Puis son regard s'arrêta sur moi. « Où est le médaillon ? demanda-t-il tout de go.

— Il est perdu, souvenez-vous, rétorquai-je sous le coup de la surprise.

— Non. Vous vous trompez. »

Ses yeux gris me fixaient avec intensité.

« Il a coulé avec *L'Orient*, général.

— Non. »

Il semblait avoir une telle conviction que nous nous regardâmes mal à l'aise.

« Voulez-vous de l'eau ? » demanda Monge avec inquiétude.

Napoléon secoua la tête une nouvelle fois. « Je ne rentrerai plus là-dedans.

— Mais, général, qu'avez-vous vu ? insista le mathématicien.

— N'en parlons plus. »

Nous étions tous terriblement gênés. En le voyant ainsi étourdi, je compris soudain à quel point l'expédition dépendait de la précision et de l'énergie de Bonaparte. Comme homme et comme dirigeant, il était imparfait, mais tellement impérieux, tellement dominateur dans ses objectifs et son intelligence que, inconsciemment, nous nous en étions tous remis à lui. Il était l'étincelle de l'expédition et son compas. Sans lui, rien de tout cela n'aurait eu lieu.

La pyramide semblait nous narguer du haut de sa pointe parfaite.

« Je dois me reposer, dit Napoléon. Du vin, pas de l'eau. »

Il claqua les doigts, et un aide courut pour lui rapporter une gourde. Puis il se tourna vers moi. « Que faites-vous ici ? »

Avait-il perdu la raison ?

« Comment ? »

Sa confusion m'embrouillait.

« Vous êtes venu avec un médaillon et la promesse de comprendre tout cela. Or vous prétendez avoir perdu votre médaillon et vous n'avez pas tenu votre promesse. Qu'ai-je ressenti là-dedans ? Était-ce de l'électricité ?

— C'est possible, général, mais je n'ai aucun instrument pour m'en assurer. Je suis aussi dérouté que les autres.

— Et moi, je suis dérouté par vous, un Américain soupçonné de meurtre qui se joint à notre expédition, et qui ne semble être d'aucune utilité, en étant pourtant partout ! Je commence à ne plus vous faire confiance, Gage, et ce n'est pas bon.

— Général Bonaparte, je me suis efforcé de gagner votre confiance, sur le champ de bataille aussi bien qu'ici ! Cela ne sert à rien d'échafauder des suppositions farfelues. Laissez-moi le temps d'étudier ces théories. Les idées de Jomard m'intriguent, mais je n'ai pas eu le temps de les vérifier.

— Dans ce cas, vous resterez assis ici sur le sable jusqu'à ce que vous l'ayez fait. »

Il prit la gourde et but.

« Quoi ? Certainement pas ! Je dois faire des recherches au Caire !

— Vous ne retournerez pas au Caire avant de pouvoir revenir vers moi avec quelque chose d'utile à m'apprendre à propos de cette pyramide. Pas de vieilles rengaines, mais à quoi cela sert et comment on peut l'exploiter. Je sens un pouvoir ici et je veux savoir comment en tirer profit.

— Je le veux tout autant ! Mais comment faire ?

— Vous prétendez être un savant. Découvrez-le. Utilisez le médaillon que vous déclarez avoir perdu. »

Et il s'éloigna, furieux.

Nous le regardions avec stupéfaction.

« Que diable a-t-il pu lui arriver là-dedans ? dit Jomard.

— À mon avis, il a été victime d'une hallucination, dit Monge. Dieu sait que je ne resterais pas seul là-dedans. Notre Corse a du cran.

— Pourquoi s'en est-il pris à moi ? »

Son agressivité m'avait ébranlé.

« Parce que vous étiez à Aboukir, dit le mathématicien. Cette défaite doit le ronger bien plus qu'il ne l'admet. Notre avenir ne me dit rien qui vaille.

— Et moi, je suis supposé camper ici, à regarder fixement ce monument, jusqu'à ce que les choses s'arrangent ?

— D'ici un ou deux jours il vous aura oublié.

— Non que sa curiosité ne soit pas justifiée, dit Jomard. Je dois relire les sources anciennes. Plus j'en apprends sur cette structure, plus elle me semble fascinante.

— Et inutile, grommelai-je.

— En êtes-vous sûr, Gage ? demanda Monge. À mon avis, il y a bien trop de précision là-dedans pour que ce soit inutile. Non seulement trop de travail, mais trop de réflexion. En faisant à l'instant d'autres calculs, une autre corrélation vient de m'apparaître. Cette pyramide est un véritable jouet mathématique.

— Que voulez-vous dire par là ?

— Il faudra que je vérifie mon hypothèse avec les chiffres de Jomard, mais si nous extrapolons la pente de la pyramide jusqu'à sa pointe d'origine, un peu plus haute qu'elle n'est maintenant, et si nous comparons sa hauteur à la longueur de deux de ses côtés, je crois que nous arrivons à l'un des nombres les plus fondamentaux en mathématiques : pi.

— Pi *?*

— Le ratio du diamètre d'un cercle à sa circonférence est considéré dans beaucoup de cultures comme sacré, Gage. Cela fait environ vingt-deux divisé par sept, soit 3,1415… le nombre n'a jamais été entièrement calculé. Pourtant toutes les cultures ont tenté de s'en rapprocher. Les anciens Égyptiens sont arrivés à 3,160. Le ratio de la hauteur de la pyramide à deux de ses côtés semble s'approcher de très près de ce nombre.

— La pyramide représente pi ?

— Elle a peut-être été construite conformément à la valeur égyptienne de ce nombre.

— Mais une nouvelle fois, pourquoi ?

— Une fois de plus, nous butons contre des mystères anciens. Il est tout de même intéressant, n'est-ce pas, de constater que votre médaillon comportait un diamètre à l'intérieur d'un cercle ? Dommage que vous l'ayez perdu. Mais est-ce bien vrai ? »

Intéressant ? Ce fut une révélation. Depuis des semaines, j'avançais à tâtons. Maintenant, j'avais l'impression de savoir exactement ce que le médaillon désignait : la pyramide derrière moi.

17

Je restai à contrecœur, comme on me l'avait ordonné, pour aider Jomard et Monge à continuer à mesurer les pyramides, en partageant la tente qu'ils avaient installée près du sphinx. Alors que j'avais promis de revenir sans tarder, j'étais inquiet d'être aussi éloigné d'Astiza et du médaillon, surtout en sachant que Silano était au Caire. Mais si je passais outre l'ordre de Napoléon, je risquais d'être arrêté. D'ailleurs, j'avais le sentiment de m'approcher du secret. Le médaillon était peut-être une carte indiquant une autre entrée dans ce grand tas de pierres. Il y avait aussi ce 21 octobre, date que j'avais trouvée sur l'ancien calendrier perdu qui pouvait ou non avoir une signification, et qui était encore éloignée de deux mois. Je ne savais pas comment tous ces éléments pouvaient s'assembler, mais peut-être les savants trouveraient-ils un autre indice. J'envoyai donc un message à l'adresse d'Énoch, lui expliquant ma situation délicate et lui demandant d'expliquer mon retard au harem de Yousouf. Au moins, je savais où je devais chercher, ajoutai-je. Il me restait à comprendre clairement ce que je devais trouver.

Mon éloignement temporaire de la ville n'était pas entièrement négatif. Je me sentais confiné dans la maison d'Énoch, Le Caire était bruyant. Au contraire, le grand silence du désert m'offrait un répit. Une compagnie de soldats bivouaquait dans le sable pour nous protéger contre d'éventuels rôdeurs bédouins ou mamelouks ; le fait que je passe ici quelques nuits serait peut-être la meilleure chose pour la sécurité d'Astiza et d'Énoch, mon absence pouvant contribuer à détourner l'attention qui s'était portée sur eux. Silano, je l'espérais, avait accepté ma version selon laquelle le médaillon se trouvait dans le fond de la baie d'Aboukir. Je n'avais pas oublié le pauvre Talma, mais je ne pouvais pas trouver son assassin ni me venger tout de suite. Bref, je prétendais, comme le font beaucoup d'hommes, que le pire était pour le meilleur.

Comme je l'ai déjà dit, il y a trois grandes pyramides à Gizeh, et toutes trois comportent des passages étroits conduisant vers des chambres vides. Le sommet de la pyramide de Khéphren est encore recouvert d'une couche de calcaire comparable à celle qui conférait aux trois pyramides une surface blanche et parfaitement lisse. Elles devaient briller comme des prismes de sel ! À l'aide d'instruments d'arpentage, nous calculâmes que la Grande Pyramide, lorsque son sommet se terminait en pointe, s'élevait à cent quarante-six mètres, soit plus de trente mètres que la cathédrale d'Amiens, le plus haut monument de France. Les Égyptiens se contentèrent de deux cent trois niveaux de maçonnerie pour atteindre cette hauteur prodigieuse. Nos mesures de la pente de son côté indiquèrent cinquante et un degrés, exactement ce qui était nécessaire pour que la hauteur comparée à la moitié de sa circonférence représente aussi bien le nombre pi que la séquence de Fibonacci de Jomard.

Malgré cette étonnante coïncidence, la fonction des pyramides m'échappait toujours. En tant qu'œuvres d'art, elles étaient sublimes. Pratiquement, elles paraissaient n'avoir aucun sens. Voilà des constructions tellement lisses lorsqu'elles furent édifiées que personne ne pouvait se tenir dessus, abritant des corridors difficiles d'accès pour des êtres humains, conduisant à des chambres qui semblaient n'avoir jamais été occupées, et codifiant des mathématiques obscures, sauf pour les spécialistes.

Monge pensait que toute cette affaire devait avoir une signification religieuse.

« Dans cinq mille ans, est-ce que les gens comprendront l'intention des bâtisseurs de Notre-Dame de Paris ?

— Mieux vaut que les prêtres ne vous entendent pas.

— Les prêtres sont obsolètes ; la science est la nouvelle religion. Pour les anciens Égyptiens, la religion était leur science, et la magie, un moyen de manipuler l'obscur. L'humanité est ensuite passée de l'époque où chaque tribu et chaque nation avait ses propres dieux, à celle où de nombreuses nations vénèrent un seul dieu. Il reste de nombreuses religions, chacune traitant l'autre d'hérétique. Maintenant nous avons la science, fondée non pas sur la croyance mais sur la raison et l'expérimentation, et centrée non pas sur une nation, un pape ou un roi mais sur des lois universelles. Peu importe que vous soyez chinois ou allemand, que vous parliez arabe ou espagnol : la science est la même pour tous. C'est pour cette raison qu'elle triomphera, et pourquoi l'Église, instinctivement, s'est méfiée de Galilée. Mais cette structure derrière nous a été construite par un peuple particulier ayant des croyances particulières. Il est possible que nous ne redécouvrions jamais leur raisonnement parce qu'il s'appuyait sur un mysticisme religieux que nous ne pouvons pas comprendre. Ce qui aiderait, c'est qu'un jour nous puissions déchiffrer les hiéroglyphes. »

En digne créature de Franklin, je ne pouvais pas ne pas approuver cette prédiction, mais pourquoi la science, si elle était tellement universelle, n'avait-elle pas déjà tout balayé ? Pourquoi des gens étaient-ils encore religieux ? La science était intelligente, mais froide, explicative et étonnamment muette sur les questions essentielles. Elle expliquait comment, mais pas pourquoi. Elle laissait les gens dans l'attente d'autre chose. Les gens du futur comprendraient certainement Notre-Dame, tout comme nous comprenons un temple romain. Et peut-être vénéreraient-ils leur Dieu et le craindraient-ils de la même façon que nous. À mon avis, les révolutionnaires, dans leur ferveur rationnelle, oubliaient quelque chose : le cœur ou l'âme. La science avait-elle encore de la place pour cela, ou nourrissait-elle des espoirs pour l'au-delà ?

Je préférai toutefois ne rien dire de tout cela.

« Et si c'était plus simple, docteur Monge ? me contentai-je de répondre. Et si la pyramide était tout simplement une tombe ?

— J'ai bien pensé à cela, ce qui constitue un paradoxe fascinant, Gage. Imaginez que cela ait été prévu pour être d'abord une tombe. Sa taille pose un problème, non ? Plus une pyramide est construite de manière élaborée pour conserver une momie, plus vous attirez l'attention sur l'endroit où se trouve la momie. Cela a dû constituer un dilemme pour les pharaons soucieux de préserver leurs restes pour l'éternité.

— J'ai pensé aussi à un autre dilemme, répondis-je. Le pharaon espère ne pas être dérangé de toute l'éternité. Pourtant, le crime le plus parfait est celui que personne ne découvre. Si vous vouliez voler la tombe de votre maître, le mieux serait de le faire avant qu'elle ne soit fermée. Ainsi, une fois fermée, personne ne pourra découvrir le vol ! Si ceci est une tombe, elle dépendait de la fidélité de ceux qui la refermaient. En qui le pharaon pouvait-il avoir confiance ?

— Encore une fois, une croyance non vérifiée ! » dit Monge en riant.

Dans ma tête, je passai en revue ce que je savais du médaillon. Un cercle divisé en deux ; le symbole, peut-être, de pi. Une carte de la constellation avec l'ancienne étoile Polaire dans sa partie supérieure. En dessous, le symbole de l'eau. Des striures formant un delta, comme une pyramide. Peut-être l'eau représentait-elle le Nil, et les striures, la Grande Pyramide, mais alors pourquoi n'avoir pas gravé un simple triangle ? Énoch avait dit que l'objet paraissait incomplet, mais où trouver le reste ? La galerie de Min, dans un temple perdu depuis la nuit des temps ? Cela ressemblait à une plaisanterie. J'essayai de réfléchir comme Franklin, mais je n'étais pas à sa hauteur. Il pouvait jouer avec des éclairs un jour, et le lendemain fonder une nation. Les pyramides avaient-elles pu attirer la foudre et la convertir en énergie ? La pyramide tout entière n'était-elle qu'une espèce de bouteille de Leyde ? Depuis notre arrivée en Égypte, je n'avais pas entendu le moindre coup de tonnerre ni reçu une goutte de pluie.

Monge partit rejoindre Bonaparte pour l'inauguration officielle du nouvel Institut d'Égypte. Les savants y travaillaient sur toutes sortes de sujets, depuis une méthode pour fermenter l'alcool ou cuire le pain (avec des tiges de tournesols, compte tenu du manque de bois en Égypte) jusqu'au recensement de la faune égyptienne. Conté avait installé un atelier pour remplacer des équipements, tels que des presses d'imprimerie qui avaient été détruites lors du naufrage de la flotte à Aboukir. Il savait tout faire. Jomard et moi restâmes dans les roses et les ors du désert, à dérouler laborieusement des rubans, rejeter des débris, mesurer des angles avec des bâtons d'arpenteur. Trois jours et trois nuits durant, nous regardâmes les étoiles accomplir leur circonvolution autour du sommet des pyramides, tout en débattant de l'usage de ces monuments.

Le matin du quatrième jour, lassé de ce travail méticuleux et de nos spéculations hasardeuses, je me dirigeai vers un endroit d'où l'on pouvait voir Le Caire, de l'autre côté du fleuve. Là, je découvris quelque chose de curieux. Conté avait apparemment fabriqué suffisamment d'hydrogène pour gonfler un ballon. Le sac en soie enduite devait faire environ douze mètres de diamètre, avec une partie supérieure couverte par un filet d'où descendaient des cordes soutenant un panier en osier. Il voltigeait au bout de son attache à une trentaine de mètres au-dessus du sol, pour le plus grand plaisir d'une petite foule de spectateurs. En regardant au moyen du télescope de Jomard, je constatai que tous ceux qui regardaient semblaient être des Européens.

Jusque-là, les Arabes n'avaient montré guère d'intérêt pour la technologie occidentale. Ils semblaient nous considérer comme des envahisseurs temporaires, des infidèles intelligents, obsédés par des astuces mécaniques et négligents avec nos âmes. J'avais précédemment sollicité l'aide de Conté pour fabriquer un générateur à friction mû par une manivelle pour emmagasiner de l'électricité, ce que Franklin appelait une batterie. J'avais été invité par les savants à administrer un léger choc à quelques mollahs du Caire. Les

Égyptiens se donnèrent courageusement la main, je fis sursauter le premier avec une charge provenant de ma jarre de Leyde, puis les autres à tour de rôle tandis que le courant passait à travers eux, ce qui provoqua des rires et une grande consternation. Mais passé la surprise initiale, ils semblèrent plus amusés qu'admiratifs. L'électricité était une magie de peu de prix, tout juste bonne à des jeux de salon.

Ce fut en observant le ballon que je remarquai une longue colonne de soldats français sortant par la porte sud du Caire. Leur ordre tranchait sur les foules de marchands et de chameliers rassemblées aux portes de la ville. Les soldats formaient une ligne bleu et blanc, les bannières de régiment pendant mollement dans l'air chaud. Les rangées se succédaient sans discontinuer, formant une file ondulante comme un mille-pattes, jusqu'à ce qu'elle atteigne la dimension d'une division. Une partie de la troupe était montée, et d'autres chevaux tiraient deux petits canons.

J'appelai Jomard et il me rejoignit, ajustant sa longue-vue.

« C'est le général Desaix, qui se lance à la poursuite de l'insaisissable Mourad Bey, dit-il. Ses troupes vont explorer et conquérir la Haute-Égypte que peu d'Européens ont vue.

— La guerre n'est donc pas terminée. »

Il éclata de rire. « Nous parlons de Bonaparte ! La guerre ne sera jamais finie pour lui. »

Il continua à étudier la colonne, qui soulevait la poussière devant elle comme pour annoncer l'arrivée des soldats. Je les entendais s'en plaindre avec bonhomie, la bouche pleine de sable.

« Je crois voir également votre vieil ami.

— Mon vieil ami ?

— Tenez. Regardez vous-même. »

Près de la tête de la colonne, chevauchait un homme en turban et en robe, et, avec lui, une demi-douzaine de Bédouins comme gardes du corps. Un de ses acolytes tenait un parasol au-dessus de sa tête. On pouvait distinguer la fine rapière à sa hanche, et le bel étalon noir qu'il avait acheté au Caire : c'était Silano. Quelqu'un de plus petit chevauchait à ses côtés, enfoui dans une robe. Un serviteur personnel, peut-être.

« Bon débarras.

— Je l'envie, dit Jomard. Quelles découvertes ils vont faire ! »

Silano avait-il renoncé au médaillon ? Ou était-il parti chercher le morceau manquant dans le temple méridional d'Énoch ? Je remarquai également Ben Sadr à la tête de la garde bédouine, qui se balançait au rythme de son chameau, son bâton à la main.

Avais-je réussi à les éviter ? Ou fuyaient-ils loin de moi ?

Je regardai une nouvelle fois la silhouette plus petite, entièrement drapée, et éprouvai un malaise. Avais-je été trop docile, en m'attardant ainsi aux pyramides ? Qui chevauchait aux côtés de Silano ?

« J'ai entendu parler de lui », avait-elle reconnu, sans jamais expliquer ce qu'elle entendait par là.

Je refermai le télescope.

« Il faut que je retourne au Caire.

— Vous ne pouvez pas. Ordre de Bonaparte. Nous devons d'abord trouver une hypothèse convaincante. »

Je craignais que quelque chose de terrible ne se soit produit en mon absence ; en étant resté si longtemps éloigné, j'avais inconsciemment remis à plus tard la tâche de m'attaquer au médaillon et de venger Talma. Mes atermoiements allaient peut-être se révéler fatals.

« Je suis un savant américain, pas un soldat français. Au diable ses ordres !

— Il pourrait vous faire fusiller ! »

Mais je dévalais déjà la pente, passant devant le sphinx, en direction du Caire.

La ville, à mon retour, me parut plus inquiétante. Au moment où la division de Desaix libérait quelques maisons précédemment occupées par des troupes françaises, des milliers d'habitants, qui avaient fui après la bataille des Pyramides, revenaient. Le Caire sortait de son traumatisme d'après invasion pour redevenir le centre de l'Égypte. Et à mesure que la ville se repeuplait, les habitants retrouvaient leur assurance citadine. Ils se comportaient comme si la ville leur appartenait toujours plutôt qu'à nous, et leur nombre excédait de loin le nôtre. Bien que les soldats français, galopant sur des ânes ou patrouillant à pied, fassent encore détaler les piétons, il y avait bien moins d'empressement à s'écarter devant des étrangers isolés comme moi. En me hâtant dans les ruelles étroites, je fus bousculé pour la première fois. Je me remémorai les caractéristiques de l'électricité qui, après les expériences de salon que les femmes trouvaient si érotiques, laissaient dans l'air un étrange picotement. Le Caire semblait maintenant sous tension électrique. Tout le monde avait eu vent de la défaite à la baie d'Aboukir, et les Francs ne semblaient plus aussi invincibles. Nous étions suspendus au bout d'une corde qui commençait à s'effilocher.

Comparé à l'agitation des ruelles, la rue d'Énoch me parut bien trop tranquille. Où étaient-ils tous passés ? La façade de la maison n'avait pas changé depuis que je l'avais quittée, aussi indéchiffrable que le visage des Égyptiens. Pourtant, en m'approchant, je sentis que quelque chose n'était pas normal. La porte n'était pas parfaitement refermée, et j'aperçus un éclat de bois jaune vif. Je regardai tout autour. J'avais l'impression que des yeux me surveillaient, mais je ne vis personne.

Quand je frappai, la porte s'ouvrit légèrement.

« Salam. »

Me parvint seulement le bourdonnement des mouches. Je poussai, comme si quelqu'un retenait la porte de l'autre côté. Finalement, elle céda assez pour que je puisse me glisser à l'intérieur. Je compris alors ce qui faisait obstruction. Moustapha, le géant noir au service d'Énoch, gisait contre la porte, mort, le visage fracassé par un coup de pistolet. Une odeur de mort, douceâtre, écœurante, régnait dans la maison.

Je regardai la fenêtre. Son écran en bois avait été mis en pièces par les intrus.

Je continuai d'une pièce à l'autre. Où étaient passés les autres serviteurs ? On voyait partout des éclaboussures et des traînées de sang, comme si on avait tiré des corps après la bataille. Des tables avaient été renversées, des tapisseries arrachées, des coussins lacérés. Les envahisseurs cherchaient quelque chose, et je savais quoi. Mon absence n'avait servi à épargner personne. Pourquoi n'avais-je pas insisté pour qu'Énoch se cache, au lieu de rester avec ses livres ? Pourquoi avais-je pensé que mon absence et celle de mon médaillon pourraient le protéger ? J'arrivai enfin à la chambre des antiquités où quelques statues avaient été cassées et des cercueils renversés, puis j'empruntai l'escalier menant vers la bibliothèque à l'odeur de moisi. Sa porte avait été défoncée. Au-delà il faisait noir, mais cela sentait le feu. Le cœur serré, je trouvai une bougie et descendis.

La cave était enfumée et sens dessus dessous. Des étagères avaient été retournées. Livres et rouleaux étaient entassés par terre comme un amas de feuilles d'automne, leur contenu à demi consumé fumant encore. Je crus tout d'abord qu'il n'y avait personne non plus dans cette pièce, puis j'entendis un gémissement. Il y eut un bruissement de papiers, et une main sortit des détritus, les doigts recroquevillés. Je la saisis, provoquant un hurlement de douleur. Je laissai retomber les doigts gonflés et écartai les papiers noircis. C'était le pauvre Énoch, couché sur un tas de livres fumants. Il était gravement brûlé, ses vêtements à moitié arrachés, sa poitrine et ses bras terriblement atteints. Il s'était jeté sur un bûcher de livres.

« Thot, gémissait-il. Thot.

— Énoch, que s'est-il passé ? »

Il ne m'entendait pas dans son délire. Je montai jusqu'à la fontaine et lui apportai de l'eau dans un bol ancien, bien que la fontaine soit rougie par le sang. Je fis couler un peu d'eau sur son visage et lui en donnai une gorgée. Il toussota, puis se mit à téter comme un bébé. À la fin, ses yeux se fixèrent sur moi.

« Ils ont voulu tout brûler, murmura-t-il avec difficulté.

— Qui, ils ?

— Je me suis échappé pour me jeter dans le feu. Ils n'ont pas osé me suivre. »

Il toussa.

« Mon Dieu, Énoch, tu t'es vraiment jeté dans le feu ?

— Ces livres sont toute ma vie.

— C'étaient les Français ?

— Les Arabes de Ben Sadr. Ils n'arrêtaient pas de me demander où il était. J'ai fait semblant de ne pas comprendre. Ils voulaient la femme et je leur ai dit qu'elle était partie avec toi. Ils ne m'ont pas cru. Si je ne m'étais pas précipité dans le feu, ils m'auraient forcé à parler. J'espère que personne dans la maison n'a rien dit.

— Où sont passés les autres ?

— Les serviteurs ont été rassemblés dans les réserves. J'ai entendu des cris. »

Je me sentis soudain d'une absolue futilité, moi qui étais un joueur stupide, un soldat dilettante, un prétendu savant. « Tout est ma faute.

— Tu n'as rien fait que les dieux n'aient pas voulu. »

Il poussa un gémissement. « Le temps qui m'était imparti est terminé. Les hommes deviennent de plus en plus avides. Ils veulent la science et la magie pour la mettre au service du pouvoir. Comment vivre dans une telle époque ? Savoir et sagesse sont deux choses différentes. »

Il s'agrippa à moi. « Tu dois les empêcher.

— Les empêcher de quoi ?

— C'était dans mes livres, après tout.

— Quoi ? Que cherchent-ils ?

— C'est une clé. Il faut l'insérer. »

Sa voix faiblissait. Je me penchai vers lui. « Énoch, je t'en prie, dis-moi si Astiza est en sécurité.

— Je ne sais pas.

— Où est Ashraf ?

— Je ne sais pas.

— As-tu trouvé quelque chose à propos du 21 octobre ? »

Il me saisit le bras. « Tu dois croire en quelque chose, l'Américain. Il faut croire en elle. »

Puis il mourut.

Je me rassis, vidé. D'abord Talma, maintenant Énoch. J'étais arrivé trop tard pour le sauver, trop tard pour savoir ce qu'il avait appris. Je lui fermai les yeux, en tremblant de colère et d'impuissance. J'avais perdu celui qui aurait pu me permettre de comprendre tous ces mystères. Restait-il dans cette bibliothèque le moindre indice capable de m'aider à comprendre ce médaillon ? Comment m'y reconnaître parmi les cendres ?

Énoch tenait contre sa poitrine un volume relié en cuir particulièrement épais qui était noirci sur les bords. Il était écrit en arabe. Avait-il joué un rôle dans la résolution de notre énigme ? Je réussis à le lui retirer des mains et contemplai son écriture ornée avec perplexité. Peut-être Astiza pourrait-elle lui donner un sens. Si elle était encore au Caire. J'avais un sinistre pressentiment quant à la personne qui chevauchait aux côtés de Silano, en compagnie des troupes de Desaix dans leur marche vers le sud.

Inquiet et perdu dans mes pensées, je remontai machinalement l'escalier pour me rendre dans la pièce des antiquités. Cela faillit me coûter la vie.

Un cri perçant retentit, et une lance jaillit comme un éclair de derrière une statue d'Anubis le Chacal. Elle m'atteignit en pleine poitrine, me rejetant en arrière contre un sarcophage en pierre, le souffle coupé. Tout en glissant vers le sol, étourdi, je regardai la hampe. Sa pointe avait traversé le livre d'Énoch, s'arrêtant à quelques pages de la fin, ce qui l'avait empêchée de me transpercer le cœur.

Ashraf était à l'autre extrémité de la lance, les yeux écarquillés. « Toi ! »

Je suffoquais, incapable de parler.

« Que fais-tu ici ? s'écria-t-il. On m'avait dit que tu étais retenu par les Français aux pyramides ! Je croyais que tu faisais partie des assassins et que tu cherchais des secrets ! »

Je pus enfin reprendre mon souffle. « J'ai aperçu Silano quittant la ville avec le général Desaix, en direction du sud. Ne comprenant pas ce que cela signifiait, je me suis dépêché de revenir.

— J'ai failli te tuer !

— Ce livre m'a sauvé la vie. »

Je le posai de côté, ainsi que la lance. « Je ne peux même pas le lire, mais Énoch le tenait précieusement dans ses bras. De quoi parle-t-il, Ash ? »

Maintenant le livre avec sa botte, le mamelouk arracha la lance et se pencha pour l'ouvrir. Des morceaux en jaillirent comme des spores. Il lut quelques instants.

« C'est de la poésie. »

Il le jeta de côté.

Voilà bien ce que nous choisissons pour nous accompagner dans la mort !

« J'ai besoin d'aide, Ashraf.

— De l'aide ? C'est toi le conquérant, non ? Toi qui apportes la science et la civilisation à la pauvre Égypte ! Et voilà ce que tu as apporté dans la demeure de mon frère : une boucherie ! Tous ceux qui croisent ton chemin meurent !

— Ce sont des Arabes et non des Français qui ont agi ainsi.

— C'est la France, non l'Égypte, qui a bouleversé l'ordre des choses. »

On ne pouvait rien répondre à cela et il ne faisait aucun doute que j'en avais ma part. Nous faisons des choix en fonction des opportunités et mettons le monde sens dessus dessous.

J'inspirai péniblement.

« Je dois retrouver Astiza. Aide-moi, Ash. Non pas en tant que prisonnier, ni dans une relation de maître à esclave ni comme subalterne. Comme ami. Comme compagnon d'armes. Astiza détient le médaillon. Ils la tueront aussi sauvagement qu'ils ont tué Talma pour se l'approprier, et je ne peux pas me risquer à demander de l'aide à l'armée. Napoléon aussi veut le secret. Il prendra le médaillon pour lui.

— Et sera maudit comme toute personne qui le touche.

— À moins qu'il ne découvre le pouvoir permettant d'asservir le monde. »

Ashraf ne répondit pas, me laissant le temps de réaliser ce que je venais de laisser échapper à propos du général que je suivais. Bonaparte était-il un sauveur républicain ? Ou un tyran potentiel ? J'avais décelé un peu des deux dans sa personnalité. Comment faire la différence ? Les deux nécessitaient un pouvoir de séduction. Les deux nécessitaient de l'ambition. Peut-être une plume sur la balance de Thot ferait-elle pencher le cœur d'un dirigeant d'un côté ou d'un autre. Mais cela n'avait pas la moindre importance, n'est-ce pas ? Il fallait que je décide ce à quoi je croyais. À présent, Énoch m'avait donné un point d'ancrage : Astiza.

« Mon frère t'a aidé, et regarde où cela l'a mené, dit Ashraf avec amertume. Tu n'es pas un ami. J'ai eu tort de te conduire au Caire. J'aurais dû mourir à Imbaba. »

J'étais désespéré. « Si tu ne veux m'aider en tant qu'ami, je t'ordonne de m'aider en tant que mon captif et mon serviteur. Je t'ai payé !

— Tu oses me faire valoir tes droits après cela ? »

Il sortit une bourse et me la jeta. Des pièces en jaillirent et roulèrent sur le sol de pierre.

« Je crache sur ton argent ! Va-t'en ! Trouve ta femme toi-même ! Je dois préparer les funérailles de mon frère ! »

Je me retrouvais donc seul. J'eus au moins l'honnêteté de laisser son argent là où il s'était répandu, bien que sachant combien j'en avais peu à ma disposition. Je récupérai ce que j'avais caché dans un cercueil vide : mon long rifle et mon tomahawk algonquin.

Puis j'enjambai le corps de Moustapha et regagnai les rues du Caire.

Je ne reviendrais pas.

La maison de Yousouf al-Beni, dans le harem de laquelle Astiza avait trouvé refuge, était plus imposante que celle d'Énoch. C'était une sorte de forteresse à tourelles qui dominait la rue étroite et la maintenait dans l'ombre. Les fenêtres ouvraient en hauteur sur la façade, à portée des rayons du soleil et des hirondelles, mais sa porte était dissimulée par une grande arche aussi imposante que l'entrée d'un château médiéval. Je me présentai devant, déguisé. J'avais enveloppé mes armes dans un tapis bon marché acheté en hâte et revêtu des vêtements égyptiens, au cas où les Français me chercheraient pour me renvoyer auprès de Jomard à la pyramide. Les pantalons larges destinés à monter à cheval et la *galabieh* étaient infiniment plus légers, plus anonymes et plus adéquats que le costume européen. En outre, le foulard constituait une protection bienvenue contre le soleil.

Étais-je arrivé une nouvelle fois trop tard ?

Je frappai à la porte de Yousouf, et un portier de la taille de Moustapha surgit devant moi. Imberbe, énorme et aussi pâle que le serviteur d'Énoch était noir, il occupait l'espace de l'entrée comme une balle de coton égyptien. Est-ce que toutes les maisons riches avaient leur cerbère ?

« Que veux-tu, marchand de tapis ? »

Je comprenais l'arabe à présent. « Je ne suis pas un marchand. Je dois voir ton maître, répondis-je en français.

— Tu es un Franc ? demanda-t-il dans la même langue.

— Américain. »

Il grommela. « Pas ici. »

Il commença à refermer la porte.

Je tentai une autre approche. « Le sultan Bonaparte le cherche. »

Balle de coton hésita. Cela me permettait de croire que Yousouf était quelque part dans la maison.

« Le général a quelque chose à voir avec la femme qui loge ici en tant qu'invitée, la dame nommée Astiza.

— Le général veut une esclave ? demanda-t-il d'un ton incrédule.

— Ce n'est pas une esclave, c'est un savant. Le sultan a besoin de ses connaissances. Si Yousouf est parti, tu dois aller chercher la femme pour le général.

— Elle est partie aussi. »

Je ne voulais pas croire à cette réponse. « Dois-je faire venir une section de soldats ? Le sultan Bonaparte n'est pas homme à attendre. »

Le portier secoua la tête en signe de renvoi.

« Va-t'en, l'Américain. Elle est vendue.

— Vendue !

— À un marchand d'esclaves bédouin. »

Comme il s'apprêtait à me claquer la porte au nez, je mis le bout de mon tapis dans l'ouverture pour l'en empêcher. « Tu n'as pas le droit de la vendre, elle est à moi ! »

Il saisit le bout de mon tapis d'une main aussi large qu'une poêle à frire. « Ôte ton tapis de ma porte, sinon il restera ici, prévint-il. Tu n'as plus rien à voir avec nous. »

Je tournai le tapis pour viser son ventre et glissai ma main dans l'autre bout du rouleau afin d'atteindre mon rifle. Le clic du chien tiré en arrière fut parfaitement audible. Cela mit un frein à son arrogance.

« Je veux savoir qui l'a achetée. »

Nous nous regardâmes en nous demandant lequel serait plus rapide que l'autre.

« Attendez », grommela-t-il enfin.

Il disparut, me laissant avec le sentiment d'être un imbécile. Comment l'Égyptien avait-il osé vendre Astiza ?

« Yousouf, espèce de bâtard, viens ici ! »

Mon cri résonna dans toute la maison. J'attendis un long moment, en me demandant s'ils allaient se contenter de m'ignorer. Dans ce cas, j'entrerais dans la maison en tirant.

Finalement, j'entendis le pas lourd du portier qui revenait. Il remplit à nouveau l'encadrement de la porte. « C'est un message de l'acheteur de la femme, et il est très simple. D'après lui, tu sais ce qu'il faut pour la racheter. »

Sur ces mots, il claqua la porte.

Cela signifiait que Silano et Ben Sadr la tenaient. Et cela signifiait également qu'ils n'avaient pas le médaillon et qu'ils ignoraient que je ne l'avais pas non plus. Ils devraient donc la garder en vie dans l'espoir que je le leur apporterais. Elle avait été enlevée et faisait office d'otage.

Je m'éloignai de l'entrée, me demandant ce que j'allais faire. Où était le médaillon ? À cet instant, quelque chose me frôla l'oreille et atterrit en douceur dans la poussière. Je levai les yeux. Une main de femme refermait une ouverture grillagée ménagée dans une jalousie ouvragée. Je ramassai ce qui était tombé.

Je découvris, enveloppés dans du papier, l'œil en or de Horus appartenant à Astiza et un message de sa main, en anglais cette fois. Mon cœur bondit.

« Le mur sud à minuit. Apporte une corde. »

18

Aucun sujet ne divisait autant les envahisseurs français et les Égyptiens que celui des femmes. Aux yeux des musulmans, les Francs arrogants étaient dominés par des femmes européennes aux manières grossières dont le comportement vulgaire était assorti d'exigences impérieuses susceptibles de ridiculiser les hommes qui les fréquentaient. Pour les Français, l'islam jugeait préférable de tenir enfermées celles qui étaient l'objet de tous leurs plaisirs dans des prisons opulentes mais secrètes, préférant se priver du côté stimulant de la compagnie féminine. Les musulmans pensaient que les Français étaient esclaves de leurs femmes, et les Français pensaient que les musulmans avaient peur des leurs. La situation devint encore plus difficile après que des femmes égyptiennes eurent noué des relations avec les conquérants et se soient affichées sans voile, les bras et le cou dénudés, dans les carrosses des officiers. Ces maîtresses de fraîche date, la tête tournée par la liberté que les Français leur accordaient, poussaient des cris de joie en passant en carrosse sous les fenêtres grillagées.

« Regardez comme nous sommes libres ! »

Les imams pensaient que nous les corrompions, les savants jugeaient les Égyptiens rétrogrades, et les soldats ne cherchaient rien d'autre que le plaisir du lit. Des ordres stricts avaient été donnés de ne pas importuner les femmes musulmanes, mais rien n'empêchait de les payer, et certaines ne demandaient pas mieux. D'autres demoiselles égyptiennes défendaient farouchement leur vertu, n'accordant leurs faveurs à un officier qu'en échange d'une promesse de mariage et d'une vie future en Europe. Il en résultait moult conflits et malentendus.

La robe sac qui enveloppait les femmes musulmanes, initialement conçue pour les protéger de la concupiscence des hommes, permettait aux soldats français de se livrer à d'intenses spéculations sur l'âge et la silhouette des passantes. Je n'étais pas insensible à ce genre de discussion, et, dans mon imagination, les créatures somptueuses de la maison de Yousouf tenaient à la fois des contes de Schéhérazade et des *Mille et Une Nuits*. Qui n'avait entendu parler du fameux sérail du sultan de Constantinople ? Ou des concubines habiles et des eunuques castrés de cette étrange société dans laquelle le fils d'une esclave pouvait devenir un maître ? Ce monde était à mille lieues du mien et je m'efforçais désespérément de le comprendre. Les Ottomans se servaient de l'esclavage pour injecter du sang neuf dans une société sclérosée et perfide, en espérant que ces nouvelles générations feraient preuve envers eux de plus de loyauté. La polygamie était devenue une forme de récompense. Et la religion servait à compenser l'absence d'amélioration matérielle. L'air distant des femmes musulmanes les rendait d'autant plus désirables.

Le médaillon se trouvait-il encore entre les murs du harem, même si Astiza n'y était plus ? C'était mon dernier espoir. Elle avait persuadé ses ravisseurs que je l'avais toujours en ma possession, et laissé un message

412

à mon intention. Quelle femme intelligente. Dans un recoin d'une ruelle, je cachai mon rifle sous mon tapis, et me mis en route pour acheter une corde et des provisions. Si Astiza était prisonnière de Silano, je voulais la récupérer. Bien que nous n'ayons aucune relation à proprement parler, j'éprouvais un curieux mélange de jalousie, d'envie de la protéger et de solitude. Elle était ce que j'avais de plus proche, presque une amie. J'avais déjà perdu Talma, Énoch et Ashraf. Malheur à moi si je perdais également Astiza.

Mon teint d'Européen sous des vêtements arabes n'éveilla guère l'attention, compte tenu de la diversité de couleurs de peau qu'on rencontrait dans l'Empire ottoman. Je m'enfonçai dans le labyrinthe obscur des allées du bazar Khan el-Khalili. L'atmosphère y était lourde, chargée d'odeurs de charbon et de hachisch. Des épices en tas formaient des pyramides de couleurs vives, vertes, jaunes et orange. Après avoir acheté de la nourriture, une corde et une couverture pour me prémunir contre le froid nocturne du désert, je portai mes emplettes à ma cachette et repartis pour négocier un cheval ou un chameau avec l'argent qui me restait. Je n'avais jamais monté un chameau, mais je savais qu'ils étaient plus endurants et convenaient mieux à une longue poursuite. Les questions se bousculaient dans mon cerveau. Bonaparte savait-il que Silano avait emmené Astiza ? Le comte cherchait-il les mêmes indices que moi ? Si le médaillon était une clé, où était la serrure ? Pressé et distrait comme je l'étais, je tombai sur une patrouille française avant d'avoir eu l'idée de me rejeter dans l'ombre.

Les soldats en sueur étaient presque tous passés, quand leur lieutenant sortit un papier de sa ceinture, me regarda et leur cria de s'arrêter.

« Ethan Gage ? »

Je fis semblant de ne pas comprendre.

Une demi-douzaine de mousquetons se braquèrent sur moi, ce qui ne nécessitait aucune traduction.

« Gage ? Je sais que c'est vous. N'essayez pas de fuir, sinon nous vous abattrons. »

Je me redressai, enlevai mon foulard et tentai une manœuvre dilatoire. « Je vous en prie, ne dévoilez pas mon identité, lieutenant. Je suis en mission pour Bonaparte.

— Au contraire, vous êtes aux arrêts.

— Vous vous trompez certainement. »

Il regarda le portrait qui figurait sur son papier.

« Denon a fait une esquisse de vous et c'est très ressemblant. L'homme a du talent.

— J'allais retourner poursuivre mes recherches à la pyramide…

— Vous êtes recherché dans l'enquête sur le meurtre de l'imam et érudit Qelab Almani, également connu sous le nom d'Énoch, ou Hermès Trismégiste. On vous a vu vous enfuir de sa maison avec un fusil et une hache.

— Énoch ? Vous êtes fou ? J'essaie d'élucider son meurtre. »

Il lut son papier. « Vous êtes également aux arrêts pour vous être absenté des pyramides sans autorisation, insubordination et défaut d'uniforme.

— Je suis un savant. Je ne porte pas d'uniforme.

— Les mains en l'air ! »

Il secoua la tête. « Vos crimes vous ont rattrapé, l'Américain. »

On me conduisit à un baraquement mamelouk reconverti en prison. Là, les autorités françaises s'efforçaient de trier les insurgés, petits criminels, déserteurs, profiteurs et prisonniers de guerre consécutifs à l'invasion. En dépit de mes protestations, je fus jeté dans une cellule au milieu de voleurs, de charlatans et de filous où l'on parlait toutes les langues. J'avais l'impression d'un salon de jeu à Paris.

« J'exige de connaître les charges portées contre moi ! criai-je.

— Inutile », grommela le sergent en refermant la porte.

C'était stupide de me retrouver ainsi en prison pour la mort d'Énoch, mais la perspective de manquer mon rendez-vous de minuit, devant le mur sud de la maison de Yousouf, était encore pire. La personne qui avait jeté l'œil de Horus n'avait certainement pas souvent l'occasion d'aider un étranger à accéder au harem. Que se passerait-il si elle renonçait, et que le médaillon soit vendu ou perdu ? En attendant, si Astiza était entre les mains de Silano et en route vers le sud avec l'expédition de Desaix en Haute-Égypte, elle s'éloignait un peu plus à chaque instant. Pour une fois que je n'avais pas une minute à perdre, j'étais incapable de faire quoi que ce soit. C'était rageant.

Un lieutenant arriva enfin pour inscrire mon nom dans le registre de la prison.

« Obtenez-moi au moins un entretien avec Bonaparte, suppliai-je.

— Vous ferez mieux de vous faire oublier, à moins que vous ne vouliez être fusillé sur-le-champ. Vous êtes soupçonné de meurtre ici en raison de précédents rapports concernant la mort d'une courtisane à Paris. Un problème de dettes impayées, ainsi que… »

Il étudia ses papiers. « Une logeuse nommée Mme Durrell ? »

Je gémis en mon for intérieur. « Je n'ai pas tué Énoch ! J'ai découvert le corps !

— Et vous l'avez immédiatement signalé ? »

Son ton était aussi cynique que celui de mes créditeurs.

« Écoutez-moi, toute l'expédition risque d'être mise en péril si je ne peux pas terminer mon travail. Le comte Silano essaie d'usurper d'importants secrets.

— N'essayez pas de calomnier Silano. C'est lui qui nous a fourni des déclarations vous concernant de la part de Mme Durrell et d'un porteur de lanterne. Il a fait état de votre penchant pour des comportements contraires à la morale. »

Il lut encore. « Les caractéristiques d'un Sade. »

Pendant que j'étais occupé à tenir un ruban mesureur aux pyramides, Silano s'était donc chargé de noircir ma réputation.

« J'ai droit à une représentation légale, non ?

— Un avocat de l'armée devrait venir vous voir d'ici une semaine. »

Étais-je maudit ? Mes ennemis avaient le champ libre, à présent que j'étais enfermé, empêché de suivre le comte, de contester les charges ou d'honorer mon rendez-vous de minuit au harem de Yousouf ! Le soleil bas passait par la minuscule fenêtre de ma cellule. Comme dîner, je dus me contenter d'une misérable purée de petits pois et de lentilles. Notre boisson provenait d'un baril d'eau moisie et nos toilettes consistaient en un seau.

« Je dois être entendu maintenant !

— Il est possible que vous soyez renvoyé à Paris pour répondre aux accusations là-bas.

— C'est insensé !

— Mieux vaut la guillotine qu'un peloton d'exécution ici, non ? »

Il haussa les épaules et sortit.

« Mieux en quoi ? criai-je à son intention, en me laissant tomber par terre.

« — Reprenez un peu de purée, dit un soldat qui s'était pris pour un entrepreneur et avait été arrêté en voulant vendre un canon à la ferraille. Le petit déjeuner est pire. »

Je me détournai.

Bon, j'avais joué, j'avais perdu, n'est-ce pas ? Si à Paris je ne pouvais pas perdre, ici, je n'avais pas encore tiré la moindre carte chanceuse. Si j'avais écouté les sermons de Franklin, j'aurais fait un métier honnête, mais son précepte « tôt couché, tôt levé » semblait contrevenir à ma vraie nature. Une des choses que j'aimais bien chez lui, c'était qu'il ne suivait pas toujours ses propres conseils. À près de quatre-vingts ans, il était toujours prêt à faire la fête si une jolie femme était de la partie.

Bientôt, il fit noir. Astiza s'éloignait de plus en plus.

J'étais au plus profond du désespoir, partagé entre le désir de m'apitoyer sur mon sort et les regrets qui me taraudaient – tout en m'efforçant de faire abstraction de la puanteur de mes voisins – quand j'entendis un sifflement à la fenêtre de la cellule.

« Ethan ! »

Que se passait-il ?

« Ethan ? répéta tout bas une voix inquiète. L'Américain ? Est-il là ? »

Je me frayai un chemin entre mes compagnons et m'approchai de la petite ouverture.

« Qui est là ?

— C'est Ashraf.

— Ash ! Je pensais que tu m'avais abandonné !

— J'ai changé d'avis. Mon frère aurait voulu que je te vienne en aide. Toi et la prêtresse êtes les seuls capables de sauvegarder les secrets qu'il a passé sa vie à protéger. Et j'apprends que tu as été arrêté !

Comment as-tu pu t'attirer autant d'ennuis en si peu de temps ?

— C'est un don.

— Il faut que je te sorte de là.

— Mais comment ?

— Éloigne-toi le plus possible de la fenêtre et bouche-toi les oreilles.

— Quoi ?

— Ce serait aussi une bonne idée de t'accroupir. »

Il disparut.

Tout cela était très inquiétant. Les mamelouks avaient une façon expéditive de faire les choses. Je regagnai péniblement le coin opposé de la cellule et m'adressai aux autres dans l'obscurité.

« Quelque chose de grave est sur le point de se produire. Venez tous de mon côté. »

Personne ne bougea.

Je fis une nouvelle tentative. « J'ai du hachisch. Si vous voulez bien vous approcher. »

Ils se rassemblèrent autour de moi, constituant une protection parfaite juste avant la détonation. Sous la fenêtre, le mur de la cellule fut soufflé vers l'intérieur dans un déluge de pierres, et un boulet de canon traversa l'espace pour venir frapper la porte en bois et en fer de la cellule. Elle fléchit, trembla et tomba de son cadre, atterrissant dans le corridor à l'extérieur avec un bruit métallique. Le boulet de canon était incrusté dans le bois comme une baie dans un muffin. Nous étions tombés les uns sur les autres, moi en dessous. J'avais les oreilles qui sifflaient et je suffoquai à cause de la poussière. Mais je savais profiter d'une opportunité quand elle s'offrait à moi.

« Allons-y ! Tous sur le gardien ! » criai-je.

Pendant que les autres se relevaient tant bien que mal et se précipitaient dans le couloir, je rampai dans le sens opposé vers l'extérieur, à travers le trou qu'Ash venait de causer dans le mur de la prison. Il attendait, accroupi dans l'ombre, un mousqueton sur une épaule, deux pistolets dans son ceinturon et une épée à la taille. Je reconnus les armes que je lui avais confisquées lors de sa capture. Autant pour mes trophées.

« Où diable as-tu trouvé un canon ?

— Il était dans le jardin, là-bas derrière, après avoir été saisi comme preuve.

— Comme preuve ? Ah, oui, le soldat qui avait essayé de le vendre ! Ils l'avaient laissé chargé ?

— Pour s'en servir contre les prisonniers s'ils tentaient de s'échapper. »

Entendant des tirs de mousquetons, nous nous éloignâmes en courant.

Nous nous hâtâmes comme des voleurs à travers les rues sombres, et récupérâmes au passage mes armes, la corde et les provisions dans leur cachette. Puis nous observâmes le cours de la lune, en attendant l'heure fixée. Quand nous nous glissâmes vers le mur sud de la maison de Yousouf, je ne savais pas à quoi m'attendre exactement. Une lourde porte en bois protégeait l'entrée des femmes, fermée par une imposante serrure en fer. Il était impossible d'entrer par là. La seule chose à faire était d'attendre en silence sous une fenêtre du mur sud, en espérant que les soldats français qui patrouillaient en ville ne nous tomberaient pas dessus.

« Te voilà aussi réduit à l'état de fugitif par ma faute, chuchotai-je.

— Les dieux ne t'auraient pas laissé venger seul la mort de mon frère. »

La nuit avançait et aucune manifestation ne provenait de la fenêtre grillagée au-dessus. Étais-je arrivé trop tard au rendez-vous ? Mon informateur avait-il été découvert ? Sous le coup de l'impulsion, je finis par sortir l'œil en or de Horus de ma poche et le lançai en direction de la croisée. À ma grande surprise, il ne retomba pas.

Au lieu de cela, le porte-bonheur redescendit au bout d'un fil de soie. J'y attachai ma corde et la vis remonter. J'attendis un moment pour qu'on l'attache, je tirai dessus pour tester sa solidité et plantai mes pieds sur le mur.

« Attends ici, dis-je à Ashraf.

— Tu crois que mes yeux ne sont pas aussi curieux que les tiens ?

— C'est moi l'expert en femmes. Toi, tu tiens le fusil. »

La fenêtre du harem était à une quinzaine de mètres de haut, et le volet ménagé dans le grillage permettait tout juste de passer la tête et les épaules. À bout de souffle, tout excité par ce que j'allais découvrir, je me hissai à l'intérieur, mon tomahawk à la ceinture. Après les événements pénibles de la journée, je n'hésiterais pas à l'utiliser.

Heureusement, de jeunes bras agiles me vinrent en aide pour entrer dans la chambre, ce qui me mit dans de meilleures dispositions. En l'occurrence, celle qui m'avait prêté main forte était jeune, jolie, mais tout habillée, hélas ! et même voilée. Pourtant, ses yeux en amande suffisaient pour qu'un homme en tombe amoureux : peut-être les musulmans n'étaient-ils pas aussi fous qu'ils en avaient l'air. Elle posa son doigt sur l'endroit où devaient se trouver ses lèvres, me faisant signe de me taire. Elle me tendit un deuxième papier et chuchota : « Astiza.

— *Fayn ?* demandai-je. Où ? »

Elle secoua la tête et désigna le papier. Je l'ouvris.

« Il est caché pour être vu », avait écrit Astiza en anglais.

Elle avait donc laissé le médaillon ! Je regardai autour de moi : une douzaine de paires d'yeux me fixaient, comme des animaux dans une forêt. Plusieurs femmes du harem étaient réveillées, mais, comme ma jeune guide, elles étaient habillées pour sortir et timides comme des biches. Toutes posaient le doigt sur leurs lèvres voilées. C'était clair.

Tous mes fantasmes de bassins d'eau transparente, de demoiselles chantant des sérénades vêtues de robes diaphanes, se dissipaient. La partie de l'habitation consacrée au harem était encore plus simple et plus exiguë que les pièces de réception que j'avais vues, et personne ne semblait se pomponner dans l'attente d'une prochaine visite nocturne de Yousouf. C'était en réalité une aile séparée où les femmes pouvaient cuisiner, coudre et papoter sans empiéter sur le territoire des hommes.

Elles me regardaient avec crainte et fascination.

Je commençai à chercher le médaillon dans leurs appartements sombres. Caché pour être vu ? Était-ce près d'une fenêtre ? Toutes étaient protégées par des moucharabiehs. Le harem comportait une grande pièce centrale avec un dédale de petites chambres autour, chacune contenant un lit, le plus souvent défait, une commode, des patères avec des vêtements accrochés, certains audacieux, d'autres plus couvrants. C'était un monde à l'envers, aux couleurs intériorisées, aux pensées confinées, aux plaisirs secrets.

Où l'avais-je caché moi-même ? Dans une chaussure, un canon, un pot de chambre. Aucun de ces endroits, me semblait-il, n'était « caché pour être vu ». Je me penchai pour soulever un couvre-lit, mais la jeune femme qui me servait de guide arrêta mon geste.

Ces femmes voulaient que je l'aperçoive, pour prouver que je savais ce que je cherchais. Tout me parut alors évident. Je me relevai et regardai plus attentivement autour de moi. Astiza voulait dire qu'il était caché en pleine vue. Autour d'un cou, sur une table, sur...

Un présentoir à bijoux.

S'il est une chose universelle chez l'homme, c'est l'amour de l'or. Ce que ces femmes ne montreraient jamais dans la rue, elles s'en pareraient pour Yousouf et pour elles-mêmes : anneaux, monnaies, bracelets, boucles d'oreilles, bracelets de chevilles, tiares et chaînes de ceinture. Sur une coiffeuse, je remarquai une véritable chute d'or, un fleuve jaune, un trésor qui rappelait en moins important celui de *L'Orient*. Et, au milieu de tout cela, jeté aussi négligemment qu'une pièce de monnaie dans une taverne, se trouvait le médaillon, vaguement dissimulé par les colliers au-dessus. Ben Sadr et Silano n'étaient jamais entrés ici, bien sûr, et personne ne s'était donné la peine de chercher dans cet endroit.

Quand je le dégageai de l'ensemble, une lourde boucle d'oreille tomba bruyamment sur le sol.

Je me figeai. D'autres visages, plus âgés, surgirent soudain des lits. En me voyant, l'une d'elles bondit et se drapa dans une robe de ville.

Elle se mit à parler avec vivacité. La jeune lui répondit avec impatience. Une conversation animée éclata en arabe. Je commençai à me glisser vers la fenêtre. La femme plus âgée me fit signe de poser le médaillon, mais, au lieu de cela, je le passai à mon cou et sous ma chemise. N'était-ce pas ce à quoi elles s'attendaient ? Apparemment pas. La plus âgée poussa un cri, et plusieurs d'entre elles se mirent à pleurer et à hurler. Le cri d'un eunuque retentit de l'autre côté de la porte, ainsi que des hurlements d'hommes en bas. Je crus entendre le bruit d'une épée qui sortait de son fourreau. Il était temps de déguerpir.

Tandis que je me dirigeais vers la fenêtre, la femme plus âgée tenta de me retenir. Ses bras s'agitaient dans tous les sens avec ses larges manches, comme une énorme chauve-souris noire. Elle avançait la main en direction de mon cou quand je la repoussai pour passer. Elle retomba en hurlant. Une cloche se mit à sonner et un coup de fusil éclata, en guise d'alarme. Toute la ville allait être réveillée ! J'empoignai le cadre de la fenêtre et donnai un coup de pied dedans, arrachant la moitié de la jalousie en bois. Des morceaux tombèrent bruyamment dans la ruelle en contrebas. Je passai par la fenêtre et commençai à glisser le long de la corde. En dessous, je vis la porte de derrière s'ouvrir brusquement et un flot de serviteurs sortir, armés de massues et de bâtons. D'autres hommes avaient fait irruption dans le harem à ma suite. Pendant que je descendais, quelqu'un se mit à tirer la corde vers le haut pour me faire remonter.

« Saute ! cria Ashraf. Je vais te rattraper ! »

Savait-il combien je pesais ? D'ailleurs, je ne voulais pas lâcher, persuadé que la corde que j'avais achetée l'après-midi pourrait encore nous servir. Je saisis mon tomahawk à ma ceinture et tranchai la corde au-dessus de ma tête. Je tombai sur les derniers dix mètres, et atterris dans une masse molle et puante. C'était un chariot à ordures qu'Ash avait rapproché pour me recevoir. Je me hissai par-dessus bord, cramponné à ce qui restait de la corde, et me préparai à me battre.

Un coup de feu retentit, venant du mousqueton d'Ashraf. Un des serviteurs sortis par la porte arrière s'effondra. Ashraf me passa mon rifle et je tuai un deuxième homme, puis, poussant un cri d'Indien, je fracassai le crâne d'un troisième avec le tomahawk. Les autres reculèrent dans la plus grande confusion. Ashraf et moi nous élançâmes dans l'autre direction, sautâmes par-dessus un muret et nous perdîmes dans les méandres des ruelles.

Des hommes de Yousouf se lancèrent à notre poursuite, mais ils tiraient à l'aveuglette. Je m'arrêtai pour recharger mon fusil. Ash avait dégainé son épée. Il ne nous restait plus qu'à sortir de la ville…

« Les voilà ! »

C'était une patrouille militaire française. Maudissant cette rencontre, nous fîmes demi-tour pour retourner d'où nous venions. L'ordre retentit alors, en français, de viser et de tirer ; j'agrippai Ash et nous nous jetâmes tous les deux à terre. On entendit un grondement. Plusieurs balles sifflèrent au-dessus de nos têtes. Puis des cris et des hurlements se firent entendre devant nous. Ils avaient atteint les hommes de Yousouf.

Profitant de la fumée, nous parvînmes en rampant jusqu'à une rue transversale. Des cris d'avertissement et des coups de feu retentissaient dans toutes les directions.

« Dans quels excréments suis-je tombé ? haletai-je.

— De la bouse d'âne. Ce que les Francs appellent de la merde, mon ami. »

Une balle ricocha sur un pilier de pierre.

« J'en ai bien peur. »

Après un moment, nous pûmes nous accroupir et tourner à un coin de rue. Puis nous avançâmes avec précaution jusqu'à une avenue plus large qui devait nous mener vers la porte sud de la ville. Il semblait que nous ayons semé nos poursuivants.

« Nous avons aussi perdu mes provisions. Maudite soit cette vieille femme !

— Moïse a trouvé une manne dans le désert.

— Et le roi George aura ses galettes favorites pour le thé demain, mais, lui et moi, nous faisons deux, n'est-ce pas ?

— Tu deviens grincheux.

— Il serait temps. »

Nous étions presque arrivés à la muraille du Caire quand un escadron de cavalerie française entra dans notre rue. C'était une patrouille de routine qui ne nous avait pas encore repérés, mais elle nous empêchait de passer.

« Cachons-nous dans ce renfoncement, suggéra Ashraf.

— Non. Il nous faut des chevaux, n'est-ce pas ? Attache la corde à ce pilier de façon qu'elle arrive à l'épaule d'un officier à cheval. »

Je pris l'autre extrémité et en fis autant de l'autre côté de la rue. « Quand je tirerai, prépare-toi à voler un cheval. »

Je me plantai au milieu de la rue, face à la cavalerie qui approchait, et, d'un air nonchalant, j'agitai mon fusil pour me signaler dans le noir.

« Qui va là ? appela un officier. Identifiez-vous ! »

Je tirai, lui faisant voler son képi.

Ils chargèrent.

Je me précipitai dans l'ombre, accrochai mon rifle à mon épaule, sautai pour attraper un montant de fenêtre et me hissai sur l'appui grâce au store. La patrouille se prit dans la corde en plein galop. Les premiers soldats furent désarçonnés comme des pantins et bousculés par le rang suivant. Les chevaux se cabrèrent, des hommes tombèrent. Je sautai et éjectai un cavalier de sa monture. Ashraf s'était battu pour monter sur un autre cheval. Des balles sifflèrent sans nous atteindre.

Nous éperonnâmes nos chevaux pour nous extraire de l'enchevêtrement.

« Les Français vont se demander de quel côté tu es, remarqua Ash hors d'haleine, lorsque nous fûmes au galop, après nous être retournés pour voir les soldats qui hurlaient.

— Moi aussi. »

Nous chevauchâmes jusqu'à la porte de la muraille.

« Ouvrez grand ! Nous sommes des messagers pour Bonaparte ! » criai-je en français.

Ils virent d'abord les chevaux et le harnachement de la cavalerie avant de nous identifier, couchés sur nos montures dans nos robes arabes. Mais il était trop tard. Nous passâmes au grand galop devant les sentinelles en direction du désert qui s'étendait devant nous. Des balles bourdonnèrent au-dessus de nos têtes pendant que nous nous enfoncions dans la nuit.

J'étais sorti d'affaire, le médaillon était en ma possession, j'étais libre, en mesure de pouvoir secourir Astiza, trouver le Livre de Thot et devenir le maître du monde – ou tout au moins son sauveur !

Sans compter que j'étais devenu une proie de choix pour chaque Bédouin, chaque mamelouk et chaque soldat de la cavalerie française en Égypte.

19

Le désert égyptien, à l'ouest du Nil, est un océan de sable et de rochers, sans la moindre voie, ponctué par quelques rares oasis. Le désert à l'est du Nil et au sud du Caire – un plateau stérile séparé de la mer Rouge par des montagnes semblables à un paysage lunaire – est encore plus vide : on dirait une poêle à frire inchangée depuis la naissance du monde. Le ciel bleu blanchit et devient une brume terne à l'horizon scintillant au cours de l'après-midi, quand la chaleur est à son comble. L'intrus risque de s'y voir momifié par la sécheresse. Il n'y a ni eau ni ombre, pas le moindre cri d'oiseau, ni plante ni insecte. On pourrait croire qu'il ne finit jamais. Pendant des millénaires, moines et mages se sont retirés ici pour trouver Dieu. En m'enfuyant, j'avais l'impression de l'avoir laissé loin derrière, dans les eaux du Nil et les grandes forêts vertes de ma terre natale.

Nous prîmes cette direction, Ashraf et moi, parce qu'aucun homme sain d'esprit ne s'y serait risqué. Nous traversâmes d'abord la Cité des morts du Caire, le labyrinthe de tombes musulmanes, blanches comme des fantômes dans la nuit. Ensuite nous nous hâtâmes à travers un ruban de terres arables vertes qui suivait le

Nil, où des chiens aboyèrent sur notre passage. Bien avant le lever du soleil, nous n'étions plus que des points sur une plaine aride. Lorsque nous tournâmes vers l'est, le soleil se leva, aveuglant, et commença sa course lente en forme d'arc, devenant pour nous une pendule impitoyable. Les gourdes trouvées à la selle de nos montures contenaient assez d'eau pour nous permettre de durer jusqu'à midi, mais la soif devint ensuite notre préoccupation principale. Il faisait si chaud que la respiration en devenait pénible. Sans cesse, je plissais les yeux face à un désert blanc comme neige. Une poussière fine comme de la poudre se collait à nos lèvres, sur nos oreilles, nos vêtements et nos chevaux. Le ciel pesait sur nos épaules et nos têtes. La chaîne du médaillon me brûlait le cou. Le mirage d'un lac, illusion cruelle devenue par trop familière maintenant, vacillait devant nous, perpétuellement hors de portée.

C'est donc cela l'enfer, pensai-je. C'est donc ce qui attend les hommes sans but, qui boivent, forniquent et jouent leur pain quotidien. Je mourais d'envie de trouver un coin d'ombre où me glisser et m'endormir pour toujours.

« Il faut aller plus vite, dit Ashraf. Les Français sont à notre poursuite. »

Je regardai en arrière. Une longue volute de poussière blanche avait été happée par le vent et tourbillonnait lentement vers le ciel. Quelque part, en dessous, une section de hussards nous suivait à la trace.

« Comment faire ? Nos chevaux n'ont rien à boire.

— Dans ce cas, nous devons leur trouver de l'eau. »

Il montra des collines devant nous dont les sommets ondulants ressemblaient à des miches de pain craquelées.

« Dans une mine de charbon ?

— Même dans une mine de charbon, un diamant peut se cacher. Nous sèmerons les Français dans les canyons et les oueds. Ensuite nous trouverons à boire. »

Nous continuâmes, en éperonnant nos chevaux fatigués et en resserrant nos capes pour nous protéger de la poussière. Nous gagnâmes les hautes terres à travers un labyrinthe d'oueds sablonneux, avec, pour seule végétation, des arbustes épineux desséchés. Ashraf cherchait quelque chose qu'il trouva bientôt : un plateau rocheux sur notre gauche, brûlé par le soleil, qui menait vers trois canyons différents.

« Ici, nous pourrons dissimuler nos traces. »

Nous tournâmes dans un fracas de sabots et traversâmes la terrasse de pierres. Nous empruntâmes le canyon calcaire du milieu qui paraissait le plus étroit et le moins hospitalier : les Français penseraient peut-être que nous aurions pris une autre voie. Nous étions au milieu d'une véritable fournaise. Dans l'air sec du désert, retentirent alors les cris de frustration de nos poursuivants se demandant de quel côté nous étions partis.

Complètement désorienté, je suivais docilement le mamelouk. Les crêtes étaient de plus en plus hautes et je voyais se profiler contre le ciel la silhouette déchiquetée de vraies montagnes aux rochers noirs et rouges. C'était la chaîne qui séparait la vallée du Nil de la mer Rouge. On ne voyait pas la moindre tache de vert ni la moindre étendue d'eau. Le silence était perturbant, troublé seulement par le claquement des sabots et le crissement du cuir. Étaient-ce ce désert et le fait que les anciens Égyptiens puissent aller du Nil fertile au néant absolu qui les incitaient à tant se préoccuper de la mort ? Le contraste entre leurs champs et le sable du désert qui progressait sans cesse était-il à l'origine de l'idée de l'expulsion de l'Éden ? Ce terrain aride leur rappelait-il la brièveté de la vie et incitait-il à des rêves d'immortalité ? La chaleur sèche devait momifier les corps de manière naturelle, bien avant que les Égyptiens en fassent une pratique religieuse. J'imaginai quelqu'un trouvant mes restes, dans plusieurs siècles, et mon visage empreint d'une expression de regret infini.

Les ombres semblèrent enfin s'allonger, les bruits de poursuite s'estomper. Les Français devaient avoir autant soif que nous. J'avais le vertige, mon corps était endolori, ma langue pâteuse.

Nous fîmes halte dans un endroit qui ressemblait à un piège de pierres. Des falaises escarpées s'élevaient tout autour de nous, dont la seule issue était le canyon que nous venions d'emprunter. Les murailles rocheuses étaient si hautes que, le soleil étant bas, nous pouvions enfin profiter d'une ombre salutaire.

« Et maintenant ? »

Ashraf descendit de cheval et fit quelques pas pour se dégourdir.

« À présent, il faut que tu m'aides à creuser. »

Il s'agenouilla sur le sable au pied d'un escarpement, devant une anfractuosité susceptible d'avoir recueilli l'eau d'une chute, pour autant qu'un tel phénomène puisse se produire ici. Mais peut-être était-ce le cas : la roche au-dessus était teintée comme si de l'eau coulait parfois dessus. Il se mit à creuser le sable avec les mains.

« Creuser ? »

Le soleil l'avait-il rendu fou ?

« Viens, si tu ne veux pas mourir ! Un torrent coule une fois par an, ou peut-être une fois par décennie seulement. Tout comme ce diamant dans le charbon, il reste un peu d'eau. »

Je me joignis à lui. Au début, l'exercice me sembla inutile, avec ce sable chaud qui me brûlait les mains. Mais peu à peu, le sable se rafraîchit et devint humide. Sentant l'eau venir, je me mis à rejeter le sable comme un terrier. Enfin l'eau se mit à suinter, si chargée de sédiment, qu'on aurait dit du sang coagulé.

« Je ne peux pas boire de la boue ! »

Je me remis à creuser.

Ashraf me saisit par le bras et me força à m'asseoir sur mes talons à côté de lui.

« Le désert exige de la patience. Cette eau a peut-être mis un siècle à nous parvenir, nous pouvons attendre encore quelques instants. »

Sous mes yeux impatients, un doux liquide commença à remplir la dépression que nous avions creusée. Les chevaux s'ébrouèrent et hennirent.

« Pas encore, mes amis, pas encore », dit Ash pour les calmer.

Cette cuvette n'était pas profonde, mais sa vue était aussi réjouissante que celle d'une rivière. Après une attente qui me parut une éternité, nous nous baissâmes pour embrasser notre flaque, comme des musulmans à La Mecque. Tandis que je lapais la coulée sale et avalais le liquide boueux, un frisson me parcourut en même temps qu'une onde de plaisir. Quelles outres nous faisons, nous qui sommes si désemparés quand nous ne sommes pas constamment remplis ! Nous bûmes tout notre soûl jusqu'à ce que l'eau soit redevenue de la boue. Puis nous nous assîmes et éclatâmes de rire en nous voyant. L'eau avait nettoyé le pourtour de nos lèvres, mais le reste de notre visage était toujours couvert de poussière. Nous ressemblions à des clowns. Nous attendîmes ensuite que notre petit puits se remplisse à nouveau et prîmes de l'eau dans nos mains pour donner à boire aux chevaux, veillant à ce qu'ils ne boivent pas trop ni trop vite. Le crépuscule nous trouva occupés à porter de l'eau dans une sacoche à nos montures assoiffées, à en boire nous-mêmes de temps en temps quelques gorgées et à nous débarrasser tant bien que mal de la poussière qui couvrait encore notre tête et nos mains. J'avais l'impression de retrouver quelque peu figure humaine. Les premières étoiles apparurent et je m'aperçus que nous n'entendions plus nos poursuivants français depuis un bon moment. Puis toute la panoplie du ciel se déploya et les rochers se mirent à briller comme de l'argent.

« Bienvenue dans le désert, dit Ashraf.

— J'ai faim. »

Il sourit. « Cela veut dire que tu es en vie. »

L'air se refroidit, mais, même si nous avions eu du bois, nous n'aurions pas osé faire un feu. Serrés l'un contre l'autre, nous évoquâmes Talma et Énoch, et discutâmes de nos projets d'avenir : le mien avec Astiza, et le sien avec l'Égypte tout entière.

« Les mamelouks ont tendance à exploiter les autres, c'est vrai, reconnut-il. Nous pourrions apprendre des choses de vos savants, tout comme ils en apprennent de nous. Mais l'Égypte doit être gouvernée par ceux qui vivent ici, Ethan, pas par des Francs à la peau rose.

— Ne peut-on pas envisager une collaboration entre les deux ?

— Je ne crois pas. Est-ce que Paris voudrait d'un Arabe dans son conseil municipal, même si l'imam avait la sagesse de Thot ? Non. Ce n'est pas dans la nature humaine. Imagine qu'un dieu descende du ciel avec des réponses à toutes les questions. L'écouterions-nous ou le clouerions-nous sur une croix ?

— Nous connaissons tous la réponse. Donc, chaque homme à sa place, Ash ?

— Et la sagesse avec lui. C'est ce qu'Énoch essayait de faire : conserver la sagesse de l'Égypte là où elle doit être, comme l'ont décidé les Anciens.

— Même s'ils pouvaient faire léviter des pierres ou rendre les gens immortels ?

— Les choses perdent de leur valeur quand elles deviennent trop faciles. Si une nation ou un homme pouvait construire une pyramide avec de la magie, cela ne deviendrait pas plus remarquable qu'une colline. Quant à vivre éternellement, quiconque ayant des yeux pour voir se rend bien compte que c'est contre nature. Imagine un monde plein de vieux, un monde presque sans enfants, un monde sans espoir d'avancement parce que chaque poste est occupé par un patriarche arrivé là des siècles avant toi. Ce ne serait pas un paradis, ce serait un enfer où il faudrait sans cesse prendre des précautions, où régneraient conservatisme, idées rances et dictons éculés. Qui serait alors capable d'oublier les vieilles querelles et les offenses du passé ? Avons-nous peur de la mort ? Bien sûr. Mais c'est la mort qui fait de la place pour la naissance et le cycle de la vie est aussi naturel que la crue et la décrue du Nil. La mort est notre dernier et notre plus noble devoir. »

Nous attendîmes une journée pour nous assurer que les Français ne nous attendaient pas. Puis, supposant que le manque d'eau leur avait fait rebrousser chemin vers Le Caire, nous partîmes vers le sud, en voyageant la nuit pour échapper à la canicule. Nous chevauchions parallèlement au Nil, à plusieurs kilomètres à l'est, pour ne pas être repérés, en dépit des méandres des routes de montagne. Nous avions prévu de rattraper la colonne principale des troupes de Desaix, à l'endroit où Silano chevauchait avec Astiza. Je poursuivrais le comte pendant que les Français poursuivraient les insurgés mamelouks le long du fleuve. Je parviendrais peut-être à secourir Astiza et Ashraf se vengerait de celui qui avait tué le pauvre Énoch. Nous trouverions le bâton de Min, déterminerions le chemin à l'intérieur de la Grande Pyramide et trouverions le Livre de Thot, perdu depuis si longtemps, en le soustrayant par la même occasion au rite égyptien. Ensuite… allions-nous le cacher, le détruire ou le garder pour nous ? Ce pont-là, je le traverserais en temps voulu, comme aurait dit le vieux Ben.

Bien que nous fussions en plein désert, nous rencontrâmes des zones habitées sur notre route. Un monastère copte, constitué de bâtiments surmontés de dômes bruns, surgit comme un tapis de champignons au milieu d'une forêt de pierres, avec un jardin plein de palmiers qui augurait de la présence d'un puits. L'habitude mamelouke de porter toute sa fortune sur soi en allant à la bataille se révélait tout à fait pratique. Ashraf avait récupéré la bourse qu'il avait voulu me rendre et avait de quoi nous acheter de la nourriture. Nous bûmes tout notre soûl, achetâmes de grands sacs à eau en prévision d'autres puits en continuant vers le sud, que nous trouvâmes jalonnant notre route comme des auberges. Les fruits secs et le pain sans levain constituaient une alimentation simple mais nourrissante, et mon compagnon me montra comment enduire mes lèvres gercées avec de la graisse de mouton pour les empêcher de cloquer. Je commençais à me familiariser avec le désert. Le sable devint un vrai lit, et mes amples robes arabes – débarrassées de la puanteur des ânes – me permettaient de profiter de la moindre brise rafraîchissante. Au lieu de la désolation qui m'avait frappé au début, je commençais à apprécier la beauté de ces paysages, avec toutes ces couleurs subtiles sur les rochers ondulants, le jeu de la lumière et de l'ombre sur le calcaire blanc effrité, et ce vide magnifique qui semblait combler l'âme. La simplicité et la sérénité qui régnaient dans cet endroit me rappelaient les pyramides.

De temps à autre, nous nous rapprochions du Nil, et Ashraf descendait la nuit dans un village pour négocier de l'eau et de la nourriture, en tant que mamelouk. Je restais dans les montagnes arides qui surplombaient la paisible ceinture de verdure champêtre et le fleuve bleu. Parfois, le vent apportait le cri d'un chameau ou le braiment d'un âne, le rire des enfants ou l'appel à la prière. Je m'asseyais alors sur un promontoire, comme un étranger curieux. À l'aube, il me rejoignait, nous avancions de quelques kilomètres et, quand le soleil s'élevait au-dessus des falaises, nous creusions dans le sable à des endroits qu'il connaissait pour nous glisser dans des grottes creusées de longue date dans l'aplomb des collines.

« Ce sont les tombes des Anciens. Elles ont été creusées il y a des milliers d'années », m'expliqua Ash, tandis que nous prenions le risque d'allumer un petit feu. Nous fîmes cuire le résultat de son marchandage à l'aide du charbon qu'il avait acheté et nous arrosâmes notre repas de thé.

Le vent avait chassé quantité de sable à l'intérieur des grottes, mais elles n'en demeuraient pas moins magnifiques. Des colonnes sculptées en forme de bouquets de papyrus soutenaient le plafond en pierre. Des peintures murales éclatantes décoraient les murs. Contrairement aux parois en granit des chambres de la Grande Pyramide, ce lieu de mort comportait des scènes de la vie peintes dans une multitude de couleurs. On y voyait des garçons lutter ensemble, des filles danser et s'amuser, des filets remonter des bancs de poissons. De vieux rois étaient enveloppés dans des arbres de vie, dont chaque feuille représentait une année. Des animaux rôdaient dans des forêts imaginaires. Des bateaux flottaient sur des rivières dans lesquelles des hippopotames se cabraient et des crocodiles nageaient. Des oiseaux emplissaient les airs. Il n'y avait ni têtes de mort ni corbeaux morbides comme en Europe ou en Amérique, mais des images d'une Égypte luxuriante, sauvage, infiniment plus heureuse que celle que je traversais à présent.

« En ce temps-là, c'était le paradis, dis-je. Un pays verdoyant, peu peuplé, riche et confiant en l'avenir. On ne sent ni la peur de l'invasion ni la crainte des tyrans. Astiza l'avait dit, rien n'a plus jamais été ainsi.

— Quand tout allait pour le mieux, le pays était uni en amont du fleuve jusqu'à la troisième ou la quatrième cataracte, reconnut Ashraf. Des bateaux égyptiens naviguaient depuis la Méditerranée jusqu'à Assouan, et des caravanes apportaient des richesses de Nubie, et de pays tels que Pount et Saba. Les montagnes fournissaient de l'or et des pierres précieuses. Des monarques noirs apportaient de l'ivoire et des épices. Les rois chassaient le lion à l'orée du désert. Et chaque année, le Nil montait pour arroser la vallée et enrichir la terre avec du limon, exactement comme il le fait maintenant. L'apogée sera atteint au moment qu'a indiqué ton calendrier, le 21 octobre. Chaque année, les prêtres observaient les étoiles et le zodiaque pour déterminer le moment optimal pour semer et moissonner, et ils mesuraient le niveau du Nil. »

Il désigna quelques peintures. « Ici, le peuple et même les nobles apportent des offrandes au temple pour garantir la continuité du cycle. Il y avait des temples splendides tout le long du Nil.

— Et les prêtres acceptaient ces offrandes.

— Oui.

— Pour une inondation qui se produisait de toute façon chaque année. »

Il sourit. « Oui.

— Voilà une profession qui m'aurait convenu. Prédire le changement des saisons, le lever du soleil, et encaisser les remerciements du peuple.

— Sauf que ce n'était pas prévisible. Certaines années, il n'y avait pas de crue, et la famine en résultait. Tu n'aurais pas du tout aimé être prêtre à ces moments-là.

— Je parie qu'ils avaient une bonne excuse pour expliquer la sécheresse et qu'ils demandaient au peuple de doubler leur don. »

Je m'y connais en travail facile et j'imaginais facilement leur système. Je regardai autour de nous.

« Et quelle est cette écriture ? demandai-je à propos des graffitis figurant sur certaines peintures. Je ne reconnais pas la langue. C'est du grec ?

— Du copte, dit Ashraf. Selon la légende, les premiers chrétiens se cachèrent dans ces cavernes pour fuir les persécutions des Romains. Nous arrivons après une longue chaîne de fugitifs. »

Un autre mur attira mon regard. On aurait dit une façon de compter, une série de notations en forme de dièses dans cette langue ancienne qu'aucun de nous ne pouvait déchiffrer. Certaines semblaient assez claires : un dièse pour un, trois dièses pour trois, et ainsi de suite. Ces symboles me semblaient familiers et j'y repensai lorsque nous fûmes étendus sur le sable qui remplissait la moitié de la caverne. Je sortis le médaillon.

« Ash, regarde. Ce petit triangle formé d'encoches sur mon médaillon – on dirait les marques sur le mur ! »

Il regarda l'un, puis l'autre. « En effet. Et alors ? »

Et alors ? Ceci pouvait tout changer. Si j'avais raison, le bas du médaillon ne représentait pas une pyramide, mais des chiffres ! L'objet que je portais comportait une somme quelconque ! Les savants étaient des fous de mathématiques, et les semaines que j'avais passées avec eux commençaient à porter leurs fruits – j'avais remarqué quelque chose que je n'aurais jamais vu autrement. Évidemment, je ne comprenais rien à ces chiffres qui semblaient être un groupement aléatoire de uns, de deux et de trois.

Mais je m'approchais de la solution.

Après maints jours et de nombreux kilomètres parcourus, nous arrivâmes en haut d'un promontoire calcaire très escarpé, près de Nag Hammadi. Le Nil formait un méandre autour, avec des champs verdoyants sur la rive opposée. C'est là, de l'autre côté du fleuve, que nous aperçûmes notre proie. La division de Desaix, formée de trois mille hommes et de deux canons, progressait lentement le long du Nil en une colonne de presque deux kilomètres. De l'endroit où nous nous trouvions, ils ressemblaient à des insectes sur un tableau créé de toute éternité, rampant aveuglément dans une mare de peinture à l'huile. Je compris à cet instant combien la mission que les Français s'étaient donnée était impossible. À l'étendue déjà immense de l'Égypte s'ajoutait celle de l'Afrique au-delà, une perspective sans fin qui rendait la division française aussi insignifiante qu'une puce sur un éléphant. Comment cette poignée d'hommes pensait-elle pouvoir soumettre cet empire du désert, parsemé de ruines et d'innombrables tribus de cavaliers ? L'entreprise était aussi audacieuse que celle de Cortés au Mexique, mais Cortés visait seulement le cœur d'un empire, tandis que le pauvre Desaix avait déjà capturé le cœur et poursuivait maintenant les membres rebelles dispersés dans ce désert sauvage. Le problème qui se posait à lui n'était pas de vaincre l'ennemi, mais de le trouver.

Le mien n'était pas de trouver mon ennemi, qui devait être quelque part dans cette colonne de soldats, mais de pouvoir m'attaquer à lui maintenant que les Français me considéraient comme un hors-la-loi. Astiza était certainement là-bas également, mais comment faire pour lui transmettre un message ? Mon seul allié était un mamelouk, mes seuls vêtements, mes robes arabes. Je ne savais même pas comment m'y prendre, maintenant que la division était en vue. Devais-je traverser le fleuve à la nage et faire irruption au galop en demandant que justice me soit rendue ? Ou bien essayer d'assassiner Silano en tirant de derrière un rocher ? Et quelle preuve avais-je qu'il était véritablement mon ennemi ? Si je réussissais, je serais pendu.

« Ash, j'ai l'impression d'être un chien qui court après un char à bœufs et de ne pas savoir ce que je ferais de ma proie si je l'attrape.

— Ne sois donc pas un chien, dit le mamelouk. Que poursuis-tu exactement ?

— La solution à mon énigme, une femme, la vengeance. Mais rien ne prouve encore que Silano soit responsable de quoi que ce soit. Et je ne sais pas exactement ce que je vais en faire. Je n'ai pas peur de me mesurer au comte. Je ne suis pas certain de ce qu'il mérite. Chevaucher à travers le désert était plus simple. Il est vide, sans complications.

— Et pourtant, un homme ne peut pas plus faire partie du désert qu'un bateau ne peut faire partie de la mer – les deux restent à la surface. Le désert est un passage, non une destination, mon ami.

— Et maintenant nous approchons de la fin du voyage. Est-ce que Silano jouira de la protection de l'armée ? Serai-je considéré comme un fugitif ? Et où se tapira Ahmed Ben Sadr ?

— Ah, oui ! Ben Sadr. Je ne vois pas sa bande en bas avec les soldats. »

En guise de réponse, une balle ricocha sur un rocher voisin. L'écho du coup de fusil résonna ensuite. La roche vola en éclats et les fragments retombèrent dans le sable.

« Tu vois comment les dieux ont réponse à tout ? » remarqua Ashraf.

Je me tournai sur ma selle. Au nord, derrière nous, dans les montagnes d'où nous venions, une douzaine d'hommes en vêtements arabes, montés sur des chameaux, se balançaient au rythme de leurs montures lancées dans un trot rapide, leurs silhouettes brouillées par la chaleur. Leur chef portait quelque chose de trop long pour être un mousqueton – un bâton en bois probablement.

« Ben Sadr, le diable en personne, murmurai-je. Il protège l'arrière des troupes françaises contre les attaques surprises. Maintenant il nous a repérés. »

Ashraf sourit. « Il vient vers moi aussi à l'aise après avoir tué mon frère ?

— La cavalerie a dû lui demander de nous retrouver.

— Ce sera pour son malheur. »

Le mamelouk semblait prêt à charger.

« Arrête, Ash ! Réfléchis ! Nous ne pouvons pas en affronter une douzaine à la fois ! »

Il me regarda avec mépris. « Tu as peur de quelques balles ? »

Les Arabes arrivaient dans un nuage de fumée tandis que le sable continuait à jaillir autour de nous.

« Parfaitement ! »

Mon compagnon leva lentement une manche de sa robe, montrant le tissu troué par un coup de fusil qui l'avait raté de peu.

Il sourit de nouveau. « Le vent de celui-là n'est pas passé loin. Je propose donc que nous prenions la fuite. »

Nous éperonnâmes nos chevaux et partîmes au galop, en biais à l'arrière de la crête en nous éloignant du Nil, dans un effort désespéré pour prendre nos distances et nous mettre à l'abri. Sur une courte distance, nos chevaux étaient plus rapides que les chameaux, mais ces derniers étaient plus endurants. Ils pouvaient se passer d'eau pendant une semaine et en boire ensuite une quantité qui serait fatale pour tout autre animal. Nous avions facilement semé la cavalerie française. Ces guerriers du désert risquaient d'être plus persévérants.

Nous nous engouffrâmes dans une vallée latérale où nos chevaux eurent du mal à garder leur équilibre sur le sol caillouteux. Arrivés sur un terrain plus plat, nous partîmes au grand galop, en nous efforçant d'ignorer les cris d'excitation et les tirs au jugé de nos poursuivants. Ils nous poursuivaient sans répit et soulevaient une traînée de poussière qui se figeait dans l'air lourd.

Pendant une heure, nous les maintînmes à bonne distance, mais, la chaleur et le manque d'eau aidant, nos montures commencèrent à fatiguer. Après des jours sans le moindre brin d'herbe et très peu à boire, nos bêtes étaient épuisées. Nous grimpâmes une colline baignée de soleil et redescendîmes de l'autre côté, espérant brouiller notre piste, mais la poussière que nous soulevions nous signalait comme un phare.

« Peux-tu essayer de les ralentir ? demanda enfin Ash.

— J'ai davantage de portée qu'eux. Mais à la vitesse à laquelle ils arrivent, je n'aurais qu'un seul bon tir. Il me faut presque une minute pour recharger. »

Nous nous arrêtâmes en haut d'un monticule et je dégageai mon long rifle que je portais sur le dos. Sa lanière m'avait lacéré l'épaule pendant cinq cents kilomètres, mais je n'avais jamais été tenté de m'en séparer : son poids me rassurait. Il ne se plaignait jamais et pouvait se révéler mortel. Je visai Ben Sadr par-dessus ma selle, certain que sa mort mettrait fin à la poursuite. Il se trouvait à quatre cents pas environ. Il n'y avait pas de vent, l'air était sec et ma cible chargeait au grand galop… dégageant assez de chaleur pour brouiller son image, comme un drapeau flottant au vent. Enfer et damnation, où était-il exactement ? Je visai haut pour compenser la tombée de la balle, appuyai sur la gâchette. Je tirai, faisant sursauter mon cheval.

La balle fut longue à arriver. Puis son chameau trébucha.

L'avais-je touché ? Les Bédouins inquiets avaient ralenti, s'étaient regroupés en cercle et poussaient des cris de consternation tout en lâchant quelques tirs, bien que nous nous trouvions largement hors de portée des mousquetons. Je sautai sur mon cheval et nous partîmes au galop, espérant avoir gagné un peu de temps. Ash regarda en arrière.

« Ton ami a poussé un de ses compagnons en bas de son chameau pour le lui prendre. Le guerrier en question est monté avec un autre. Ils feront plus attention maintenant.

— Mais il est toujours vivant. »

Nous nous arrêtâmes et je rechargeai, perdant le peu d'avance que nous avions gagnée. Je ne voulais pas être acculé à un échange de tirs, parce qu'ils seraient sur nous avant que je puisse recharger.

« Et ils avancent toujours.

— On dirait.

— Ash, nous ne pouvons pas les combattre tous.

— Apparemment pas.

— Que feront-ils s'ils nous prennent ?

— Avant, ils nous auraient simplement violés, puis tués. Maintenant que tu as abattu son chameau, je suppose qu'ils nous violeront, nous déshabilleront, nous empaleront dans le désert et mettront des scorpions pour nous torturer jusqu'à ce que nous mourions de soif et d'insolation. Avec un peu de chance, un cobra se chargera de nous avant.

— Tu ne m'avais pas prévenu avant que je tire.

— Tu ne m'as pas prévenu que tu allais tuer le chameau et pas l'homme. »

Nous pénétrâmes dans un canyon tortueux, espérant qu'il ne se terminerait pas en cul-de-sac comme celui où nous avions trouvé de l'eau. Un cours d'eau à sec ou un oued y avait laissé un lit sablonneux et il serpentait à l'envi. Mais nos traces étaient évidentes. Nos chevaux, couverts d'écume, n'en pouvaient plus.

« Tu sais, je ne vais pas lui donner le médaillon. Pas après ce qui est arrivé à Talma et à Énoch. Je préfère l'enterrer, l'avaler ou le jeter dans un trou.

— Je ne serais pas là à chevaucher avec toi si je pensais que tu en étais capable. »

Le canyon s'achevait sur une pente raide et caillouteuse. Nous descendîmes de cheval et prîmes nos bêtes épuisées par la bride pour les faire remonter. Très rétifs, ils firent quelques mètres en donnant des coups de tête en arrière, puis se cabrèrent et lancèrent des ruades. Nous étions aussi fatigués et en manque d'équilibre qu'eux. Nous glissions sur la pente et les rênes nous échappaient. Malgré tous nos efforts, ils nous tiraient en arrière.

« Il faut passer ailleurs ! criai-je.

— Trop tard. Si nous rebroussons chemin, nous allons tomber sur Ben Sadr. Laissons-les partir. »

Nous lâchâmes les rênes et nos montures se dirigèrent au trot vers le canyon, droit sur les Arabes.

Se retrouver à pied dans le désert équivalait à une mort certaine.

« Nous sommes fichus, Ashraf.

— Les dieux ne t'ont-ils pas donné deux jambes et l'intelligence pour t'en servir ? Allons, le sort ne nous a pas amenés jusqu'ici pour nous abandonner maintenant. »

Il se mit à remonter la pente à pied, malgré les Arabes qui arrivaient en poussant des cris triomphants et en se remettant à tirer. Des morceaux de rochers éclataient derrière nous à chaque impact de balle. Ces tirs, à mon grand étonnement, eurent le don de décupler mon énergie. Heureusement, nos poursuivants durent s'arrêter pour recharger, tandis que nous progressions tant bien que mal dans la montée. Par bonheur, la pente raide allait également se révéler difficile pour les chameaux. Hors d'haleine, nous franchîmes la dernière crête et regardâmes tout autour. C'était un paysage de désolation, sans la moindre trace de vie. Je me précipitai au bord du ravin proche… et m'arrêtai net sous le coup de la stupéfaction.

Là, dans un creux peu profond, des gens étaient amassés, recroquevillés et serrés les uns contre les autres. Se trouvaient au moins une cinquantaine de Noirs, couverts de poussière comme nous. Leurs yeux où le blanc dominait auraient pu faire penser à un champ d'agates. Ils étaient nus, couverts de plaies et de mouches, et attachés ensemble par des chaînes, hommes et femmes sans distinction. Ils me fixaient de leurs grands yeux, qu'on aurait dit accentués par un maquillage de théâtre, aussi stupéfaits de nous voir que nous. Une demi-douzaine d'Arabes les encadraient, avec des fusils et des fouets. Des marchands d'esclaves !

Les marchands étaient accroupis avec leurs victimes, probablement inquiets des tirs. Ashraf cria quelque chose en arabe et ils répondirent dans un flot de paroles débitées sur un ton excité. Après quelques instants, il acquiesça.

« Ils descendaient le Nil et ont aperçu les Français. Étant donné que Bonaparte confisque les caravanes et libère les esclaves, ils sont venus se réfugier ici jusqu'à ce que Desaix et son armée soient passés. Puis ils ont entendu les coups de feu. Ils ne savent plus où aller.

— Que devons-nous faire ? »

En réponse, Ash leva son mousqueton et tira calmement, atteignant le chef de la caravane en pleine poitrine. Le marchand d'esclaves tomba en arrière sans un cri, le regard étonné. Avant même qu'il ait touché terre, le mamelouk avait sorti deux pistolets et tiré des deux, touchant un homme au visage et un autre à l'épaule.

« Battons-nous ! » cria mon compagnon.

Un quatrième marchand sortait son pistolet quand je le tuai sans même réfléchir. Entre-temps, Ash avait dégainé son épée et chargeait. En quelques secondes, le blessé et un cinquième homme étaient morts, et le sixième en fuite, retournant d'où il était venu.

La férocité soudaine de mon ami me laissait pantois.

Le mamelouk se dirigea vers le chef, essuya son épée sur la robe de l'homme mort et fouilla le corps. Il se releva avec un anneau de clés.

« Ces marchands d'esclaves sont une véritable vermine, dit-il. Ils ne capturent pas leurs esclaves à la guerre. Ils les achètent avec des colifichets et profitent de leur misère. Ils ont mérité la mort. Recharge nos fusils pendant que je délivre ceux-là de leurs chaînes. »

Les Noirs au comble de l'excitation pleuraient et se bousculaient tant qu'ils finirent par emmêler leurs chaînes. Ash en trouva deux qui parlaient arabe et leur donna des ordres d'un ton sec. Ils acquiescèrent et crièrent des consignes à leurs compagnons dans leur propre langue. Le groupe retrouva un peu de calme le temps de les libérer, puis, suivant les directives d'Ash, ils ramassèrent des pierres ainsi que les armes des Arabes que je rechargeai.

Ashraf me sourit.

« Voilà notre armée. Je t'avais bien dit que les voies des dieux étaient impénétrables. »

Avec force gestes, il guida derechef nos nouveaux alliés vers le haut de la crête. Le groupe d'Arabes qui nous poursuivait avait dû s'arrêter en entendant le bruit du combat de l'autre côté de la colline, mais maintenant ils montaient dans notre direction, en tirant leurs chameaux récalcitrants. Nous avançâmes à découvert, Ash et moi, et les hommes de main de Ben Sadr se mirent à crier comme s'ils avaient repéré un cerf blessé. Nous devions avoir l'air bien seuls sur l'horizon bleu pâle.

« Donne-moi le médaillon et je te promets qu'il ne te sera fait aucun mal ! cria Ben Sadr en français.

— À d'autres, murmurai-je.

— Implore plutôt notre clémence, sinon je te brûlerai comme tu as brûlé mon frère ! » cria Ash en réponse.

À cet instant, les cinquante Noirs récemment libérés s'alignèrent au sommet de la crête, de chaque côté de nous. Les Arabes s'arrêtèrent, stupéfaits, ne comprenant pas encore qu'ils étaient pris au piège. Ash donna un ordre et les Noirs poussèrent un grand cri. Les pierres se mirent à pleuvoir, ainsi que des morceaux de chaînes. Nous tirâmes tous les deux en même temps, Ben Sadr et un autre homme tombèrent. Les Noirs nous tendirent alors les armes des marchands d'esclaves. Les Bédouins et leurs chameaux, bombardés de pierres et de morceaux de métal, se retrouvèrent à terre, fous de rage et de terreur. Nos poursuivants roulèrent le long de la pente raide dans une avalanche de cailloux, incapables de tirer convenablement. Une pluie de pierres continuait à s'abattre sur eux, dont la violence était à la mesure de la frustration qui s'était accumulée chez les Noirs. Nous en tuâmes ou en blessâmes plusieurs dans leur retraite désordonnée et, quand les survivants se regroupèrent en bas du canyon, ils levèrent dans notre direction des regards de chiens battus.

Ben Sadr se tenait le bras.

« Le serpent a la chance de Satan, grommelai-je. Il est seulement blessé.

— Il nous reste à prier pour que sa blessure s'envenime, dit Ashraf.

— Gage ! cria Ben Sadr en français. Donne-moi le médaillon ! Tu ne sais même pas à quoi il sert !

— Dis à Silano qu'il aille au diable ! » criai-je en retour. Nos voix résonnaient dans le canyon.

« Nous te donnerons la femme !

— Dis à Silano que je viens la chercher ! »

L'écho s'évanouit. Les Arabes avaient toujours davantage d'armes que nous, et j'hésitais à entraîner les anciens esclaves dans une bataille rangée. Ben Sadr devait également soupeser ses chances. Il remonta sur sa monture avec difficulté. Ses compagnons l'imitèrent.

Il se mit lentement en route, puis fit tourner son chameau et me regarda à nouveau.

« Je veux que tu saches que ton ami Talma a crié avant de mourir ! » dit-il d'une voix forte.

Le mot « mourir » résonna longtemps dans le paysage sauvage.

Il était hors de portée maintenant, mais pas hors de vue. Je tirai sous le coup de la fureur. La balle souleva la poussière à cent pas de lui. Il éclata de rire. Son rire s'amplifia dans le canyon, puis, avec le reste de sa troupe, il fit demi-tour et reprit le chemin par lequel il était venu.

« Toi aussi, tu en feras autant, murmurai-je. Toi aussi. »

Pour remplacer nos chevaux, nous prîmes deux des chameaux des marchands d'esclaves et donnâmes les quatre autres aux Noirs. Il y avait suffisamment de provisions pour que le groupe puisse regagner son pays lointain. Nous leur donnâmes les fusils saisis pour chasser et se défendre contre d'autres marchands d'esclaves qui essaieraient, sans aucun doute, de les reprendre. Nous leur montrâmes comment charger et tirer, ce dont ils s'acquittèrent avec zèle. Puis ils se jetèrent à nos genoux pour nous remercier avec tant de ferveur que nous dûmes nous en débarrasser de force. Certes, nous les avions sauvés, mais eux aussi nous avaient sauvés. Ashraf leur fit un dessin du chemin à suivre à travers les montagnes du désert, ce qui leur permettrait de rester à l'écart du Nil jusqu'à ce qu'ils arrivent à la première cascade. Puis nous reprîmes notre propre route.

C'était la première fois que je montais un chameau, bête bruyante, rétive et assez laide au demeurant, hôte d'une véritable colonie de puces et de moucherons. Pourtant celui-ci, orné d'un superbe harnais de couleurs vives, était assez bien dressé et raisonnablement docile. Sous la houlette d'Ash, je me perchai sur ma monture pendant qu'elle était assise, puis m'accrochai à elle lorsqu'elle se releva d'un bond. Après quelques « hut, hut ! », mon chameau emboîta le pas à celui d'Ash. Il me fallut quelque temps pour m'habituer à son rythme de balançoire, mais, au final, ce n'était pas déplaisant. J'avais l'impression d'être en bateau. Je m'en accommoderais jusqu'à ce que je retrouve un cheval. Ne fallait-il pas que j'atteigne le corps expéditionnaire avant Ben Sadr ? Nous suivîmes la crête jusqu'à arriver au-dessus d'un endroit sur le Nil où il y avait un bac et descendîmes pour traverser du côté où était Desaix.

Sur l'autre rive, nous passâmes sur le chemin piétiné par l'armée, traversâmes une palmeraie de bananiers et au bout d'un moment repartîmes dans le désert en direction de l'ouest, vers les collines basses, en contournant le flanc de la troupe. En fin d'après-midi, nous aperçûmes la colonne qui campait le long du Nil. Les dattiers étendaient leur ombre sur le sol.

« Si nous continuons, nous atteindrons leurs lignes avant le coucher du soleil, dis-je.

— Bonne idée. Je te laisse y aller, mon ami.

— Quoi ? »

J'étais stupéfait.

« J'ai fait ce que j'avais à faire, en te libérant de prison et en t'amenant jusqu'ici, n'est-ce pas ?

— Bien plus que tu ne devais. Je te suis redevable.

— Comme je le suis envers toi pour m'avoir accordé ma liberté, ta confiance et ta compagnie. J'ai eu tort de te reprocher la mort de mon frère. Le mal se produit. Qui sait pourquoi ? Les forces de ce monde sont doubles, éternellement en conflit. Le bon doit combattre le mal, c'est une constante. Et nous le ferons, mais chacun à notre manière, car maintenant je dois rejoindre mon peuple.

— Ton peuple ?

— Ben Sadr a trop d'hommes pour qu'on l'affronte seul. Je suis toujours mamelouk, Ethan Gage. Et quelque part dans le désert se trouve l'armée en fuite de Mourad Bey. Mon frère Énoch était vivant jusqu'à l'arrivée des Français et je crains que beaucoup d'autres ne meurent tant que cette présence étrangère ne sera pas chassée de mon pays.

— Mais, Ashraf, je fais partie de cette armée !

— Non. Tu n'es pas plus franc que mamelouk. Tu es quelque chose de singulier et hors de contexte, l'Américain, toi qui as été envoyé ici pour servir les dieux. Je ne suis pas certain du rôle qui t'a été attribué, mais je sens que je dois te quitter pour que tu puisses le jouer. L'avenir de l'Égypte dépend de ton courage. Va rejoindre ta femme et fais ce que ses dieux te demandent de faire.

— Non ! Nous ne sommes pas simplement des alliés, nous sommes devenus des amis ! N'est-ce pas vrai ? J'ai déjà perdu trop d'amis ! J'ai besoin de ton aide, Ashraf. Viens avec moi venger Énoch !

— L'heure de la vengeance viendra quand les dieux l'auront décidé. Si ce n'était pas le cas, Ben Sadr serait mort aujourd'hui, car tu manques rarement ta cible. Il connaîtra un autre sort, peut-être plus terrible. Entre-temps, il faut que tu saches ce que ce comte Silano est venu chercher ici et que tu accomplisses ainsi ton destin. Quoi qu'il arrive sur d'autres champs de bataille, cela ne pourra pas altérer le lien que nous avons noué ces derniers jours. Que la paix soit avec toi, l'ami, jusqu'à ce que tu trouves ce que tu cherches. »

Sur ces mots, il disparut sur son chameau en direction du soleil couchant, tandis que, plus seul que jamais, je me mettais en route pour retrouver Astiza.

20

Je ne me faisais aucune illusion : mon projet de faire irruption au galop au sein de la division de Desaix en hurlant le nom de Silano me ferait arrêter aussitôt. En revanche, j'avais le médaillon en ma possession, à la différence de mon rival. Il me serait beaucoup plus facile de faire venir Silano à moi.

Vers le crépuscule, je m'approchai, les bras levés, d'un escadron de sentinelles qui bivouaquaient. Plusieurs accoururent vers moi avec leurs mousquetons, ayant appris à se méfier en voyant un Égyptien approcher. Trop de Français imprudents avaient péri dans une guerre qui devenait de plus en plus cruelle.

La nouvelle de ma fuite du Caire n'était certainement pas parvenue jusqu'ici.

« Ne tirez pas ! Je suis américain et je fais partie du groupe d'érudits de Berthollet ! Bonaparte m'a envoyé pour que je continue mes recherches sur les anciens Égyptiens. »

Ils me regardaient avec méfiance.

« Pourquoi êtes-vous habillé comme un indigène ?

— Sans escorte, croyez-vous que je serais encore vivant autrement ?

— Vous êtes venu seul du Caire ? Vous êtes fou ?

— Le bateau sur lequel je naviguais a touché un rocher et a dû être réparé. J'avais hâte de continuer. J'espère qu'il y a des ruines ici.

— Je le reconnais, dit l'un d'eux. C'est l'homme de Franklin. »

Il cracha.

« Je suis certain que vous appréciez l'occasion qui nous est offerte de pouvoir étudier ce passé magnifique, dis-je d'un ton léger.

— Pendant que Mourad Bey nous nargue, toujours à quelques kilomètres devant nous. Nous le battons, et le battons à nouveau. Encore et encore. Chaque fois, il s'enfuit, et, chaque fois, il revient. Et chaque fois, plusieurs d'entre nous ne rentreront jamais en France. Maintenant nous attendons devant des ruines pendant qu'il s'enfonce encore plus loin dans ce maudit pays, hors de notre portée, comme un mirage.

— Si encore on pouvait voir le mirage, dit un autre. Un millier de soldats ont mal aux yeux dans cette poussière et ce soleil. Une bonne centaine clopinent à l'aveuglette. On dirait une farce au théâtre. Prêts pour le combat ? Parfaitement, voici notre rangée de mousquetaires aveugles !

— La cécité ! C'est un moindre mal, ajouta un troisième. Nous avons déféqué le double de notre poids entre ici et Le Caire. Les plaies ne se referment pas, les ampoules s'infectent. Il y a même des cas de peste. Qui n'a pas perdu au moins six kilos, rien que pendant cette marche ?

— Et combien étaient prêts à s'accoupler avec des rats ou des ânes tellement ils étaient excités ! »

Tous les soldats aiment se plaindre, mais, de toute évidence, la déception relative à l'Égypte augmentait.

« Peut-être Mourad est-il au bord de la défaite, dis-je.

— Alors battons-le. »

Je tapotai mon rifle.

« Mon canon a été parfois aussi brûlant que le vôtre, les amis. »

Tout à coup leur intérêt fut ravivé.

« C'est le long rifle américain ? On dit qu'il peut tuer un Peau-Rouge à mille pas.

— Pas tout à fait, mais si vous ne pouvez tirer qu'une seule fois, c'est cette arme qu'il vous faut. Récemment, j'ai atteint un chameau à quatre cents pas. »

Il était inutile de préciser ce que je visais.

Ils se rassemblèrent autour de moi et admirent que c'était un bon instrument, tant il est vrai que celui-ci, comme je l'ai déjà dit, était une pièce superbe, un joyau comparé à leurs pauvres mousquetons réglementaires.

« Aujourd'hui, mon fusil reste froid, car j'ai une autre tâche, non moins importante. Je dois m'entretenir avec le comte Alessandro Silano. Savez-vous où je peux le trouver ?

— Dans le temple, à mon avis, dit un sergent. J'ai l'impression qu'il veut s'y installer.

— Le temple ?

— À l'écart du fleuve, de l'autre côté d'un village du nom de Dendara. Nous avons fait halte ici pour que Denon puisse faire encore quelques esquisses et que Malraux ait le temps de mesurer d'autres pierres. Quant à Silano, il passe son temps à marmonner d'autres sortilèges. Quel cirque. Lui au moins, il est venu avec une femme.

— Une femme ? »

J'essayai de ne pas manifester un intérêt particulier.

« Ah, celle-là ! acquiesça un soldat. Je rêve que je couche avec elle. »

Il leva et abaissa le poing plusieurs fois, et sourit.

Je me retins de ne pas l'assommer avec mon rifle.

« Comment va-t-on à ce temple ?

— Vous avez l'intention d'y aller habillé comme un bandit ? »

Je me redressai.

« Je croyais ressembler à un cheikh. »

Cela déclencha leur hilarité. Ils m'indiquèrent la direction d'un geste et proposèrent de m'accompagner, mais je refusai.

« J'ai besoin de m'entretenir seul avec le comte. S'il n'est pas encore aux ruines, et que vous le voyez, transmettez-lui ce message. Dites-lui qu'il peut trouver ce qu'il recherche à minuit. »

J'aurais pu parier que Silano ne me ferait pas arrêter. Il voudrait que je trouve d'abord ce que nous cherchions tous les deux, pour ensuite me l'échanger contre Astiza.

Le temple brillait sous la lumière des étoiles et de la lune ; c'était un immense sanctuaire soutenu par des piliers, avec un toit plat en pierre. Ce bâtiment, entouré par quelques autres de moindre importance, était cerné par un mur en briques de boue érodé d'un kilomètre de circonférence, à moitié enterré. La porte principale du mur était également à moitié ensevelie, mais elle sortait du sable juste assez pour qu'on puisse passer en dessous. Des dieux égyptiens y étaient sculptés, avec des hiéroglyphes et un soleil ailé flanqué de cobras. Au-delà, la cour était remplie de dunes de sable qui semblaient mues par la houle de mer. Le clair de lune leur conférait un lustre comparable à celui de la peau d'une femme égyptienne, sensuel, avec des reliefs nettement soulignés. Ici, on distinguait une cuisse, plus loin une hanche, plus loin encore un obélisque enterré dessinait un mamelon…

Astiza ne commençait-elle pas à me manquer vraiment ?

Le bâtiment principal offrait une façade plate, avec six immenses piliers sortant du sable pour soutenir le toit en pierre. Chaque colonne avait à son sommet le visage large et érodé d'une déesse. Ou plutôt quatre visages : sur chaque pilier, elle regardait dans les quatre directions, avec sa coiffe égyptienne qui retombait en forme d'oreilles de vache. Hathor paraissait parfaitement sereine, avec son air bovin, ses lèvres épaisses souriantes et ses grands yeux amicaux. La coiffe présentait encore des traces de peinture, preuve qu'autrefois le monument était peint de couleurs vives. À en juger par les dunes de sable qui l'avaient envahi, le temple devait être abandonné depuis longtemps. Sa façade ressemblait à un quai érodé au fil du temps par la marée montante.

Je regardai autour de moi, sans voir personne. J'avais mon rifle, mon tomahawk, mais aucun projet bien précis. Certes, ce temple pouvait être celui qui abritait le bâton de Min, et Silano viendrait peut-être m'y retrouver. Sans doute avais-je une chance de le voir avant qu'il me repère.

Je grimpai sur la dune et empruntai l'entrée principale. Compte tenu du sable accumulé, je touchais presque le plafond une fois à l'intérieur. J'allumai une bougie empruntée aux soldats et découvris un plafond peint en bleu constellé d'étoiles jaunes à cinq branches. Elles ressemblaient à des étoiles de mer, ou plutôt à la tête, les bras et les jambes d'hommes qui avaient trouvé leur place dans le firmament de la nuit. Je remarquai également une rangée de vautours et des soleils ailés, dans les rouges, ors et bleus. Nous ne levons pas toujours les yeux, mais, ici, le spectacle en valait la peine, le plafond était décoré de façon aussi élaborée que la chapelle Sixtine. À mesure que je m'enfonçais dans la première salle qui était aussi la plus vaste, la hauteur du sable diminua, et je m'éloignai du plafond, commençant à pouvoir apprécier la hauteur phénoménale des piliers. L'intérieur ressemblait à une clairière plantée d'arbres imposants, soigneusement sculptés et recouverts de symboles peints. Plein d'admiration, je me promenai entre les dix-huit colonnes géantes, couronnées par les visages placides de la déesse. Les colonnes se rejoignaient en haut. Ici, on voyait une rangée de ankhs, la clé sacrée de la vie. Puis des personnages égyptiens, raides, présentant des offrandes aux dieux. On remarquait aussi les hiéroglyphes indéchiffrables, dont la plupart étaient insérés dans des ovales que les Français avaient appelés « cartouches ». Il y avait encore des sculptures d'oiseaux, de cobras, de frondaisons et d'animaux en marche.

À chaque extrémité, le plafond était encore plus élaboré, décoré des signes du zodiaque. Une énorme femme dénudée, étirée comme du caoutchouc, était enroulée autour : sans doute une déesse du ciel. Cet ensemble imposant de dieux et de signes était à tel point déconcertant et bouleversant que j'avais l'impression d'être entré dans un journal ancien. J'étais un sourd à l'opéra.

J'étudiai le sable pour y trouver des traces. Aucun signe de Silano.

À l'arrière de cette grande salle, une entrée donnait sur une deuxième pièce, tout aussi haute mais plus intime. Des chambres ouvraient de chaque côté, chacune avec des murs et un plafond décorés, mais vide de tout meuble depuis des millénaires, et dont la destination n'était pas évidente. Puis on montait une marche vers une autre entrée et, au-delà, une autre.

Chaque pièce étant plus basse et plus petite que la précédente. Contrairement à une cathédrale chrétienne qui s'élargit quand on avance, les temples égyptiens semblent se rétrécir au fur et à mesure qu'on y pénètre. Plus l'enceinte était sacrée, plus elle était sombre et secrète, les rayons de soleil ne pouvant y pénétrer que certains jours de l'année.

Cela pouvait-il se rapporter à ce jour du mois d'octobre ?

Le décor était tellement merveilleux que, pendant un moment, j'en oubliai ma mission. J'avais des visions fugitives de serpents et de lotus, de bateaux flottant dans le ciel, de lions féroces et terribles. Il y avait des babouins et des hippopotames, des crocodiles et des oiseaux à long cou. Des hommes, portant des offrandes, s'avançaient au sein de processions magnifiquement décorées. Des femmes offraient leurs seins comme si c'était la vie même. Des divinités, à l'allure impériale, prenaient la pose de profil. Tout ce mélange d'animaux et de dieux aux têtes d'animaux me semblait grossier et idolâtre, mais je comprenais enfin combien les Égyptiens étaient plus proches de leurs dieux que nous ne l'étions des nôtres. Nos dieux sont des dieux du ciel, distants, surnaturels, alors que les Égyptiens croyaient voir Thot chaque fois qu'un ibis traversait une mare. Dans chaque vol de faucon, ils sentaient la présence de Horus. Ils pouvaient prétendre avoir parlé à un buisson ardent, et leurs voisins ne seraient pas étonnés.

Toujours aucune trace de Silano ou d'Astiza. Les soldats m'avaient-ils mis sur une fausse piste – ou bien étais-je tombé dans un piège ? Je crus, à un moment, entendre un bruit de pas, mais, quand je tendis l'oreille, il n'y avait rien. Je trouvai des marches et montai par une voie sinueuse comme le vol d'un faucon. Une procession d'hommes chargés d'offrandes était gravée sur les parois. Des cérémonies avaient dû se tenir là-haut. J'émergeai sur le toit du temple qui était entouré d'un parapet bas. N'étant toujours pas certain de ce que je cherchais, je me promenai parmi les petits sanctuaires disposés sur la terrasse. Dans l'un d'eux, des colonnes surmontées par Hathor formaient un enclos semblable au kiosque d'un parc parisien. Dans le coin nord-ouest, une porte menait vers un autre petit sanctuaire de deux pièces. La chambre intérieure comportait des bas-reliefs montrant un pharaon ou un dieu ressuscitant des morts en pleine gloire, avec un phallus doté d'une érection triomphale. Cela me rappelait le dieu Min tumescent. Était-ce la légende d'Isis et d'Osiris qu'on m'avait racontée lorsque nous voguions vers l'Égypte ? Un faucon volait au-dessus de celui qui était sur le point d'être ressuscité. Une fois de plus, mon pauvre cerveau ne parvenait pas à déceler le moindre indice utile.

La chambre extérieure me procura pourtant un frisson d'excitation. Sur le plafond, deux femmes nues encadraient un bas-relief circulaire spectaculaire encombré de personnages. Après l'avoir étudié pendant un moment, je décidai que la sculpture devait représenter le ciel sacré. Soutenu par quatre déesses et huit représentations de Horus à la tête de faucon – les douze mois de l'année, peut-être ? –, figurait un disque circulaire des cieux symboliques, peint de bleus et de jaunes fanés. Je distinguai une nouvelle fois les signes du zodiaque, quasi identiques à ceux qui nous avaient été transmis à travers les âges : le Taureau, le Lion, le Crabe, les Poissons jumeaux. À la circonférence, figurait une procession de trente-six personnages, humains et animaux. Auraient-ils pu représenter les semaines de dix jours égyptiennes et françaises ?

Je tendis le cou, essayant de comprendre. Sur l'axe nord du temple, on remarquait l'effigie de Horus, le faucon, qui semblait servir de pivot à tout le reste. Vers l'est, Taurus, le Taureau, indiquant l'âge de construction des pyramides. Au sud, une créature mi-poisson, mi-chèvre, auprès de laquelle un homme versait de l'eau de deux jarres – Aquarius, le Verseau ! C'était le symbole d'un âge futur, à des siècles de là, et le symbole de la montée vitale du Nil. Le Verseau, comme le symbole de l'eau sur le médaillon à mon cou, et le Verseau encore, comme le signe sur le calendrier de *L'Orient* dont j'avais deviné qu'il désignait le 21 octobre.

Le cercle du plafond me rappelait un compas. Le Verseau était orienté vers le sud-ouest.

Je sortis, en essayant de retrouver ma direction. Un escalier en pierre menait vers le parapet à l'extrémité arrière du temple, et je l'escaladai pour regarder. En direction du sud-ouest, s'élevait un autre temple, plus petit que celui dans lequel je me trouvais et plus délabré. Énoch avait parlé d'un petit temple dédié à Isis, et, à l'intérieur, peut-être, le bâton mystérieux de Min. Au-delà, les dunes recouvraient le mur de l'enceinte. Les collines au loin avaient des reflets argent sous les étoiles froides.

Je sentais le médaillon sur ma poitrine. Allais-je finir par trouver son complément ?

Un deuxième escalier me ramena au rez-de-chaussée, aussi raide que le plongeon d'un faucon. À présent, des hommes descendaient en portant des offrandes. Je me retrouvai dans le temple principal. Ménagée sur un côté, une porte conduisait vers la zone ensablée de l'enceinte. Je levai les yeux. Le mur principal du temple me dominait, avec des têtes de lion en saillie, comme des gargouilles.

Mon rifle était prêt. Je me dirigeai vers l'arrière, en direction du temple plus petit que j'avais vu. Sur ma droite, des palmiers poussaient à l'emplacement du lac sacré. J'essayai d'imaginer cet endroit dans les temps anciens, quand les dunes étaient maintenues à l'écart, les allées pavées et reluisantes, les jardins entretenus, et le lac aux multiples reflets pendant que des prêtres s'y baignaient. Quelle oasis ce devait être ! À présent, il ne restait plus que des ruines. À l'arrière du temple, je tournai au coin et m'arrêtai net. Des personnages géants, de dix mètres de haut, étaient sculptés sur le mur. Un roi et une reine, à en juger par leurs coiffes, présentaient des offrandes à une déesse à la poitrine généreuse, peut-être Hathor ou Isis. La reine était mince et élégante, avec une couronne très haute, les bras nus, les jambes élancées. Sa perruque était tressée et un cobra en or surmontait la tiare posée sur sa tête.

« Cléopâtre », soufflai-je.

Si Énoch ne se trompait pas, ce devait être elle, devant son petit temple d'Isis à vingt mètres environ au sud du bâtiment principal.

Je regardai tout autour. Rien ne bougeait dans l'enceinte. Le temps me semblait suspendu, dans l'attente de quelque chose. Mais de quoi ?

Le temple d'Isis était construit sur une terrasse surélevée, avec un amoncellement de sable le séparant de la statue de Cléopâtre sur le bâtiment principal. La moitié du petit temple était occupée par un sanctuaire emmuré comparable au plus grand temple que je venais de voir. L'autre partie était ouverte sur le ciel et en ruine, avec un amoncellement de piliers et de poutres dans l'ombre. J'escaladai des blocs fracturés pour atteindre la partie fermée de murs.

« Silano ? »

L'écho répéta ma question.

Hésitant, j'entrai à l'intérieur. Il faisait très sombre, la seule lumière venant par la porte et les deux ouvertures en hauteur, à peine assez grandes pour laisser passer un pigeon. La pièce était toute en hauteur, idéale pour déclencher une crise de claustrophobie, avec une odeur âcre. J'avançai encore d'un pas.

Soudain, un battement d'ailes me fit instinctivement me baisser. Un vent chaud me frappa, soufflant ma bougie. Des chauves-souris volaient partout, criant, me frôlant la tête de leurs ailes parcheminées. Puis elles s'engouffrèrent toutes dans une issue vers l'extérieur. Je rallumai ma bougie, les mains tremblantes.

Là encore, les murs étaient couverts de sculptures et de traces de peinture ancienne. Une femme, probablement Isis, dominait le tout. Je ne vis aucun signe de Min et de son bâton, ou de quoi que ce soit d'autre. Est-ce que je faisais fausse route ? J'avais toujours l'impression de tâtonner comme un aveugle, avec des indices qu'aucun homme sensé ne pouvait comprendre. Qu'étais-je censé voir ?

Je remarquai enfin que cette pièce était nettement plus petite que le périmètre du temple. Il devait donc y avoir une seconde chambre. Je reculai vers le porche en pierre et m'aperçus qu'il y avait une deuxième porte et une pièce tout en hauteur, encore plus étroite que la première, mais tout aussi déconcertante. Celle-là, néanmoins, contenait une table en pierre, comme un autel. Le piédestal était de la taille d'une petite écritoire, perché au centre de la pièce. Il était dépouillé, sans rien de remarquable, et j'aurais très bien pu l'ignorer s'il ne s'était pas produit un événement curieux. En me penchant sur l'autel, la chaîne autour de mon cou se détacha et accrocha le piédestal. Le médaillon tomba sur le sol en pierre avec un tintement. Cela ne m'était jamais arrivé. Je poussai un juron, mais, quand je me baissai pour le ramasser, ce que je vis suscita toute mon attention.

Gravés dans une dalle du sol, se trouvaient deux *V* à peine visibles, se chevauchant comme un compas et une équerre. Ils étaient géométriques, dans le style égyptien, mais la ressemblance était évidente.

« Par le Grand Architecte, murmurai-je. Est-ce possible ? »

Je me rappelai les mots d'Énoch : « La crypte conduira au ciel. »

Je rattachai le médaillon et tapai du pied sur la dalle. Elle se déplaça, révélant un vide en dessous.

Tout excité, je posai mon rifle de côté, m'agenouillai et dégageai le pavé avec la lame de mon tomahawk. Une bouffée d'air vicié s'échappa quand je le soulevai, preuve que cela n'avait pas été ouvert depuis longtemps. Je me penchai, ma bougie à la main. La lumière se reflétait plus bas. Pouvait-il s'agir d'un trésor ? Abandonnant mon fusil, je me glissai dans l'orifice, les pieds devant. Je tombai d'environ trois mètres et me rétablis comme un chat. Mon cœur battait à tout rompre. Je levai les yeux. Si Silano me surveillait, il n'aurait pas de mal à remettre le pavé en place. À moins qu'il n'attende de voir ce que j'allais trouver ?

Deux passages s'ouvraient devant moi.

Là encore, il y avait une pléthore de sculptures. Sur le plafond, un champ d'étoiles à cinq pointes. Les murs étaient recouverts de dieux, de déesses, de faucons, de vautours et de serpents prêts à frapper, un motif répété de nombreuses fois. Le premier passage finissait en cul-de-sac, au bout de sept ou huit mètres, sur un amoncellement d'amphores – des jarres ternes et poussiéreuses qui n'avaient pas l'air de contenir quoi que ce soit de valeur. J'en fendis une avec mon tomahawk pour m'en assurer. Je levai ma bougie.

Je sursautai. Le visage hideux d'un babouin momifié me regardait, la chair desséchée, les orbites énormes, les mâchoires pleines de dents. Que diable faisait-il là ?

Je cassai une deuxième amphore et trouvai un autre babouin à l'intérieur. C'était également un symbole du dieu Thot. Je me trouvais donc dans une espèce de catacombe, remplie de momies bizarres d'animaux. S'agissait-il d'offrandes ? J'approchai ma bougie du plafond pour avoir davantage de lumière. Les jarres de terre étaient empilées à perte de vue. De petites choses remuaient dans les ombres – une sorte d'insecte.

Je fis demi-tour et empruntai le second passage, dans l'autre direction. J'aurais préféré sortir de cette crypte sans attendre, mais, d'après l'indice d'Énoch, il devait y avoir quelque chose ici. Ma bougie était presque complètement consumée. À cet instant, quelque chose bougea, quelque chose qui s'en allait en rampant sur le sol.

Je regardai avec ma faible lumière. Je vis des traces de serpent sur le sable et la poussière et l'anfractuosité par laquelle il s'était probablement échappé. J'étais en nage. Ben Sadr se trouvait-il là lui aussi ? Pourquoi m'étais-je séparé de mon rifle ?

Je vis alors quelque chose briller.

Le second tunnel s'arrêtait également, mais, contrairement à l'autre, il n'y avait pas de jarres, rien qu'un bas-relief représentant un Min priapique : ce personnage qui m'était maintenant familier avait dû fasciner une Cléopâtre célèbre pour sa sensualité. Il se tenait très droit, avec un membre érigé d'une couleur étonnamment vive.

Min n'était pas recouvert de peinture, mais d'or, sa virilité soulignée par deux baguettes d'or avec une charnière à un bout, moitié obscénité, moitié symbole de vie. Pour quelqu'un qui aurait ignoré l'énigme du médaillon, les baguettes d'or auraient pu être considérées comme une décoration sacrée.

Mais Cléopâtre devait avoir autre chose en tête. Si elle avait vraiment emporté l'autre médaillon à Rome, peut-être avait-elle laissé cette partie en Égypte, pour s'assurer que son secret resterait dans son pays natal. Je dégageai d'abord le sexe en or puis manœuvrai la charnière. À présent, les baguettes formaient un *V*. Je sortis le médaillon, déployai ses bras et appliquai dessus les baguettes. Le symbole familier de la franc-maçonnerie apparut, un compas croisé sur une équerre, et les encoches sur les bras du médaillon s'enclenchèrent avec l'ensemble. Les deux paires de bras s'étaient imbriquées et se balançaient sous le disque gravé du médaillon, sans, bien entendu, la lettre *G*, qui pour les maçons signifiait *God* (Dieu) ou *gnose* (la connaissance).

Formidable. J'avais réussi à compléter le médaillon et peut-être trouvé l'origine du symbole de la fraternité maçonnique.

Mais je n'avais toujours pas la moindre idée de ce que cela signifiait.

« Ethan. »

Le son était à peine perceptible, comme un chuchotement, ou un souffle de vent qui se joue de votre oreille, mais c'était bien la voix d'Astiza, venant de quelque part à l'extérieur. Cet appel me fit l'effet d'un coup de tonnerre. Je remis le médaillon autour de mon cou et m'engouffrai dans le passage. Heureusement, la dalle était toujours en biais. Je remontai tant bien que mal le conduit pour sortir de la crypte. Mon fusil était là où je l'avais laissé. Je m'en saisis et m'accroupis. Tout était silencieux. Avais-je rêvé en entendant sa voix ? J'avançai discrètement vers l'entrée et jetai un coup d'œil à l'extérieur. Le clair de lune qui éclairait le mur principal du temple en face de moi soulignait les formes sculpturales de Cléopâtre.

« Ethan ? »

C'était presque un sanglot, venant des piliers à ciel ouvert près de l'enceinte où je me trouvais.

Je sortis sur la terrasse du temple et, le fusil armé, m'avançai aussi silencieusement qu'un Indien. Sur cette moitié de la plate-forme du temple, les colonnes étaient surmontées par des poutres horizontales qui laissaient voir de grands carrés de ciel entre lesquels on apercevait les étoiles. C'était un autre visage, celui de la sereine Isis, qui ornait cette fois les piliers.

« Astiza ? »

Ma voix résonna entre les colonnes.

« Tu l'as ? »

Je contournai un pilier : elle était là. Je m'arrêtai, stupéfait.

Avec sa robe de lin diaphane qui laissait deviner ses jambes, ses bijoux imposants et ses yeux maquillés, elle ressemblait à la créature de harem de mes rêves, parée pour séduire. Ses poignets étaient pris dans des fers reliés à des chaînes attachées à une poutre en pierre au-dessus de sa tête, la forçant à lever les bras. Cette position faisait remonter sa poitrine, tourner sa taille et ses hanches. De ce tableau d'une princesse en danger se dégageait une impression d'abandon particulièrement érotique. Mais elle avait l'air abattu.

« Il est complet ? demanda-t-elle d'une petite voix.

— Pourquoi es-tu habillée ainsi ? »

Des centaines de questions qui se bousculaient dans ma tête, celle-là était la plus banale, mais j'avais l'impression d'être l'objet d'une hallucination.

En réponse, je sentis la pointe d'une épée dans mon dos.

« Ce genre de tenue sert à distraire l'attention, murmura le comte Silano. Laissez tomber votre fusil, monsieur. »

L'épée se fit plus insistante.

J'essayai de réfléchir. Mon arme heurta la pierre bruyamment.

« Et maintenant, le médaillon.

— Il est à vous, dis-je sans me faire trop d'illusions, si vous lui enlevez ses chaînes, et que vous nous laissez fuir.

— Lui enlever ses chaînes ? Mais pourquoi, alors qu'il lui suffit de baisser les bras ? »

Astiza, l'air contrit, se débarrassa des fers. Les chaînes, devenues inutiles, se balançaient doucement. Ses voiles arachnéens la faisaient ressembler à une statue antique, ses sous-vêtements ne servant qu'à attirer l'attention sur les endroits qu'ils cachaient. Elle paraissait gênée de s'être prêtée à cette mise en scène.

Une fois de plus, je me sentais dans le rôle de l'imbécile.

« Vous n'avez pas compris qu'elle est de mon côté maintenant ? dit Silano. C'est vrai que vous êtes américain, quelqu'un de trop idéaliste, de trop naïf. Vous avez fait tout ce chemin pour la secourir ? Non seulement vous n'avez jamais compris le médaillon, mais vous ne l'avez jamais comprise, elle.

— C'est un mensonge. »

Je la regardai fixement en disant cela, espérant en avoir la confirmation. Elle se tenait debout, tremblante, et se frottait les poignets.

« Vraiment ? dit Silano, derrière moi. Mettons les choses au point. Talma est allé à Alexandrie enquêter sur elle, en tant que votre ami certes, mais également en tant qu'agent de Napoléon.

— Cela aussi, c'est un mensonge. Il était journaliste.

— Un journaliste qui avait passé un accord avec le Corse et ses scientifiques, promettant de vous surveiller en échange de pouvoir avoir accès aux plus hautes instances de l'expédition. Bonaparte veut trouver le secret, mais il n'a confiance en personne. Talma a pu venir à condition de vous espionner. Mais le journaliste soupçonnait Astiza depuis le début. Qui était-elle ? Pourquoi vous a-t-elle suivi comme un chien docile, acceptant de traverser le désert avec l'armée et de se retrouver dans un harem ? Parce qu'elle était sous votre charme ? Ou bien parce qu'elle a toujours été mon alliée ? »

Il se délectait visiblement de son discours. Astiza ne quittait pas des yeux les poutres délabrées.

« Mon cher Gage, avez-vous jamais compris la moindre chose à ce qui vous est arrivé ? Le journaliste avait appris un détail troublant sur notre sorcière d'Alexandrie : la nouvelle de votre arrivée n'était pas parvenue par les gitans comme elle vous l'avait dit, mais par moi. Parfaitement, nous communiquions. Mais au lieu de m'aider à vous tuer, comme je l'avais préconisé, elle vous utilisait pour trouver le secret. Quel jeu jouait-elle ? Quand je suis arrivé à Alexandrie, Talma pensait pouvoir m'espionner également, mais Ben Sadr l'a capturé. J'ai proposé à cet imbécile de faire alliance avec moi contre vous, afin de pouvoir vendre le trésor que nous trouverions au plus offrant, qu'il soit roi ou général – y compris Bonaparte ! –, mais il n'y a pas eu moyen de discuter avec lui. Il a menacé d'aller trouver Bonaparte et de nous faire tous interroger par le général. Ce n'était même plus une monnaie d'échange, à partir du moment où vous souteniez avoir perdu le médaillon. Sa dernière chance aurait consisté à le voler à son détenteur pour me le livrer, mais il refusa. En fin de compte, le petit hypocondriaque était plus loyal que vous ne le méritiez, et bon patriote de surcroît.

— Ce que vous n'êtes pas, lui dis-je d'une voix glaciale.

— La Révolution a spolié ma famille. Croyez-vous que je m'associe avec la populace par souci de liberté ? La liberté qu'ils ont obtenue m'a tout coûté, et maintenant je vais me servir d'eux pour tout récupérer. Je ne travaille pas pour Bonaparte, Ethan Gage. Bonaparte travaille pour moi à son insu.

— C'est donc vous qui m'avez envoyé Talma dans une jarre. »

J'étais à tel point tendu, je serrais si fort les poings que mes articulations en étaient blanches. Le ciel semblait tourner, les chaînes formant comme un pendule dans les ruses employées par Mesmer. Il ne me restait plus qu'une seule chance.

« Talma est une victime de la guerre, répondit Silano. S'il m'avait écouté, il serait devenu plus riche que Crésus.

— Il y a quelque chose que je ne comprends pas. Pourquoi votre porteur de lanterne, Ben Sadr en réalité, ne s'est-il pas saisi du médaillon le premier soir à Paris, au moment où je regagnais la rue ?

— Je croyais que vous l'aviez donné à la prostituée et je ne savais pas où elle habitait. Mais elle n'a rien voulu avouer, même quand l'Arabe l'a éventrée. Et mes hommes ne l'ont pas trouvé dans votre chambre non plus. À vrai dire, je n'étais même pas certain de son importance, avant d'avoir posé quelques questions.

Je pensais avoir l'occasion de vous l'enlever en prison. Mais vous vous êtes enfui, vous avez fait alliance avec Talma et vous étiez déjà en route pour l'Égypte en tant que savant – quelle rigolade ! – avant même que je puisse m'assurer que le colifichet était ce que nous cherchions tous. Je ne sais toujours pas où vous avez caché le médaillon cette première nuit.

— Dans mon pot de chambre. »

Il éclata de rire. « Quelle ironie ! C'est la clé menant au plus grand trésor du monde et vous le plongez dans la merde ! Quel clown vous faites. Et quelle chance insolente vous avez eue d'échapper à mon embuscade sur la route de Toulon et dans une rue d'Alexandrie ! Vous avez aussi réussi à éviter les serpents, à sortir indemne des batailles. Vous avez même pu trouver votre chemin jusqu'ici. Quelle chance démoniaque. Et pourtant, en fin de compte, vous venez à moi et m'apportez le médaillon, tout cela pour une femme qui ne vous laissera même pas la toucher ! C'est bien digne d'un homme ! Elle m'avait dit qu'il nous suffirait d'attendre, à condition que Ben Sadr ne vous cueille pas d'abord. A-t-il fini par vous trouver ?

— Je l'ai abattu.

— Vraiment ? Dommage. Vous vous êtes montré particulièrement coriace, Ethan Gage.

— Il a survécu.

— Bien sûr. C'est toujours le cas avec lui. Vous feriez mieux de l'éviter dorénavant.

— N'oubliez pas que je fais toujours partie du groupe de savants, Silano. Comment expliquerez-vous mon meurtre à Monge et à Berthollet ? Bonaparte les écoute et il a une armée. Vous serez pendu si vous me faites du mal.

— Cela s'appelle de l'autodéfense. »

Il poussa légèrement son épée, et je sentis une légère piqûre à travers ma robe.

« Ou bien l'arrestation d'un fugitif cherchant à se soustraire à la justice révolutionnaire ? Ou celle d'un homme prétendant avoir perdu un médaillon recelant des pouvoirs magiques afin de se l'approprier ? N'importe laquelle de ces raisons fera l'affaire. Mais je suis un noble, avec mon propre code d'honneur, alors permettez-moi de vous offrir la clémence. Vous êtes pourchassé, sans amis, sans alliés, et vous ne représentez de menace pour personne. Cela a-t-il d'ailleurs jamais été le cas ? En échange du médaillon, je vous rends… votre vie. À condition que vous me promettiez de me révéler ce qu'Énoch a découvert.

— Ce qu'Énoch a découvert ? »

Que voulait-il dire par là ?

« Votre malheureux mentor s'est jeté sur un bûcher pour attraper un livre avant que nous puissions le torturer. Des troupes françaises arrivaient. Que contenait ce livre ? »

Le scélérat faisait allusion au livre de poésie arabe auquel Énoch se cramponnait. J'étais en nage.

« Je veux toujours cette femme.

— Mais elle ne veut pas de vous, apparemment. Vous a-t-elle jamais dit que nous avions été amants ? »

Je me tournai vers elle. Astiza avait posé les mains sur un des fers qui se balançait, comme pour se soutenir. Elle nous regardait tous les deux tristement.

« Ethan, c'était le seul moyen », chuchota-t-elle.

J'avais dans la bouche le même goût de cendre que Bonaparte avait dû avoir en apprenant la trahison de Joséphine. J'étais venu jusque-là rien que pour cela ? Pour être tenu à la pointe de l'épée par un aristocrate hâbleur ? Pour être humilié par une femme ? Dépouillé de tout ce pour quoi je m'étais battu ?

« D'accord. »

Je portai mes mains à mon cou et soulevai le talisman, le tenant devant moi. Il se balança comme un pendule. Malgré la nuit, il brillait d'un éclat froid. Ils eurent tous les deux le souffle coupé en découvrant sa nouvelle forme. Ils m'avaient montré la voie, et j'avais trouvé l'élément pour le compléter.

« Voilà donc la clé, souffla Silano. Maintenant, il ne nous reste plus qu'à comprendre les chiffres. Tu m'aideras, n'est-ce pas, prêtresse ? Gage ? Tournez-vous doucement, et remettez-le-moi. »

Je m'exécutai, en m'éloignant légèrement de sa rapière. Il me suffisait d'un instant de distraction.

« Vous n'êtes pas plus près de résoudre le mystère que moi, dis-je en guise d'avertissement.

— Ah non ? J'en ai résolu davantage que vous. Mon voyage autour de la Méditerranée m'a emmené dans de nombreux temples et bibliothèques. J'ai trouvé la preuve que la clé serait à Dendara, dans le temple de Cléopâtre. Et que je devais regarder vers le Verseau. Ici, dans le sud, j'ai trouvé le temple de Cléopâtre, qui devait vénérer la belle et puissante Isis, plutôt qu'Hathor au visage bovin, avec ses oreilles de vache et ses mamelles. Pourtant, je n'ai pas su où regarder.

— Il y a une crypte avec le dieu phallique Min. Il comportait le morceau manquant.

— Vous avez fait preuve d'érudition en le trouvant. Maintenant donnez-moi le joujou. »

Lentement, en me penchant au-dessus de la pointe de sa rapière, je le lui tendis. Il le saisit avec l'avidité d'un enfant, l'air triomphant. Quand il le leva, le signe des francs-maçons paraissait danser.

« Curieux comme la mémoire sacrée se transmet, même à travers ceux qui ne se rendent pas compte de son origine, n'est-ce pas ? » dit Silano.

C'est alors que je lançai mon arme.

Le tomahawk était resté caché dans le creux de mes reins, sous ma robe, à quelques centimètres de la pointe de son épée. Je savais que, en me retournant, il me suffirait d'un geste pour le sortir, pendant qu'il brandirait triomphalement le médaillon. J'étais curieux de voir si Astiza crierait en voyant ma manœuvre.

Elle n'avait pas crié.

Peut-être n'était-elle pas du côté de Silano, après tout. Peut-être cet homme était-il un menteur. Et moi, pas tout à fait un imbécile.

J'agis donc rapidement, très rapidement. Mais Silano fut plus prompt encore. Il esquiva la hache qui siffla à son oreille et tournoya pour aller se ficher dans les sables au-delà de la terrasse du temple. Toutefois, mon attaque l'avait déstabilisé, et il mit quelques instants à récupérer. Le temps que je puisse saisir mon rifle ! Je le levai…

Il se pencha en avant, agile et sûr de son geste, et enfonça sa rapière droit dans le canon du fusil.

« Touché, monsieur Gage. Nous voilà maintenant dans une impasse, n'est-ce pas ? »

Nous devions avoir l'air ridicule. Je m'étais figé, le canon de mon fusil braqué sur sa poitrine. Lui s'était également transformé en statue, bien en équilibre, son épée dans la gorge de mon arme.

« Sauf que moi, continua-t-il, j'ai un pistolet. »

Il passa la main sous son manteau.

J'appuyai alors sur la gâchette.

Mon fusil bouché explosa, la crosse fracassée me repoussa en arrière, tandis que le canon et l'épée brisée volaient au-dessus de la tête de Silano. Nous tombâmes tous les deux. J'avais les oreilles qui me sifflaient et le visage lacéré par des débris de fusil.

Silano poussa un hurlement.

On entendit alors un craquement sinistre suivi d'un grondement.

Je levai les yeux. Une poutre de pierre en équilibre instable, déjà partiellement sortie de son berceau d'origine par un tremblement de terre ancien, se balançait sur fond d'étoiles. La chaîne était enroulée autour et Astiza tirait de toutes ses forces.

« Tu as déplacé les chaînes, constata Silano, en regardant Astiza avec stupéfaction.

— Samson, répondit-elle.

— Tu vas tous nous tuer ! »

La poutre glissa de la colonne, s'abattit comme une massue et s'écrasa contre un pilier incliné en l'entraînant dans sa chute. L'ensemble ressemblait à un château de cartes. Un autre craquement retentit, puis un nouveau grondement de plus en plus fort, et toute la structure au-dessus de l'édifice commença à céder. Je roulai de côté tandis que des tonnes de pierres s'écrasaient sur le sol en faisant trembler la terre. J'entendis le bruit sec du pistolet de Silano, suivi par une pluie de pierres, mais la détonation fut en grande partie couverte par la chute des colonnes qui roulèrent ensuite sur le sol. Astiza me fit me relever et me poussa à travers l'enchevêtrement des pierres vers le bord de la terrasse du temple.

« Cours ! Cours ! Le bruit va faire venir les Français ! »

Nous sautâmes dans un nuage de poussière et atterrîmes sur le sable, au moment même où un fragment de pilier rebondissait au-dessus de nous, comme un tonneau échappé d'un chargement. Il s'écrasa aux pieds de Cléopâtre. Derrière nous, quelque part sur la terrasse en ruine, au milieu de la poussière et des décombres, Silano criait et jurait à pleins poumons.

Elle se baissa et me tendit le tomahawk que j'avais lancé.

« Nous pourrions en avoir besoin. »

Je la regardai, stupéfait.

« Tu as fait tomber tout le temple.

— Il a oublié de me couper les cheveux. Ou de prendre son prix. »

Le médaillon, que sa nouvelle configuration rendait encombrant et peu facile à tenir, pendait de sa main comme le jouet d'un chat.

Je soupesai le tomahawk.

« Retournons à l'intérieur pour l'achever. »

À cet instant, on entendit des cris en français venant de l'avant de l'enceinte du temple, et des coups de feu tirés par les sentinelles. Elle secoua la tête.

« Nous n'avons pas le temps. »

Nous nous enfuîmes en courant par la porte arrière du mur est et gagnâmes le désert, sans armes, sans chevaux, sans nourriture, ni eau ni vêtements appropriés. Nous entendîmes encore des cris et des coups de feu, mais aucune balle ne nous siffla aux oreilles.

« Dépêchons-nous, dit-elle. Le Nil a presque atteint son niveau le plus haut. »

Que voulait-elle dire par là ?

Nous n'avions rien, sinon le tomahawk et le médaillon maudit.

Et nous étions tous les deux.

Mais qui était cette femme que j'avais secourue, et qui m'avait secouru à son tour ?

21

Le Nil était haut, et son courant puissant charriait des eaux brunes. Nous étions en octobre, la période de l'année où la crue atteint son apogée, et nous approchions de la date que le calendrier circulaire semblait indiquer. Nous volâmes un petit bateau et descendîmes le fleuve pour retourner vers la Grande Pyramide, à l'endroit où, d'après Monge, devait se trouver la clé de l'énigme. Je ferais une dernière tentative, et si nous ne trouvions pas la solution, je continuerais vers la Méditerranée. Cette étrange femme à mes côtés accepterait-elle de me suivre ? Je l'ignorais.

Au lever du soleil, nous nous trouvions à des kilomètres de l'armée de Desaix, entraînés par le courant. J'aurais pu me détendre, si un éclaireur français n'avait pas longé le fleuve au galop pour nous surveiller, en coupant à travers les terres tandis que nous suivions les méandres du fleuve. Il allait probablement tenir ses supérieurs au courant de notre fuite. Je descendis la bôme pour hisser la voile latine et prendre de la vitesse. La barque se pencha sous l'effet du vent et l'eau siffla quand je tirai un bord. Nous passâmes devant un crocodile qui bâillait ; l'eau scintillait sur les écailles de cet horrible animal préhistorique, et ses yeux jaunes nous contemplaient avec indifférence. J'aurais préféré sa compagnie à celle de Silano.

Nous faisions une drôle de paire, moi en costume arabe et Astiza dans ses atours de tentatrice, étendus au fond d'une petite felouque qui puait le poisson. Elle n'avait presque rien dit depuis que nous nous étions retrouvés, et ne quittait pas le Nil des yeux en tripotant le médaillon qu'elle avait passé à son cou avec un air de propriétaire. Je ne lui avais pas demandé de me le rendre.

« J'ai fait un long chemin pour te trouver, lui dis-je enfin.

— Tu as suivi l'étoile d'Isis.

— Tu n'étais pas enchaînée, comme tu le prétendais.

— Non. Je faisais semblant. Je l'ai bien eu, et toi aussi.

— Tu connaissais déjà Silano ? »

Elle soupira. « Il était mon maître et mon amant avant de se tourner vers les sciences occultes. Il croyait que la magie égyptienne était aussi réelle que la chimie de Berthollet, et qu'en suivant les traces de Cagliostro et de Kolmer il pourrait trouver ici des secrets. Il ne se souciait en rien du monde, seulement de lui-même, parce qu'il était encore plein d'amertume à cause de ce qu'il avait perdu dans la Révolution. Quand je me suis aperçue combien il était égoïste, nous avons mis fin à notre relation. Je me suis enfuie et j'ai trouvé refuge à Alexandrie auprès d'un nouveau maître, le Gardien. Les rêves de Silano étaient creux. Alessandro voulait devenir puissant, immortel même, au moyen des secrets de l'Égypte, j'ai donc joué un double jeu.

— Il t'a achetée à Yousouf ?

— Oui. Il a soudoyé le vieux débauché.

— Débauché ?

— L'hospitalité de Yousouf n'était pas entièrement désintéressée. Il fallait absolument que je m'en aille. »

Elle remarqua mon expression. « Ne t'inquiète pas. Il ne m'a pas touchée.

— Tu es donc partie avec ton ancien amant.

— Tu n'étais pas revenu des pyramides. Silano m'a dit qu'il ne t'avait pas trouvé chez Énoch. Partir avec le comte était la seule façon de pouvoir avancer dans la résolution du mystère. J'ignorais tout de Dendara, comme toi. Cet endroit était oublié depuis des siècles. J'ai dit à Alessandro que tu avais le médaillon, après quoi je t'ai laissé un message pour t'indiquer où le trouver dans le harem. Nous savions tous les deux que tu te lancerais à notre poursuite. Ensuite, j'ai pu chevaucher librement, parce que les Français auraient posé trop de questions s'ils m'avaient vue ligotée. »

Alessandro ! Je n'aimais pas la familiarité avec laquelle elle l'appelait par son prénom.

« Et ensuite tu as fait tomber un temple sur lui.

— Il croit à son charme, comme toi. »

Comme elle aussi, qui jouait avec nous pour parvenir à ses fins.

« Tu m'as demandé en quoi je croyais, Astiza. Et toi, en quoi crois-tu ?

— Que veux-tu dire ?

— Tu as aidé Silano parce que tu voulais aussi trouver le secret.

— Bien sûr. Mais pour le sauvegarder, pas pour le monnayer à un tyran avide comme Bonaparte. Tu imagines cet homme avec une armée d'immortels ? À son apogée, l'Égypte était défendue par une armée de vingt mille hommes seulement, et paraissait imprenable. Puis quelque chose s'est probablement produit, quelque chose a été perdu, et les invasions ont commencé.

— T'allier avec les hommes qui ont assassiné Talma...

— Silano savait des choses que j'ignorais. Je savais des choses qu'il ignorait. Aurais-tu été capable de trouver tout seul le temple de Dendara, d'où nous venons ? Nous ne savions pas à quel temple se référaient les livres d'Énoch, mais Silano le savait, après ses recherches à Rome, à Constantinople et à Jérusalem. Nous n'aurions jamais pu trouver seuls les autres bras du médaillon. Et Silano n'aurait pas réussi à compléter le médaillon sans Énoch et toi. Vous aviez des indices, le comte en avait d'autres. Les dieux nous ont réunis.

— Les dieux ou le rite égyptien ? Ce ne sont pas des gitans qui vous ont appris que je venais en Égypte. »

Elle détourna les yeux. « Je ne pouvais pas te dire la vérité, tu n'aurais pas compris. Alessandro a menti en envoyant un message disant que tu lui avais volé le médaillon. J'ai fait semblant de vouloir l'aider pour me servir de lui. Tu as échappé à notre tentative d'assassinat. Puis Énoch a persuadé Ashraf d'essayer de nous retrouver dans la bataille – toi, l'homme au manteau vert, qui s'est juché au bon moment sur un caisson d'artillerie – pour voir ce médaillon que tous étaient curieux de découvrir. Tout ce qui est arrivé était prévu, sauf la mort du pauvre Talma. »

J'avais le tournis. Peut-être étais-je naïf.

« Nous sommes donc tous des instruments pour toi – moi, en ce qui concerne le médaillon, Silano, pour ses connaissances occultes ? Indifféremment, là uniquement pour servir à tes fins.

— Je ne suis pas tombée amoureuse de Silano.

— Je n'ai pas dit que tu étais amoureuse de lui. J'ai dit... »

Je m'arrêtai. Elle ne me regardait pas et se tenait très droite, tremblante, ses longs cheveux fins flottant dans le vent chaud qui s'était levé et soulevait des petites vagues sur le fleuve. Pas amoureuse de lui ? Cela voulait-il dire que mon insistance n'était pas passée inaperçue, que mon charme avait été apprécié, que mes bonnes intentions n'étaient pas restées totalement incomprises ? Mais où en étais-je avec elle maintenant ? Certes, je voulais la posséder, mais l'aimer ? Je n'avais même pas l'impression de la connaître. Et l'amour était un terrain dangereux pour un homme comme moi, une perspective encore plus redoutable qu'une charge mamelouke ou un abordage. Cela impliquait de croire en quelque chose, de s'engager au-delà de l'instant. Que ressentais-je vraiment pour cette femme qui avait semblé me trahir mais ne l'avait peut-être pas fait ?

« Ce que je veux dire, c'est que je n'ai aimé personne non plus », balbutiai-je. Ce n'était pas la réponse la plus éloquente qui soit. « En fait, je ne suis même pas certain que l'amour existe. »

Elle semblait exaspérée.

« Comment sais-tu que l'électricité existe, Ethan ? »

C'était une sacrément bonne question, puisqu'elle paraissait évidemment invisible.

« Par des étincelles, je suppose. On peut la ressentir. Ou bien un éclair.

— Exactement. »

Elle me regardait avec un sourire de sphinx, énigmatique, inaccessible, sauf que, maintenant, la porte avait été ouverte, et il me suffisait de la franchir. Qu'est-ce que Berthollet avait deviné dans mon caractère ? Que je n'avais pas réalisé tout mon potentiel ?

Voilà que j'avais l'occasion de grandir, de m'engager, non pas pour une idée, mais envers une personne.

« Je ne sais même pas de quel côté tu es, dis-je pour gagner du temps.

— Je suis de notre côté à nous. »

Quel côté était-ce ? Avant que notre conversation puisse prendre une tournure plaisante, un coup de fusil résonna sur la rivière.

Nous regardâmes vers l'aval. Une felouque venait à notre rencontre, toutes voiles dehors, avec des hommes massés sur le pont. Malgré les trois cents mètres qui nous séparaient d'eux, je distinguai le bras bandé d'Ahmed Ben Sadr. Par tout le thé de Chine, ne pourrais-je jamais me débarrasser de cet homme ? Je ne m'étais pas senti aussi agacé par quelqu'un depuis que Franklin avait invité John Adams à dîner, m'obligeant à l'écouter déblatérer sur une bonne moitié des hommes politiques américains.

Nous n'avions pas d'armes en dehors de mon tomahawk, et pas la moindre chance de pouvoir nous échapper. Aussi je tournai le gouvernail et mis le cap sur la berge. Peut-être trouverions-nous une tombe creusée dans la falaise où nous cacher. Mais non, car un escadron de hussards, en veste rouge et bleu, dévalait la colline dans notre direction. La cavalerie française !

En tout cas, mieux valait que ce soit eux que Ben Sadr. Ils me conduiraient à Bonaparte, alors que l'Arabe nous ferait subir des choses, à Astiza et à moi, auxquelles je préférais ne pas penser. Quand nous serions devant Napoléon, Astiza pourrait prétendre que je l'avais kidnappée, et je le confirmerais. Je faillis arracher le médaillon de son joli cou et le jeter dans le Nil, mais ne pus m'y résoudre. J'avais trop investi dans cet objet. D'ailleurs, j'étais aussi curieux que les autres de savoir jusqu'où il nous mènerait. C'était notre unique carte pour trouver le Livre de Thot.

« Tu ferais bien de le cacher », lui dis-je.

Elle le glissa entre ses seins.

Nous accostâmes sur un banc de sable et gagnâmes la rive en pataugeant. La felouque de Ben Sadr s'efforçait toujours de remonter le courant jusqu'à nous, et les Arabes criaient et tiraient en l'air. La douzaine de cavaliers français s'étaient positionnés en demi-cercle pour nous ôter toute possibilité de fuite. Je levai les mains en signe de reddition. Bientôt, nous nous retrouvâmes cernés par des chevaux couverts de poussière.

« Ethan Gage ?

— À votre service, lieutenant.

— Pourquoi êtes-vous habillé comme un barbare ?

— C'est une tenue plus fraîche. »

Il ne pouvait pas s'empêcher de regarder Astiza, n'osant toutefois pas demander pourquoi elle était vêtue comme une prostituée. En 1798, on trouvait encore des reliquats de bonnes manières.

« Je suis le lieutenant Henri de Bonneville. Vous êtes en état d'arrestation pour vol d'un bien appartenant à l'État et destruction d'antiquités, pour meurtre, intrusion dans une propriété privée, désordre au Caire. Ainsi que pour fuite, évasion, distorsion de la vérité, espionnage et trahison.

— Pas pour meurtre à Dendara ? Nous avons bien tué Silano, j'espère. »

Il se raidit.

« Le comte récupère de ses blessures et rassemble des hommes pour se joindre à nous.

— Vous avez oublié enlèvement. »

Je fis signe à Astiza.

« Je ne l'ai pas oublié. La femme, une fois secourue, coopérera dans le cadre des poursuites, ou sera elle-même interrogée.

— C'est l'accusation de trahison que je réfute, dis-je. Je suis américain. Ne devrais-je pas être français pour trahir votre pays ?

— Sergent, attachez-les tous les deux. »

La felouque qui nous poursuivait accosta, et Ben Sadr, suivi du reste de ses coupeurs de gorge, se précipita à terre, repoussant les chevaux de la cavalerie française, comme des marchands sur un marché aux chameaux.

« Cet homme m'appartient ! » gronda l'Arabe, en secouant son bâton à tête de serpent.

Je constatai, non sans satisfaction, qu'il avait le bras gauche en écharpe. Si je ne pouvais pas tuer la paire d'un coup, je finirais peut-être par les éliminer un à un, comme faisaient les Français avec Nelson.

« Je vois que tu es devenu marin, Ahmed, dis-je en guise de salut. Tu es tombé de ton chameau ?

— Il va monter sur mon bateau !

— Je crains de devoir être en désaccord avec vous, monsieur, dit le lieutenant de Bonneville. Le fugitif Gage s'est rendu à ma cavalerie et il est attendu pour être interrogé par les autorités françaises. Il est maintenant sous la juridiction de l'armée.

— L'Américain a tué plusieurs de mes hommes !

— Vous pourrez régler vos comptes avec lui quand nous en aurons fini, s'il en reste encore quelque chose. »

En voilà une pensée réjouissante.

Ben Sadr fit la grimace. Il avait un furoncle sur l'autre joue maintenant, et je me demandai s'il avait une mauvaise peau ou si Astiza s'était encore livrée à quelque malice. Aurait-elle pu lui infliger la lèpre ou peut-être même la peste ?

« Alors nous prenons la femme. »

Ses hommes hochèrent la tête avec satisfaction.

« Je ne le pense pas, monsieur. »

Le lieutenant jeta un regard vers son sergent qui, à son tour, adressa un signal à ses hommes. Les fusils qui avaient été pointés vers moi se tournèrent en direction de Ben Sadr et de sa bande. Leurs mousquetons se braquèrent en retour vers la cavalerie française. À mon grand soulagement, plus personne ne me visait ; je me demandai comment j'allais pouvoir en profiter.

« Ne me transforme pas en ennemi, Français, gronda Ben Sadr.

— Vous êtes un mercenaire, sans la moindre autorité, répondit Bonneville sèchement. Si vous ne regagnez pas votre bateau dans l'instant, je vous arrêterai pour insubordination et envisagerai également de vous pendre. » Il jeta un regard impérieux autour de lui. « Si, évidemment, je peux trouver un arbre. »

Un silence pénible s'installa, sous un soleil si intense qu'on avait l'impression d'entendre des grésillements autour de nous. Puis, un des cavaliers toussa et tressauta, et, pendant qu'il s'effondrait, nous entendîmes l'écho du coup de feu fatal qui se répercutait dans les montagnes entourant le Nil. D'autres tirs s'ensuivirent et un des hommes de Ben Sadr grogna et tomba à terre.

Tous les fusils se tournèrent vers la crête au-dessus de la rivière. Des hommes en descendaient en file indienne, avec leurs robes flottant dans le vent de la course, et leurs lances scintillant. C'était une compagnie de mamelouks ! Nous venions d'être surpris par une unité de l'insaisissable Mourad Bey, probablement cinq fois plus nombreuse que nous.

« À terre ! cria Bonneville. Formez une ligne d'escarmouche ! » Il se tourna vers les Arabes. « Mettez-vous en ligne avec nous ! »

Mais les Arabes s'enfuirent vers leur felouque, se hissèrent à bord et s'éloignèrent rapidement du rivage.

« Ben Sadr, espèce de froussard ! » rugit Bonneville.

L'Arabe répondit par un geste obscène.

Les Français se préparèrent donc à affronter seuls l'assaut mamelouk.

« Feu ! »

Le cri du lieutenant déclencha un tir de carabines de la cavalerie, mais ce n'était pas la salve disciplinée d'un carré d'infanterie française. Quelques mamelouks tombèrent, mais le reste fondit sur nous. Je m'attendais à être transpercé par une lance, me demandant quelles pouvaient être les chances de tomber au même moment sur trois ennemis sur la même rive d'un fleuve : c'était comme le malheureux dans un jeu de brelan avec des enchères élevées face à un joueur ayant dans sa main trois cartes de même figure. Alors le mamelouk dont je pensais qu'il allait me tuer se pencha sur sa selle, bras tendu, et me cueillit comme un raisin. Je criai, mais son bras me serrait comme un étau. Il franchit les rangs français au grand galop et se dirigea tout droit vers le bateau arabe, en poussant un cri de guerre ; je pendais au bout de son bras, tandis qu'il brandissait une épée de l'autre main et qu'il guidait sa monture avec les genoux.

« Maintenant je veux venger mon frère ! Debout et bats-toi, vipère ! »

C'était Ashraf !

Nous entrâmes au galop dans l'eau peu profonde en soulevant une grande gerbe d'éclaboussures ; Ben Sadr se tourna pour nous faire face depuis la proue de son bateau, lui aussi ne disposant que d'un bras. Ash abattit son épée et le bâton à tête de serpent se leva pour contrer le coup, dans un grand choc métallique ; le bâton devait avoir un centre en métal. La charge furieuse du mamelouk repoussa l'Arabe qui recula en grognant, mais, tandis qu'il tombait parmi ses compagnons, les autres tirèrent et Ash fut contraint de faire un écart. Le bateau regagna les eaux plus profondes. Nous repartîmes au galop, pendant que des cris et des tirs retentissaient derrière nous. Je fus jeté en travers de la selle comme un sac de blé. Hors d'haleine, je ne distinguais presque plus rien derrière à cause de la poussière que nous soulevions. L'officier qui nous avait sauvés était à terre, un mamelouk armé d'un couteau penché sur lui. Un autre hussard rampait avec une lance fichée dans le dos, essayant de trancher la gorge d'un ennemi avant de mourir lui-même. Être fait prisonnier était pire que la mort et les soldats vendaient leur vie aussi cher que possible. Les Arabes de Ben Sadr s'éloignaient sur le fleuve, ne se donnant même pas la peine de tirer pour apporter leur aide.

Nous gravîmes une grande dune au galop et nous nous arrêtâmes au sommet qui surplombait le Nil. Ash relâcha sa prise. Je me retrouvai sur mes pieds. Pendant que je titubais pour retrouver mon équilibre, je remarquai son sourire empreint de tristesse.

« Je suis toujours obligé de venir à ton secours, mon ami. Le moment viendra où ma dette de la bataille des Pyramides sera payée.

— Elle est déjà largement payée », dis-je d'une voix rauque.

Un autre cheval arrivait au galop. Astiza, qui avait été jetée sur une selle comme je l'avais été, la chevelure pendante, fut déposée sans ménagement par un guerrier. Je regardai en direction de la rivière. L'escarmouche était terminée. Les Français à terre ne bougeaient plus. Ben Sadr avait levé les voiles et remontait le fleuve vers Dendara et Desaix, probablement pour faire le compte rendu de mon exécution probable. J'avais l'intuition que ce bâtard se vanterait de m'avoir tué lui-même. Silano, lui, voudrait certainement s'en assurer.

« Alors tu as rejoint le bey, dis-je.

— Mourad gagnera, tôt ou tard.

— Ce sont de braves hommes qui ont été massacrés.

— Comme l'étaient mes bons amis tués aux pyramides. C'est à la guerre que meurent les meilleurs.

— Comment nous as-tu retrouvés ?

— J'ai rejoint mon peuple et vous ai suivis, pensant que Ben Sadr en ferait autant. Tu as un véritable don pour t'attirer des ennuis, l'Américain.

— Et pour m'en sortir, grâce à toi. »

Je remarquai une tache rouge sur sa robe. « Tu as été touché !

— Ce n'est rien ! Une égratignure de plus venant d'un nid de serpents. Suffisante pour m'empêcher d'achever le couard, mais pas assez pour me tuer. »

Il se tenait maintenant penché, visiblement blessé.

« Un jour, je tomberai sur lui quand il sera seul, et nous verrons alors qui se fera griffer. À moins que le destin ne lui réserve encore quelque malheur. Ce que je lui souhaite évidemment.

— Il faut panser ta blessure !

— Laisse-moi regarder », dit Astiza.

Il descendit péniblement de son cheval, le souffle court, et protesta à peine quand la femme entreprit de couper sa robe au couteau à la hauteur du torse pour inspecter la blessure.

« La balle a traversé ton côté comme si tu étais un fantôme, mais tu perds du sang. Nous allons utiliser ton turban pour te panser. Cette blessure est sérieuse.

Tu ne pourras pas monter à cheval pendant un moment, à moins que tu ne sois pressé d'aller au paradis.

— Pour vous laisser tous les deux tout seuls, espèces d'imbéciles ?

— Cela aussi peut-être, si c'est la volonté des dieux. Ethan et moi devons aller jusqu'au bout.

— Dès que je le laisse seul, ne serait-ce qu'un instant, il se met en danger !

— Je veillerai sur lui à présent. »

Ashraf réfléchit. « Oui, je sais. »

Puis il siffla. Deux magnifiques chevaux arabes franchirent la dune au trot, tout sellés, avec leur crinière et leur queue au vent. Jamais je n'avais eu d'aussi beaux chevaux.

« Prenez-les et faites une prière pour leurs précédents cavaliers. Voici une épée de Mourad Bey, Gage. Si jamais un mamelouk tente de s'emparer de toi, montre-la-lui et il te laissera en paix. » Il jeta un regard à Astiza. « Allez-vous retourner aux pyramides ?

— C'est là où l'Égypte commence et se termine, dit-elle.

— Faites vite, car les Français et leurs Arabes seront bientôt sur vos traces. Sauvez l'objet magique que vous portez ou bien détruisez-le, mais ne le laissez pas tomber entre les mains de vos ennemis. Tiens, voici un vêtement contre le soleil. »

Il lui donna une cape et se tourna vers moi. « Où est ton fameux rifle ?

— Silano a enfoncé son épée dedans. »

Il prit un air perplexe.

« Ce fut vraiment très curieux. Il a enfoncé sa rapière dans le canon et j'étais tellement furieux que j'ai appuyé sur la gâchette : mon plus vieux compagnon a explosé. Je me suis réjoui quand Astiza a fait tomber un toit sur lui, mais le bâtard a survécu. »

Ashraf secoua la tête. « Il a la chance du dieu démon Ra's al-Ghul. Et un jour, mon ami, lorsque les Français seront partis, nous nous assiérons toi et moi pour que tu m'expliques ce que tu viens de dire ! »

Il remonta péniblement sur sa monture et s'éloigna lentement pour aller retrouver les autres en bas, parmi les décombres et les victimes de la guerre.

Nous galopâmes vers le nord comme il nous l'avait conseillé, en suivant le fleuve. Les pyramides étaient à plus de trois cents kilomètres. Nous avions trouvé des sacoches pleines de pain, de dattes et d'eau sur les chevaux, mais, à la tombée du soleil, nous étions fatigués du voyage et de la tension accumulée, d'autant que nous n'avions pas dormi la nuit précédente. Nous fîmes halte dans un petit village près du Nil, où on nous donna l'hospitalité avec la simplicité coutumière aux Égyptiens, et nous nous assoupîmes avant même d'avoir terminé notre dîner. La générosité que nous manifestèrent ces villageois était étonnante, sachant qu'ils étaient taxés sans merci par les mamelouks et pillés par les Français. Mais le peu que ces pauvres paysans avaient, ils le partagèrent avec nous. Ils pansèrent nos plaies et nos égratignures, puis, quand nous fûmes couchés, ils nous recouvrirent de leurs propres couvertures. Comme nous l'avions demandé, on nous réveilla deux heures avant l'aube et nous reprîmes notre route en direction du nord.

Le deuxième soir, bien qu'endoloris, nous avions quelque peu récupéré. Nous élûmes domicile dans un verger de palmiers au bord du fleuve, loin des habitations, des êtres humains et des chiens. Nous avions besoin d'un peu de temps pour nous. Depuis l'attaque des mamelouks, nous n'avions vu aucun soldat de quelque nationalité que ce soit, uniquement des villages intemporels soumis à leur cycle intemporel. Les habitants travaillaient à partir de radeaux de roseau, car le Nil avait inondé leurs champs, leur apportant du limon frais venu du cœur mystérieux de l'Afrique.

Je réussis à allumer un feu au moyen d'un silex et de l'épée d'Ash. À mesure que la nuit tombait, le bruit du Nil paraissait rassurant, comme une promesse de vie. Nous étions tous les deux profondément bouleversés encore par les événements des dernières semaines, et nous savions que cette parenthèse ne durerait pas longtemps. Quelque part, au sud, Ben Sadr et Silano s'étaient probablement aperçus que nous n'étions pas morts et ils se mettaient déjà en chasse. Nous profitions donc pleinement de la quiétude des étoiles, du sable moelleux, et de l'agneau et des fruits qu'on nous avait donnés dans le précédent village.

Astiza avait remis le médaillon à son cou et il lui allait beaucoup mieux qu'à moi. J'avais décidé que je pouvais lui faire confiance, car elle aurait pu signaler mon tomahawk à Silano et s'enfuir avec le talisman après avoir fait tomber les piliers, ou m'abandonner après la bataille près de la rivière. Et elle ne l'avait pas fait ; d'ailleurs, sur le bateau, elle m'avait assuré qu'elle ne l'avait pas aimé, *lui*. Depuis, je n'avais pas cessé de retourner cette petite phrase dans ma tête, sans savoir exactement comment l'interpréter.

« Tu n'es pas sûre de connaître la porte secrète que nous cherchons ? » préférai-je lui demander.

Elle sourit tristement. « Je ne suis même pas certaine qu'on puisse y avoir accès. Et pourtant, pourquoi Isis nous aurait-elle permis d'arriver jusque-là si ce n'était pas pour une bonne raison ? »

D'après mon expérience, Dieu ne s'embarrassait guère de raisons, mais je ne dis rien. Au lieu de cela, je pris mon courage à deux mains.

« J'ai déjà trouvé mon secret, dis-je.

— Lequel ?

— Toi. »

Malgré la faible lumière dispensée par le feu, je la vis rougir tandis qu'elle se détournait. Je posai ma main sur sa joue et la rapprochai de moi.

« Écoute, Astiza, j'ai eu le temps de réfléchir au cours de tous ces trajets pénibles dans le désert. Le soleil avait l'haleine d'un lion et le sable a rongé mes bottes. Certains jours, Ashraf et moi avons vécu de boue et de sauterelles grillées. Pourtant, cela m'importait peu. Je pensais à toi. Si ce Livre de Thot est un livre de sagesse, peut-être nous conseillera-t-il simplement de nous rendre compte de ce que nous possédons déjà et de profiter de l'instant au lieu de nous soucier du lendemain.

— Cela ne ressemble guère à mon vagabond incapable de rester en place.

— À vrai dire, moi aussi, je suis tombé amoureux de toi, avouai-je. Presque dès le premier instant, quand je t'ai sortie des décombres et que j'ai vu que tu étais une femme. J'ai simplement eu du mal à l'admettre. »

Et je l'embrassai, tout étranger que j'étais. Ce baiser, elle me le rendit, avec une ardeur inattendue. Rien de tel que la proximité du danger pour rapprocher un homme et une femme.

Isis, en fin de compte, n'était pas aussi prude que les dieux modernes, et Astiza semblait savoir ce qu'elle voulait autant que moi. Le médaillon était superbe sur ses vêtements en lambeaux, mais il était encore plus magnifique à même ses seins et son ventre. Nous laissâmes la lune nous couvrir de son manteau, improvisâmes un lit avec nos quelques affaires et profitâmes de cette nuit comme si c'était la dernière.

Le médaillon nous gênant, elle le déposa sur le sable. Sa peau était aussi lisse que la surface sculptée du désert, son odeur aussi suave que celle du lotus sacré. Une femme recèle plus de mystère que n'importe quelle pyramide poussiéreuse. Je la vénérai comme un lieu saint, je l'explorai comme un temple.

« J'aurai connu l'immortalité pendant une nuit », chuchota-t-elle à mon oreille.

Plus tard, couchée sur le dos, elle entoura la chaîne du médaillon autour de ses doigts et désigna le ciel et son croissant de lune.

« Regarde, dit-elle. Le couteau de Thot. »

22

Notre chevauchée vers le nord en direction du Caire nous apparut telle une véritable traversée des siècles. D'après les paysans, des talus herbeux signalaient l'emplacement de villes anciennes. Des dunes, balayées par le vent, laissaient parfois apparaître le sommet d'un temple enfoui ou d'un sanctuaire. Près d'Al-Minya, nous tombâmes sur deux babouins en pierre d'une taille colossale, parfaitement polis, dont le regard serein était orienté vers le soleil levant. Deux fois la taille d'un homme, couverts d'une espèce de cape en plumes, aussi majestueux que des nobles et aussi intemporels que le sphinx, ces grands singes étaient, de toute évidence, des effigies du mystérieux Thot.

Nous contournâmes des centaines de villages en briques de boue. La bande verte en lisière du désert où nous chevauchions ressemblait à un bras de mer sur lequel auraient poussé des palmiers. Nous passâmes devant une douzaine de pyramides inconnues, dont certaines, réduites à un monticule, tandis que d'autres avaient gardé leur forme géométrique d'origine. Des fragments de temples jonchaient le sable tout autour. Des chaussées en ruine descendaient en direction de la belle terre grasse au bord du Nil. Des piliers isolés n'ayant plus la moindre fonction s'élevaient vers le ciel. Astiza et moi étions dans notre petit monde, conscients de notre mission et du fait que nous étions certainement poursuivis, mais heureux malgré tout. Notre relation nous mettait à l'abri de l'inquiétude et de l'accablement. Nous ne formions plus qu'un, définitivement engagés l'un envers l'autre, sans la moindre ambiguïté ; j'avais enfin trouvé ma raison d'être. Pour reprendre les propos d'Énoch, j'avais trouvé une chose en laquelle je croyais. Ni un empire, ni des médaillons, ni de la magie, ni l'électricité, mais une association avec cette femme à mon côté. Tout devenait possible.

Le trio de pyramides, qui était notre but final, surgit enfin devant nous à l'orée du désert, comme des îles sortant de la mer. Nous avions chevauché sans trêve pour arriver le 21 octobre, date à la signification mystérieuse. Le temps s'était rafraîchi, le ciel formait un dôme d'un bleu parfait tandis que le soleil, tel un divin chariot, poursuivait sa course infaillible à travers les cieux. Le Nil à son apogée était tout juste perceptible à travers sa ceinture d'arbres. Pendant plusieurs heures, les monuments ne parurent guère se rapprocher. Puis, à mesure que les ombres de l'après-midi s'allongeaient, ils semblèrent enfler comme un des ballons de Conté et devinrent énormes, fascinants, menaçants. Ils sortaient de terre, comme s'ils surgissaient de l'au-delà.

Cette image me donna une idée.

« Montre-moi le médaillon », demandai-je soudain à Astiza.

Quand elle l'enleva, le métal jaune scintilla au soleil. Je considérai les *V* de ses bras qui se chevauchaient, l'un pointant vers le haut, l'autre vers le bas.

« On dirait deux pyramides, non ? Leurs bases réunies et leurs sommets pointant dans des directions opposées ?

— Ou le reflet d'une seule dans un miroir ou dans l'eau.

— Comme s'il y en avait autant sous la surface qu'au-dessus. Comme les racines d'un arbre.

— Tu crois qu'il y a quelque chose sous la pyramide ?

— Il y avait quelque chose sous le temple d'Isis. Et si le médaillon représentait l'intérieur et non l'extérieur ? Quand nous avons exploré l'intérieur avec Bonaparte, les galeries avaient une pente comparable à celles des côtés de la pyramide. Imagine que ceci soit plutôt un plan des galeries dans la pyramide ?

— Tu veux dire les couloirs ascendants et descendants ?

— Oui. Sur le bateau à bord duquel je suis venu en Égypte, il y avait une tablette. »

Je m'étais tout à coup souvenu de la tablette argent et noir du cardinal Bembo, que Monge m'avait montrée dans la chambre forte de *L'Orient*.

« Elle était couverte de niveaux et de chiffres comme si c'était la carte ou le diagramme d'un endroit souterrain présentant différents niveaux.

— On raconte que les Anciens avaient des livres pour enseigner aux morts à affronter les périls et les monstres de l'au-delà, dit-elle. Thot pèserait leur cœur, et leur livre les guiderait au milieu des cobras et des crocodiles. Si leur livre était exact, ils sortiraient de l'autre côté au paradis. Et si cette histoire avait sa part de vérité ? Si les corps enterrés dans la pyramide avaient véritablement emprunté un passage ?

— Cela pourrait expliquer l'absence de momies, dis-je d'un air songeur. Quand nous avons exploré la pyramide, nous avons pu constater que la galerie descendante finissait en cul-de-sac. Elle ne remonte pas dans la direction opposée comme ce médaillon. Il n'y a pas de *V* descendant.

— C'est vrai des galeries que nous connaissons, dit Astiza, excitée. De quel côté se trouve l'entrée de la pyramide ?

— Au nord.

— Quelle constellation le médaillon indique-t-il ?

— Alpha Dracon, autrement dit l'étoile Polaire à l'époque de la construction des pyramides. Et alors ?

— Tiens le médaillon comme si la constellation était dans le ciel. »

Je levai le disque circulaire vers le ciel, en direction du nord. La lumière passant à travers les perforations dessinait la silhouette de Dracon, le Dragon. À ce moment-là, les bras du médaillon restaient perpendiculaires au nord.

« Si ce médaillon était une carte, de quel côté de la pyramide se trouveraient les galeries ? demanda Astiza.

— Est et ouest !

— Autrement dit, des entrées existent peut-être encore qui n'ont pas été découvertes sur les flancs est ou ouest des pyramides, avança-t-elle.

— Comment aurait-on pu ne pas les trouver ? Les gens n'ont pas arrêté de monter sur les pyramides. »

Astiza fronça les sourcils. « Je l'ignore.

— Et quel rapport y a-t-il entre le Verseau, le Nil en crue, et cette période de l'année ?

— Je l'ignore également. »

À ce moment-là, nous aperçûmes une tache blanche comme de la neige dans le désert.

C'était un étrange tableau. Des officiers français, des aides, des savants et des serviteurs étaient installés en demi-cercle pour pique-niquer dans le désert, avec leurs chevaux et leurs ânes attachés à des piquets derrière eux. Le groupe faisait face aux pyramides. Des tables de campagne avaient été dressées bout à bout et recouvertes de nappes blanches. Les voiles des felouques avaient été transformées en auvents, avec des lances prises aux mamelouks en guise de piquets de tente et des sabres de cavalerie fichés dans le sable pour servir d'attaches. Des gobelets français en cristal et des timbales égyptiennes en or avaient été disposés sur les tables, ainsi que de l'argenterie et de la porcelaine européennes. Des bouteilles de vin à moitié vides côtoyaient des amoncellements de fruits, de pain, de fromage et de viande. Des bougies étaient à disposition, prêtes à être allumées. Bonaparte ainsi que plusieurs de ses généraux et des scientifiques étaient assis sur des tabourets pliants et bavardaient agréablement. Je repérai également mon ami mathématicien Monge.

Habillés comme nous l'étions, en robes arabes, nous fûmes repoussés par un aide de camp, comme tous les autres Bédouins curieux. Puis il remarqua mon teint clair et la beauté d'Astiza, que sa cape en lambeaux ne parvenait pas à dissimuler. Il la regardait bouche bée, plus intéressé par elle que par moi, quand je m'adressai à lui en français.

« Je suis Ethan Gage, le savant américain. Je viens rendre compte de mes recherches qui sont presque terminées.

— Des recherches ?

— Concernant les secrets de la pyramide. »

Discrètement prévenu, Bonaparte se leva et me jeta un regard de fauve.

« Voilà Gage qui surgit comme un diable, marmonna-t-il à l'intention des autres. Avec sa créature. »

Il nous fit signe d'approcher. Les soldats regardaient Astiza avec concupiscence, mais elle s'avança, les yeux fixés au-dessus de leurs têtes, avec autant de dignité que nos costumes le permettaient. Les hommes s'abstinrent de tout commentaire déplacé, ayant sans doute remarqué quelque chose de différent en nous, un signe subtil indiquant que nous formions un couple et qu'on devait la respecter. Leurs regards se détournèrent à regret, pour venir se fixer sur moi.

« Que faites-vous habillé de la sorte ? demanda Bonaparte. N'avez-vous pas déserté mon commandement ? » Il se tourna vers Kléber. « Je croyais qu'il avait déserté.

— Le satané gredin s'est échappé de prison, dit le général, et il a réussi à semer une patrouille qui le poursuivait, si je me souviens bien. Puis il a disparu dans le désert. »

Heureusement, la nouvelle des événements survenus à Dendara ne leur était pas encore parvenue.

« Bien au contraire. J'ai pris de gros risques à votre service, dis-je d'un ton léger. Ma compagne ici présente a été prise en otage par Silano et l'Arabe Ahmed Ben Sadr. Tous deux menaçaient de la tuer si je ne leur donnais pas le médaillon dont nous avons déjà parlé. C'est grâce à son courage et à ma propre détermination que nous avons pu nous libérer pour continuer nos recherches. Je voudrais l'avis du docteur Monge sur un problème mathématique qui devrait éclairer le mystère des pyramides. »

Bonaparte me considérait d'un air incrédule. « Vous me prenez pour un idiot ? Vous avez prétendu que le médaillon était perdu.

— Je ne voulais pas qu'il tombe entre les mains du comte Silano qui ne se soucie guère de vos intérêts, ni de ceux de la France.

— Vous avez menti.

— J'ai préféré dissimuler la réalité pour éviter que ceux qui en auraient fait mauvais usage ne puissent trouver la vérité. Je vous prie de bien vouloir m'écouter, général. Je suis libre de mes mouvements. Je suis venu pour vous voir, vous personnellement, parce que je crois m'approcher d'une découverte majeure. J'ai besoin maintenant de l'aide des autres savants. »

Il regarda alors Astiza, mi-courroucé, mi-amusé. Sa présence m'assurait d'une curieuse immunité. « Je ne sais pas si je dois vous récompenser ou bien vous faire fusiller, Ethan Gage. Il y a chez vous quelque chose de déroutant, quelque chose qui dépasse vos façons américaines grossières et votre éducation élémentaire.

— Je fais de mon mieux, monsieur.

— De votre mieux ! »

Il regarda les autres, content d'avoir trouvé un sujet sur lequel pontifier. « Faire de son mieux ne suffit pas, il faut être le meilleur. N'est-ce pas vrai ? Je mets tout en œuvre pour exercer ma volonté ! »

Je m'inclinai. « Et moi, je suis un joueur, général. Ma volonté n'est d'aucune utilité si les cartes ne sont pas avec moi. Existe-t-il un seul homme dont la chance ne tourne pas ? N'avez-vous pas été un héros à Toulon, puis emprisonné un court moment après la chute de Robespierre, et de nouveau un héros lorsque votre canon a sauvé le Directoire ? »

Il se renfrogna quelques instants, puis haussa les épaules comme s'il acquiesçait et finit par sourire. Napoléon ne souffrait pas les imbéciles, mais il adorait la discussion. « C'est bien vrai, l'Américain. C'est bien vrai. La volonté et la chance. En l'espace d'une journée, je suis passé d'un hôtel parisien minable en m'étant endetté pour payer mon uniforme à une maison dont j'étais propriétaire, avec carrosse et équipage. En une seule journée de chance !

« Savez-vous ce qui est arrivé à Joséphine ? continua-t-il en s'adressant aux autres. Elle était en prison, elle aussi, condamnée à la guillotine. Le matin, son geôlier lui avait retiré son oreiller, en disant qu'elle n'en aurait plus besoin puisque le soir elle n'aurait plus de tête ! Mais quelques heures plus tard, Robespierre était mort, assassiné, la Terreur avait pris fin, et elle était libérée. Choix et destin : quel jeu nous jouons !

— Le destin semble nous avoir piégés en Égypte, remarqua un Kléber à moitié soûl. La guerre n'est pas un jeu.

— Bien au contraire, Kléber, c'est le jeu ultime, avec la gloire ou la mort au bout. Refusez de jouer et la défaite vous est garantie. N'est-ce pas, Gage ?

— Tout jeu n'est pas bon à jouer, général. »

Quel homme étrange c'était, qui mêlait clairvoyance politique et impatience émotive, et les rêves les plus grandioses avec le pire cynisme, nous mettant tous au défi de le contredire. Un jeu ? Est-ce cela qu'il dirait aux morts ?

« Non ? La vie elle-même est une guerre, et nous sommes tous vaincus par la mort en fin de compte. Alors nous faisons tout ce que nous pouvons pour devenir immortels. Le pharaon a choisi la pyramide. Moi, je choisis… la gloire.

— Et certains hommes choisissent la maison et la famille, dit Astiza doucement. Ils vivent au travers de leurs enfants.

— Oui, cela leur suffit. Mais pas à moi ni aux hommes qui me suivent. Nous voulons l'immortalité que confère l'histoire. »

Bonaparte but une gorgée de vin.

« Quel philosophe vous avez fait de moi à ce repas ! Regardez votre femme, Gage. La chance est une femme. Saisissez-la aujourd'hui, sinon elle aura disparu demain. »

Il avait un sourire carnassier, tandis que ses yeux gris dansaient. « Une belle femme, dit-il à ses compagnons, qui a essayé de me tuer.

— En fait, général, c'est moi qu'elle essayait de tuer. »

Il éclata de rire. « Et maintenant, vous faites la paire ! Bien sûr ! La chance transforme aussi les ennemis en alliés, et les étrangers en confidents ! »

Puis il se calma brusquement. « Je vous défends de parcourir le désert déguisé en Égyptien jusqu'à ce que cette histoire avec Silano soit éclaircie. Je ne comprends pas ce qui se passe entre vous et le comte, mais cela ne me plaît pas. Il faut que nous soyons tous dans le même camp. Nous sommes en train de mettre sur pied la prochaine étape de notre invasion, la conquête de la Syrie.

— La Syrie ? Mais Desaix est toujours à la poursuite de Mourad Bey en Haute-Égypte.

— Il s'agit de simples escarmouches. Nous avons les moyens d'avancer vers le nord et aussi à l'est. Le monde m'attend, même si les Égyptiens ne semblent pas comprendre que je pourrais leur changer la vie. »

Il avait un sourire crispé, sa déception était évidente. Ses promesses de progrès technologique et de gouvernement à l'occidentale n'avaient pas convaincu la population. Le réformateur que j'avais vu dans la grande cabine de *L'Orient* était en train de changer, ses rêves ayant buté contre la stupidité apparente du peuple qu'il était venu sauver. Les dernières illusions de Napoléon s'étaient dissipées dans la chaleur du désert. Il chassa une mouche.

« En attendant, je veux voir résolu ce mystère de la pyramide.

— Ce que je ferai beaucoup mieux sans l'intervention du comte, général.

— Et que vous allez certainement faire avec la coopération du docteur. N'est-ce pas, Monge ? »

Le mathématicien semblait perplexe. « Tout dépend de ce que M. Gage a découvert. »

On entendit alors un grondement au loin, comme un coup de tonnerre.

Nous nous tournâmes vers Le Caire, dont les minarets se découpaient sur le ciel de l'autre côté du Nil. Puis un autre coup résonna, et encore un autre. C'étaient des coups de canon.

« Que se passe-t-il ? » demanda Napoléon à la cantonade.

Une colonne de fumée s'élevait dans le ciel clair. Les tirs continuaient, dans un grondement sourd, et d'autres colonnes de fumée apparurent.

« Il se passe quelque chose dans la ville, dit Kléber.

— De toute évidence. »

Bonaparte se tourna vers ses aides. « Rangez-moi tout cela. Où est mon cheval ?

— C'est peut-être un soulèvement, ajouta Kléber, mal à l'aise. Des rumeurs ont couru dans les rues et on a entendu des mollahs exhorter les habitants depuis leurs minarets. Nous n'avons pas pris cela au sérieux.

— Évidemment. Les Égyptiens non plus ne m'ont pas pris au sérieux. »

Le petit groupe s'était totalement désintéressé de moi. Des chameaux se relevaient, des chevaux hennissaient nerveusement, et des hommes couraient vers leurs montures. Les auvents s'affaissaient à mesure que les sabres étaient arrachés du sable. Les Égyptiens se soulevaient au Caire.

« Et lui ? demanda l'aide de camp, en me montrant du doigt.

— Ne vous occupez pas de lui pour l'instant, dit Bonaparte. Monge ! Prenez Gage et la fille avec vous. Retournez à l'Institut, fermez les portes et ne laissez entrer personne. Vous autres, suivez-moi ! »

Et il s'éloigna au grand galop, à travers les sables, en direction des bateaux qui leur avaient permis de franchir le fleuve.

Astiza profita de ce que les soldats et les serviteurs se hâtaient d'emballer les derniers auvents et les tables pour prendre une bougie. Puis ils filèrent à leur tour sur les traces des officiers. En quelques minutes, nous nous retrouvâmes seuls avec Monge, au milieu des reliefs du banquet. La tornade qui venait de passer nous laissait, une fois de plus, hors d'haleine.

« Mon cher Ethan, dit enfin Monge, pendant que nous suivions des yeux l'exode en direction du Nil, vous avez l'art et la manière de vous attirer des ennuis.

— Depuis Paris, je m'efforce pourtant de les éviter, docteur Monge, mais sans grand succès. »

Un crépitement assez peu mélodieux signalait la révolte en cours sur l'autre rive.

« Venez. Nous autres scientifiques ferons profil bas pendant cette dernière péripétie.

— Je ne peux pas retourner au Caire avec vous, Gaspard. J'ai à faire avec cette pyramide. Regardez. J'ai le médaillon et je suis sur le point de comprendre. Du moins, je le crois. »

Je fis un signe à Astiza qui s'approcha avec le pendentif.

Monge observa sa nouvelle configuration et ce qui ressemblait à un symbole maçonnique.

« Comme vous pouvez voir, continuai-je, nous avons découvert un autre morceau. À mon avis, ce colifichet est une espèce de carte menant à des endroits secrets dans la Grande Pyramide, celle dont vous avez dit qu'elle incarnait pi. Ces griffures en triangle sur le disque central en constituent la clé. Dans une tombe au sud, j'ai compris qu'elles devaient représenter des chiffres égyptiens. Je pense qu'il s'agit d'un indice mathématique, mais de quoi ?

— Des griffures ? Laissez-moi le regarder à nouveau. »

Il prit l'objet des mains d'Astiza et l'étudia avec une loupe.

« Imaginez que chaque groupe de griffures représente un chiffre », dis-je.

Il compta en silence avec un mouvement des lèvres, puis parut surpris. « Mais bien sûr ! Pourquoi ne l'ai-je pas vu avant ? C'est effectivement une disposition curieuse, mais appropriée à l'endroit où nous sommes. Ah ! mon Dieu. Quelle déception. »

Il me regarda avec commisération, et mon cœur se serra.

« Gage, avez-vous jamais entendu parler du triangle de Pascal ?

— Non, monsieur.

— Nommé d'après Blaise Pascal, auteur d'un traité sur cette progression particulière de chiffres, il y a juste cent cinquante ans. Il a dit beaucoup de choses intelligentes, dont celle-ci qui n'est pas la moindre : à savoir que plus il fréquentait les hommes, plus il aimait son chien. Voyez-vous, il s'agit d'une progression pyramidale. »

Empruntant le sabre d'un dragon, il commença à griffonner dans le sable et dessina un schéma composé de chiffres qui ressemblait à celui-là :

$$1$$
$$1 \quad 1$$
$$1 \quad 2 \quad 1$$
$$1 \quad 3 \quad 3 \quad 1$$
$$1 \quad 4 \quad 6 \quad 4 \quad 1$$

« Voilà ! Vous voyez le schéma ? »

Je devais avoir l'air d'une chèvre essayant de lire Thucydide. Refrénant un gémissement, je me remémorai Jomard et sa séquence de Fibonacci.

« En dehors des "un", dit Monge patiemment, vous remarquerez que chaque nombre est la somme des deux nombres de part et d'autre au-dessus. Vous voyez ce premier 2. Au-dessus, il y a deux 1. Et le 3 là : au-dessus, il y a un 1 et un 2. Le 6 ? Au-dessus il y a deux 3. Voilà le triangle de Pascal. C'est seulement le début du schéma, mais le triangle peut être continué vers le bas indéfiniment. Regardez maintenant les griffures sur votre médaillon :

$$\text{I}$$
$$\text{I} \quad \text{I}$$
$$\text{I} \quad \text{II} \quad \text{I}$$
$$\text{I} \quad \text{III} \quad \text{III} \quad \text{I}$$

— C'est le début du même triangle ! m'exclamai-je. Qu'est-ce que cela signifie ? »

Monge me rendit le médaillon. « Cela signifie que votre pendentif ne peut pas venir de l'Égypte ancienne. Je suis désolé, Ethan, mais s'il s'agit bien du triangle de Pascal, toutes vos recherches ont été inutiles.

— Que dites-vous ?

— Aucun mathématicien de l'Antiquité ne connaissait ce schéma. Il s'agit certainement d'un faux. »

J'avais l'impression d'avoir reçu un coup en plein estomac. Un faux ? Était-ce une ruse de ce vieux prestidigitateur de Cagliostro ? Ce long périple – avec la mort de Talma et d'Énoch – n'aurait donc servi à rien ?

« Cela ressemble pourtant à une pyramide !

— À moins qu'une pyramide ne ressemble à un triangle. Quelle meilleure façon de refiler un vieux bijou grossier que de le relier aux pyramides d'Égypte ? C'était probablement le jouet d'un érudit, ou un portebonheur, avec le pi et les branches d'un compas. Peut-être était-ce une plaisanterie. Qui sait ? J'ai bien l'impression, mon ami, que vous vous êtes fait avoir par une espèce de charlatan. Le soldat à qui vous l'avez gagné, peut-être. »

Il me posa la main sur l'épaule. « N'ayez pas honte. Nous savons tous que vous n'êtes pas vraiment un savant. »

Je titubais. « J'étais tellement sûr que nous approchions…

— Je vous aime bien, Ethan, et je ne voudrais pas qu'il vous arrive malheur. Permettez-moi de vous donner un conseil. Ne retournez pas au Caire. Dieu sait ce qui se passe là-bas. »

Le bruit des tirs s'intensifiait.

« Bonaparte se doute que vous ne pourrez plus lui servir à rien et la déception le rend impatient. Prenez un bateau pour Alexandrie avec Astiza et, de là, repartez en Amérique. Les Britanniques vous laisseront passer si vous vous expliquez, comme vous savez si bien le faire. Rentrez chez vous, Ethan Gage. »

Il me serra la main. « Rentrez chez vous. »

Je restais cloué sur place sous le coup de la surprise, à peine conscient que mes efforts avaient été vains. J'étais persuadé que le médaillon indiquait le chemin pour entrer dans la pyramide, et voilà que le plus grand mathématicien de France m'assurait que j'avais été grugé ! Monge me sourit tristement. Il ramassa ses quelques affaires, monta sur l'âne qui l'avait amené jusqu'ici, et entama lentement son retour vers la capitale et son institut, en dépit des coups de feu dans le lointain.

Il se retourna. « Je regrette de ne pouvoir en faire autant ! »

Astiza, déçue, regarda partir Monge, l'air sombre et méprisant. Quand il fut à distance respectable, elle explosa.

« Cet homme est un imbécile ! »

J'étais stupéfait. « Astiza, c'est un des cerveaux les plus remarquables de France.

— Pour lui, le savoir se limite à ses opinions pompeuses et à ses propres ancêtres européens. Pourrait-il construire cette pyramide ? Bien sûr que non. Et pourtant, à l'entendre, le peuple qui l'a construit en savait moins en matière de nombres que lui et ce Pascal.

— Il ne l'a pas formulé ainsi.

— Regarde ces schémas que Monge a laissés dans le sable ! Ne ressemblent-ils pas à la pyramide devant toi ?

— Effectivement.

— Et ils n'auraient rien à voir avec la raison qui nous amène ici ? Je ne le crois pas.

— Quel rapport y a-t-il ? »

Son regard alla du sable à la pyramide et de la pyramide au sable.

— C'est pourtant évident. Ces chiffres correspondent aux blocs de la pyramide. Un seul en haut, aujourd'hui manquant. Puis deux sur ce côté, puis trois, et ainsi de suite. Rangée après rangée, bloc après bloc. Si tu suis ce dessin, chaque bloc a un chiffre. Ce Monge est aveugle. »

Pouvait-elle avoir raison ? Je me sentais gagné par l'excitation. « Complétons encore quelques rangées. »

Le schéma devint bientôt de plus en plus évident. Non seulement les chiffres augmentaient en se rapprochant de l'apothème de la pyramide, la ligne imaginaire qui coupait en deux la face de la pyramide, mais, de chaque côté de ce point central, ils allaient par paires vers l'extérieur. À la ligne suivante, par exemple, on trouvait 1, 5, 10, 10, 5, 1. Puis 1, 6, 15, 20, 15, 6, 1. Et ainsi de suite, chaque niveau s'élargissant et les chiffres correspondants plus importants. Au treizième niveau à partir du sommet, le nombre central était 924.

« Quel est le nombre que nous cherchons ? demandai-je.

— Je ne sais pas.

— Alors, à quoi bon tout cela ?

— Cela deviendra clair quand nous le verrons. »

Nous continuâmes. Lorsque le soleil descendit à l'ouest, vers l'horizon, l'ombre des pyramides s'allongea. Astiza me toucha le bras et désigna le sud. Un nuage de poussière signalait l'approche d'un groupe important. J'étais troublé. Si Silano et Ben Sadr avaient survécu, ils seraient venus de cette direction. Au nord-est, la lueur des incendies montait du Caire et on entendait le rugissement des canons de l'artillerie française. Une bataille de grande envergure s'était engagée dans la capitale qu'on avait cru pacifiée. La domination de Napoléon était plus précaire qu'elle ne le paraissait. Un sac rond s'éleva alors dans l'air. C'était le ballon de Conté, qui servait, sans doute, de point d'observation pour la bataille.

« Nous ferions bien de nous dépêcher », murmurai-je.

Je me hâtai d'aligner les nombres, mais chaque rangée ajoutée à la séquence contenait deux chiffres de plus que la précédente, et l'ensemble devenait donc de plus en plus compliqué. Que se passerait-il en cas d'erreur ? Astiza m'aidait à calculer les nombres, en additionnant rapidement à mi-voix. Notre pyramide grandissait, bloc par bloc, comme si nous reproduisions la construction dans le sable. J'avais mal au dos, ma vue commençait à se brouiller. Des nombres, des nombres et encore des nombres. Était-ce un tour qu'on nous jouait, comme l'avait déclaré Monge ? Les anciens Égyptiens étaient-ils capables de concevoir de telles énigmes ? Pourquoi auraient-ils mis au point quelque chose de si mystérieux pour laisser ensuite un indice permettant de le trouver ? À la fin, après avoir aligné cent cinquante rangées de blocs depuis le sommet, nous arrivâmes à une pierre comportant les mêmes chiffres que ceux qui, d'après les mathématiciens, correspondaient à la valeur égyptienne pour pi : 3 160.

Je m'arrêtai, stupéfait. Bien sûr ! Le médaillon constituait une carte menant à un certain point de la pyramide ! Face nord. Imaginez une galerie et une porte sur la face ouest ou est. Souvenez-vous de pi. Cherchez le bloc portant la valeur pi selon cet ancien jeu de nombres. Faites-le correspondre au Verseau, comme les Égyptiens utilisaient ce signe, pour la montée du Nil, et… entrez.

À condition que j'aie raison.

La face occidentale de la pyramide était nimbée de rose lorsque nous commençâmes notre ascension. L'après-midi était déjà assez avancée, le soleil bas et énorme, comme le ballon de Conté. Nos chevaux étaient attachés en bas, et le bruit des tirs au Caire était atténué par le monument qui nous séparait de la ville. Comme la fois précédente, notre ascension fut difficile, désordonnée, compte tenu des blocs imposants, pentus et érodés. Je comptai tout en montant, essayant de trouver le bloc qui correspondait à pi, le nombre éternel encodé dans les dimensions de la pyramide.

« Et si les nombres correspondaient à des blocs de revêtement qui ont disparu ? dis-je.

— Ils correspondraient à ceux en dessous, j'espère. Ou à d'autres proches. Ce médaillon devrait nous diriger vers une pierre menant au cœur de la pyramide. »

Hors d'haleine, nous venions d'atteindre le cinquante-troisième niveau, lorsque Astiza montra quelque chose du doigt. « Ethan, regarde ! »

Un groupe de cavaliers venait de franchir au galop le coin de la pyramide voisine. L'un d'eux nous aperçut, et ils se mirent à crier. Malgré la nuit tombante, je reconnus aussitôt Ben Sadr et Silano, avec leurs pansements, qui fouettaient leurs chevaux écumants. Si notre hypothèse ne se révélait pas exacte, nous étions morts – ou pire que morts, si Ben Sadr avait le choix. « Nous ferions mieux de nous hâter de trouver cette pierre. »

Nous comptâmes. La façade ouest comportait des milliers de blocs, bien sûr, et, quand nous en arrivâmes au bloc en question, il ne semblait pas différent des autres alentour. Nous nous trouvions devant une pierre de plusieurs tonnes, érodée par des milliers d'années, et solidement calée par le poids colossal de celles qui se trouvaient au-dessus. Je poussai, tentai de soulever et donnai des coups de pied dedans, en vain.

Une balle frappa la pierre.

« Arrête ! Réfléchis un peu ! intervint Astiza. Il doit y avoir un moyen particulier, sinon n'importe quel imbécile serait tombé dessus. »

Elle leva le médaillon. « Cela doit avoir un rapport avec ceci. »

D'autres tirs crépitèrent autour de nous.

« Nous sommes de vraies cibles, ici, sur le mur », murmurai-je.

Elle regarda au loin. « Non. Il a besoin de nous vivants pour savoir ce que nous avons découvert. Ben Sadr se fera un plaisir de nous faire parler. »

En effet, Silano ordonnait à ceux qui avaient tiré de baisser leurs mousquetons et de se regrouper au bas de la pyramide.

« Formidable. »

Je jouais avec le médaillon quand je m'aperçus que la deuxième pyramide projetait son ombre sur la nôtre. Le triangle s'étendait sur le sable, et gravissait les rangées de pierre jusqu'à l'endroit où nous nous trouvions. Sa pierre de faîte était intacte, sa pointe parfaitement dessinée, et son sommet semblait désigner de son ombre un bloc un peu plus à droite et quelques niveaux en dessous de nous. Chaque jour, lorsque le soleil se couchait à l'horizon, l'ombre atteignait un bloc différent, or nous étions à la date indiquée par le calendrier. Nous étions-nous trompés dans le comptage des blocs ? Je redescendis jusqu'à l'endroit situé juste au-dessus de l'ombre et levai le médaillon vers le soleil. La lumière traversa les perforations et dessina sur le grès le schéma en forme d'étoile symbole de Dracon.

« Là ! » Astiza montrait un endroit précis.

J'aperçus de légères traces de trous ou plutôt de marques de burin, près de la base de la pierre, qui ressemblaient au dessin de la constellation sur le médaillon. En bas, l'espace entre notre pierre et celle de dessous était légèrement plus grand que les autres. Je m'accroupis et soufflai pour enlever la poussière de la fissure. Un signe maçonnique infiniment subtil était gravé dans la pierre.

Les Arabes, qui avaient entamé la montée, s'appelaient les uns les autres.

« Gage, abandonnez ! cria Silano. Vous arrivez trop tard ! »

Je sentis un souffle venant du vide de l'autre côté. « C'est ici », chuchotai-je.

Je frappai la pierre du plat de la main. « Veux-tu bien bouger, nom de nom ! »

Je me souvins alors que certains appelaient le médaillon une clé. J'essayai de glisser le disque dans la fente, mais cela se révéla impossible car il était légèrement convexe.

Je regardai en bas. Silano et Ben Sadr montaient également.

Je retournai alors le pendentif et introduisis les bras joints dans la fente. Ils entrèrent, je secouai légèrement, ils entrèrent encore davantage…

Soudain, un déclic se produisit. Comme s'ils étaient tirés par une corde, les bras s'enfoncèrent dans la pierre, tandis que le disque se détachait et dévalait la pente en rebondissant sur les blocs en direction de Silano. Un crissement retentit, puis le bruit de deux pierres glissant l'une contre l'autre. Plus bas, les hommes criaient.

La pierre était devenue soudain très légère, soulevée d'à peine un centimètre de la pierre en dessous. Je la poussai. Elle tourna sans la moindre difficulté vers l'intérieur et vers le haut, laissant apparaître un passage obscur dont la pente descendante était aussi accentuée que celui du couloir que j'avais exploré avec Napoléon. Un bloc de pierre de cinq tonnes était devenu aussi léger qu'une plume. La clé paraissait avoir été avalée par le rocher.

Nous avions trouvé le secret. Mais où était passée Astiza ?

« Ethan ! »

Je fis volte-face. Elle avait redescendu la pente escarpée pour ramasser le disque. La main de Silano s'était refermée sur sa cape. Elle s'était dégagée, lui abandonnant le vêtement, et se hâtait de remonter. Je sortis l'épée d'Ash et me précipitai pour lui venir en aide. Le regard enflammé, Silano dégaina une nouvelle rapière.

« Tirez sur lui ! cria Ben Sadr.

— Non. Cette fois, il ne risque pas de nous jouer de tour avec son rifle. Il est à moi. »

Le moment était venu d'employer les grands moyens. Tandis que sa lame tournoyait dans l'air en direction de ma poitrine, je poussai un cri de sauvage et abaissai mon épée comme si je coupais du bois. Me trouvant à plus d'un mètre au-dessus de lui, j'avais l'avantage de la hauteur. Ma rapidité le força à se protéger au lieu de porter son coup en avant. L'acier percuta l'acier. Son épée plia sous mes coups sans rompre et se tordit à proximité de son poignet, lequel devait être encore endolori après l'explosion de mon fusil. Il le tourna pour assurer sa prise, mais ce mouvement le déséquilibra. Il vacilla en poussant un juron et tomba sur ses acolytes. Tout ce petit groupe dévala ensuite la pente, en essayant en vain de se raccrocher aux rochers pour ralentir sa chute. Je lançai mon épée comme un javelot, espérant atteindre Ben Sadr, mais il se baissa. Un autre bandit fut touché à sa place et tomba en hurlant.

Ben Sadr se précipita alors sur moi, avec son bâton à tête de serpent d'où dépassait une pointe mortelle. Je l'esquivai, mais pas tout à fait assez vite. La lame, affûtée comme un rasoir, m'entama légèrement l'épaule. Avant qu'il puisse l'enfoncer davantage, une pierre le frappa au visage. Astiza, les cheveux défaits comme une Méduse, lançait d'en haut des fragments de la pyramide.

Handicapé en raison de sa blessure par balle, Ben Sadr semblait avoir du mal à manier son bâton d'un seul bras : c'était le moment de le déstabiliser pour de bon. J'empoignai le bâton, et le tirai vers le haut pendant qu'il s'efforçait de le retenir, tout en voulant éviter les pierres que lançait Astiza. Je relâchai un instant ma prise et il perdit l'équilibre, manquant de basculer en arrière. Puis je tirai une nouvelle fois. Il lâcha le bâton et tomba en rebondissant sur les pierres, le visage ensanglanté. Son précieux bâton était maintenant en ma possession. Pour la première fois, je lisais de la peur dans ses yeux. « Rendez-le-moi !

— Plutôt en faire du petit bois, sale bâtard. »

Nous battîmes en retraite, Astiza et moi, en direction du trou que nous avions ouvert, désormais notre seul refuge, et nous rampâmes à l'intérieur. En prenant appui contre les murs de la galerie pour ne pas glisser, nous nous efforçâmes alors de repousser la pierre d'entrée. Ben Sadr se précipitait vers nous comme un fou, hurlant de rage. Le bloc redescendit aussi aisément qu'il s'était soulevé, mais, en revenant à sa place, il reprit son véritable poids et son mouvement s'accéléra. Il se referma au nez du scélérat dans un grand fracas.

Nous nous retrouvâmes aussitôt plongés dans l'obscurité.

À l'extérieur, les Arabes s'étaient mis à cogner sur la porte en pierre en poussant des hurlements. Puis on entendit Silano crier d'une voix décidée : « Poudre à canon ! »

Nous n'avions peut-être plus beaucoup de temps devant nous.

L'obscurité était totale. Astiza frotta quelque chose contre la paroi de la galerie, faisant jaillir un bouquet d'étincelles. Elle alluma la bougie qu'elle avait prise sur la table de Napoléon, et la galerie s'éclaira un instant sous l'effet de cette faible lumière. Je clignai des yeux, oppressé, et essayai de reprendre mes esprits pour passer à l'étape suivante. Près de l'entrée, je remarquai un renfoncement, avec, à l'intérieur, un axe en or brillant, connecté par un bras articulé à la porte en pierre que nous venions de franchir. Épais d'au moins cinq centimètres, l'axe était quelque chose d'étonnant. L'or devait protéger le métal à l'intérieur contre la corrosion. Ce mécanisme permettait probablement de manœuvrer la porte en pierre, en montant et en descendant comme un piston, avec un berceau au point de connexion, et une longue rigole par lequel il descendait. Je n'avais pas la moindre idée de son fonctionnement.

J'essayai de tirer sur la porte. Elle était enfoncée comme un bouchon, incroyablement lourde à nouveau. Il était impossible de sortir. Nous étions en sécurité pour l'instant, mais définitivement piégés. À cet instant, un détail me sauta aux yeux : le long du mur de la galerie, des torches faites de brindilles desséchées étaient alignées, comme dans un râtelier à fusils.

Quelqu'un voulait s'assurer que nous trouvions notre chemin jusqu'au fond de la pyramide.

23

Là encore, la galerie paraissait avoir été conçue davantage pour le passage des âmes que pour celui des hommes. La pente était glissante. Pourquoi n'y avait-il pas de marches ? Des chariots ou des traîneaux étaient-ils montés ou descendus par là ? À moins que ces galeries n'aient été prévues pour des créatures ou des moyens de transport inconcevables pour nous ? Au cours des trente premiers mètres, nous passâmes sous trois vides ménagés dans le plafond de la galerie. Quand je levai ma torche, je vis des blocs de granit noir au-dessus. À quoi servaient ces poches dans le plafond ?

Nous continuâmes notre descente. Au bout d'un moment, les blocs taillés par l'homme laissèrent la place à des murs lisses en calcaire. Nous étions passés sous la base de la pyramide et entrions dans le soubassement du plateau en calcaire sur lequel elle reposait. Nous descendîmes de plus en plus profondément dans les entrailles de la terre, bien en dessous du passage que j'avais exploré avec Jomard et Napoléon. La galerie se mit à décrire des méandres. Un souffle d'air fit vaciller la fumée de la torche. Il régnait une odeur de poussière minérale.

Soudain le passage devint horizontal et la galerie se transforma en un tunnel si bas que nous dûmes marcher à quatre pattes. Puis il s'élargit. Nous nous mîmes debout et levâmes la torche : nous nous trouvions dans une grotte de calcaire. Un sillon creusé dans la pierre indiquait que de l'eau avait jadis coulé là. Au-dessus, très haut, on distinguait des souches de stalactites. Le plafond était l'œuvre de la nature, mais les murs avaient été taillés pour les rendre lisses, et ils étaient couverts de hiéroglyphes et de dessins. Mais là encore, nous ne pouvions rien déchiffrer. Les sculptures représentaient des créatures trapues enchevêtrées qui obstruaient des passages tortueux remplis de langues de feu et de mares profondes.

« Les Enfers », chuchota Astiza.

Le long des murs, telles des sentinelles rassurantes et protectrices, se dressaient des statues de dieux et de pharaons, le visage fier, le regard serein, les lèvres épaisses, les muscles bien dessinés. Des cobras sculptés indiquaient les portes. Une rangée de babouins formait une moulure en couronne près du plafond en pierre. Une statue de Thot à la tête d'ibis flanquait la porte la plus éloignée, son bec levé comme la plume de roseau qu'il soulevait de la main droite, tandis que, de la gauche, il soulevait une balance pour peser le cœur humain.

« Mon Dieu, quel est cet endroit ? » murmurai-je.

Astiza ne me quittait pas d'une semelle, toute tremblante dans ses loques diaphanes en raison de la fraîcheur qui régnait dans la caverne. « Je crois que ceci est la vraie tombe. Plutôt que cette chambre vide dans la pyramide que tu m'as décrite. Les récits d'Hérodote, selon lesquels le véritable caveau se trouve sous la pyramide, sont peut-être véridiques. »

Je l'entourai de mon bras. « Dans ce cas, pourquoi construire toute une montagne au-dessus ?

— Pour la cacher, marquer son emplacement, la sceller, pour tromper l'ennemi, avança-t-elle. Ainsi, la tombe demeurerait cachée pour toujours, et l'on pouvait également dissimuler autre chose à l'intérieur. Les Anciens voulaient peut-être pouvoir retrouver l'emplacement de la caverne en le signalant avec quelque chose de si énorme qu'il ne puisse jamais disparaître : la Grande Pyramide.

— Parce que la caverne était le véritable lieu de repos du pharaon ?

— Ou quelque chose de plus important encore. »

Je regardai la statue à tête d'ibis. « Tu veux dire, ce trésor que tout le monde cherche, le livre magique renfermant tout le savoir, le Livre de Thot.

— Il se peut fort bien que nous le trouvions ici.

— Il ne nous restera plus alors qu'à retrouver le chemin de la sortie ! » m'exclamai-je en éclatant de rire.

Elle regarda le plafond. « Penses-tu que les Anciens aient aménagé eux-mêmes cet espace ?

— Non. Notre géologue, Dolomieu, a dit que le calcaire se creusait sous l'effet de l'eau, et nous savons que le Nil est proche. À un moment, dans le passé, le fleuve, ou un affluent, a probablement coulé à travers ce plateau. Il est peut-être truffé de cavités comme un nid d'abeilles. Quand les Égyptiens ont découvert cela, ils ont su qu'ils disposaient désormais de la cachette idéale – à condition qu'elle puisse rester secrète. Je crois que tu as raison. Si tu construis une pyramide, tu peux être certain que tout le monde la regardera, pas ce qui est en dessous. »

Elle me prit le bras. « Les galeries que Bonaparte a explorées étaient peut-être destinées à convaincre les travailleurs ordinaires et les architectes que le pharaon allait être enterré là-haut.

— Puis un autre groupe a construit la galerie que nous venons d'emprunter et gravé ces inscriptions. Ils sont venus jusqu'ici et en sont repartis, non ? »

J'essayai de paraître persuadé par mes propres paroles.

Astiza montra quelque chose du doigt. « Non. Ils sont restés ici. »

Devant nous, dans la pénombre, juste derrière les pieds de Thot, je distinguai un tapis d'os et de crânes, qui remplissait la caverne de part en part. Autant de sourires figés dans la mort et d'orbites creuses. Terrifiés, nous nous approchâmes pour les examiner. Des centaines de corps étaient allongés soigneusement en rang. Aucun ne portait de blessure infligée par une arme.

« Des esclaves et des prêtres, dit-elle, qui furent empoisonnés, ou ont eu la gorge tranchée, pour s'assurer qu'ils ne divulgueraient pas les secrets à l'extérieur. Cette tombe fut leur dernier ouvrage. »

Je touchai un crâne du bout du pied. « Espérons que ce ne sera pas la nôtre aussi. Viens, je sens une odeur d'eau. »

Nous nous frayâmes tant bien que mal un chemin à travers la chambre des squelettes et arrivâmes dans une autre salle avec une fosse au milieu. Une margelle entourait le trou et, quand nous nous penchâmes avec précaution au-dessus, la lumière de nos torches se refléta dans l'eau. C'était un puits. Un axe doré, identique à celui que nous avions vu en entrant dans la pyramide, en sortait et rejoignait un trou étroit dans le plafond. Était-ce le même ? Notre chemin aurait pu zigzaguer pour nous faire arriver directement sous l'entrée secrète, et cet axe pouvait parfaitement être celui qui contrôlait le poids du bloc de pierre qui nous avait permis d'entrer.

J'étendis le bras pour toucher l'axe. Il montait et descendait doucement, comme s'il flottait. Je regardai plus attentivement. L'axe s'élevait tout droit du fond du puits depuis un ballon flottant doré de la largeur d'un homme, et suivait le niveau de l'eau. Sur le côté du puits, une jauge était gravée dans la paroi. J'attrapai l'axe froid et glissant et le poussai. Le ballon dansa sur l'eau. « Le vieux Ben Franklin aurait adoré deviner à quoi cela sert.

— Les marques sont identiques à celles qui permettent de mesurer la montée des eaux du Nil, dit Astiza. Plus l'eau monte, meilleures seront les récoltes de l'année, et plus importants seront les impôts décidés par le pharaon. Mais, pourquoi mesurer ici ? »

De l'eau coulait quelque part devant nous.

« Ce puits doit être connecté à un affluent souterrain du Nil. Lorsque le fleuve est en crue, l'eau monte dans le puits et entraîne l'axe.

— Pour quoi faire ?

— C'est une porte qui s'ouvre selon les saisons, avançai-je. Une serrure temporisée. Souviens-toi que le calendrier pointait en direction du Verseau et de la date d'aujourd'hui, le 21 octobre. La porte en pierre par laquelle nous sommes entrés a été conçue pour pouvoir s'ouvrir seulement au moment où la crue serait à son apogée, et avec quelqu'un qui comprenne le secret du médaillon. Au fur et à mesure que la rivière monte, elle fait monter le globe, lequel pousse l'axe vers le haut. Il doit soulever un mécanisme au-dessus capable de supporter le poids du bloc de pierre, de telle façon que la porte puisse s'ouvrir à l'aide de la clé médaillon. Pendant la saison sèche, la caverne reste hermétiquement fermée.

— Mais pourquoi ne peut-on entrer qu'au moment où le Nil est haut ? »

Je secouai l'axe, quelque peu inquiet. « Bonne question. »

Nous continuâmes. La caverne serpentait tellement maintenant que j'avais perdu tout sens de la direction. Nos premières torches étant presque entièrement consumées, nous allumâmes les suivantes. Normalement, je ne crains pas les espaces confinés mais, là, je me sentais enterré. C'était bel et bien les Enfers d'Osiris ! Puis nous débouchâmes dans une grande salle, plus vaste que tout ce que nous avions vu jusqu'à présent, une chambre souterraine si étendue que nos torches ne pouvaient pas l'éclairer jusqu'au fond. En revanche, elles dessinaient un chemin parfait sur une eau noire.

Nous nous trouvions au bord d'un lac souterrain, opaque et immobile, sous un plafond en pierre. Au centre, sur une petite île, se dressait un pavillon en marbre, constitué de quatre piliers et d'un toit. Tout autour, des statues et des coffres étaient entassés, ainsi qu'une masse de petits objets qui brillaient de mille feux, malgré la distance.

« Un trésor. »

J'essayai de paraître désinvolte, mais ma voix était rauque.

« C'est exactement comme l'avait décrit Hérodote, souffla Astiza, incrédule. Le lac, l'île – c'est ici le véritable lieu de repos de Pharaon. Resté secret, jamais pillé. Quel privilège de pouvoir voir cela !

— Nous sommes riches », ajoutai-je.

La spiritualité n'avait pas encore pris le pas sur ma cupidité naturelle. Je ne suis pas fier de mes instincts mercantiles, mais Dieu sait qu'après l'enfer vécu ces derniers mois un peu d'argent ne serait qu'une juste compensation. J'étais aussi fasciné par ces richesses que je l'avais été par celles rassemblées dans la cale de *L'Orient*. Leur valeur historique ne m'effleurait même pas. Mon seul désir était d'arriver jusqu'au butin, de l'empaqueter, de m'extraire de ce sépulcre et d'échapper à l'armée française.

Astiza me serra la main. « C'est de cela dont parlaient les légendes, Ethan. La connaissance éternelle, si puissante qu'elle devait rester cachée en attendant que les hommes et les femmes soient devenus suffisamment sages pour en faire bon usage. J'imagine que nous allons le trouver dans ce petit temple.

— Trouver quoi ? »

J'étais obnubilé par le reflet de l'or.

« Le Livre de Thot. La vérité essentielle de l'existence.

— Ah, oui ! Et nous sommes prêts à connaître ses réponses ?

— Jusqu'à ce que nous le soyons, nous devons le protéger des hérétiques comme le rite égyptien. »

Je touchai l'eau de la pointe de ma botte. « Dommage que nous ne connaissions pas un sortilège nous permettant de marcher sur l'eau, la baignade risque d'être glaciale.

— Non, regarde. Il y a une barque pour emmener Pharaon au ciel. »

Posé sur un berceau de pierre près du lac, se trouvait un bateau blanc, étroit et gracieux, aussi élégant qu'une goélette, avec la proue et la poupe surélevées, comme dans les peintures sur les murs des temples, et juste assez grand pour nous deux, avec une rame dorée pour se diriger. Il n'était pas en bois, ce qui lui avait évité de pourrir, mais en albâtre évidé, avec des membrures et un banc de nage en or. La pierre parfaitement polie était translucide, sa surface veloutée.

« La pierre flotte ?

— Un pot aux parois minces peut flotter », dit-elle.

Maniant l'embarcation avec précaution, nous la descendîmes sur l'eau opaque. Des ondulations se déployèrent sur le lac lisse comme un miroir.

« Penses-tu qu'il y ait des créatures vivantes dans cette eau ? » demandai-je, inquiet.

Elle monta à bord. « Je te le dirai quand nous serons de l'autre côté. »

Je montai à bord de ce bateau fragile comme du verre et nous éloignai du bord avec le bâton de Ben Sadr. Puis nous glissâmes vers l'île à la rame, tout en scrutant l'eau à la recherche d'éventuels monstres.

Cette courte distance parcourue, le temple se révéla encore plus petit qu'à première vue. Nous abordâmes et descendîmes à terre, pressés de découvrir ce que pouvait être le magot d'un pharaon. Sa somptuosité nous laissa bouche bée. Un chariot en or avec des lances en argent, un ensemble de meubles polis, incrustés d'ébène et de jade, des coffres en cèdre, des armures serties de pierres précieuses, des dieux à tête de chien et des jarres d'huile et d'épices. L'ensemble étincelait d'émeraudes et de rubis, avec également des turquoises, du feldspath, du jaspe, de la cornaline, de la malachite, de l'ambre, du corail et du lapis-lazuli. Il y avait un sarcophage massif en granit rouge, avec un couvercle de pierre qui devait nécessiter une douzaine d'hommes pour le soulever. Y avait-il quelqu'un à l'intérieur ? Cela ne m'intéressait pas de le savoir. Fouiller dans la tombe d'un pharaon ne me disait rien. Je préférais me servir dans le trésor.

Astiza, en revanche, ne semblait pas s'intéresser à tout cela. Elle regarda à peine les bijoux spectaculaires, les robes exquises, les vases canopes ou les assiettes en or. Elle remonta une allée tapissée d'argent menant au petit temple dont les piliers étaient sculptés de têtes de babouins représentant le dieu Thot. On aurait dit qu'elle était en transe. Je la suivis.

Une table en marbre se dressait sous le plafond en marbre. Dessus, une boîte de granit rouge ouverte d'un côté, avec, à l'intérieur, un cube en or avec des portes en or. Tout cela pour un livre ou, plus précisément, des rouleaux de parchemin ? Je tirai la petite poignée de la porte. Elle s'ouvrit comme si elle avait été graissée.

Je mis la main à l'intérieur… Et ne trouvai rien.

Je fouillai partout sans rencontrer autre chose que des parois en or, parfaitement lisses.

« Autant pour la sagesse, grommelai-je.

— Il n'est pas là ?

— Les Égyptiens n'avaient pas plus de réponses que nous. Ce n'est qu'un mythe, Astiza. »

Elle était abasourdie. « Alors pourquoi ce temple ? Pourquoi cette boîte ? Pourquoi ces légendes ? »

Je haussai les épaules. « Peut-être la bibliothèque était-elle la chose la plus facile. Sans doute n'ont-ils jamais pu écrire le livre. »

Elle jeta un regard méfiant tout autour. « Non. Il a été volé.

— Je crois qu'il n'a jamais été ici. »

Elle secoua la tête. « Non. Ils n'auraient pas construit ce coffre en granit et en or pour rien. Quelqu'un est déjà venu ici. Quelqu'un d'un rang supérieur, sachant comment entrer ici, et suffisamment exalté et orgueilleux pour ne pas respecter la pyramide.

— Et ne pas prendre tout cet or ?

— Ce prophète n'avait que faire de l'or. Il s'intéressait au monde futur et non à celui-ci. D'ailleurs, l'or n'est rien comparé à la puissance de ce livre.

— Un livre de magie.

— De puissance, de sagesse, de grâce et de sérénité. Un livre de mort et de renaissance. Un livre de bonheur. Un livre qui a permis à l'Égypte de devenir la plus grande nation du monde, avant de permettre à un autre peuple d'étendre son influence sur le monde.

— Quel autre peuple ? Qui l'a pris ? »

Elle montra quelque chose du doigt. « Il a laissé son signalement derrière lui. »

Là, appuyé dans un coin du temple de marbre, j'aperçus une houlette, autrement dit un bâton de berger, avec l'extrémité incurvée qui permettait d'attraper un mouton par le cou. Son bois paraissait merveilleusement conservé. Contrairement à une houlette normale, elle était remarquablement polie et sculptée avec goût, avec un ange ailé sur le bout incurvé et une tête de serpent émoussée sur l'autre. Au milieu, deux chérubins dorés, les ailes déployées l'un vers l'autre, fixés par une attache sur le bâton. Cela restait, malgré tout, un objet modeste, au milieu de tous ces trésors ayant appartenu à un pharaon.

« De quoi diable s'agit-il ?

— De la canne du magicien le plus célèbre de l'histoire, dit Astiza.

— Magicien ?

— Le prince d'Égypte qui devint un libérateur. »

Je la regardai fixement. « Tu veux dire que Moïse est venu ici ?

— Cela ne tombe pas sous le sens ?

— Non. C'est impossible.

— Vraiment ? Un criminel en fuite, qui a reçu la parole de Dieu, surgit du désert avec pour mission impérative de mener les esclaves hébreux vers la liberté. Et voilà que soudain il a le pouvoir de faire des miracles – un don qu'il n'avait jamais montré précédemment !

— Un pouvoir donné par Dieu.

— Vraiment ? Ou par les dieux, sous couvert d'un seul grand Dieu ?

— Il combattait les dieux égyptiens, les fausses idoles.

— Ethan, c'était des hommes se battant contre des hommes. »

Je croyais entendre un maudit révolutionnaire français. Ou bien Ben Franklin.

« Le sauveur de son peuple ne s'est pas contenté d'emmener les esclaves hébreux et de détruire l'armée de Pharaon, continua Astiza. Il a pris le plus puissant talisman du monde, si puissant que ces esclaves migrants ont eu le pouvoir de conquérir la Terre promise.

— Un livre.

— Un dépositaire de sagesse. Des recettes de pouvoir. Quand les Juifs sont arrivés à leur Terre promise, leurs armées ont balayé tous les obstacles devant eux. Moïse a trouvé de la nourriture, a guéri les malades et a balayé les blasphémateurs. Il a vécu plus vieux que la normale. Quelque chose a permis aux Hébreux de survivre dans des contrées sauvages pendant quarante ans. C'était ce livre. »

Une nouvelle fois, je dus faire un effort pour me remémorer les vieilles histoires de la Bible. Moïse, le fils d'une esclave juive, avait été sauvé par une princesse, élevé comme un prince et, dans un accès de colère, il avait tué un Égyptien qui persécutait les esclaves hébreux. Il s'était enfui, pour revenir des dizaines d'années plus tard. Et quand Pharaon avait refusé de laisser partir son peuple, Moïse avait fait s'abattre dix plaies sur l'Égypte. Quand Pharaon perdit son fils aîné au cours de la dixième calamité, la pire, il céda enfin et libéra les Hébreux de leur servitude. Cela aurait dû mettre un terme à tout, si Pharaon n'avait pas changé à nouveau d'avis et lancé six cents chars à la poursuite de Moïse et des Hébreux. Moïse ne s'était pas contenté d'emmener les esclaves hébreux. Il avait pris ce qui était au cœur de la puissance égyptienne, son plus grand secret, son bien le plus redouté. Il l'avait pris et…

Avait séparé les flots.

Avait-il emporté ce livre de pouvoir jusqu'au temple de Salomon, dont on dit qu'il a été bâti par les ancêtres de mes francs-maçons ?

« Impossible. Comment a-t-il pu entrer ici et en ressortir ?

— Il est venu voir Pharaon peu de temps avant que le Nil atteigne son apogée, dit Astiza. Tu ne comprends pas, Ethan ? Moïse était un prince égyptien. Il connaissait les secrets sacrés. Il savait comment entrer et sortir d'ici, chose que personne d'autre n'avait jamais osé faire. Cette année-là, l'Égypte n'a pas seulement perdu un peuple d'esclaves, un pharaon et une armée. Elle a perdu son cœur, son âme, sa sagesse, au profit d'une tribu nomade qui, quarante ans après, les a emportés…

— En Israël. »

Je m'assis sur le piédestal vide, la tête me tournait.

« Et Moïse, voleur autant que prophète, ne fut jamais autorisé par son propre Dieu à gagner la Terre promise. Peut-être se sentait-il coupable d'avoir mis en œuvre ce qui aurait dû rester caché. »

Je regardais dans le vague. Ce livre, ou ce rouleau, avait disparu depuis trois mille ans. Silano et moi étions à la recherche d'un coffre vide.

« Nous n'avons pas cherché au bon endroit.

— Il peut avoir fait partie de l'Arche, dit-elle, tout excitée, comme les tablettes des dix commandements.

Le savoir et la puissance qui ont permis la construction des pyramides sont passés aux mains des Juifs qui, d'un peuple obscur, sont devenus des tribus à l'origine de trois grandes religions ! Cela a pu les aider à faire tomber les murs de Jéricho !

Mon esprit était complètement embrouillé. Nous nagions en pleine hérésie !

« Mais pourquoi les Égyptiens auraient-ils enfoui un tel livre ?

— Le savoir comporte toujours un risque en même temps que sa part de récompense. Il peut être utilisé autant pour le bien que pour le mal. Selon nos légendes, les secrets de l'Égypte sont venus de l'autre côté de la mer, d'un peuple déjà oublié au moment de la construction des pyramides, et Thot comprit qu'un tel savoir devait être sauvegardé. Les hommes sont des créatures mues par leurs émotions, plus intelligentes que sages. Peut-être les Hébreux en avaient-ils déjà conscience, puisque le livre a disparu. Peut-être se sont-ils aperçus qu'utiliser le Livre de Thot était une folie dangereuse. »

Évidemment, je n'en croyais rien. Ce mélange de dieux était un blasphème manifeste. Sans compter que je suis un homme moderne, un homme de science, un sceptique américain coulé dans le moule de Franklin. Et pourtant, comment ignorer une quelconque force divine derrière toutes les merveilles du monde ? Notre époque révolutionnaire n'aurait-elle pas oublié un chapitre de l'histoire de l'humanité ?

À cet instant, une détonation retentit, suivie par un long roulement de tonnerre, puis un courant d'air. La caverne trembla sous le coup de l'explosion.

Silano avait trouvé sa poudre à canon.

Tandis que le son résonnait encore à travers la chambre souterraine, je me levai du piédestal.

« Tu n'as pas répondu à mon autre question. Comment Moïse a-t-il fait pour sortir ? »

Elle sourit. « Peut-être n'a-t-il pas refermé la porte par où nous sommes entrés, et a repris le même chemin. Ou bien, ce qui est plus probable, il existe une autre entrée. Le médaillon indique plusieurs galeries, une à l'ouest et l'autre à l'est. Il a pu refermer la porte occidentale derrière lui et sortir par l'est. La bonne nouvelle est que nous savons qu'il l'a fait. Nous avons trouvé comment entrer, Ethan. Nous trouverons aussi comment sortir. Quittons d'abord cette île.

— Pas avant que je ne me sois servi.

— Nous n'avons pas le temps !

— Une infime partie de ce trésor nous permettra d'acheter tout le temps du monde. »

Je n'avais ni sacoche ni sac à dos. Comment décrire la rançon de roi que j'essayai d'emporter ? J'enroulai assez de colliers autour de mon cou pour me faire mal au dos, et enfilai assez de bracelets pour combler une prostituée babylonienne. Je me ceinturai d'or, attachai des bracelets autour de mes chevilles et fourrai même les chérubins de Moïse dans mon caleçon. Malgré cela, le trésor paraissait toujours intact. Astiza, au contraire, ne toucha à rien.

« Voler les morts équivaut à voler les vivants, protesta-t-elle.

— Sauf que les morts n'en ont plus besoin », rétorquai-je, partagé entre la honte que me procurait ma cupidité d'Occidental et mon instinct d'entrepreneur qui m'incitait à profiter de cette occasion unique. « Une fois dehors, nous aurons besoin d'argent pour continuer à chercher ce livre, insistai-je. Pour l'amour du ciel, enfile au moins une bague ou deux.

— Cela porte malheur. Les gens qui pillent les tombes meurent très vite après.

— Cela compensera tout ce que nous avons subi.

— Ethan, je crains une malédiction.

— Les savants ne croient pas aux malédictions et les Américains croient qu'il faut saisir toutes les occasions qui se présentent. Je ne pars pas avant que tu aies pris quelque chose pour toi. »

Elle enfila une bague avec la même délectation qu'une esclave mettant ses fers. Je savais qu'elle finirait par se rallier à mon avis quand nous serions sortis de ces catacombes. Cette bague, sertie d'un rubis de la taille d'une cerise, équivalait au revenu de toute une vie. Nous sautâmes dans le bateau et regagnâmes rapidement la rive principale à la rame. Arrivés à terre, nous perçûmes des tremblements dans la grande structure au-dessus de nous, ainsi qu'un grincement continu probablement consécutif à l'explosion. Pourvu que cet imbécile de Silano n'ait pas utilisé assez de poudre à canon pour faire s'effondrer le plafond.

« Si le tonnelet de poudre à canon a rempli son office, Ben Sadr et ses assassins devraient prendre le même chemin que nous, dis-je. Mais le *V* du médaillon désignant les deux galeries, l'autre sortie devrait s'effectuer par la galerie est. Avec un peu de chance, nous pourrons sortir par là, refermer la porte est, et être très loin avant que ces scélérats ne comprennent par où nous sommes passés.

— Ils risquent aussi d'être fascinés par le trésor, prédit Astiza.

— Tant mieux. »

Le grincement inquiétant continuait, doublé d'un sifflement, comme si un torrent de sable se déversait. L'explosion aurait-elle déclenché un quelconque mécanisme ancien ? Le monument semblait vivant et il donnait le sentiment de désapprouver toutes ces intrusions. J'entendis, au loin, les cris des sbires de Silano qui descendaient vers nous.

Le bâton de Ben Sadr à la main, je guidai Astiza vers un portail du côté est du lac. Il donnait sur deux galeries, l'une descendante, l'autre ascendante. Nous prîmes le chemin montant. Bientôt, nous arrivâmes devant une galerie ascendante, à l'opposé de celle par laquelle nous étions descendus. La pente de cette galerie était la même et elle paraissait viser la face est de la pyramide. Mais plus nous montions, plus le sifflement et le grincement s'intensifiaient.

« L'air semble plus lourd », remarquai-je avec inquiétude.

Nous comprîmes bientôt pourquoi. Les cavités que j'avais observées dans la galerie occidentale se répétaient ici. De chacune d'entre elles descendait un bouchon en granit, telle la molaire sombre d'une gencive de pierre. Ils glissaient lentement vers le bas afin de bloquer le passage et prévenir toute possibilité de sortie. Le premier fut suivi par un deuxième, puis un troisième. Quelque part dans la machinerie de la pyramide, du sable devait faire office de contrepoids pour remettre les pierres en place. Mais les dégâts provoqués par Silano avaient dû occasionner sa fuite. Les blocs faisant office de portes devaient également être en train de bloquer le tunnel par où nous étions entrés. Nous risquions de nous retrouver immobilisés ici avec la bande de Ben Sadr.

« Dépêche-toi ! Nous arriverons peut-être à nous glisser en dessous avant qu'ils se referment entièrement. »

Astiza me retint. « Non ! Tu vas te faire écraser ! »

Je m'efforçai de me dégager, tout en sachant parfaitement qu'elle avait raison. Même si je réussissais à franchir le premier, et celui d'après, le troisième m'écraserait sûrement, ou, pire encore, m'emprisonnerait pour l'éternité entre lui et le deuxième.

« Il doit y avoir un autre chemin, dis-je, plus par espoir que par conviction.

— Le médaillon n'indique que deux galeries. »

Elle me tira en arrière par mes parures comme on retient un chien par son collier. « Je t'avais prévenu que tout cela portait malheur.

— Non. Il reste la galerie descendante que nous n'avons pas empruntée. Ils ne l'auraient pas bouchée définitivement. »

Nous revînmes en hâte sur nos pas et débouchâmes une nouvelle fois sur le lac souterrain avec son île. En approchant, nous aperçûmes une lueur et bientôt nous eûmes la confirmation que le pire était arrivé. Plusieurs Arabes avaient pris pied sur l'île d'or et d'argent et poussaient des cris de joie comme je l'avais fait, tout en se disputant les plus belles pièces. Puis ils virent nos torches.

« L'Américain ! cria Ben Sadr, dont la voix résonna sur l'eau. Celui qui le tue aura double part ! Et double encore pour celui qui m'apporte la femme ! »

Où était Silano ?

Je ne pus m'empêcher de brandir son bâton en direction du maudit bâtard, comme on agite une cape devant un taureau.

Ben Sadr et deux de ses hommes sautèrent dans le petit bateau d'albâtre, au risque de le faire chavirer, mais cette impulsion le fit dériver dans notre direction. Les trois autres sautèrent dans l'eau froide et se mirent à nager.

N'ayant plus d'autre choix, nous nous mîmes à courir dans la galerie descendante. Elle semblait mener vers l'est, mais descendait plus profondément en tout cas dans le soubassement de calcaire. Je redoutais un cul-de-sac, comme pour la galerie descendante que nous avions explorée avec Napoléon. Mais tout à coup, un nouveau bruit se fit entendre, de plus en plus fort : c'était le rugissement rauque d'une rivière souterraine.

Peut-être allions-nous pouvoir sortir par là !

Nous débouchâmes alors dans un endroit digne de Dante. Le tunnel aboutit sur une plate-forme en pierre qui s'étendait jusqu'à une nouvelle caverne, celle-ci faiblement éclairée par une lueur rouge. Cette lumière, semblable à un amas de braises, provenait d'une fosse dont on ne pouvait pas distinguer le fond et qui dégageait de la vapeur. C'était un éclairage surnaturel, à la fois faible et éminemment vivant, comme les entrailles des Enfers. De la pierraille et du sable tapissaient les parois de la fosse en direction de la lumière. Quelque chose de mystérieux bougeait en bas, lourd et épais. Un pont de pierre en arc de cercle, fissuré, grêlé, et sans garde-fou, franchissait la fosse. Il était recouvert d'émail bleu avec des étoiles jaunes, comme un plafond de temple renversé. Un faux pas, et plus jamais on ne sortirait de la fosse.

À l'extrémité de cette salle, le pont débouchait sur des marches de granit, mouillées et luisantes. De l'eau coulait dessus et se déversait dans la fosse, ce qui était probablement à l'origine de la vapeur. Je perçus le grondement d'une rivière du côté des marches. Ce devait être une dérivation souterraine du Nil se précipitant dans un canal traversant la salle dans son extrémité, à la façon d'un canal d'irrigation. Le canal devait se trouver en hauteur par rapport à l'escalier, plus haut que la plate-forme sur laquelle nous nous trouvions, et il était tellement plein que l'eau débordait.

« Voilà notre sortie, dis-je. Il ne nous reste plus qu'à arriver là-bas les premiers. »

Quand j'empruntai le pont, les Arabes arrivaient derrière nous.

Mais soudain, un bloc décoré d'une étoile céda et ma jambe passa par le trou. Je faillis être précipité dans la fosse. Par chance, je pus me rattraper au bord du pont et reprendre mon équilibre. Le bloc s'écrasa au fond dans un grand fracas. Je regardai en bas la masse rougeoyante. Qu'est-ce qui pouvait bien remuer ainsi ?

« Par tous les madriers de Ticonderoga, je crois bien qu'il y a des serpents en bas, dis-je tout tremblant, en me hissant sur le pont. »

Au même moment, j'entendis les cris des Arabes qui se rapprochaient.

« C'est une épreuve, Ethan, destinée à punir ceux qui entrent ici ignorants. Ce pont a quelque chose d'anormal.

— Apparemment.

— Pourquoi avoir peint le ciel sur le dessus du pont ? Parce qu'ici le monde est à l'envers, parce que… le disque du médaillon ! Où est-il ? »

Après qu'Astiza l'eut récupéré en bas de la pyramide, je l'avais enfoui dans ma robe, en guise de souvenir, après tous ces ennuis. Je le ressortis et le lui donnai.

« Regarde, dit-elle, la constellation de Dracon. Ce n'est pas seulement l'étoile du nord, Ethan. Elle décrit le chemin que nous devons suivre. »

Sans me laisser le temps de dire quoi que ce soit, elle sauta en passant devant moi sur une pierre de l'arche.

« Il faut se limiter aux étoiles qui font partie de la constellation !

— Attends ! Tu pourrais te tromper ! »

Un tir de mousqueton retentit, une balle siffla dans la salle et ricocha sur le mur. Ben Sadr arrivait à grande allure.

« Avons-nous le choix ? »

Je suivis Astiza en m'aidant du bâton de Ben Sadr.

Nous venions à peine de commencer la traversée quand les Arabes surgirent du tunnel et s'arrêtèrent, comme nous l'avions fait, au bord de la fosse, impressionnés par l'aspect menaçant de l'endroit. Puis l'un d'eux se précipita en avant.

« Je tiens la femme ! »

Mais à peine avait-il fait quelques mètres qu'un autre bloc portant une étoile se détacha, et il tomba, stupéfait, sans avoir autant de chance que moi. Il heurta le pont de la poitrine, rebondit en poussant un cri, cherchant vainement à se raccrocher au bord, avant de tomber dans le vide le long des parois de la fosse et de disparaître dans les profondeurs sous une pluie de pierres. Les Arabes s'approchèrent du bord de la plateforme pour regarder. Quelque chose bougeait en bas, rapidement maintenant, et les cris de la victime furent étouffés.

« Attendez ! dit Ben Sadr. Ne tirez pas sur eux ! Vous voyez ? Nous devons marcher sur les mêmes endroits qu'eux ! »

Il me regardait avec autant d'attention que moi je regardais Astiza. Puis il sauta et atterrit sur l'endroit que je venais de quitter. Le pont demeura intact.

« Suivez-moi ! »

Nous nous livrâmes alors à une danse bizarre et saccadée, mettant nos pas dans les pas d'Astiza. Un autre Arabe se trompa, un autre bloc se détacha et il tomba en hurlant. Nous suspendîmes notre course un instant.

« Non, non, par ici ! » cria Ben Sadr en désignant un bloc de pierre. C'est alors que le jeu mortel recommença.

Au milieu de la travée, on ne distinguait plus du tout le fond. Que représentait cette gorge volcanique ? Était-ce le saint des saints que la pyramide devait cacher ?

« Ethan, dépêche-toi », supplia Astiza.

Elle m'attendait pour s'assurer que je marche sur les bonnes pierres. Tant pis si cela donnait à Ben Sadr le temps de les repérer. Quand elle parvint enfin aux marches mouillées, elle titubait sous l'effet de la tension. J'effectuai un dernier saut et atterris sur l'étoile Polaire. Puis, en une seule enjambée, j'arrivai sur les marches et me retournai en brandissant le bâton serpent de Ben Sadr, prêt à le transpercer. Peut-être allait-il commettre une erreur !

Mais non, il progressait implacablement, le regard brûlant.

« Tu ne peux plus t'enfuir, l'Américain. Rends-moi mon bâton et je t'épargnerai le temps que tu puisses nous regarder prendre la femme. »

Il n'était plus qu'à quelques pas, avec ses trois derniers hommes collés à lui. S'ils se précipitaient sur moi, tout était fini.

L'Arabe s'arrêta. « Tu as l'intention de te rendre ?

— Va au diable !

— Dans ce cas, abattez-le tout de suite, ordonna Ben Sadr. Je me rappelle parfaitement quelles sont les dernières étoiles sur lesquelles marcher. »

Les mousquetons et les pistolets me mirent en joue.

« Attrape », dis-je.

Je lançai le bâton en l'air assez haut, mais de façon qu'il puisse l'attraper. Ses yeux brillaient. Il tendit le bras instinctivement, se pencha et saisit le bâton avec agilité. Mais ce faisant, il déplaça son pied gauche pour garder son équilibre.

Une clé de voûte céda, au bout du pont.

Les Arabes s'immobilisèrent, l'oreille aux aguets, pendant qu'elle rebondissait le long des parois et allait s'écraser au fond de la fosse.

Puis on entendit un grondement, un bruit de pierre en train de se fendre. Nous regardâmes tous en bas. Le bloc qui venait de tomber avait entraîné l'effondrement total de la construction. À mesure que les blocs tombaient, le pont n'était plus relié aux marches de granit. Bientôt, l'extrémité commença à plonger inexorablement dans la fosse. Ben Sadr avait commis un faux pas fatal. Ses hommes de main se mirent à crier et, dans leur précipitation pour retourner d'où ils venaient, ils ne regardèrent pas où ils posaient les pieds. D'autres blocs se détachèrent.

Ben Sadr sauta pour atteindre les marches mouillées.

Sans son bâton, il aurait pu réussir, ou tout au moins s'agripper à moi et m'entraîner dans sa chute. Mais il retint son arme favorite trop longtemps. Son bras blessé était encore faible. Sa main glissa sur le rocher et il commença à s'enfoncer dans le gouffre, en essayant de se retenir, ainsi que son bâton. Il finit par lâcher prise juste à temps pour s'agripper à une saillie de pierre et arrêter sa chute. Le bâton disparut. Ben Sadr était suspendu au-dessus du précipice, le nez sur une coulée d'eau qui allait se dissoudre en vapeur. Il donnait des coups de pied dans tous les sens. De leur côté, ses compagnons hurlaient de terreur et se débattaient, emportés par le pont qui s'enfonçait dans un grand fracas en direction de l'enfer. Je les regardai disparaître dans la vapeur.

Ben Sadr s'accrochait avec acharnement, regardant Astiza de ses yeux emplis de haine.

« J'aurais dû mettre cette putain en pièces, comme j'ai fait pour celle de Paris ! » cria-t-il.

Je sortis mon tomahawk et rampai en direction de ses doigts.

« Voilà pour Talma, Énoch et Minette, et tous les autres innocents que tu retrouveras de l'autre côté. »

Je levai la hachette.

Il me cracha au visage.

« Je t'attendrai là-bas. »

Puis il lâcha prise.

Il glissa le long de la paroi de la fosse, heurta un tas de sable et tomba sans bruit dans le brouillard rouge pâle au fond. Quelques petites pierres dévalèrent la pente à sa suite. Puis le silence retomba.

« Il est mort ? » chuchota Astiza.

Tout était si tranquille que je craignis qu'il n'eût trouvé un moyen de remonter. Je regardai par-dessus le bord. Quelque chose bougeait en bas ; pendant un moment, nous n'entendîmes rien d'autre que le rugissement de l'eau en haut des marches. Puis des cris nous parvinrent, faibles au début.

J'avais entendu assez de cris à la bataille et parmi les blessés. Mais ceux-là étaient différents, c'était des hurlements d'un autre monde, provoqués par une terreur extrême. Mon estomac se serra en pensant à ce qui pouvait le provoquer.

Les hurlements continuaient de plus belle, de plus en plus aigus. Il n'y avait aucun doute, c'était bien la voix d'Ahmed Ben Sadr. Malgré mon hostilité envers l'homme, je frissonnai. Il subissait la terreur réservée aux damnés.

« Apophis, dit Astiza. Le dieu serpent de l'au-delà. Le voilà en face de celui qu'il a vénéré.

— C'est un mythe.

— Vraiment ? »

Après ce qui me parut une éternité, les cris se transformèrent en borborygmes. Puis ils cessèrent. Nous étions seuls.

Je tremblais de terreur et de froid. Nous nous serrâmes l'un contre l'autre. Il était maintenant impossible de revenir sur nos pas, et notre unique source de lumière était désormais la lueur rouge de la fosse. À la fin, nous empruntâmes les marches mouillées. L'eau qui coulait avait l'odeur du Nil. À quelles épreuves infernales serions-nous soumis encore ? Je n'avais plus l'énergie – la volonté, comme aurait dit Napoléon – de continuer encore longtemps.

Un caniveau traversait le haut des marches. L'eau du Nil coulait par une ouverture en forme de tuyau dans le mur de la caverne et remplissait le chenal à ras bord, puis disparaissait dans un autre tunnel au bout de l'escalier. Le courant était si fort qu'il était impossible de le remonter. La seule solution était de le suivre et d'emprunter un égout souterrain.

Mais d'après ce que je voyais, nous n'aurions pas d'air.

« Je ne pense pas que Moïse ait pris ce chemin. »

24

« Moïse était un prince égyptien qui savait comment cette salle avait été construite, dit Astiza. Il n'a pas déclenché les bouchons de granit comme cet imbécile de Silano. Il est parti par une des galeries.

— Le niveau de l'eau étant bas, ce chenal pourrait nous permettre de nous échapper. Mais quand il est haut, au moment où la porte de la pyramide peut s'ouvrir, il est plein à ras bord. Il n'y a pas d'air. Une fois entré, il faut trouver la bonne sortie, sinon le piège se referme sur vous.

— Dans ce cas, pourquoi avoir prévu un pont qui met à l'épreuve votre connaissance de la constellation ? demanda Astiza. Sortir par ici doit être possible, mais seulement pour ceux qui en connaissent les périls. Peut-être était-ce la dernière échappatoire pour les architectes, au cas où ils se seraient laissé enfermer par erreur. Peut-être nous faut-il faire preuve de confiance pour sortir de là.

— Tu n'as quand même pas l'intention de passer par cet égout pour arriver jusqu'au Nil ?

— Est-ce pire que d'attendre une mort lente ici ? »

Elle savait aller à l'essentiel. Nous pouvions rester assis sur les marches mouillées pour l'éternité, à contempler le pont en ruine et les bouchons de granit au-dessus, ou bien nous risquer dans le canal. Peut-être Thot avait-il le sens de l'humour. Voilà à quoi j'en étais réduit, moi, un fugitif, avec mon médaillon usé et cassé : je m'étais fait devancer dans ma quête d'un livre légendaire par un prophète du désert quelque trois mille ans auparavant, j'étais épuisé, endolori, amoureux, et – si jamais j'arrivais à tirer parti de tout le métal autour de mon corps – incroyablement riche. C'est inouï ce que les voyages peuvent vous apporter.

« Mieux vaut mourir suffoqué que de faim, reconnus-je.

— Tu te noieras à coup sûr si tu ne te débarrasses pas de la plus grande partie de ce trésor.

— Tu veux rire ? À supposer que nous sautions dans ce canal, peut-être trouverons-nous plus loin une ouverture au-dessus de nous. Peut-être le Nil n'est-il pas si loin. Je ne suis pas venu jusque-là pour repartir sans rien.

— Qu'entends-tu par "rien" ? demanda-t-elle avec un sourire malicieux.

— Enfin, à part toi. »

Apparemment, nous formions désormais un couple ; c'est toujours le signe quand on commence à se reprendre.

« Je voulais seulement dire que c'est agréable d'avoir de l'argent pour se lancer dans le monde.

— Nous devons d'abord sauver le monde.

— Commençons par nous sauver nous-mêmes. »

Je regardai l'eau sombre qui coulait avec force. « Avant de nous lancer, je ferais bien de t'embrasser. Au cas où ce serait la dernière fois.

— Bonne précaution. »

Je m'exécutai alors. Mais elle s'employa si bien à me rendre la pareille que cela me donna des idées.

« Non. »

Elle me repoussa. « Ce sera ta récompense de l'autre côté. Aie confiance en moi, Ethan. »

Sur ces mots, elle se hissa au-dessus du muret et se laissa tomber dans le courant. En un instant, elle arriva à l'entrée du canal, là où l'eau montait jusqu'au plafond, prit une dernière bouffée d'air, baissa la tête et disparut.

Par les éperons de Paul Revere, cette femme avait du cran ! Par tous les grands diables, je n'allais pas rester seul dans cette tombe. Sans me donner le temps de philosopher, je plongeai à mon tour – mais au lieu de flotter comme un bouchon, je tombai au fond du canal comme un plomb.

À cause du trésor, évidemment.

J'étais aussi impuissant qu'un rat dans une tuyauterie ou une balle dans un canon. À bout de souffle, je tendis la main pour essayer de m'accrocher au plafond mouillé, mais ne pus l'atteindre. Je rebondissais sur le fond comme si j'avais été attaché à une ancre. Maudissant ma chance, ou plutôt ma stupidité, je me mis à arracher des pendentifs en or, à vider mes poches de toutes les pierres précieuses et à me débarrasser des bracelets. Partis la ceinture équivalant à une rançon de roi et le bracelet de cheville avec lequel j'aurais pu m'offrir un domaine à la campagne. J'égrenai les bagues comme des miettes. Chaque objet enlevé était perdu à tout jamais, enfoui dans la boue du Nil ou le ventre d'un crocodile. Mais au fur et à mesure, je commençais à flotter. Je remontai bientôt du fond et me laissai glisser le long de la paroi supérieure de ce conduit, les mains écorchées, espérant contre toute attente trouver une poche d'air car les poumons commençaient à me brûler. Ne respire pas ! criai-je dans mon for intérieur. Encore un instant. Et un instant encore...

Et encore.

Je me débattais pour me débarrasser de mes dernières richesses. L'ultime trésor disparut à son tour. Mes poumons étaient en feu, mes oreilles au bord de l'éclatement, et je ne voyais rien dans le noir. Je redoutais particulièrement de me cogner contre le corps inanimé d'Astiza, ce qui m'aurait causé un tel désespoir que j'aurais aspiré toute l'eau du Nil dans mes poumons. Au contraire, c'était la pensée de la retrouver à la sortie qui me donnait le courage de continuer. Aie confiance !

Dans un ultime geste désespéré, je levai le bras, m'attendant à toucher la roche mouillée... Il n'y avait rien !

Ma tête jaillit de l'eau au moment même où j'expirais. De l'air ! Tout était encore noir, mais j'inspirai à pleins poumons. Puis je me cognai une nouvelle fois contre le plafond et fus aspiré à nouveau dans ce boyau souterrain qui paraissait interminable, impitoyable. De l'air, de l'air, juste encore une bouffée. Dieu que j'avais mal. J'étais à bout de forces. Et soudain je me retrouvai en état d'apesanteur, projeté dans le néant, l'eau continuant à s'écouler sous moi. Je poussai un cri de surprise et de terreur et me retournai en tombant, l'estomac vidé, avant de m'écraser dans un bassin noir. Je remontai en crachant de l'eau et en clignant des yeux. Je me retrouvais dans une caverne de calcaire. Et je respirais librement ! Encore plus étonnant, je parvenais à distinguer quelque chose. Par quel moyen ? Ah, oui ! Une lumière provenait de l'extrémité de la caverne, venant de l'extérieur ! Je plongeai et me mis à nager de toutes mes forces.

Je ressortis au bord du Nil.

Astiza flottait sur le dos parmi des roseaux de papyrus et des fleurs de lotus, ses cheveux noirs étalés en éventail, ses vêtements mouillés transparents, son corps pâle. Était-elle morte noyée ?

Elle roula sur elle-même et se mit à nager en me regardant avec un grand sourire.

« Tu as renoncé à ta cupidité, et les dieux t'ont donné de l'air », dit-elle pour me taquiner.

Échange souffle contre richesses de Crésus. Thot avait effectivement le sens de l'humour.

Nous nous retrouvâmes à patauger dans une eau peu profonde entre les roseaux ; reposant sur le fond boueux, avec juste la tête hors de l'eau, nous nous demandâmes ce que nous devions faire ensuite. Une nuit entière s'était écoulée ; le soleil nous réchauffait le visage tandis que nous regardions le nuage de fumée au-dessus du Caire. On entendait des échanges de coups de fusil. La ville était toujours en effervescence et Bonaparte toujours déterminé à mettre fin à la révolte.

« Astiza, je crois avoir abusé de l'hospitalité de l'Égypte, dis-je d'une voix rauque.

— La pyramide est refermée, et le Livre de Thot a disparu. Nous n'avons plus rien à faire ici. Mais ce qui a été perdu reste néanmoins une arme puissante. Nous devons savoir ce qui lui est arrivé.

— N'a-t-il pas été vu, pour la dernière fois, il y a trois mille ans, entre les mains d'un fugitif juif appelé Moïse ? Sans qu'on en ait fait la moindre mention depuis ?

— Aucune mention ? Et pourtant, Moïse a levé le bras pour séparer les flots de la mer, guéri les malades avec un serpent de bronze, trouvé de la nourriture dans le ciel et conversé avec Dieu. Tout le monde savait que c'était un magicien. Comment avait-il acquis de tels pouvoirs ? Était-ce uniquement les dix commandements que les Hébreux transportèrent dans l'Arche qui leur a fait gagner tant de victoires, ou bien ont-ils été aidés par autre chose ? Pourquoi ont-ils passé quarante années dans le désert avant d'envahir la Terre promise ? Peut-être possédaient-ils la maîtrise de certaines choses.

— Peut-être, répliquai-je, ne disposaient-ils d'aucune magie du tout et devaient-ils faire les choses à l'ancienne, en mettant sur pied une armée.

— Non. Que contient ce livre, sinon les mêmes connaissances que celles que vous et les autres scientifiques vous vous efforcez de découvrir en ce moment ? Ce livre pourrait donner aux savants de n'importe quelle nation les connaissances pour dominer le monde. Crois-tu que Silano et Bonaparte ne l'ont pas deviné ? Crois-tu qu'ils n'ont pas rêvé de se doter des pouvoirs d'un sorcier ou de l'immortalité d'un ange ?

— Tu veux donc que nous passions quarante années dans le désert à le chercher ?

— Pas dans le désert. Tu sais où doit se trouver le livre. Tout comme le savaient les Romains, les Arabes, les croisés, les templiers et les Turcs, et où ils l'ont toujours cherché : à Jérusalem. C'est là que Salomon a construit son temple et où l'Arche a été conservée.

— Et nous sommes censés trouver ce qu'eux n'ont pas pu découvrir ? Le temple a été détruit par les Babyloniens et les Romains trois ou quatre fois déjà. Cette Arche, si elle n'a pas été détruite, s'en est allée dans des contrées sauvages. Elle est aussi mythique que le Saint-Graal.

— Pourtant, nous savons ce que nous cherchons. Ni un Graal, ni un trésor, ni une arche. »

Vous savez comment sont les femmes. Elles s'accrochent à une idée comme un chien et ne la lâchent pas jusqu'à ce que vous trouviez le moyen de les distraire. Elles ne comprennent pas les difficultés ou croient qu'en cas de problème vous serez capable de le résoudre.

« Bonne idée. Partons à sa recherche, juste après que j'aurai réglé mes affaires en Amérique. »

Notre discussion philosophique prit fin lorsqu'un coup de mousqueton fit jaillir l'eau à quelques mètres de nos têtes. Puis il y en eut un autre, puis un autre.

Je regardai vers la rive. Sur la crête d'une dune, se détachait une patrouille de soldats français, et, aussi vif qu'un cerf en rut, le comte Alessandro Silano. Tandis que ses acolytes s'engouffraient dans la pyramide de la mort, il avait prudemment décidé d'attendre dehors.

« Les magiciens ! cria-t-il. Attrapez-les ! »

Ça alors. Le maudit bâtard semblait indestructible – mais peut-être en pensait-il autant de nous. Évidemment, il ignorait ce que nous avions en notre possession ou, plutôt, ce que nous n'avions pas. Astiza avait encore le disque du médaillon, et moi, le chérubin du bâton de Moïse, s'il s'agissait vraiment de cela, coincé inconfortablement dans mon caleçon. Peut-être allais-je pouvoir en tirer un dollar ou deux. Nous nous jetâmes dans le fleuve et nous mîmes à nager de toutes nos forces vers la rive du Caire, aidés en cela par le courant. Le temps que les soldats arrivent au bord du fleuve pour mieux viser, nous étions hors de portée.

Silano fulminait.

« Aux bateaux, imbéciles ! »

Au pied des pyramides, le Nil est large de huit cents mètres, mais, dans l'état où nous étions, cela nous parut au moins la moitié d'un océan. Le courant qui nous éloignait de Silano nous rapprochait de la bataille qui faisait rage en ville. En parcourant les derniers mètres, je vis se déployer une batterie d'artillerie devant les murs de la ville, ainsi qu'un des ballons de Conté flotter à quelques mètres au-dessus du sol. On était en train de le gonfler pour qu'il puisse servir, à nouveau, de poste d'observation. C'était un joli spectacle, avec ses couleurs patriotiques bleu, blanc, rouge, et les pierres dans des sacs servant de lest sur les côtés. Ce ballon me donna une idée : comme j'étais aussi essoufflé qu'un représentant de la Virginie invité à dire quelques mots, il pourrait bien être notre dernière chance.

« As-tu jamais eu envie de t'envoler en laissant derrière toi tous tes ennuis ? demandai-je à ma compagne.

— Jamais autant que maintenant. »

Elle avait l'air d'un chaton à moitié noyé.

« Dans ce cas, nous allons prendre ce ballon. »

Elle cligna des yeux pour se débarrasser de l'eau.

« Tu sais le manœuvrer ?

— Les premiers aéronautes français étaient un coq, une oie et un mouton. »

Nous sortîmes du Nil et rampâmes en aval le long de la rive, en direction de Conté. Je me retournai pour voir les soldats de Silano poussant énergiquement sur les rames de leurs bateaux. Le comte criait et gesticulait dans notre direction pour attirer l'attention sur nous, mais tous les regards étaient focalisés sur le combat qui se déroulait dans la ville. Cela allait être tout juste. Je sortis mon tomahawk, la seule pièce de métal que j'avais conservée pendant ma longue descente dans le canal. Il commençait à avoir l'air fatigué.

« Allons-y ! »

Nous courûmes. Si quelqu'un avait pris la peine de regarder dans notre direction, il aurait vu deux fous, à moitié nus, trempés, couverts de sable, le regard désespéré. Mais grâce à la bataille, nous eûmes le temps nécessaire pour traverser le talus et interrompre Conté juste au moment où son sac à gaz finissait d'être rempli. Un artilleur montait dans la nacelle en osier.

Pour détourner l'attention du célèbre scientifique, Astiza bondit vers lui comme une prostituée débraillée, exposant un peu trop de ses charmes à notre goût à tous les deux. Conté était un savant, mais aussi un homme. Il la regarda bouche bée comme si Vénus elle-même avait surgi de sa coquille. Entre-temps, je me précipitai sur l'artilleur et l'éjectai du panier qui commençait son ascension, en lui faisant faire un saut périlleux arrière.

« Désolé ! Changement de mission. »

Il se releva pour protester, visiblement déconcerté par les vêtements égyptiens qui me restaient. Pour en finir, je lui donnai un coup sur le front avec le plat de mon tomahawk et montai dans la nacelle à sa place. Plusieurs soldats français avaient débarqué et s'alignaient pour me tirer dessus, mais leurs tirs furent gênés par Silano qui se précipitait vers nous.

« Je suis désolée, Nicolas, mais nous devons emprunter votre aéronef, dit Astiza à Conté en arrachant le piquet qui tenait la corde d'ancrage. Ordre de Bonaparte.

— Quel ordre ?

— Sauver le monde ! »

Le ballon montait, la corde traînait sur le sol et j'étais déjà trop haut pour attraper Astiza. Elle sauta, saisit la corde, restant suspendue sous le panier pendant que nous nous élevions. Conté, qui courait derrière nous en gesticulant, fut bousculé par Silano.

Juste au moment où la corde s'élevait à son tour, le comte sauta pour la saisir. Son poids nous fit retomber et la nacelle se retrouva à une quinzaine de mètres au-dessus du sol. Plus tenace qu'un bouledogue, Silano commença à se hisser le long de la corde à la force des bras.

« Astiza ! Dépêche-toi ! »

La terre défilait sous nous à une vitesse alarmante.

Astiza avait du mal à remonter en raison de sa fatigue. Silano était en train de la rattraper, les dents serrées, le regard haineux. Je me penchai pour la saisir, et, juste au moment où la main d'Astiza s'approchait de la mienne, il lui empoigna la cheville.

« Il me tient ! »

Elle lui donna des coups de pied, il poussa un juron et se balança avec la corde, puis la saisit à nouveau par la jambe.

« C'est une vraie sangsue ! »

Je me penchai au-dessus du bord du panier pour la hisser.

« Je te remonte et ensuite je coupe la corde !

— Il me tient de l'autre bras maintenant ! Il s'accroche autant à moi qu'à la corde !

— Donne-lui des coups de pied, Astiza ! Bats-toi !

— Je ne peux pas, cria-t-elle. Il me tient serrée. »

Je regardai en bas. Le visage crispé, l'air plus résolu que jamais, le diable était enroulé autour de ses jambes comme un serpent constricteur. Je tirai, mais ne parvins pas à les soulever tous les deux. À eux deux, ils devaient bien peser dans les cent trente kilos.

« Dites-moi ce que vous avez appris, Gage ! hurla-t-il. Laissez-moi monter, sinon nous nous écrasons tous ! »

Le ballon continuait à progresser tant bien que mal à moins de trente mètres du sol. Nous franchîmes la rive du fleuve et dérivâmes le long des eaux peu profondes du Nil. Conté nous suivait en courant au bord du fleuve. Devant nous, une compagnie d'infanterie française se retourna pour nous regarder avec stupéfaction. Nous allions passer si près qu'ils auraient pu nous tuer tous d'une seule salve.

« C'est la bague ! cria Astiza. La bague que tu as voulu me faire porter ! J'ai oublié de l'enlever ! C'est la malédiction, Ethan, la malédiction !

— Il n'y a pas de malédiction !

— Enlève-la-moi ! »

Mais ses mains étaient crispées sur la corde et largement hors de ma portée. Je ne pouvais pas plus lui enlever cette stupide bague que lui couper la main. Silano, accroché à ses jambes, était encore plus loin.

Ce qui me donna une idée.

« Prends mon tomahawk ! dis-je. Fends-lui le crâne comme une noix ! »

Dans un effort désespéré, elle libéra sa main droite, celle qui ne portait pas la bague, saisit l'arme que je lui tendis et donna des coups de hache en direction de Silano. Malheureusement, il nous avait entendus et, au même instant, il se laissa glisser pour s'accrocher comme un étau autour de ses chevilles, la tête hors d'atteinte. La lame siffla au-dessus de ses cheveux. Se tenant d'une main, elle glissa d'un mètre le long de la corde, en se brûlant la paume. Je tirai une nouvelle fois sur la corde sans pouvoir la soulever.

« Astiza ! hurla Silano. Arrête ! Tu sais bien que je t'aime toujours ! »

Elle sembla un instant paralysée par cet aveu, qui me surprit également. Ses yeux se troublèrent à l'évocation de ces souvenirs. Mille questions me vinrent à l'esprit. Il l'aimait ? Elle avait dit qu'elle ne l'aimait pas, mais…

« Ne le crois pas ! » criai-je.

Le regard affolé, elle donnait des coups de toma-hawk dans l'air.

« Ethan ! Je ne tiens plus ! Remonte la corde !

— Vous êtes trop lourds ! Débarrasse-toi de lui !
Les soldats nous visent ! Ils vont nous tuer tous si nous
ne remontons pas ! »

Si j'entreprenais de descendre pour passer au-dessus
d'elle et m'attaquer à Silano, nous tomberions proba-blement tous.

Elle essaya de secouer le comte, mais il était cram-ponné à elle comme une bernacle. Elle glissa encore
de quelques centimètres.

« Astiza, ils vont tirer ! »

Elle leva les yeux et me regarda avec désespoir.

« Je ne sais pas quoi faire », dit-elle dans un sanglot.

Nous continuions à avancer pesamment, trop lourds
pour nous élever, avec le Nil scintillant en dessous.

« Astiza, je t'en prie, supplia le comte. Ce n'est pas
trop tard…

— Donne des coups de pied ! Ils vont tous nous
tuer !

— Je ne peux pas. »

Elle haletait.

« Donne des coups de pied ! »

Astiza me regarda, les larmes aux yeux.

« Trouve-le », chuchota-t-elle.

Puis, d'un balancement de bras vigoureux, elle
coupa la corde avec le tomahawk. Le filin se rompit
dans un craquement.

En un instant, Silano et elle disparurent.

Dégagé de leur poids, le ballon jaillit comme un
bouchon de champagne et s'éleva si vite que je perdis
l'équilibre et fus projeté dans le fond.

« Astiza ! »

Mais il n'y eut aucune réponse, sinon des cris pendant qu'ils tombaient tous les deux.

Je me relevai juste à temps pour voir une énorme éclaboussure dans le fleuve. Leur chute avait distrait les soldats quelques instants, mais, à présent, les mousquetons se retournaient contre moi qui m'envolais. On entendit un bref commandement, j'aperçus l'éclat des canons, et un immense plumet de fumée en sortit.

J'entendis le bourdonnement des balles, mais aucune ne monta assez haut pour me toucher. Désespéré, je scrutai la surface du fleuve qui s'éloignait. J'avais le soleil levant dans les yeux. Le Nil était devenu éblouissant, chaque petite vague, un miroir. Là, n'était-ce pas une tête, peut-être deux ? L'un d'eux avait-il survécu à la chute ? Les deux ? Ou bien n'était-ce qu'un jeu de lumière ?

Plus je m'efforçais de voir, moins j'étais certain de ce que je voyais. Les soldats poussaient des cris d'excitation, amassés sur la rive. Puis, tout se brouilla, j'avais perdu espoir, mes ambitions étaient réduites à néant, mon cœur se sentait affreusement solitaire.

Pour la première fois depuis de nombreuses années, je pleurais.

Le Nil ressemblait à de l'argent en fusion. J'étais aveuglé.

Je continuai à monter. Loin en bas, Conté, l'air stupéfait, ne quittait pas des yeux son trésor. J'avais atteint la hauteur d'un minaret et découvrais les toits fumants du Caire. Le monde semblait être fait de jouets et le bruit de la bataille s'éloignait, tandis que le vent m'emportait vers le nord, en aval de la rivière.

Le ballon s'éleva plus haut que les pyramides, plus haut qu'une montagne. Je me demandais si cela allait jamais s'arrêter, et si, comme Icare, j'allais être brûlé par le soleil. À travers la brume matinale, je découvrais l'Égypte dans toute sa gloire. Un serpent de verdure s'étendait au sud à perte de vue, tel le sillage d'un bateau dans un océan de désert brun. Au nord, la direction dans laquelle nous dérivions, le vert s'ouvrait comme un éventail jusqu'au delta du Nil, là où les eaux marron de la crue formaient un vaste lac couvert d'oiseaux et ponctué de palmiers dattiers. Au-delà, brillait la Méditerranée. Tout était silencieux, comme si ce que nous venions de vivre n'était qu'un mauvais rêve plein de vacarme. L'osier crissait. Un oiseau poussa un cri. J'étais seul.

Pourquoi l'avais-je incitée à porter la bague ? À présent, je n'avais plus ni trésor ni Astiza. Pourquoi ne l'avais-je pas écoutée ?

J'aurais eu bien besoin de ce sacré Livre de Thot pour mettre un peu de jugeote dans ma tête dure. En fait, j'étais le pire savant du monde.

Je m'affalai dans le panier d'osier, passablement abruti. Il s'était passé trop de choses. La pyramide était hermétiquement fermée, Ben Sadr mort, le rite égyptien vaincu. J'avais en partie vengé Talma et Énoch. Ash lui-même avait rejoint son peuple pour se battre au nom de l'Égypte. Et je n'avais rien résolu, sauf que je savais maintenant en quoi je croyais.

La femme que je venais de perdre.

La quête du bonheur, pensai-je avec amertume. Tout espoir dans ce domaine était tombé dans le Nil. J'étais furieux, découragé, mortifié. Quoi qu'il m'en coûte, je voulais absolument retourner au Caire pour connaître le sort d'Astiza. J'aurais voulu dormir pendant mille ans.

Le ballon ne me laissait pas le choix. Son sac était hermétiquement fermé. À cette hauteur, il faisait froid. Mes vêtements étaient encore mouillés et j'avais le vertige. Tôt ou tard, cet engin devrait redescendre : que se passerait-il alors ?

Le delta en dessous ressemblait à un royaume féerique. Les dattiers s'alignaient en rangs majestueux. Les champs formaient des damiers réguliers. Des ânes cheminaient lentement sur d'antiques chemins de terre. D'en haut, tout semblait propre, parfaitement ordonné et paisible. Des gens me montraient du doigt et couraient pour suivre mon déplacement, mais je les laissais vite sur place. Le ciel paraissait d'un bleu plus profond. J'avais l'impression de voir le paradis.

Je dérivais en direction du nord-ouest, à mille cinq cents mètres d'altitude au moins. En l'espace de quelques heures, j'aperçus Rosette à l'embouchure du Nil et la baie d'Aboukir où la flotte française avait été anéantie. Alexandrie était au-delà. Je franchis la côte ourlée de crème par les vagues et continuai au-dessus de la Méditerranée. J'allais finir par me noyer.

Pourquoi n'avais-je pas abandonné le médaillon depuis longtemps ?

C'est alors que je vis un bateau.

Devant moi, sur la Méditerranée, une frégate croisait le long de la côte, près de Rosette, et de l'embouchure du Nil avec sa longue langue chocolat. Le petit vaisseau brillait au soleil, laissant derrière lui un sillage mousseux. La mer était couverte de moutons. Des drapeaux claquaient dans le vent.

« Il bat pavillon anglais », murmurai-je.

N'avais-je pas promis à Nelson de revenir avec des renseignements ? En dépit de ma tristesse, l'éventualité de ma survie commença à se dessiner dans mon cerveau.

Mais comment faire pour descendre ? J'agrippai les cordes qui retenaient la nacelle et grimpai vers le sac au-dessus. Je n'avais plus ni rifle ni tomahawk pour le percer. Je regardai en bas. La frégate avait changé de direction pour me suivre et des soldats, gros comme des insectes, me montraient du doigt. Je pourrais facilement lui échapper si je ne descendais pas vers la mer. Je me rappelai alors qu'il me restait de la bougie et un morceau de silex. Sous le sac à gaz, se trouvait un collier en acier pour tenir les cordes. J'enlevai quelques brins de chanvre et frappai mon silex contre le collier, de façon à pouvoir enflammer les bouts de corde avec les étincelles. Puis le feu se propagea aux bandes d'osier que j'avais pelées, me permettant d'allumer ma mèche. Je montai vers le sac en protégeant la bougie du vent.

Conté m'avait dit que l'hydrogène était inflammable.

J'approchai la flamme de la soie, vis le feu couver, puis un éclair de lumière…

On entendit alors un souffle, puis une bouffée d'air chaud me rejeta dans la nacelle, tout brûlé et terrorisé. Le sac avait pris feu !

Des flammes remontaient le long des coutures en direction du ciel comme une traînée de poudre à canon. Le ballon n'éclata pas, l'éruption de gaz n'étant pas trop forte, mais il brûla comme une branche de pin sec, m'entraînant dans un plongeon terrifiant, bien plus rapide que je ne l'aurais voulu. Les flammes s'intensifièrent. Je jetai les pierres qui lestaient le ballon pour ralentir ma descente. En vain. La nacelle se balançait violemment pendant que nous tombions en vrille, dans un sillage de flammes et de fumée. Beaucoup trop vite ! À présent, les moutons étaient devenus des vagues isolées, une mouette passait à proximité, le sac brûlant commençait à se désintégrer et à tomber autour de moi. Je pouvais maintenant voir les embruns s'envoler de la crête des vagues sous l'effet de la houle.

Je me cramponnai, la nacelle atterrit violemment. Un énorme jet d'eau jaillit, le sac brûlant me passa au-dessus de la tête et tomba dans la Méditerranée avec un sifflement.

Par bonheur, le feu avait largement consumé ce qui aurait pu constituer une ancre. La nacelle en osier prenait l'eau lentement, mais la frégate n'avait pas pu manquer de voir le ballon en flammes. D'ailleurs, elle se dirigeait droit vers moi.

La nacelle coula juste au moment où une chaloupe était mise à la mer. Je fis du surplace dans l'eau pendant quelques minutes avant d'être remonté.

Une fois de plus, on me déposa trempé et crachant de l'eau, au fond d'un bateau, sous le regard étonné des hommes d'équipage, avec un jeune cadet qui me dévisageait comme si je tombais de la lune.

« D'où diable venez-vous ?

— Bonaparte, haletai-je.

— Et qui êtes-vous ?

— Un espion anglais.

— Oui, je m'en souviens, dit un homme d'équipage. Nous l'avons ramassé dans la baie d'Aboukir. Il ressurgit comme un flotteur.

— S'il vous plaît, dis-je entre deux quintes de toux. Je suis un ami de sir Sidney Smith.

— Sidney Smith, vraiment ? Nous allons voir ça !

— Je sais qu'il n'est pas le préféré de la marine, mais si vous me mettez en contact…

— Vous pourrez lui raconter vos mensonges tout de suite. »

Peu de temps après, je me retrouvai dégoulinant sur le pont des officiers, à tel point endolori, brûlé, affamé, assoiffé et écœuré que je crus m'évanouir. Le grog qu'on m'avait donné me mettait la gorge en feu.

J'étais l'hôte du capitaine Josiah Lawrence, à bord de l'HMS *Dangerous*, un nom qui ne me plaisait guère.

Comme promis, Smith apparut. À peine avait-il appris la nouvelle de mon sauvetage qu'il bondit sur le pont en uniforme d'amiral turc. Je ne sais pas lequel de nous deux avait l'air le plus ridicule : moi, le rat mouillé, ou lui, déguisé en potentat oriental.

« Par tous les dieux, c'est bien Gage ! s'exclama l'homme que j'avais vu pour la dernière fois dans un camp de gitans.

— Cet homme prétend être votre espion, annonça Lawrence avec dégoût.

— Je préfère me considérer comme un observateur, dis-je.

— Cœur de chêne ! cria Smith. Nelson m'avait fait savoir qu'il vous avait contacté après le Nil, mais ni lui ni moi ne pensions que vous alliez pouvoir vous en sortir à nouveau. »

Il me donna une tape dans le dos. « Bien joué, vieux, bien joué ! Nous vous avions sous-estimé ! »

Je toussai. « Moi non plus, je ne pensais pas vous revoir.

— Le monde est petit, n'est-ce pas ? J'espère bien que vous vous êtes débarrassé de ce maudit médaillon.

— Oui, monsieur.

— J'avais le sentiment que c'était une source d'ennuis. Rien que des ennuis. Et qu'en est-il de Bonaparte ?

— Il y a une révolte au Caire. Et une résistance mamelouke dans le sud.

— Parfait !

— Je ne pense pas que les Égyptiens pourront le battre.

— Nous allons les y aider. Et vous vous êtes échappé comme un oiseau du nid de Boney ?

— J'ai dû emprunter un de leurs ballons d'observation. »

Il secoua la tête en signe d'admiration. « Sacrée performance, Gage ! Sacrée performance ! Vous en avez soupé du radicalisme français, j'espère. Retour au roi et au pays. Non, pardon, vous êtes un colonial. Mais vous vous êtes quand même rallié au point de vue anglais ?

— Mon point de vue est plutôt celui d'un Américain, sir Sidney. Je suis dégoûté de toute cette histoire.

— Absolument, absolument. Toutefois, on ne peut pas se laisser aller à l'indécision en ces temps désespérés, hein ? Il faut bien croire en quelque chose, non ?

— Bonaparte envisage de marcher sur la Syrie.

— Je le savais ! Ce bâtard ne s'arrêtera pas avant d'avoir occupé le palais du sultan à Constantinople ! La Syrie, hein ? Dans ce cas, nous devrions mettre le cap dessus pour les prévenir. Il y a un pacha là-bas, comment s'appelle-t-il ? »

Il se tourna vers le capitaine.

« Djezzar, répondit Lawrence. Ce qui veut dire "boucher". Bosniaque d'origine, sorti de l'esclavage, censé être particulièrement cruel, même dans une région connue pour sa cruauté. Le pire salopard à huit cents kilomètres à la ronde.

— Exactement l'homme qu'il nous faut pour affronter les Français ! s'écria Smith.

— Je n'ai plus rien à faire avec Napoléon, intervins-je. Je veux simplement savoir si une femme avec laquelle j'étais en Égypte a pu survivre à une chute terrible, et la retrouver si c'est le cas. Ensuite, j'espère pouvoir retourner en Amérique.

— Tout à fait compréhensible ! Vous avez rempli votre mission ! Et pourtant, un homme avec votre courage et votre sens de la diplomatie serait précieux pour prévenir les métèques contre ce satané Bonaparte, n'est-ce pas ? Vous avez été témoin de sa tyrannie. Allons, Gage, ne voulez-vous pas voir le Levant ? À peine à un jet de pierre du Caire ! C'est l'endroit où vous pourrez avoir des nouvelles de votre femme ! Nous pouvons informer nos espions.

— Une enquête à Alexandrie, peut-être…

— Si vous allez à terre, vous serez fusillé à vue ! Ou pire encore, pendu comme espion et voleur de ballon ! Les Français doivent déjà être en train d'affûter leur guillotine pour vous ! Non, non, cette solution est exclue. Je sais que vous avez tout du loup solitaire, mais laissez la marine du roi vous aider pour une fois. Si la femme est vivante, nous pourrons obtenir des informations par la Palestine et organiser une incursion pour la récupérer. J'admire votre courage, mais le moment est venu de garder la tête froide. »

Il n'avait pas tort. J'avais probablement brûlé mes dernières cartouches avec Napoléon, et retourner seul en Égypte serait plus suicidaire que téméraire. J'avais laissé Astiza à cent cinquante kilomètres au moins plus au sud, au Caire. Mieux valait-il peut-être entrer dans le jeu de sir Sidney jusqu'à ce que je puisse savoir ce qui s'était passé. Une fois à terre, dans un port voisin comme El-Arish ou Gaza, je mettrais le chérubin présentement dans ma culotte au mont-de-piété pour avoir de l'argent. Ensuite, une partie de cartes, un nouveau rifle…

Smith continuait. « Acre, Haïfa, Jaffa – toutes des villes historiques. Sarrasins, croisés, Romains, Juifs – je sais exactement où vous pourrez nous donner un coup de main !

— Un coup de main ? »

C'était moi qui avais besoin de leur aide, non le contraire.

« Quelqu'un de votre trempe pourrait s'y glisser et fouiner un peu partout tout en enquêtant sur cette femme. L'endroit idéal pour vous permettre d'atteindre vos objectifs et les miens.

— Mes objectifs ? »

Il acquiesça avec un sourire carnassier : les projets s'amassaient dans sa tête comme un nuage d'orage. Il me saisit les bras, comme si j'étais tombé du ciel pour exaucer ses prières.

« Jérusalem ! » cria-t-il.

Voilà où m'avaient mené la volonté des dieux et ma chance aux cartes. À cet instant, notre bateau commença à changer de cap.

NOTE HISTORIQUE

L'invasion de l'Égypte par Napoléon Bonaparte en 1798 ne fut pas seulement une des plus grandes aventures militaires de tous les temps. Cela marqua un tournant dans l'histoire de la France, de l'Égypte et de l'histoire de l'archéologie. Pour Bonaparte, l'Égypte allait se révéler être en même temps une défaite et un tremplin, lui donnant à la fois la rage et la célébrité qui lui permirent de s'emparer du pouvoir en France. Pour l'Égypte, l'invasion française signifia le début de l'ère moderne après des siècles de domination ottomane et mamelouke. Non seulement elle permit l'introduction de la technologie occidentale et le commerce avec l'Occident, mais elle marqua le début d'une ère tumultueuse de colonialisme, d'indépendance, de modernisation et de tension culturelle toujours d'actualité.

En ce qui concerne l'archéologie, la présence de cent soixante-sept savants dans les forces d'invasion fut décisive. Au début de l'année 1799, des soldats français découvrirent à Rosette une pierre avec des écritures grecques, démotiques et des dessins qui allaient se révéler déterminants pour déchiffrer les hiéroglyphes. Cela, ajouté à la publication par les savants de la monumentale *Description de l'Égypte* en vingt-trois volumes, entre 1809 et 1828, allait donner naissance à la science de l'égyptologie. Il s'ensuivit la fascination de l'ère romantique pour la mode égyptienne : celle-ci déclencha la passion pour l'Égypte ancienne qui anime encore le monde entier à ce jour. Presque tout ce que nous savons sur l'Égypte ancienne a été découvert après l'invasion de Bonaparte.

L'idée que la Grande Pyramide de Gizeh soit autre chose qu'une simple tombe et que le pharaon pouvait être enterré ailleurs date des historiens grecs anciens, Hérodote et Diodore. L'énigme s'amplifia lorsque des pilleurs de tombes arabes au IXe siècle ne trouvèrent aucune momie, aucun trésor et aucune inscription lors de leur entrée dans la tombe. Au cours des deux derniers siècles, la fascination ne s'est pas démentie. Le débat se poursuit à propos des dimensions de la pyramide, de ses mystères et de sa signification mathématique. Certains spécialistes, parmi les plus imaginatifs, reprochent à la majorité des égyptologues leur esprit étroit et certains universitaires ont baptisé les plus fous de « pyramidiots ». Mais un débat est toujours en cours chez les érudits sur la structure de la pyramide et son but. De nouveaux mystères continuent à être découverts grâce à l'utilisation de robots et on soupçonne l'existence d'autres chambres secrètes. Les pyramides de Gizeh reposent sur un soubassement de calcaire qui pourrait présenter des cavernes. Hérodote rapporta même l'existence d'un lac ou d'une rivière sous la structure.

L'emplacement géographique de la Grande Pyramide, sa relation mystérieuse à la taille de notre planète, sa relation avec pi, et la corrélation fascinante entre les dimensions de ses chambres et des concepts mathématiques sont autant d'éléments parfaitement exacts. La suite de Fibonacci est un phénomène réel, que l'on peut vérifier dans des formes spirales existant dans la nature, comme le décrit Jomard, et la présence du nombre d'or dans la pyramide est également vraie. Le triangle de Pascal est un concept mathématique authentique qui donne lieu à beaucoup plus de jeux de nombres que ceux mentionnés dans ce livre. Il y a une valeur qui approche celle du pi des Égyptiens, mais je ne promets pas que ce schéma puisse conduire à une porte secrète. J'ai pris la liberté de laisser mes savants français en deviner davantage sur les mathématiques des pyramides qu'ils n'en savaient à l'époque. Jomard avait déjà publié des théories fascinantes, mais certains concepts exposés dans ce roman ont été connus plus tard, quand les chercheurs ont pu faire des mesures plus précises. Une introduction fascinante et controversée à ces concepts, et une analyse exhaustive des mathématiques de la pyramide figurent dans le livre de Peter Tompkins et Livio Catullo Stecchini, intitulé *Secrets de la Grande Pyramide*, et publié en 1971.

Mon roman suit pas à pas les premiers épisodes de l'invasion militaire de l'Égypte par Bonaparte. La plupart des personnages sont vrais, notamment le jeune Giocante Casabianca, âgé de dix ans, dont la mort à la bataille du Nil inspira le célèbre poème du XIXe siècle *The boy stood on the burning deck*[1]. En matière d'histoire, j'ai pris la liberté de placer Desaix au temple de Dendara, trois mois avant qu'il y soit arrivé en réalité. L'armée y fit une halte fin janvier 1799, et l'artiste Vivant Denon, malgré sa fatigue, fut à tel

---

1. « Le garçon se tenait sur le pont en flammes ». Il s'agit là, en réalité, du premier vers du célèbre poème intitulé *Casabianca* écrit par Felicia Dorothea Hemans (1793-1835). *(N.d.T.)*

point enchanté par la beauté du temple qu'il écrivit : « Ce que j'ai vu aujourd'hui me récompense de toutes mes misères. » Quelques jours plus tard, lorsque la division française découvrit les ruines de Karnak et de Louxor, les troupes s'arrêtèrent spontanément, applaudirent et présentèrent les armes.

Beaucoup de détails historiques figurant dans ce livre sont vrais, y compris les ballons de Conté. Les universitaires ne s'accordent pas tous quant à savoir si Napoléon est vraiment entré dans la Grande Pyramide, et comment se serait alors déroulée sa visite, mais je me suis couché dans le sarcophage en granit, comme il aurait pu le faire, et j'ai trouvé l'expérience extraordinaire.

Ce roman mêle histoire politique et militaire, coutumes maçonniques, études bibliques, spéculations mystiques et informations sur l'Égypte ancienne. Pour l'histoire de l'invasion dans son ensemble, je recommande le livre de Christopher Herold, *Bonaparte en Égypte*, publié en 1962 et paru en France en 1964. Des témoignages oculaires fascinants de l'expédition y figurent, notamment ceux de l'artiste Vivant Denon, du capitaine français Joseph Marie Mouret et de l'Égyptien Al-Jabarti. Certaines citations attribuées à Napoléon dans ce roman sont véridiques, bien que toutes n'aient pas été prononcées au cours de la campagne d'Égypte. Son discours révèle un homme d'une complexité fascinante.

On dispose de centaines d'œuvres d'érudition ou plus populaires traitant de l'égyptologie scientifique. Il existe aussi une importante littérature, aussi bien spéculative qu'historique, sur les pyramides, les dieux anciens et la magie égyptienne. Le livre récemment paru intitulé *Pyramid Quest* par Robert Schoch et Robert McNally, traduit en français par Liliane Roth sous le titre *Les Bâtisseurs de pyramides*, constitue une bonne introduction aux théories alternatives concernant l'Égypte ancienne. Autre livre, qui évoque la naissance du rite égyptien et de la franc-maçonnerie, et permet de comprendre ces quêtes mystiques nombreuses lors de l'âge de la Raison, la biographie de Cagliostro par Iain McCalman parue en 2003, *The Last Alchemist*, publiée en français sous le titre *Cagliostro ou le dernier alchimiste*. Œuvre sur le mysticisme, échevelée et parfois incohérente, mais fruit d'un travail monumental, le livre de Manly P. Hall, paru en 1928, *The Secret Teachings of All Ages,* est devenu un classique. Il résume ce que les passionnés appellent les traditions hermétiques, nommées ainsi d'après le dieu Hermès, version grecque du dieu égyptien Thot.

Toute ma reconnaissance va à des dizaines d'auteurs d'ouvrages non romanesques pour les faits relatés dans ce roman, ainsi qu'au guide Ruth Shilling de All One World Egypt Tours, et aux guides égyptiens Ashraf Mohie-el-Din et Galal Hassan Marghany. Un grand merci également à l'égyptologue en formation Richard Mandeville du Royaume-Uni. Ce qui est vrai dans ce roman est à mettre à leur crédit, alors que ce qui relève de la fiction m'appartient. Je dois aussi rendre hommage à mes éditeurs de chez Harper-Collins pour leur soutien et leur œil critique : Michael Shohl, Jill Schwartzmann et Jonathan Burnham, ainsi qu'au directeur éditorial David Koral, à ma correctrice Martha Cameron et à mon agent, Andrew Stuart. J'ajouterai une mention spéciale pour ma femme, Holly, qui n'a pas hésité à crapahuter avec moi dans les pyramides. Enfin, un grand merci aux Égyptiens pour leur hospitalité, eux qui sont si fiers de leur héritage.

POCKET N° 14102

WILLIAM
DIETRICH
PRIX PULITZER

HIÉROGLYPHES

« William Dietrich (…) fait évoluer ses personnages
sur l'échiquier de l'Histoire d'une main de maître. »
STEVE BERRY

POCKET

« (...) *Le lecteur est
passionné par les
rebondissements
incessants de
l'intrigue.* »

Lucie Lehoux
Plumes

William
DIETRICH
HIÉROGLYPHES

1799. Napoléon, victorieux en Égypte, dirige ses armées
vers la Terre sainte et assiège Saint-Jean-d'Acre. Au
même moment, Ethan Gage, ancien assistant de
Benjamin Franklin, poursuit, de Jérusalem à Jéricho,
la quête périlleuse d'un ancien manuscrit égyptien,
découvert par les Templiers...

Retrouvez toute l'actualité de Pocket sur :
www.pocket.fr

POCKET N° 14360

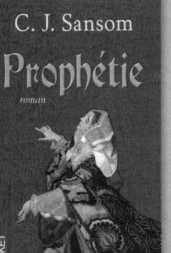

> « *Un polar captivant, que l'on a du mal à quitter.* »
>
> *La Marseillaise*

C. J. SAMSON
PROPHÉTIE

Angleterre, 1543. Suite au schisme anglican, la terreur règne dans tout le pays, et nul n'est à l'abri d'une condamnation pour hérésie. L'humaniste Matthew Shardlake entend rester à l'écart des conflits. Mais l'un de ses amis est retrouvé noyé, la gorge tranchée. Matthew se lance à la poursuite du coupable, un tueur inspiré par l'Apocalypse de saint Jean...

Retrouvez toute l'actualité de Pocket sur :
www.pocket.fr